KAREN SWAN

# Winterküsse im Schnee

*Buch*

Weihnachtszeit in London: Die Stadt funkelt festlich, unter den Sohlen knirscht der Schnee – doch die Finanzexpertin Allegra Fisher hat nur einen Wunsch: dass die Feiertage schnell vorübergehen. Die Karrierefrau arbeitet gerade an einem Riesendeal und hat keine Zeit für das »Fest der Liebe«. Als im verschneiten Zermatt die sterblichen Überreste einer Frau in einer alten, lange verschütteten Berghütte entdeckt werden, kann Allegra kaum glauben, dass der Fund etwas mit ihrer Familie zu tun haben soll. Gemeinsam mit ihrer jüngeren Schwester Isobel fliegt sie in die Schweiz – und mit der Reise und ihrem so attraktiven wie gefährlichen Konkurrenten Sam nimmt Allegras Leben eine ganz neue Wendung. Vielleicht gibt es Wichtigeres als die Karriere – und vielleicht wird es ja doch ein Fest der Liebe …

Weitere Informationen zu Karen Swan
sowie zu lieferbaren Titeln der Autorin
finden Sie am Ende des Buches.

Karen Swan

# Winterküsse im Schnee

Roman

Übersetzt
von Gertrud Wittich

GOLDMANN

Die Originalausgabe erschien 2014 unter dem Titel
»Christmas in the Snow« bei Pan Books, an imprint of
Pan Macmillan, a division of Macmillan Publishers Limited,
London, Basingstoke and Oxford.



Dieses Buch ist auch als E-Book erhältlich.

Verlagsgruppe Random House FSC® N001967
Das FSC®-zertifizierte Papier *Pamo House* für dieses Buch
liefert Arctic Paper Mochenwangen GmbH.

3. Auflage
Deutsche Erstveröffentlichung November 2015

Umschlaggestaltung: UNO Werbeagentur, München,
unter Verwendung der Originalgestaltung
Umschlagbild: Frau: © Ayal Ardon/Trevillion Images
London: ©Doug Armand/Getty Images
Zweige: © SuperStock/Corbis
Schneehügel: © Emilie Chaix/Photononstop/Corbis
LT · Herstellung: Str.
Satz: omnisatz GmbH, Berlin
Druck und Bindung: GGP Media GmbH, Pößneck
Printed in Germany
ISBN: 978-3-442-48379-2
www.goldmann-verlag.de

Besuchen Sie den Goldmann Verlag im Netz:

*Für William*

Skiteufel. Bär

# Prolog

## *21. Januar 1951*

Der Wind pfiff durch ein Astloch und ließ die Kerze flackern, doch sonst rührte sich nichts – kein Rascheln im Stroh, kein Windstoß in ihrem langen schwarzen, lose herabhängenden Haar. Ihr Blick hing unverwandt an der Tür, um die herum sich ein schmaler Lichtrand abzeichnete.

Sie war schon viel zu lange hier. Draußen schneite es wie verrückt, da würde sich keiner herauswagen. Ihr dagegen kam das zupass, da ihre Spuren inzwischen längst wieder zugeschneit waren. Keiner würde merken, dass sie hergekommen war.

Sie kam sich vor wie eine langsam schmelzende Wachsfigur. Der Holzboden zu ihren Füßen hatte überall dunkle Wasserflecken. Rhythmisch wiegte sie sich vor und zurück, um den Blutkreislauf in Gang zu halten. Sie sollte wirklich gehen; sie durfte nicht länger bleiben.

Mit den Händen hielt sie ein Zinnglöckchen umklammert, mit dem sie bimmeln würde, sobald das Zeichen kam. Sie strich zärtlich darüber; es war schon ganz warm. Das Lederband, an dem es hing, war um ihr zartes weißes Handgelenk gewickelt.

Da ertönte ein Geräusch. Wie erstarrt blickte sie zur Tür. Aber der Lichtrahmen schien auf einmal zu verblassen, und dem kurzen Peitschenknall, den sie gehört hatte, folgte ein dumpfes Poltern: Der Berg entledigte sich seiner Schneelast wie eines überflüssigen Pelzmantels. Das beunruhigte sie nicht weiter, sie war mit solchen Geräuschen aufgewachsen, sie waren ihr vertraut wie das Schnarchen ihres Großvaters, wenn sie in der warmen Stube gesessen hatten, während sie zu seinen Füßen mit ihren Spielsachen spielte. Aber das hier war anders. Der Fußboden begann zu vibrieren. Sie warf einen Blick zur Tür: Der Lichtrahmen war vollkommen verschwunden, als hätte jemand die Sonne am Himmel ausgeknipst.

Es blieben nur zwei Sekunden. Keine Zeit zu schreien, ja nicht einmal, um nach Luft zu schnappen. Schon brach der Schnee über sie herein.

# 1. Kapitel

Allegra konnte nur betreten den Kopf schütteln, während sie ihrer Schwester zuschaute, die mit wehendem blondem Haar vor ihr herrannte und wie ein Kind nach Blättern haschte. Sie hatte die Arme hochgestreckt und versuchte lachend eins der großen braunen Herbstblätter zu fangen, die rings um sie her von den Bäumen trudelten. Allegra war sich fast sicher, dass nur die Tatsache, dass Isobel einen Kinderwagen vor sich herschob, die Passanten davon abhielt, sie in die Klapsmühle zu stecken.

Ein Gutes hatte die Sache zumindest: Ihre Schwester war jetzt schon fast hundert Meter voraus. Allegra beschloss blitzschnell, ihre Chance zu nutzen. Sie verschwand hinter der nächstbesten Rosskastanie und holte ihr BlackBerry aus der Tasche, das bereits mehrmals aufdringlich gepiept hatte, seit Isobel sie auf diesen »Spaziergang« verschleppt hatte. »Du brauchst dringend frische Luft und Bewegung!«, hatte sie gemeint, und Allegra hatte sich wohl oder übel fügen müssen. Rasch scrollte sie durch die ungelesenen Nachrichten – und alles schien wie immer äußerst dringend zu sein.

»Was zum Teufel machst du da?« Mit empörtem Gesichtsausdruck hatte Isobel sich vor ihr aufgepflanzt, die Hände in die Hüften gestemmt. »Los, gib schon her.« Sie streckte gebieterisch die Hand aus, die Handfläche nach oben gewandt, als wäre Allegra das ungehorsame Kind und nicht das Baby im Kinderwagen, dessen Pausbäckchen ganz orange waren vom Karottenbrei und das eine bedauerliche Schwäche dafür hatte, umherstreunenden Hunden mit dem Finger ins Auge zu stechen.

»Ich wollte bloß ...«

»Los, her damit!«

Allegra gab klein bei und händigte ihr Smartphone aus. Sie mochte ja die ältere der beiden Schwestern sein, die »Erwachsene« dagegen war Isobel, denn sie war verheiratet, hatte ein Kind und wohnte in einem hübschen Londoner Reihenhaus mit Garten. Sie gab Dinnerpartys und fuhr, wie sollte es anders sein, einen SUV, die Familienkutsche des gehobenen Mittelstands.

»Danke«, schmunzelte Isobel, schon besänftigt, und steckte den Übeltäter mit der einen Hand ein, während sie ihrer Schwester mit der anderen ein karamellbraunes Kastanienblatt überreichte, so groß wie ihre Handfläche. »Als Gegenleistung!«, strahlte sie.

»Nicht doch, das ist zu viel!«, antwortete Allegra ironisch. »Dein allerschönstes Blatt!«

»Das ist kein Blatt.«

»Ach nein?« Allegra hob die Braue und ließ das Blatt am Stängel kreiseln.

»Es bringt Glück, wie du sehr wohl weißt! Ich hab's extra für dich gefangen.« Sie keuchte dramatisch, wie um zu beweisen, wie viel Mühe sie sich damit gegeben hatte.

»Du machst das doch nicht etwa *immer noch*?«, fragte Allegra fassungslos.

»Na klar!«, antwortete Isobel stirnrunzelnd. Ihre Stirn war aufgrund der gestörten Nachtruhe in den letzten Monaten merklich faltiger geworden, fand Allegra.

»Und ich dachte, du wolltest bloß Ferdy zum Lachen bringen«, spottete Allegra. Dann zuckte sie zusammen. Ihr BlackBerry, das nun in den Tiefen von Isobels dickem Dufflecoat steckte, hatte schon wieder gepiept.

Sie selbst trug natürlich etwas deutlich Modischeres – auch wenn sie sich darin zu Tode fror –, einen taillierten olivgrünen Burberry-Kurzmantel mit hohem Kragen, der um die Oberschenkel in kesse Falten auslief: die ideale Kombi zu Skinny Jeans. Leider nicht gerade geeignet für diese Temperaturen. Laut Wettervorhersage sollte es gegen Ende der Woche sogar Schnee geben.

»Na komm, trinken wir jetzt erst mal einen schönen heißen Latte macchiato«, schlug Isobel gutmütig vor. Die Bemerkung von vorhin überging sie großzügigerweise, da sie sehen konnte, dass Allegras Lippen schon ein wenig blau anliefen. Außerdem bestand wohl kaum die Aussicht, dass ihre modische Schwester in diesen High Heels loslaufen und ihr ebenfalls ein Blatt einfangen würde. »Das wird dich aufwärmen.«

»Ja, haben wir denn noch Zeit dafür? Es wirkt fast so, als wolltest du dich vor dem Besuch bei Mum drücken.«

»Auf keinen Fall!«, antwortete Isobel. »Aber dafür haben wir noch den ganzen Tag Zeit. Und ich weiß, wie unleidlich du wirst, wenn dir die Zehen abfrieren.«

Allegra grinste. »Na gut, aber nur auf einen Kurzen, ja?« Koffein war ihr ohnehin lieber als frische Luft. Außerdem bestand die Chance, dass Isobel sich zwischendurch zum Wickeln aufs Klo zurückziehen musste, was ihr, Allegra, wiederum die Gelegenheit bot, sich über ihr heißgeliebtes BlackBerry herzumachen.

Isobel hakte sich bei ihrer Schwester unter. Mit der anderen Hand steuerte sie geschickt den Racer-Kinderwagen. Gemächlich schlenderten sie die baumbestandene Allee an der Themse entlang, deren braune Fluten sich träge dahinwälzten. An der mit Gummireifen gepolsterten Uferwand hatten vereinzelte Frachtbarkassen festgemacht. Auf der Straße fuhren die typischen klobigen schwarzen Londoner Taxis vorbei.

»Also, nun erzähl schon von dem neuen Haus«, forderte Isobel sie auf.

»Ich hab's selbst noch nicht gesehen, nicht richtig jedenfalls. Ich weiß auch nicht mehr als du.«

Isobel schnalzte missbilligend. »Wie kannst du ein Haus kaufen, ohne es dir vorher anzusehen!«

»Keine große Sache. Ich hab das meinem Immobilienmakler

überlassen. Der hat es sich angeschaut und mir die PDF-Datei gemailt. Es hat genau meinen Anforderungen entsprochen.«

»Immobilienmakler! Das ist ja mal wieder typisch für dich«, schnaubte Isobel.

»Na, dann eben House-Hunter, wenn dir das lieber ist. Er hat seine Sache jedenfalls sehr gut gemacht.«

»Er? Aha! Nachtigall, ich hör dir trapsen!«

Allegra verdrehte die Augen. »Nein, bitte nicht schon wieder! Willst du mich jetzt etwa mit jemandem verkuppeln, ohne ihn dir vorher angesehen zu haben?«

»Was bleibt mir denn anderes übrig? Deine Arbeitskollegen verschmähst du ja – was eine Schande ist, denn da wimmelt es nur so von attraktiven ledigen Männern.«

»Mag sein, aber da gibt's ein klitzekleines Problem, Schwesterherz: Diese ›attraktiven ledigen Männer‹ sind meine Untergebenen. Und die paar, die es nicht sind, sind meine Vorgesetzten.«

Isobel zuckte verständnislos mit den Schultern. Für sie waren das Büroleben und Liebeleien unter Kollegen ja vielleicht wirklich nicht die Todesfalle, für die Allegra sie hielt.

»Und, sieht er gut aus, dein House-Hunter? Sag schon!« Isobel grinste vielsagend.

Allegra musste schmunzeln. »Och, er war ganz okay.«

»Ganz okay? Wow! Dann muss er ja der reinste Adonis sein, wenn du schon so was sagst.« Isobel lachte laut und heimste einen bewundernden Blick von einem Rollerblader ein, der mit orangefarbenen Kopfhörern an ihnen vorbeiflitzte. »Warum lädst du ihn nicht zu einem romantischen Dinner in die neue Wohnung ein? So zur Einweihung und als kleines Dankeschön, was meinst du dazu?«

»Ach, das Haus habe ich doch als reines Spekulationsobjekt gekauft. Ich lasse es ausschlachten und gründlich renovieren; nur die Fassade bleibt erhalten, weil die nämlich denkmalgeschützt ist.«

»Wo liegt die Wohnung denn?«

»Islington.«

»Mann! Wieso denn am anderen Ende der Stadt? Du hättest zumindest eine in Wandsworth kaufen können, da hättest du obendrein ein bisschen mehr Garten dazubekommen. Und wir wären näher beieinander gewesen.«

»Hast du nicht gehört? Ich will da gar nicht wohnen. Es ist nur eine Kapitalanlage. Ich bleibe schön in meinem hübschen Apartment in der Innenstadt.«

»Ja, wo man sich auf den Kopf stellen und mit den Zehen wackeln kann, und man kriegt trotzdem keinen Parkplatz! Da, wo du wohnst, hat doch keiner ein Auto.«

»Ja, weil man keins braucht. Ist doch alles in Fußweite.«

Isobel prustete.

»Was?«

»Du und laufen?! Du bist doch viel zu wichtig und viel zu beschäftigt, um zu Fuß zu gehen. Du lässt dich doch überall hinchauffieren.«

Allegra warf ihrer Schwester einen bösen Blick zu, konnte aber kaum widersprechen. Sie hatte wirklich keine Zeit, um irgendwohin zu Fuß zu gehen.

»Ich finde trotzdem, dass man, wenn man schon ein Haus kauft, auch drin wohnen sollte. Es zu renovieren und dann leerstehen zu lassen, bis man es gewinnbringend weiterverkaufen kann – also das finde ich einfach nicht richtig.«

»Nicht jedes Haus muss ein Zuhause sein, Iz.«

»Nicht für dich, meinst du! Du wohnst ja praktisch in deinem Büro.«

Darauf ging Allegra nicht ein. »Was soll ich mit einem Achtzig-Quadratmeter-Haus? Das ist doch für einen allein die reinste Verschwendung.«

»Achtzig Komma vierundzwanzig, bitte schön!«

Allegra schmunzelte. »Achtzig Komma vierundzwanzig.« Ihr

Blick fiel auf die ferne Silhouette der Canary Wharf, jenseits der Themse. Der Büroturm ihrer Firma war der höchste am Horizont. Mit verengten Augen spähte sie dorthin. Brannte nicht Licht in ihrem Stockwerk? Ein Vorwurf aus der Ferne.

Es war wirklich ein schöner Tag, nicht einmal Allegra konnte das übersehen. Kalt und klar, erfüllt mit eisiger Luft aus der Arktis; ein Tag, der in einem herrlichen roten Sonnenuntergang ausklingen würde. Allegra nahm sich vor, unbedingt einen Blick aus ihrem Bürofenster zu werfen, wenn es so weit war.

Sie kehrten in einem Straßencafé ein, vor dessen Eingang so viele Kinderwagen herumstanden, dass in Allegra der Verdacht aufkeimte, es könne sich hier um einen Treffpunkt für alleinerziehende Mütter handeln. Magere dunkelgraue Tauben stolzierten mit nickenden Köpfen über die tannengrünen Metalltische, die schon seit Wochen unbenutzt vor dem Lokal standen, da sich die Kundschaft bei diesen Temperaturen natürlich ins warme Innere flüchtete.

Isobel schnallte Ferdy los und machte Anstalten, ihn ihrer Schwester zu überreichen. »Ich besorge uns was zu trinken«, erbot sich Allegra hastig. In diesem Mantel würde sie ganz bestimmt kein Kleinkind halten, das sowohl oben als auch unten undicht war. »Einen Latte macchiato, oder?«

»Ja, aber bring mir bitte auch einen Brownie oder ein Stück Kuchen mit – ich kann einen Zuckerstoß gebrauchen!«, fügte Isobel hinzu, die sich Ferdy auf die Hüfte gesetzt hatte und nun in der Gepäckschale des Buggys herumkramte. »Und könntest du bitte auch gleich fragen, ob ich einen Krug heißes Wasser bekommen kann? Ich muss die hier aufwärmen.« Seufzend hielt sie ein Milchfläschchen hoch. »Und lass dich ja nicht abwimmeln! Ja, ja, ich weiß, man kann sich mit heißem Wasser verbrühen, und das Lokal übernimmt keine Haftung – aber die sollten erst mal hören, was Ferdy macht, wenn er die Milch kalt trinken muss! Sag ihnen das ruhig!«

»Schon klar.« Allegra nickte und eilte Richtung Theke.

Vier Minuten später kehrte sie mit einem Krug Wasser, einem dicken, schweren Stück Schokoladenkuchen, bei dessen Anblick man förmlich spürte, wie sich die Adern verstopften, einem Latte macchiato und einem doppelten Espresso zurück: Isobel war nicht die Einzige, die in der vergangenen Nacht nur vier Stunden Schlaf abbekommen hatte.

Als sie sah, dass ihr BlackBerry auf dem Tisch lag, erhellten sich ihre Gesichtszüge. Und es blinkte wie verrückt. Aber Isobel drehte das Gerät sofort um. »Hände weg! Wir müssen unbedingt reden. Ich hab's bloß da hingelegt, weil ich mir mit dem Ding in der Tasche wie Inspektor Gadget vorkomme.« Sie schnalzte missbilligend. »Andauernd piept und brummt es. Ich hatte schon Vibratoren, die sich weniger angestrengt haben.«

Allegra prustete überrascht los. »Das ist nicht mein Fachgebiet.«

Isobel tunkte die Milchflasche in den Krug und warf ihrer Schwester einen vorwurfsvollen Blick zu. »Wie auch? Wann hast du eigentlich zum letzten Mal Sex gehabt?«

»Wie bitte?!« Allegra hätte im Boden versinken können. Das Pärchen am Nebentisch hatte offenbar mitgehört und glotzte nun neugierig herüber.

»Du hast doch schon seit ewigen Zeiten keine Beziehung mehr gehabt. Du bist *einunddreißig*, Schwesterherz. Die Uhr tickt.« Als ob Allegra das nicht selbst wüsste.

»Ach bitte, fang nicht schon wieder damit an!« Allegra war das Grinsen vergangen. »Ich hab so viel um die Ohren, dass ich kaum Zeit zum Duschen habe.«

»Dein Beruf kann dich aber nachts nicht warm halten.«

»Doch, kann er schon.« Allegra zuckte mit den Schultern. Sie dachte an die gemütliche, warme Luxussuite im Four Seasons, in der sie mindestens zweimal pro Woche übernachtete. So viel musste die Firma schon für sie springen lassen (gemäß EU-Regulation), wenn sie wieder mal bis zum Morgengrauen im Büro aufgehalten worden war.

»Was ist eigentlich aus diesem Philip geworden? Der war doch ganz nett.«

Allegra schnalzte missbilligend und trommelte ungehalten mit ihren kurzen manikürten Fingernägeln auf die Tischplatte. »Überempfindlich, der Knabe. Ich bin doch kein Babysitter.« Ihr Blick fiel auf Ferdy, der nun in einem Hochstuhl saß und glücklicherweise vorerst mit den Plastikkugeln an der Haltestange beschäftigt war.

»Überempfindlich?!« Isobel lehnte sich seufzend zurück. »Was hast du angestellt? Los, spuck's aus.«

»Ich? Gar nichts.«

Isobel sagte nichts, verdrehte nur die Augen.

»Wir standen kurz vorm Abschluss eines ganz wichtigen Deals. Und er hat mich andauernd angebettelt, er müsse mich unbedingt sehen: *Bloß auf einen Drink, komm schon. Ich will dich doch bloß sehen und hören, was so bei dir los ist.*« Allegra zog die Nase hoch. »Also hab ich Kirsty geschickt. Das war alles.«

Schweigen.

»*Kirsty?* Du meinst deine persönliche Assistentin Kirsty?«

Allegra nickte. »Er wollte wissen, was so bei mir los ist. Das konnte Kirsty ihm auch erzählen.« Sie zuckte mit den Schultern.

Isobel war fassungslos. »Du hast echt deine Assistentin zu *deinem* Date mit *deinem* Freund geschickt?«

»Na ja, jetzt ist er mein Exfreund.«

»Und da wundert man sich, wieso! Einfach unglaublich«, sagte Isobel mit vor Sarkasmus triefender Stimme. Sie nahm das Fläschchen aus dem Wasserkrug und träufelte ein paar Tropfen Milch auf ihr Handgelenk, um die Temperatur zu prüfen. »Und war's das wenigstens wert?«, fragte sie. Ihr Ton verriet, dass nichts es wert war, dafür eine Beziehung aufs Spiel zu setzen.

»Und ob! Dieser Deal hat uns statt der zwei die zwanzig eingebracht. *27 Millionen Pfund Provision.*« Allegra nippte lässig an ihrem Espresso. Dass ihre Schwester keine Ahnung von der 2/20-Regel hatte, die einer der Hauptanreize im Hedgefondsgeschäft war, daran dachte sie nicht. »Allein dafür hab ich mir eine Beförderung verdient. Das wird mich in den Vorstand katapultieren, wirst sehen. Ist dir bewusst, dass ich der einzige weibliche Präsident in der Firma bin?«

Isobel schüttelte verständnislos den Kopf. »Kein Wunder, dass Mum sich andauernd solche Sorgen um dich macht.«

Allegra warf ihrer Schwester einen grimmigen Blick zu und Isobel senkte sogleich beschämt den Kopf. Beiden war bewusst, dass ihre Mutter sich dieser Tage höchstens phasenweise um sie Sorgen machen konnte. »Entschuldige, das war dumm von mir«, murmelte Isobel. Sie holte Ferdy aus seinem Stuhl und nahm ihn auf den Schoß.

Allegra lehnte sich zurück, um ihrer Schwester, die nun ihren Sohn zu füttern begann, ein wenig Raum zu lassen. Sie nippte an ihrem Espresso und schaute sich um. Sie fühlte sich fehl am Platz in dieser Umgebung, in der die Leute plauderten und aßen, als ob sie alle Zeit der Welt hätten und nirgendwo dringend erwartet würden. Sie starrte auf ihr BlackBerry, das auf dem Tisch lag und wie eine Satellitenschüssel blinkte, und stellte sich vor, wie sich die dringenden Nachrichten stapelten, eine auf der anderen, wie Flugzeuge in einer überdimensionalen Parkgarage. Ihr Puls begann unwillkürlich zu klettern.

Wie auf ein Stichwort begann ihr BlackBerry zu klingeln. Beide Schwestern schauten sich kurz an – Isobel in Panik, Allegra triumphierend. Erstere hatte beide Hände voll und wäre nie vor Allegra an das Gerät rangekommen – was diese natürlich wusste. Isobel schnalzte missbilligend und wandte resigniert den Blick ab, während ihre Schwester sich das BlackBerry schnappte.

»Fisher«, meldete sich Allegra mit diskret gedämpfter Stimme. Ihre Schwester plapperte derweil liebevoll auf Ferdy ein. Wie sie bloß so unterschiedlich sein konnten, fragte sich Allegra. Von außen betrachtet gab es unübersehbare Ähnlichkeiten zwischen ihnen: Beide waren schlank und mit ihren gut eins fünfundsiebzig überdurchschnittlich groß, und beide besaßen einen sportlich durchtrainierten Körper. Doch während Allegra an Triathlons teilnahm (zum Ausgleich und um »ein wenig Dampf abzulassen«, wie sie behauptete), gab sich Isobel mit der Tatsache zufrieden, dass alle Mütter im Schwangerschaftskurs sie beneideten, weil sie die Erste war, die wieder in ihre alte Jeans passte. Zwischen ihnen lagen eineinhalb Jahre und nur sieben IQ-Punkte – sie waren weder Genies noch Dummchen –, doch während Allegra der fast pathologische Zwang, immer gewinnen zu müssen, antrieb, egal, was sie sich in den Kopf setzte, war Isobel den bequemen Weg gegangen. Es reichte ihr zu wissen, dass sie bewundert wurde und das Leben es gut mit ihr meinte.

Allegra führte das auf ihre Kindheit zurück. Isobel war Papas Liebling gewesen – das hatte Allegra immer gewusst, und sie hatte es ohne Groll akzeptiert. Außerdem hatte Isobel das hübschere Gesicht, sie kam nach ihrem Vater, mit ihren rosigen Wangen, den blauen Augen und dem hellblonden Haar. Allegra dagegen wirkte schärfer, hagerer, war schon als Kind fast altklug gewesen, zu ernst für ihr Alter. Ihre Augen waren im Gegensatz zu denen ihrer Schwester mandelförmig und bitterschokoladenbraun, Augen, die verbargen, was sie fühlte, dazu besaß sie hohe, gemeißelte Wangenknochen und von Grübchen konnte keine Rede sein – oder gar von Apfelbäckchen. Der einzige »Schönheitsfehler«, den sie besaß, war die schmale Lücke zwischen ihren Schneidezähnen. Ihre Mutter hatte sich eine entsprechende Zahnbehandlung nicht leisten können, und von der Krankenkasse wurde so etwas nicht übernommen. Bemerkungen wie »süß« oder »kess« fand Allegra nervtötend. Immerhin war ihr Spitzname in Börsenkreisen »Lipstick-Killer«. Zum Glück sah man die Zahnlücke nur, wenn sie lächelte – was in der Welt der Aktienspekulanten ohnehin nur schaden konnte. Also vermied sie es zu lächeln.

Was die beiden jedoch vor allem voneinander unterschied, war die Frisur: Isobels Haar war lang und glänzend und immer in Bewegung, eine wogende Fülle, wie Kim Sears' in Wimbledon oder Kate Middletons Mähne. Ihr Haar verriet, dass sie aus der Oberschicht kam (oder zumindest aus der gehobenen Mittelschicht) und in einer guten Gegend wohnte. Natürlich durfte auch die Designer-Handtasche nicht fehlen. Allegras Haar hingegen war kurz, die Frisur nüchtern, ein fast strenger Pagenschnitt, der ihr nur bis knapp über die Ohren reichte und sich dann in einer natürlichen Welle nach innen rollte, darunter ein langer, schlanker Schwanenhals, von dessen Anmut und Wirkung Allegra keine Ahnung hatte, dazu eine stets angespannte Kinnpartie, die aus dem Stress im Job resultierte und daraus, dass sie nachts im Schlaf mit den Zähnen knirschte.

Sie beendete das Telefonat abrupt, ohne Abschied, ohne ein Wort. »Iz, tut mir schrecklich leid, aber ich muss los.«

»Hätte ich mir ja denken können.« Isobel verdrehte stöhnend die Augen.

»Es geht um diesen Deal, an dem wir gerade arbeiten. Eine *Riesensache*. Bob hat das Büro schon seit Mittwoch nicht mehr verlassen, und seine Frau besteht darauf, dass er wenigstens zum Mittagessen heimkommt.« Sie schnalzte missbilligend und verdrehte die Augen. »Sie kapiert einfach nicht, dass wir die Zahlen noch nicht ganz zusammenhaben, das Angebot aber schon am Dienstag in Zürich vorlegen wollen.«

»Wie egoistisch von ihr«, bemerkte Isobel sarkastisch.

Allegra hob eine Braue. »Na, ich muss ihn jedenfalls mal ablösen.«

»Aber was ist mit *deinen* privaten Verpflichtungen? Was ist mit uns? Mit jetzt?« Sie zog Ferdy mit einem *Plopp* das Fläschchen aus dem Mund und wies damit auf ihre Umgebung, auf all die Fremden in dicken Wollpullis und warmen Winterstiefeln. Ferdy fing prompt an zu weinen, und sie stopfte ihm den Sauger sofort wieder in den Mund. »Wir wollten doch mit dem Ausmisten des Hauses weitermachen. Du hast es mir versprochen!«

»Ja, aber es bleibt doch sowieso nur noch der Speicher, oder?«

»*Nur* der Speicher? Spinnst du? Da sind doch die besten Sachen! Da tut man doch alles hin, was man nicht wegschmeißen kann. Wer weiß, auf was für Schätze wir da stoßen? Da sind wir Stunden beschäftigt!«

»Oh. Gut.«

»Jetzt komm schon, Legs. Du weißt doch, dass ich das nicht alleine kann. Ich werde nichts wegwerfen können und am Ende alles behalten, und das landet dann in Schachteln und Tüten in unserer Wohnung, und Lloyd wird mich verlassen und …«

»Wo ist der überhaupt?«

»Noch im Bett. Jetlag. Er war doch in Dubai, du weißt schon.«

Allegra bemühte sich um einen mitfühlenden Gesichtsausdruck. Sie selbst erledigte so was wie Dubai noch vor dem Frühstück. »Hör zu, Iz, es war echt schön, dich mal wiederzusehen. Und Ferdy, natürlich.« Allegra beugte sich vor und stützte die Handflächen auf die Tischplatte, wie sie es auch bei Konferenzen tat, wenn sie einen besonders aufrichtigen und ernsthaften Eindruck machen wollte. »Ich kann dir gar nicht sagen, wie viel entspannter ich nach diesem tollen Spaziergang bin.« Sie schlug sich mit der Hand auf die Brust, wie um ihre Worte zu unterstreichen.

»Du hast Ferdy noch kein einziges Mal auf den Arm genommen«, schmollte Isobel. Sie ließ sich von Allegras Nummer nicht täuschen. Von ihrer Schwester hörte sie sonst nur Börsen-Jargon.

»Na, zuerst hat er doch geschlafen, und jetzt fütterst du ihn, wann hätte ich ihn da nehmen sollen? Aber ich muss wirklich los, sorry.« Sie wandte sich um und griff nach ihrer Handtasche, einer diskreten marineblauen Saint Laurent Besace, die über der Rückenlehne ihres Stuhls hing. Darin befanden sich eine Tube Touche Éclat, ihr Reisepass und Vitamintabletten. Isobel dagegen hatte ihre geräumige, auffällig gemusterte Orla Kiely dabei, vollgestopft mit Pampers, Feuchttüchern, Kuscheltieren, sonstigem Spielzeug und einer Garnitur Babywäsche zum Wechseln. »Dann machen wir das eben morgen, ja? Zusammen schaffen wir das sicher blitzschnell.« Allegra beugte sich vor und gab Ferdy einen Kuss aufs Köpfchen. Er roch gut, irgendwie nussig, nach Pastinake oder Babypuder, und sie spürte, wie erstaunlich kräftig er an der Flasche sog. Sie gab auch Isobel einen Kuss auf die Wange, wobei sie roch, dass diese jetzt eine billigere Feuchtigkeitscreme benutzte – Estée Lauder überstieg mittlerweile offenbar das Haushaltsbudget. Nun ja, Kinder sind nicht billig. Lloyd zerbrach sich jetzt schon den Kopf wegen der teuren Schulausbildung später.

»Wann?«

»Um zehn?«

Allegra zögerte. »Lieber um zwei.«

Isobels Augen wurden schmal. »Mittag? Um zwölf?«

»Okay.« Allegra zwinkerte schelmisch.

Isobel stöhnte. Schon wieder reingelegt. »Vergiss nicht dein Glücksblatt.«

»Mein was?«

Isobel wies mit dem Kinn auf das wachsbraune Kastanienblatt, das wie eine Hand zwischen ihnen auf dem Tisch lag. »Steck's ein. Du hast doch gesagt, du hast einen wichtigen Deal vor dir – da kannst du etwas Glück gut gebrauchen.«

Allegra lag eine abfällige Bemerkung über sentimentale, abergläubische Schwestern auf der Zunge, aber sie verkniff sie sich. »Ja, du hast recht. Ich brauche wirklich alles Glück, das ich kriegen kann. Danke.« Sie öffnete ihre Handtasche und holte ihr großes kaviarschwarzes Lederportemonnaie hervor, klappte es auf und schob das Blatt hinten ins Fach für die Geldscheine, wo es perfekt hineinpasste.

Schmunzelnd fragte sie sich, ob ihre Schwester wohl noch immer ihr Horoskop mitlas. »Dann morgen um zwei im alten Haus, ja?« Ohne eine Antwort abzuwarten, wandte sie sich um und marschierte zum Ausgang, vorbei an den Cappuccino schlürfenden Samstags-Stammgästen, die eifrig ihren Facebook-Status updateten oder auf ihren Smartphones herumtippten. Sie selbst hatte ihr Handy bereits am Ohr, noch bevor sie die Tür erreicht hatte. Als Isobel Ferdy wieder in den Buggy geschnallt und Zeit gefunden hatte, Allegra eine SMS zu schicken (»Zwölf Uhr war ausgemacht, zwölf!«), saß diese bereits im Taxi und fuhr über die Tower Bridge. Fünf Minuten später betrat sie die große Marmorlobby, zeigte kurz ihren Ausweis vor und stakste lächelnd zu den Aufzügen, die sie hinauf ins zwanzigste Stockwerk bringen würden. Nach Hause – ins Büro.

# 2. Kapitel

## *1. Tag: Madonna mit Kind*

»Oh, Mann, Legs, das ist hier ja die reinste Todesfalle!«, ächzte Isobel. Mit beiden Händen an einen der schweren dunklen Deckenbalken geklammert arbeitete sie sich mit zaghaften Trippelschritten wie eine Seiltänzerin über den scheinbar sperrholzdünnen Speicherboden voran. Allegra saß bereits weiter hinten auf einer – relativ stabilen – Sperrholzplatte. Das Dämmmaterial staubte in rosa Wolken um Isobels Fußgelenke auf und nahm ihr die Sicht. »Ich werde durchbrechen, ganz bestimmt«, wimmerte sie.

»Wirst du nicht«, antwortete Allegra beruhigend. Isobel trippelte auf sie zu, den Kopf unbequem zur Seite geknickt, da die Schrägdecke selbst am höchsten Punkt zu niedrig für sie war.

Als sie schließlich die Sperrholzplatte erreichte (als wäre es eine sichere Insel in einem tosenden pinkfarbenen Ozean), ließ sie den Dachbalken los und presste stattdessen die Hände auf ihr wild klopfendes Herz. »Mann, ich hab mir fast in die Hosen gemacht!«

»Ja, ich weiß, was du meinst«, log Allegra. Isobel faltete ihre langen, schlanken Glieder zusammen wie eine Origamipuppe und nahm neben ihrer Schwester auf dem Fußboden Platz. Um sie herum bauschte sich das rosarote Dämmmaterial. Sie rieb sich die Nase. »Bäh. Dieses Zeugs juckt mir immer in der Nase, dir nicht?«

»Nö.«

»Das kommt sicher von meinem Heuschnupfen.«

»Kann sein. Fass es einfach nicht an.«

»Ja, aber das schwebt hier doch schon überall in der Luft, oder nicht?« Isobel rieb sich heftig die Nase.

Allegra blickte zerstreut auf. Über ihnen hing eine einzelne nackte Glühbirne und erhellte die Stelle, an der sie saßen. Der Rest des Dachbodens lag im Halbdunkel, und man konnte die Kisten, die sich stapelten, nur in Umrissen erkennen.

»Tja, das wär's dann also. Der Rest der ganzen Chose«, bemerkte Isobel trocken. Sie musterte die kleinen, ordentlich zugeklebten Schachteln, die es noch durchzusehen galt, darunter ein ausgebeulter Hartschalenkoffer aus den Achtzigerjahren, aus dem ein Stück Spitze hervorschaute. »Nur noch die hier, dann haben wir's geschafft.«

Allegra nickte erleichtert. Dafür brauchten sie sicher nicht mehr als neunzig Minuten, dann konnte sie wieder zurück ins Büro.

Plötzlich ergriff Isobel Allegras Hände. »Ich bin so froh, dass wir das zusammen machen, Legs. Das ist das Ende einer Ära, oder?«

Allegra schaute auf ihre weißen Hände. Plötzlich spürte sie einen Kloß im Hals. Sie nickte wortlos. Es war nicht nur *ein* Ende. Es war *das* Ende – ihrer Familie, ihrer Kindheit, als sie nur einander gehabt hatten und niemanden sonst.

Allein hier oben zu sein war ein Einschnitt. Als Kinder war es ihnen nie erlaubt gewesen, den Dachboden zu betreten. Ihre Mutter hatte sich immer geängstigt, sie könnten durch die dünne Decke brechen. Aber jetzt waren sie keine Kinder mehr. Jetzt war alles verdreht. Jetzt waren sie die Erwachsenen.

Allegra machte sich mit einem kurzen Schniefer von ihrer Schwester los und griff nach der nächstbesten Schachtel. Mit einem Fingernagel schlitzte sie das schon brüchige Klebeband auf und klappte sie auf. »Ah, das fängt ja gut an«, lächelte sie. »Das können wir so, wie's ist, wegwerfen. Sind bloß alte Schulbücher.«

»Spinnst du?«, rief Isobel und machte sich begeistert über den Inhalt des Kartons her. Ihr Hamsterinstinkt machte sich bemerkbar. Sie nahm einen Stapel alter Schulhefte und Beurteilungen heraus. Die in Allegras Handschrift legte sie beiseite und durchforstete nur ihre eigenen.

Allegra sah, dass dort noch ihr alter Name draufstand: Allegra Johnson. Das versetzte ihr einen Stich. Wie ungewohnt ihr das jetzt vorkam. Ob es sich wohl ebenso fremd anfühlen würde, wenn sie ihn laut ausspräche? Aber das wagte sie nicht, sie befanden sich ohnehin schon auf gefährlich emotionalem Territorium, bei dieser Reise in die Vergangenheit. Sie waren hier, weil sie ihre Mutter nicht mehr lange haben würden. Das Letzte, was Isobel gebrauchen konnte, war eine Erinnerung daran, dass sie einst auch einen Vater gehabt hatten. Rasch blätterte sie das Heft durch. Es war ihr Hausheft aus der ersten Klasse. All diese Kinderzeichnungen: Regenbögen, Strichmännchen mit Haaren, die nur in Büscheln zu wachsen schienen, und ausgestellten Füßen – wie Mary Poppins. Dann das zweite Schuljahr (ihre Schweinchenphase): Schweinchen im Profil, mit Ringelschwänzchen. Auch eins, das ihr ihre damalige beste Freundin Codi als Geschenk reingezeichnet hatte.

»Ha! hör dir das an«, lachte Isobel auf und zitierte aus einem Zeugnis aus der neunten Klasse: »›Isobel ist ein liebenswerter Wildfang.‹«

»Klingt ganz nach dir«, meinte Allegra, »von wem ist das?«

»Von Mr Telfer.«

»Meine Güte, Smellfer! Der arme Mann! Dass er dich hat ertragen müssen!« Sie lachte. »Stacey Watkins hat immer absichtlich einen dunkellila BH unter der weißen Bluse angezogen, nur um zu sehen, wie er rot anlief, während er ihr eine Standpauke hielt. Der Himmel weiß, wie er ein Jahr mit dir überstanden hat!«

Isobel runzelte nachdenklich die Stirn. »Hat er das? Ich bin mir nicht sicher, dass wir ihn überhaupt ein ganzes Jahr lang hatten. Hat er nicht kurz darauf aufgehört?«

Allegra machte sich achselzuckend über die restlichen Hefte

her. Ach ja, die alten Schreibübungen: Wie lange sie gebraucht hatte, um »d« und »b« nicht mehr zu verwechseln. Und bis das Schwänzchen vom »j« die richtige Länge bekommen hatte. In die Ecken hatte sie dünne Spinnennetze gekritzelt – ein Zeichen dafür, dass sie allmählich mit dem Unterrichtsstoff zurechtkam, wie sie fand. Aber die zahlreichen Rotstiftmarkierungen verrieten, dass die Lehrer offenbar anderer Meinung gewesen waren. Sie blätterte schneller durch die Seiten, wie in einem Zeitraffer: ihr Kampf mit der richtigen Stellung der »3«, dann ihre Kollision mit dem Bruchrechnen und dem Neuner-Einmaleins … Und überall diese Bemerkungen in Rotstift: »Konzentriert sich nicht«, »Starrt andauernd aus dem Fenster«, »Kichert und schwätzt«, »Bleibt hinter ihrer Leistungsfähigkeit zurück«, »Zu nachlässig«, »Bemüht sich nicht genug« …

»Ach du meine Güte!«, stöhnte Isobel und zeigte Allegra einen Geschichtstest aus der Oberstufe.

»Bloß elf Prozent?«, fragte Allegra fassungslos. »Iz, das ist ja erbärmlich.«

»Ja, aber da ging's doch um diese blöden *Corn Laws*, weißt du noch, dieses Getreidegesetz im neunzehnten Jahrhundert. Wer muss das heutzutage noch wissen?« Isobel klappte das Heft mit einem Knall zu und warf es verächtlich beiseite. »Ehrlich, ich werde Ferds bestimmt nicht so antreiben wie eine dieser Tiger-Moms. Ist mir doch egal, wenn er, was weiß ich, Probleme beim Konjugieren unregelmäßiger Verben hat oder mit dem Bruchrechnen nicht zurechtkommt. Die Hälfte von all dem Zeug, das sie einem da beibringen, braucht man im richtigen Leben eh nie mehr.«

»Na, ich weiß nicht«, widersprach Allegra nachdenklich. »Bruchrechnen braucht man überall im Alltag. Und ich bin echt froh, dass ich Französisch gelernt habe.«

»Ja, du! Aber du bist ja nicht normal, Legs. Du und deine Karriere, das kann man doch nicht vergleichen, oder?«

Allegra seufzte, sagte aber nichts. Sie hatte es satt, von ihrer kleinen Schwester ständig als die Ausnahme, die die Regel bestätigt, betrachtet zu werden. Isobel dachte immer, dass Allegra, bloß weil sie Erfolg im Beruf hatte, nie unter Versagensängsten, Kummer oder Enttäuschungen zu leiden hatte.

Mit einer eigenartigen Entrücktheit, ja Gleichgültigkeit, blätterte sie auch die anderen Hefte durch. Das war sie einmal gewesen?! Sie konnte sich überhaupt nicht mehr daran erinnern. Aus Regenbögen und Schweinchen wurden in der Mittelschule Herzchen mit Jungennamen darin. Und in den wöchentlichen Beurteilungen hatte sie nie mehr als 45 Prozent geschafft. War das wirklich sie gewesen?

Erst als sie die Hefte aus der Oberstufe erreichte, regte sich ihr Interesse. Wie sie die Geometrie geknackt hatte, ja, daran konnte sie sich noch gut erinnern. Und ihr Schriftbild hatte sich auch sichtlich verbessert: kein Gekritzel mehr an den Rändern, keine Spinnennetze mehr. Und in den wöchentlichen Beurteilungen erreichte sie jetzt in der Regel 90 Prozent statt 45.

»Mein Gott, das hatte ich ja ganz vergessen. Sieh mal.« Isobel hielt ihr ein Heft hin, in das sie ein Kreuzworträtsel geschrieben hatte. Selbstgemacht. Es bestand nur aus dreckigen Ausdrücken. »Dafür hab ich zweimal Nachsitzen kassiert, weißt du noch?«

»Wundert mich nicht.«

Isobel streckte ihr die Zunge raus. »Spießer! Du hast ja keine Ahnung, wie kompliziert das war. An dem Ding hab ich härter gearbeitet als je zuvor in meinem Leben, das kannst du mir glauben.«

Allegra grinste und nahm ein paar Schulfotos heraus, die auf braune Pappe geklebt waren, doch hatte ihre Mutter offenbar nie Zeit gefunden, sie zu rahmen.

Isobel, die sich mit ihren schulischen Fehlschlägen zu langweilen begann, griff nach der nächsten Schachtel. Sie war schwer, und etwas darin rasselte. Sie schlitzte das Klebeband auf, schlug die Klappen auseinander und stöhnte. Sie hielt ein 1000-Teile-Puzzle mit dem Bild eines kitschigen reetgedeckten Fachwerkhäuschens, das neben einem malerischen Bach stand, hoch: Solche Puzzles fand man heutzutage vor allem in den üblichen Charity-Shops und Secondhandläden. Oder in den Geschenkläden von Krankenhäusern. »Nicht zu fassen! Das wollte ich nie wiedersehen, daran erinnere ich mich noch ganz genau.«

»Deshalb war's wohl in dieser zugeklebten Schachtel«, bemerkte Allegra zerstreut. Sie betrachtete gerade ein Foto von sich und ihrer Schwester, beide in identischen himmelblau karierten Polyester-Schuluniformen, die Köpfe einander zugewandt. Allegra hatte den Arm um Isobels Schultern gelegt, und sie grinsten zahnlückig in die Kamera. Wie alt waren sie da gewesen? Sieben und acht? Acht und neun?

Abgesehen von den Zähnen hatten sie sich nicht sonderlich verändert, fand Allegra. Isobels Haar war damals noch einen Ton heller gewesen, und ihre, Allegras, Haare waren zu kurz für Zöpfe. Isobel mit ihren Sommersprossen, die sie auch heute bekam, wenn die Sonne über einen längeren Zeitraum schien. Beide Schwestern besaßen dieselben eindrucksvollen kräftigen Augenbrauen, die damals für kurze Zeit so in Mode gewesen waren. Ihre Gesichter erschienen zu klein für ihre Münder – das Grinsen reichte ihnen fast bis zu den Ohren. Gab es diese Mädchen von damals noch? Ein kleiner Rest hatte sicher irgendwo in ihrem Innern überlebt …

»Warum hat Mum das bloß behalten? Das war doch der schlimmste Urlaub, den wir je hatten. Den wollte ich für immer vergessen. Da hat es Tag und Nacht in Strömen gegossen.«

Allegra warf ihrer Schwester einen mitfühlenden Blick zu. Isobel hatte diesen Urlaub nicht wegen des Dauerregens vergessen wollen. Sie waren auf einem vierzehntägigen Campingurlaub in Wales gewesen, und es hatte tatsächlich so sehr geschüttet, dass sogar die Schafe versucht hatten, zu ihnen ins Zelt zu kriechen. Man konnte nichts tun als lesen und puzzeln. Allegra konnte sich noch an den kratzigen Nylon-Zeltteppich erinnern, auf dem sie stundenlang gehockt hatten, während sie heißen Tee aus Emailtassen schlürften und der Regen aufs Zeltdach prasselte wie Gummigeschosse und ihre Mutter im abgeteilten Bereich in ihrem Schlafsack lag und nicht aufhören konnte zu heulen.

»Starburst!«, rief Isobel begeistert. Sie holte ein türkisgrünes Pony mit lila Mähne hervor und untersuchte es kritisch auf eventuelle Makel. »Ich dachte, das wäre schon vor Jahren in den Müll gewandert.«

»Offenbar nicht«, grinste Allegra. Die Begeisterung ihrer Schwester für dieses muffelige, geschmacklos knallige »My Little Pony« konnte Allegra beim besten Willen nicht nachvollziehen. Sie schaute sich das nächste Foto an – immer noch Seite an Seite, Allegras Arm lag immer noch um Isobels Schultern, doch während Allegra noch Zöpfe hatte, die Bluse bis obenhin zugeknöpft, hatte Isobel eine rosa Strähne im Haar, und ihre blauen Augen waren kräftig mit schwarzem Eyeliner umrandet. Da war es bereits geschehen.

Allegra wandte hastig den Blick ab und steckte die Fotos wieder zurück. Sie hatte genug. Da Isobel noch immer damit beschäftigt war, selig in der Schachtel mit ihren alten Spielsachen zu kramen, zog Allegra den Hartschalenkoffer zu sich heran und ließ die Schnallen aufschnappen. Darin befand sich, sorgfältig zusammengefaltet, alte Babykleidung, fast alles selbstgeschneidert oder -gestrickt. Erstaunlich wenig rosa Sachen. Aber das lag wohl eher daran, dass in ihrer Familie mütterlicherseits schon in der fünften Generation nur weibliche Nachkommen zur Welt gekommen waren. Angesichts einer solchen Statistik konnte einem schon mal die Lust auf Rosa vergehen. »Du stammst von einer langen Reihe von Müttern ab« war das Mantra, das sie von klein auf zu hören bekommen hatten. Sowohl ihre Mutter als auch ihre Großmutter hatten großen Wert darauf gelegt, dass sie lernten, wie man Sicherungen auswechselt, einen Grill in Gang bringt, Feuer macht oder die Heizkörper entlüftet. Die klare Botschaft lautete natürlich: Wir schaffen es auch ohne Mann.

Allegra hielt ein rotes Strickjäckchen hoch. »Iz, sieh mal, das würde Ferds doch fabelhaft stehen, oder?«

Isobel blickte auf und stieß ein entzücktes Quieken aus. Starburst, das Pony, war sofort vergessen. »Ach, an die Jacke erinnere ich mich noch! Du nicht?«

»Doch, glaub schon. Die hat Granny gestrickt, oder?«

»Ich glaube, Granny hat das meiste davon gestrickt.« Isobel begann aufgeregt in den Sachen zu wühlen. Da gab es Baumwollstrampler in fröhlichen Karofarben, Strickpullis, gesmokte Kleidchen, bunte Blusen. Ihre Augen wurden groß. Sie hielt ein blassgelbes Baumwollkleidchen mit gesmoktem Oberteil und himmelblauem Kreuzstich am Saum hoch. »Mensch, sieh dir das an! Das nenne ich Qualität! Das ist besser als alles, was du bei Dior findest.«

Iz hatte natürlich noch nie einen Fuß in eine Dior-Boutique gesetzt, wie Allegra sehr wohl wusste. Soweit sie sich erinnern konnte, hatten ihre Klamotten nie irgendwelche »Label«. Und wenn doch, dann keine, die man stolz vorgezeigt hätte.

Die Begeisterung ihrer Schwester war unübersehbar. Wieso konnte sie selbst nicht etwas Ähnliches empfinden? Alles, was sie fühlte, war eine tiefe Traurigkeit. Das hier war nicht ihre Kindheit, es war nur eine selektive Sicht darauf. Kleine, geschönte Rückblicke auf eine Zeit, die es so nie gegeben hatte. Ihre Mutter hatte nur das Beste aufbewahrt, den schönen Schein, die Sonntagssachen, nicht die Alltagskleidung, die beim Spielen und im täglichen Gebrauch verschlissen worden war. Sie hatte nur die fröhlichen bunten Bilder voller Regenbögen und Schweinchen aufgehoben, nicht die düsteren Kritzeleien in Schwarz und Rot, die später hinzukamen. Ein kitschiges Puzzle als einziges Highlight in einem traurigen, verregneten Campingurlaub in Wales.

Sie hatte gehofft, hier möglicherweise Antworten zu finden,

sah nun aber ein, dass das vergeblich war. Denn ihre Mutter hatte die Vergangenheit geschönt, hatte nur das Gute herausgepickt, ein paar Schulhefte, Babykleidung, ihre Lieblings-Spielsachen. Die üblichen Erbstücke, zum Beweis dafür, dass sie eine ganz normale Familie gewesen waren, so wie alle anderen auch. Hier gab es nichts, was zeigte oder, was noch wichtiger war, was erklären könnte, warum ihre Kindheit an einem bestimmten Punkt ein so abruptes Ende gefunden hatte – wie ein Auto, das gegen einen Baum prallt.

Außerdem war es jetzt ohnehin zu spät: Die Darsteller hatten die Bühne verlassen, die Zeit war abgelaufen. Jetzt nach Antworten zu suchen wäre, als würde man einen wolkenlosen Himmel nach dem schlechten Wetter von gestern absuchen.

Sie schaute sich auf dem engen Dachboden um, mit all den rosa Flocken auf dem Fußboden – die letzte unerforschte Wildnis in einem Zuhause, das es bald nicht mehr geben würde. Dies war ihr einziger und letzter Besuch hier oben; danach würden sie dieses Haus nie mehr betreten. Die neuen Besitzer wollten morgen die Schlüssel abholen, und dann würde eine andere Familie hier Geschichte schreiben.

Ihr Blick fiel auf etwas Eckiges, ganz an der Seite, unter der Dachschräge. Was konnte das sein? Stirnrunzelnd griff sie in ihre Gesäßtasche, holte ihr Handy hervor und knipste dessen Taschenlampe an.

Sie beleuchtete die Stelle und sah, dass es sich um eine weitere Schachtel handelte.

»Da ist noch was, da hinten.«

»Was?« Isobel bewunderte gerade ein Paar winzige schwarze Lackschuhe mit dekorativer Schnalle. Sie hob den Kopf und zog eine Grimasse. »Also, da krieche ich nicht hin, das kannst du vergessen.«

»Keine Sorge, ich mach das schon.« Allegra schob die Ärmel ihres Pullis zurück.

»Im Ernst? Bist du sicher, dass es das wert ist? Sind wahrscheinlich bloß ein paar alte Kerzen oder Glühbirnen drin.«

»Na, ich schaue lieber mal nach, das ist schließlich unser letzter Besuch hier.«

Iz sagte nichts. Als Allegra ihren bekümmerten Gesichtsausdruck sah, tätschelte sie ihr tröstend das Knie. »Wühl du nur weiter in den Babysachen.«

Sie entfaltete sich anmutig, die Arme hochgestreckt, um nicht an die Decke zu stoßen. Geschmeidig wie eine Katze bewegte sie sich über einen Balken.

»Was ist es?«, fragte Isobel, als Allegra die Schachtel erreichte. Die Balance haltend wie eine Ballerina, ließ sie sich in die Hocke sinken, klappte die Schachtel auf und spähte hinein.

Sie stieß ein erregtes Keuchen aus. Der Strahl ihrer Handylampe war auf etwas höchst Unerwartetes gestoßen. »Mein Gott, Iz! Ich glaube … Ich glaube, das ist eine Kuckucksuhr!«

»Was? Zeig her!« Isobel schoss in die Höhe, sank aber sofort wieder zurück: Sie hatte die Balken vergessen und sich gestoßen. Ihren Kopf umklammernd, zischte sie: »Auuu! Scheiße, verdammte!«

»Iz! Hast du dir wehgetan?«

»Klar, was glaubst du denn!«, heulte Isobel und hämmerte mit der Faust auf die Sperrholzplatte. Allegra wartete, bis sie sich wieder beruhigt hatte.

»Geht's?«, fragte sie mitfühlend.

»Nö«, antwortete Isobel mürrisch. Immerhin hatte sie aufgehört, auf den Boden zu hämmern.

»Warte, ich komm zu dir rüber.«

»Bring die Uhr mit!«, stöhnte Isobel und blickte mit schmerzverzerrtem Gesicht auf.

Allegra zögerte – wenn sie hier einen falschen Schritt tat, dann würde sie im darunterliegenden Raum landen. Es gelang ihr, sich die Schachtel unter den Arm zu klemmen – von der Größe her ging es gerade so –, dann richtete sie sich schwankend auf und tapste vorsichtig zurück.

Sie stellte die Schachtel ab und beugte sich zu ihrer Schwester hinunter. »Lass mal sehen.« Behutsam untersuchte sie Isobels Kopf. »Nichts zu sehen. Kein Blut jedenfalls. Ist es denn wieder okay?«

»Geht schon. Du hast schon immer zwei Köpfe gehabt, oder?«, grinste Isobel.

Allegra stöhnte. »Dass du immer so ein Theater machen musst! Du bist die reinste Dramaqueen.«

»Weiß ich doch!«, kicherte Isobel. »Und jetzt zeig endlich diese Uhr.«

Allegra hob sie vorsichtig heraus. Ein schweres, kunstvoll geschnitztes Stück. Die Uhr besaß die Form eines malerischen Schweizer Chalets, komplett mit Vorgärtchen und kleinen Felsen.

»Mann, ist die toll!«, hauchte Isobel begeistert – was so viel hieß wie: »Die krieg ich!« Sie streckte die Hände danach aus, und Allegra reichte sie ihr. Beide begutachteten die zahlreichen Fensterchen und kleinen Türen. »Glaubst du, die funktioniert noch?«, fragte Isobel.

»Woher soll ich das wissen?«

»Legs, du weißt doch alles.«

»Na, nicht alles.«

»Alles, was *ich* je wissen muss.«

Allegra gab auf. »Die müssen wir zu einem Fachmann bringen. Ein Uhrmacher kann sie vielleicht wieder in Gang setzen. Also, die ist wirklich schön.« Allegra fuhr mit dem Finger über die winzigen originalgetreuen Dachschindeln.

»Ein Schmuckstück! Was die wohl hier oben zu suchen hat? Warum hat Mum sie nie runtergeholt?«

»Sie wird sie wohl vergessen haben. Die steckte ja an der hintersten Stelle des Dachbodens.«

»Ob sie vielleicht Dad gehört hat?«, fragte Isobel in dem sehnsüchtigen Ton, in dem sie immer von ihm sprach.

»Möglich.«

Beide schwiegen einen Moment.

»Nimm du sie«, überwand sich Isobel. Sie hielt ihrer Schwester die Uhr hin.

»Wieso ich?«, fragte Allegra stirnrunzelnd. »Du findest sie doch so schön.«

»Du auch. Und ich kriege sowieso immer alles.«

»Weil du ein hübsches Zuhause hast und eine Familie, die sich über solche Dinge freut. Komm schon, was soll ich mit einer Kuckucksuhr in meinem kleinen Apartment? Ganz abgesehen von der Platzfrage wäre das ein ernster Stilbruch.« Es stimmte: Die Zweizimmerwohnung in Poplar, die sie sich von ihrem ersten Bonus gekauft hatte, würde zwar nie einen Designerpreis gewinnen, aber sie lag nur zwölf Gehminuten von der Firma entfernt, und – nicht, dass sie das je vor Isobel zugegeben hätte – die Firma war ihr wahres Zuhause. Und dort wäre man wahrscheinlich nicht sonderlich begeistert, wenn sie mit einer Schweizer Kuckucksuhr antanzen würde.

»Aber du hast doch gerade dieses Haus in Islington gekauft«, widersprach Isobel. »Da würde sie perfekt hineinpassen.«

»Ich hab dir doch schon gestern gesagt, dass ich das Haus nur als Kapitalanlage gekauft habe. Ich will nicht drin wohnen.«

Isobel machte ein finsteres Gesicht. Das Konzept »Kapitalanlage« versus »Eigenheim« wollte ihr einfach nicht in den Kopf. »Ich kapier das nicht. Du machst all die Knete, du kaufst dir ein Haus, und dann wohnst du doch weiter in dieser winzigen Bude. Da war mein Zimmer im Studentenwohnheim ja größer!«

Es stimmte: Das Apartment war wirklich winzig und schäbig. Sie hatte es möbliert übernommen und nie etwas daran geändert in den zehn Jahren, seit sie dort wohnte – *wenn* sie dort wohnte. Sie war eigentlich kaum da. Ihre Nachbarn glaubten wahrscheinlich, die Wohnung stünde leer. Aber das war ihr ganz recht so. Die Freehold-Gebühr wurde monatlich abgebucht, und sie konnte jederzeit fristlos kündigen. »Lock up and leave«, wie man das nannte. Genau so wollte sie es haben. »Es ist nun mal nicht weit zum Büro« war alles, was sie sagte.

»Das Leben besteht aus so viel mehr als aus der kürzesten Entfernung zum Büro«, seufzte Isobel. »Was ist mit Schönheit und Lebensqualität?« Allegra hob skeptisch eine Braue. Isobel seufzte erneut. »Du bist unverbesserlich. Ich weiß nicht, warum ich mich überhaupt bemühe. Na gut! Steck die Uhr wieder in die Schachtel, dann nehme ich sie eben.«

Allegra schob Isobel die Schachtel hin, doch dabei merkte sie, wie schwer sie noch immer war. Sie warf einen genaueren Blick hinein. »Moment! Da ist noch was.«

Sie holte ein apfelgrün gestrichenes Kästchen hervor, etwa vierzig Zentimeter hoch. Es besaß sechs Reihen mit vier kleinen Schubladen, jede davon mit einer Nummer versehen.

»Oh, wow!«, hauchte Isobel mit der für sie typischen Dramatik. In jedem Ei ein Vogel, wie Granny immer gesagt hatte.

Allegra wollte schon die erste Schublade aufziehen, aber Isobel packte sie beim Handgelenk. »Nicht! Das bringt Unglück!«

»Was meinst du?«

»Wenn man die Schublade vor dem ersten Dezember aufmacht!« Sie spitzte ihre Lippen und wedelte mahnend mit dem Zeigefinger. »Geduld ist eine Tugend, Allegra, das solltest gerade du wissen.«

»Wovon redest du? Heute ist doch der erste Dezember!«

»Ach? Echt?«

Allegra schnalzte missbilligend. Ihre Schwester war im Moment nicht mehr so ganz auf der Höhe der Zeit. Sie berechnete ihre Tage nur noch nach Babymassage-Kursen und dem nächsten Waxing-Termin (für sich selbst natürlich, nicht für Ferds). Ihr Zeitbegriff wurde von solchen Terminen bestimmt. Sie wusste nur, was sie »nächsten Dienstag« oder »Donnerstag in einer Woche« vorhatte. Es war eine Erleichterung für alle, dass Schecks aus der Mode gekommen waren, denn jetzt musste sich Isobel nicht mehr bei der Verkäuferin an der Kasse erkundigen, welcher Tag, Monat oder gar welches Jahr gerade war. »Wieso? Was spielt das Datum überhaupt für eine Rolle?«

Jetzt war es an Isobel, einen überlegenen Gesichtsausdruck aufzusetzen. »Weil das ein Adventskalender ist, du Dummerchen!«

Allegra musterte das Kästchen skeptisch. »Das da? Woher willst du das wissen?«

»Na ja, vierundzwanzig Schubladen – was soll es wohl sonst sein?«

»Ein Schränkchen, das zufällig vierundzwanzig Schubladen hat?«

Isobel lachte freudlos.

»Was? Was wissen wir schon davon? Soweit es uns angeht, kommen Adventskalender von Cadbury und sind mit Schokoladenvögeln gefüllt«, brummelte Allegra und streckte erneut die Hand nach der ersten Schublade aus.

»Aber nur die erste, nicht mehr! Den Rest später, eine nach der andern.«

Glücksblätter. Adventskalender. Ihre Schwester war wirklich in mehr als einer Hinsicht blauäugig. »Ja, Mama.« Allegra zog die erste Schublade auf. Sie hoffte wirklich, dass nichts drin wäre, oder höchstens ein paar rostige Nägel oder vertrocknetes altes Plastilin.

Stattdessen fand sie ein winziges Marienfigürchen – Maria mit dem Jesuskind.

Das Blau von Marias Gewand blätterte zwar schon ein wenig ab, und das Jesuskind hatte an einem Füßchen einen winzigen Haarriss, aber ansonsten war die Figur in gutem Zustand. Allegra hielt sie stirnrunzelnd zwischen Daumen und Zeigefinger hoch. »War Mum denn *katholisch*? Das hat sie nie erwähnt.«

Isobel nahm das Figürchen und rollte es auf ihrer Handfläche hin und her. »Nicht, dass ich wüsste. Sonst hätte sie uns sicher andauernd zur Beichte geschickt. Zu beichten gab's ja allerhand, du weißt schon.«

»Bei dir jedenfalls.« Allegra versetzte ihrer Schwester mit dem Ellbogen einen leichten Rippenstoß.

»Ja, ja, du Heilige!« Isobel schwieg einen Moment nachdenklich. »Aber es würde so einiges erklären. Weißt du noch, was sie immer für ein schlechtes Gewissen hatte, weil sie die Küchenabfälle zum normalen Müll geben musste und nicht kompostieren konnte?«

Allegra lächelte. »Ja, was Schuldgefühle betraf, war sie ganz groß.«

»Schade, dass die Sachen so klein sind«, schniefte Isobel. Sie gab ihrer Schwester die Figur zurück. »Das wäre mir zu riskant. Da könnte Ferdy ja dran ersticken! Nee, die will ich nicht im Haus haben.«

Allegra hob eine Braue. Ihre Schwester trieb den Begriff »paranoide Mutter« förmlich auf die Spitze: Selbst die Toilettensitze in ihrem Haus hatten Sicherheitshaken. »Ist das deine Art zu sagen, dass dir die Uhr lieber wäre?«

»Was?«, fragte Isobel gespielt erstaunt. »Nein, ich …«

Allegra tätschelte Isobels Schulter. »Nimm sie, Iz. In eurer Diele würde sie toll aussehen. Und Ferds wird einen Riesenspaß dabei haben, zuzusehen, wie der Kuckuck rauskommt.«

»Ja, das würde ihm sicher gefallen«, stimmte Isobel zu. »Aber bist du sicher, dass du mit dem Adventskalender zufrieden bist? Ich meine, du hältst doch nichts von Weihnachten.«

Allegra warf einen Blick auf das Figurenpaar in ihrer Hand. »Machst du Witze? Täglich eine Überraschung – wer will das nicht? Da hab ich doch endlich was, worauf ich mich jeden Morgen beim Aufstehen freuen kann!«, witzelte sie.

# 3. Kapitel

## *2. Tag: Mistelzweig*

Eine angenehme Frauenstimme drang aus dem Lautsprecher der Wartehalle erster Klasse an Allegras Ohr. Alles hier war angenehm oder klang angenehm, aber sie hob dennoch ein wenig entnervt den Kopf: Nach neunzigminütiger Verspätung wurde endlich ihr Flug aufgerufen. Sie steckte die rosa Seiten der Financial Times, in die sie vertieft gewesen war – sie las die Printausgabe dieser Tage eigentlich nur noch auf Flughäfen –, zurück in ihre Tasche, erhob sich und ging zum Boarding-Schalter. Ihre Schritte waren lautlos, die hohen Absätze ihrer Schuhe versanken in der dicken Auslegeware.

Mit einem Lächeln wurde sie begrüßt. »Ah, Ms Fisher«, sagte die Angestellte, »wie schön, Sie wiederzusehen.«

»Gleichfalls, Jackie«, antwortete Allegra lächelnd. Zerstreut fragte sie sich, seit wann aus ihr eine »Ms« geworden war: Bisher war sie immer als »Miss« betitelt worden. Offenbar hatte sie eine unsichtbare Altersschranke überschritten.

Jackies Finger flogen kompetent über die Tasten. Dann gab sie Allegra ihre Papiere samt Boardingpass zurück. »Guten Flug wünsche ich.«

»Danke.« Allegra machte sich auf den Weg über die lange, leicht abschüssige Rampe zum Flugzeug, ein Weg, der ihr ebenso vertraut war wie ihr heimischer Flur. Mit den Gedanken war sie schon wieder bei den soeben studierten Zahlen. Prada-Aktien waren gestiegen, vor allem in Lateinamerika, hm …

Ohne auf ihr Ticket zu sehen, suchte sie zielsicher ihren Stammplatz auf: 2B. Kirsty kannte ihre Chefin und sorgte dafür, dass diese sich ganz auf ihre Arbeit konzentrieren konnte, indem sie alles so einrichtete, wie Allegra es am liebsten hatte: zweite Reihe, Gang, keine alkoholischen Getränke, nur Biokost, frisch zubereitet, Kaschmirdecke, richtige Kopfhörer, keine Ohrstöpsel und Jo-Malone-Handcreme griffbereit ...

Allegra verstaute ihr Handgepäck, zog ihren Mantel aus und setzte sich. Dann schlug sie sofort wieder den FTSE 100 auf, den sie zuletzt studiert hatte. In den Schlagzeilen wurde über eine drohende neuerliche Immobilienblase in London spekuliert, hervorgerufen durch das Eigenheim-Förderprogramm der Regierung. Doch da andererseits erst kürzlich die Zinsen angehoben worden waren, würde das den Hochpreissektor, sprich: Luxusimmobilien, wohl kaum betreffen, wie Allegra vermutete.

Mit verengten Augen, tief in Gedanken versunken, starrte sie auf den schwarzen Bildschirm ihrer Medienkonsole, dann tippte sie kurzentschlossen eine knappe E-Mail an Bob, ihren Analytiker und ihre rechte Hand, in der sie ihn bat, die neuen Wachstumsmärkte genauer unter die Lupe zu nehmen, mit besonderem Schwerpunkt auf Südamerika. Brasilien hatte ja gerade die Fußballweltmeisterschaft ausgerichtet, und die Olympischen Spiele standen noch bevor: Die dortige Elite schwamm wahrscheinlich auf einem All-Time High.

Sie klickte auf »Senden«, dann lehnte sie sich zurück und nahm, schon ein wenig entspannter, ihr Tablet zur Hand. Ihr Blick wanderte gelangweilt durch die Kabine. Einige Gesichter kannte sie – die Route London/Zürich wurde gerade in ihrer Branche häufig benutzt – und erwiderte Grüße mit einem betont zurückhaltenden Nicken. Einige dieser Männer – es waren natürlich fast ausschließlich Männer – hatten sich anfangs eifrig bemüht, ihre Bekanntschaft zu machen, aber derartige Versuche hatte sie durch ihr frostiges Verhalten im Keim erstickt.

Ein Gesicht – oder besser gesagt Profil – war ihr jedoch neu. Er saß auf 1C, eine Reihe versetzt vor ihr: Mitte dreißig, dichtes dunkelblondes Haar, gebräunte, wettergegerbte Haut, als käme er soeben von einem Urlaub am Strand. Ihre Neugier war geweckt: Niemand war um diese Jahreszeit gebräunt, nicht einmal ihr Boss, Pierre, und der konnte es sich leisten, sogar auf dem Mond Urlaub zu machen, wenn er wollte. Nun, die Karibik konnte es nicht sein, und auch für den Pazifik war's zu früh (Hurrikansaison), und die Skisaison hatte auch noch nicht begonnen: In Verbier würden die Lifte erst nächste Woche in Betrieb genommen werden. Er wandte sich der Stewardess zu, die sich über ihn beugte, und sagte etwas zu ihr. Allegra fiel sein maßgeschneiderter grauer Anzug auf und die handgefertigten Lobb-Schuhe. Das geschah ebenso blitzschnell, wie sie die Zahlen des Dow Jones verarbeitete. Gerade wollte sie wieder wegsehen, als er sich umdrehte und ihren Blick auffing.

Allegra erstarrte. Seine Augen nahmen die Details ihrer Erscheinung ebenso schnell auf wie ihre vorhin die seinen. Und er sah sogar noch besser aus, als sein Profil versprochen hatte: helle, durchdringende blaue Augen, ein kantiges, ausgeprägtes Kinn, das auf Durchsetzungsvermögen und Stolz hinwies. Zu ihrem Entsetzen ertappte sie sich dabei, wie sie verlegen – und völlig unnötigerweise – ihre marineblaue Hose glatt strich. Ihm fiel ihre plötzliche Nervosität sofort ins Auge. Sie zwang sich, die Hände stillzuhalten und die Augen nach einem letzten strengen Blick von ihm loszureißen – was sie einige Anstrengung kostete. Betont interessiert starrte sie auf den schwarzen Bildschirm ihres TV-Schirms und rührte sich erst wieder, als sie aus den Augenwinkeln wahrnahm, wie er sich nach vorn umwandte. Dann ließ sie den Kopf zurücksinken und schloss kurz die Augen. Was war nur in sie gefahren? Gutaussehenden Männern wie ihm begegnete sie in ihrem Job häufig – aber warum verwandelte sie sich ausgerechnet unter seinen Blicken in eine Pfütze Rosenwasser?

Das Flugzeug setzte sich nun endlich in Bewegung, die Motoren heulten auf. Alle schnallten sich pflichtbewusst an. Allegra sah aus dem Fenster, aber Heathrow war ihr inzwischen so vertraut, dass der Anblick der Asphaltflächen ihr nichts Neues bieten konnte. Lieber schaute sie sich an, was es auf Net-a-Porters »New In«-Site Neues gab. Doch ihr Blick huschte immer wieder zu 1C hin, wie ein nervöser Tick. Gerade lockerte er seine Krawatte und dehnte seinen Nacken. Ihr fiel auf, dass er offenbar Wasser mit Kohlensäure bevorzugte, das neueste iPhone besaß und Rechtshänder war.

Als er sich das nächste Mal umdrehte, war sie gewappnet und schaute rechtzeitig weg. Sie hatte bemerkt, wie er sein Gewicht leicht auf die rechte Armlehne verlagerte und den Kopf ein wenig zur Seite neigte, bevor er sich ganz zu ihr umdrehte. Aber da tat sie bereits, als wäre sie ganz in ihr iPad vertieft. Außerdem achtete sie darauf, dass sie ihre Hände vollkommen stillhielt. Sie spürte seinen Blick wie ein Gewicht auf sich ruhen, rührte sich jedoch nicht, scheinbar ganz in das versunken, was sie las: das neue Givenchy-Sweatshirt, 800 Pfund – ein *Sweatshirt*? Die machten Witze! Das war sogar nach ihren großzügigen Standards unverschämt. Sie zwang sich, nicht zu blinzeln, nicht auf ihrer Unterlippe zu kauen und das Haar, als es ihr ins Gesicht fiel und ihre Züge vor ihm verbarg, nicht gleich hinters Ohr zurückzustreichen.

Sie zählte bis zehn.

Auf Russisch.

Erst dann hob sie den Kopf, schob die Haarsträhne hinters Ohr und blickte sich betont zerstreut um.

Er starrte sie noch immer an.

Ihre Blicke trafen und verhakten sich, wie zwei sich kreuzende Klingen. Auf seinen Zügen machte sich ein belustigtes Schmunzeln breit, was die harten Konturen seines Gesichts sofort weicher wirken ließ. Sie antwortete mit einem betont kurzen, geschäftsmäßigen Lächeln, beinahe fragend (»Was gibt's da zu glotzen?«), doch seine Augen verrieten, dass er sehr wohl wusste, was für ein Spiel sie spielte. Ihr professionelles Lächeln verwandelte sich in ein verlegenes Grinsen. Ertappt! Er musste nun ebenfalls grinsen, und seine blauen Augen funkelten. Allegra spürte auf einmal ein Kribbeln in den Adern, das ihren ganzen Körper durchströmte, wie mit erregenden kleinen Nadelstichen.

Er öffnete den Mund, als wolle er etwas sagen, und Allegras Blick fiel unwillkürlich auf seine Lippen. Sie fragte sich, wie es wohl wäre, diese Lippen zu küssen, mit dem Daumen darüberzustreichen … Sie schnappte entsetzt nach Luft. Was machte sie da? Seinen Mund anzustarren, wie, wie … Und er hatte es auch noch bemerkt! Rasch wandte sie ihren Blick ab und konzentrierte sich mit geradezu verzweifelter Intensität auf die neue Alexander-McQueen-Kollektion. Diesmal ließ sie ihr Haar absichtlich nach vorne fallen und strich es den ganzen Flug lang nicht mehr zurück, bis sie in Zürich aufsetzten. Und selbst da starrte sie konsequent aus dem Fenster, während das Flugzeug zur Ankunftshalle rollte. Sie wagte es nicht, noch einmal mit diesem Fremden zu flirten, der sie so mühelos durchschaut zu haben schien.

Es schneite. Natürlich schneite es. Sie war in der Schweiz, und es war Dezember. Wieso hatte sie nicht daran gedacht? Kirsty hätte sie erinnern sollen. Aber sie waren zu sehr mit dem letzten Schliff der Präsentation beschäftigt gewesen, die Gesichter an die Bäume gepresst, sozusagen, ohne den Wald zu sehen. Sie hatte nichts gegessen, außer Take-away-Sushi, und nichts getrunken, außer schwarzem Kaffee. Das einzige Mal, dass sie überhaupt frische Luft geatmet hatte, war, als Bob das Fenster aufmachte und verstohlen eine Zigarette rausrauchte.

Und wo blieb ihr Wagen? Allegra schaute sich ungehalten um, dabei stampfte sie mit den Füßen, um sich warm zu halten. Es war schweinekalt, und ihr marineblauer Céline-Kurzmantel – kragenlos, mit Lederpaspelierung und aufgesetzten Taschen – passte zwar fabelhaft zu ihrem schlank geschnittenen Hosenanzug, war aber bei diesem Wetter vollkommen nutzlos. Sie konnte nicht mal ihren nackten Hals schützen, indem sie den Mantelkragen aufstellte. Und jetzt auch noch das: Ihr Chauffeur stand nicht wie sonst auf seinem üblichen Platz vor dem Flughafengebäude und erwartete sie.

Sie rief Kirsty an.

»Kirsty, wo bleibt mein Wagen?«

»Tut mir schrecklich leid, Ms Fisher. Ich wollte Sie gerade anrufen, beziehungsweise eine SMS schicken: Es gab einen Unfall auf der A11. Dort ist alles abgesperrt, und der Fahrer kommt nicht zu Ihnen durch. Sie werden wohl ein Taxi nehmen müssen.«

»Ein Taxi?«, wiederholte Allegra in einem Ton, als hätte ihre Assistentin vorgeschlagen, sie solle eine Rikscha nehmen.

»Tut mir leid. Aber die Autobahn ist stadteinwärts komplett gesperrt.«

»Tja, da kann man wohl nichts machen. Na gut.«

Sie beendete das Gespräch. Jetzt fror sie nicht nur, jetzt war sie auch noch frustriert. Am Taxistand hatte sich bereits eine Schlange gebildet, mindestens vierzig Leute lang.

Mit einem irritierten Fußtritt ließ sie ihren Trolley auf die Räder zurückfallen und machte sich wohl oder übel auf den Weg dorthin. Dicke Schneeflocken sammelten sich auf ihren zierlichen Schultern.

Sie war schon beinahe am Taxistand angelangt, als jemand ihren Namen rief. »Fisher?«

Allegra drehte sich um. »Mr Crivelli.«

Ein untersetzter Mann Ende fünfzig in einem dicken grauen Wintermantel löste sich von der schwarzen Limousine mit getönten Scheiben, vor der er gewartet hatte, und kam mit ausladenden Schritten auf sie zu, dabei zog er seinen rechten Handschuh aus. Er war CFO (Finanzchef) in ihrer Firma und wohl der Einzige, der ihrer unmittelbar bevorstehenden Beförderung ablehnend ge-

genüberstand. Was möglicherweise daran lag, dass er ihr bei ihrem Eintritt in die Firma das großzügige Angebot gemacht hatte, ihm einen blasen zu dürfen – was sie unmissverständlich abgelehnt hatte. Seitdem taten sie beide zwar geflissentlich so, als ob es diesen Vorfall nie gegeben hätte, doch tauchte er immer noch bei gewissen Gelegenheiten auf, wie ein Gespenst, das sich nicht bannen ließ.

Er blieb vor ihr stehen. Seine Augen konnte sie nicht erkennen, da sich das grelle Licht der Ankunftshalle hinter ihr in seinen Brillengläsern spiegelte. »Wo wollen Sie denn hin, Fisher? Das ist doch der Taxistand.«

»Ich weiß. Aber auf der A11 gab's einen Unfall, und jetzt kommt mein Chauffeur nicht durch.«

»Wo haben Sie denn gebucht?«

»Im Park Hyatt.«

»Ich auch. Dann können Sie doch mit mir fahren.«

»Vielen Dank.« Allegra wäre lieber erfroren, als sich von diesem Mann mitnehmen zu lassen. Andererseits: Es konnte durchaus Vorteile haben, ihn mal eine ganze Fahrt lang für sich zu haben. Vor allem jetzt, wo sie dabei war, diesen Riesenfisch an Land zu ziehen – und das wenige Wochen vor den Beförderungsverhandlungen …

Die Hände vor dem Körper gefaltet wartete sie, dass er zur Limousine voranging. Aber er stand nur da und starrte weiterhin zur Ankunftshalle, offenbar ohne zu bemerken, dass ihre Kleidung besser für einen Pariser Herbst als für einen Schweizer Winter geeignet war.

Allegra wurde klar, dass er noch jemanden erwartete. »Auf wen warten Sie?«, erkundigte sie sich, krampfhaft bemüht, ihr Bibbern zu unterdrücken. Warum hatte sie nicht wenigstens einen Schal mitgebracht!

»Jemanden aus dem New Yorker Büro – Sam Kemp. Kennen Sie ihn?«

»Nicht persönlich, nein. Aber den Namen habe ich natürlich schon mal gehört. Er ist für das Besakowitsch-Konto verantwortlich, nicht?«

Crivelli schoss ihr einen Blick zu. »War. *War*. Aber jetzt, wo Besakowitsch die Leinen kappt, hat er kein Konto mehr zu betreuen. Und einen wie ihn wollen wir natürlich nicht verlieren. Sie kennen seine Zahlen? Ganz schön beeindruckend, was?«

Allegra nickte. Allerdings. Satte 64 Prozent hatte die Firma damals kassiert. Pierre hatte die gute Nachricht höchstpersönlich in einer überschwänglichen E-Mail an alle Mitarbeiter des Londoner Büros weitergeleitet. Sehr zu ihrem Kummer. Dabei war sie doch der Star der Firma, zumindest auf dieser Seite des Atlantiks. Und ihre Zahlen waren kaum schlechter als seine.

»Nun, Pierre glaubt, dass die von Minotaur scharf auf ihn sind, und hat mich hergeschickt, um ihm ein bisschen Honig um den Bart zu schmieren.« Er musterte Allegra nachdenklich. »Haben Sie eigentlich je daran gedacht hierherzuwechseln, nach Zürich?«

Sie zuckte die Achseln. »Wenn mir ein geeigneter Posten angeboten würde.«

»Kann ich mir denken.« Crivelli nickte und blickte mit einem wissenden Lächeln wieder zur Ankunftshalle. Er schien ihren beruflichen Ehrgeiz als eine Art Kuriosum zu betrachten, wohingegen er von einem Mann wie Sam Kemp nichts anderes erwartet hätte. »Ah, da ist er ja. Mal sehen, ob wir ihn glücklich machen können.«

»Ja, sicher.« Allegras Blick fiel auf den Mann, der nun von Crivellis Fahrer hergebracht wurde. Er trug einen grauen Wintermantel, einen dunkelgrau gestreiften Schal und Lederhandschuhe.

Allegra erkannte ihn erst, als er nur noch wenige Meter von ihnen entfernt war. Großer Gott. Es war der Typ mit dem unwiderstehlichen Lächeln. Auch er schien sie wiederzuerkennen, wie seine Miene verriet.

Diese Augen. Dieser Mund.

»Ah, Sam! Wie schön, Sie wiederzusehen!«, rief Crivelli mit übertriebener Begeisterung. Strahlend blickte er zu dem anderen auf, der ihn um fast einen Kopf überragte, Allegra selbst um gut zehn Zentimeter. Er schüttelte ihm enthusiastisch die Hand. »Einen guten Flug gehabt, hoffe ich?«

»Ja, ausgezeichnet, danke.« Sein Blick huschte neugierig zu Allegra.

Überrascht von seinem amerikanischen Akzent und nervös angesichts dessen, was sich im Flugzeug zwischen ihnen abgespielt hatte, richtete Allegra sich zu ihrer vollen Größe auf und straffte die Schultern. Jetzt lagen die Dinge natürlich ganz anders, die Grenzen mussten sofort neu abgesteckt werden. Falls er glaubte, es würde nun so zwischen ihnen weitergehen wie im Flugzeug …

»Sam, darf ich Ihnen Allegra Fisher vorstellen, eine Kollegin aus dem Londoner Büro. Sie wird bei uns mitfahren, weil ihr Chauffeur aufgehalten wurde.«

Sam streckte ihr seine Hand entgegen. »Allegra Fisher? Luxusgüter? Verantwortlich für Kleider, Klunker, Köstlichkeiten und Chronometer?«

Allegra nickte frostig, während er ihr die Hand schüttelte. Sie versuchte, sich weder das Kribbeln anmerken zu lassen, das seine Berührung in ihr auslöste, noch über seinen kleinen Witz zu lächeln, denn so nannte man in Insiderkreisen den Produktbereich, für den sie verantwortlich war. Die Aktien, mit denen sie handelte – alles von Rolex über De Beers bis Burberry –, füllten zwar die Seiten von Hochglanzmagazinen wie der *Vogue* und lösten bei Isobel regelmäßig Herzattacken aus, doch für sie waren es Güter wie alle anderen, die sie nach ihren Profitmargen einstufte und nicht nach der Länge der jeweiligen Warteliste.

»Erste weibliche Präsidentin der Firma seit vier Jahren. Oxford-Abschluss. Mit Auszeichnung. Sie waren auf dem Magdalen, oder?«

»Ja, stimmt«, räumte Allegra widerwillig beeindruckt ein.

Sie wünschte, er würde ihre Hand loslassen. Er hatte auch noch »Magdalen« richtig ausgesprochen, das College, das sie in Oxford besucht hatte. Man erkannte die Nicht-Oxbridge-Klientel gewöhnlich daran, dass sie es falsch aussprachen. Und von einem Amerikaner hätte sie es schon gar nicht richtig erwartet. »Freut mich, Sie kennenzulernen.« Die Untertreibung des Jahres.

»Gleichfalls.«

Sie entzog ihm schnell ihre Hand. Nun hatte er's ja hoffentlich kapiert.

Der Chauffeur hielt die Wagentür für sie auf. Crivelli stieg sofort ein, Kemp dagegen ließ Allegra galant den Vortritt. Was diese noch mehr verstimmte. Sie wollte nicht wie eine Frau behandelt werden, und schon gar nicht von ihm. Crivelli und Konsorten hatten das inzwischen kapiert, ihnen wäre nicht im Traum eingefallen, sie anders zu behandeln als die männlichen Kollegen. Ohne ein Lächeln oder ein Wort des Dankes stieg sie ein. Es hatte sich ausgelächelt.

Die Limousine fuhr mit satt schnurrendem Motor los. Crivelli stürzte sich sofort in ein Gespräch mit Kemp, erkundigte sich nach der Stimmung im New Yorker Büro, wollte wissen, warum Besakowitsch jetzt plötzlich ausstieg und ob er schon angedeutet habe, von wem er sich künftig betreuen lassen wolle.

Allegra klopfte sich diskret die Schneeflocken von den Schultern, bevor sie schmelzen und Wasserflecken hinterlassen konnten. Sie war fast blau gefroren und presste die Beine an die Heizungsschlitze unter dem Sitz. Eigentlich hatte sie während der Fahrt mit Bob telefonieren wollen, nun musste sie sich jedoch mit einer SMS begnügen. Er würde morgen mit dem Zug eintreffen, und sie brauchte noch ein paar Zahlen zur Moncler-Platzierung.

Erst dann klinkte sie sich wieder ins Gespräch der Männer ein. Beide saßen breitbeinig auf ihren Sitzen. Ihre auf Hochglanz polierten Schuhe schimmerten im Licht der vorbeihuschenden Straßenlaternen. Crivelli erwähnte gerade etwas über das Züricher

Nachtleben. Er stieß ein bellendes Lachen aus, das bei Allegra ein angeekeltes Schaudern auslöste. Erneut verschränkte sie ihre Beine und fuhr dabei auch gleich ein wenig die Ellbogen aus, denn ihr war aufgefallen, dass sie, obwohl nicht gerade klein, nicht mal halb so viel Platz einnahm, wie die Männer für sich beanspruchten.

»Dann überlegen Sie also auch, nach Europa zu wechseln?«, bemerkte Sam, dem offenbar sofort aufgefallen war, dass sie »wieder da war«, und der sich nun bemühte, sie ins Gespräch miteinzubeziehen, trotz Crivellis Versuch, einen auf Männerfreundschaft zu machen.

»Nein, ich fliege morgen Nachmittag zurück. Ich bin nur wegen eines Meetings morgen Vormittag hier.«

»Dann hat die andere Partei das Treffen also bestätigt?«, wollte Crivelli wissen.

Allegra schüttelte den Kopf. »Ich erwarte eine Bestätigung nicht vor morgen Vormittag um neun.«

»Ah, Chinesen, was?«, bemerkte Sam. Er schien zu wissen, dass es bei Chinesen üblich war, einen Geschäftstermin erst im allerletzten Moment zu bestätigen.

Allegra nickte. Sie wünschte diesen Mann mit all seinem Charme und seinem fabelhaften Aussehen zum Kuckuck. Seinetwegen verpasste sie nun diese günstige Gelegenheit, Crivelli zu umgarnen.

»Kommen Sie oft hierher?«

»Gewöhnlich mehrmals pro Monat«, antwortete Allegra. Sie bemerkte, wie sein Blick zu ihrer ringlosen linken Hand huschte. Entschlossen verdeckte sie sie mit ihrer rechten. Er schaute wieder auf.

»Und Sie? Warum wollen Sie denn weg aus New York? Zürich liegt ja nicht gerade in Ihrer Nachbarschaft.«

»New York auch nicht. Ich komme aus Kanada. Montreal, um genau zu sein.«

»Ach wirklich? Das wäre dann ja sogar noch weiter weg.«

»Mir ist das ganz recht so.«

Sie runzelte fragend die Stirn.

»Nun ja, jetzt, da Leo uns verlässt … Außerdem habe ich gerade eine Scheidung hinter mir, da kommt mir ein Neuanfang nicht ungelegen.«

»Ah.« Nicht das, was sie erwartet hatte. Nun war wohl eine bedauernde Bemerkung angebracht. Isobel hätte sich diesbezüglich sicher überschlagen. Aber sie kannte den Mann ja überhaupt nicht. Was ging sie sein gescheitertes Privatleben an? Alles, was sie über ihn wusste, war, dass er ein charmantes, sexy Lächeln hatte. »Nun ja, das ist Pech« war alles, was sie sagte.

Sie wandte sich ab und schaute aus dem Fenster. Inzwischen hatten sie die Altstadt erreicht. Weihnachtliche Lichterketten spannten sich über die schmalen Straßen, und in den Schaufenstern standen Krippen, Laternen und Lebkuchenhäuschen. Auf jedem verschneiten Platz erhob sich ein geschmückter Christbaum. Sie mussten an einer Ampel anhalten und eine orangefarbene Straßenbahn vorbeilassen. Darin saßen Leute an Tischen, tauchten lachend und sich angeregt unterhaltend Weißbrot in dampfende Käsefonduetöpfe und tranken dazu Glühwein, während die Scheiben der Bahn beschlugen.

Allegra beneidete sie um ihre sorglose Geselligkeit – Freunde, die miteinander feierten. Sie dagegen saß hier mit zwei Geschäftsmännern und war gezwungen, sich wie ein Kugelfisch aufzublasen, um nicht an Terrain zu verlieren, während derweil eine Unterströmung herrschte, die sogar einen Hai ertränkt hätte. Sie konnte es nicht abwarten, ins Hotel zu kommen, sich in ihr Zimmer zu flüchten und sich etwas Wärmeres anzuziehen. Sie hatte bereits eine Trainingsstunde mit einem Personal Trainer und eine anschließende Massage gebucht. Danach wollte sie sich, frisch gestärkt, mit den mitgebrachten Unterlagen ins Bett kuscheln und noch ein paar Stunden arbeiten, bevor sie schlafen ging.

Da ausnahmsweise wenig Verkehr herrschte, hatten sie das

Park Hyatt, einen beeindruckenden Glaswürfel, der hell in die Winternacht strahlte, bald erreicht. Die Limousine hielt unter dem breiten, grell beleuchteten Vordach, der Chauffeur sprang aus dem Wagen und hielt ihnen geflissentlich die Tür auf. Crivelli stieg abermals als Erster aus, und Kemp ließ Allegra erneut den Vortritt.

Zu dritt betraten sie die weitläufige Lobby, Allegra und Kemp im Gleichschritt, Crivelli beinahe hüpfend, um mit ihren langen Beinen mitzuhalten. Drinnen erwartete sie eine Symphonie aus einschmeichelnden Braun- und Karamelltönen. In einem riesigen schokoladenbraunen Marmorkamin brannte ein einladendes Feuer. Gut betuchte Gäste saßen in den mokka- und vanillefarbenen Sesseln, unterhielten sich und nippten an Drinks oder lasen Zeitung.

Allegra trat an den Empfangstresen, wo man sie sofort wiedererkannte.

»Guten Abend, Miss Fisher. Schön, dass Sie wieder hier sind. Ihr Zimmer ist schon für Sie bereit.«

»Danke, Evolène«, nickte Allegra. In diesem Moment hörte sie das Wort »Suite« von der Empfangsdame, die Sam Kemp eincheckte.

Eine Suite? Pierre ließ sich diesen Kerl ja was kosten.

Sie warf Sam einen strengen Blick zu. Der lehnte auf einen Arm gestützt am Tresen, BlackBerry in der Hand, und schaute seine Mails durch. Crivelli stand in einiger Entfernung, das Handy am Ohr.

»Sie bekommen natürlich Ihr gewohntes Zimmer, Miss Fisher«, sagte Evolène und hielt Allegra ihre Schlüsselkarte hin.

»Wie bitte? Ach ja, danke.« Allegra wandte sich von Kemp ab und nahm die Karte entgegen.

»Soll ich einen Portier bitten, Ihr Gepäck für Sie hinaufzubringen?«

»Oh, nein, danke, das schaffe ich schon allein«, entgegnete

Allegra mit einem knappen Lächeln. Sie gab ihrem Koffer einen anmutigen Stoß, sodass er auf die Räder kippte, und fing ihn geschickt an der Stange auf, die sie gleichzeitig geschmeidig herauszog.

Dann wandte sie sich Sam zu. Crivelli telefonierte noch. »Nun, ich hoffe, Sie genießen Ihren Aufenthalt, Mr Kemp. Zürich ist eine wirklich interessante Stadt.«

Er steckte mit einem leichten Stirnrunzeln sein BlackBerry ein. »Ich dachte, Sie würden uns heute Abend begleiten?«

»Ah, bedaure, aber das geht nicht. Ich muss mich auf das morgige Meeting vorbereiten.«

»Aber wir haben, wenn ich es richtig verstehe, einen Tisch in der Kronenhalle«, entgegnete er mit einem gewinnenden Lächeln, als hoffte er sie damit umstimmen zu können.

»Tja, da kann man nichts machen. Ich wünsche Ihnen jedenfalls einen schönen Abend.« Ihr Lächeln war das reine Kontrastprogramm zu dem seinem: knapp, professionell und unaufrichtig. Nach ihrer Laxheit im Flugzeug konnte sie nicht vorsichtig genug sein. Entschlossen wandte sie sich von ihm ab und marschierte mit klackenden Absätzen über den glänzenden Marmorboden zu den Liften.

Zwei Stunden später war sie merklich weniger zackig unterwegs: Eine Dreiviertelstunde Powerboxen mit dem Personal Trainer hatte selbst ihren Aggressionspegel in den Keller sacken lassen (vor einer bevorstehenden Präsentation erreichte er immer einen Höchststand), dazu noch die anschließende Sport-Massage – eine Tiefengewebsmassage, die von den meisten als schmerzhaft empfunden wird, die sie jedoch ungeheuer entspannend fand. Nun betrat sie mit rosigen Wangen und schweren Gliedern den Lift, gehüllt in einen der flauschigen weißen Frottee-Bademäntel, die vom Hotel zur Verfügung gestellt wurden. Sie drückte auf den Knopf für ihr Stockwerk und hoffte dabei, es ungesehen zu erreichen. Es war ihr immer peinlich, von vollkommen fremden Menschen im Bademantel gesehen zu werden, auch wenn das in Hotels die übliche Praxis war. Nun, um diese Zeit war die Lobby sicher so gut wie verlassen. In diesem Moment leuchtete der Knopf fürs Erdgeschoss auf. Mist. Sie drängte sich in eine Ecke des in Kupfertönen gehaltenen Lifts und starrte geflissentlich zur Decke.

Der Aufzug hielt in der Eingangshalle, die Türen öffneten sich. Als nichts geschah, riskierte Allegra einen Blick – und erstarrte.

Vor ihr stand Sam Kemp und starrte sie ebenso verblüfft an wie sie ihn. Er trug noch den grauen Anzug, den er im Flugzeug angehabt hatte, hielt nun jedoch seine Krawatte aufgerollt in einer Hand und hatte den obersten Knopf seines Hemds geöffnet. Als er sich von seiner Überraschung erholt hatte, betrat er mit einem langen, zögernden Schritt den Lift.

Allegra schnappte betreten nach Luft. »Ah, hallo noch mal.« Ausgerechnet er! Und sie in Bademantel und Badelatschen! »Wie war Ihr Abendessen?«, fragte sie in knappem Ton.

»Ganz nett.«

»Nur ganz nett?«

Er warf ihr einen Blick zu. »Na ja, Sie waren ja nicht mit dabei, also …«

»Hmm«, brummte Allegra abweisend. Auf diese Schleimtour fiel sie nicht herein.

Er drückte auf den Knopf für das Stockwerk über ihr. Die Türen schlossen sich, und der Lift setzte sich in Bewegung. Beide schwiegen.

Allegra trat verlegen von einem Fuß auf den anderen. Dass er sie in diesen Flip-Flops sehen musste! Irgendwie demütigend, fand sie. Sie hätte ebenso gut Lockenwickler in den Haaren und einen Gin Tonic in der Hand haben können. Und Müsli im Gesicht. Und einen Yorkshireterrier unter dem Arm.

Ihr Blick huschte zu ihm hin. Er stand ein wenig seitlich vor ihr, die Augen stur geradeaus gerichtet – war er beleidigt, weil sie ihn zuvor hatte abblitzen lassen? Seine Schultern hoben und senkten sich unmerklich, während er atmete. Wie breit sie waren! Auch fiel ihr nun der gebräunte Streifen Haut in seinem Nacken auf, zwischen Haar und Kragenansatz.

Er regte sich, als würde er ihre Blicke spüren. Sein Kopf neigte sich ein wenig zu ihr hin, als wolle er etwas sagen, doch dann, als habe er es sich anders überlegt, richtete er ihn wieder nach vorne.

Allegra sah hinauf zur Decke, in der sich die Lüftung befand. Funktionierte die überhaupt? Es kam ihr auf einmal so stickig vor. Und beengt, jetzt, wo er sich mit ihr darin befand. Sie wünschte, er würde irgendetwas sagen. Normalerweise machte ihr Schweigen nichts aus. Sie war nicht wie andere Frauen, die plappern mussten, weil sie Gesprächspausen nicht ertragen konnten. Doch diesmal …

»Viele Meetings morgen, was?«

Er regte sich. »Zahllose. Die haben Angst, ich könnte die Leinen kappen. Die Hosen voll, um genauer zu sein.«

»Huh.« Allegra versuchte, nicht die Augen zu verdrehen. Er sollte erst mal sehen, was los wäre, wenn sie kündigen würde! Man würde eine Profitverlustwarnung rausgeben. »Hat man schon versucht, Sie abzuwerben?«

Er zuckte die Achseln. »Na klar.«

»Crivelli wird's Ihnen nicht leicht machen zu gehen.«

Er warf ihr ein kleines Grinsen zu. »Das hab ich inzwischen auch schon kapiert.«

Der Lift machte »ping«, und die Türen glitten auf. Das war ihr Stockwerk. Sie wünschte, sie müsste sich nicht in dieser Aufmachung an ihm vorbeidrücken. »Na, dann noch mal auf Wiedersehen.«

Er nickte und trat ein wenig beiseite, um ihr Platz zu machen, den Blick abgewandt, als spürte er, wie peinlich ihr das war: Die Leiterin für Luxusgüter (EU) schlappt in Badelatschen und Bademantel am Chef für Gebrauchsgüter (US) vorbei.

Mit gespitzten Ohren schlappte sie den Gang entlang, doch sie hörte das »Ping« des Lifts, das ihr verriet, dass er verschwunden war, erst, als sie die Tür ihres Zimmers erreichte und mit zitternden Fingern ihre Schlüsselkarte herausfummelte.

Es klopfte, als sie gerade aus der Dusche stieg.

»›Pech‹?!«

Allegra schluckte. Sam lehnte im Türrahmen, den Ellbogen neben dem Kopf aufgestützt. Seine blauen Augen blitzten zornig. Sie – als hätte es nicht noch schlimmer kommen können – war nunmehr nur noch in ein Handtuch gewickelt. Ja, diese Bemerkung zuvor während der Fahrt war vielleicht doch ein wenig herzlos gewesen. Isobel lag ihr ständig in den Ohren, sie müsse mehr Interesse am Privatleben ihrer Mitmenschen zeigen. Oder zumindest so tun, als ob. »Rückblickend wird mir klar, dass das vielleicht eine etwas lieblose Wortwahl war«, bekannte sie.

»Hab während dieses blöden Essens an nichts anderes denken können.«

Sie schluckte erneut. »Dann möchte ich mich hiermit ausdrücklich entschuldigen.« Sie erschauderte, als sie bemerkte, wie sein Blick über ihre nackten, feuchten Schultern und ihren Hals huschte und schließlich wieder an ihrem Gesicht hängen blieb.

Sieben Monate und dreizehn Tage. Das wäre die Antwort auf Isobels indiskrete Frage in jenem Café neulich gewesen. So lange war es her, dass sie zum letzten Mal Sex gehabt hatte. Es wäre einfach zu demütigend gewesen, es zuzugeben. Doch nun war offensichtlich, dass sie es nicht mehr bis zum vierzehnten Tag schaffen würde. Beiden war klar, dass dies der wahre Grund seines Kommens war.

»Ich würde das gerne wiedergutmachen«, hauchte sie, trat einen Schritt zurück und ließ ihr Badetuch fallen.

# 4. Kapitel

## *3. Tag: Engel Gabriel*

Allegras Blick glitt ein letztes Mal prüfend durch den Konferenzraum. Mr Yong und sein Team würden gleich hier sein. Alles musste perfekt sein. Bob, der unweit von ihr stand, checkte rasch noch mal die letzten Dow-Jones-Werte. Derek, der Firmenjurist, schaltete sein Handy auf Vibration. Acht andere aus dem Züricher Büro waren ebenfalls anwesend, aber das diente hauptsächlich dazu, ihre Zahl aufzustocken, sodass sie der von Mr Yongs Team entsprach. Als Zeichen des Respekts, sozusagen. Brauchen tat sie eigentlich nur Bob, Derek und Jo, die Dolmetscherin. Letztere war bereits instruiert worden, vor allem das zu protokollieren, was das chinesische Team untereinander sprach, und weniger das Meeting selbst, da Yongs Sohn an der Harvard Business School studiert hatte und, soweit sie wusste, ausgezeichnet Englisch sprach.

Sie zupfte die Bündchen ihrer Seidenbluse zurecht – das Einzige, was aus dem hochgeschlossenen Blazer ihres dunklen Armani-Hosenanzugs hervorschaute. Sie hatte extra den dezentesten gewählt, den sie besaß.

In diesem Moment summte es, und in einer Ecke blinkte ein rotes Licht, das Zeichen aus dem Vorzimmer, dass die Chinesen unterwegs waren. »Bitte alle Aufstellung nehmen!«, befahl Allegra.

Die Tür ging auf. »Mr Yong, ich heiße Sie herzlich willkommen«, sagte Allegra auf Mandarin (das sie inzwischen immerhin gut genug beherrschte, um Höflichkeitsfloskeln austauschen zu können). Sie verneigte sich exakt genauso tief wie er. Ohnehin begegneten sie sich auf Augenhöhe: Er war ebenfalls 1,79 groß (Kirsty hatte das extra für sie recherchiert), und das war auch der Grund, warum sie sich bei diesem Meeting für flache Schuhe entschieden hatte.

»Miss Fisher«, erwiderte Mr Yong und reichte ihr nach der Verbeugung auf westliche Art die Hand. Er war Mitte sechzig, im selben Alter wie ihre Mutter, aber im Gegensatz zu ihr war er das Oberhaupt eines riesigen Minen-Konglomerats in der Provinz Guangdong und verströmte den Ernst und die Bedeutsamkeit eines Mannes, der bereits fünf Leben gelebt hat.

»Darf ich Ihnen Robert Wagstaff vorstellen, unseren Chefanalytiker, und das ist Derek Hall, unser leitender Jurist.«

Beide gaben Mr Yong die Hand. Dann stellte Allegra auch den Rest des Teams vor. Mr Yong tat es ihr gleich und stellte nun auch seine Mitarbeiter vor. Allegra achtete darauf, seinem Sohn und Erben, Zhou Yong, besonderen Respekt zu bezeugen – dann nahm man um den ovalen Konferenztisch Platz, beide Seiten einander gegenüber und Mr Yong auf dem Ehrenplatz am Kopfende, mit dem Gesicht zum Eingang.

Der Raum glich eher einem altmodischen Bankettsaal: An den Wänden dunkle Holzpaneele, den Fußboden bedeckte ein kostbarer Seidenteppich, versenkte Beleuchtung, die ein gedämpftes, angenehmes Licht verbreitete. Dazu Spots, die direkt auf die Ledermappen gerichtet waren, die jeden Platz zierten.

Der ovale Walnussholztisch war riesig, die hochlehnigen Stühle waren mit Echtleder gepolstert. Allegras Schmuckstück aber, ihre persönliche *Pièce de Résistance* sozusagen, war ein herrliches Bonsai-Arrangement: ein 108 Jahre alter Mini-Pflaumenbaum in einem Steingärtchen. Sie hatte hart mit dem Privatsammler ringen müssen, um es in die Finger zu bekommen. Als Mr Yongs Blick darauf fiel, meinte sie ein paar Fältchen um seine Mundwinkel zu erkennen – ein zufriedenes Lächeln. Sie dachte an die

Abschlussgeschenke: eigens gravierte Montblanc-Kugelschreiber für alle und einen extra vergoldeten für Mr Yong. Nun, da der Etikette Genüge getan war, konnte die eigentliche Schlacht beginnen.

Allegra räusperte sich. Das Schlimmste war überstanden. Jetzt musste sie nur noch das tun, was sie ohnehin am besten konnte.

Zwei Stunden später erhob sie sich von ihrem Platz und überreichte Mr Yong ihre Visitenkarte – mit beiden Händen und dem Aufdruck nach oben. Er nahm sich mehrere Sekunden Zeit, sie zu studieren, und überreichte ihr dann die seine. Schließlich machte ein Fotograf ein Gruppenbild, und die Geschenke wurden überreicht. Allegra bemerkte zufrieden, dass Mr Yong keine Präsente mitgebracht hatte – was bedeutete, dass, aus Gründen der Ehre, ein zweites Treffen garantiert war.

Die Tür wurde geöffnet, und Mr Yong führte seinen Sohn und sein Team aus dem Raum. Jeder Einzelne von ihnen drückte Allegra im Vorbeigehen die Hand.

Das war's. Es war überstanden. Die erste Hürde war genommen.

Allegra merkte erst jetzt, als ihr Adrenalinspiegel absackte, wie erschöpft sie war. Sie hätte am liebsten die Tür hinter sich zugemacht und sich gleich hier auf dem Konferenztisch zusammengerollt, um ein Schläfchen zu halten. Gedanken an die vergangene Nacht huschten ihr durch den Sinn; als Liebhaber hatte Sam ihre Erwartungen mehr als erfüllt, und es war gar nicht leicht gewesen, ihn irgendwann wieder loszuwerden. Wie gut er sich darauf verstand, eine Frau rumzukriegen! Aber nicht mal ein Könner wie er hatte es geschafft, dass sie ihn die ganze Nacht bleiben ließ. Das tat sie grundsätzlich nicht. Und schon gar nicht, wenn am nächsten Morgen ein so wichtiges Meeting anstand. Nach gut drei Stunden war ihr nichts anderes übrig geblieben, als ihn mit sanfter Gewalt rauszuschmeißen.

Selbst wenn sie es später bereute.

Sie stieß einen müden Seufzer aus. Ein Nickerchen kam leider noch nicht infrage. Die Schweizer packten zwar ihre Sachen, aber Bob, Derek und die Dolmetscherin blieben noch zur Nachbearbeitung und Analyse. Und nachmittags würde sie dann wieder zurückfliegen. Eine Entscheidung darüber, ob Mr Yong seine Investitionen künftig über ihre Firma abwickeln würde, war nicht gefallen, aber das war bei den Chinesen gängige Geschäftspraxis. Jede Verhandlung mit Klienten im Pazifikraum war eine zähe und langwierige Angelegenheit.

»Ich möchte mich bei allen sehr herzlich bedanken«, verkündete Allegra laut, »das war ein äußerst produktives Meeting. Fabian, könnten Sie mir bitte vor meinem Rückflug noch die Zahlen zu De Beers besorgen? Danke.«

Fabian, ein Junior-Analytiker, setzte sich sogleich im Laufschritt in Bewegung.

Sie wollte gerade die Tür hinter ihm schließen, als sie sah, wie weiter hinten im Flur Crivelli aus einem der kleineren Konferenzzimmer heraustrat. Es war bei Weitem nicht so prächtig wie das, das sie gemietet hatte, aber seine Meetings waren ja auch ausschließlich firmeninterne. Ihr Interesse erwachte erst, als sie Sam hinter ihm herauskommen sah.

Allegra musste schlucken. Sam hatte sie noch nicht bemerkt, und so erlaubte sie es sich, ihn ungestört zu bewundern, während er mit Crivelli Richtung Aufzüge ging. Crivelli redete mit gesenkter Stimme drängend auf ihn ein, Sam nickte mit verschlossener Miene. Er trug einen marineblauen Anzug mit blassblauer Krawatte und sah darin einfach fabelhaft aus. Im Adamskostüm sah er allerdings noch besser aus, wie Allegra inzwischen wusste. Ob er auch ständig an letzte Nacht denken musste? Aber für ihn war so was wahrscheinlich ganz normal. Für sie dagegen nicht. Sie war zwar eine moderne, selbstbewusste Frau mit gewissen Bedürfnissen, aber jemanden am Vormittag in einem Flugzeug kennenzulernen und noch am selben Abend in seinem Bett zu landen (in diesem Fall in ihrem) war alles andere als normal für sie. Sie war pragmatisch und hatte für eine richtige Beziehung keine Zeit, aber so rasch ging's bei ihr gewöhnlich nicht.

Eine Schande, dass sie nicht noch eine Nacht länger bleiben konnte. Sehnsüchtig starrte sie seinem sich entfernenden Rücken hinterher. Er und Crivelli hatten nun die Aufzüge erreicht, vor denen Mr Yong und sein Gefolge sich noch stauten. Allegra wollte gerade die Tür schließen, als sie sah, wie Sams Blick auf die Chinesen fiel. Er stieß ein überraschtes Lachen aus, drängte sich mitten in die Gruppe hinein und begann Zhou Yong so kraftvoll auf die Schultern zu klopfen, dass der beinahe in die Knie ging! Fast hätte Allegra einen Entsetzensschrei ausgestoßen. Doch die Gruppe verschwand bereits in den Liften, Sam mit ihnen.

Allegras Mund formte ein entsetztes O. All ihre sorgfältigen Vorbereitungen, all die Mühe, die sie in diesen speziellen Investor gesteckt hatte, all die Respektbezeugungen, das Studium der chinesischen Geschäftsetikette – alles den Bach runter! Was hatte dieser Unglücksrabe da bloß angerichtet!

Voller Verzweiflung starrte sie zu den Aufzügen. Was sich da drin jetzt wohl abspielte? Wie viele Millionen gingen den Bach runter, bloß weil dieser Mensch sich nicht zu benehmen wusste. Sie wirbelte herum, eilte zur Assistentin, die im Vorzimmer die Stellung hielt, und beugte sich über die Schulter der überraschten jungen Frau. Von dort hatte sie einen Blick auf die Überwachungskameras in der Lobby. Gerade verließen sie die Aufzüge, sie konnte sie deutlich sehen – aus vier verschiedenen Winkeln sogar. Sams Hand lag auf der Schulter von Zhou Yong, die andere hatte er lässig in die Hosentasche gesteckt. Beide unterhielten sich angeregt und … grinsten! Und schon waren sie aus dem Blickwinkel der Kameras verschwunden.

Allegra richtete sich mit wild hämmerndem Herzen auf. Wieso grinsten sie? Nun, das musste nichts weiter bedeuten. Zhou Yong tat vielleicht nur so, als ob er sich freute. Bei Chinesen ging die

Höflichkeit schließlich über alles. Selbst wenn Sam Yongs Sohn von irgendwoher kannte, hatte er mit seinem Benehmen sicher die Grenzen überschritten.

In diesem Moment tauchte die Dolmetscherin aus dem Konferenzzimmer auf, und Allegra wandte ihr den Kopf zu. Sie hatte ihre Notizen bereits ausgedruckt und überreichte sie nun schweigend Allegra. Diese überflog sie mit der für sie üblichen Geschwindigkeit und Präzision, obwohl sie nur halb bei der Sache war. Ihre Gedanken rasten. Schon überlegte sie, wie der von Sam angerichtete Schaden vielleicht doch noch eingedämmt werden könnte. Doch dann klappte ihr – zum zweiten Mal innerhalb von wenigen Minuten – der Unterkiefer herunter. Sie hob den Kopf und starrte die Dolmetscherin an.

»Er hat *was* gesagt?«

# 5. Kapitel

## 4. Tag: Engelsflügel

Kirsty hielt Cinzia, die einen Kleiderständer auf Rollen vor sich herschob, die Tür auf. Allegra saß an ihrem Schreibtisch und tippte etwas in ihren Computer. Sie blickte auf.

»Ah, hallo, Cinzia. Schön, dass Sie so kurzfristig Zeit für mich haben. Danke, Kirsty. Würden Sie uns einen Kaffee bringen?«

Kirsty nickte und verschwand. Allegra erhob sich und ging zu Cinzia, die sich wie üblich in einer Ecke des Büros, hinter dem Sofa mit dem grauen Fischgrätmuster, einrichtete. Die Kleider, die an dem Ständer hingen, wirkten im nüchternen Ambiente des Büros übertrieben extravagant: Schimmernde Satinstoffe und funkelnde Strassbordüren kontrastierten mit dem taubengrauen Anstrich des Zimmers und den schlicht gerahmten FSA-Zeugnissen, die an den Wänden hingen.

»Ah, na Sie waren ja fleißig«, bemerkte Allegra und begutachtete die in Schwarz, Perlweiß und Anthrazitgrau gehaltenen Kleider. Die Auswahl allein an diesem einzelnen Ständer war schwindelerregend.

»Dieses hier würde Ihnen besonders gut stehen, finde ich.« Cinzia, die es gekonnt verstand, Allegras Geschmack zu interpretieren, nahm ein Kleid aus der Mitte und bauschte die herrlichen schwarzen Marabufedern, die den langen Rock zierten, auf.

Allegra betrachtete es skeptisch.

»Ich weiß, ich weiß. Sie halten nichts von Federn und ›solchem Kram‹, aber das hier ist etwas anderes. Schauen Sie sich das Oberteil an: Lange Ärmel, hochgeschlossen, streng, das ist ein wunderbarer Kontrast zu dem eher verspielten Rock. Probieren Sie's doch einfach mal an. Ich finde es überraschend schlicht und trotzdem schick. Und Sie haben einen eleganten Rücken, Sie können so etwas tragen. Das ist wirklich nicht übertrieben sexy – vorausgesetzt, Sie halten sich von der Tanzfläche fern. Außerdem passt dieser hochgeschlossene Ausschnitt fabelhaft zu Ihrer Frisur und Ihrer Nackenlinie, elegant und doch dezent.«

Allegra, die interessiert zugehört hatte, nickte, nahm das Kleid und verschwand in ihrem privaten Badezimmer, wo sie aus ihrem Hosenanzug schlüpfte. Kurz darauf tauchte sie in dem Kleid auf und kehrte Cinzia den Rücken zu, damit sie ihr beim Zumachen helfen konnte.

Cinzia drehte den großen Spiegel, der an einer Längsseite des Ständers befestigt war, so, dass Allegra sich darin sehen konnte. Cinzia hatte recht: Sie wirkte darin groß, schlank und elegant. Das Kleid saß wie angegossen. Es war zwar züchtig, aber dank der Federn dennoch feminin.

»Das ist gut, ich nehme es«, verkündete Allegra mit einem anerkennenden Nicken. Dann wandte sie sich um, damit Cinzia ihr wieder aus dem Kleid heraushelfen konnte.

»Brauchen Sie Schuhe dazu?«, fragte diese und öffnete ein längliches Fach, das über der Kleiderstange angebracht war. Darin befanden sich fünf Paar Abendschuhe – allesamt schwarz, alle in Allegras Größe.

»Die da.« Allegra zeigte auf ein Paar Peep-Toe-Slingbacks.

»Ah ja, die passen gut dazu. Die haben einen Acht-Zentimeter-Absatz, das ist ohnehin besser für Cocktailpartys, wenn man den ganzen Abend herumsteht.«

»Stimmt.« Die brachten sie auch über die eins achtzig, das reichte, um den meisten Männern auf Augenhöhe begegnen zu können.

»Wo findet die Party denn statt?«, wollte Cinzia wissen, während sie die Schuhe für Allegra in eine Schachtel packte.

»Im V&A, im Victoria and Albert.«

Allegra verschwand abermals im Bad und schlüpfte wieder in ihren Hosenanzug. Während sie noch ihren Blazer zuknöpfte, trat sie heraus. Sie ging kurz zu ihrem Computer und schaute auf den Monitor. Einunddreißig neue E-Mails allein in den letzten fünf Minuten. Pausen konnte sie sich nicht leisten, wie's schien.

Kirsty tauchte mit dem Kaffee auf und stellte das Tablett auf den Sofatisch. Cinzia hatte bereits Platz genommen und notierte sich, für welches Kleid und welche Schuhe Allegra sich entschieden hatte. Dann verstaute sie das kostbare Stück in einem großen Staubschutzbeutel mit integriertem Kleiderbügel. »Bitte möglichst keine Flüssigkeiten drauf verschütten«, mahnte sie. »Das Oberteil ist aus Samt, und dann natürlich die Federn – das ist unheimlich schwer zu reinigen, wie Sie sich ja denken können.«

Allegra nickte zerstreut.

»Das geht dann wie üblich von Ihrem Firmenkonto ab, richtig? Brauchen Sie sonst noch etwas vor Weihnachten? Gibt's irgendwelche neuen Termine?«

»Hmm, ich glaube, das haben wir alles mit der September-Lieferung abgedeckt.« Allegra rief rasch ihren Terminkalender auf und schaute ihn durch. Kirsty goss Milch in Cinzias Kaffee. »Kirsty, haben wir schon eine Bestätigung für die Weihnachts-Benefizparty?«

»Ja, Miss Fisher, für den Zwölften. Sie sitzen am Tisch von Mr Lafauvre, Mr Crivelli, Mr Henley und deren Gattinnen.«

»Das ist alles? Mehr sitzen da nicht?«

»Nein, Miss Fisher, nur der Vorstand.«

Allegra gestattete sich ein winziges Lächeln. Am besten Tisch mit dem Boss? Das lief ja prächtig, genau wie sie es sich vorgestellt hatte.

»Gut. Dann brauche ich vielleicht doch noch etwas, ja, etwas Spezielleres. Schwarz natürlich, aber, hm, ein bisschen mehr Haut. Nur nicht zu auffällig!«

»Lang?«, erkundigte sich Cinzia.

»Ja. Ja, lang ist sicher das Beste. Und höhere Absätze. Zehn Zentimeter. Ja.«

»Okay«, nickte Cinzia. Ihr Kaffee stand unberührt auf dem Tisch. »Dann bringe ich nächste Woche noch ein paar Kleider zur Ansicht vorbei.«

»Wunderbar. Und Sie schließen sich mit Kirsty kurz, um sicherzugehen, dass ich im Lande bin, ja?«

»Selbstverständlich.«

Kirsty nickte ebenfalls. Sie beugte sich vor und legte etwas auf Allegras Schreibtisch. »Das Foto, das Sie gerahmt haben wollten.« Es war die Fotografie vom gestrigen Meeting in Zürich: sie, Bob, Jo und Derek und Mr Yong mit seinem Team, nun hübsch eingerahmt in einem jetschwarzen Linley-Rahmen.

Allegra runzelte die Stirn, als ihr Blick darauf fiel. Sie hatte seit Sams Fauxpas nichts mehr von den Chinesen gehört, war nach einer schlaflosen Nacht jedoch zu dem Schluss gekommen, dass sein Benehmen unmöglich ihr zur Last gelegt werden konnte. Er hatte ja nichts mit ihr zu tun. Sie war zwar immer noch wütend, ging aber davon aus, dass keine Nachrichten gute Nachrichten waren.

»Gut, schicken Sie's overnight nach Zürich, dann kann ich morgen dort anrufen. Okay, danke Ihnen beiden.« Und sie vertiefte sich wieder in ihren Computer. Jetzt waren es schon sechsundsechzig neue E-Mails.

Der fröhliche Lärm der Gäste schlug ihr entgegen, noch bevor sie den ehrwürdigen Dom des V&A betreten hatte, den großen Saal ganz oben mit seiner Gewölbedecke, in dem die Cocktailparty stattfand. In der Mitte des riesigen Raumes stand ein prächtiger weiß besprühter Christbaum. An der Decke waren blaue Lichterketten befestigt, und überall standen große Töpfe mit grünblättrigen Zier-Ebereschen, an denen zahlreiche rote Beeren funkelten. Der Pianist an seinem Flügel in der Ecke wirkte in dieser Weite beinahe zwergenhaft.

Sie blieb einen Moment lang stehen und schaute sich um. All die Power-DNA, zusammengeschart in Grüppchen, zwischen denen sich Kellner wie auf Schlittschuhen bewegten. London war heute Nacht ganz in Schwarz-Weiß, die Frauen in funkelnden Kleidern, die Männer in feinstem schwarzem Tuch. Der Geruch von Geld lag in der Luft, wie der Duft eines teuren Cologne.

Mit flatternden, sanft schimmernden Federn betrat Allegra den Saal und näherte sich mit schnellen, anmutigen Schritten einer nahen Gruppe. Peter Butler befand sich darunter, ihr Gegenstück bei *Red Shore*, ihrem schärfsten Konkurrenten, mit einem Portfolio, dessen Wert sich nur um etwa 70 Millionen Pfund von ihrem unterschied.

»Peter.« Sie gab ihm lächelnd einen Luftkuss auf jede Wange. »Belinda.« Dasselbe bei seiner Frau. Es folgten ein wenig Smalltalk über die Vorteile der Haltung von Schoßhündchen gegenüber der von großen Hunden in London sowie ein paar ironische Bemerkungen zu den seltsamen Paddeln am neuen Discovery 4. Danach empfahl sie sich mit einem bedauernden Lächeln und mischte sich unter die nächste Gruppe.

Vier Gruppen später hatte sie endlich ihr Ziel erreicht: Pierre Lafauvre, Firmengründer, Vorsitzender und Mittelpunkt ihres Universums. Schlaflose Nächte, zu hoher Blutdruck, Wochen, in denen sie kaum einmal aus der Firma herauskam, all das geschah seinetwegen, im Ringen um seine Anerkennung. Zweiundfünfzig (obwohl er zehn Jahre jünger aussah), grau meliertes Haar, breite Schultern und eine einschüchternd reglose Haltung; sie war bereits während ihres Zusatzstudiums an der London School of Economics zutiefst von ihm beeindruckt gewesen. Damals war er noch die große Nummer bei Credit Suisse gewesen, bevor es zu dem schon fast legendären Eklat wegen überhöhter Spesenrechnungen zwischen ihm und seinen Arbeitgebern gekommen war:

Er behauptete bis zum heutigen Tag, dass die 68.500 Pfund teure Flasche *Pétrus* das Vehikel für einen Deal gewesen sei, der der Firma 486 Millionen Dollar Provision eingebracht habe. Er hatte sich danach selbstständig gemacht, seine eigene Hedgefonds-Firma, PLF, gegründet. Allegra hatte nichts mit ihm, auch wenn es natürlich Gerede gab. Er war ihr Vorbild, ihr Mentor, irgendwelche Annäherungen seinerseits hatte es nie gegeben. Dennoch fragte sie sich manchmal, ob er die Gründe für Crivellis Abneigung ihr gegenüber vielleicht kannte, da er sich gelegentlich schützend vor sie stellte, wenn es zu Spannungen zwischen ihr und dem Geschäftsführer kam.

Seine Gattin war – wie sollte es anders sein? – ein ehemaliges Fotomodell, slawischer Herkunft, groß (so groß wie Allegra selbst) und gerade mal dreiundzwanzig Jahre alt. Irgendjemand – war es Bob? – meinte, sie sei früher Unterwäschemodell bei Victoria's Secret gewesen, aber das konnte Allegra nicht versöhnen. Sie fand dieses Anhängsel einfach nervtötend. Pasha konnte zwar gut Englisch, aber ihre Konversationsbandbreite war kümmerlich. Allegras Funktion als Präsidentin für Luxusgüter ließ sie offenbar glauben, sie seien Seelenverwandte, und wann immer Allegra ihr – unvermeidlicherweise – auf gesellschaftlichem Parkett begegnete, wurde sie von dem Exmodel in schwärmerische Diskussionen über die neueste Handtaschenkollektion von Dior und die gnadenlose Androgynität der Mode von Yves Saint Laurent verwickelt.

»Pasha, schön, Sie zu sehen. Ihr Kleid steht Ihnen fabelhaft.« Allegras Blick huschte mit einem höflichen Lächeln über das rückenfreie, blassrosa, mit winzigen Strasssteinchen und – o weh! – Marabufedern besetzte bodenlange Kleid ihres Gegenübers.

»Danke! Das ist von Elie Saab«, antwortete Pasha und brachte mit einer koketten Drehung die Strasssteinchen zum Funkeln und die Federn zum Flattern. »Ihres ist auch von Saab, oder?«, meinte sie, die schmale Hüfte ein wenig rausgestreckt.

Allegras Lächeln wirkte nun merklich gezwungener. Sie war keineswegs wie diese, diese … Ihr Kleid war mitnichten wie das der anderen! Allegra hielt betont still, damit ihre Federn nur ja nicht flatterten. *Sie* war nicht wegen ihrer großen, schräg stehenden Augen hier oder wegen ihrer fabelhaften Brüste – sie war hier, weil sie es sich verdient hatte, weil sie mindestens genauso talentiert, diszipliniert und ehrgeizig war wie diese Männer in ihrer maßgeschneiderten Eintönigkeit. Einer wie der andere unterschieden sie sich höchstens durch ausgefallene Smokingknöpfe oder die Farbe des Innenfutters, wohingegen sie in ihrem schwarzen Kleid zwangsweise auffallen musste. Dennoch zählte sie sich als zu ihnen gehörig und nicht zu jungen Frauen wie Pasha – trotz der Federn.

»Pierre«, lächelte Allegra. Unter seinem Blick spürte sie, wie die Anspannung von ihr abfiel. Sie konnte es kaum abwarten, ihm von ihrem ersten triumphalen Treffen mit Yong zu erzählen. Für sie wurde es erst dann real, wenn er davon erfuhr.

»Allegra.« Er nickte ihr zu und hob sein Champagnerglas. »Wie ich höre, ist es in Zürich nicht ganz nach Plan gelaufen.«

Abermals erstarrte ihr Lächeln, diesmal vor Schreck. »Wie bitte?« Oh, mein Gott. Die Sache mit Kemp. Hatte er am Ende doch alles vermasselt? Keine Nachricht war also doch eine schlechte Nachricht?

Nervös verlagerte sie ihr Gewicht auf den anderen Fuß und versuchte sich die aufkeimende Panik nicht anmerken zu lassen. »Soweit es mich betrifft, ist alles wie geschmiert gelaufen. Yong gefielen unsere Investmentvorschläge, er hat die mitgebrachten Geschenke dankend angenommen, das Foto des Treffens habe ich ihm vorhin noch per Eilkurier zuschicken lassen, und ich werde morgen anrufen und wegen eines zweiten Meetings nachhaken. Ich würde sagen, wir haben die Katze spätestens nächste Woche im Sack.«

Es war natürlich töricht, mit solcher Überzeugung zu reden.

Tausend Dinge konnten schieflaufen; und die Chinesen waren berüchtigt dafür, sich unglaublich schwer auf irgendwelche Verträge festnageln zu lassen. Außerdem: Die Konkurrenz schlief nicht. Sicher hatten Red Shore und der Rest ebenfalls Vorstöße gemacht, diesen Pot wollte sich natürlich jeder sichern. Aber sie konnte nicht anders: Dieser Deal bedeutete ihren endgültigen Durchbruch.

»Ihre Courage ist bewundernswert, Allegra«, sagte Pierre, »aber so leicht bringen selbst Sie das nicht fertig. Und ich brauche diesen Investor, ich will ihn unbedingt haben! Dann kann sich dieser Scheiß-Besakowitsch seine Milliarden sonst wo hinstecken!«

Allegra schwieg. Besakowitschs Geld – ein Trustfonds von 28 Milliarden Dollar aus einem Familienunternehmen, das sich auf den Vertrieb von Wasserreinigungsprodukten in der Dritten Welt spezialisierte – war Pierres Start in die Unabhängigkeit gewesen, die Basis, auf der er seine Firma aufgebaut hatte – zu beiderseitigem Nutzen. PLF hatte Besakowitsch in den letzten zehn Jahren noch reicher gemacht. Aber die einst enge Beziehung zwischen den Männern war in die Brüche gegangen, und Besakowitsch würde sein Geld in Kürze (noch vor Weihnachten) aus der Firma herausnehmen. Allegra war nicht sicher, ob es der emotionale oder der finanzielle Bruch war, der Pierre so wütend machte, aber da für ihn Erfolg die beste Rache war, hatte er sie in den letzten drei Monaten, seit Besakowitsch seinen Ausstieg angekündigt hatte, noch härter als sonst angetrieben. Mit Erfolg: Ihre Gewinnquote war von durchschnittlich 11 Prozent auf 14 gestiegen. Aber Pierre wollte mehr als gute Resultate, er wollte einen neuen Großinvestor, ein Showpony, auf dessen Rücken er die Firma wieder an die Spitze bringen konnte. Und Yong war so ein Investor, das war ihnen beiden klar.

Wer war Besakowitsch schon? Sam Kemps Verlust war ihr Gewinn, so hart es auch klingen mochte. Es war ihr Kontakt gewesen – ein chinesischer Bekannter von der LSE –, der sie auf Yong aufmerksam gemacht hatte, einen chinesischen Großunternehmer, der bisher nur in seinem eigenen Land investiert hatte, der nun aber zum ersten Mal seine Fühler ins Ausland ausstreckte. Sie war es gewesen, die in wochenlangen zähen Verhandlungen dieses erste Treffen in der neutralen Schweiz zustande gebracht hatte, die nächtelang die Firmenkonten studiert und das perfekte Investment-Portfolio für den Chinesen ausgearbeitet hatte, ein Portfolio, zu dem er praktisch nicht Nein sagen konnte und das – was noch wichtiger war – sie über die kritische Zweiprozentmarke auf die zwanzig Prozent katapultieren würde.

»Ich weiß nicht, wo das Problem liegen soll«, bemerkte sie.

Pierres Blick huschte über ihr Kleid, blieb kurz an den Federn hängen, dann sagte er in einem Ton, als könne er es selbst kaum glauben: »Sie sind eine Frau, Allegra.«

»Ja.«

»Im Bericht der Dolmetscherin steht deutlich, dass Yong sich mit einem weiblichen Verhandlungspartner unwohl fühlt.«

Allegra riss den Mund auf und klappte ihn wieder zu. Sie wusste gar nicht, wo sie anfangen sollte. Sie traute ihren Ohren kaum. Schlimm genug, dass sie so etwas in dem Bericht hatte lesen müssen, aber dass ihr eigener Boss das jetzt auch als »Problem« auffasste (und sich nicht genierte, es offen auszusprechen) – damit überreichte er ihr die Diskriminierungsklage ja auf dem Silbertablett, das musste er doch wissen.

Ihre Augen wurden schmal. Pierre war nicht dumm. Er würde so etwas nie sagen, wenn er nicht bereits die Lösung parat hätte.

»Und was schlagen Sie vor, Pierre?«

Er hob das Kinn und schaute über ihre Schulter. »Nun, Mr Yong kriegt natürlich, was er will.«

Allegra wandte den Kopf, um zu sehen, wohin er schaute, worauf das hinauslief. Dass er es wagte … Seine juristische Position in dieser Sache war unhaltbar, das wusste er ebenso gut wie sie. Das Gesetz war auf ihrer Seite.

Jemand trat hinter ihrem Rücken nach vorne. »Sie kennen sich, nehme ich an?«, meinte Pierre lässig. »Aus Zürich, richtig? Sie hatten Probleme mit Ihrem Wagen?«

Aber Allegra hörte nicht länger hin. Sie blickte erschrocken in jene blauen Augen, in die sie zuletzt in ihrem Bett im Hotelzimmer geblickt hatte. Was machte der denn hier? Sie hatte nicht erwartet, ihn je wiederzusehen, schon gar nicht in Verbindung mit ihrem Boss.

Ein Lächeln breitete sich auf seinem Gesicht aus. Sie wurde von einer Welle der Erinnerungen erfasst, zwang sich jedoch, den Blick von ihm loszureißen. Das Letzte, was sie wollte, war, dass man ihnen ansah, was zwischen ihnen gelaufen war. Damit konnte sie sich jetzt wirklich nicht befassen, nicht, wo dieser wichtige Deal anstand und …

Da fiel der Groschen.

Sie fuhr zu Pierre herum. »Das meinen Sie doch wohl nicht im Ernst?«, fragte sie mit einem Anflug von Verzweiflung. Sie zwang sich, zu lächeln und an ihrem Sekt zu nippen, die aufflammende Wut zu unterdrücken, die ihre Hand zittern ließ.

Pierre musterte sie mit kühler Miene. »Sie wissen wahrscheinlich, dass Sam für Leos Pot verantwortlich war, aber jetzt, wo der fette Bastard abhaut, wird Sam mit sofortiger Wirkung ins Londoner Büro wechseln. Wie sich rausstellt, sind er und Yongs Sohn, Zhou, zusammen auf der Harvard Business School gewesen – Zimmergenossen, stimmt's?«

»Stimmt«, nickte Sam, den Blick unverwandt auf Allegra gerichtet. »Hab ihn neulich ganz zufällig getroffen.«

»Ach ja?«, fragte Allegra, als ob sie das nicht bereits wüsste. Sie ignorierte seinen intensiven Blick und wandte sich wieder Pierre zu. »Sie schlagen also vor, dass Sam den Yong-Deal übernimmt und dass ich, ja was … den Kulissenschieber spiele?« In ihrer Stimme lag ein bedrohlicher Unterton.

»*Au contraire*, meine liebe Allegra«, lächelte er. »Ich schlage vor, dass Sie mit Sam zusammenarbeiten. Sie übernehmen die geschäftliche Seite und die Teamleitung, und Sam kümmert sich um den Klienten.«

»Wie nett«, sagte Allegra zu Sam, »dann können Sie auf Firmenkosten mit Ihrem ehemaligen Kommilitonen zechen. Über alte Zeiten quatschen?«

Sams Gesichtsausdruck verhärtete sich.

Allegra war's egal. Sie starrte Pierre lange und hart in die Augen – dieser Verrat, ausgerechnet von ihm! Gefühle wurden in ihr wach, die sie nie, *nie* aufkommen ließ. Sie trank ihr Glas in einem Zug leer und reichte es einem vorbeigehenden Kellner. »Nun, wenn das so ist, dann werde ich jetzt gehen.«

»Haben Sie noch was vor?«, fragte Pasha naiv. Dass die Stimmung unter den Gefrierpunkt gesunken war, schien sie entweder nicht zu stören, oder sie schien es nicht mitzukriegen.

Allegra schenkte ihr ein ganz besonders strahlendes Lächeln, das – trotz Zahnlücke – jedes Charmes entbehrte und ihr eher das Aussehen eines angriffslustigen Hais verlieh. »Ja, eine Boxstunde. Wird Zeit, dass ich jemandem die Fresse poliere.«

Sie machte auf dem Absatz kehrt und stolzierte mit flatternden Federn davon – was sie natürlich nur wütender machte.

»Ah, ich liebe dieses Kleid«, hörte sie Pasha noch schwärmen, während die Männer ihr schweigend hinterherstarrten.

Sie hatte bereits die Ausgangsstufen erreicht, als sie von Sam eingeholt wurde.

»Allegra, nun warte doch!«, rief er, packte sie beim Ellbogen und zog sie mühelos herum. »So hatte ich das nicht geplant, ehrlich.«

»Ach nein?!«

Sie war so wütend, dass er unwillkürlich einen Schritt zurückwich und sich nervös mit der freien Hand durch die Haare fuhr. »Nein, ich meine, ich wollte dich natürlich wiedersehen. Ein Wechsel nach London erschien nach dem, was neulich passiert ist, natürlich noch attraktiver …«

Allegra riss sich mit einem höhnischen Lachen von ihm los. »Ach ja? Willst du mir weismachen, dass du *meinetwegen* nach London gekommen bist?« Ihr Ton triefte vor Verachtung.

»Nicht *nur* deinetwegen. New York ist von London aus viel leichter zu erreichen als von Zürich.« Das hörte sich selbst für ihn wie eine lahme Ausrede an.

Sie funkelte ihn wütend an. Da stand er, in seiner klassischen Aufmachung: schwarze Fliege, makellos sitzender Smoking, und zog die Blicke der Frauen auf sich, die an ihnen vorbei die Stufen hinaufgingen. Warum nur? Warum musste es ausgerechnet er sein?

»Du glaubst doch wohl nicht, dass da was zwischen uns laufen wird, oder?«, fragte sie mit leiser, zornbebender Stimme. »Denn das kannst du dir abschminken. Ich hatte nie die Absicht, dich wiederzusehen. Das in Zürich, das war …« Sie zuckte die Achseln, nicht sicher, ob sie es überzeugend über die Lippen bringen konnte, »ein Ausrutscher, eine kleine sportliche Ertüchtigung, etwas Dampf ablassen, vor einer wichtigen Präsentation.«

Sein zuckender Wangenmuskel verriet ihr, dass sie einen Treffer gelandet hatte.

»Oh, bitte! Du hast doch nicht wirklich geglaubt, dass es mehr war? Hast du gedacht, dass du einfach hier auftauchen und mir alles wegnehmen kannst, wofür ich mich abgeschuftet habe, bloß weil du ein Mann bist und der Klient ein alter Studienfreund von dir? Und dass ich mich *geschmeichelt* fühlen soll, weil du mir *angeblich* hierher gefolgt bist?!«

Sie stieß ein bitteres, kaltes Lachen aus, das wie Scherben auf den Betonstufen landete. Kopfschüttelnd sagte sie: »Du hast gerade den schwersten Fehler deiner Karriere gemacht, Sam Kemp.«

Das hatten sie beide.

»Allegra …«

»Für Sie immer noch Fisher!« Sie deutete aggressiv mit dem Finger auf seine Brust. Ihr war selbst klar, dass sie überreagierte, nur um ihn wieder aus ihrem Leben zu schubsen – es gab darin einfach keinen Platz für ihn.

Aber er packte sie beim Handgelenk, und einen endlosen Moment lang schrumpfte die Welt auf diesen Augenblick zusammen, nur sie beide, sonst niemand, seine Hand, die sich heiß auf ihrer Haut anfühlte, seine Augen, die sich brennend in die ihren bohrten. »Wir müssen jetzt zusammenarbeiten«, stieß er gepresst hervor.

Sie schluckte. »Nein, müssen wir nicht. Ich möchte, dass du aus meinem Leben verschwindest. Aus dieser Firma, aus diesem Land. Und ich werde nicht eher ruhen, bis ich das erreicht habe.«

Er starrte sie an, seine Züge verhärteten sich. »So willst du das also spielen, ja?«

»Genau so will ich das *spielen*, ja.« Und sie entriss ihm mit einem Ruck ihr Handgelenk, wandte sich ab und sprang die Eingangsstufen hinunter, den Arm angehoben, um ein Taxi herbeizuwinken.

# 6. Kapitel

## *5. Tag: vergoldeter Tannenzapfen*

Ein *Blümchenteppich*, das auch noch. Das private Pflegeheim kostete sie 3000 Pfund pro Monat, und dann reichte es nicht einmal für geschmackvolle Auslegeware, wie Allegra bemerkte, während sie einer Pflegerin in blauer Schwesterntracht, die einen alten Herrn im Rollstuhl schob, höflich die Tür aufhielt. Der alte Mann trug ein Tweedjackett und im Halskragen seines Hemds ein Seidentuch, zwischen seinen Knien steckte ein Spazierstock mit Knochengriff, den er mit gichtigen Händen umklammert hielt.

»Danke«, sagte er mit einem Lächeln und einem würdevollen Nicken.

»Keine Ursache«, antwortete Allegra und betrat hinter den beiden den großzügigen Eingangsbereich. Verwirrt schaute sie sich um. Ihre Mutter war nicht in ihrer kleinen Privatwohnung gewesen, und auf ihren Anruf hin hatte Barry, der Pfleger ihrer Mutter, eine Textnachricht geschickt, dass sie im Morgenzimmer im Hauptgebäude seien. Aber wo war das Morgenzimmer? Allegra kannte sich in der gepflegten Anlage mit ihren schmucken kleinen Backsteinhäuschen und den größeren Gemeinschaftsgebäuden noch nicht gut genug aus – alles, was sie wusste, war, dass die Wohnung ihrer Mutter gegenüber vom Springbrunnen lag und eine orangerot gestrichene Haustür besaß.

Und dies hier war also das große Gemeinschaftsgebäude, der gesellschaftliche Mittelpunkt der Anlage. Allegra entdeckte ein Hinweisschild, das den Weg zu den Waschmaschinen wies. Und das Morgenzimmer? Sie folgte der Pflegerin und dem Herrn im Rollstuhl einen breiten Gang entlang und blieb schließlich im Eingang zu einem großen achteckigen Raum stehen, aus dem ihr schon von Weitem ein gedämpfter Geräuschpegel ans Ohr gedrungen war. Sie holte tief Luft und schaute sich um: Bequeme Sessel standen in geselligen Grüppchen zusammen, die Plätze vor dem Kamin waren natürlich bereits besetzt. Einige Senioren saßen allein für sich und lasen Zeitung, andere spielten Brettspiele oder unterhielten sich.

Sie schaute sich zunächst nach Barry um, dessen hünenhafte Statur mit den roten Wangen und dem krausen braunen Vollbart unter all diesen gebrechlichen alten Leutchen kaum zu übersehen gewesen wäre, doch wen sie stattdessen entdeckte, war ihre Mutter. Sie saß in einer Ecke am anderen Ende des Raums bei der großen Fensterfront. Der Schein der Deckenbeleuchtung fiel auf ihr ehemals schwarz glänzendes Haar, das nun grau und störrisch war.

Es war früher Abend, Kondenswasser lag auf den Scheiben und verlieh der wintergrauen Landschaft dahinter einen weichen Anstrich. Sicher kam es vom Fenster kalt herüber, vermutete Allegra. Sie gab sich einen Ruck und betrat den Raum. Im Vorbeigehen nahm sie eine warme Wolldecke von einem der Sessel und näherte sich damit vorsichtig ihrer Mutter.

Sie blieb unweit von ihr stehen, mit wild klopfendem Herzen. »Hallo, Mum.«

Ihre Mutter hob den Kopf, und ihre beerenschwarzen Augen richteten sich voll Neugier und Interesse auf ihre Tochter. Sie trug das Haar zu einem losen Zopf geflochten, der ihr über eine Schulter hing – das Ebenbild ihrer Tochter in fünfunddreißig Jahren?

»Allegra!« Dieses Lächeln, ihr Name … Allegra spürte, wie ihre Anspannung nachließ.

»Mum, wie geht's dir?« Strahlend ließ sie sich in den danebenstehenden Sessel sinken, wobei sie automatisch die Decke ausschüttelte und ihrer Mutter über die Knie breitete. »Wo steckt Barry? Ist es dir nicht zu kalt, so dicht am Fenster?«

»Er ist nur schnell meine Strickjacke holen gegangen, keine Sorge.« Aber ihre Augen verfolgten die Fürsorglichkeit ihrer Tochter mit einem zärtlichen Ausdruck.

»Du solltest besser am Kamin sitzen. Letzte Nacht war es eisig.«

»Genau so, wie ich es mag! Du weißt doch, dass mir Kälte noch nie etwas ausgemacht hat.«

»Und ob ich das weiß! Achtzehn Jahre hat's gedauert, bis wir dich endlich so weit hatten, dass du eine Zentralheizung hast installieren lassen, das verzeihe ich dir so schnell nicht«, sagte sie scherzhaft.

Ihre Mutter griff lachend nach Allegras Hand und umschloss sie mit beiden Händen. »Du bist so blass, Liebes.«

»Ach, das ist nur, weil ich diese Woche kaum an die frische Luft gekommen bin.«

Bloß nicht an gestern denken – an diesen verheerenden Abend im V&A, als Sam so plötzlich aufgetaucht war.

Julia tätschelte die Hand ihrer Tochter. »Du arbeitest schon wieder viel zu viel, stimmt's? Das macht mir Sorgen, weißt du?«

Allegra nickte. »Ja, ich weiß. Aber das ist wirklich unnötig, Mum. Mir geht's gut, und ich mache nur, was ich ohnehin gern tue.«

Die Augen ihrer Mutter huschten forschend über Allegras Gesicht, ein zugleich stolzer wie besorgter Ausdruck lag darin. »Und was treibst du so?«

»Na ja, letzte Woche war ich in der Schweiz, in Zürich. Nur für eine Übernachtung, aber …« Führten denn alle Gedanken zu Sam Kemp? »Der See war wunderschön. Irgendwann nehme ich mir die Zeit und fahre mit einem der Ausflugsschiffe raus, wirst schon sehen.«

»Fährst du nicht bald zum Skifahren? Du bist immer unterwegs. Barry hat's mir aufgeschrieben, aber bei dir kommt man so leicht durcheinander, du scheinst ja andauernd in irgendeinem Flugzeug zu sitzen.«

»Ja, ich fliege über Silvester für eine Woche nach Verbier.«

»Mit Freunden?«, fragte ihre Mutter hoffnungsvoll.

»Nein, mit Kunden.« Als sie die Miene ihrer Mutter sah, fügte sie hinzu: »Aber mit sehr netten. Das wird sicher schön, ich freue mich schon darauf.« Sie schluckte.

»Hast du deine Schwester in letzter Zeit mal gesehen?«

»Ja, letztes Wochenende. Wir haben mit Ferdy einen Spaziergang im Park gemacht.« Und am Sonntag das Haus leer geräumt. Die letzten Reste ihrer Kindheit beseitigt. Aber das verriet sie nicht.

»Ach, Isobel«, sagte ihre Mutter wehmütig, »ich sehe sie kaum noch.«

»Tatsächlich? Aber sie wollte dich doch heute Vormittag besuchen.«

Julia schüttelte den Kopf. »Na, wenigstens du bist hier. Ich weiß ja, wie beschäftigt du immer bist. Was hast du denn heute Abend noch vor?«

Allegra verzog das Gesicht. Sie wusste, was jetzt kam. »Ich muss noch mal zurück ins Büro und ein paar Sachen erledigen.«

»Aber Allegra! Es ist doch schon sieben Uhr, du solltest ausgehen, was unternehmen, abschalten.«

»Ich weiß, aber …« Es war sinnlos, etwas erklären zu wollen. »Vielleicht hast du recht. Vielleicht gehe ich stattdessen mal wieder ins Fitnessstudio.«

Julia runzelte die Stirn. »Hast du abgenommen? Du siehst so dünn aus.«

Allegras Blick fiel auf ihre schmalen Schenkel. »Nicht dass ich wüsste.«

»Du bist das reinste Knochengestell.«

»Ach was, ich bin bloß müde, ein bisschen erschöpft, das ist alles.« Allegra drückte ihrer Mutter tröstend die Hand, gerührt von diesem Anfall mütterlicher Fürsorge, die von Mal zu Mal kostbarer wurde, je seltener sie zum Vorschein kam.

»Du solltest mehr essen. Im Winter darf man nicht zu dünn sein. Wenn erst mal die Kälte kommt, braucht man Reserven! Was, wenn du vom Schnee überrascht wirst und nicht mehr rechtzeitig nach Hause findest?«

Allegra schmunzelte nachsichtig. »So schnell verirre ich mich nicht.«

»Im Stall ist's nie warm genug, egal wie viel Stroh da ist.«

Allegra stockte. »Ich … ich werde es mir merken.« Wie lange war ihre Mutter heute klar geblieben? Ganze vier Minuten? Sie versuchte sie zu fassen zu bekommen, bevor sie ihr endgültig entglitt. »Warum führst du mich nicht ein bisschen rum und zeigst mir alles? Isobel hat gesagt, dass es hier einen kleinen Laden gibt. Vielleicht könnten wir dort etwas einkaufen und uns dann bei dir in der Wohnung ein schönes Abendessen kochen?«

Julias Miene hatte einen kalten, feindseligen Ausdruck angenommen, die schwarzen Augen wirkten auf einmal hart und abweisend. »Sie kommen mir nicht in meine Wohnung«, zischte sie. »Was wollen Sie von mir? Wer sind Sie überhaupt? Ich kenne Sie ja gar nicht.«

»Das stimmt, entschuldige …«, stammelte Allegra.

»Wieso sagen Sie das? Warum wollen Sie mich raus in die Kälte locken?«

»Will ich ja gar nicht. Ich wollte doch bloß …«

»Wer sind Sie? Wie sind Sie hier reingekommen?«, rief Julia in zunehmender Panik. Ihre Hände umklammerten nun die Sitzlehnen.

»Ich bin's, Allegra«, antwortete Allegra beschwichtigend. Köpfe hatten sich gehoben, Blicke huschten in ihre Richtung, Gespräche erstarben. Aus den Augenwinkeln sah Allegra die bullige Gestalt von Barry hereinkommen und auf sie zueilen, über einem muskulösen Unterarm hing die fliederfarbene Strickjacke ihrer Mutter. Seine Rugby-Oberschenkel drohten beinahe aus ihrer engen Jeans-Umfassung zu platzen. Er zwinkerte Allegra aufmunternd zu und ging dann sofort vor ihrer Mutter in die Hocke.

»Komm, Julia, du musst dich jetzt ausruhen. Lass uns gehen.« In seinem walisischen Dialekt klangen die Worte melodiös, fast wie ein Gedicht.

»Wer sind Sie?«, herrschte Julia nun den armen Barry an.

»Ich bin Barry, das weißt du doch«, antwortete er ungerührt. Ein freundliches Grinsen breitete sich auf seinen wettergegerbten Zügen aus. Beim Anblick seiner harmlosen, freundlichen Miene und der Wangengrübchen schien sich Julia zu beruhigen.

»Kennen wir uns?«

»Klar doch.« Und Barry begann prompt die Anfangszeilen von »Delilah« zu schmettern. Er schob seinen Arm unter Julias und zog sie aus dem Sessel. Sie war überraschend agil, aber es war ja auch nicht ihr Körper, der krank war. »Ich hab dir deine Lieblingsstrickjacke geholt, weißt du nicht mehr? Weil du ein bisschen gefroren hast. Hier ist sie, siehst du? Die fliederfarbene, die dir so gut steht. Du wolltest dich zum Besuch deiner Tochter hübsch machen.«

»Aber ich habe doch gar keine Tochter.« Julia schaute verwirrt zu Barry auf.

»Ach, dann hab ich mich wohl verhört«, antwortete dieser gutmütig und half ihrer Mutter geschickt erst in den einen, dann in den anderen Jackenärmel. Dabei warf er Allegra einen entschuldigenden Blick zu. Das Liedchen auf den Lippen, wollte er ihre Mutter wegführen, doch diese hatte Allegra nicht aus den Augen gelassen.

»Wer ist das? Was will sie hier? Warum glotzt sie mich so an?«, fragte sie aggressiv.

»Komm schon, Julia, sing mit«, forderte Barry sie auf, ohne darauf einzugehen, was sie sagte, und begann sie behutsam fortzuführen.

Ihr Mutter stimmte in das Lied ein, und so durchquerten sie

den Raum und verschwanden. Allegra sah ihnen wie erstarrt nach. Alle Blicke waren auf sie gerichtet, im Saal war es stumm geworden. Allegra reckte das Kinn, griff nach ihrer Handtasche und verließ hocherhobenen Hauptes den Raum. Jetzt bloß nichts anmerken lassen, so hatte sie es sich eingedrillt. Es half ohnehin nichts. Es gab nichts, was sie hätte tun oder sagen können. Wenn sie versucht hätte, ihre Mutter zum Abschied zu umarmen oder ihr einen Kuss zu geben, dann hätte die geschrien wie am Spieß, so als würde sie attackiert, und Barry hätte einschreiten müssen. Denn das hier war nicht mehr ihre Mutter. Und sie war nicht mehr ihre Tochter. Sie waren Fremde, und sie waren beide allein.

»Du musst das unterschreiben.« Allegra tippte auf die Dokumente, die auf dem Küchentisch lagen. Isobel war gerade dabei, Zucchinipüree portionsweise in einer Eiswürfelschale einzufrieren. »Ich gehe nicht eher, als bis du unterschrieben hast.«

Isobel richtete sich auf, einen Esslöffel in der einen, den Stieltopf mit dem grünen Brei in der anderen Hand. »Wozu auf einmal die Eile? Das müssen wir doch nicht überstürzen.«

»Wir überstürzen es ja auch nicht.« Was nicht ganz stimmte. Sie war direkt vom Pflegeheim zu ihrer Schwester gefahren, die Papiere im Gepäck, die ihr Anwalt schon vor Monaten aufgesetzt hatte. »Wir haben unsere Köpfe schon viel zu lange in den Sand gesteckt. Es ist jetzt drei Jahre her seit der Diagnose und sechs, seit sie anfing, ernsthafte Probleme zu kriegen. Und es wird nicht besser. Weißt du, wie lange sie heute klar war, als ich sie besucht habe? Vier Minuten! Wenn's hoch kommt! Und an deinen Besuch heute Vormittag konnte sie sich schon gar nicht mehr erinnern.«

Isobel ließ seufzend den Löffel in den Stieltopf fallen. »Aber deshalb haben wir ihr doch diesen Platz in dem betreuten Wohnen besorgt und Barry engagiert, der rund um die Uhr für sie da ist – damit sie noch ein Weilchen länger selbstständig sein darf.«

»Iz, wir kommen nicht mehr drum herum. Barry ist ein ausgezeichneter Pfleger, und wir können uns glücklich schätzen, ihn gefunden zu haben …«

»Dass du ihn bezahlen kannst, meinst du wohl«, unterbrach Isobel ihre Schwester.

Allegra verstummte. Es stimmte. Seit zehn Jahren scheffelte sie das Geld und gab kaum etwas aus, abgesehen von dem Apartment in Poplar und jetzt diesem Haus in Islington – das sie eigentlich nur gekauft hatte, weil sie nicht mehr wusste, wohin mit dem Geld. Selbst ihre firmeninterne Bekleidungszulage schöpfte sie nie ganz aus. Von Freizeit oder gar einem ausgelasteten Sozialleben konnte ebenfalls keine Rede sein, und für Fernreisen hatte sie schon gar keine Zeit. Auch für Schnickschnack wie teure Autos oder Jachten interessierte sie sich nicht. Zu ihrer Schande musste sie gestehen, dass dieser Aufenthalt ihrer Mutter in der betreuten Wohnanlage die einzige Extravaganz war, die sie sich seit Langem leistete. Sie wusste, dass Isobel sich deswegen schlecht fühlte, weil sie keinen annähernd ähnlichen finanziellen Beitrag zur Versorgung ihrer Mutter leisten konnte.

»Das ist doch unwichtig«, fuhr Allegra fort, »wichtig ist nur, dass Mum sich wohlfühlt und dass Barry so gut mit ihr zurechtkommt. Er ist der Einzige, der sie zum Lachen bringt und der rausgefunden hat, dass Singen sie beruhigt, wenn sie einen ihrer Anfälle hat. Er ist einfach großartig, und Mum ist so zufrieden wie schon lange nicht mehr. Aber trotz alledem: Ihr Zustand wird nicht besser werden, im Gegenteil. Es wird Zeit, dass wir der Wahrheit ins Auge sehen, Iz. Sie kann nicht mehr für sich selbst sprechen. Die wichtigen Entscheidungen – finanziell, juristisch und so weiter – werden in Zukunft wir übernehmen müssen.«

»Ich weiß, ich weiß. Es ist bloß …« Seufzend stellte Isobel den Topf beiseite und trat, sich die Hände an ihrer Schürze abwischend, an den Tisch, wo Allegra saß. Sie ließ sich auf einen Stuhl plumpsen. »Warum müssen wir das zwischen uns aufteilen? Diese Vollmacht, meine ich?«

»Du meinst, warum ich nicht alles übernehmen kann?«, präzisierte Allegra unverblümt.

»Nein, ich meine … Wäre es nicht besser, wenn das alles in einer Hand bliebe? Das Finanzielle auf der einen Seite und die Pflege- und Betreuungsfragen auf der anderen? Machen wir es durch diese Aufteilung nicht nur noch komplizierter?« Aus dem Wohnzimmer drangen Lloyds Jubelrufe: Chelsea hatte im Match gegen Arsenal offenbar ein Tor erzielt. Eigentlich sollte er ja mit Ferdy spielen, der vor Kurzem zu krabbeln begonnen hatte und vor dem Zubettgehen noch ein paar Runden drehte.

»Aber ich bin doch ständig unterwegs, das weißt du doch; ich arbeite rund um die Uhr. Manchmal vergesse ich sogar, dass Wochenende ist, und komme aufgetakelt ins Büro, nur um festzustellen, dass keiner da ist! Wenn Mum nun was zustößt und eine rasche Entscheidung nötig ist – und ich bin im Ausland? Unerreichbar? Ich verbringe mehr Zeit in Flugzeugen als du in irgendwelchen Cafés. Aber du wohnst hier. Mutters Heim ist nur eine Stunde von dir entfernt, falls mal schnell was entschieden werden muss. Was die Geldgeschichten betrifft, die lassen sich nach Termin regeln, das ist für mich kein Problem. Die Vollmachtsgesetze schreiben vor, dass Mums Konten separat bleiben müssen. Darum habe ich mich bereits gekümmert: Eine bestimmte Summe – genug, um alle Eventualitäten abzudecken – wird per Dauerauftrag monatlich auf ihr Konto überwiesen, diese Seite ist also abgedeckt.«

Isobel starrte niedergeschlagen auf die Papiere. Das Haus zum Verkauf anzubieten und es auszuräumen war schlimm genug gewesen, hatte sich aber immer noch einigermaßen normal angefühlt – etwas, das bei Todesfällen getan werden musste. Und genau so hatten sie es empfunden, den Verlust des Elternhauses, der Kindheit – als wäre jemand gestorben. Nun jedoch diese Dokumente zu unterschreiben, mit denen ihnen faktisch Vollmacht über das gesamte Leben und Handeln ihrer Mutter eingeräumt wurde – als wäre auf einmal sie das Kind und die Schwestern die Erziehungsberechtigten –, das war, als würden sie ihre Mutter stückchenweise verlieren, was fast schlimmer war als der Tod.

»Es ist so weit, Iz, die Zeit ist gekommen. Nur so können wir Mums Interessen schützen«, sagte Allegra mit betont fester Stimme, auch wenn ihr ganz und gar nicht so zumute war. »Der Mensch, der sie mal war, den gibt es nicht mehr.«

Bei diesen Worten fiel Isobels Miene regelrecht in sich zusammen, doch nun fügte sie sich mit einem knappen Nicken ins Unvermeidliche, griff nach dem Füllfederhalter und unterzeichnete rasch auf der gepunkteten Linie.

Allegra nahm das Blatt und blies auf die Unterschrift, um die Tinte zu trocknen. Isobel stemmte sich hoch und schlurfte zum Kühlschrank, um eine Flasche Wein zu nehmen – ihre bevorzugte Trostquelle.

»Wann wolltest du sie das nächste Mal besuchen?«, erkundigte sich Allegra.

»Ich schätze morgen«, meinte Isobel achselzuckend. »Der Besuch heute war so was von für die Katz.« Sie schenkte zwei große Gläser voll. »Da versuche ich's lieber noch mal.«

Allegra nickte. »Könntest du dann vielleicht diese Papiere hier mitnehmen und Mum dazu bringen zu unterschreiben? Und denk dran, du brauchst einen befähigten Zeugen, also einen Arzt oder Juristen.«

Isobel schraubte die Flasche nachdenklich wieder zu. »Meine Freundin Sara ist Ärztin«, bemerkte sie gedankenversunken.

»Ja, perfekt, das wäre ideal. Meinst du, sie würde mitkommen?«

Isobel überlegte. »Das Krankenhaus, in dem sie arbeitet, ist nicht weit weg von der Wohnanlage. Wenn ich sie für danach zum Essen einlade, wird sie sicher nicht Nein sagen.«

»Wunderbar.«

Isobel nahm einen großen Schluck und trat mit den Weingläsern an den Tisch. Sie wussten beide, dass es alles andere als wunderbar war. Müde ließ sie sich auf einen Stuhl sinken. Dabei löste sich ihr langes blondes Haar aus dem unordentlichen Knoten, zu dem sie es hochgesteckt hatte, als Ferdy heute Morgen zu nachtschlafender Zeit aufgewacht war, und fiel ihr über Schultern und Rücken. Ihre Züge wirkten spitz und hohlwangig, ihre Boyfriend-Jeans war weiter, als es modern war.

Allegra musterte ihre jüngere Schwester. Es war erst Donnerstag, aber die gute Stimmung vom Wochenende war bereits vollständig verpufft. »Hör mal, warum macht ihr euch heute nicht einen schönen Abend, du und Lloyd? Geht mal schick essen, gönnt euch was Gutes!«

Isobel machte ein Gesicht, als habe Allegra etwas völlig Abwegiges vorgeschlagen. »Du machst Witze, oder? Weißt du, wie unmöglich es ist, so kurzfristig jemanden zum Babysitten zu kriegen?«

Allegra zuckte die Achseln. »Ich hätte Zeit.«

Isobel runzelte ungläubig die Stirn. »*Du* würdest auf Ferdy aufpassen?«

»Klar, warum nicht? Du siehst aus, als könntest du dringend eine Pause gebrauchen, und ich habe heute Abend sowieso nichts vor.« Ihr Laptop steckte in ihrer Handtasche. Sie konnte ebenso gut auf dem Wohnzimmersofa ihrer Schwester arbeiten wie auf ihrem eigenen.

»Aber wolltest du nicht selbst ausgehen? Das ist doch der Vorteil des Singledaseins, oder? Heute hier, morgen dort?«

»Nicht nötig. Ich war gestern schon aus.«

»Ach ja? Sicher wieder was ganz Tolles«, schwärmte Isobel. »Drinks in Monaco, Dinner in Paris?«

Allegra zuckte gleichgültig die Achseln. »Ein Cocktailempfang im V&A.« Isobel machte große Augen, aber Allegra wollte nicht darüber sprechen. Dieser doppelte Verrat von Pierre und Sam ging ihr nicht mehr aus dem Kopf. Sie hatte in der letzten Nacht kaum ein Auge zugetan. Pierre konnte sagen, was er wollte: Sam würde niemals lediglich den Frontmann abgeben. Wenn

Yong jetzt schon nicht mit einer Frau zusammenarbeiten wollte, dann erst recht nicht, nachdem sie ihn als Kunden gewonnen hatten. Und der Besakowitsch-lose Sam war ein Fondsmanager auf der Suche nach einem neuen Fonds. Nein, sie wusste ganz genau, wie das laufen würde. Man würde sie rausdrängen, an den Rand schieben, Sam würde übernehmen, was rechtmäßig ihr zustand. Was ihr nicht aus dem Kopf wollte, war die Frage: Was konnte sie dagegen tun?

Sie rang sich ein Lächeln ab. »Geh schon, Schwesterherz. Sag deinem Romeo, dass er dich heute Abend ausführt.«

»Legs, du bist einfach die Allerbeste!«, quietschte Isobel und umarmte ihre Schwester stürmisch. Dann rannte sie zu ihrem Göttergatten ins Wohnzimmer, das sie vergrößert hatten, indem sie die Wand zwischen zwei relativ kleinen Räumen entfernt hatten. »Lloyd!«, rief sie und kam gerade rechtzeitig, um zu sehen, wie Ferdys speckiges Händchen nach der rauchfreien Kohle griff, die in dicken Nuggets in einem Metallbehälter lag, während Lloyd ahnungslos auf dem Sofarand saß und gebannt einen Freistoß auf dem Bildschirm verfolgte. Isobel schnappte sich Ferdy sozusagen in letzter Sekunde und deponierte ihn in der entferntesten Ecke des Zimmers. »Wir gehen aus! Stell dir vor, Allegra hat angeboten, auf Ferdy aufzupassen!«

Über Lloyds Gesicht huschte eine fast komische Mischung aus Schock, Panik und Fassungslosigkeit. Allegra fragte sich, was ihn wohl mehr erschreckte: die Aussicht, dass sie auf Ferdy aufpassen oder dass er das Ende des Fußballspiels versäumen würde.

»Keine Sorge«, bemerkte sie trocken, »wenn ich auf ein Portfolio im Wert von 875 Millionen Pfund achtgeben kann, dann bestimmt auch auf ein zehn Monate altes Kleinkind.«

»Dann lass ich nur rasch sein Bad ein!«, rief Isobel und rannte die Treppe rauf nach oben.

»Wirklich nett von dir«, bemerkte Lloyd, ohne den Blick vom Fernseher zu nehmen.

»Das ist das Mindeste, Iz sieht ja vollkommen fertig aus«, sagte Allegra, nicht ohne Vorwurf in der Stimme. »Wird ihr guttun, mal einen Abend lang rauszukommen. Sich hübsch machen und mal wieder als Frau fühlen zu können.«

»Äh, ja, hübsch. Stimmt, hab ich mir auch schon gedacht«, murmelte Lloyd zerstreut, ganz auf die jetzt im Torraum zankenden Spieler konzentriert.

Allegra verdrehte die Augen. Sie verstand einfach nicht, was ihre Schwester an Lloyd fand. Sicher, er sah gut aus, auf diese nichtssagende englische Art: blasse Haut, regelmäßige Gesichtszüge, mittelbraunes Haar. Adrett und freundlich, nichts Alarmierendes, wie eine gebrochene Nase oder ein Blumenkohlohr, aber eben auch nichts Besonderes. Was ihr jedoch gegen den Strich ging – was ihre innere Antenne zucken ließ –, war seine Trägheit (Faulheit, wohl eher). Lloyd war immer »erschöpft« oder litt unter »Jetlag« (auch schon vor Ferdys Geburt), und es blieb an der armen Isobel hängen, den Haushalt zu machen, zu kochen, zu putzen, einkaufen zu gehen und nun auch noch rund um die Uhr ein Kleinkind zu betreuen. Merkte er denn nicht, dass ihre Schwester etwas Besonderes war? Wie glücklich jemand wie er sich schätzen konnte, ein Juwel wie sie gefunden zu haben?

Sie sah zum Fernseher. Soeben wälzte sich ein Spieler in blauem Trikot schmerzverzerrt auf dem Rasen und hielt dabei sein Schienbein umklammert. Allegra wandte gelangweilt den Blick ab. Sie hatte unter der Woche genug mit Männern zu tun, die über Sport redeten.

Isobel kam wieder hereingestürmt, schon weniger blass als zuvor. »Na, wo ist mein kleiner Mann?«, fragte sie fröhlich und rettete Ferdy erneut vor der unmittelbaren Verkostung der Kohle. »Daddy will Mummy heute mal ausführen, ja, mein Kleiner!«, säuselte sie und verschwand mit ihm nach oben.

Allegra bemerkte, wie Lloyd unruhig auf dem Sofa hin und her rutschte und den Schiedsrichter mit einer unterdrückten Verwünschung anfeuerte. Das Spiel dauerte noch vierzig Minuten, aber Isobel würde in höchstens zwanzig fertig sein, einschließlich eines frisch gebadeten Ferdy.

Allegra musterte ihn in missbilligendem Schweigen. Isobel klapperte derweil in der oberen Etage herum, riss Schubladen auf und jagte Ferdy hinterher, der wahrscheinlich ohne Windel auf der empfindlichen beigefarbenen Auslegeware herumkrabbelte. Wenn dies die viel gepriesene Familienidylle sein sollte, die angeblich jeder ersehnte, das schmucke Häuschen in der Stadt, das fröhlich gurgelnde Baby, der jungenhaft attraktive Ehemann … Selbst die gerahmten Familienfotos an den Wänden propagierten diesen Mythos. Und es war ein Mythos, wenn es nach Allegra ging. Das Unangenehme wurde verschwiegen, der ständig laufende Fernseher als Kommunikationsersatz, das zerwühlte Bett im Gästezimmer, in dem Lloyd jetzt schlief, um für die Arbeit »frisch« zu sein, das verbissene Gerangel jedes Wochenende, darum, wer erschöpfter war und deshalb unbedingt mal ausschlafen musste.

Wenn das der allseits ersehnte Traum sein sollte …

… dann konnten ihn die Leute gerne behalten. Kein Wunder, dass sie ihn nicht haben wollte.

# 7. Kapitel

## 6. Tag: Filzmännchen

Bob, wo stehen wir in Sachen Demontignac?«

Bob hob einen Stapel Papiere hoch und fuhr mit dem Finger eine Zahlenreihe entlang. »Ist um vier Punkte gestiegen, seit, ja, seit Freitag. Sind jetzt auf 78 Dollar. Sieht gut aus. Wir haben zu 36 eingekauft und die Prognosen …« Er hielt inne, als er Allegras Miene sah. »Nicht?«

»Ich weiß nicht, irgendwas stört mich bei denen. Ihr Geschäftsgebaren ist mir zu leichtsinnig. Die expandieren zu schnell und nicht selten über Preis. Das ist auf Dauer nicht haltbar.«

»Aber die Analysen prognostizieren einen Anstieg auf hundert Dollar.«

»Ja, basierend auf einer sich weiterhin erholenden Wirtschaft und dem Sinken der Rohstoffpreise für farbige Diamanten. Aber wie gesagt, mir macht mehr das Gebaren der Firma selbst Sorgen als die Marktprognosen. Diese Verarbeitungsfabrik in Simbabwe zum Beispiel haben sie weit über Preis erworben. Das wird sich früher oder später rächen. Die Plattform dieser Firma ist mir insgesamt einfach zu instabil.«

»Dann glauben Sie also, wir sollten verkaufen?«

Sie nickte. »Ja, das wäre wohl das Beste.«

Bob zögerte kurz, dann nickte er. »Also gut.«

Die Tür wurde geöffnet, aber Allegra blickte nicht auf. Der Frühstücksservice kam gewöhnlich um Punkt sieben Uhr. »Außerdem macht mir …«

»Ich hoffe, ich störe nicht«, sagte eine männliche Stimme ohne Bedauern darüber, dass sie tatsächlich störte.

Allegra blickte irritiert auf. Sam Kemp hatte das kleine Konferenzzimmer betreten, in dem sie ihre Besprechung abhielten. »Hab das Memo leider nicht gekriegt, in dem steht, dass das Meeting heute um sieben stattfindet.« Sein Ton war unfreundlich. Sie hatten sich seit ihrem Zusammenprall am Mittwochabend nicht mehr gesehen, und von Kirsty hatte sie erfahren, dass er praktisch den ganzen gestrigen Tag eingeschlossen mit Pierre verbracht hatte. Es machte sie nervös, wie unverhohlen Pierre ihn zum neuen Manager dieses Kontos aufzubauen versuchte.

»Halb sieben, um genau zu sein«, entgegnete sie spitz. »Und ein Memo war nicht nötig. Hier wissen alle Bescheid.«

Sam ließ sich unverfroren auf dem Stuhl zwischen ihr und Bob nieder – dem Chefsessel am Kopfende des Tisches. Machte er das absichtlich? »Nun, dann teilen Sie mir jetzt besser mit, was ich versäumt habe.«

Allegra antwortete nicht – er war nicht ihr Vorgesetzter, und sie hatte ihm keine Rechenschaft abzulegen –, aber Bob räusperte sich verlegen und antwortete an ihrer Stelle. »Wir werden Demontignac abstoßen.«

»Wieso das denn? Die boomen doch, vor allem nachdem diese Schauspielerin bei der Emmy-Verleihung eine Kette von denen getragen hat. Wie hieß sie noch gleich?«

Allegra starrte ihn an, als ob er den Verstand verloren hätte. Wollte er wirklich von *ihr* wissen, wie eine dieser Schauspielerinnen hieß? »Das Unternehmen ist instabil«, entgegnete sie abweisend und forderte Bob mit einer ungeduldigen Handbewegung auf, zum nächsten Punkt zu kommen.

Aber davon wollte Sam nichts wissen. Er stützte sich auf die Ellbogen und beugte sich vor. »Sie waren eine der ersten Firmen, die zugegriffen haben. Sie haben zu – was war's gleich? – in der Dreißigermarge angekauft.«

»Zu sechsunddreißig Dollar«, antwortete Bob für Allegra.

»Und jetzt stehen sie bei 78 Dollar«, meinte Sam, den Blick unverwandt auf Allegra gerichtet. »Das ist eine Verdoppelung, jetzt schon, und sämtliche Experten meinen, dass sich der Aufwärtstrend fortsetzt.«

»Nun, meiner Meinung nach wird es zu einem Einbruch kommen«, widersprach Allegra ruhig. »Das Management der Firma arbeitet fehlerhaft und ist zu risikofreudig. Besser jetzt aussteigen, solange sie noch oben sind. Der Markt mag einem Aufwärtstrend folgen, diese Firma tut es nicht. Wie Sie sagen, wir haben unsere Investition verdoppelt. Zeit, auszusteigen und zu neuen Ufern aufzubrechen.«

»Aber …«

»Die Entscheidung ist gefallen, Kemp. Wenn Sie Ihren Sermon dazugeben möchten, dann kommen Sie nächstes Mal pünktlich.« Sie musterte ihn kühl. »Bob?«

»Ähm …« Bob blätterte hastig in seinen Papieren und schob nervös seine eckige Brille hoch. »Renton.«

»Ah ja, die wollen jetzt auch nach China expandieren.« Abermals schüttelte sie den Kopf. »Da tut sich ein Fass ohne Boden auf. Prada und Gucci sind der Beweis, dass …«

»Sie sind also auch eine von denen, diesen China-Pessimisten?« Sam lehnte sich mit einem amüsierten Ausdruck zurück.

Allegra ließ sich nichts von ihrem wachsenden Zorn anmerken. Die Art, wie er sie unterbrach, über sie hinwegredete! »Und Sie nicht? Die kommen mit ihren Zinszahlungen erstmals nicht mehr mit. Die Währung wurde so stark abgewertet wie nie zuvor, die chinesischen Aktienmärkte kränkeln, und die zweistelligen Wachstumsraten sind auch Geschichte.« Sie sagte das alles in einem Ton, der keinen Zweifel daran ließ, wer hier der Idiot war.

»Aber die Rohstoffmärkte boomen noch. Eisenerz ist auf über hundertfünfzig pro Tonne gestiegen.«

»Das sind doch nur Panikkäufe«, widersprach sie gelassen.

»Sobald die Zyklonsaison vorbei ist und sich die Länder wieder auf ihre nationalen Ressourcen verlassen können, wird China auf einem Überschuss sitzen bleiben und die Preise werden wieder unter die Hundert-Dollar-Marke fallen.«

Er musterte sie einen Moment lang schweigend. »Da bin ich ganz anderer Meinung«, verkündete er dann. »Ich finde, Rentons Expansion nach China bringt nur Vorteile. Die klassische Erfolgsstory – niedrige Herstellungskosten, hohe Gewinne und eine prognostizierte Verdreifachung der Produktion im nächsten Jahr. Außerdem habe ich gehört, dass LVMH die Fühler ausstrecken.«

Allegra griff nach ihrem Wasserglas und nahm einen Schluck, um Zeit zu gewinnen. Das hörte sie zum ersten Mal. Aus den Augenwinkeln sah sie, wie Bob unruhig hin und her rutschte. Es war seine Aufgabe, so etwas als Erster rauszukriegen. Streckte die Moët-Hennessy/Louis-Vuitton-Gruppe wirklich ihre Fühler nach Renton aus? »China ist passé«, verkündete sie im Brustton der Überzeugung. »Dieser Markt ist im letzten Jahr um fünfzehn Prozent geschrumpft – teils aus Markenmüdigkeit, teils wegen der Antikorruptionspolitik der neuen Regierung. Man will Stabilisierung um jeden Preis, und das bedeutet für die Märkte natürlich schmälere Profite.«

»Aber Louis Vuitton erzielt noch immer über ein Viertel seiner Jahresgewinne in China.«

»Mag sein, aber die Chinesen kaufen nicht mehr länger im eigenen Land. Mehr als sechzig Prozent aller Luxusgüter werden mittlerweile im Ausland erworben. Der wohlhabende Chinese kauft in New York, in Paris, in London …«

Sam lehnte sich kopfschüttelnd zurück und verschränkte die Hände hinter dem Kopf. »Sie sind eine Schwarzseherin, Fisher. Ich bin erst seit ein paar Minuten hier, und in dieser kurzen Zeit wollen Sie, wenn es nach Ihrem Willen geht, die Aktien von zwei boomenden Firmen abstoßen.«

Allegra ließ sich nichts anmerken, weder zu »wenn es nach Ihrem Willen geht« noch zu der Art, wie er sie beim Nachnamen nannte, was sie, obwohl sie es ihm doch befohlen hatte, mehr störte, als sie zuzugeben bereit war. Sie wollte von ihm behandelt werden, wie er jeden Mann in der Firma behandeln würde – selbst wenn er der Einzige war, bei dem sie sich so weit vergessen hatte, um ganz Frau zu sein –, wofür sie sich jetzt, im Nachhinein, mehr und mehr schämte. Wenn sie geahnt hätte, dass er hier in London auftauchen würde, hätte sie sich nie mit ihm eingelassen. Zürich war ihr damals als sichere Entfernung erschienen, sein Ausscheiden aus der Firma so gut wie garantiert.

»Ich bin keine Schwarzseherin, ich bin Realistin«, widersprach sie. »Die Märkte ändern sich. Das Luxusgütersegment spaltet sich auf, die größten Wachstumsraten werden jetzt wieder in den USA erzielt. Amerika ist und bleibt der größte Markt für ›erschwinglichen‹ Luxus. Bob untersucht für uns außerdem das Wachstumspotential der Schwellenländer, Südamerika, insbesondere Mexiko, und wenn wir uns in Asien halten wollen, ist es ratsamer, sich in Thailand oder Vietnam umzuschauen, oder in Indien, das ist besser isoliert gegen einen Kollaps der chinesischen Wirtschaft.«

»Wir haben außerdem Afrika unter die Lupe genommen«, warf Bob ein, »nur ein Nischenmarkt, ich weiß, aber unsere Analytiker haben herausgefunden, dass in Großbritannien die Nigerianer als Konsumenten von Luxusgütern bereits an vierter Stelle stehen. Und Zegna, Boss und MAC haben alle kürzlich Zweigniederlassungen in Lagos eröffnet.« Er erhob sich und bot seine Hand. »Ich bin übrigens Bob Wagstaff. Wir sind einander noch nicht vorgestellt worden.«

Sam drückte Bob kurz die Hand, scheinbar unbeeindruckt von dieser Zwillingsattacke. Sein Blick kehrte sogleich wieder zu Allegra zurück. »Sie haben Angst, das ist es. Muffensausen.«

Allegra erbleichte. Was meinte er? Wollte er damit auf ihre gemeinsame Nacht anspielen? Sie warf Bob einen nervösen Blick zu. »Was soll das heißen?«

»Sie fürchten sich schon vor dem Aufprall, während der Ball noch in der Luft ist.«

»Weil das meine Aufgabe ist. Unsere Anleger profitieren von meiner Vorsicht. Renton setzt weiterhin auf einen wachsenden Anlageninvestitionsmarkt in China – was meiner Meinung nach mittlerweile unverantwortlich und unrealistisch ist.« Sie klapperte irritiert mit ihrem silbernen Kugelschreiber.

»Und ich sage Ihnen, Pierre ist da ganz anderer Meinung. Es ist zu früh für einen Ausstieg.« Er zuckte mit den Achseln, gab ihr Zeit, die Information zu verdauen, dass er das Gehör des Chefs besaß. »Wovor haben Sie Angst? Ihr Erfolg mit den Lindover-Aktien beweist doch, dass noch Bewegungsspielraum da ist, dass auf dem Markt noch was zu holen ist.«

»Lindover?« Sie verzog höhnisch das Gesicht. »Was soll denn das schon wieder heißen? Da haben wir uns dagegen entschieden.«

»Tatsächlich? Überlegen Sie lieber noch mal.« Er schaute sie mit hochgezogener Braue an. Arroganter Kerl! Glaubte sich hier reindrängen und alles an sich reißen zu können, ihre Entscheidungen infrage stellen zu können – die immerhin auf einer zehnjährigen Erfolgsgeschichte beruhten.

Sie machte ein finsteres Gesicht. »Das ist nicht nötig.«

»Vielleicht haben Sie's ja vergessen.«

»Ich vergesse nie etwas.«

Der Ausdruck in seinen Augen intensivierte sich. Ob er auch an das dachte, was vergessen werden musste und was sie nicht vergessen konnte? »In den Akten steht was ganz anderes.«

In den Akten? Sie holte tief Luft. Aha, er hatte sich also über sie schlaugemacht, war die Akten durchgegangen, um sich über ihre An- und Verkäufe der letzten Jahre zu informieren. Herauszukriegen, wie sie tickte. Ein kleines Lächeln breitete sich auf ihren Zügen aus. Er versuchte also die Konkurrenz auszuschnüffeln. Offenbar hatte er mehr Angst vor ihr als sie vor ihm. Vielleicht war sie ja nicht die Einzige, der die Situation schlaflose Nächte bereitete. Dem Mann war offenbar klar geworden, dass gute Kontakte allein nicht genügten, um seinen Job zu behalten.

»Und ich kann mich genau erinnern, dass wir den Deal diskutiert und anschließend verworfen haben. Wenn Sie schon glauben, sich hier reindrängen und als Leitwolf aufspielen zu können, dann sollten Sie wenigstens vorher Ihre Fakten überprüfen.«

Beide blitzten einander eine Weile schweigend an. Dem armen Bob, der zwischen ihnen saß, wurde zunehmend unbehaglich.

»Nun, wie auch immer«, meinte Sam schließlich mit einem Blick auf seine Uhr, »jetzt ist erst mal Waffenstillstand. Ich muss los.«

Wie praktisch. Gerade wo sie die Oberhand gewonnen hatte. Sie lehnte sich zurück und musterte ihn prüfend.

»Los? Wohin denn?«

Er erhob sich und zupfte betont lässig seine Manschetten zurecht. »Nach Paris. Ich bin dort zum Brunch mit Zhou und seinem Vater verabredet.«

»*Wie bitte?*« Allegra schoss hoch. »Sie werden sich nicht ohne mich mit ihm treffen!«

Kemp musterte sie kühl. »Sie haben gehört, was Pierre gesagt hat, Fisher. Sie kümmern sich ums Portfolio, ich mich um den Klienten.«

Mit diesen Worten wandte er sich ab und schlenderte aus dem Zimmer. Allegra starrte ihm fassungslos und mit offenem Mund hinterher.

»Was für ein aufgeblasener Angeber«, bemerkte Bob und klappte die Hülle seines iPads zu.

Allegra musste gegen ihren Willen lachen. Bob war ihr engster Verbündeter in diesem Rattennest und hatte immer den passenden Spruch parat. »Ja, nicht wahr?« Sie verschränkte nachdenklich die Arme, trommelte mit den Fingern auf ihre Unterarme. Ihre Augen wurden schmal.

Bob kannte die Zeichen. »Was denken Sie?«

Sie schaute ihn kurz an, dann wieder zur Tür, durch die Kemp soeben verschwunden war. »Hatten Sie den Eindruck, dass er mir bei der Investitionsstrategie die Führung überlassen will?«

Bob schüttelte den Kopf.

»Ich auch nicht.« Ihre Augen begannen zu funkeln, ein böses Lächeln breitete sich auf ihrem Gesicht aus. »Warum zum Teufel sollte ich ihm dann beim Klienten die Führung überlassen? Yong ist mir noch ein Treffen schuldig, das ist eine Frage der Ehre. Er kann sich gar nicht weigern.«

»Stimmt.« Bob grinste.

Allegra drückte auf einen Knopf unter dem Tisch, und kurz darauf streckte Kirsty den Kopf zur Tür herein. »Kirsty, setzen Sie sich mit Sams Assistenten in Verbindung, und bringen Sie in Erfahrung, wann und wo er sich mit Zhou zum Brunch trifft. Und dann buchen Sie mir einen Platz im nächsten Flugzeug nach Paris – in dem Kemp *nicht* sitzt. Wenn er von Heathrow abfliegt, nehme ich einen Flieger von Stansted oder dem City Airport, egal. Sorgen Sie also dafür, dass ein Chauffeur bereitsteht, um mich hinzufahren.«

»Okay, Miss Fisher.«

Allegra deutete auf Bob. »Und Sie suchen mir die neuesten Zahlen zu allem raus, was wir gerade besprochen haben, insbesondere einen umfassenden Bericht über Mexiko. Das schicken Sie umgehend ans Pariser Büro, die können es mir dann per Fahrradkurier ins Restaurant bringen lassen. Auf meinen Namen, aber cc Kemp, weil die Reservierung auf ihn läuft.«

»Geht klar, Boss.«

Sie überlegte einen Moment. »Und besorgen Sie mir die Akten über Kemps Geschäfte mit dem Besakowitsch-Pot.«

Bob runzelte die Stirn. »Wozu brauchen Sie die denn?«

»Sie haben den Mann ja gehört. Er hat Nachforschungen über mich angestellt. Das Kompliment sollten wir doch erwidern, finden Sie nicht? Mal sehen, wie *er* tickt.«

Bob nickte und setzte sich grinsend in Bewegung.

»Was gibt's da zu grinsen?«, rief Allegra ihm nach, während sie ihre Papiere zusammenraffte.

Er blieb stehen und drehte sich um, schob seine Brille hoch. »Sie sind einfach großartig, wenn Sie wütend sind«, bemerkte er.

Das Taxi hielt direkt vor der Tür des Restaurants. Es war 10:54 Uhr. Knapp, aber sie hatte es geschafft. Stand zu hoffen, dass die Yongs noch nicht eingetroffen waren.

Ein Glück, dass der Taxifahrer das Restaurant kannte, sie wäre sonst glatt daran vorbeigelaufen. Kein Schild, nichts wies darauf hin, was sich im Innern des Gebäudes befand. Eine weiße Stuckfassade, über die sich an Spalieren in üppiger Fülle Glyzinien rankten, selbst die Fenster waren überwuchert. Das mächtige doppelflügelige Eichentor ließ eher auf ein Bootshaus oder einen Weinkeller schließen als auf ein Luxusrestaurant.

»Monsieur Kemp, *onze heure*«, sagte sie in perfektem Französisch zum Concierge und hielt gleichzeitig in dem großen geschwärzten Verre-églomisé-Spiegel unweit des Empfangs nach ihren Brunchgenossen Ausschau. Vor ihr breitete sich ein großer saalartiger Raum aus, der wohl früher einmal ein Innenhof gewesen sein musste und nun überdacht worden war. Er wurde von moosbewachsenen Steinwänden umschlossen, darüber spannte sich eine mit Holzbalken durchsetzte Gewölbedecke mit einer Laterne hoch oben in der Mitte, durch die Tageslicht einfiel. Große runde, moderne Lampen hingen an Ketten von der Decke wie Perlen an einer Goldschnur. Gepolsterte Chesterfield-Stühle umstanden gediegene runde Tische, zwischen denen großzügig Platz blieb.

Sie trat einen Schritt zur Seite und spähte um eine große Steinurne voll dunkler Rosen herum. Ja, dort saß er: Kemp. Sein hellbrauner Haarschopf war unübersehbar. Er saß mit dem Rücken zum Eingang, und sein gesenkter Kopf ließ vermuten, dass er in sein BlackBerry vertieft war.

»Ah *oui*, Kemp. *Trois personnes*«, las der Concierge aus dem großen schwarzledernen Reservierungsbuch vor.

»*Non, quatre.*« Sie lächelte ihn merklich dünnlippig an, um ihn zu mehr Eifer beim Auslegen des vierten Gedecks anzuspornen.

Der Concierge verzog keine Miene. Wenn ein Fehler vorlag, dann natürlich von Seiten des Restaurants. »*Mais bien sûr. Voulez-vous me suivre à la table?*«

»*Non, je préfère attendre Monsieur Zhou ici, merci.*«

»*Je vous en prie.*«

Der Concierge verschwand mit einem huldvollen Nicken, um das fehlende Gedeck aufzutragen. Allegra kehrte ihm den Rücken zu und verfolgte sein Tun im Spiegel. Sie beobachtete, wie Sams Kopf hochzuckte, als der Concierge mit dem Gedeck auftauchte. Er machte eine Bewegung, wie um den Kellner aufzuhalten. Der beugte sich zu ihm hin, und beide tuschelten ein paar Sekunden. Sam drehte sich überrascht um und hielt nach der mysteriösen vierten Person Ausschau, die sich unerwartet angemeldet hatte. Ob er erriet, dass es sich dabei nur um sie handeln konnte? Sehen konnte er sie jedenfalls nicht. Der Spiegel war zu weit von ihm entfernt und zu dunkel, als dass er sie hätte erkennen können, auch trat sie abermals einen Schritt beiseite und war nun hinter der großen Urne vor seinen Blicken verborgen. Er hätte schon aufstehen und herkommen müssen, um sehen zu können, wer da stand.

Das dumpfe Zuschlagen einer Wagentür erregte ihre Aufmerksamkeit, und sie wandte sich um. Mr Yong stieg soeben aus einer Limousine aus und hielt mit gesenktem Kopf auf das Restaurant zu. Sein Sohn folgte ihm mit ebenso langsamen, gemessenen Schritten.

Allegra richtete sich auf und bezog im Eingangsbereich Stellung, damit sie wenigstens ein paar Sekunden Vorwarnung hatten, so viel Höflichkeit war sie ihnen schuldig.

Vater und Sohn starrten sie überrascht an. »Mr Yong, Mr Zhou

Yong. Es freut mich sehr, Sie wiederzusehen.« Sie verbeugte sich lächelnd. Den anderen beiden blieb nichts anderes übrig, als sich ebenfalls zu verbeugen.

Man gab sich höflich lächelnd die Hand und tauschte ein paar Nettigkeiten aus. Die chinesische Etikette verbot es den beiden, ihrem Erstaunen darüber, was ausgerechnet *sie* hier zu suchen hatte, Ausdruck zu verleihen.

»Mr Kemp und mir ist es eine Ehre, Sie so bald schon wiederzusehen. Meine Kollegen und ich hatten das Gefühl, dass unser letztes Treffen zu beiderseitiger Zufriedenheit ausfiel. Sie haben doch sicher die gerahmte Fotografie von dem Meeting bekommen, die ich Ihnen als Dankeschön geschickt habe?«

»In der Tat«, bemerkte Mr Yong unbehaglich, denn schon wieder hatte er nichts mitgebracht, um sich zu revanchieren! Wie Allegra mit geradezu diebischer Freude feststellte. Je tiefer er in ihrer Schuld stand, desto besser. »Die Ehre ist ganz unsererseits.«

»Sollen wir hineingehen? Mr Kemp erwartet uns bereits.« Allegra führte die beiden mit einem verbindlichen Lächeln ins Restaurant.

Als sie an den Tisch traten, wich sie geflissentlich Sams Blick aus – sie wollte ihm nicht die Genugtuung lassen, sie wütend anfunkeln zu können. Ohne ihn anzusehen, zog sie ihren seidig schimmernden schwarzen Ponyfell-Kurzmantel aus und reichte ihn dem dienstbeflissen bereitstehenden Concierge. Darunter trug sie ein oberschenkellanges schwarzes Top, das bis zur Taille eng anlag und dann in einem Schößchen auslief, dazu eine schlichte schwarze Röhrenhose (ihr Notoutfit, falls sich mal wieder ein Geschäftsessen nahtlos an den Arbeitstag anschloss. Es hing immer an der Rückseite ihrer Bürotür).

Es war allerdings femininer, als sie es normalerweise zu einem Treffen mit Yong gewählt hätte. Gewöhnlich hätte sie versucht, ihr Geschlecht so weit wie möglich zu maskieren – hochgeschlossene Bluse oder Blazer, gedämpfte Farben, strenger Kurzhaarschnitt, aktentaschenähnliche Handtasche, ja sogar flaches Schuhwerk –, aber was hatte ihr das bei diesem Klienten genützt? Sie hatte die Präsentation ihres Lebens abgeliefert, mit Gewinnspannen, die jeden normalen Menschen schwindlig gemacht hätten – alles für die Katz! Und das nur, weil sie das falsche Geschlecht hatte. Und jetzt sollte sie von der Bildfläche verschwinden, sich brav im Hintergrund halten und Zahlen austüfteln, während Kemp und Genossen sich auf Spesenkosten amüsierten.

Nicht mit ihr. Nicht heute. Heute wollte sie es ihnen mal so richtig zeigen. Weglaufen konnten sie ihr nicht, das verbot ihnen die Ehre. Sollten sie sich ruhig mit ihrer Weiblichkeit auseinandersetzen, die sie auf professionellem Parkett so untragbar fanden.

Und sie lächelte, kindliche Zahnlücke hin oder her. Sie ließ sich lächelnd vom Concierge den Stuhl zurechtschieben, lächelte, als er ihr das Menü reichte, ja lächelte sogar, als sie ihre Bestellung aufgab.

Sie konnte Sams ratlose Miene erahnen. Diese entspannte, lächelnde Allegra war neu für ihn, das Gegenteil der grimmigen Ausgabe, mit der er sich zuvor im Konferenzzimmer in London die Hörner gestoßen hatte. Sein Blick huschte alle paar Sekunden zu ihr hin, doch sie schaute ihn nicht ein einziges Mal an.

Dann tauchte zu ihrer Freude der glänzende Helm eines Fahrradkuriers am Empfang auf. Ihr Lächeln wurde noch breiter. »Wie schön, Sie so bald wiederzusehen«, wiederholte sie, »und wir freuen uns sehr, dass Sam zum Team dazugestoßen ist. Ich bin sicher, er kann es kaum abwarten, Ihnen die aufregenden Neuvorschläge zu präsentieren, die wir ausgetüftelt haben.« Jetzt endlich schaute sie Sam an. Sie strahlte, genauer gesagt war es ein geradezu schadenfrohes Grinsen. »Möchten Sie, Sam, oder soll ich …?«

Sam funkelte sie wütend an. Sie wusste ebenso gut wie er, dass er mit leeren Händen dastand und weder Daten noch irgendwelche »Neuvorschläge« zu präsentieren hatte. Sagen konnte er allerdings nichts, denn das hätte Uneinigkeit vermittelt, und sie mussten als Team schließlich eine gemeinsame Front bilden, oder der Klient würde schleunigst zur Konkurrenz abhauen.

»Übernehmen Sie das doch, Allegra«, erklärte er, »Sie hatten ja schon in der Schweiz die Leitung.« Ein Arm lag ausgestreckt auf der Tischplatte, und nur das nervöse Zucken seines Mittelfingers verriet seinen Zorn.

Misstrauisch verfolgte er, wie der Concierge auftauchte und Allegra einen großen braunen Umschlag aushändigte.

Allegra nahm ihn mit einem Strahlen entgegen, das allein schon den Raum hätte erleuchten können. »Also gut, dann wollen wir mal …« Sie verteilte die Papiere, die noch warm vom Drucker waren. »Sam hat sofort eingesehen, dass es Sinn macht, unsere Politik in Bezug auf Renton zu ändern, nachdem wir die Geschäftspolitik der Firma näher analysiert hatten. Sehen Sie hier …«

Eine Stunde später standen sie auf dem Gehsteig und winkten der Limousine mit den getönten Scheiben nach, in der die Yongs wieder entschwanden.

»Bravo«, bemerkte Sam mit gedämpfter Stimme, während der Wagen um eine Ecke verschwand, »das war ja eine tolle Vorstellung.«

Allegra hatte aufgehört zu lächeln, jetzt, wo die Klienten weg waren. An ihn brauchte sie ihre Energie und ihren Charme nicht zu verschwenden. Von Reue konnte keine Rede sein: Sie triumphierte geradezu. Wenn es ihnen gelang, diesen Kunden für sich zu gewinnen, dann würden sie ihrer Strategie folgen, ob sie die Meetings nun leitete oder nicht. Und das verschaffte ihr genügend Munition für die erstrebte Beförderung. »Hätten Sie's denn anders gemacht?« Sie knöpfte ihren Kurzmantel zu.

Sam verfolgte ihre Bewegungen reglos, fast steinern. Schneeflocken tanzten in der Winterluft, aber ihm schien die Kälte nichts auszumachen. »Nein.«

Sie zuckte leicht mit den Schultern, wie um zu sagen: »Na

also?« Dann hielt sie nach einem Taxi Ausschau. Da sie so kurzfristig hergeflogen war, hatte Kirsty keine Zeit mehr gehabt, ihr einen Chauffeur zu organisieren. Kemps stand dagegen in einiger Entfernung wartend neben der Limousine.

»Du kannst mich nicht ständig sabotieren, wenn ich mich mit diesen Kunden treffe. Diesmal bist du damit durchgekommen, aber falls du glaubst, das kannst du noch mal mit mir machen, dann …«

»Was? Was dann?«, fragte sie herausfordernd.

Er schwieg. »Ich bin anderer Meinung, was einen Rückzug aus China betrifft, aber wir müssen nun mal nach außen hin eine geeinte Front bilden. Zhou hat mir gesteckt, dass sein Vater einem Treffen mit Red Shore zugestimmt hat.«

»Was? Mist!« Sie stampfte verärgert mit dem Fuß auf und wandte den Blick ab.

»Wir müssen uns schon ein bisschen mehr einfallen lassen.«

Sie schaute ihn an. »Mehr? Was denn bitte? Wir garantieren doch ohnehin schon eine Gewinnspanne von 38 Prozent!«

»Das wird Red Shore auch, vielleicht sogar ein bisschen mehr, die sind nämlich größer als wir.«

»Mehr *geht* gar nicht«, widersprach sie heftig, »ich hab's von allen Seiten durchleuchtet.«

»Was wir brauchen, ist was ganz Großes. Etwas, das die anderen nicht haben«, sagte Sam und beobachtete, wie ihr Haar hin und her schwang, während sie aufgebracht auf und ab ging.

»Na, viel Glück damit.«

Kurze Pause. »Es gibt Gerüchte, dass Garrard sich mit Harry Winston zusammentun will«, verkündete er leise.

Sie fuhr herum. »Was? Eine *Fusion*?« Beide Firmen gehörten zu den wichtigsten Namen in der Schmuckbranche: Garrard mit seinem britischen Stammbaum und dem royalen Gütesiegel und Harry Winston mit seiner reichen Hollywood-Klientel. »Wieso habe ich noch nichts davon gehört?«

Er zuckte gleichgültig mit den Schultern.

»Wo hast du das her?!« Sie trat näher, schaute finster prüfend in sein Gesicht. Das war *ihr* Markt, ihre Domäne. Sie kannte die Leute aus der US-amerikanischen Firma, die Garrard aufgekauft hatte, ja, sie gehörte zu deren Fondsmanagern. Diese Information konnte unmöglich schon öffentlich gemacht worden sein.

Er schaute sie mit halb gesenkten Lidern an. »Ich kenne da jemanden, der jemanden kennt.«

Sie hob eine Augenbraue. Machte er Witze? Was für ein Spiel spielte er da eigentlich? Pfiff er etwa auf die Regeln und Gesetze? Erzielte er so seine hohe Gewinnspanne? »Ich muss dir sicher nicht erst erklären, dass das illegal ist, oder?«, sagte sie leise, nachdem sie sich umgeschaut hatte, um sicherzugehen, dass sie nicht belauscht wurden.

»Wenn ich die Information nützen würde, schon.«

»Und ich kann sie genauso wenig nützen!«, zischte sie ihn an. »Du hast gerade so gut wie zugegeben, dass diese Information noch unter Verschluss steht!«

Er zuckte die Achseln. »Es könnte uns den Vorteil verschaffen, den wir brauchen, um die Konkurrenz auszustechen. Oder willst du diesen Kunden nicht für uns sichern?«

»Natürlich will ich! Aber doch nicht … doch nicht so.«

Sie wandte sich mit einem Ruck ab. Er trat von hinten an sie heran.

»Hast du denn eine Wahl?« Sein Atem strich an ihrem Ohr vorbei. Ein Schaudern überlief sie.

»Mir wird schon was einfallen.«

In diesem Moment kam ein Taxi um die Ecke gebogen, und sie warf den Arm hoch. Es fuhr auf sie zu.

»Wo willst du hin?«, fragte er.

Sie drehte sich zu ihm um. »Wieso?«

Er zuckte die Achseln. »Du kannst bei mir mitfahren. Ich will kurz im Pariser Büro vorbeifahren und mich vorstellen, wenn ich schon hier bin.«

Schleimer. »Nein, ich geh shoppen.« Sie hatte zwar keineswegs diese Absicht, aber es half, wenn er sie unterschätzte. Nach allem, was sie gerade erfahren hatte, wollte sie sich so schnell wie möglich seine Besakowitsch-Akte ansehen. Hoffentlich hatte Bob sie bereits für sie beschafft. Der Mann ging ihrem Geschmack nach mindestens ein bisschen zu flexibel mit den Gesetzen um, die in ihrer Branche galten.

»Sollen wir uns dann vielleicht später treffen? Zum Dinner? Um …«, er seufzte, »die Luft zwischen uns zu klären und noch mal ganz neu anzufangen? Was meinst du?«

Das Taxi blieb vor ihr am Straßenrand stehen. Sie starrte Kemp lange an. Wäre sie ihm doch bloß nie begegnet! »Na gut.«

»Toll! Ich hole dich dann von deinem Hotel ab.«

»Nein, treffen wir uns dort.«

»Wo?«

»Im Ritz. Bestell uns doch einen Tisch für acht Uhr.«

»Gut, mache ich.« Sein Grinsen gehörte verboten. Sie erwiderte es nicht, auch wenn es ihr schwerfiel. Sie stieg ins Taxi und knallte die Tür zu.

»*Oui?*«, fragte der Taxifahrer über die Schulter.

»*L' aéroport Charles de Gaulle, tout de suite.*«

# 8. Kapitel

## *10. Tag: Lavendelkissen*

»Sie können jetzt rein.«

Allegra warf der PA – einer Rothaarigen mit Designer-Pferdeschwanz, die ihr Fremdsprachenstudium an der Uni Bristol mit Auszeichnung bestanden hatte – einen Blick zu: Sie war die letzte Verteidigungslinie vor dem Zutritt zum inneren Heiligtum.

Sie erhob sich und überquerte mit forschen Schritten den dicken Teppich. Die Chefetage war vollkommen schalldicht: isolierte Wände, Schallschutz-Fenster – nichts drang von außen ein. Es erhöhte jedoch das Gefühl der Verwundbarkeit, wie Allegra fand, des Bewusstseins, wie zerbrechlich der menschliche Körper war. So ähnlich musste Daniel sich beim Betreten der Löwengrube gefühlt haben.

Sie strich noch einmal rasch über ihren Saint-Laurent-Blazer – ihr einziger Schutzpanzer, wenn man einmal von ihrem außergewöhnlichen Gespür für Zahlen, Daten und Trends absah – und klopfte dann kurz an, bevor sie eintrat.

Pierre saß an seinem Schreibtisch am anderen Ende des Raums. Er schrieb etwas und blickte bei ihrem Eintreten nicht auf. Allegra war deswegen nicht weiter beunruhigt. Sie hatte schon häufiger hitzige Auseinandersetzungen mit ihm gehabt. Sie waren wie zwei Schlachtrösser, die mit den Hufen scharrten, bevor sie sich in den Kampf stürzten.

»Pierre«, sagte sie knapp und schritt auf ihn zu, über das rötliche Kirschholzparkett, das wie immer auf Hochglanz poliert war.

Manchmal fragte sie sich, ob es deshalb so glänzte, damit er seiner Assistentin unter den Rock schauen konnte.

»Allegra«, erwiderte Pierre, ohne aufzublicken. »Einen Drink?«

»Nein, danke.« Sie blieb neben dem Stuhl vor seinem Schreibtisch stehen und wartete ab, bis er ihr einen Platz anbot. Sein Gesichtsausdruck, mit der er sich seiner Arbeit widmete, war konzentriert und von einer Intensität, die sie nicht umhinkonnte zu bewundern.

Kurz darauf schmiss er seinen Stift beiseite – das tat er tatsächlich –, hob den Kopf und musterte sie mit einem kalten Lächeln. Allegras Herz setzte einen Schlag aus.

»Doch, ich glaube, wir brauchen dringend einen Drink.« Er erhob sich, schenkte jedem von ihnen einen Brandy ein – obwohl es erst vier Uhr nachmittags war – und reichte ihr ein Glas. »Setzen Sie sich.«

Sie tat wie befohlen und beobachtete, wie er an die Fensterfront trat, von der man eine großartige Aussicht auf die Canary Wharf und London selbst hatte, die große alte Stadt. Seine Silhouette war fast so kantig wie die Londoner Skyline. Er war, wie sie, ein leidenschaftlicher Triathlon-Sportler. Seine persönliche Bestzeit lag nur achtzehn Minuten über der ihren, und sie waren schon öfter zusammen joggen gegangen oder abends noch länger im Büro geblieben und hatten sich angeregt über die neuesten Entwicklungen im Karbonraddesign und in der Sportbekleidungsindustrie unterhalten.

Was sie jedoch am meisten an ihm bewunderte, war nicht seine Fitness oder sein Ehrgeiz, sondern seine Intelligenz, sein kühler Intellekt, denn damit konnte sie sich identifizieren, den konnte sie verstehen. Ein wohltuender Kontrast zu der Angeberei und Großspurigkeit vieler Broker in diesem Gewerbe. Mithilfe dieser Intelligenz hatte er sich ein Privatvermögen von 7 Milliarden Pfund erarbeitet, er besaß Häuser auf so gut wie jedem Kontinent (auch in der Antarktis, wenn er gewollt hätte), war mit einem ehemaligen Supermodel verheiratet (Gattin Nummer drei) und, was am allerbesten war: Er besaß den Ruf eines City-Goliaths, bei dessen Erscheinen auf dem gesellschaftlichen Parkett selbst die Oberhäupter der wichtigsten nationalen und internationalen Firmen aufmerkten.

Er wandte sich schließlich um, musterte Allegra eine ganze Zeitlang und schlenderte dann zu seinem Schreibtisch zurück. Sie ihrerseits wandte keine Sekunde den Blick von ihm ab, ohne zu blinzeln, als habe sie ihn durch ein Zielfernrohr im Visier, voller Angst, ihn aus dem Auge zu verlieren. Sie merkte, dass ihr kalt war.

Sie hatten sich nicht mehr gesehen, seit sie aus dem Victoria & Albert gestürmt war, aber das war es nicht, was ihr Sorgen bereitete. Pierre machten Temperamentsausbrüche nichts aus, ja er schürte Auseinandersetzungen zwischen seinen Mitarbeitern. Aber sie hatte ihm versprochen, den Yong-Deal noch diese Woche unter Dach und Fach zu bekommen. Auf ihre höflichen Nachfragen bei den Chinesen gestern und heute Vormittag hatte sie, wenig überraschend, zur Antwort bekommen, Mr Yong befinde sich auf Reisen.

Sam Kemp konnte sie auch nicht fragen – vorausgesetzt, er wäre überhaupt bereit gewesen, ihr Auskunft zu erteilen. Was nach dem Streich, den sie ihm zuletzt gespielt hatte, unwahrscheinlicher denn je war. Sie hatte gehört, dass er von Paris direkt nach New York geflogen war, um dort ein paar letzte Dinge zu erledigen und seinen Nachfolger einzuweisen. Kirsty hatte nicht rauskriegen können, wann er wieder zurückkehren würde, und ausnahmsweise hatte sie, Allegra, nicht weiter gedrängt. Sie wollte in keiner Weise auf ihn angewiesen sein, nicht mal bei Kleinigkeiten.

Es klopfte einmal laut und deutlich, dann ging die Tür auf.

»Pierre.«

Allegras Muskeln verkrampften sich. Wenn man vom Teufel spricht …

»Kommen Sie rein, Kemp. Wir haben schon auf Sie gewartet.«

Allegra wandte sich nicht nach ihm um, blieb reglos auf ihrem Stuhl sitzen. Aus den Augenwinkeln sah sie, wie er neben ihr stehen blieb. Er trug einen dunkelblauen Maßanzug, eine dunkelblaue Krawatte und glänzende schwarze Lederschuhe. Nein, sie wollte jetzt nicht dran denken, wie lange er wohl im Ritz gesessen und auf sie gewartet hatte, bevor ihm klar geworden war, dass sie nie die Absicht gehabt hatte zu kommen.

Pierre schenkte auch ihm einen Drink ein und reichte ihm das Glas. »Kriegen Sie nun diesen Yong-Deal zustande oder nicht? Wie ich höre, gibt's Schwierigkeiten.«

»Ich wusste gar nicht, dass es mir überhaupt noch gestattet ist, direkt am Zustandekommen dieses Deals mitzuwirken«, warf Allegra ein, beherzt die Initiative ergreifend. »Ich bin schließlich in die Kulissen verbannt worden, oder?«

»Was hatten Sie dann in Paris zu suchen?«, antwortete Pierre kühl.

Allegra richtete sich auf. Ihr »Coup« hatte sich also bereits herumgesprochen.

»Die Chinesen schuldeten mir noch ein Folgemeeting, das schreibt die chinesische Etikette so vor. Ich habe versucht, sie zum Handeln zu zwingen, indem ich unangekündigt dort aufgetaucht bin.«

»Aber das hat nicht funktioniert, oder?«, erwiderte Pierre unbeeindruckt, »im Gegenteil, das hätte böse in die Hose gehen können. Und jetzt scheint es, als ob Sie die Chinesen geradezu der Konkurrenz in die Arme getrieben haben. Wir haben es Kemps guten Beziehungen zum Yong-Sohn zu verdanken, dass wir wissen, dass Yong senior sich gestern Abend in Berlin mit Peter Butler von Red Shore getroffen hat.«

»Na, die haben sicher nicht mehr zu bieten als wir«, meinte Allegra zuversichtlich.

»Ach ja? Und die China-Frage? Da ist nicht jedermann derselben Meinung wie Sie. Demontignac ist letzte Woche auf einundneunzig Punkte gestiegen. Ihretwegen haben wir 42 Millionen Pfund verloren, bloß weil Sie kalte Füße gekriegt haben!«

Allegra reckte trotzig das Kinn. »Das war nicht der Grund für den Ausstieg. Ich halte das Geschäftsmodell der Firma für …«

»Instabil, ja, ja, ich weiß. Hab Ihren Bericht gelesen«, sagte Pierre verächtlich. Sein Blick richtete sich auf Sam. »Und sind Sie der gleichen Meinung?«

»Nein, das ging allein auf Fishers Kappe. Das erste Mal, dass ich davon hörte, war, als sie in Paris auftauchte und dieses Meeting an sich gerissen hat.« Er sagte es mit kalter, emotionsloser Stimme, den Brandy lässig in der Hand, während er entspannt in seinem Stuhl lehnte. Der Kontrast zu Allegras kerzengerader, fast militärischer Haltung hätte nicht größer sein können. »Ich bezweifle, dass wir dieselben Gewinne erzielen können, wenn wir jetzt wieder im US-Markt investieren. Aber noch mal umschwenken können wir nicht, dann würde uns der Klient ja für blöd halten. Wenn er mal angebissen hat, ist das eine andere Sache, dann finden wir schon einen Vorwand für eine Kehrtwendung – vorzugsweise eine höhere Profitspanne, das überzeugt jeden.«

Allegra rauschte das Blut so laut in den Ohren, dass sie Probleme hatte, ihn zu verstehen. Panik keimte in ihr auf.

»Was hat Ihnen der Sohn gesagt?«

»Zhou?« Sam zuckte die Schultern. »Er versucht seinen Vater zu überzeugen, uns den Zuschlag zu geben, aber der will eine Entscheidung nicht vor dem achtzehnten Dezember fällen.«

»*Was?!*«, brüllte Pierre. Allegra ließ vor Schreck fast ihr Glas fallen. »Aber Besakowitschs Vertrag läuft am neunzehnten ab. Das ist zu knapp, verdammt noch mal.«

»Ich weiß, aber Yong hat sein Horoskop konsultiert, und das ist das günstigste Datum«, entgegnete Sam gelassen. »Sie wissen ja, wie die Chinesen sind.«

»Arschlöcher sind das! Abergläubische Arschlöcher!«, tobte

Pierre. »Der Kerl hat 890 Millionen Pfund, und die gehören verdammt noch mal in unseren Pot!«

»Ich weiß, ich tue, was ich kann. Ich habe mich gestern in New York mit Zhou getroffen. Er ist auf unserer Seite.«

Allegras Muskeln zogen sich zusammen, als sie das hörte. Wie oft hatte er sich sonst noch ohne ihr Wissen mit dem Klienten getroffen?

»Das ist die Frage. Ist er wirklich auf unserer Seite oder verarscht er uns bloß?«

»Wir kriegen ihn, das verspreche ich.«

»Von Versprechen kann ich mir gar nichts kaufen. *Sie* hat mir letzte Woche auch versprochen, dass wir den Deal machen, und nichts ist passiert!« Pierre trank sein Glas in einem Zug leer und knallte es auf die Tischplatte. Allegra saß stocksteif da, vermied jede Bewegung, die die Aufmerksamkeit auf sie hätte ziehen können. Mehr denn je bedauerte sie, dass sie eine *sie* war und nicht ein *er*.

Es war nicht das erste Mal in ihrem Leben, dass sie an diesem Punkt scheiterte, und das machte sie so wütend, dass sie aus ihrer Erstarrung erwachte und ihre Stimme wiederfand: klar, deutlich und selbstbewusst. »Pierre, ich werde das Portfolio noch mal durchsehen. Vielleicht haben wir ja zu langfristig kalkuliert. Vielleicht haben Sie recht, was China angeht. Ich gehe alles noch mal durch. Die Märkte sind im Moment eher stabil, mit einer Tendenz nach oben …« Sie zuckte die Achseln. Sie glaubte selbst nicht, was sie sagte, aber es ging jetzt erst einmal darum, Zeit zu gewinnen. »Vielleicht war mein Standpunkt etwas zu neutral. Wenn Yong mehr Risiko will und wenn Red Shore mit etwas Riskanterem aufwartet, nun, dann können wir das auch. Sie müssen es nur sagen, und ich lasse mir was einfallen.«

Sam schoss ihr einen raschen Blick zu. Musste er auch an seinen illegalen Tipp von neulich denken?

Pierre musterte sie kalt und schaute dann Sam an. »Also, einer von Ihnen muss jedenfalls in die Gänge kommen. Lassen Sie Ihre Kontakte spielen, Kemp. Und Sie, Fisher, zaubern Sie mir endlich was Besonderes aus dem Ärmel! Denn wenn Yong bei Red Shore unterzeichnen sollte – bloß *weil Rot Glück bringt ...*!«, brüllte er.

»So weit wird es nicht kommen, Pierre«, sagte Allegra beschwichtigend. Sie sah es nicht ungern, wenn er anfing, seine Spielsachen aus dem Kinderwagen zu werfen, das gab ihr ein Gefühl von Reife und Gelassenheit.

»Besser nicht! Und was Sie angeht ...«, seine schwarzen Augen huschten funkelnd zwischen ihnen hin und her, »der Lohn für den Gewinner ist groß. Wer immer diesen Deal einsackt, dem gehört das Büro gleich neben meinem. Wenn nicht, wenn uns dieser Yong übers Ohr haut« – er schnaubte –, »nun, sagen wir's mal so: Dann geht der überflüssige Ballast über Bord.«

»Schon kapiert.« Allegra erhob sich und stellte ihr Glas, das sie nicht angerührt hatte, auf dem Schreibtisch ab.

Pierre starrte sie an. »Sind wohl nicht durstig, was, Fisher?«

Allegra schaute ihn an, dann ergriff sie das Glas und leerte es in einem Zug. Das Brennen in ihrer Kehle versuchte sie zu ignorieren. Sam erhob sich ebenfalls. Sein Glas war bereits leer. Er nickte Pierre steif zu.

Beide marschierten zur Tür und brachten sich im Vorzimmer in Sicherheit.

Kaum dass diese zugefallen war, fiel Sam über sie her. »Für diesen Scheiß habe ich nun meine Karriere und mein Leben in New York aufgegeben! Ich hätte Geschäftsführer im New Yorker Büro von Minotaur werden können, und kaum bin ich hier gelandet, muss ich mir schon mit dem Rauswurf drohen lassen! Und das alles bloß Ihretwegen!«

»Nicht meinetwegen«, zischte Allegra. »Ich hab Sie nicht gebeten hierherzukommen. Wenn Sie den Deal nicht abwickeln, dann ist das Ihre Schuld, nicht meine, klar? Wie kommt's überhaupt, dass Besakowitsch aussteigt? Wäre es nicht Ihre Aufgabe gewesen, das zu verhindern? Er war schließlich Ihr Klient. Was ist bloß los mit Ihnen? Sie kriegen nichts auf die Reihe, dabei könnten Sie's nicht günstiger treffen: Papas Söhnchen ist Ihr persönlicher Kumpel, beste Kontakte zu …« Sie brach abrupt ab. Solche Anschuldigungen durften nicht laut geäußert werden.

Er schnaubte verächtlich. »Sie sollten selbst mal einen Blick auf ihre LinkedIn-Seite werfen, Fisher. Sie werden Ihre Kontakte selbst bitter nötig haben.«

»Aber *Sie* sollen doch Ihre Kontakte spielen lassen«, höhnte sie, »so lautet der Auftrag. Und das scheint alles zu sein, wofür Sie gut sind!«

»Miss Fisher?«

Allegra fuhr überrascht herum. Sie hatte für einen Moment ganz vergessen, dass sie nicht allein auf der Welt waren. Kirsty stand ängstlich in der Tür und versuchte offenbar schon seit ein paar Minuten, auf sich aufmerksam zu machen. »Bitte entschuldigen Sie, aber ich habe eine dringende Nachricht für Sie.«

Allegra erbleichte. »Ist etwas mit meiner Mutter?«

»Nein.«

»Ja, sehen Sie denn nicht, dass ich mitten in einer wichtigen Besprechung bin?«, fauchte Allegra ungehalten.

»Tut mir leid, aber es ist wirklich wichtig. Ein Sergeant hat angerufen, von der Schweizer Polizei.« Kirstys Blick huschte kurz zu Sam hinüber, dessen Augen noch immer vor Wut funkelten und der das Kinn zornig vorgestreckt hatte, aber aufmerksam zuhörte. »Eine private Angelegenheit, sagt er.«

»Das bezweifle ich. Was sollte die Schweizer Polizei von mir wollen? Außer die haben den Skistock gefunden, den ich letztes Jahr in Verbier verloren habe.« Sie erlaubte sich ein dünnes Lächeln.

Aber Kirsty ließ sich nicht aus der Fassung bringen. Genau deshalb bekam sie auch ein so gutes Gehalt: weil sie in Krisensituationen einen kühlen Kopf bewahrte. »Er besteht darauf, mit Ihnen sprechen zu müssen. Eine Verwechslung ist ausgeschlossen, davon habe ich mich überzeugt. Sie möchten ihn bitte sofort anrufen.«

»Hat er gesagt, worum es geht?«

Kirstys Miene nahm einen unbehaglichen Ausdruck an. »Offenbar sollen Sie, äh, eine Leiche identifizieren, Miss Fisher.«

Allegra runzelte die Stirn. »Eine Leiche?«

»Nun, die sterblichen Überreste Ihrer Großmutter, soweit ich es verstanden habe. Die Verbindung war nicht allzu gut. Er erwähnte eine Hütte in den Bergen.«

»Also, das begreife ich nicht. Was soll das?« Allegra schüttelte ratlos den Kopf. »Die Mutter meines Vaters lebt noch und erfreut sich bester Gesundheit, und meine Großmutter mütterlicherseits ist 2001 verstorben. Rufen Sie zurück und sagen Sie, dass da ein Irrtum vorliegen muss.«

»Das geht nicht, Miss Fisher. Sergeant Annen will nur mit Ihnen persönlich sprechen, weil Sie die Vorsorgevollmacht haben. Seine Nummer liegt auf Ihrem Schreibtisch.«

Allegra schaute ihrer entschwindenden Assistentin verblüfft nach. Vorsorgevollmacht? Dann hatte es also doch etwas mit ihrer Mutter zu tun?

Sam war ihre Verwirrung nicht entgangen. »Tja, es scheint, als hätten Sie erst mal genug am Hals«, bemerkte er und wandte sich zum Gehen.

Sie blinzelte, als würde sie aus einer Erstarrung erwachen, und schaute seinem Rücken nach. »Es kann sich nur um ein Versehen handeln, Kemp, das ändert nichts an den Dingen, über die wir geredet haben.«

»Na dann, viel Glück«, brummte er, und dann war er auch schon aus den Augen – aber leider nicht aus dem Sinn.

»Sergeant Annen, bitte.« Allegra rieb sich das Gesicht und kippte mit ihrem Stuhl zurück. Sie schaute hinaus auf das nächtliche

London. Ein langer, anstrengender Tag lag hinter ihr. Analysen, Zahlenspiele, Diskussionen. Die Sache mit dem Schweizer Sergeant hatte sie vollkommen vergessen. Sie hatte anrufen wollen, war aber noch vorm Betreten ihres Büros von Bob abgefangen worden, der sie an das bevorstehende Treffen mit dem neuen Geschäftsleiter von Burberry erinnerte. Eins hatte zum anderen geführt und nun …

Sie streifte ihre Schuhe ab und legte ihre Füße aufs Fensterbrett. Ihre Oberschenkelmuskeln waren ganz verkrampft vom Sitzen. Am liebsten wäre sie jetzt joggen gegangen. Sie lief gerne durch das nächtliche London, am Embankment entlang, unter den alten Bäumen und den Straßenlaternen, die ihre Lichtpfützen aufs Trottoir warfen. Nur wenn sie rannte, wenn ihre Arme und Beine diesen Rhythmus fanden, konnte sie sich entspannen und ihre Gedanken ungehindert schweifen lassen. Sie sehnte sich nach der eisigen Kälte der Nacht und danach, zur Abwechslung ihren Körper anzutreiben und nicht ihren Geist. Aber das ging leider nicht. Sie musste die neuen Zahlen aufaddieren, es lief wieder auf eine Übernachtung im Four Seasons hinaus. Außerdem würde sie Kirsty bitten müssen, die wöchentliche Besprechung mit dem Vorstand von Donnerstag auf kommenden Dienstag zu verlegen. Sie musste unbedingt erst den neuen Investitionsvorschlag ausarbeiten.

Ihr Blick fiel auf ihr Handy. Das blaue Licht blinkte: Sie hatte eine SMS bekommen. Ohne nachzudenken; nahm sie es zur Hand und entdeckte zu ihrem Schrecken, dass es nicht nur eine, sondern gleich sechzehn SMS waren – alle von Barry.

»Annen.«

Die Stimme riss sie aus ihrer Erstarrung. Sie hatte ganz vergessen, dass sie ja noch den Hörer des Festnetztelefons am Ohr hatte.

»Ah ja, ähm, Sergeant Annen? Hier spricht Allegra Fisher aus London. Ich sollte Sie zurückrufen?«

»Miss Fisher, ja, gut. Allerdings warte ich schon seit dem Nachmittag auf diesen Rückruf.« Er sprach fehlerfrei Englisch, und seine Verärgerung war nicht zu überhören.

»Ich hatte bisher einfach noch keine Zeit, entschuldigen Sie. Also, worum geht es?«

»Wir versuchen Ihre Mutter zu erreichen, Mrs Julia Fisher. Wie ich höre; besitzen Sie die Vorsorgevollmacht für sie?«

Ihr Blick flog zu ihrem Handy und zu Barrys vielen Textnachrichten. In allen wurde Annens Name genannt. Was sollte das bloß? »Ja, das stimmt. Ich besitze die juristische Vollmacht und meine Schwester die gesundheitliche und pflegerische. Sind Sie sicher, dass Sie mit mir sprechen müssen?« Sie schämte sich ein wenig dafür, die Sache auf ihre Schwester abschieben zu wollen, aber deren Tag hatte ja wohl kaum schlimmer sein können als ihrer?

»Doch, ja, das betrifft Sie.«

Allegra seufzte. »Na gut.«

»Ich muss Ihnen leider mitteilen, dass wir die sterblichen Überreste Ihrer Großmutter, Valentina Fischer, gefunden haben.«

»Ah, da muss ich Sie gleich unterbrechen«, warf Allegra ein. Sie war froh, die Angelegenheit so rasch zu einem Ende bringen zu können. »Da muss ein Irrtum vorliegen. Es gibt keine Valentina in unserer Familie. Meine Großmutter väterlicherseits lebt noch – sie heißt Patricia Johnson –, und meine Großmutter mütterlicherseits hieß Anja.«

Am anderen Ende der Leitung war es still. Allegra hörte das Rascheln von Papier. »Ah ja, da haben wir's«, meldete sich Annen wieder, »in den uns vorliegenden Geburtsurkunden steht, dass Anja die Schwester von Valentina war. Valentina Fischer, geboren September 1930, Schwester von Anja Fischer, geboren 1934, verstorben 2001. Nächste noch lebende Verwandte: Julia Fisher, geboren am 23. Februar 1948, derzeit wohnhaft in Buttermere, Hampshire, UK.«

Allegra schwieg. Das stimmte alles. Das war das Geburtsdatum ihrer Mutter. Und das ihrer Großmutter. »Wie ich schon sagte, hieß meine Großmutter Anja Fisher. Von einer Schwester namens Valentina höre ich zum ersten Mal.«

»Wir vermuten, dass sie in einer Schneelawine umkam, und zwar im Januar 1951.«

»Also, da war meine Mutter ja erst drei Jahre alt. Es wäre kein Wunder, wenn sie sich nicht mehr an so eine Tante erinnern könnte … Wo, sagten Sie noch mal, ist das passiert?«

»Das hatte ich noch nicht erwähnt. In Zermatt.«

»Also, ich begreife nicht, was das mit uns zu tun haben soll. Was sollte jemand aus meiner Familie in den Fünfzigerjahren in Zermatt zu suchen gehabt haben?«

»Nun, die Gründe dafür kennen wir nicht. Noch nicht, Miss Fisher. Was wir aber brauchen, ist eine DNA-Probe von Ihrer Mutter. Angenommen, unsere Angaben hier sind korrekt, dann ist Ihre Mutter die engste noch lebende Verwandte von Valentina Fischer.«

»Nein, tut mir leid, das ist unmöglich, das kann ich meiner Mutter nicht zumuten. Sie hat Alzheimer und ist sehr labil.«

Gewöhnlich reichte das, um den Leuten den Wind aus den Segeln zu nehmen, und tatsächlich entstand am anderen Ende der Leitung eine kurze Pause. »Tut mir leid, das zu hören. Aber das geht ganz schnell und schmerzlos. Alles, was wir brauchen, sind eine Speichelprobe, ein paar Haare und Fingernagelreste.«

»Auf gar keinen Fall. Sie würde nicht begreifen, was vorgeht, tut mir leid, das kann ich nicht zulassen.«

»Miss Fisher, begreifen Sie doch bitte, dass wir den Fall erst abschließen können, wenn die Identität der Leiche eindeutig feststeht. Dies ist eine polizeiliche Untersuchung, eine Beerdigung kann erst nach einer offiziellen Identifizierung stattfinden. Und alle unsere vorliegenden Dokumente weisen darauf hin, dass die Tote Ihre Großmutter war.«

»Aber ich habe Ihnen doch bereits gesagt, dass meine Großmutter *Anja* Fisher hieß. Sie starb, als ich achtzehn war.«

»Ein Grund mehr, der Sache auf den Grund zu gehen, da sind Sie doch sicher meiner Meinung? Diese Ungereimtheiten müssen geklärt werden. Gut, wenn es also unmöglich ist, die DNA-Probe von Ihrer Mutter zu bekommen, und Sie als Ihre Tochter die juristische Vollmacht besitzen, dann möchten wir Sie bitten, dass Sie uns stattdessen eine DNA-Probe zur Verfügung stellen.«

»Von mir, meinen Sie? Sie wollen, dass *ich* Ihnen eine DNA-Probe gebe?«

»Ja, genau. Sie kommen ja gleich nach Ihrer Mutter als nächste noch lebende Verwandte infrage. Das würde uns auch reichen.«

Allegra seufzte gereizt. Na gut, wenn das bedeutete, dass sie ihre Mutter in Ruhe ließen … »Was muss ich also tun?«, fragte sie mürrisch.

»Sie können die Probe bei Ihrer nächsten örtlichen Polizeidienststelle abgeben, ich werde die Papiere fertig machen und umgehend an Sie schicken. Sie müssen nicht viel Zeit dafür opfern, es geht ganz schnell.«

Na toll. »Also gut. Sie haben meine E-Mail-Adresse?«

»Ja, ich hatte schon mit Ihrer Sekretärin gesprochen. Ich schicke alles innerhalb der nächsten Stunde.«

Beide legten auf. Allegra starrte blicklos zur Tür, wo bereits wieder – frisch gereinigt – ihr Notoutfit für alle Fälle hing. Ihr Schreibtisch war voller Berichte und Papiere, die sich nicht von selbst erledigten. Sie musste sich an die Arbeit machen.

Stattdessen griff sie zum Telefon.

»Hallo, ich bin's. Hast du kurz Zeit?«

»Aber ja, im Moment sogar am allerbesten. Ferdy ist abgefüttert und im Bett, und Lloyd musste noch zu einem Geschäftsessen«, sagte Isobel entspannt. Allegra vermutete, das sie sich bereits das abendliche Glas Wein eingeschenkt hatte, dass sie sich immer zur Belohnung gönnte. »Was gibt's?«

»Also, ich hatte gerade einen ganz komischen Anruf von einem Polizisten aus der Schweiz.«

»Aus der Schweiz? Wieso das denn?«

»Hast du je was von einer Großtante namens Valentina gehört?«

Kurze Pause. Allegra dachte schon, ihre Schwester würde nachdenken, doch dann hörte sie sie mit den Lippen schmatzen. Sie hatte einen Schluck Wein genommen. »Nö, noch nie. Wieso?«

»Offenbar hat man in Zermatt ihre Leiche gefunden.«

»Ihre Leiche! Wieso ihre Leiche?«

»Genauer gesagt ihre sterblichen Überreste. Das, äh, Skelett, nehme ich an. Sie ist seit 1951 verschollen. Anscheinend von einer Lawine verschüttet worden.«

»Das ist ja schrecklich.«

»Ja.« Allegra schwieg einen Moment. »Ich muss denen eine DNA-Probe geben, damit ihre Identität bestätigt werden kann.«

»Na so was! Nein, ich hab noch nie was von dieser Großtante gehört. Soweit ich weiß, hat Mum immer erzählt, dass Granny ein Einzelkind war. Und bei so was irrt man sich doch nicht.«

Allegra schaute ihre kurzgefeilten Fingernägel mit dem farblosen Nagellack an. »Und wie ging's Mum diese Woche? Du wolltest sie doch besuchen, nicht?«

»Ach, na ja, so lala …«, meinte Isobel zögernd. »Gestern hatte sie mal kurz eine ganz gute Phase. Zum Unterschreiben der Papiere hat's gereicht.«

Allegra verdrehte die Augen. Sie hätte es wissen sollen! Die Tinte war noch nicht ganz trocken, und schon gerieten sie in dieses bürokratische Durcheinander.

»Ach, Moment mal … du willst doch Mum hoffentlich nicht mit dieser Sache belasten, oder?«, fragte Isobel panisch. »Das ist das Letzte, was sie im Moment brauchen kann. Eine verschollene Verwandte, die aus dem Eis auftaucht, wie Ötzi.«

Allegra musste ein Kichern unterdrücken. Das war schließlich nicht lustig. »Nein, du hast recht, damit sollte man sie im Moment wirklich nicht behelligen. Sehen wir erst mal, was meine

DNA-Probe ergibt. Vielleicht ist das Ganze ja eine Verwechslung.«

»Mhm.« Isobel ließ sich gern von der besonnenen Autorität ihrer Schwester beruhigen.

Ein behagliches Schweigen breitete sich zwischen ihnen aus.

»Bist du noch im Büro?«, fragte Isobel, der die Stille am anderen Ende der Leitung auffiel. Allegra selbst konnte Isobels Fernseher hören, und auch das friedliche Gurgeln von Ferdy aus dem Babyphone.

»Klar, was glaubst du denn?«

»Warum kommst du nicht zum Abendessen vorbei? Lloyd wird erst spät heimkommen, und es ist noch genug Reispfanne für zwei da.«

Allegra stellte sich lächelnd Isobels warme, gemütliche Küche vor, eine offene Flasche Rotwein auf dem Tisch. Sie schaute zur hellen Deckenbeleuchtung im Büro auf – die dazu diente, die Mitarbeiter wach zu halten. »Danke, das ist nett, aber ich kann nicht. Hab hier noch zu tun. Ein kniffliges Projekt, weißt du?«

»Klar«, sagte Isobel resigniert. Sie hatte nichts anderes erwartet.

»Okay, ich melde mich wieder, ja?«

»Ja, mach's gut.«

Allegra legte auf, drehte sich im Sessel herum und erhob sich. Sie trat ans Fenster und presste die Stirn an die Scheibe. Von dieser Höhe aus konnte sie die Menschen unten auf der Straße zwar nicht erkennen, spürte jedoch den Sog, der von diesen nach Hause strömenden Ameisen ausging, die sich bis zum nächsten Morgen in ihre Häuser zurückzogen, nur um danach wieder auszuschwärmen und den Arbeitsalltag erneut aufzunehmen – ein ewiger Kreislauf. Wohin würde sie gehen, wenn sie jetzt könnte? Zu dem Haus in Islington, das sie erworben hatte und das dort leer stand und auf sie wartete, wie ein Hund, der vom Besitzer ausgesetzt worden war, ohne Halsband, ohne einen Hinweis darauf, dass er zu jemandem gehörte? Oder ins Wohnheim zu ihrer

Mutter, allein unter Fremden, gefangen in Erinnerungen an eine Vergangenheit, die nicht mehr existierte, als einzige Gesellschaft einen singenden, Rugby spielenden Waliser? Oder würde sie alte Freunde anrufen, zu denen sie längst den Kontakt verloren hatte? Ausgehen und den Mann fürs Leben suchen?

Nichts dergleichen. Dies hier war das einzige Leben, das sie kannte – das einzige Zuhause, ihre einzige Liebe. Sie wandte sich ab und kehrte der Außenwelt den Rücken zu.

# 9. Kapitel

## *11. Tag: Zinn-Armband*

Allegra klopfte schüchtern an die orangerote Tür. Ihr war nicht bewusst, dass sie den Atem anhielt, während sie auf das Näherkommen von Schritten lauschte. Ihr Blick fiel auf den üppigen Eukalyptuskranz mit den roten Stechpalmenbeeren in ihrer Hand. Passte er überhaupt zu Orangerot? Sie hob ihn probehalber hoch, um die Wirkung zu testen. In diesem Moment ging die Tür auf, und Barrys gutmütiges Gesicht blickte ihr durch den Kranz entgegen. Er stemmte sogleich seine Hände in die Hüften und gab ein überzeugendes »Ho, ho, ho« von sich.

»Ich dachte, der würde sich gut an der Haustür machen.« Sie ließ den Kranz ein wenig sinken. Ihr war der etwas mickrige Weihnachtsschmuck, bestehend aus ein paar kitschigen blauen Lamettaschlangen an den Wänden der Eingangshalle des Gemeinschaftsgebäudes, aufgefallen.

»Der ist ja toll!«, schwärmte Barry in seinem melodiösen walisischen Dialekt. Er trat beiseite und winkte sie rein. »Das passt, wir sind auch schon in Weihnachtsstimmung. Wir haben heute angefangen, Weihnachtskarten zu schreiben.« Er ging ihr voran in die winzige Küche, zog eine Schublade auf und holte Hammer und Nägel raus.

Ein Aber hing in der Luft.

»Aber?«, fragte sie, mit einem nervösen Blick den kurzen Gang entlang zum Wohnzimmer. Sie konnte ihre Mutter nicht hören. Ob sie sich hingelegt hatte?

»Tja, wir haben heute keinen besonders guten Tag. Deshalb haben wir das mit den Karten vorerst auf morgen verschoben, und Ihre Mutter hat stattdessen ein kleines Nickerchen gemacht. Danach haben wir uns Weihnachtslieder angehört und ein bisschen gesungen. Morgen geht's sicher wieder besser.«

»Ja, bestimmt.« Allegra konnte den Mann nur bewundern. Wie man sich mit einer solchen Selbstlosigkeit und Hingabe um einen wildfremden Menschen kümmern konnte, überstieg ihr Vorstellungsvermögen. Gestörte Nächte (ihre Mutter neigte dazu, nachts aufzuschrecken und das unter der Matratze versteckte Monopoly-Geld zu zählen), jähe Wutausbrüche, die sich gelegentlich auch in körperlichen Angriffen Luft machten (auch wenn diese Barry mit seiner Rugby-Statur wohl kaum etwas anhaben konnten) – und dennoch: Was bewegte einen Menschen dazu, seine eigene kostbare Zeit einem anderen zu opfern, mit dem er nicht einmal verwandt war, der einen die meiste Zeit über nicht erkannte, der willkürlich liebevoll gekochte Mahlzeiten verweigerte und keinerlei Verpflichtung empfand, »nett« zu sein, so wie es die gesellschaftlichen Regeln verlangten?

»Und wo ist sie jetzt?«, fragte sie leise, als habe sie Angst, ihre Mutter könne sie hören.

»Im Wohnzimmer. Sie können ruhig zu ihr reingehen. Ich hänge unterdessen den Kranz auf und schaue dann kurz bei Judy vorbei.«

»Wer ist Judy?«

»Die Dame von nebenan.« Seine Nase kräuselte sich nachdenklich. »Wir hatten eigentlich vor, uns mit ihr zum Tee und auf ein Kartenspiel zu treffen, aber das verschieben wir wohl auch besser auf ein andermal.«

»Ja, gut.« Allegra schaute dem Pfleger nach, der sanft die Tür hinter sich schloss. Kurz darauf ertönte ein Hämmern: Barry hängte den Kranz auf. Zögernd machte sie sich auf den Weg ins Wohnzimmer. Wie alle Räume in diesen halbprivaten Apartments war auch dieser nicht groß, mit einer niedrigen Decke, aber er war mit einer fröhlichen Tulpentapete tapeziert und mit einem warmen, hellen beigefarbenen Teppich ausgelegt. Möbliert war das Wohnzimmer mit einer hellen Sitzgruppe, bestehend aus einem Zweisitzersofa und einem Sessel. Auf einem Beistelltischchen in einer Ecke stand ein kleiner künstlicher Christbaum, der mit einer bunten Lichterkette geschmückt war und auf einem roten Platzdeckchen stand. Auf dem Sims über dem Kamin, in dem ein elektrisches Feuer brannte, standen drei Pappengel zwischen einigen Weihnachtskarten mit altmodischen Motiven, wie Rotkehlchen auf Mistelzweigen oder rotwangigen kleinen Sternsingern.

Allegras Stimmung hob sich ein wenig, als sie diese Karten sah: Es gab also außer ihr, Isobel und Barry noch ein paar Menschen, Freunde ihrer Mutter, die an sie dachten.

Und natürlich standen überall Fotos von ihrer Mutter und Barry herum, die unentbehrlichen Gedächtnisstützen, wenn wieder einmal Verwirrung eintrat: Mutter und Barry beim Spazierengehen, am Meer, beim Picknick im Park.

Erst nach ein paar Sekunden entdeckte sie ihre Mutter. Sie wirkte in letzter Zeit geschrumpft, schien kaum Platz einzunehmen. Reglos saß sie in dem Sessel, den Blick vor sich auf einen kleinen runden Teppich gerichtet, mit den Gedanken offensichtlich woanders, in einer anderen Zeit.

»Hallo, Mum.«

Ihre Mutter hob überrascht den Kopf. »Wer sind Sie?«, fragte sie misstrauisch, aber einigermaßen gelassen.

Allegra schluckte. Auch das noch. »Ich bin's, Allegra. Barry … Barry hat gesagt, ich kann reinkommen.« Sie lächelte, und es gelang ihr wie üblich, sich ihre wahren Gefühle nicht anmerken zu lassen. »Darf ich mich setzen?« Sie deutete aufs Sofa.

Julia zögerte, dann zuckte sie mit den Schultern. »Wie war noch gleich Ihr Name, sagten Sie?« Sie wich zurück, drückte sich ängstlich in die Sessellehne. Diese Fremde war ihr offenbar nicht ganz geheuer.

»Allegra.«

»Hübscher Name, gefällt mir. Ich heiße Julia Fisher.« Sie bot der Fremden ihre Hand.

Allegra starrte sie einen Moment lang an, diese Mutterhand, die ihr abends vor dem Schlafengehen noch einmal über den Kopf gestrichen hatte, bevor das Licht ausging, die Hand, an die sie sich an ihrem ersten Schultag geklammert hatte, die stolz ihre Wange gestreichelt hatte, als sie die Zusage für Oxford erhalten hatte …

Sie ergriff diese Hand und drückte sie, als ob sie Fremde wären, und musste sich gleichzeitig fast zwingen, sie wieder loszulassen.

»Haben Sie gehört, dass es in den Midlands schon schneit?«, bemerkte Julia und blickte hinaus auf die gepflegten Parkanlagen. Die Dämmerung brach herein, und ein violetter Schein lag über dem Land – ein letztes Aufbäumen von Farbe, bevor die Schwärze der Nacht die Oberhand gewann.

»Tatsächlich? Ich habe in letzter Zeit kaum auf die Wettervorhersage geachtet.«

»Ich musste die Mädchen heute in ihren warmen Steppjacken zur Schule schicken. Was die deswegen für ein Theater gemacht haben!« Sie schüttelte ernst den Kopf.

»Ach ja?«, bemerkte Allegra höflich. Sie konnte sich noch gut daran erinnern, wie Iz in der Schule immer zuallererst aufs Klo gerannt war, um die unförmigen Klamotten wieder loszuwerden. »Ja, ich kann mir gut vorstellen, dass Isobel es gehasst hat, eine dicke Wollstrumpfhose anziehen zu müssen.«

Julia schnalzte missbilligend. »Eine richtige Madam ist das! Lieber frieren als unmodisch aussehen.«

»Hm«, nickte Allegra. Sie konnte sich gut an diese morgendlichen Kämpfe erinnern.

Julia schaute sie an. »Sie kennen meine Tochter?«

Allegra blinzelte. Was hatte sie gesagt? »Ich kenne beide.«

»Woher denn?«

Allegra überlegte. Was sollte sie sagen? »Aus der Schule. Ich bin dort Lehrerin.«

»Ach, sind Sie deshalb hergekommen? Ist irgendwas mit den Mädchen?«, fragte Julia erschrocken.

»Nein, nein, keine Sorge«, entgegnete Allegra rasch, »ich bin nur gekommen, um Ihnen zu sagen, dass sie sich wirklich gut machen. Ich dachte, das würde Sie freuen.«

Julia entspannte sich wieder. Ein stolzes Lächeln breitete sich auf ihrem Gesicht aus. »Ach ja, sie sind nicht dumm, meine beiden. Besonders Allegra – sie ist so fleißig, so zielstrebig, so ehrgeizig. Ich fürchte, sie glaubt …« Julias Stimme verklang.

»Ma…« Sie fing sich noch rechtzeitig. »Mrs Fisher?«

Julia schaute sie an. In ihrem Gesicht spiegelten sich Emotionen, die sie selbst nicht begreifen, Erinnerungen, die sie nicht einordnen konnte. »Es war nicht ihre Schuld. Ich sage ihr das andauernd, aber sie will mir nicht glauben.«

»Doch, bestimmt. Bestimmt glaubt sie Ihnen«, versuchte Allegra ihre Mutter zu beschwichtigen. Sie beugte sich vor und nahm ihre Hand. »Es geht ihr gut, ehrlich, es geht ihr prima. Sie liebt Sie, und sie möchte, dass Sie stolz auf sie sind.«

»Ich kann nicht vergessen, wie sie ausgesehen hat, an dem Abend in der Kirche. Sie war so wunderschön. So voller Hoffnung. Sie dachte, sie könnte … könnte es verhindern.«

Allegra beobachtete bange, wie sich die Augen ihrer Mutter mit Tränen füllten, wie sie in dicken, klaren Tropfen über ihre rot geäderten Wangen kullerten. »Mrs Fisher, ich bin hergekommen, um Ihnen zu sagen, wie glücklich Ihre Tochter Allegra ist. Das hat sie mir heute in der großen Pause selbst gesagt. Sie liebt Sie innig. Es geht ihr gut. Sie würde alles für Sie tun.«

Julia schaute Allegra an, ihre Augen wanderten forschend über deren Gesicht, und einen Moment lang glaubte Allegra etwas darin aufblitzen zu sehen, ein Wiedererkennen, doch es erlosch sogleich wieder, wie ein Sonnenstrahl, der von einer Wolkenwand verschluckt wird.

»Danke, Miss … entschuldigen Sie, ich weiß gar nicht, wie Sie heißen.«

Heute war es wirklich schlimm. Sie hatte vergessen, dass Allegra sich bereits vorgestellt hatte. »Nennen Sie mich Valentina.« Sie wusste selbst nicht, warum sie das sagte. Es war der erste Name, der ihr in den Sinn kam. Vielleicht erhoffte sie sich eine Reaktion – ihre Mutter war heute schließlich »nicht hier«, befand sich in der Vergangenheit. Aber die Reaktion blieb aus. Nichts.

»Valentina …«, sagte sie, »das ist ein hübscher Name. Gefällt mir.«

»Danke.« Allegra lehnte sich enttäuscht zurück.

Die Haustür fiel ins Schloss, Barrys Schritte näherten sich. Gleich würde er um die Ecke kommen, wie ein gutmütiger Bernhardiner, zu groß für diese Enge, zu struppig, zu unordentlich für eine Umgebung, die auf Hygiene und Pflege ausgerichtet war.

Schon drang »Vom Himmel hoch, da komm ich her« an ihre Ohren, und Barry tauchte im Türrahmen auf. Mit schelmisch funkelnden haselnussbraunen Augen hielt er einen Teller Gebäck hoch. »Das sind Pfefferminzplätzchen. Judy hat sie mir für uns mitgegeben, sie meint, die könnten uns schmecken. Soll ich den Kessel aufsetzen und uns einen schönen Tee dazu machen?« Sein Gesichtsausdruck verriet, wie sehr vor allem er selbst von dieser Vorstellung angetan war.

»Ach, äh, ich muss leider gehen«, verkündete Allegra tonlos.

Barry fiel ihre niedergeschlagene Miene sofort auf.

»Zu Ihrer eigenen Familie?«, erkundigte sich Julia.

Allegra nickte. »Ja.«

»Dann erfreuen Sie sich daran, solange Sie sie haben. Kinder werden so schnell groß. Nicht zu fassen, wie meine Mädchen gewachsen sind. Die sind bald größer als ich.«

Wieder nickte Allegra. Sie hatte ihre Mutter schon mit dreizehn überholt, wie sie sich erinnerte.

»Ich bringe Sie noch zur Tür.« Julia erhob sich. »Es war wirklich nett von Ihnen zu kommen.«

»Keine Ursache«, murmelte Allegra bedrückt.

Julia ging durch die Diele voran. An der Haustür blieb sie stehen und öffnete sie. Und da hing der Kranz, groß und buschig, und verdeckte fast die Hausnummer 16. Allegra runzelte die Stirn. Hätte sie doch einen kleineren kaufen sollen? Der hier hätte eher an die großen, schicken viktorianischen Türen in den besseren Vierteln der Innenstadt gepasst als an diese schlichte, schmucklose Brandschutztür. Würde ihre Mutter durcheinanderkommen, wenn sie die Nummer nicht mehr erkennen konnte? Sie versuchte die Blätter ein wenig runterzudrücken.

»Also dann, auf Wiedersehen.« Julia bot Allegra abermals die Hand. Allegra ergriff sie kurz. Diesmal war ihr Händedruck noch schwächer als der ihrer Mutter.

»Auf Wiedersehen.« Barry tauchte hinter ihrer Mutter auf und gestikulierte mit den Armen. *Ich rufe Sie an*, formten seine Lippen.

Allegra ging forschen Schritts durch den Hausgang. Unwillkürlich horchte sie auf das Zufallen der orangeroten Haustür, doch das ließ auf sich warten. Ob ihre Mutter ihr nachschaute, ob sie sich wieder erinnerte, dass …

»Allegra! Isobel!«, rief ihre Mutter.

Allegra wirbelte herum. Aber ihre Hoffnung fiel in sich zusammen, als sie sah, dass ihre Mutter die Feuertreppe hinaufschaute und in die Leere dort oben hinaufrief: »Kommt runter, Mädchen! Das Abendessen ist fertig!«

Allegra schlug die Hand vor den Mund und stürzte davon. Lang unterdrückte Tränen strömten jetzt nur so über ihr Gesicht. Das war einfach zu viel: erleben zu müssen, wie ihre Mutter nach Gespenstern rief, die es längst nicht mehr gab. Sie schlug die Außentür hinter sich zu und rannte übers Parkgelände, um so schnell wie möglich zum Auto zu kommen. Hastig kramte sie in ihren Manteltaschen nach ihrem Schlüssel.

»Allegra?«

Barrys melodiöse Stimme wirkte in diesem Augenblick wie ein Eimer eiskaltes Wasser, brachte sie wieder zur Besinnung. Sie versuchte sich hastig die Tränen vom Gesicht zu wischen. »Ach, hallo, B-Barry.«

»Ach, Liebes«, sagte er und musterte sie mit mitfühlend geneigtem Kopf.

»S-s-sie hat mich überhaupt nicht mehr erkannt«, schniefte sie. Er nahm sie in seine Bärenarme und brachte damit erneut die Tränen zum Fließen. Gegen seine Umarmungen half keine Gegenwehr, und so ließ sie ihren Kopf an seine mächtige Brust sinken und ihrem Kummer freien Lauf. Er roch nach *Axe*, und sein Herz pochte langsam und stetig und verlässlich.

Einige Minuten vergingen, bevor sie sich wieder so weit im Griff hatte, dass sie sich von ihm losmachen konnte. Mit einem verlegenen Lächeln wischte sie sich die Tränen ab. Jetzt musste er sich auch noch um sie kümmern, als ob er mit ihrer Mutter nicht schon genug am Hals hätte.

»Bitte entschuldigen Sie«, schniefte sie, »wie Sie sehen, ist dies kein guter Tag für die Fisher-Frauen.«

»Ach was, es steht Ihnen zu, mal einen schlechten Tag zu haben. Diese Situation ist ja alles andere als leicht.«

Nickend tupfte sie sich mit dem Handrücken die Tränen ab.

Er tätschelte ihre Schulter. »Ich wollte eigentlich bloß nachfragen, ob dieser Schweizer Polizist Sie erreicht hat.«

Sie zog die Nase hoch und blickte auf. »Sie meinen Sergeant Annen?«

»Ja, den meine ich. Ich weiß, Sie haben viel zu tun, aber der hat einfach nicht lockergelassen, eine regelrechte Plage war der. Hat ständig angerufen und dasselbe wiederholt, wie eine Litanei, das mit dieser Leiche und so weiter. Was soll Ihre Mutter damit anfangen?«

»Wollen Sie damit sagen, dass er mit Mutter selbst geredet hat?«

Aber der Name Valentina hatte doch keine Reaktion ausgelöst, oder?

»Nein, natürlich nicht. Ich hab ihn nicht an sie rangelassen. Aber ich hatte Angst, auch nur ein paar Minuten aus dem Haus zu gehen, falls er noch mal anruft und sie selbst rangeht.« Barry knetete zerstreut seine Pranken. »Ich weiß, Sie haben die Vorsorgevollmacht gerade erst eingereicht, aber ...«

»Nein, das macht nichts, Barry, das geht schon in Ordnung. Ich finde es auch besser, wenn ich mich um die Sache kümmere.«

Er tätschelte ihr die Schulter. »Ja, das dachte ich auch. Und jetzt gehe ich besser wieder ins Haus, bevor sie mir noch das letzte Pfefferminzplätzchen wegschnappt.« Er zwinkerte ihr zu und wandte sich zum Gehen.

»Ja, natürlich.«

Sein Blick fiel auf die Plastiktüte in ihrer Hand. »Soll ich das Ihrer Mutter geben?«

Allegra spähte in die Tüte. Darin befanden sich ein paar der Sachen aus dem Schweizer Adventskalender: das Marienfigürchen mit Kind, der getrocknete Mistelzweig mit der roten Schleife, ein geschnitzter Engel Gabriel, der vergoldete Tannenzapfen, die mit echten Federn beklebten Engelsflügel und das Filzmännchen.

Sie hielt ihm die Tüte hin. »Das sind bloß ein paar Sachen, die ich aus einem alten Adventskalender herausgenommen habe, den Iz und ich auf dem Speicher unseres alten Hauses gefunden haben, als wir es leer geräumt haben – ich dachte, die könnten ihr vielleicht gefallen, ihr das Gefühl geben, zu Hause zu sein, Sie wissen schon.«

»Das ist eine wirklich gute Idee. Ich werde sie ihr ins Schlafzimmer stellen, dann sieht sie sie jeden Abend vor dem Schlafengehen und gleich beim Aufwachen.« Barry lächelte. »Sind Sie sicher, dass Sie sie nicht mehr brauchen?«

Entschlossen schüttelte sie den Kopf. »Nein, ich mache mir nichts aus Weihnachten.«

»Wirklich nicht? Kein Weihnachtsbaum und so?«

Sie schüttelte den Kopf und musste die jäh aufsteigenden Tränen mit einem Blinzeln niederkämpfen. »Ich hätte gar keine Zeit – im Dezember ist's immer besonders hektisch im Büro.«

»Ja, verstehe«, nickte er, aber sie fand, dass er sie traurig ansah. »Na gut, dann gehe ich jetzt. Ich will's nicht noch mal auf ein Armdrücken mit Ihrer Mutter wegen der letzten Plätzchen ankommen lassen.« Ein Zwinkern, dann wandte er sich ab und rannte mit großen Sprüngen zum Haus zurück, wobei seine muskulösen Oberschenkel in der Jeans aneinanderrieben und die Tüte in seiner Pranke wild hin und her schwang.

Sie schaute ihm nach.

Pfleger Barry. Ein ungewöhnlicher Held, aber der einzige, den sie hatten.

# 10. Kapitel

## 12. Tag: Zinntrompete

Cinzia saß bereits wartend im Vorzimmer, als Allegra atemlos auftauchte. Kirsty sprang auf, reichte ihr den Stapel Notizzettel, der in ihrer Abwesenheit angefallen war, und nahm ihr mit der anderen Hand den Mantel ab. Die DNA-Probe abzugeben hatte zwar nicht lange gedauert, aber bei ihrem eng gesteckten Terminplan verursachte selbst eine Stunde Verspätung schon einen mittleren Stau.

»Hallo, Cinzia, entschuldigen Sie, dass ich Sie hab warten lassen.« Mit hochgezogener Braue und nicht ohne Zufriedenheit stellte sie fest, wie viele der Nachrichten von Sam Kemp stammten. Er besaß nicht das Monopol auf Geheimtreffen: Sie hatte den Großteil des Tages im Büro in Mayfair verbracht, wo sie sich mit Bob verschanzt hatte, um den neuen Investmentvorschlag auszuarbeiten, ein kühner, riskanter Entwurf, so wie Pierre es sich vorstellte. Garrard war dabei nicht ins Spiel gekommen – sie wollte sich nicht auf Kemps Niveau herablassen.

»Und hier sind die Berichte, auf die Sie gewartet haben.« Kirsty händigte ihr einen dicken Stapel Anlageberichte aus. Allegra warf einen Blick darauf: Aha, das waren Kemps Transaktionen mit dem Besakowitsch-Vermögen.

»Ah, danke. Wenn Sie uns noch einen Kaffee bringen könnten, das wäre dann alles, danach dürfen Sie gehen.«

Kirsty nickte dankbar. Es war zwar erst 18:30 Uhr, aber selbst eine so besonnene Assistentin wie Kirsty wollte genug Zeit haben, um sich für die Firmen-Weihnachtsfeier fertig zu machen, eines der wichtigsten Events des Jahres. »Ähm, ich sollte Ihnen wohl besser sagen, dass Mr Kemp mehrmals versucht hat, Sie zu erreichen. Er wollte Sie dringend sprechen, Miss Fisher.«

Allegra warf ihrer kompetenten Assistentin einen kurzen Blick zu. Wenn Kirsty sich so vorsichtig ausdrückte, dann bedeutete das, dass er vermutlich an die Decke gegangen war. »Ja, das sehe ich«, bemerkte Allegra nur und schritt mit einem kühlen kleinen Lächeln in ihr Büro. Sie trat an ihren Schreibtisch, ließ die Post-it-Zettel mit den Nachrichten gleichgültig in den Papierkorb fallen und verstaute die Besakowitsch-Akte hinter dem Schreibtisch. »Kommen Sie ruhig rein, Cinzia«, rief sie. Als sie jedoch sah, dass ihr Personal Shopper nur einen einzigen Kleidersack und eine große Tragetasche dabeihatte, wurde sie von einem leichten Schrecken durchzuckt.

Allegra beugte sich über ihren Computer und rief auf den drei Monitoren, die bei ihr immer in Betrieb waren, jeweils den Dow-Jones-Index, den FTSE 100 und ihr E-Mail-Konto auf – obwohl sie einige davon schon auf der Fahrt von der Duke Street hierher durchgesehen hatte.

Dann blickte sie mit einem professionellen Lächeln auf. »Also, was haben Sie mir Schönes mitgebracht?«

Cinzia öffnete den Reißverschluss des Kleidersacks. »Sie sollten dem hier wirklich eine Chance geben.«

Allegra richtete sich misstrauisch auf. Wenn ihr ein Kleid auf diese Weise angekündigt wurde, dann klingelten bei ihr die Alarmglocken.

Cinzia schälte ein bodenlanges, schulterfreies Kleid aus schwarzer Guipure-Spitze aus der Staubschutzhülle. Allegras Blick huschte von dem Kleid zu Cinzia. »Und …?«

»Tut mir leid, das ist alles, was ich dabeihabe. Wir hatten diese Woche überraschend Besuch vom Königshaus Katar, und die haben unser Lager fast komplett leer geräumt. Das hier musste ich verstecken, sonst wäre gar nichts für Sie geblieben. Das einzige andere Kleid in Ihrer Größe, das noch da ist, ist ein Minikleid aus Goldlamé.«

Allegra schüttelte sich. Zögernd trat sie ans Sofa und strich über das Kleid.

»Es tut mir leid, Allegra, ich weiß, Sie finden Spitze zu frivol für eine geschäftliche Veranstaltung, aber es ist ein bodenlanges Kleid, und der Schnitt ist vergleichsweise dezent. Und Sie haben genau die Figur dafür.«

Kirsty tauchte mit dem Kaffee auf und machte große Augen, als sie das Kleid erblickte. »Mmm«, meinte Allegra, ihr gleichsam beipflichtend, »gehen Sie ruhig. Bis später.«

»Probieren Sie's an, vertrauen Sie mir«, bat Cinzia.

Allegra nahm einen Schluck Kaffee. Das heiße Getränk rann wohltuend durch ihre Kehle, und sie spürte, wie die Anspannung in ihren Schultern unwillkürlich ein wenig nachließ. »Mir wird wohl nichts anderes übrig bleiben.« Sie verschwand mit dem Kleid in ihrem privaten Badezimmer.

Sobald sie die Tür hinter sich geschlossen hatte, lehnte sie sich erschöpft dagegen. Was gäbe sie nicht dafür, nach Hause zu gehen und es sich auf ihrem Sofa gemütlich zu machen! Dieser schreckliche Besuch bei ihrer Mutter wollte sie nicht loslassen und hatte eine weitere schlaflose Nacht zur Folge gehabt, dann dieser anstrengende Tag heute, das Ausarbeiten des neuen Portfolios und die Yongs immer noch frustrierend unerreichbar – kein Wunder, dass der Gedanke, sich auftakeln und in High Heels herumlaufen zu müssen, beinahe ihre Kräfte überstieg.

Sie zog ihren Hosenanzug aus und schlüpfte in das Kleid. Es besaß ein verstärktes Bustier, und sie hatte Mühe, es über ihre nun wirklich schmalen Hüften zu bekommen. Sie zupfte es über ihrer Brust zurecht. Es war mit elfenbeinfarbener Seide unterfüttert, was nackte Haut unter der schwarzen Spitze vortäuschte – viel zu gewagt, wie Allegra fand. Trotzdem: Der Schnitt war tatsächlich recht dezent – für ein schulterfreies Kleid –, und wenigstens war es nicht rot, auch wenn ihr ein schwarzes Seidenfutter lieber gewesen wäre.

Kritisch musterte sie ihr Haar im Spiegel und zupfte ein wenig daran herum. Mist, sie hätte sich wirklich frisieren lassen sollen, aber dafür blieb jetzt keine Zeit mehr – die Party begann in einer Stunde, und sie musste sich ja auch noch schminken. Sie öffnete die Tür und verließ das Bad.

Cinzia strahlte entzückt. »Ich hab's gewusst!«

»Nun ja, wenigstens passt es. Gerade so. Könnten Sie mir mit dem Reißverschluss helfen?«

Sie hielt das Kleid im Rücken lose zusammen. Cinzia trat hinter sie und machte sich am Reißverschluss zu schaffen.

»Sie sehen einfach fantastisch aus«, schwärmte Cinzia.

»Ach, ich weiß nicht ...« Allegra biss sich zweifelnd auf die Unterlippe. Sie warf einen Blick auf ihre Armbanduhr. Ob sie noch Zeit hatte, nach Hause zu düsen und was anderes anzuziehen? Hatte sie überhaupt was Passendes im Kleiderschrank? »Ich finde es ... Es ist ein bisschen übertrieben für eine Geschäftsparty.« Diese Art von Kleid trugen Hollywoodstars auf dem roten Teppich. Wie würde sie damit auf einer Wohltätigkeitsveranstaltung des Finanzsektors ankommen?

»Bloß weil Sie in einer Männerwelt arbeiten, heißt das noch lange nicht ...«

Die Tür ging mit einem Knall auf, und beide Frauen blickten erschrocken auf.

Sam Kemp stürmte herein. »Wo zum Teufel waren Sie ...« Seine Stimme erstarb, als hätte sie jemand abgewürgt. Mit offenem Mund starrte er die halb nackte Allegra in ihrem Ballkleid an, das im Rücken aufklaffte. »Äh, Kirsty war nicht an ihrem Schreibtisch«, sagte er, um sein Hereinplatzen zu entschuldigen.

Allegra reckte trotzig das Kinn. Es passte ihr gar nicht, dass er sie ausgerechnet in so einer Situation erwischte, so verwundbar, so … so weiblich. Als gehörte sie zu der Art Frauen, die sich auf Klos herumdrückt, um sich rauszuputzen. »Was wollen Sie?« Sie hatte ihn seit ihrem Aufeinandertreffen in Pierres Büro nicht mehr gesehen, als ihr Boss ihnen ein eindeutiges Ultimatum gestellt hatte: Der Gewinner kriegt alles, der Verlierer fliegt. Sie forschte in seinen Zügen nach Anzeichen dafür, dass er sie überholt hatte, dass er aufgrund seiner »Kontakte« den umworbenen Klienten an Land gezogen, die kostbare Unterschrift auf der gestrichelten Linie zustande gebracht hatte. Denn wenn das der Fall war …

»Warum zum Teufel sind Sie nicht zum Vorstandsmeeting gekommen?«, donnerte er.

»Was?« Allegra gefror das Blut in den Adern. »Wovon reden Sie? Das habe ich doch auf Dienstag verschieben lassen!«

»Offenbar nicht. Es ist gerade zu Ende gegangen. Und ich stand mit leeren Händen da und musste mich von Pierre und Crivelli grillen lassen. Was soll das? Finden Sie das witzig? Wollten Sie mir damit eins auswischen?«

»Ganz bestimmt nicht, Sie spinnen doch.«

»*Ich* spinne? Wir sollen *zusammenarbeiten*, Fisher. Und was tun Sie? Halten absichtlich Informationen zurück, ich erhalte keine einzige Info über den Stand der Dinge, geschweige denn irgendwelche Zahlen, und wenn ich hier auftauche, dann krieg ich zu hören, dass Sie irgendwelche Geheimtreffen anberaumt haben, von denen ich natürlich nichts weiß!«

»Ha! Da folge ich doch nur Ihrem Beispiel! Wer weiß, wie oft Sie sich mit Zhou getroffen haben, in New York oder sonst wo, ohne mir Bescheid zu geben! Und glauben Sie ja nicht, ich wüsste nicht, dass Sie die Yongs angewiesen haben, mich abblitzen zu lassen!«

Sam schüttelte angewidert den Kopf. »Ich habe aus meiner Freundschaft mit Zhou nie ein Geheimnis gemacht, und ich habe den klaren Auftrag von Pierre, diese Kontakte zu unserem Vorteil zu nützen. Sie dagegen … Sie und Ihr Katz-und-Maus-Spiel, und dann lassen Sie mich auch noch beim Vorstand absaufen, wie …«

»Das habe ich nicht«, widersprach sie zornig. Sie löste sich von Cinzia, die den Reißverschluss offenbar vergessen hatte, und stakste, die Ellbogen an den Oberkörper gepresst, um das Kleid am Abrutschen zu hindern, zu ihrem Schreibtisch. Kemp folgte ihr. Sie gab ihr Passwort ein und rief ihren Terminkalender auf. »Da, sehen Sie selbst. Ich habe …« Sie stockte. Sie hatte den Termin nicht verschieben lassen. Sie war gestern Abend so mit dem Jonglieren von Zahlen beschäftigt gewesen, dass sie zwar vorgehabt hatte, Kirsty zu bitten, das Meeting zu verschieben, es ihr aber vergessen hatte zu sagen … »Ach du Scheiße.«

Sie drehte sich mit riesengroßen Augen zu Sam Kemp um.

Er stieß ein verächtliches Lachen aus. »Glauben Sie bloß nicht, dass ich auf diese Tour reinfalle. Wollen Sie mir wirklich weismachen, dass das nur ein Versehen war? Mag ja sein, dass wir uns nicht ausstehen können, Fisher, und der Teufel weiß, wo Ihr Problem liegt, aber wenn Sie unbedingt Krieg wollen, dann können Sie ihn haben. Es ist mir scheißegal, ob Sie auf Ihrem hübschen Hintern auf der Straße landen, aber ich werde den Teufel tun und meinen eigenen Rausschmiss riskieren! Pierre ist fuchsteufelswild, das können Sie sich denken. Der will Sie rösten, und nach dem Ding, das Sie sich heute geleistet haben, kann ich's ihm nicht mal verübeln.« Er stampfte zur Tür. Dort drehte er sich noch einmal um und musterte sie von oben bis unten. »Und glauben Sie bloß nicht, so auszusehen könnte Sie retten!«

Er knallte die Tür hinter sich zu. Allegra starrte sie eine Zeitlang reglos an, bevor ihr bewusst wurde, dass Cinzia ja auch noch da war, verhuscht in einer Ecke verharrend, wie eine Zofe. Sie rang sich ein schwaches Lächeln ab. »Tut mir leid, dass Sie das mit ansehen mussten. War heute ein … stressiger Tag.«

»Ja, das sehe ich«, antwortete Cinzia leise. Sie musterte die andere besorgt. »Sind Sie sicher, dass Sie das heute Abend schaffen?«

Allegra blickte kopfschüttelnd zur Decke, versuchte krampfhaft, die nun doch aufsteigenden Tränen wegzublinzeln. »Wenn ich nicht müsste, glauben Sie mir …«

»Er ist ganz schön hart mit Ihnen umgesprungen.«

Allegra zuckte die Achseln. »Ich wäre genauso wütend, wenn er mich in der Vorstandssitzung im Stich gelassen hätte.«

»Aber jeder macht doch mal einen Fehler.«

»Ich nicht. Nicht hier. Ich stehe permanent im Fadenkreuz. Ich darf mir keine Fehler leisten.«

»Weil Sie eine Frau sind, meinen Sie?«

Ihre Blicke trafen sich. »So ist das nun mal. Mich sieht man immer; ich kann mich nicht verstecken.«

Stirnrunzelnd warf Cinzia einen Blick auf das Kleid, das sie Allegra mitgebracht hatte, auf dessen dramatische Silhouette. »Das tut mir so leid, ich wusste ja nicht … Jetzt habe ich es Ihnen noch schwerer gemacht.«

»Wie meinen Sie das?«

»Nun ja, dieses Kleid …« Cinzia wedelte verloren mit der Hand, »mit diesem Kleid steht man im Scheinwerferlicht, ob man will oder nicht.«

Die Firma hatte in diesem Jahr keine Kosten und Mühen gescheut und gleich das gesamte oberste Stockwerk des *Gherkin*, der berühmten »Gurke«, des charakteristischen Hochhauses im Finanzdistrikt, angemietet. Allegra war die rosa Beleuchtung hinter dem rautenförmigen Netzwerk der Fassade schon im Taxi von Whitechapel ins Auge gefallen. Als sie aus dem Lift trat, fragte sie sich unwillkürlich, ob sie wohl einen Passierschein brauchen würde – oder zumindest einen Pelzmantel, denn die Vorhalle war ein Traum aus Kunstschnee samt Schlitten und lebensgroßem Rentiergespann.

Sie behielt ihren schwarzen Samtmantel selbst in der Ankleide an, in die sie verschwand, um die Fassade noch einmal aufzufrischen, bevor sie sich ins Getümmel stürzte. Aber sie konnte sich nicht ewig verstecken und gab ihren Mantel schließlich widerwillig an der Garderobe ab. Sie erschauderte, als ihr Blick in einen der Spiegel fiel und sie sah, wie dieses Kleid ihre Kurven betonte, dazu die nackten weißen Schultern … für ihren Geschmack viel zu viel Haut.

Sie holte tief Luft, warf den Kopf zurück und betrat den Festsaal – wo sie prompt in der Menge unterging. Das half. Vielleicht war das Kleid ja doch nicht so schlimm. Interessiert schaute sie sich um. Wem sollte sie hier auffallen? Allerorten gab es viel nacktes Bein, offenherzige Dekolletés, Solariumsbräune und Stielaugen – es herrschte eine unbekümmerte, ausgelassene Atmosphäre, in der Verheißung mitschwang. Die Weihnachtsfeier vom letzten Jahr hatte nicht nur eine Schwangerschaft zur Folge gehabt, sondern auch zum Zerbrechen einer Ehe und einer nicht mehr allzu geheimen Langzeitaffäre geführt. (Sie dagegen hatte eine Beförderung eingeheimst, weil sie Pierre derart mit ihrer Analyse der Geldmarktpolitik in der Eurozone beeindruckt hatte.) Ein Stück weit von der Bar entfernt war auch diesmal ein Wodkabrunnen errichtet worden: in diesem Jahr eine als Sprungschanze geformte Eisskulptur. Diese Vorrichtung war wohl für die meisten menschlichen Katastrophen verantwortlich, und sie betrachtete sie zu Recht mit einigem Vorbehalt.

Allegra schlenderte langsam durchs Gedränge. Dabei fiel ihr Blick auf einen hochgewachsenen Mann in einem etwas exzentrischen Smoking und mit gewelltem Haupthaar, das an den Dichter Byron erinnerte. Er schien etwas mit einer kleinen Schere anzustellen: Flink schnitt er einen Schattenriss aus schwarzem Karton, den Blick unverwandt auf Vicky aus der Buchhaltung gerichtet. Allegra warf einen neugierigen Blick auf seine Arbeit: Er schien ihr Profil – Gesicht und Haar – perfekt erfasst zu haben.

Dann trat sie an die Bar und bestellte sich einen Cucumber Martini. Es machte ihr nichts aus, allein zu solchen Veranstaltungen zu gehen, das war sie inzwischen gewohnt. Es ging ihr gegen den Strich, bei einer Begleitperson Zuflucht zu suchen. In diesem Kleid jedoch … Sie spürte sie mehr, als dass sie sie sah: die Blicke, die sie streiften. Nicht, dass Grund zur Beunruhigung bestand: Keiner der anwesenden Männer – bis auf fünf: Pierre, sein CFO, sein CEO, der bald in den Ruhestand tretende COO und Sam Kemp – besaß einen höheren Rang als sie, und gewiss fiel es keinem ein zu glauben, dass eine Weihnachtsfeier ihm das Recht gab, sich an sie ranzumachen.

Der Bartender überreichte ihr den Drink – perfekt zubereitet, wie sie bemerkte –, und sie wandte sich ab und schlenderte mit dem Glas in der Hand zur großen Fensterfront. London breitete sich glitzernd unter ihr aus, dazwischen die Themse, ein dickes, sich windendes schwarzseidenes Band. Eine Hand an die kalte Scheibe gedrückt, spähte sie hinab auf die anonyme Metropole, genauso wie sie es abends gerne in ihrem Büro tat. Anderer Ort, anderer Blickwinkel. Gleiche Frau, anderes Kleid.

Sie wischte kurz mit dem Daumen über ihre Fingerkuppen, bevor sie ihr Kleid glatt strich. Heute machte es sie ausnahmsweise doch nervös, allein zu sein, und sie wünschte, eine Begleitperson mitgebracht zu haben. Sie fühlte sich nicht so unbesiegbar wie sonst. Der geistige Verfall ihrer Mutter, dieses Auf und Ab, das einmal Hoffnung weckte, nur um sie dann wieder zu enttäuschen – dieses langsame Sterben –, machte ihr sichtlich zu schaffen, dann noch der Bockmist, den sie heute gebaut und der sich inzwischen sicher in der Firma herumgesprochen hatte … Kein Wunder, dass sie sich wünschte, jemanden dabeizuhaben, hinter dem sie sich verstecken konnte. Sie hatte seit der Sache mit Philip keine Begleitperson mehr zu Firmenveranstaltungen mitgebracht, und das war schon ein, zwei Jahre her. Er hatte hartnäckig versucht, ihr einen Winterurlaub auf Mauritius schmackhaft zu machen, während sie versuchte, beim damaligen Leiter der Abteilung für Warentermingeschäfte zu punkten. Das war das Problem, wenn man den Partner zu solchen Veranstaltungen mitnahm – er hielt das Ganze für eine *Verabredung*, ein Date, nicht für eine Karrierechance. Iz wäre die Richtige gewesen, sie schaffte es immer, sie aufzumuntern und ihren Mut zu entflammen. Aber sie in dieses Haifischbecken aus Brokern zu werfen – nein, unmöglich. Allegra schüttelte den Kopf und nippte an ihrem Drink.

Zu spät bemerkte sie, dass sich eine kleine Menschentraube um sie versammelt hatte, die Köpfe tuschelnd zusammengesteckt, die Hälse interessiert gereckt. Im Mittelpunkt stand der Künstler, der so geschickt Schattenrisse ausschneiden konnte. Sein Blick war gebannt auf sie gerichtet, und er schnipselte eifrig. Als sie Anstalten machte, sich abzuwenden, schüttelte er unmerklich den Kopf: Sie durfte sich jetzt nicht bewegen. »Danke, ich möchte nicht, dass Sie ein Cameo von mir machen«, sagte sie laut, blieb aber aus reiner Höflichkeit reglos stehen.

»Geht ganz schnell«, behauptete er, den Blick unverwandt auf sie gerichtet. Allegra stellte fest, dass sie sich nicht rühren konnte, dass er sie in seinem Bann hielt, als hätte er sie auf den Boden genagelt und würde ihren Umriss mit einem Filzstift nachzeichnen. Nun ruhte die Aufmerksamkeit doch auf ihr – aber aus den falschen Gründen. Man bewunderte ihre weiblichen Formen, den zarten Schwung ihrer nackten Schultern ... Der Scherenmann wusste ja nicht, dass sie hier die Frau mit dem höchsten Rang war, nur einen erfolgreichen Deal von der Aufnahme in den Vorstand entfernt. Für ihn war sie bloß eine hübsche Frau in einem hübschen Kleid, und das hasste sie. Ohne es zu wollen, hatte er es geschafft, dass sie sich machtlos und klein fühlte. Selbst wenn sie die Hauptrednerin auf einer Konferenz von 500 Firmenchefs gewesen wäre, es hätte keine Rolle gespielt, aber sich nun von den einfachen Bürojockeln anglotzen lassen zu müssen ...

»Das reicht«, verkündete sie, als es ihr schließlich zu bunt wurde. Zur gleichen Zeit sagte er: »Schon fertig!«, und überreichte ihr lächelnd sein Meisterwerk. Und das war es tatsächlich: Er hatte nicht nur ihren Kopf, sondern ihre gesamte Figur erfasst, ein zehn Zentimeter kleines Schattenporträt von ihr selbst. Er hatte alles abgebildet, selbst den beinahe unmerklichen Höcker auf ihrer Nase und die Stelle, wo sich ihr Bob ein wenig nach außen ringelte, weil sie es versäumt hatte, zum Friseur zu gehen. Sogar der Knubbel am Handgelenk, den sie von ihrem Vater geerbt hatte, war nicht übersehen worden. Sie bedankte sich mit einem unbehaglichen Nicken. Was hatte er wohl sonst noch bemerkt?

Eilig tauchte sie in der Menge unter. Es wurde Zeit, sich unter die Leute zu mischen, Smalltalk zu machen, aber genau das fiel ihr furchtbar schwer. Wenn's nicht darum ging, Kontakte zu knüpfen oder Deals an Land zu ziehen, geriet sie ins Schwimmen. Sozialisieren, mit anderen Menschen in einen etwas persönlicheren Kontakt zu treten, darauf verstand sie sich nicht. Sie brauchte keinen Psychoanalytiker, um zu wissen, warum das so war.

Da entdeckte sie Pierre, der am anderen Ende des Saals stand, eine Hand auf Pashas Hüfte, und sich mit dem Collateral Management Team unterhielt.

Allegra wandte sich sofort ab. Ausnahmsweise war sie dankbar um den Schutz der Menge, die sie sonst mied. Bis zum Dinner konnte sie ihm noch aus dem Weg gehen, danach gab's kein Entkommen mehr. Ihr Blick traf auf Kevin Lam, einen der quantitativen Analytiker der Firma. Sie sah das ehrgeizige Aufblitzen seiner Augen: Dies war seine Chance, bei ihr Eindruck zu schinden.

Ein Kellner, der bemerkt hatte, dass ihr Glas leer war, blieb neben ihr stehen. »Noch einen Martini, Miss Fisher?«

Allegra nickte. »Und werfen Sie das hier für mich weg, ja?« Sie legte den Scherenschnitt auf sein Tablett. Aus dem Augenwinkel sah sie bereits Lams poliertes Schuhwerk auftauchen.

»Wie Sie wünschen.«

Der Kellner eilte Richtung Bar davon, und Allegra machte sich bereit zum Kampf. Dass die »Quants«, wie sie im Fachjargon hießen, versuchten, sie mit ihren »Mathletics« zu beeindrucken, war nichts Neues für sie, was sie jedoch störte, war das Geschleime, das damit einherging und das wie ein Blutegel an ihren Kräften zehrte. Dass der Kellner auf seinem Weg von zwei Männern – den einzigen im Saal, die maßgeschneiderte Smokings trugen – aufgehalten wurde, bemerkte sie nicht. Der eine beugte sich zum Ohr des Kellners vor und bestellte etwas, während der andere unauffällig den Scherenschnitt vom Tablett stibitzte und in der Innentasche seines Smokings verschwinden ließ, wie eine Visitenkarte, die er sich aufheben wollte.

# 11. Kapitel

Die Aufforderung zu Tisch war erfolgt, und die meisten Gäste begannen sich um die ihnen zugeteilten Plätze zu versammeln. Auf Stuhllehnen gestützt unterhielten sie sich mit der beschwipsten Lebhaftigkeit, die der Volltrunkenheit vorausgeht. Allegra hatte sich nicht von ihrem »Versteck« in einer dunklen Ecke der Bar weggerührt, in das sie sich schon vor über einer Stunde mit Kevin Lam verdrückt hatte, unter dem Vorwand, die umhergehenden Kellner würden ihre Drinks nicht oft genug nachfüllen. Sie gab es nicht gerne zu, aber dort fühlte sie sich sicherer. Bob, der Einzige, den sie als so etwas wie einen Freund betrachtete und mit dem sie sich gerne unterhalten hätte, stand zu nahe an der Tanzfläche, deren Quadrate bereits abwechselnd pink, rot und blau aufleuchteten und wo man sie zu leicht hätte sehen können. Ihr war nicht entgangen, dass Pierre bereits mehrmals den Hals gereckt und sich im Saal umgesehen hatte. Sie konnte zwar nicht mit Sicherheit sagen, dass er nach ihr suchte, hielt es aber für klüger, sich nach allem, was Kemp gesagt hatte, vorerst aus der Schusslinie zu halten. Ihr schwante Übles, ein Gefühl, das nicht einmal die fünf Martinis, die sie bereits intus hatte, merklich zu dämpfen vermochten.

»Wir sollten jetzt wohl besser zu unseren Plätzen gehen«, bemerkte Lam bedauernd. Die meisten Leute hatten mittlerweile Platz genommen. Bald würde Pierre sich erheben und seine jährliche Weihnachtsansprache halten. »Darf ich Sie an Ihren Tisch führen?«

»Warum nicht?«, antwortete Allegra. Sie machte sich nichts

vor – seine Motive waren alles andere als selbstlos –, doch geschah es selten, dass die Männer, mit denen sie es in dieser Branche zu tun hatte, ihren Ehrgeiz in Galanterie kleideten. Außerdem respektierte sie Ambition.

Schweigend durchquerten sie den Saal. Allegra machten die Blicke, die sie auf sich zog, mittlerweile weniger aus, obwohl sie inzwischen aufgrund der gelockerten Stimmung merklich aufdringlicher geworden waren. Lam wagte es natürlich nicht, sie mit der Hand am Rücken zu dirigieren, sondern schritt steif wie ein Aufziehsoldat neben ihr her. Ihr Kleid hatte zum Glück einen Schlitz, sodass sie nicht mit Trippelschritten gehen musste, allerdings bedeutete das natürlich auch, dass die gesamte Belegschaft einen guten Blick auf ihre Beine erhaschte.

»Pierres Frau heißt Pasha, nicht wahr?«, erkundigte er sich nervös.

»Ja, aber ich würde Ihnen raten, sie mit Mrs Lafauvre anzusprechen.«

»Ja. Ja, natürlich«, stammelte er. Wahrscheinlich hatte er bereits feuchte Hände, wie Allegra vermutete. »Und die blonde Dame daneben?«

Allegra runzelte die Stirn. Sie konnte besagte Blondine zwar nur von hinten erkennen – ihr golden schimmerndes Haar fiel ihr in attraktiver Fülle über den Rücken –, war aber dennoch sicher, sie noch nie gesehen zu haben. Wer sie wohl mitgebracht hatte? Allegra musterte die um den Tisch Versammelten. Crivellis Frau war's nicht. Pasha kannte sie. Bernadette Henley kam erst recht nicht infrage – die ältliche, weißhaarige Gattin des ausscheidenden COO hatte eine Schwäche für Blauschimmer im Haar, etwas, das sie nach wie vor für modisch hielt.

Sie erreichten ihren Tisch. Allegra stützte sich leicht mit einer Hand auf einer Stuhllehne ab. »Hallo, allerseits.«

Pierre lehnte sich zurück und musterte sie mit verschränkten Armen. »Allegra! Da sind Sie ja.« Seine Stimme klang kalt und abweisend. »Wir haben Sie schon vermisst«, fügte er sarkastisch hinzu.

Allegra lächelte, ohne auf seine Feindseligkeit einzugehen. Die fünf Martinis halfen, die wachsende Panik zu verbergen. »Ich habe mich so gut mit Kevin Lam hier unterhalten, einem unserer Quants, dass ich die Zeit ganz vergessen habe.«

»Ach ja? Passt gar nicht zu Ihnen, Allegra, Ihre Zeit mit jemandem zu verschwenden, der Ihrer Karriere nicht förderlich sein kann.« Die Temperatur am Tisch sank spürbar.

»Ist das nicht der Sinn und Zweck einer Weihnachtsfeier?«, entgegnete sie gespielt fröhlich. Sie zeigte strahlend ihre mädchenhafte Zahnlücke, was sie sonst nur selten tat. »Sich mal auf der menschlichen Ebene zu begegnen? Außerdem tun Sie Lam hier Unrecht: Er hat durchaus seinen Nutzen. Dank ihm kann ich nun wahrscheinlich auf den nächsten Meetings glänzen. Was er mir über die neue Apple iWatch erzählt hat, ist hochinteressant. Wirklich *hochinteressant*. Auf den hier sollten wir ein Auge haben.« Sie tätschelte Lams Schulter und tat so, als ob sie scheinbar einer Meinung mit Pierre wäre.

Lam verneigte sich vor Pierre, als ob er eine Audienz beim Papst hätte. »Freut mich sehr, Sie kennenzulernen, Monsieur Lafauvre.«

Pierre nickte gleichgültig. Allegra konnte ihm nichts vormachen. Er schaute den Mann nur kurz an, dann richtete sich seine Konzentration wieder auf sein Opfer. Sein Blick huschte über Allegras Kleid. Sie tat, als würde sie es nicht bemerken, und stellte Lam nun auch den anderen am Tisch vor.

Als die Reihe an die Blondine kam, sagte Allegra: »Wir kennen uns noch nicht. Ich bin Allegra Fisher, Präsidentin für Luxusgüter, und das ist Kevin Lam, einer unserer besten Analytiker.«

»Tilly Bathurst. Ich bin mit Sam hier.«

»Sam? Sie meinen Sam Kemp?« Der saß doch nicht etwa auch an ihrem Tisch, oder? Allegra zählte blitzschnell die Gedecke. Noch drei übrig. Da war ihr's, natürlich, aber wozu die anderen?

Und gleich zwei? Sie zählte noch mal nach, kam aber aufs selbe Ergebnis. Wenn Tilly Sams Begleiterin war, für wen war dann das zusätzliche Gedeck?

»Ja, genau der!« Tillys hellblaue Augen funkelten. Ihr graublauer Lidschatten unterstrich deren Farbe hervorragend. Überhaupt war ihr Make-up tadellos und wirkte weit dezenter, als es in Wirklichkeit war. Dazu das eng anliegende Kleid aus schwarzer Mousseline-Seide, das nur eine Frau mit einer makellosen Figur wie ihrer tragen konnte – einfach perfekt, wie Allegra fand. Zum ersten Mal kam sie sich overdressed vor, wie eine Jessica Rabbit, die sich mit Goldlöckchen messen muss. In diesem Moment wünschte sie, sich auf ein, zwei Martinis beschränkt zu haben. Irgendwie war ihr Kleid zu … zu viel, jedenfalls im Vergleich zu Tillys perfektem Understatement. Tilly sah aus, wie jede Frau im Saal gern aussehen würde. Allegra konnte sich vorstellen, was für ein umwerfendes Paar die beiden abgaben, auch wenn Kemp momentan noch auf sich warten ließ und Tilly sich lediglich als seine Begleiterin für den Abend vorgestellt hatte.

Nun, das interessierte sie nicht weiter – zumindest sollte es das nicht. Das war nicht ihre Währung, nicht das, womit sie handelte. Die Stuhllehne umklammert senkte sie nachdenklich den Kopf. Ihre Gedanken rasten. Was hatte Kemp an ihrem Tisch zu suchen? Wie kam er dahin? Erst gestern hatte sie Kirsty gebeten, sich die Tischordnung noch mal anzusehen, und da war noch keine Rede von ihm gewesen. Das musste nach dem heutigen Meeting passiert sein.

Sie warf Pierre einen kurzen Blick zu und war nicht überrascht festzustellen, dass er sie musterte – wie eine Katze, die eine Maus am Schwanz hat und mit Wonne zusieht, wie sie sich windet. Sie wusste, was das bedeutete: Die Königin ist tot, lang lebe der König.

Sie wandte sich rasch wieder ab. Er sollte nicht sehen, wie sehr er sie verletzte, wie groß ihre Angst war. Kein Zweifel: Ihre Welt war im Begriff zu zerbrechen. Mit gespielter Munterkeit fragte sie Tilly: »Und wo steckt er? Sam, meine ich?«

»Er muss hier irgendwo sein.« Tilly suchte mit strahlenden Augen den Saal nach ihrem Begleiter ab. »Er musste kurz einen Anruf entgegennehmen.«

Lam machte Allegra mit einem Räuspern auf sich aufmerksam. Sein Blick wies bedeutsam auf das zusätzliche Gedeck. Er glaubte ihr einen Gefallen zu tun, indem er sich erbot, ihren Begleiter für den Abend zu spielen.

Tilly richtete sich erregt auf. »Da kommt er ja!«

Allegra richtete sich ebenfalls auf, drehte sich aber nicht um: Sams Auftauchen löste bei ihr keine solchen Glücksgefühle aus wie offenbar bei Tilly. Ganz im Gegenteil.

Tillys Stuhl fuhr scharrend zurück, und Allegra hörte Sam sagen: »Und das ist Tilly, meine Begleiterin.«

»Deine Freundin?«, erkundigte sich eine männliche Stimme, die ihr verdächtig bekannt vorkam.

Ihr Kopf fuhr hoch. Wo hatte sie diese Stimme schon mal gehört? Dieser amerikanische Akzent, vermischt mit einem anderen, volleren …?

»Ähm … ah …«, stotterte Sam.

Allegra wandte sich um.

Es war Zhou Yong – der Unerreichbare, der Vielbeschäftigte. Keine zwei Schritte stand er von ihr entfernt. Und neben ihm Sam, eine Hand kumpelhaft auf seine Schulter gelegt.

Allegras Blick huschte sofort zu Pierre. Der erhob sich langsam von seinem Stuhl, auf dem Gesicht einen ebenso verblüfften Ausdruck wie sie. In seinen kohlschwarzen Augen machte sich ein erregtes Funkeln breit. Er ging um den Tisch herum, um den neuen Gast mit einem kräftigen Händedruck zu begrüßen – ein Power Player den anderen. Sam wurde kräftig auf die Schulter geschlagen – gut gemacht, Junge! Jetzt gehörte er dazu. Willkommen im Club.

Es dauerte mehrere Minuten, bis sie überhaupt vorgestellt wurde. Zuerst kamen die anderen Vorstandsmitglieder und deren Gattinnen an die Reihe und endlich auch sie.

»Freut mich, Sie wiederzusehen«, sagte Allegra mit einer Verneigung – die jedoch weniger tief ausfiel als noch vor einigen Tagen. Dann drückte sie ihm auf westliche Weise die Hand.

»Miss Fisher!«, rief Zhou verblüfft. »Man erkennt Sie ja kaum wieder!«

Sie zögerte kurz, bevor sie nickte, denn sie war nicht sicher, ob sie seine Äußerung als Kompliment auffassen sollte. Gewiss, ihre schlichten schwarzen Armani-Hosenanzüge unterschieden sich wie Tag und Nacht von dem Kleid, das sie heute Abend trug und das keinen Zweifel an ihrem Geschlecht ließ.

»Gleich zwei Begleitpersonen, Sam, was?«, murmelte sie, während Pierre und Zhou Formalitäten austauschten. »Fleißig, fleißig.«

»Da *Sie*, wie man mir sagte, bestimmt niemanden mitbringen würden, war ich so frei …«, entgegnete er ebenso unfreundlich wie sie. Tilly kuschelte sich an ihn und haschte nach seiner Hand. Ihre langen, schlanken Finger schlangen sich wie Efeuranken um die seinen.

Allegra wandte sich ab. An den anderen Tischen ließ man fröhlich Cracker platzen, ein paar Gäste hatten schon Papierkronen auf dem Kopf. Lam war spurlos verschwunden. Das Auftauchen von Zhou – der Supernova – hatte ihm offenbar den letzten Mumm geraubt.

»Sollen wir uns setzen?«, schlug Pierre vor. »Ich glaube, das Essen wird gleich serviert.« Alle nahmen Platz. Allegra ging suchend um den Tisch herum und hielt nach ihrer Platzkarte Ausschau. Hoffentlich saß sie nicht neben Pierre! Viel lieber säße sie neben Zhou Yong.

Als sie sah, wo sie sitzen sollte – zwischen Crivelli und Henley –, ließ sie sich lustlos auf ihren Stuhl plumpsen. Niemandsland. Man hatte sie buchstäblich in die Wüste geschickt: Henley, zu ihrer Linken, würde demnächst in den Ruhestand treten, und Crivelli, zu ihrer Rechten, konnte sie nicht ausstehen und hätte sie nur zu gerne aus der Firma rausgedrängt. Erschöpft lehnte sie sich zurück. Sie war auf einmal fürchterlich müde. Die älteren Männer neben ihr breiteten unbekümmert ihre Servietten auf ihrem Schoß aus und blickten der Mahlzeit erwartungsvoll entgegen. Tilly, die auf der anderen Seite des Tisches saß, brachte das allgemeine Gespräch auf die herrlich geschmückte Regent Street.

Schon tauchte eine Kellnerin neben ihr auf und servierte ihr einen Teller Makrelen-Mousse. Allegra wandte ihr den Kopf zu und sagte leise: »Bringen Sie mir doch bitte noch einen Cucumber Martini, ja?« Und warum auch nicht? Pierres Botschaft war unmissverständlich: Kemp hatte gewonnen. Sie war draußen. Dass er zuvor im Vorstandsmeeting wie ein Trottel dagestanden hatte, spielte offenbar keine Rolle (zugegeben, es war besser, als Trottel dazustehen, als überhaupt nicht zu erscheinen); er hatte den Megafang gemacht, den ganz großen Fisch am Haken. Bei diesem Deal würden wohl doch die Beziehungen den Ausschlag geben, nicht die Zahlen.

Den Kopf ein wenig zur Seite geneigt versuchte sie Interesse zu heucheln, als Pasha nun begeistert von ihrer Heimat zu schwärmen begann – ob sie schon mal den Roten Platz in Moskau zur Weihnachtszeit erlebt hätten? Einfach zauberhaft! *Zauberhaft!* Es kostete Allegra all ihre Willenskraft, sich nichts anmerken zu lassen, eine zumindest neutrale Miene zu wahren. Es war vorbei. Sie war draußen. Um sie herum wurde gelacht, gescherzt und gefeiert, während für sie eine Welt zerbrach. Sie hatte auf einmal das Gefühl, nur noch von ihrem engen Kleid zusammengehalten zu werden.

Wenige Minuten später tauchte die Kellnerin mit ihrem Martini auf. Allegra stocherte lustlos in ihrer Fischmousse. Sie hatte einen Kloß im Hals, und ihre Brust in dem engen Bustier war wie zugeschnürt. Sie glaubte keinen Bissen herunterkriegen zu können. Stattdessen griff sie nach ihrem Drink und nahm einen Schluck. Sie gab sich gar nicht erst die Mühe, ein Gespräch mit ihren Tischnachbarn anzufangen, wozu auch? Sie war fix und fertig.

Tilly dagegen warb unverhohlen um Sams Gunst.

»Zürich war etwas ganz Besonderes, nicht wahr?«

Allegra hörte es nur beiläufig. Was sie aufblicken ließ, waren nicht die Worte, sondern die Stille, die ihnen folgte. Erst jetzt merkte sie, dass alle sie ansahen.

»Entschuldigung, was sagten Sie?«

Zhou lächelte ihr zu. »Ich glaube, es liegt an den Lichtern, die sich im See spiegeln.«

Wie waren sie auf dieses Thema gekommen? Egal. Sie rang sich ein mühsames Lächeln ab. »Äh, ja, die Lichter im See. Das glaube ich auch.«

»Alle sagen, an Weihnachten sei Paris am schönsten, wahrscheinlich wegen all der Brücken, aber mir sind im Winter die Berge am liebsten – nichts geht über Schnee in den Bergen. Und die kristallklare Luft. Davon haben wir in Peking ja nicht mehr viel«, fügte er bedauernd hinzu.

Allegra versuchte ihre Lähmung abzuschütteln. »Ja, natürlich. Ich habe gehört, dass man den Sonnenaufgang jetzt nur noch im Fernsehen zu sehen bekommt, als Konserve.«

»Das stimmt leider.«

Sie verstummte. Als sie jedoch sah, dass er sie weiterhin aufmunternd anlächelte, fühlte sie sich gezwungen, noch etwas hinzuzufügen. »Ähm, sind Sie oft in Peking?«

»Früher war ich viel im Ausland«, bekannte Zhou lächelnd, »meist in den Staaten, aber jetzt, wo mein Vater älter wird, werde ich wohl bald den Konzern übernehmen müssen. Das erfordert natürlich, dass ich mehr und mehr Zeit in Peking verbringe.«

»Was bedeutet, dass du deine alten Freunde nicht mehr so oft sehen kannst«, mischte sich Sam ein und klopfte Zhou mit einem

Lächeln auf die Schulter, das seine Augen nicht erreichte. Sein Blick war auf Allegra gerichtet und schien zu sagen: »Finger weg, der gehört mir!«

Sie schwieg. Was hätte sie auch sagen sollen? Zhou war Sams Schoßhündchen, zumindest heute Abend, und Pierre wusste es ganz genau.

»Stimmt, Zürich ist wunderschön«, fiel nun Bernadette Henley ins Gespräch ein. Sie schien sich zu freuen, dass sie ausnahmsweise mal mitreden konnte. »Und Paris natürlich auch, aber wer Weihnachten richtig erleben will, der kommt nicht um Wien herum.«

»Nein, Frankfurt!«, warf Crivellis Frau ein. »Den Frankfurter Weihnachtsmarkt muss man einfach gesehen haben! Ich mache meine Weihnachtseinkäufe nur noch dort.«

»Ja, aber der Rote Platz!«, wandte Pasha mit bewundernswerter Hartnäckigkeit, wenn auch fehlendem Taktgefühl, ein. Sie strahlte Zhou gewinnend an. Ob Pierre seiner Frau befohlen hatte, mit dem Starklienten zu flirten? Allegra bezweifelte es. Zhous unerwartetes Erscheinen auf dieser internen Firmenparty schien Pierre ebenso überrascht zu haben wie alle anderen. »Sie waren doch sicher schon mal dort, oder?«

Zhou, dessen Blick auf Allegra ruhte, riss sich los und wandte sich Pasha zu, die zu seiner Rechten saß. »Ja, natürlich, wer nicht?«

Als wäre dies das Stichwort, wandte sich nun jedermann seinem oder ihrem Tischnachbarn zu und man begann kleine Privatgespräche, während man sich wieder seinem Essen widmete.

»Dann fliegen Sie wohl auch mit der Richmond-Truppe über Silvester nach Verbier?«, erkundigte sich Henley bei ihr, während er eine Tomate in pingelige kleine Bissen zerschnitt.

»So ist es geplant«, bestätigte sie, ohne dabei jedoch zu Pierre hinzuschauen, falls er zuhörte und ihr mit einem abweisenden Gesichtsausdruck zu verstehen gab, dass *sie* in diesem Jahr ganz bestimmt nicht auf Firmenkosten in den Skiurlaub fliegen würde, Klientenbetreuung hin oder her.

»Also, ich muss sagen, ich finde es bewundernswert, wie Sie Jahr für Jahr ihr Silvester für die Firma opfern.«

Sie zuckte die Achseln. »Mir passt es gut. Und ich liebe Skifahren.«

»Aber haben Sie nie den Wunsch, mit Familie und guten Freunden statt mit Klienten ins neue Jahr zu feiern?«

»Ich bin nicht sentimental. Für mich ist das ein Tag wie jeder andere.«

»Nun, vielleicht haben Sie Recht. Ich meine, es ist ja nicht wie Weihnachten, oder?«

»Selbst dann wär's mir egal.«

»Was?«, warf Crivellis Frau ungläubig ein. »Aber wieso das denn?!«

Allegra zuckte nur die Achseln. Sie war dieser Frau keine Erklärung schuldig. Und ihr übertriebenes Entsetzen ging ihr auf die Nerven.

»Nun, meine Liebe, da kann ich nur sagen: Sie müssen was falsch machen!« Sie ließ ein klingendes Lachen ertönen.

»Habe ich Sie richtig verstanden? Sie fahren gern Ski?«, erkundigte sich Zhou, erneut über die ganze Breite des Tisches hinweg.

Allegra blickte überrascht auf. »Wie bitte?«

»Skifahren?«

»Äh … ja.«

»Ich auch.«

»Ach.« Sie nickte verwirrt. Wieso zeigte er auf einmal so viel Interesse an ihr? Auf ihre Anrufe hatte sie keine Antwort erhalten (wahrscheinlich waren die an Sam gegangen, nicht an sie), und auch in Zürich und Paris, als sie sich von ihrer besten Seite gezeigt hatte, war die Reaktion von Vater und Sohn allenfalls lauwarm ausgefallen. Außerdem hatte er mit seinem heutigen Erscheinen ihr Todesurteil so gut wie besiegelt. Warum also wollte er jetzt unbedingt über Weihnachtsglöckchen und die Freuden des Skifahrens mit ihr plaudern?

»Sam hat erzählt, wie toll es um diese Jahreszeit in Montreal ist«, schwärmte Tilly, »das würde ich wirklich gerne sehen!«

Das wette ich!, dachte Allegra wütend. Sie schoss Sam einen hasserfüllten Blick zu und stellte zu ihrer Überraschung fest, dass er sie bereits ansah.

Er schaute hastig weg.

»Wir verbringen Weihnachten immer auf unserem Chalet in Zermatt«, verkündete Zhou mit Blick auf Allegra. Tilly beachtete er überhaupt nicht. »Waren Sie schon mal in Zermatt?«

Ein höfliches Schweigen trat ein: Alle warteten auf ihre Antwort, obwohl natürlich niemand ahnte, auf welche Weise sie schon jetzt mit diesem Ort verbunden war.

»Nein, ich bin normalerweise immer in Verbier.«

»Es ist wunderschön, Sie müssen es sich unbedingt mal ansehen.«

Sie zwang sich zu lächeln. »Nun, vielleicht mache ich das irgendwann mal.«

Zhou schwieg und legte nachdenklich die Finger zu einem Dach zusammen. Was hatte er nur? Allegra machte sein Verhalten ganz nervös.

»Warum nicht schon früher? Warum nicht gleich?«, schlug er vor.

Allegra blinzelte verwirrt. Was sagte er da?

»Sie haben doch gerade erwähnt, dass Sie Ihren Winterurlaub mit Kunden in Verbier verbringen wollen. Warum nicht mit uns in Zermatt? Kommen Sie doch auch!«

Wen meinte er mit »uns«?

»Meine Eltern können nicht vor dem Achtzehnten anreisen, also bleibt uns noch reichlich Zeit, um es ein wenig lockerer angehen zu lassen.«

Er lachte, und der Tisch stimmte mit ein – Pierre ebenfalls. Nur

Sam nicht. Und sie natürlich auch nicht, sie war zu sehr damit beschäftigt zu überlegen, was er mit »locker angehen lassen« meinte.

Zhou beugte sich vor, seine schwarzen Augen funkelten. »Ich werde am Samstag hinfliegen«, erklärte er mit einer jungenhaften Begeisterung, die ihm in Anwesenheit seines Vaters vollkommen abging. »Und ich gebe jedes Jahr eine Weihnachtsparty. Ich würde mich wirklich freuen, wenn Sie auch kommen könnten. Wir, meine Familie und ich, sind Ihnen schließlich noch was schuldig.«

Allegra zog scharf die Luft ein und lehnte sich zurück. Das war also der Grund für sein »freundliches« Angebot! Er wollte sie mit einer Weihnachtsparty abspeisen! Und sie hatte sich beinahe ein Bein ausgerissen, um diesen Kunden für die Firma an Land zu ziehen. Er sollte den Vertrag unterschreiben, keine Party für sie schmeißen! Glaubte er vielleicht, nur weil sie eine Frau war, so billig davonkommen zu können? Sie musterte ihn zornig und enttäuscht.

»Das ist ja sehr nett von Ihnen, aber unnötig. Ich versichere Ihnen, Ihre Familie ist mir nichts schuldig.«

Was natürlich nicht stimmte. Und das wusste auch er. Sie ballte die Hand, die auf dem Tisch lag, unwillkürlich zur Faust.

»Sam wird auch kommen«, sagte Zhou, der ihr Zögern offenbar missverstand. »Er hat bereits zugesagt. Dann wäre es ja fast eine PLF-Party!«, scherzte er.

Allegra ging nicht darauf ein, zuckte kommentarlos die Achseln. So leicht ließ sie sich nicht abspeisen. Pierre rutschte unruhig auf seinem Platz hin und her, es schien ihm gar nicht zu passen, dass sich das Blatt jetzt wieder zu ihren Gunsten wandte. Sams Blick huschte mit einem fast panischen Ausdruck zwischen ihr und Zhou hin und her.

»Ach, ich lieeebe Skifahren«, schwärmte unversehens Pasha. Ihre Makrelen-Mousse war beinahe unberührt. »Aber Pierre zieht mich immer auf, weil ich so eine fürchterliche Panik vor diesen Tellerliften habe.«

Schweigen. Schließlich räusperte sich Crivellis Frau und sagte diplomatisch: »Nun, da sind Sie nicht die Einzige, meine Liebe. Viele haben Angst vor Schleppliften.«

»Wie gesagt, ich würde mich sehr freuen, wenn Sie kommen könnten«, fuhr Zhou fort, als hätte es keine Unterbrechung gegeben. »Bleiben Sie doch gleich die ganze Woche, Sie wären unser Ehrengast!« Er schien zu glauben, dass Allegra nur deshalb zurückhaltend reagierte, damit er sein Angebot erhöhte, wie bei einem Pokerspiel: biete Party, erhöhe auf eine Woche als Hausgast.

Allegra wandte den Blick ab. Auch das genügte nicht. Sie wollte diesen Deal und sonst nichts. »Das ist ja sehr nett von Ihnen, Mr Yong, aber ich denke, unter diesen Umständen wäre es nicht richtig von mir, die Einladung anzunehmen.«

Zhou lehnte sich enttäuscht, ja gekränkt zurück. Pierre hatte es auch bemerkt und schoss ihr einen geradezu mörderischen Blick zu.

Zhou nickte verstimmt. »Ja, gut, das kann ich verstehen.«

Eine eisige Stille trat ein. Sie hatte den heftig umworbenen Starklienten abblitzen lassen. Sam beugte sich vor und flüsterte Pierre etwas ins Ohr. Pierres Miene verfinsterte sich daraufhin noch mehr. Mit einem Ausdruck von Verachtung glitt sein Blick an ihr entlang, das enge Kleid, die nackten Schultern. Allegra wurde allmählich übel. Sie hatte den Starklienten nicht nur abblitzen lassen, sie hatte ihn auch noch vor den Kopf gestoßen. Aber sie konnte diese Einladung einfach nicht annehmen, das ging ihr gegen den Strich. Sie wollte diesen Kunden aufgrund ihrer Leistungen gewinnen und nicht, weil sie ihm um den Bart gestrichen war. Diese Grauzone, das Flirten mit Klienten, das Um-ihre-Gunst-Buhlen, lag ihr nicht. Entweder der Kunde (und der Chef) erkannte, was sie leistete, oder nicht. Sich mit einem Urlaub abspeisen lassen, nein, das kam nicht infrage.

Am Tisch setzten allmählich wieder Gespräche ein. Die Frauen unterhielten sich über ihre Weihnachtspläne. Allegra versuchte etwas zu essen. Ihr Handy vibrierte. Sie nahm es aus ihrer Handtasche und las die Nachricht verstohlen unter der Tischkante.

*Fahren Sie mit ihm. Gehen Sie mit ihm ins Bett, wenn's sein muss. Aber tun Sie verdammt noch mal alles, damit wir diesen Deal kriegen!*

Allegra war fassungslos. Sie musste die SMS noch einmal lesen, bevor sie es glaubte. Langsam hob sie den Blick und schaute zu Pierre. Der hatte sich zu Henley hinübergebeugt und schien sich mit ihm zu unterhalten. Doch in diesem Moment wandte er den Kopf und schaute ihr direkt in die Augen. Sie konnte es nicht glauben, ihr war auf einmal ganz schwindelig. Ihr Mentor, ihr Vorbild war bereit, sie auf dem Altar seines Ehrgeizes zu opfern? Und das auf so eine Weise? Er hatte ihr weisgemacht, dass er Crivellis Vorurteile ihr als Frau gegenüber ebenso verachtenswert fand wie sie. Nicht zuletzt seinetwegen hatte sie die Abende in Clubs ertragen, steif zwischen den männlichen Kollegen sitzend, während junge Damen in Stringtangas Verrenkungen auf deren Schoß vollführten. Er wusste, wie oft sie abends länger blieb, um noch zu arbeiten, zahllose Überstunden machte, nur um den Männern immer einen Schritt voraus zu sein. Dass er ihr jetzt so gut wie befahl, mit dem Klienten zu schlafen ... Sie hatte es sogar schriftlich! Sie konnte ihn wegen sexueller Diskriminierung verklagen! Aber das schien ihm egal zu sein. So scharf war er auf diesen Deal? So gierig, dass er sogar sie zu opfern bereit war und eine – wie sie geglaubt hatte – sechsjährige vertrauensvolle Beziehung? Ihre Augen brannten. Sie blinzelte heftig, um die Tränen nicht erst aufkommen zu lassen.

»Allegra sieht fantastisch aus, nicht?«, meldete sich Sam auf einmal zu Wort. Die Gespräche verstummten. Es waren ohnehin nur noch die Frauen, die sich unterhalten hatten. »Ich meine – wirklich *atemberaubend*. Was sagst du, Zhou?«

Zhou nickte verwirrt. »Ja, du hast recht«, pflichtete er ihm höflich bei.

»Sicher kommt es dir seltsam vor, sie in dieser *femininen* Aufmachung zu sehen. Beruflich trägt sie ja fast das Gleiche wie ich.«

Ein Kichern machte die Runde.

Zhou musterte Allegra. »Du hast sicher recht.«

»Immer tipptopp, immer hochgeschlossen bis zum Kinn, das ist unsere Allegra. Ich kann's ihr nicht verdenken, denn schließlich hat sie's mit haarigen Biestern wie mir zu tun … und denen dort.« Er wies mit einem ironischen Lachen auf die anderen Tische, wo mittlerweile ein Trinkspruch den nächsten jagte und sich vor der Wodkaschippe bereits eine Schlange bildete. »Das macht es ihr natürlich schwer, sich auch mal ein bisschen gehen zu lassen. Sicher wollte sie dein freundliches Angebot nicht so … direkt ablehnen. Schließlich ist sie es gewohnt, Klienten zu unterhalten, stimmt's nicht, Allegra? Ich weiß besser als jeder andere, wie viel Mühe sie in dieses Angebot gesteckt hat, und da ist ein Skiurlaub in Zermatt doch das Mindeste, was sie verdient.«

Allegra schoss ihm einen hasserfüllten Blick zu. Dieser Bastard! *Mistkerl!* Er wusste ganz genau, was er tat.

»Denn schließlich weiß auch die zugeknöpfte Allegra Fisher, wie man sich *gelegentlich* entspannt, nicht wahr?«

Allegras Gabel landete klirrend auf ihrem Teller. Sie konnte nicht fassen, was sie da hörte. Dass er *das* gesagt hatte! Die Männer grinsten anzüglich. Ihr Magen krampfte sich zusammen vor Wut. Sie warf einen Blick in die Runde. All diese Leute, die Hälfte davon sah sie täglich, häufiger als ihre Familie – und dennoch war keiner davon ein Freund, niemand stand auf ihrer Seite. Nie war ihr dies so klar gewesen wie jetzt.

Ihr Blick verharrte zuletzt auf Pierre, der sie verraten hatte, dessen Order ihr noch immer den Atem raubte. Ihr wurde klar, dass er sich nie auch nur einen Dreck um sie oder um ihre Karriere gekümmert hatte. Sie war ihm nur so lange nützlich, wie sie ihm Geld einbrachte. Sie wandte den Blick ab, um Fassung ringend.

Pierre hüstelte. »Sam hat recht, Allegra. Sie haben in letzter Zeit zu hart gearbeitet. Nehmen Sie sich doch ein paar Tage frei, und begleiten Sie Sam und Mr Yong in die Schweiz.« Er machte eine lässige Handbewegung. »Auf meine Kosten, natürlich.«

»Das geht leider nicht – zu viele Termine. Sie wissen ja, in der Vorweihnachtszeit …« Sie zuckte die Achseln.

Schweigen.

»Allegra, ich werde *persönlich* dafür sorgen, dass Ihr Terminkalender diese kleine Pause erlaubt.« Eisiger Blick. Wenn du's nicht tust, fliegst du, verriet seine Miene.

Schweigen.

»Nein.«

Das Ganze war irgendwie zu einem Willenskampf geworden. Man glotzte sie an, als habe sie eine Bombe platzen lassen. Was sie ja auch hatte. Selbst Zhous Pokerface bekam Risse. »Ich habe andere Verpflichtungen.«

»Und die wären?«

Sie schaute auf ihren Schoß und merkte erst jetzt, dass sie ihre Serviette erwürgte. Das Blut rauschte ihr in den Ohren. Ihr war klar, dass es jetzt nur noch einen Weg für sie gab.

»Allegra?«, drängte er ungehalten. »Was für andere Verpflichtungen könnten Sie denn schon haben, die wichtiger wären?«

Sie hob den Kopf. Schaute ihm direkt in die Augen. »Ich muss mir eine neue Stelle suchen, Pierre.«

Den Tischgästen fiel die Kinnlade herunter, einem nach dem anderen, wie beim Domino.

»Sie müssen *was*?«

Lächelnd erhob sie sich vom Tisch. Immerhin hatte sie ihre Würde bewahrt, ihren Stolz, und das war ein kleiner Trost. Er hätte sie ohnehin früher oder später gefeuert, das wurde ihr jetzt klar. Sie hatte es in dem Moment geahnt, als er Sam ins Team holte. Sie hätte die Katastrophe höchstens hinausschieben, aber nicht verhindern können. Nun, dieses Vergnügen hatte sie Pierre zumindest verwehrt: Sie hatte sich selbst gefeuert.

Ihr Blick fiel auf Sam – der hauptsächlich für all das verantwortlich war –, aber der schaute sie nicht an, stierte geflissentlich in sein Glas. Er blickte selbst dann nicht auf, als sie ihren Stuhl zurückschob. Nur Tilly warf ihr ein ängstlich-bedauerndes Lächeln zu, als habe sie das Recht, sich für Sam zu entschuldigen.

Allegra wandte sich ab und stakste ohne ein weiteres Wort davon, über die weitläufige Tanzfläche, auf der sich funkelnd die Discokugel drehte. Beinahe hätte sie laut aufgelacht, als sie merkte, wie ihr von überall her neugierige Blicke folgten. Cinzia hatte recht: Mit diesem Kleid stand man im Mittelpunkt, ob man wollte oder nicht.

# 12. Kapitel

## *13. Tag: getrocknetes Edelweißsträußchen*

Sie hatte eigentlich bis Mittag ausschlafen wollen, aber das war angesichts des ständigen Brummens ihres Handys schlicht unmöglich. Ihre Mailbox musste inzwischen fast voll sein. Bob, Kirsty, die Financial Times – wer weiß wer. Abgesehen davon war sie einfach kein Langschläfer, das hatte sie noch nie gekonnt, nicht mal im Studium. Tatsächlich gehörte das zu den Neujahrsvorsätzen, die Isobel einmal zum Spaß für sie zusammengestellt hatte: Sie solle mal wenigstens bis in die Doppelziffern pennen, den Text von »I Will Survive« auswendig lernen (um ihn mit Iz schmettern zu können), Candy Crush spielen und den ganzen Vormittag vor dem Fernseher abhängen und sich Soaps reinziehen.

Aber nicht heute. Die Leck-mich-am-Arsch-Stimmung der fünfeinhalb Martinis war über Nacht abgeklungen und hatte einer nervösen Unruhe Platz gemacht. Sie war wie immer um fünf Uhr aufgewacht und hatte sich danach ruhelos im Bett herumgewälzt. Nicht mal aufsetzen und zwanzig Minuten an die Wand starren hatte geholfen. Erst als sie ihren Laptop aufklappte und versuchte, ihr Firmen-Passwort einzugeben – ACCESS DENIED –, war ihr endgültig klar geworden, dass es wirklich passiert war.

Sie hatte es getan. Sie hatte gekündigt.

Sie hatte eine Karriere auf den Müll geworfen, die beinahe überirdisch gewesen war – und das, kurz bevor sie in die Stratosphäre hätte abheben können. Nur so wenig hatte noch gefehlt, eine Winzigkeit. Vergebens.

Das Handy hörte nicht auf zu blinken, obwohl die Mailbox inzwischen sicher schon voll war. Sie abzuhören traute sie sich nicht, sie konnte im Moment wahrhaftig keine Mitleidsbekundungen vertragen. Schließlich war das Ganze nicht ihre Schuld. *Sie* hatte nicht versagt. Sie war nur ausgestiegen, bevor man sie rausschubste. Zhous eigenartige Anmache, Sams gnadenloser Ehrgeiz, Pierres Gier und dann noch dieses verhängnisvolle Kleid, all das war aufeinandergeknallt und hatte zum Super-GAU geführt.

Sie stieß die Bettdecke mit einem zornigen Fußtritt von sich. Ja, sie hatte vielleicht keinen Job mehr, aber sie wäre schön blöd, wenn sie Pierre jetzt nicht bis aufs letzte Hemd ausnehmen würde! Die Munition für eine saftige Abfindung hatte sie schließlich – sogar schriftlich! Nein, sie war nicht die Einzige, die heute mit einem grässlichen Geschmack im Mund aufwachen würde! Sogar der Triumph, einen so wichtigen Investor wie Yong zu gewinnen, würde gegen den Schaden verblassen, den sie dem Ansehen der Firma zufügen würde!

Sie lief erregt in ihrer kleinen Wohnung auf und ab, schaltete mehrmals den Wasserkocher ein, vergaß aber immer, sich eine Tasse Tee aufzugießen. Wieder und wieder musste sie daran denken, wie es gewesen war: Wie eine Ratte hatte sie sich in die Ecke drängen lassen. Eisige Entschlossenheit wechselte sich mit heißer Wut ab, die wie Feuer durch ihre Adern strömte. Sie fand keine Ruhe, konnte kaum denken. Ohne die Firma, ohne ihr Büro, in das sie gehen konnte, hatte sie nichts, besaß ihr Tag weder Form noch Inhalt noch Ziel. Alles, woran sie geglaubt hatte, alles, was sie gekannt hatte, war ihr unter den Füßen weggezogen worden, wie ein staubiger alter Teppich. Ihr promillebefeuerter Mut war verpufft, was blieb, war tiefe Verzweiflung.

Sie konnte ihren Job zurückverlangen. Konnte drohen, an die Öffentlichkeit zu gehen. Wenn die Financial Times diese SMS von Pierre auf der Titelseite abdruckte, war PLF moralisch erledigt, die Aktien würden in den Keller fallen.

Aber …

Aber …

Erpressung lag ihr nun mal nicht.

Ein gerichtliches Vorgehen würde Schlagzeilen machen. Es würde Pierres Ruf zerstören, aber auch sie käme nicht ungeschoren davon. So war das nun mal: Keiner mochte einen Nestbeschmutzer. Sie würde nie wieder einen Job in der Stadt kriegen.

Nein, es musste einen anderen Weg geben …

Die Lösung versuchte sie auf den Straßen von London zu finden. Sie rannte schnell, die Wangen von der eisigen Luft gerötet, die Arme angewinkelt, mit brennenden Lungen. Vorbei an dick eingemummelten Leuten, die zur Arbeit gingen, vorbei an der St.-Pauls-Kathedrale, mitten durch die erschreckt aufflatternden Tauben, weiter und weiter, voller Wut, voller Verzweiflung, immer die Gesichter vom vergangenen Abend vor Augen – Pierres Haifischblick, Sams Verachtung, Crivellis süffisantes Grinsen, Tillys perfekte Erscheinung …

Am Ende stand sie plötzlich vor Isobels Haus. Ganz automatisch war sie dorthin gerannt – zu der einzigen Person, die begreifen konnte, was das alles für sie bedeutete, die wusste, dass sie ohne ihren Job, ohne ihre Karriere nichts war.

Sie hatte die Hand gehoben und wollte gerade anklopfen, als die Tür aufging und Lloyd vor ihr stand. Er machte einen erschreckten Satz rückwärts und ließ seine Aktentasche fallen.

»Himmel noch mal, Legs, was machst du denn hier?« Schwer atmend drückte er sich die Hand auf die Brust. Seine Worte drangen gedämpft an ihr Ohr, denn er hatte sich einen rot karierten Schal um die untere Gesichtshälfte gewickelt und den Kragen seines grauen Wollmantels hochgeklappt. Dazu trug er dicke Schaffellhandschuhe und auf dem Kopf eine Art Trappermütze mit Ohrklappen, die besser nach Kanada gepasst hätte als ins vergleichsweise milde Londoner Klima. Noch wärmer hätte er sich für den kurzen Fußmarsch zur U-Bahn wahrhaftig nicht einpacken können. »Weißt du, wie spät es ist? Noch nicht mal halb sieben!«

»Ich hab heute ausnahmsweise frei«, antwortete sie keuchend. Sie hatte sich vorgebeugt und die Hände auf die Oberschenkel gestützt. »Äh … ich dachte, ich könnte Iz und Ferds mal wieder besuchen«, improvisierte sie.

»Du und ein freier Tag? Du machst Witze, oder?!«, rief er ungläubig aus. Er zupfte seine Fäustlinge ab und stopfte sie in die Manteltaschen.

»Nein, ich hab mir den Tag freigenommen, weil …« Sie war ratlos. Warum nahm man sich frei? »Ähm, wegen der Weihnachtseinkäufe, ja genau.«

Lloyd verzog das Gesicht. Darum kam wohl selbst sie nicht rum, schien er zu denken. »Na gut, aber sie schlafen noch.«

Allegra verdrehte die Augen. »Weiß ich doch, aber du kennst mich – bin nun mal ein notorischer Frühaufsteher. Ich mache mir einen Tee und warte, bis sie aufstehen.« Sie rieb sich die Hände und blies sie an, was weiße Atemwölkchen erzeugte. Wie kalt es war, merkte sie erst jetzt.

»Du gehst besser ins Warme«, stellte auch Lloyd fest. Er musterte kritisch ihr dünnes Outfit, die Joggingsachen, die Drei-Viertel-Leggins, die sie unter Shorts trug, die nackten Fußknöchel. Es war zwar Thermokleidung, aber mollig warm war sie auch nicht gerade.

»Danke«, sagte sie und schlüpfte an ihm vorbei ins Haus. Nun stand er draußen auf der Schwelle, und sie war drinnen, eine Rollenumkehrung, die ihn zu verwirren schien. Grinsend hielt sie ihm seine Aktentasche hin. Er nahm sie verdattert entgegen und schaute sie einen Moment lang an. Offenbar überlegte er, ob nun auch von ihm erwartet wurde, sich mit einem Bussi von ihr zu verabschieden. Allegra hatte Mitleid und nahm ihm die Entscheidung ab, indem sie fröhlich: »Na, dann einen schönen Tag noch« flötete und ihm die Tür vor der Nase zuknallte – oder besser gesagt, leise schloss, um Ferds nicht zu wecken. Dann zog sie die Joggingschuhe von den Füßen und ging barfuß den dicken Dielenteppich entlang in die Küche. Sie fühlte sich schon besser.

Die Einrichtung entsprach in allem dem, was man von einem Londoner Mittelklasse-Haushalt heutzutage zu erwarten schien: Einbauküche mit grau melierter Marmorplatte, die obligatorischen Duftkerzen, alles in dezenten Grautönen, dazu an den Wänden die üblichen gerahmten Familienfotos in schickem Schwarz-Weiß. Aber irgendwie sah es hier nie so aus wie bei den Nachbarn, immer herrschte eine gewisse Unordnung, ein mittleres Chaos. Die Küchenregale bogen sich unter Kochbücherstapeln, und auf der Anrichte schien sich immer die Post anzuhäufen, wie Strandgut. Die Geschirrtücher waren selbst nach der Kochwäsche noch fleckig. Aber gerade deshalb gefiel es Allegra hier so. Man konnte sicher sein, eine Schale Hummus im Kühlschrank vorzufinden oder ein großes Glas selbstgemachte Bolognese-Soße. In der Obstschale würde ein Tütchen Schokopralinen liegen – mit Gummiband verschnürt –, und in der Kühlschranktür stünde eine offene Flasche Cava mit einem Teelöffel im Flaschenhals.

Es war nicht perfekt, nicht geschniegelt, aber gerade das machte es so gemütlich, so heimelig.

Sie kochte sich eine Tasse Tee – nicht ohne vorher daran zu denken, die Küchentür zu schließen, damit das Pfeifen des Kessels niemanden weckte –, lümmelte sich damit auf die grau melierte Sitzgruppe, schaltete den Fernseher an und guckte BBC News 24.

Die erste Wut war verflogen, und nun setzte Erschöpfung ein. Als Isobel eine Stunde später gähnend, mit Ferdy auf der Hüfte, herunterkam, lag Allegra tief schlafend auf dem Sofa zusammengerollt, ihr Handy fest umklammert.

»Da bist du ja!«, sagte Isobel unwirsch, als Allegra sich wieder zu ihr durchdrängte und dabei ihr Handy in der Jackentasche verschwinden ließ. Ihre Schwester stand vor einem Wühltisch mit französischer Babykleidung, in der sie mit wenig Begeisterung herumstocherte. Ferdy hatte sie sich auf den Rücken geschnallt. Er saß (noch) gut gelaunt in seiner Babytrage und versuchte mit seinen dicken Fäustchen Frauen an den Haaren zu packen, wenn sie unvorsichtig genug waren, in seine Reichweite zu geraten. »Was hältst du davon?«

Isobel hielt einen wunderhübschen kleinen Matrosenanzug hoch, in Babyblau und Elfenbein, mit einem quadratischen Matrosenkragen, der fast wie ein Batman-Cape über den Rücken reichte. Er war aus Naturseide und als Strampler konzipiert.

»Hm …«, brummte Allegra skeptisch.

Isobel seufzte übertrieben. »Mann! Du bist keine große Hilfe. Ich brauche was Besonderes für Ferdy, was er an Weihnachten anziehen kann, weißt du?«

»Hallo?! Kennst du deinen Sohn überhaupt? Darf ich dich auf ein paar Fakten aufmerksam machen? Wir haben hier ein Kleinkind, das seine Nahrung verdaut, wie eine Kuh: Will heißen, er muss sie erst noch mal hochwürgen, bevor der eigentliche Verdauungsprozess beginnt.«

Isobel lachte schnaubend. »So schlimm ist er auch wieder nicht.«

»Iz, du bist nicht objektiv, was diesen Racker betrifft, genauer gesagt, du bist blind vor Liebe. Und lass dir eins gesagt sein: Kein anständiger Matrose, der die Weltmeere umsegelt hat, würde diesem Anzug antun, was Ferdy damit anstellen würde. Dunkelblau. Such etwas in Dunkelblau. Dunkelblau ist Ferdys Freund.«

»Ja, aber der ist um 70 Prozent runtergesetzt!«, klagte Isobel.

Allegra klopfte ihrer Schwester tröstend auf die Schulter. »Was dir allein schon verraten sollte, wie viele andere geplagte Mütter den Kauf dieses Teils für unklug gehalten haben.«

Isobel schnalzte missbilligend. »Es macht aber auch gar keinen Spaß, mit dir shoppen zu gehen! Du bist genauso schlimm wie Lloyd. Alles muss praktisch sein, *vernünftig*. Warum sollte ich meinem wunderschönen kleinen Sohn nicht mal was ganz Besonderes kaufen? Schließlich bleibt er nicht ewig so klein. Meine Macht ist zeitlich begrenzt. Sobald er mal ein Teenager ist, heißt's: Ade, hübsche Sachen, dann wird er nur noch in Kapuzenpullis und ausgebeulten Jeans, aus denen die Unterhose rausguckt, herumlaufen.« Trotzdem legte sie den entzückenden, aber unpraktischen Matrosenanzug wieder zurück.

»Da hast du noch mal Glück gehabt«, sagte Allegra zu ihrem kleinen Neffen, und als dieser begeistert mit den Beinchen strampelte, streichelte sie ihm liebevoll die Wange.

»Du bist heute aber besonders ätzend.«

»Danke.«

Isobel warf ihrer Schwester einen misstrauischen Blick zu. »Wie kommt's, dass du freihast? Sonst muss ich mir doch immer erst von Kirsty einen Termin geben lassen – nachdem sie mir das Neueste von ihrer Scheidung erzählt hat, natürlich.«

»Kirsty war verheiratet?«, fragte Allegra verblüfft.

Isobel stöhnte. »Also ehrlich! Wie kannst du so was nicht wissen? Sie ist doch schon seit fünf Jahren bei dir!«

Allegra schwieg, dann sagte sie: »Der Arbeitsplatz ist nun mal nicht der Ort für Privatgespräche ...«

Isobel verdrehte die Augen und ging langsam weiter. Schneller wäre es ohnehin nicht gegangen. Es war Mittagszeit, und im Kaufhaus herrschte Hochbetrieb. Viele nutzten ihre Pause, um vor dem bevorstehenden Wochenende rasch noch ein paar Einkäufe zu erledigen, das eine oder andere Weihnachtsschnäppchen zu ergattern, bevor die Zeit zu knapp wurde. Man konnte sich kaum rühren. Aus sämtlichen Lautsprechern dröhnten Weihnachtslieder, und neben jeder Rolltreppe gab es Stände, an denen warme Lebkuchen und Glühwein angeboten wurden. Isobel musste einem Doppelkinderwagen mit schlafenden Zwillingen ausweichen, was ihr nur mit einem beherzten Sprung gelang.

»Das ist für *Mädchen*«, sagte Allegra und nahm Isobel die winzigen, bunt geringelten Leggins aus der Hand, die diese auf einem anderen Wühltisch entdeckt und auf die sie sich mit einem entzückten Aufschrei geworfen hatte.

Als Allegra sie auch von den niedlichen schwarzen Samt-Dufflecoats wegzerrte, klagte Isobel: »Ich weiß wirklich nicht, was du heute hast. Immerhin stehen dir meine Klamotten besser als deine eigenen, mein Geschmack kann also gar nicht so daneben sein.«

»Na, danke.« Allegra sah an sich herunter: Isobel hatte ihr eine Boyfriend-Jeans geliehen, die lässig an ihren schmalen Hüften hing, dazu karierte Ankle-Sneaker, einen oversized Tweed-Blazer und ein graues Sweatshirt mit einer dicken roten Pailletten-Lippe auf der Brust. Isobel fand das »trendy«, aber Allegra war sich da nicht so sicher. Insgeheim fand sie, dass sie aussah wie eine Studentin, die ihren Dispo chronisch ausreizt. Der Türsteher von Selfridges schien derselben Meinung zu sein, nach dem bohrenden Blick zu schließen, mit dem er sie beim Eintreten gemustert hatte.

Allegra bekam einen Schlag von einer Handtasche ab, die am fetten Arm einer Frau baumelte, die sich auf dem Weg zu den geheiligten Schuhhallen wie eine Dampfwalze durchs Gedränge schob. Es fiel ihr nicht ein, sich zu entschuldigen, und schon wenige Sekunden später war sie in der Menge untergetaucht und nicht mehr zu sehen.

Ferdy fing unruhig an zu zappeln. Der Ausdruck auf seinem pausbackigen rosa Gesicht verhieß nichts Gutes. Isobel begann sogleich, auf und ab zu hüpfen, um das Unvermeidliche noch etwas hinauszuzögern. Die befremdeten Blicke der anderen Kunden schien sie nicht zu bemerken. »Womit ich sagen will, dass du gut daran tätest, meine Meinung ein bisschen mehr zu respektieren. Ich weiß, du bist ein Mathegenie und kannst nur so mit Zahlen um dich werfen, aber was Klamotten betrifft, sieht's bei dir echt düster aus. Hör auf mich, ich weiß, wovon ich rede: In meinen Sachen siehst du fünf Jahre jünger aus. Und in deinen zwanzig Jahre älter.«

Allegra verkniff sich die Bemerkung, dass die Vorstandsetage einer der wenigen Orte war, an denen eine Frau, selbst heute noch, nicht jünger aussehen wollte, als sie war.

Eine andere Kundin, die an Allegra vorbeihetzte, trat ihr schmerzhaft auf die Zehen. Immerhin besaß sie so viel Anstand, sich über die Schulter zu entschuldigen, bevor auch sie untertauchte. Allegra drehte sich gereizt im Kreis und schaute sich um. Ihr reichte es langsam. Zwar verstand sie sich mindestens so gut wie jeder andere auf den Einsatz von Ellbogen, aber in ihrer momentanen Stimmung besaß sie weder Kraft noch Reserven, um sich auf diesem speziellen Schlachtfeld erfolgreich zu behaupten. Ihr Blick fiel auf ein Schild in Leuchtbuchstaben, unweit der Aufzüge. Sie packte Isobel beim Arm und zerrte sie dorthin. »Komm.«

»Was? Wohin willst du?«

»Ich kann das nicht, Iz, und Ferds wird auch schon ganz unruhig. Das Leben ist zu kurz, um es damit zu verschwenden, sich von Fremden anrempeln zu lassen.«

»Aber ich hab doch noch nichts für Mum«, beschwerte sich Isobel, die in einem eigenartig hüpfenden Gang neben Allegra herhoppelte, um Ferdy bei Laune zu halten – was angesichts seines Geplärres vergebene Liebesmüh zu sein schien. Nun hatten sie die Aufzüge erreicht. Allegra drückte auf einen Knopf, und die Türen öffneten sich mit einem melodischen *Ping*. Sie drängte ihre Schwester hinein, die protestierte, als Allegra auf den Knopf fürs oberste Stockwerk drückte. »Lloyd braucht unbedingt eine neue Jacke, ich muss nach unten, in die Männerabteilung! He, was tust du da?!«

Zehn Sekunden später öffneten sich die Türen, und vor ihnen erstreckte sich eine in Bronzetönen gehaltene Lobby. Auf dem honigbraunen Parkettboden lagen dicke, kostbare Teppiche in bunten Batiktönen. An den Wänden standen Regale mit nach Farben sortierten Zeitschriften und Büchern. Auf niedrigen Tischchen waren runde Vasen mit blassrosa Blumenarrangements aufgestellt. In einer Ecke gab es eine Saftbar und in der anderen eine Art Bibliothek. Zahlreiche verspiegelte Oberflächen warfen die Umrisse der beiden Schwestern zurück.

Isobel fiel die Kinnlade herunter, und selbst Ferdy hörte, verblüfft angesichts der plötzlichen Stille, vorübergehend auf zu weinen. »Was ist das denn?«, staunte Isobel im Flüsterton. »Da *wohnt* doch nicht jemand, oder?«

Allegra schüttelte den Kopf und trat aus dem Lift. Sie hatte ganz vergessen, dass Isobels Vorstellungen von Haute Couture unwiederbringlich von Zara geprägt worden waren. Eine junge Frau in einem eng anliegenden schwarzen Kostüm mit einer auffälligen orangeroten Halskette kam auf sie zu. Ihr Lächeln war verhalten, als wisse sie nicht so recht, was sie mit dieser Kundschaft anfangen sollte – falls es Kundschaft war.

»Guten Tag. Kann ich Ihnen helfen?«

»Das hoffe ich sehr, aber ich fürchte, wir kommen ohne Termin«, antwortete Allegra forsch und geschäftsmäßig. Sie suchte in ihrer Jackentasche nach ihrer Kreditkarte, die sie glücklicherweise noch in ihre Joggingshorts gesteckt hatte, bevor sie losgelaufen war. Sie merkte selbst, wie gereizt und schnippisch sie klang.

»Ah, dann muss ich leider …«

Allegra reichte ihr wortlos ihre schwarze Amexkarte. Es spielte keine Rolle, warum die Verkäuferin abweisend reagierte (ob es an dem plärrenden Kleinkind oder ihrer für diesen Ort unpassenden Aufmachung lag), Allegra wusste ganz genau, wie sie sich hier zu verhalten hatte, um zu erreichen, was sie wollte. »Wir müssen noch ein paar Weihnachtseinkäufe erledigen, wissen Sie, und mein kleiner Neffe hier ist unruhig geworden, weil er Hunger hat. Er braucht …« Sie wandte sich Isobel zu. »Was genau braucht er?«

»Ähm, ein Sandwich oder eine Banane oder so was?«, stammelte Isobel, eingeschüchtert von ihrer Umgebung. Im Geiste rechnete sie bereits durch, welche Schäden die Haftpflichtversicherung übernehmen würde und welche eher nicht. In ihrem Rucksack zappelte schließlich das Kleinkind mit den vielen Mägen. Sie begann diskret auf und ab zu wippen, um den Lärmpegel, der soeben wieder einsetzte, in Grenzen zu halten.

»Geht das? Können Sie uns so was beschaffen?«, erkundigte sich Allegra bei der Verkäuferin. Sie hatte die Hände locker, aber selbstbewusst vor ihrem Körper zusammengelegt.

»Sie kommen genau richtig«, antwortete diese, »unsere Beraterinnen sind zwar momentan alle beschäftigt, aber aufgrund einer kurzfristigen Absage kann ich Ihnen zur Verfügung stehen. Möchten Sie sich nicht setzen, während ich die gewünschten Erfrischungen für Sie bestelle?«

»Danke, ja.«

Allegra ging voran, um eine Glasvitrine herum und betrat den Wartebereich. Die Einrichtung bestand aus hübschen kleinen Sofas mit bunten Kissen und Tischlampen mit türkisgrünen Hauben, was den Eindruck erweckte, sich in einer Filmkulisse aus den Fünfzigerjahren zu befinden, in einem Doris-Day/Rock-Hudson-Film oder einem mit Ingrid Bergman oder Deborah Kerr, à la *Die große Liebe meines Lebens*.

Isobel ließ sich erleichtert auf ein Sofa sinken, sprang jedoch sofort wieder auf, als der kleine Terrorist auf ihrem Rücken prompt die Lautstärke hochdrehte. Sie stellte sich breitbeinig hin und begann hektisch Kniebeugen zu machen.

»Sollen wir ihn vielleicht rauslassen?«, schlug Allegra vor, obwohl sie sich die entsetzte Miene der Verkäuferin nur zu gut vorstellen konnte. Ob ihre Schwester überhaupt eine Ahnung hatte …?

»Was? Hier? Spinnst du?«, zischte Isobel und machte eine besonders tiefe Kniebeuge. »All diese Glasvitrinen und Glastischchen und Vasen? Selbst wenn er nichts zerbricht, denk an die Schmierer!«

Allegra verzog das Gesicht. »Ah ja. Die Schmierer.«

Die Frau tauchte wieder auf. »Alles erledigt, die Snacks kommen gleich.« Ihr Blick fiel auf Isobel, die immer noch entschlossen

Kniebeugen machte, und sie riss unwillkürlich den Mund auf. Mit sichtlicher Mühe klappte sie ihn wieder zu und konzentrierte sich auf ihre Aufgabe. Sie setzte sich auf ein gegenüberliegendes Sofa und erklärte: »Mein Name ist Tanya.« Lächelnd wies sie, wie um dies zu unterstreichen, mit einer flatternden Handbewegung auf ihre mit Halsketten behängte Brust.

»Allegra Fisher, Isobel Watson und Ferdy«, stellte Allegra vor.

»Möchten Sie sich vielleicht lieber in eine Beratungssuite zurückziehen? Da ist es ruhiger, und Sie finden dort auch Umkleidekabinen.«

»Da wir nichts für uns selbst einkaufen wollen, ist das unnötig«, erklärte Allegra. »Außerdem bin ich nicht sicher, ob es gut wäre, sich mit dem Knaben in einen abgeschlossenen Raum zurückzuziehen, wenn er derart hungrig ist.«

»Ah ja, ich verstehe.« Tanya warf einen ängstlichen Blick auf Ferdy, dann klappte sie flink ihr Tablet auf und erkundigte sich nach Allegras Kundendaten, die sie eintippte, um ihr Konto aufzurufen. »Also, was genau suchen Sie denn heute?«, erkundigte sich Tanya, den Blick auf Allegra gerichtet, die Besitzerin der schwarzen Karte.

»Meine Schwester braucht eine Jacke für ihren Mann.«

»Irgendwas in Khaki«, warf Isobel ein, »Military-Stil, Sie wissen schon, aber eher schlicht, kein Schnickschnack wie irgendwelche Abzeichen oder Litzen oder so was. Keine Kapuze.« Sie steckte die Arme nach rechts und links aus und begann nun mit Seitsprüngen. Das schien Ferdy besser zu gefallen, was vielleicht daran lag, dass es ihn fast in Reichweite der Tischlampen brachte.

»Ich weiß ganz genau, was Sie meinen«, erklärte Tanya zuversichtlich, während sie Isobels Gymnastikübungen mit einer Kopfbewegung wie beim Tennis verfolgte, um den Blickkontakt mit der Kundin nicht zu verlieren.

»Mit vielen möglichst großen Taschen«, fuhr Isobel fort, »wo man auch mal ein paar Windeln unterbringen kann.«

»Ähm …«

Isobel warf ihr einen hilflosen Blick zu. »Haben Sie Kinder?«

Tanya schüttelte den Kopf.

»Ach, na ja«, seufzte Isobel. Sie kam sich blöd und unverstanden vor.

»Welche Größe hat Ihr Mann denn?«

»Medium.«

»Hätten Sie vielleicht ein Foto von ihm?«

»Und ob!« Isobel hörte mit ihren Streckübungen auf und holte ihr Handy heraus, wo sie sogleich diverse Urlaubsfotos aufrief. Allegra fand Lloyd nicht gerade fotogen, er gehörte zu denen, die immer im falschen Moment blinzelten und dann mit halb geschlossenen Lidern auf dem Foto erschienen. Ferdy begann zu protestieren, und Isobel verlegte sich darauf, die Fersen zu heben und zu senken.

Bitte bloß keine Scherensprünge, flehte Allegra innerlich. Sie selbst saß mit übergeschlagenen Beinen und verschränkten Armen auf dem Sofa. Da Isobel momentan beschäftigt war, fuhr Allegra fort: »Außerdem brauchen wir noch etwas für unsere Mutter. Wir dachten da an …« Sie warf automatisch einen hilfesuchenden Blick auf Isobel, die ansonsten für die Familiengeschenke zuständig war, aber die ging gerade die Fotos vom letzten Türkeiurlaub durch, in der Hoffnung, eines zu finden, auf dem Lloyds Bauchansatz nicht allzu sehr auffiel. »Also, sie friert leicht, deshalb dachten wir, vielleicht was aus Kaschmir oder Lambswool.«

»Ist sie viel draußen? Geht sie gern wandern? Oder beschäftigt sie sich lieber im Garten?«

»Sie geht gern im Garten spazieren«, antwortete Allegra mit etwas leiserer Stimme. Das klang ja, als wäre ihre Mutter eine viktorianische Dame, die gern der Muße pflegte.

»Wie alt ist sie, wenn ich fragen darf?«

»Sechsundsechzig.« Zu jung, um schon in einem Pflegeheim zu landen …

»Ah ja. Und ihr Äußeres? Teint, Haarfarbe, Figur?«

»Graues Haar, dunkelbraune Augen, schlank, mittelgroß. Etwas Klassisches wäre am besten: Pulli oder Twinset. In Pastellfarben. Größe 40.«

»Gut. Okay, da fallen mir schon ein paar Dinge ein.«

»Ah, da ist eins!«, rief Isobel und hüpfte begeistert zu dem Sofa, auf dem Tanya saß. Auf dem Foto kletterte Lloyd über irgendwelche Felsen und eigentlich waren nur seine Schultern und Arme zu sehen (er musste den Bauch eingezogen haben), aber seine Augen sahen attraktiv aus.

»Ah, der sieht wirklich gut aus!«, rief Tanya, die instinktiv versuchte, sich bei Isobel einzuschmeicheln, der weniger einschüchternden Schwester, da sie mit Recht annahm, dort mehr Chancen zu haben. »Ja, ich glaube, ich habe genau das Richtige für ihn.« Sie schaute Allegra an. »Wäre das alles?«

Allegra wandte sich ihrer Schwester zu. »Brauchst du noch was, um die Socken zu füllen?«

»Legs!«, jaulte Isobel. Sie streckte die Arme nach hinten und versuchte Ferdy die Ohren zuzuhalten.

»Iz, der Knabe ist gerade mal zehn Monate alt. Ich glaube, Santas Geheimnis ist noch ein Weilchen sicher.«

Tanya erhob sich lachend. »Nun, genau genommen gehören Kindermode und Spielsachen nicht zu unserem Service, aber ich werde trotzdem mal sehen, was sich machen lässt. Die Erfrischungen sind bestellt und werden in Kürze gebracht. Falls Sie etwas brauchen, während ich weg bin, kann Ihnen meine Kollegin Mary weiterhelfen. Sie ist in Suite 8, bitte einfach nur anklopfen. Die blaue Suite gleich dort, sehen Sie?«

Sie deutete auf eine Tür mit der Ziffer 8. »Außerdem stehen Ihnen alle möglichen Zeitschriften zur Verfügung, und falls Sie Interesse haben, können Sie einen Blick auf unser aktuelles Angebot auf unseren iPads werfen, insbesondere unsere Kollektion von Designermode.«

»Uh, ja!«, sagte Isobel begeistert. Sie beugte sich vor, um nach einem iPad zu greifen, das auf einem der niedrigen Sofatische lag. Was sie zu vergessen schien, war Ferdy. Der rutschte nämlich fast kopfüber aus seinem Beutel.

»Himmel!«, rief Allegra und sprang beherzt hinzu. Es gelang ihr gerade noch, Ferdy festzuhalten und wieder aufzurichten. Tanya hatte das Ganze entsetzensstarr verfolgt. Isobel stand nun zwar wieder aufrecht, aber Ferdy heulte jetzt natürlich umso lauter. Rotz und Wasser, um genau zu sein. Allegra zuckte zurück, als sie sah, was da aus Ferdys Nase rann. »Äh ... ach, Iz ... seine ... seine Nase. Ich glaube, er müsste sich dringend mal schnäuzen, wenn du verstehst, was ich meine.« Sie verzog angeekelt das Gesicht.

»Also ... also dann«, sagte Tanya (ziemlich laut, um sich über den Lärm hinweg verständlich zu machen), »dann gehe ich mal ...« Ihre Miene verriet, dass sie das Trio nur ungern unbeaufsichtigt zurückließ und das Schlimmste befürchtete.

»Na toll. Einfach toll«, brummelte Isobel, während sie ein schon steifes Taschentuch aus der Gesäßtasche ihrer Jeans fummelte und sich bei dem Versuch verrenkte, Ferdy die Nase abzuwischen. Sein Geschrei war mittlerweile ohrenbetäubend. »Mist, wir können nicht länger warten, bis die uns endlich was raufschicken. Schau mal in meine Tasche, da müsste eine Tüte Milch drin sein und ein leeres Fläschchen.«

Allegra wurde schon ganz schwindlig bei dem Lärmpegel. Mit zittrigen Fingern kramte sie das Gewünschte heraus und reichte es Isobel, die den Inhalt des kleinen Tetrapaks geschickt in das leere Fläschchen umfüllte. Anschließend schüttelte sie die Flasche, als wäre es ein Cocktailshaker mit irgendeinem smarten Modedrink. Sie ließ sich auf das nächstbeste Sofa sinken. »Schnell! Hol ihn raus, bevor sie uns noch rausschmeißen.«

Was von Sekunde zu Sekunde wahrscheinlicher wurde. Selbst ein unbegrenzter Kreditrahmen hat ... nun ja, gewisse Grenzen. Wenn all diese Suiten besetzt waren ...

Allegra fummelte nervös an den Riemen herum, dann hob sie den strampelnden Ferdy heraus, wobei sie darauf achtete, dass er seiner Mutter nicht auch noch einen Fußtritt gegen den Kopf verpasste. »Lass mich das machen«, sagte sie, »du hast sicher schon Tinnitus von seinem Geschrei so dicht an deinem Ohr.«

Allegra lehnte sich so weit zurück, wie es ging, legte sich das Kleinkind auf den Armen zurecht und hielt ihm das Fläschchen hin. Ferds schnappte sofort zu und begann gierig zu saugen. Seine Patschhändchen klopften dabei rhythmisch an die Flasche. Er schloss selig die Augen. Das hätten die beiden Frauen auch am liebsten getan, so erleichtert waren sie über die plötzliche, wohltuende Stille. In diesem Moment ging die Tür von Suite Nummer 8 auf, und eine Frau kam heraus. Mit verkniffener Miene schaute sie sich um.

»Tanya?«, fragte sie. Ihr Mund war ein schmaler Strich.

Isobel, die gerade in der amerikanischen Ausgabe der *Vogue* blätterte, hob den Kopf und drehte sich um. »Tanya ist nach unten gegangen, um ein paar Sachen zu holen«, bemerkte sie fröhlich, »dauert nicht lange.«

Die Frau musterte Isobel, als wäre sie überrascht, von dieser Seite eine Antwort zu bekommen. Dann erst fiel ihr Blick auf den friedlich nuckelnden Ferdy, und ihr wurde klar, dass hier der Quell allen Übels war. »Ach so, verstehe. Danke.« Sie verschwand mit saurer Miene wieder in Suite 8.

Isobel verzog das Gesicht. »Ups, die war vielleicht stinkig.«

»War vielleicht doch keine so gute Idee von mir, hier raufzukommen«, murmelte Allegra, den Kopf über Ferdy gesenkt, der die Frechheit besaß, nun mit geradezu engelsgleicher Miene an der Flasche zu saugen. Sein Gesicht war inzwischen sauber gewischt. »Die versuchen hier Kleidung im Wert von Tausenden von Pfund zu verkaufen, und da kommen wir mit einem Ferdy, der sich entschlossen hat, mit seinem Geplärr die Mauern zum Einsturz zu bringen.«

»Jetzt nicht mehr«, sagte Isobel und warf ihrem Sohn einen liebevollen Blick zu. Dann griff sie nach einem iPad. »Ob die hier auch Isabel Marant führen?«

Irgendwo weiter hinten den Gang entlang fiel eine Brandschutztür zu, und kurz darauf hörten sie Schritte näher kommen. Allegra blickte auf. Zwei Assistentinnen kamen mit vollen Tabletts auf sie zu, auf dem einen eine Platte hauchdünner weißer Fingersandwichs, in mundgerechte Stücke geschnittenes Obst, Fruchtsaft und Erdbeerpüree. Auf dem anderen Schalen mit Oliven und Chips und zwei hochstielige Gläser mit sprudelndem Champagner.

Die Blicke der Schwestern richteten sich sogleich begehrlich auf die Sektflöten. Wenn jemand ein Glas Champagner auf Kosten des Hauses verdient hatte, dann sie. Sich zwei Freitage vor Weihnachten mit einem hungrigen Kleinkind ins Kaufhaus-Getümmel zu stürzen war die reinste Hölle.

»Prost!« Strahlend hielt Isobel ihr Glas hoch. Allegra nahm einen Schluck, konnte sich aber nicht für den Geschmack erwärmen. Ihr Körper war noch nicht bereit, schon wieder Alkohol aufzunehmen. Außerdem hatte sie wahrhaftig nichts zu feiern.

Ihre Gedanken wanderten zurück zum vergangenen Abend. In diesem Moment begann das Handy in ihrer Tasche zu vibrieren. Sie holte es mühsam hervor, um Ferdy nicht zu stören, doch dem schien es nichts auszumachen – solange nichts zwischen ihn und sein Fläschchen kam, war die Welt für ihn in Ordnung. Sie tippte aufs Display, aber als sie die Nummer erkannte, verzog sie das Gesicht und steckte das Handy kommentarlos wieder weg. In diesem Moment ging erneut die Tür von Nummer 8 auf, und die sauertöpfische Frau, die sich nach Tanya erkundigt hatte, tauchte mit einem Armvoll rot-schwarzer Skiklamotten auf. Ohne Allegra und Isobel eines Blickes zu würdigen – obwohl Letztere, die gerade in ein Fingersandwich hatte beißen wollen, sich höflich halb vom Sofa erhob –, spazierte sie vorbei und lud ihre Last auf einem

Stuhl in der benachbarten Sitzinsel ab, wo auch ein Schreibtisch stand, an den sie sich setzte und mit wichtigtuerischer Miene die Artikel in einen Laptop eintippte.

Nun kam auch ein Mann aus Suite 8. Er knöpfte sich das Jackett zu und wollte ebenfalls an ihnen vorbei zu der Verkäuferin gehen, als sein Blick auf Allegra fiel. Verblüfft blieb er stehen.

»Fisher? Was machen *Sie* denn hier?«

Isobel machte große Augen, als sie hörte, wie er ihre Schwester anredete.

Allegra brauchte ein paar Sekunden, bevor sie antworten konnte. »Ist das nicht offensichtlich?«, entgegnete sie schnippisch und hob Ferdy leicht an. Manchmal war sie selbst erstaunt, wie gut es ihr gelang, ihren Schrecken/Kummer/Angst/Verzweiflung (nicht Zutreffendes bitte streichen) zu überspielen. Sams Blick huschte über das Spontan-Picknick, die aufgeschlagenen Zeitschriften, Allegras ungewöhnliche Aufmachung, das Baby in ihren Armen.

Er runzelte die Stirn. »Nein, eigentlich nicht.«

Allegra sagte nichts darauf, sie traute ihrer Stimme nicht und widmete sich stattdessen wieder dem trinkenden Ferdy. Die Grausamkeit der gestrigen Ereignisse traf sie mit neuerlicher Wucht, und sie spürte, wie ihr das Blut durch die Adern rauschte. Er war an allem schuld, er war der Drahtzieher – was er Pierre gestern Abend zugeflüstert, was er über sie zu Zhou gesagt hatte. Hätte er den Chinesen doch bloß nicht zu dieser Party mitgebracht … Wäre er bloß nie in London aufgetaucht … hätte nicht in diesem Flugzeug gesessen … wäre im Hotel in Zürich nicht zu ihr in den Lift gestiegen …

»Ich hab den ganzen Abend versucht, Sie zu erreichen!«, sagte er aufgebracht und trat einen Schritt näher. Sein Blick huschte kurz zu Isobel, dann gleich wieder zurück zu Allegra.

»Es mag Ihnen befremdlich erscheinen, aber ich habe geschlafen.«

»Das bezweifle ich.«

Sie schaute ihn kurz an, senkte aber sofort wieder den Kopf.

»Sie hätten wenigstens mal zurückrufen können.«

»Ach ja? Und wieso? Als ob ich Ihnen was schuldig wäre!« Sie spie die Worte beinahe hervor. »Sie haben schließlich erreicht, was Sie wollten.«

Er verstummte. Allegra senkte den Kopf und hielt sich unwillkürlich an Ferdy fest, dessen himmelblaue Augen mit einem Ausdruck auf ihr ruhten, als wäre sie die Sonne in seinem Universum.

»Ich brauche Ihren neuen Bericht, an dem Sie zuletzt mit Bob gearbeitet haben. Fürs neue Angebot.«

Ihr Kopf schoss hoch. *Darauf* war er also aus?

»*Fuck. You.*«, sagte sie leise, aber unüberhörbar.

Isobel riss den Mund auf. Sie mochte es nicht, wenn jemand in Ferdys Hörweite Schimpfwörter benutzte, aber etwas riet ihr – möglicherweise eine Art Überlebensinstinkt –, ausnahmsweise die Klappe zu halten.

Ein »Ping« ertönte, und Allegra vermutete, dass weiter hinten der Lift aufging, was Sam bestätigte, indem er in diese Richtung sah.

»Viel Spaß beim Skifahren«, sagte sie mit beißendem Sarkasmus. »Die passenden Klamotten haben Sie ja jetzt.« Sie schaute kurz zu der Verkäuferin, die noch immer damit beschäftigt war, seine Neuerwerbungen zusammenzurechnen. In diesem Moment kam Tanya um die Ecke. Sie schob einen Kleiderständer auf Rollen vor sich her, an dem eine beeindruckende Anzahl von in Staubschutzhüllen verpackten Kleidungsstücken hing. Sie musste ja einen Sprint hingelegt haben, wenn sie so schnell wieder da war, vermutete Allegra.

»Meine Damen …« Tanya schenkte auch Sam ein höfliches Lächeln, das sich bei näherer Betrachtung seines Gesichts in Entzücken verwandelte. Sam merkte es nicht, weil er noch immer Allegra anstarrte, die sich wiederum geflissentlich mit Ferdy beschäftigte.

Sie blickte kurz auf und lächelte der Verkäuferin zu. »Keine Sorge, er wollte gerade gehen.«

Sam wandte sich frustriert ab und stakste in angespannter Haltung davon. Tanya schaute ihm enttäuscht hinterher, fasste sich aber rasch wieder und schob den Ständer zu ihren beiden Kundinnen hin. Isobel hatte jedoch momentan das Interesse am Einkaufen verloren.

»Mann, wer war *das* denn?«, hauchte Isobel und ließ sich neben Allegra aufs Sofa plumpsen.

»Ein Idiot aus dem Büro.«

»Er hat dich mit deinem Nachnamen angeredet.«

Allegra zuckte gleichgültig mit den Achseln. Wenn das ihre Schwester schon störte … Sie schaute auf Ferdy hinunter, der friedlich an den letzten Resten nuckelte. Die Milch schien ihn schläfrig gemacht zu haben.

Isobel sah ihre Schwester noch immer mit großen Augen an. »Er mag ja ein Idiot sein, aber wenn, dann ein umwerfend gutaussehender. Das ist dir doch klar, oder?«

Darauf gab Allegra erst gar keine Antwort.

»Könntest du … könntest du die Tatsache, dass er ein Idiot ist, nicht, äh … übersehen?«

»Machst du Witze?!«, sagte Allegra empört. »Ich kann den Kerl nicht ausstehen! Und er mich genauso wenig. Das merkt doch ein Blinder!«

Isobel runzelte die Stirn, sagte aber nichts weiter. Sie ließ sich in die Kissen zurückfallen und ging dabei fast in die Horizontale. Sie kannte ihre Schwester gut genug, um zu wissen, dass es besser war, vorerst den Mund zu halten.

# 13. Kapitel

Wegen Straßenarbeiten auf der Grosvenor Street staute sich der Verkehr bis zur Park Lane. Ihr Taxifahrer verwünschte ganz unweihnachtlich jedes Auto, Fahrrad oder Motorrad, das sich vorzudrängeln versuchte. Isobel nahm es überhaupt nicht wahr. Sie hatte sich über die vielen Tüten mit ihren Weihnachtseinkäufen gebeugt und kramte begeistert darin herum. Allegra hatte alles, ohne mit der Wimper zu zucken, bezahlt, und ohne auch nur einen Blick auf die Preise zu werfen. Nun, da die stressigen Einkäufe erledigt waren und Ferdy friedlich schlief, hätte sie sich eigentlich entspannen können, aber Allegra war, im Gegenteil, den Tränen nahe. Die Hände so fest zusammengeballt, dass ihre Fingernägel in die Handflächen schnitten, starrte sie aus dem Seitenfenster.

Ihr Handy brummte, und sie nahm es stirnrunzelnd aus der Tasche.

Isobel sah, wie sich die Miene ihrer Schwester verhärtete. »Willst du nicht rangehen?«

Allegra blickte auf. »Nö.«

»Es brummt und klingelt schon den ganzen Tag, dein Handy.«

»Das tut es doch immer«, antwortete Allegra wegwerfend. Über die Gründe wollte sie jetzt wirklich nicht reden. So ungern sie's auch zugab, aber dieses überraschende Zusammentreffen mit Sam hatte sie schwer erschüttert und aus dem mühsam bewahrten Gleichgewicht gebracht. Es kostete sie all ihre Willenskraft, auch weiterhin so zu tun, als wäre alles in Ordnung.

Was es keineswegs war.

»Ja, aber selbst für deine Verhältnisse ist das …« Isobel musterte ihre Schwester zum ersten Mal eingehender. »Was ist los, Legs? Ist was passiert? Warum gehst du nie ran? Wie kommt's überhaupt, dass du an einem ganz normalen Wochentag mit mir durch die Stadt gondelst?«

Aber Allegra antwortete nicht. Schweigend steckte sie ihr Handy wieder ein und schaute aus dem Fenster. Diesmal war das Taxi neben dem Porsche-Verkaufshaus stecken geblieben. In der hell erleuchteten Halle stand ein Mann im schwarzen Anzug und strich begehrlich über die Motorhaube eines 911 S.

Isobel verstand den Wink und nahm stattdessen die Zeitung zur Hand, die ein anderer Gast auf dem Rücksitz liegen gelassen hatte. Allegra kannte ihre Schwester und wusste, dass sie als Erstes das Tageshoroskop aufschlagen würde.

Aus dem Dorchester Hotel strömte eine Gruppe japanischer Touristen und überquerte die Straße, um zum Hyde Park zu gelangen. Das Taxi setzte sich wieder in Bewegung und erreichte diesmal sogar eine Geschwindigkeit, die es rechtfertigte, in den dritten Gang zu schalten. Nun hatten sie auch die Straßenarbeiten passiert, und der Verkehr ging flüssiger.

»Ah, das ist interessant«, murmelte Isobel wenig später. »›Eine gewisse Person versucht auf sich aufmerksam zu machen.‹ Wer das wohl sein mag?« Sie warf einen ironischen Blick auf ihren schlafenden Sprössling, dann beugte sie sich wieder über ihr Horoskop und las weiter. »Aber das Problem ist, dass ›geänderte Umstände ein Umdisponieren erfordern‹. Hm. ›Ihnen nahestehende Personen wissen nicht, wie sie damit umgehen sollen.‹ Aha, will heißen, ich könnte helfen, aber sie trauen sich nicht zu fragen. Ha! Wen kenne ich, der so schüchtern ist? Eigentlich niemanden.«

»Dass du immer noch diesen Unsinn liest! Was ist bloß mit dir los? Glücksblätter. Horoskope … Als Nächstes wirst du mir noch weismachen, dass du an Gespenster glaubst!«

»Du etwa nicht?« Isobels ungläubige Miene zerschmolz zu einem frechen Grinsen.

Sie bogen gerade um die Ecke zum Hyde Park Corner, und Allegra überblickte den Piccadilly. Das Ritz funkelte in der blaulila Dämmerung wie eine Weihnachtstorte. Riesige Leuchtsterne waren über die gesamte Breite der Straße gespannt. Rote Doppeldeckerbusse fuhren schnaufend und schwankend darunter entlang. An den Straßenrändern winkten verfrorene Passanten entschlossen nach einem Taxi.

»Jetzt du … Steinbock. Mal sehen«, fuhr Isobel fort. »Hm … aha … na ja. ›Vorausschauende Planung ist gewöhnlich von Vorteil, doch sollten Sie Ihre Arrangements diesmal flexibel gestalten, um sich einer plötzlich eintretenden Veränderung besser anpassen zu können. Jupiter in starker Verbindung mit Pluto. Veränderungen, die im ersten Moment unbefriedigend erscheinen, stellen sich am Ende als vorteilhaft heraus‹«, zitierte Isobel. Sie blickte auf und schaute ihre Schwester an. »Tja, ich hab's schon immer gesagt: Man darf den guten alten Jupiter nicht unterschätzen. Vor allem nicht bei einer starken Verbindung mit Pluto.«

Allegra hob eine Braue. »Also ehrlich, du bist manchmal zum Verzweifeln.« In diesem Moment klingelte erneut ihr Handy. Sie warf einen Blick darauf, machte eine überraschte Miene und ging zur Abwechslung mal ran. »Hallo? … Wie bitte? Aber wie ist das möglich? … Verstehe.« Allegra tauschte einen kurzen Blick mit Isobel. »Ja, verstehe … Ähm, das kann ich jetzt noch nicht sagen, mal sehen. Ich werde mich melden … Ja, verstehe. Ja … Nein, keine Ursache … Gut, danke ebenfalls … Auf Wiederhören.« Sie drückte auf *Beenden* und biss sich nachdenklich auf die Unterlippe.

»Wer war das?«, fragte Isobel zerstreut. Sie schlug die Sportseiten auf. Es war immer gut zu wissen, wie es mit Chelsea stand – schließlich war das ausschlaggebend für ein entspanntes Wochenende.

»Die Schweizer Polizei«, antwortete Allegra, »mit den Ergebnissen des DNA-Tests.«

Isobel machte große Augen. »Mann, das ging aber schnell!«

Allegra zuckte die Achseln. »Computertechnik.«

»Und?«

»Positiv. Valentina war definitiv unsere Großmutter. Mums Mutter.«

»Wie bitte?!« Fassungslos ließ sich Isobel zurücksinken. »Aber ... wie ist das möglich?«

Darauf antwortete Allegra nicht, denn Isobel erwartete gar keine Antwort. Beide Schwestern starrten eine Zeitlang nachdenklich vor sich hin.

»Sollen wir's Mum sagen, was meinst du?«

Allegra zuckte die Achseln. »Weiß nicht. Mal sehen, was Barry meint.«

»Ja, gute Idee. Das ist besser, ja.« Isobel nickte nachdenklich. Aber nun lag ein Schatten auf ihrer zuvor so sorglosen Miene.

Das Taxi setzte sich wieder in Bewegung. Der Fahrer wechselte ungehalten die Fahrbahn und nietete dabei beinahe einen Radfahrer um, der sich zwischen den Autos durchschlängelte. »Die wollten außerdem wissen, ob wir die sterblichen Überreste dort begraben oder hierher überführen lassen wollen.«

»Überführen lassen? Aber – also, ich weiß nicht. Was meinst du?«

Allegra tätschelte Isobel beruhigend den Arm. »Keine Angst, ich regle das schon.«

»Ich weiß, aber ...« Sie holte tief Luft. »Wo ist sie eigentlich?«

»Noch in Zermatt.«

»Na toll. Irgendwo in den Alpen. *Leicht* zugänglich. Und wie seid ihr verblieben?«

»Ich habe gesagt, dass ich mich melde. Keine Sorge, das geht schon in Ordnung.«

»Wie kann es in Ordnung gehen?! Wie's scheint, hat uns Granny ihr Leben lang belogen – und nicht nur uns, vor allem Mum!«

»Sie ... sie muss ihre Gründe gehabt haben. Ja, bestimmt hatte sie gute Gründe. Granny hat Mum geliebt. Und uns. Es muss einen Grund geben.«

Isobel steckte die Nase wieder in die Zeitung, wirkte nun aber angespannt. Sie fuhren über die Albert Bridge, an deren Drahtseilen Weihnachtslichter blinkten. Allegra fand diese Seile wunderschön, sie erinnerten sie immer ein wenig an die Saiten einer Harfe.

»Ach du Scheiße!«

Erschrocken fuhr Allegra zu ihrer Schwester herum. »Was ist?«

»Man hat dich *gefeuert*?«, rief Isobel fassungslos und las sogleich erregt weiter.

»Was? Wie?« Allegra riss ihrer Schwester die Zeitung aus der Hand.

Ihr Bild war in der Zeitung. Sie wusste, wann das aufgenommen worden war: auf der Jahreskonferenz letztes Jahr in Singapur. Sie war wie immer die einzige Frau gewesen, was im Gruppenbild aufgrund ihres obligatorischen schwarzen Armani-Anzugs und des strengen kinnlangen Haarschnitts jedoch nicht allzu sehr auffiel.

Rasch überflog sie den Text. Falls sie behaupteten, man habe sie entlassen, dann hatte sie Pierre nicht nur wegen sexueller Diskriminierung am Kragen, sondern auch noch wegen Verleumdung. Nein, da war nichts. Nur »unerwartetes Ausscheiden … interne Differenzen … Umstrukturierungen … aufregende neue Phase … Sam Kemp …«

Mit zittrigen Händen ließ sie die Zeitung sinken. Ihre Schwester musterte sie gespannt und beunruhigt.

»Man hat mich nicht gefeuert«, antwortete sie erschöpft, »ich habe gekündigt.«

»Was? Wie? *Wann?*«

Allegra schluckte. »Gestern Abend. Aus Gründen, die zu erklären viel zu mühsam und langweilig wäre.«

»Ach nö, das glaube ich nicht! Komm schon, raus mit der Sprache.«

»Ehrlich, das ist alles bloß Politik. Ich werde schon damit fertig. Ich nehme mir einen Anwalt. Der Fall liegt klar auf der Hand.«

Wie um sich zu vergewissern, dass es tatsächlich so war, holte sie ihr Handy hervor und ging rasch ihre Textnachrichten durch. Ja, da war sie noch, diese furchtbare SMS von Pierre, schwarz auf weiß. Sie steckte das Handy weg. Sie wollte das nicht noch mal lesen.

»Deshalb bist du also heute früh bei uns aufgetaucht«, sagte Isobel leise. Sie streichelte tröstend Allegras Arm.

Allegra schaute rasch aus dem Fenster. »Ich konnte einfach nicht besonders gut schlafen. Ich bin joggen gegangen und plötzlich … auf einmal stand ich vor eurem Haus, ich weiß auch nicht …«

»Menschenskind, du Arme!«

Allegra zuckte zurück. Sie wollte kein Mitleid. Das sähe ja aus, als ob sie die Verliererin wäre. »Mir geht's gut. Das ist einfach nur lästig.«

Aber diesmal ließ sich Isobel nicht täuschen. »Allegra, das ist nicht ›lästig‹. Das ist erschütternd und stressig und beängstigend. Dein Job ist doch dein Leben.«

»Ich finde schon einen neuen.« Aber das glaubte sie selbst nicht so recht. Sie schluchzte auf und presste Daumen und Zeigefinger an die Nasenflügel, um die Tränen aufzuhalten. Sie holte mehrmals tief Luft.

Isobel musterte ihre Schwester besorgt. »Hat es vielleicht was mit diesem Kerl zu tun, den wir heute getroffen haben?«, fragte sie leise.

Allegra nickte.

»Das hab ich mir schon gedacht.« Isobel rieb liebevoll Allegras Arm.

Das Taxi fuhr nun an der Clapham Common vorbei. Über der weiten Rasenfläche hingen eisige Nebelschwaden, durch die diverse Jogger nach Hause liefen. Sie beendeten den Tag so, wie sie, Allegra, ihn begonnen hatte.

»Du bleibst doch zum Abendessen, oder?«, sagte Isobel.

Allegra nickte. »Ja, danke.« Sich jetzt auch noch etwas kochen zu müssen überstieg ihre Kräfte. Außerdem hätte sie es momentan nicht ertragen, in ihre leere, kalte Wohnung zurückzukehren. Allein zu sein.

Wenige Minuten später hatten sie Isobels Haus erreicht und hievten die schweren Tüten aus dem Taxi. Ferdy erwachte natürlich in der eisigen Kälte, die wie eine Ohrfeige auf ihn wirkte. Allegra bezahlte, ohne wie sonst eine Quittung zu verlangen. Dann drängten sie sich voll beladen in die schmale Diele des kleinen viktorianischen Reihenhauses.

Isobel ließ sogleich die Tüten fallen und ging schnurstracks in die Küche, wo sie automatisch zwei Weingläser aus einem Oberschrank herausnahm – dies schien so selbstverständlich für sie zu sein wie das Atmen. »Weißt du, ich hab eine Idee«, rief sie Allegra zu. »Lloyds Eltern kommen morgen für eine Woche zu Besuch. Sie feiern Weihnachten diesmal bei seiner Schwester, deshalb nehme ich an, dass sie vorher ein bisschen Zeit mit Ferdy verbringen wollen.«

»Wie nett«, bemerkte Allegra lahm.

Isobel verdrehte die Augen. Sie nahm eine offene Flasche Cava aus dem Kühlschrank, in deren Hals ein Teelöffel steckte. »Für Ferds vielleicht schon. Mir hat Diane immer noch nicht verziehen, dass ich mich nicht für die Badfliesen entschieden habe, die sie für gut hielt.«

»Ach.«

Isobel schenkte die Gläser voll. Sie holte tief Luft. »Wir könnten nach Zermatt fahren, nur du und ich. Was meinst du? Wenn wir die Sache direkt vor Ort regeln, geht es sicher schneller. Die mysteriöse Großmutter aus dem Eis!«, fügte sie scherzhaft hinzu.

Allegra bedachte sie mit einem strengen Blick.

»Was denn?« Isobel breitete unschuldig die Hände aus. »Außerdem brauchst du dringend eine Pause. Ein Tapetenwechsel kann dir in deiner Situation nur guttun. Manchmal muss man einfach raus, um die Dinge klarer sehen zu können.«

»Aber was ist mit Lloyd? Was wird der dazu sagen?«

Isobel zuckte die Achseln. »Was schon? Dem tut es ganz gut, mal allein zurechtzukommen. Er sollte sowieso mehr Zeit mit seinem Sohn verbringen. Und er hat ja seine Eltern zur Unterstützung da. Es ist nur für drei, vier Tage, oder? Und falls wir's schaffen, die eine oder andere Piste runterzudüsen – also ich hätte nichts dagegen.« Sie reichte Allegra ein Glas.

Allegra musste gegen ihren Willen schmunzeln. Isobel war eine *besessene* Skifahrerin. »Kann ich mir denken.«

»Ist das ein Ja?« Hoffnungsvoll hielt Isobel ihr Glas hoch, um mit ihrer Schwester anzustoßen.

Allegra überlegte. Sie musste sich dringend einen Anwalt nehmen und sich auch mit einer der besseren Jobagenturen in Verbindung setzen. Sie musste ihre Karriere wieder in Gang bringen. Das war der schlechteste Zeitpunkt, um einfach abzuhauen und einen Skiurlaub zu machen. Außerdem würden die beiden Menschen, die sie am meisten hasste, ebenfalls dort sein. Wie groß war Zermatt eigentlich? Konnte man sich dort überhaupt aus dem Weg gehen? Sie hatte den Ort nach ihrem ersten Anruf bei Annen kurz gegoogelt. Ihr fiel ein, wie sie einst bei einem von der Uni organisierten Skiurlaub in Val d'Isère ihre Kommilitonen verloren und nicht hatte wiederfinden können, obwohl sie ihre Skikleidung kannte und Val d'Isère nur über einen Berg verfügte. In Zermatt gab's drei. Das war doch sicher groß genug, oder? Und sie wusste ja nicht mal, was Zhou und Sam auf der Piste anhatten. In Helm und Skibrille sah schließlich jeder gleich aus. Sie hätte an Rihanna vorbeizischen können, ohne sie zu erkennen.

Auch hatte Isobel nicht ganz unrecht. Es ging sicher am schnellsten, wenn sie persönlich vor Ort wären. Außerdem hatte sie ausnahmsweise sogar Zeit. Und dort, wo sie hinfuhren, gab's schließlich auch Telefone. Darüber hinaus warf diese geheimnisvolle neue Großmutter mehr Fragen auf, als sich durch den DNA-Test beantworten ließen, auch darin gab sie Isobel Recht. Sie mussten unbedingt erst einmal mehr herausfinden, bevor sie daran denken konnten, ihrer Mutter irgendwas zu erzählen.

Sie hob ihr Glas und prostete ihrer Schwester zu. »Also gut, machen wir's. Warum auch nicht, verdammt noch mal?«

# 14. Kapitel

## *14. Tag: Matrjoschka-Steckpüppchen*

Zermatt war bereit. Nicht nur für sie, sondern für den alljährlichen Ansturm der Wintersportler. Wie eine Flutwelle ergossen sie sich aus der altmodischen Zahnradbahn und eilten zielstrebig zu den kleinen Elektro-Taxis, die in einer langen Reihe bereitstanden, kaum größer als Thunfischkonserven. Auspuffwolken gaben sie nicht von sich, dafür ein jammervolles Geleier. Daneben wirkten die noblen Pferdekutschen des Mont-Cervin-Palasthotels beinahe riesenhaft. Die Pferde verharrten geduldig, weiße Atemwolken vor den Nüstern, während Kutscher in dicken Mänteln das Gepäck der Gäste auf dem Dach befestigten.

Isobel, die es sich zur Aufgabe gemacht hatte, die Führung zu übernehmen, damit Allegra sich »ausruhen« konnte, suchte zerstreut in ihren Taschen nach dem Stadtplan. Allegra stand daneben und bewunderte derweil einen großen Christbaum, dessen dickes dunkelgrünes Nadelkleid unter einer Schneehaube hervorschaute. Sie holte tief Luft. Noch elf Tage bis Weihnachten, und auch die Skisaison hatte mit Beginn dieser Woche offiziell begonnen. Jungfräuliche Pisten erwarteten die Besucher, Restaurants und Läden hatten ihre Vorräte aufgestockt, um dem Ansturm gerecht zu werden. Ein Prickeln lag in der Luft, eine erwartungsvolle, energiegeladene festliche Stimmung, zu der die dicken Schneeflocken, die langsam herunterrieselten, die Krönung bildeten.

Allegra beobachtete, wie sich die Taxis mit proppenvollen Skiständern auf ihren Raupenketten die steilen Hänge hinauf in Bewegung setzten. Isobel schien in der Zwischenzeit endlich den Stadtplan gefunden zu haben und versuchte nur noch herauszufinden, wie herum er zu lesen war. Allegras aufkeimende Ungeduld wurde vom klangvollen Bimmeln der Glöckchen besänftigt, mit dem sich die Pferdekutschen in Bewegung setzten. Wie viel angenehmer ein solches Geräusch doch war, um unaufmerksame Passanten aus dem Weg zu scheuchen, fand Allegra, als der unmelodische, aufdringliche Klang von Autohupen. Isobel hob den Kopf und schaute sich verwirrt um. »Äh, ich glaube, wir müssen in diese Richtung«, behauptete sie und deutete nach rechts.

Allegra seufzte. »Nein, da lang. Mir nach.« Sie zog den Griff ihres Rollkoffers raus und schlug den Weg nach links ein.

»Aber …«, protestierte Isobel und riss ebenfalls an der Stange ihres Koffers, die sie jedoch erst nach einigem Gefummel und ohne die geübte Eleganz ihrer Schwester herausbekam. Dann beeilte sie sich, Allegra einzuholen.

»Es liegt im Süden, nach der Bahnhofstraße die sechste rechts.«

»Ach.« Isobel verfügte über ein bestenfalls mangelhaftes Orientierungsvermögen. »Das ist nur, weil ich am Verhungern bin«, versuchte sie sich zu verteidigen. »Mit leerem Magen kann ich nicht denken.«

»Dann laden wir nur schnell unser Gepäck ab, ziehen uns um und gehen was essen.« Allegra schenkte ihrer Schwester ein versöhnliches Lächeln. Isobel meinte es ja nur gut, sie wollte sie ein wenig bemuttern, aber das hatte sie nun zunichtegemacht, indem sie, ungeduldig, wie sie war, kurzerhand wieder die Führung übernommen hatte. Im Übrigen war es nicht ein leerer Magen, der Isobel am Denken hinderte, sondern schlichtweg die Erschöpfung. Sie war es nicht gewohnt, spontan wegzufahren – oder überhaupt zu verreisen – etwas, das Allegra im Schlaf beherrschte. Sie hatte sogar immer eine gepackte Reisetasche bereitstehen, um sofort abfliegen zu können, und auch die Buchung des Fluges (den sie mit ihren Vielfliegermeilen hatte abdecken können) war eine Sache von wenigen Minuten gewesen. Danach hatte sie, entspannt ihren Wein schlürfend, online nach einer Unterkunft für sie beide gesucht. Isobel dagegen hatte auf den Dachboden steigen müssen, um ihre Skiausrüstung herunterzuholen, die schon seit beinahe acht Jahren dort oben verstaubte. Danach hatte sie bis Mitternacht am Küchentisch gesessen und eine detaillierte Aufstellung von Ferdys täglichen Bedürfnissen für Lloyd und ihre Schwiegereltern zusammengeschrieben: Schlafenszeiten, Mahlzeiten, Untersuchungstermine und diverse Kleinkindkurse (Ferdy hatte bereits ein recht ausgefülltes Sozialleben). Sie hatte auch nicht vergessen, auf seine fatale Vorliebe für Heizkohle-Nuggets aufmerksam zu machen. Allegra war nicht bewusst gewesen, wie komplex die Logistik von Ferdys Alltag war und was Isobel tatsächlich leistete.

Die beinahe aus den Nähten platzenden Trolleys hinter sich herziehend marschierten die beiden Schwestern die Hauptstraße entlang und schauten sich interessiert um. Isobel hielt nach einer guten Apotheke Ausschau sowie nach heruntergesetzter Designer-Skimode, Allegra nach der richtigen Abzweigung.

Zermatt war genau so, wie sie es erwartet hatte. Wie immer hatte sie sich zuvor gründlich online informiert – sie konnte einfach nicht anders – und auf dem Hinflug Pisten- und Stadtplan auswendig gelernt. Daher wusste sie nun, ohne je hier gewesen zu sein, dass der Fluss hinter der nächsten Häuserreihe zu ihrer Linken floss, es geradeaus Richtung Altstadt ging und sich der Heliport rechts hinter ihnen befand.

Langsam schlenderten sie an hübsch dekorierten Schaufenstern vorbei: Zwischen kleinen Matterhorn-Nachbildungen aus Schokolade mit weißem Zuckerguss blinkten Luxusuhren im Wert von 20.000 Schweizer Franken, in anderen Auslagen fanden sich Kaschmirpullis in den neuesten Trendfarben neben Skijacken aus modernsten Thermostoffen. Lichterketten überspannten die Straßen. Die malerischen Häuser besaßen Fensterläden und breite (derzeit allerdings leere) Blumenkästen. Auf allen Dächern lag eine weiche weiße Schneedecke. Weihnachtsstimmung lag in der Luft wie ein Parfüm.

Auf den Straßen herrschte reger Betrieb. Skifahrer watschelten in dem für sie typischen Gang an ihnen vorbei, die Bindungen ihrer klobigen Skistiefel noch schneeverklebt von der letzten Abfahrt, die Skier über der Schulter. Allegras Blick fiel auf eine Gruppe verkaterter Snowboarder in ausgebeulten, tief sitzenden Hosen, auf den Köpfen Wollmützen mit Plüschgeweih. Sie drängten sich vor einem Crêpe-Stand zusammen und stärkten sich mit heißer Schokolade und dampfenden Crêpes, bevor sie sich auf den Weg zur Piste machten. Sie spähte in die Fenster voll besetzter Cafés, wo die Gäste sich inmitten von prallen Einkaufstüten vom Shoppen erholten, die Hände dankbar um einen Becher heißen Glühwein gelegt. Wie sehr sie die Berge liebte! Manchmal hatte sie das Gefühl, nur hier richtig aufatmen zu können.

Am Mont Cervin bogen sie nach rechts ab. Das sechsstöckige Hotel war nicht zu übersehen: Mit hell erleuchteten Fenstern hinter gusseisernen Balkonbrüstungen erhob es sich majestätisch über seine Umgebung. Sie befanden sich nun in einer schmalen, von grauen Steinhäusern gesäumten Gasse, und Isobel machte ihren Rückstand wieder wett, indem sie ihre Unterkunft als Erste entdeckte. Mit kalten Fingern gab sie den Code, der ihnen vom Eigentümer gemailt worden war, in das Tastenfeld ein, nahm den Hausschlüssel aus dem aufspringenden Postfach und schloss die Tür auf. Erleichtert ließen sie sich in den Hauseingang fallen, froh, der Kälte draußen vorübergehend entkommen zu sein. Sie schleppten ihre Koffer eine schmale Wendeltreppe hinauf in ihr Apartment.

Isobel schnappte nach Luft und schaute sich entzückt um. »Ich wusste es!«, hauchte sie. Sie hatten Glück, so kurzfristig überhaupt noch etwas bekommen zu haben, vor allem in der Hochsaison und bei diesen idealen Schneeverhältnissen. Trotzdem mussten sie am Donnerstag wieder draußen sein, hatten also nur fünf Tage, um alles zu erledigen und obendrein ein wenig Ski zu fahren.

Allegra inspizierte die Räume mit reservierter Zufriedenheit: ein gemütliches kleines Wohnzimmer mit einer roten Nappaledercouch, schwarz-weiß gefleckten Kuhfellteppichen, grauen, samtig schimmernden Eichenholzmöbeln und einem alten, mit Astlöchern durchsetzten Holzboden. In der modernen Einbauküche gab es Oberschränke in warmen orangeroten Tönen mit herzförmigen Eingrifflöchern, und in den zwei Schlafzimmern standen bequeme, zweckdienliche Kajütbetten. Es war eine Mischung aus traditionell und modern, die zwar keinen Schönheitspreis verdiente, aber gemütlich und zweckmäßig war. Isobel war jedenfalls ganz aus dem Häuschen.

»Mann, ist das toll! Ist das *toll*! Also hier würde ich sofort einziehen!« Sie drehte sich begeistert im Kreis und strich bewundernd über die rissige alte Holztäfelung.

»Kannst du ja auch – zumindest für ein paar Tage«, rief Allegra, die ihr Gepäck nach hinten zu den Schlafzimmern schleppte. »Welches Zimmer willst du haben?«

Isobel rannte hinter ihr her. »Entscheide du«, meinte sie großzügig. »Das ist schließlich dein Erholungsurlaub.«

»Iz, du bist diejenige, die ein Kleinkind großzieht und seit fast einem Jahr nicht mehr richtig geschlafen hat.«

»Ach, mir geht's gut. Aber du brauchst mal 'ne Pause.«

»Mir geht's auch gut«, widersprach Allegra, »das ist schließlich kein Kuraufenthalt. Wir sind hier, um die Sache mit unserer mysteriösen Großmutter zu regeln.«

»Also geht's uns beiden gut.«

»Scheint so.«

»Na wunderbar.« Isobel pflanzte sich breitbeinig vor Allegra auf, die Hände in die Hüften gestemmt, und schaute sie mit einem starren Blick an.

Allegra seufzte. »Ich werde mich jetzt nicht auf einen Anstarr-

Wettbewerb mit dir einlassen. Hier, ich nehme das Kleinere, das ist schön dunkel und ruhig.« Und sie hievte ihr Gepäck in besagtes Zimmer.

Isobel gluckste zufrieden – was sie betraf, war das ein Sieg – und verschwand mit ihrem Gepäck in dem größeren Raum gegenüber.

Allegra hob ihren Koffer aufs Bett und ließ ihn aufschnappen. Dicke Skikleidung hüpfte heraus wie ein Schachtelteufel aus seiner Box. Sie ordnete alles sauber zusammengelegt in den Schrank ein. Nach den Geräuschen zu schließen, die aus dem anderen Zimmer drangen, schien Isobel eher mit ihren Sachen herumzuwerfen, als sie einzuräumen.

Behutsam hob sie den kleinen Adventskalender heraus, den sie in einen ihrer Schlafanzüge eingewickelt hatte, damit er nicht beschädigt wurde. Als sie ihn auf dem Dachboden gefunden hatten, hatte sie zwar gesagt, dass ihr nichts an solchen Dingen lag, doch war er ihr inzwischen richtig ans Herz gewachsen. »Jeden Tag eine Überraschung« war gar nicht so schlecht, wie sie zugeben musste, vor allem wenn es so entzückende kleine Sachen waren, wie in diesem Kästchen. Sie freute sich morgens regelrecht darauf, wieder ein Schublädchen aufmachen zu dürfen – offen gesagt war es, abgesehen von ihrer täglich wechselnden Unterwäsche, die einzige Abwechslung in der Routine ihres Alltags. Die kleinen Kunstobjekte bildeten den einzigen Weihnachtsschmuck, den sie sich erlaubte. Es hätte auch wenig Sinn gehabt, einen Kranz an ihre Haustür zu hängen – in dem öden, mit braunem Nylonteppich ausgelegten Hausflur? Und ein Mistelzweig über dem Wohnzimmereingang hätte höchstens die Putzfrau erschreckt. Außerdem wohnte sie im dritten Stock, und jeder Weihnachtsbaum, der über die enge Treppe hinaufgehievt wurde, hätte oben höchstwahrscheinlich sämtliche Nadeln verloren.

Das hier dagegen … Sie war noch gar nicht dazu gekommen, die heutige Schublade zu öffnen, weil sie so früh aufgestanden war, um ihren Flieger zu erwischen. Daher setzte sie sich aufs Bett und zog gespannt die Nummer vierzehn auf.

Darin befand sich eine entzückende kleine Matrjoschka-Schachtelpuppe, kaum größer als ihre Handfläche. Aber sie war nicht in russischem Stil bemalt, sondern trug eine aufgemalte Schweizer Tracht: lange blonde Zöpfe, weiter Rock mit Schürze und kurzer grüner Trachtenjanker. Schmunzelnd schraubte sie das Püppchen auf und holte das kleinere heraus … und das kleinere … und das kleinere. Am Ende lag ein Figürchen auf ihrer Hand, das nicht größer war als ein Hundezahn. Bewundernd beäugte sie den Detailreichtum der Bemalung. Fünf Püppchen insgesamt, alle ineinanderpassend. So wie ihre Familie. *Eine lange Reihe von Müttern …*

»Wir ziehen uns bloß rasch um und gehen gleich wieder los, ja?«, rief Isobel fünf Minuten später über den Gang. Sie hatte gerade mit Ferdy »telefoniert« und auch mit Lloyd geredet.

»Ja«, bestätigte Allegra. Sie steckte die Püppchen wieder ineinander, legte sie in die Schublade mit der Nummer 14 zurück und stellte sich das Kästchen auf den Nachttisch. Dann zog sie sich um, schlüpfte in ihre schmal geschnittene schwarze Thermo-Latzhose und trat, den Gürtel ihrer cremeweißen Moncler-Skijacke zubindend, ans Fenster. Der kleine Ort lag eingebettet in ein Tal, umgeben von mächtigen Bergen, die die Ortschaft umschlossen wie ein Amphitheater. Die Gipfel waren hinter tief hängenden schweren Schneewolken verborgen, die sich wie eine niedrige Himmelsdecke über das Tal legten. Zermatt. Ein komisches Gefühl, hier zu sein. Eine Großmutter, die sie nie gekannt hatte, war hier umgekommen. Sie war noch nie hier gewesen, und doch war dies aufgrund der Umstände so etwas wie Heimat.

Das mit dem Essen vergaßen sie vollkommen. Sobald sie einmal über der Wolkendecke auf den Schneegipfeln waren, in der kalten, klaren Luft, wo die Sonne ungehindert vom Himmel schien, war alles außer Skifahren vergessen. Stundenlang sausten sie die steilen Hänge hinunter, konnten gar nicht genug bekommen, noch ein Lift und noch eine Abfahrt, um die Zeit zu nutzen, bevor es dunkel wurde und alles dichtmachte.

Sie hatten das Skifahren als Kinder gelernt, in der Skischule, immer gemeinsam, immer in freundschaftlicher Konkurrenz. Auch später, im Teenageralter, als sie sich hinaus in die Welt des Tiefschneefahrens und des Skitrekkings wagten, hatten sie immer gut aufeinander aufgepasst. Isobel war ein Naturtalent und darüber hinaus vollkommen unerschrocken, es war ihr leichter gefallen, auf den Skiern zu stehen, als Allegra. Mit schöner Regelmäßigkeit zog sie ihre Schwester damit auf, dass sie einst eine rote Piste auf dem Hinterteil heruntergerutscht war. Seitdem hatte sich jedoch vieles geändert – Allegra hatte gelernt, ihre Furcht in den Griff zu bekommen, und nun waren sie einander ebenbürtig. Mit eleganten Schwüngen sausten sie die Hänge hinunter, in perfektem Einklang, wie Zwillinge.

»Chez Vrony oder Findlerhof, was denkst du?«, fragte Isobel, die mit leuchtenden Augen und rosigen Wangen vor einem verwitterten Holzpfahl stand, dessen nach außen spitz zulaufende Schilder wie eine Art Stachelkleid aussahen. Frische Luft und Bewegung hatten den Schwestern gutgetan, hinzu kam das Gefühl von Freiheit, das einen hier oben in der Weite befiel. Im Moment interessierten sich die beiden jedoch vor allem für etwas Essbares, und das gekreuzte Besteck auf einigen der Schilder war ein vielversprechender Hinweis.

»Egal, Hauptsache was zu essen«, stöhnte Allegra, »meine Glukosereserven sind beinahe erschöpft.«

Isobel lachte. »Sag's doch gleich, dass du am Verhungern bist!« Sie stemmte sich mit den Skistöcken ab und folgte dem schmalen Pfad in Richtung der Wirtshäuser.

Wenige hundert Meter weiter stießen sie auf einen wahren Wald aus Skiern und Skistöcken, ein gutes Zeichen. Sie rammten ihre Skier ebenfalls in den Schnee und wankten auf ihren Schuhen vorsichtig eine ausgetretene, vom vielen Fußverkehr vereiste Schneise entlang.

Vor ihnen duckte sich ein Häuflein alter, verwitterter Holzhütten zusammen. Sie bogen um die Ecke einer Hütte und blieben abrupt stehen. Auf beiden Gesichtern breitete sich ein entzücktes Grinsen aus. Vor ihnen erstreckte sich eine weitläufige Holzterrasse, voll besetzt mit Wintersportlern aus aller Herren Länder. Das Sprachengewirr, das ihnen entgegenschlug, stand einem Botschafterempfang in nichts nach. Snowboarder in weiten, schlabberigen, neonfarbenen Hosen saßen neben jungen Damen aus europäischen Fürstenhäusern in edelster Skimode mit Pelzbesatz und Designer-Bommeln. Sie alle genossen hier oben unterschiedslos ihr Après-Ski, vor der prächtigen Kulisse der Bergwelt. Allegra konnte es ihnen nicht verdenken, dass sie die Abfahrt in den Ort verschmähten, obwohl der Liftbetrieb für den Tag bereits eingestellt worden war und sie hinterher noch eine nicht zu verachtende blau-schwarze Piste erwartete. Man rekelte sich auf bequemen, mit kuscheligen Schaf- oder Rentierfellen bedeckten Liegestühlen oder auf breiten, schlittenähnlichen Sitzbänken, in warme Decken gehüllt, die Beine hochgelegt, in der lässig herabhängenden Hand ein Glas Bier. Vereinzelt ragten zerzauste Köpfe aus den Deckennestern, die zuvor noch in Skihelmen gesteckt hatten.

»Ganz schön viel los, was?«, bemerkte Isobel überflüssigerweise. Alle Tische waren besetzt, und auf der Tanzfläche hatte sich bereits eine erwartungsvolle Menge versammelt, die wippend den dumpfen Rhythmen des DJs lauschte.

»Lass uns reingehen, drinnen ist es bestimmt ruhiger, vielleicht finden wir da einen Platz«, schlug Allegra vor.

Sie überquerten die voll besetzte Terrasse. Isobel quittierte jeden bewundernden Blick, den sie einheimste, mit einem strahlenden Lächeln. »Hab's noch immer drauf«, zischte sie ihrer Schwester zufrieden zu, die jedoch mehr daran interessiert war, einen freien Tisch zu finden.

Aber drinnen war es auch nicht besser. Mist.

Sie wurden bereits am Eingang von einer attraktiven jungen Kellnerin in enger schwarzer Skihose abgefangen. Obwohl sie zwei Speisekarten in der Hand hatte, sagte sie in einem Ton, der eher wie ein Befehl als wie eine Frage klang: »Sie möchten nur etwas trinken?«

»Nein, wir möchten auch essen«, antwortete Allegra, die nun zu den dunklen Ecken mit den Sitznischen spähte. Alles besetzt. Aber vielleicht machte sich ja jemand zum Gehen bereit? Es sah nicht so aus.

Die Kellnerin sog zischend die Luft ein. »Wir sind leider voll besetzt …«

»Aber wir hatten nicht mal was zum Mittagessen!«, rief Isobel verzweifelt, als könne die Kellnerin nur aufgrund dieser Tatsache einen freien Tisch aus dem Ärmel schütteln.

»Tut mir leid. Die Küche macht in fünf Minuten zu, aber ich kann Ihnen keinen Sitzplatz anbieten, es ist leider nichts mehr frei.«

Allegra stieß einen irritierten Seufzer aus. Es schien, als würden sie die Zähne zusammenbeißen und die Abfahrt nach Zermatt doch noch anpacken müssen, leerer Magen und brennende Muskeln hin oder her.

»He, setzt euch doch su uns!«

Die drei Frauen wandten sich überrascht nach links. Ein junger Typ – höchstens Mitte zwanzig – hatte sich auf einer der Bänke, die an die Terrassenbrüstung grenzten, umgedreht und winkte ihnen breit lächelnd zu. Er hatte noch seinen Helm auf, der Kinnriemen baumelte lose herunter, und die Skibrille war hochgeschoben. Nach seinem Akzent zu urteilen, war er entweder Franzose oder Schweizer. »Wir ’aben noch Platz für swei!«

Die Kellnerin sagte achselzuckend: »Was Besseres kann ich Ihnen nicht anbieten, wenn Sie wirklich etwas essen wollen.«

Allegra zögerte.

Isobel nicht. »Toll!« Sie nahm sofort ihren Helm ab, schüttelte ihre lange blonde Mähne und marschierte schnurstracks zu dem Tisch.

Allegra schaute die Bedienung entgeistert an. »Äh … na dann …«

Das junge Mädchen bot ihr die zwei Speisekarten an. »Wollen Sie reinschauen?«

Allegra schüttelte seufzend den Kopf. »Nein, bringen Sie uns einfach das Tagesmenü. Für zwei Personen. Dazu eine Flasche von Ihrem besten Sauvignon Blanc. Und eine Runde für die jungen Männer. Bier, vermute ich?«

Die Kellnerin nickte und verschwand.

Allegra nahm nun auch Helm und Handschuhe ab und ging zögernd zu dem Tisch. Isobel saß bereits auf einer Bank, eingeklemmt zwischen zwei jungen Snowboardern. Der einzige andere freie Platz befand sich gegenüber, ebenfalls in der Mitte zwischen zwei jungen Männern. Vier grinsende Gesichter strahlten ihr entgegen. »Hey!«, kam es aus vier männlichen Kehlen.

»Hallo«, antwortete sie schüchtern. Sie fühlte sich gar nicht wohl in ihrer Haut. Sie hatte keine Lust, sich den Tisch mit Wildfremden zu teilen und sich beim Essen zusehen zu lassen.

»Hier, setz dich her!«, wurde sie von dem Typen aufgefordert, der sie ursprünglich herangewunken hatte. Er deutete auf den freien Platz zwischen sich und seinem Freund. Er hatte dunkelbraune, gutmütige Augen und ein hübsches Lächeln, das sein Bartschatten eher zu unterstreichen schien.

Allegra zögerte. »Ist ja sehr nett von euch, uns einen Platz an eurem Tisch anzubieten, aber wir wollen nicht stören. Wir setzen uns auch gerne an den Rand.«

»Machst du Witze?«, rief er mit einem gewinnenden Lächeln. »Dank euch sind wir hier auf einmal der begehrteste Tisch. Natürlich kriegt ihr die besten Plätze, das ist doch das Mindeste!«

Allegra hob skeptisch die Augenbrauen und suchte Blickkontakt mit ihrer Schwester, die es nicht im Mindesten zu stören schien, auf Tuchfühlung mit wildfremden jungen Männern zu gehen, und die ihrem Blick geflissentlich auswich. Unbehaglich biss sich Allegra auf die Unterlippe. Sie hasste solche Situationen, in denen sie Smalltalk machen musste. Nur, wenn sie über Berufliches reden konnte, fühlte sie sich in ihrem Element – das war der Nachteil, wenn man neunzehn Stunden pro Tag im Büro verbrachte.

»Wie heißt du?«, fragte der junge Mann, sobald sie anmutig die Beine über die Bank geschwungen und sich gesetzt hatte. »Isch bin Maxime. Max.«

»Allegra.«

»Allegra«, wiederholten die Jungs im Chor, und bei ihnen klang das weit melodischer als im Englischen.

»Iiiso-belle und Alleeegraaa«, wiederholte Max, als wolle er es sich unwiderruflich ins Gedächtnis prägen. »Das sind Brice« – er deutete auf den rotblonden Typen mit den grünen Augen, der links von Isobel saß und ihr nun grinsend zunickte –, »Fabien« – ein südländischer, rassiger Typ rechts von Isobel – »und Jacques.« Ein junger Mann mit roten Wangen, der links neben ihr saß, lächelte ihr zu.

»Ist ganz schön was los, hier, *non*?«, bemerkte er. In diesem Moment erschien die Kellnerin mit den Getränken.

Überrascht verfolgten die Burschen, wie sie frisches, schäumendes Bier vor sie hinstellte.

»Als kleines Dankeschön«, warf Allegra ein, griff verlegen zur Weinflasche und schenkte rasch zwei Gläser voll, eins davon reichte sie ihrer Schwester.

»Mann!«, lachte Fabien und hob begeistert sein Bierglas, »auf neue Freunde, was?«

Alle hoben die Gläser, und nun schaute Isobel ihre Schwester zum ersten Mal an. Allegra kannte diesen Blick nur zu gut – obwohl sie ihn seit Jahren nicht mehr gesehen hatte. Sie machte ihrerseits eine strenge Miene.

»Wie fandet ihr den Schnee?«, eröffnete Brice die Unterhaltung.

»Ziemlich weiß«, antwortete Isobel, und alle lachten.

»Seid ihr zum ersten Mal in Zermatt?«, wollte Fabien wissen und beugte sich vor, was Isobel zwang, sich zu ihm umzudrehen.

»Ja. Wir sind erst heute Mittag angekommen.«

Allegra verfolgte das Geplänkel mit leiderprobter Geduld. Ihre Schwester hatte einfach diese Wirkung auf Männer. Sobald sie irgendwo auftauchte, löste sie einen Konkurrenzkampf aus. Wann Isobel wohl verraten würde, dass sie verheiratet war? Wahrscheinlich nicht so bald, denn sie hatte ihre dünnen Innenhandschuhe angelassen – offenbar um den Ehering zu verbergen. Sie sonnte sich einfach zu gerne in männlicher Aufmerksamkeit, ja lebte geradezu dabei auf.

»Woher kommst du?«, erkundigte sich Max, der Allegra schon eine Weile beobachtete.

»Ach, ähm … aus London.«

Er nickte, als habe er sich das bereits gedacht.

»Und … du?«, rang sich Allegra die unvertraute Anrede ab. Sie nippte nervös an ihrem Wein.

»Lyon.«

»Ach ja? Da bin ich noch nie gewesen.«

»Und das will was heißen!«, mischte sich Isobel unversehens ein. »Legs war schon überall.« Die Kellnerin stellte einen Korb mit frischem Brot auf den Tisch. »Sie fliegt mehrmals pro Woche in die Schweiz und gehört zu den Leuten, die zum Frühstück nach Rom jetten und zum Mittagessen nach Paris …«

»Meine Schwester übertreibt mal wieder«, schnitt Allegra ihr verlegen das Wort ab.

»Ihr seid – Jetset?«, erkundigte sich Max. Er musterte ihre teure Designer-Skikleidung und die diskreten, aber offensichtlich echten Diamantohrstecker in Allegras Ohrläppchen.

»Keineswegs. Ich bin rein beruflich unterwegs. Alles andere als aufregend.«

»Wozu? Was machst du?«

Isobel nahm sich kichernd ein Brötchen aus dem Korb. »Sie ist ein Hedgie.«

Der Franzose machte eine verwirrte Miene. »Hedgie?«

»So was wie ein Banker. Bloß noch mehr Geld.«

»Iz!«, zischte Allegra. Sie schenkte Max ein gezwungenes Lächeln. »Ich arbeite im Finanzsektor.«

Max nickte und nahm einen Schluck Bier, den Blick unverwandt auf Allegra gerichtet.

»Und du?«, fragte sie in dem verzweifelten Versuch, von sich abzulenken.

»Ich bin … Wie sagt man …?« Er schloss die Augen und dachte nach. Allegra fiel auf, wie lang seine Wimpern waren und dass sie Schatten auf seine Wangen warfen, wie bei einem kleinen Jungen. Er war sicher nicht älter als höchstens vierundzwanzig, fünfundzwanzig. Er schlug die Augen wieder auf und ertappte sie beim Starren. »Ich gestalte Gärten.«

»Ach, du bist ein Landschaftsgärtner, was? Du versuchst also, all das hier zu zähmen?«

»Das lässt sich nicht zähmen, nie.« Er lehnte sich zurück und legte einen Arm lässig hinter ihrem Rücken auf die Balkonbrüstung. Sein Blick glitt über die herrliche Berglandschaft. »Das wird mir jedes Mal klar, wenn ich zum Boarden hier bin.«

Zum ersten Mal fiel ihr Blick auf die herrliche Aussicht – bis dahin war sie zu beschäftigt gewesen, einen Tisch zu ergattern und etwas in den Magen zu bekommen. Auch sie drehte sich um.

»Wow«, murmelte sie. Vor ihnen fiel das Tal steil ab, von Tannen bestanden, deren Äste sich unter der Schneedecke bogen. Zermatt lag unter tief hängenden Wolken verborgen, die ihre Schneelast auf den Ort entluden, während hier oben die untergehende Sonne ihre letzten Strahlen auf sie sandte. Weiter hinten ragte das Matterhorn auf, dessen unverwechselbare Form ihr bereits vertraut war. Es war so nahe, dass sie fast das Gefühl hatte, nur die Hand ausstrecken zu müssen, um den Gipfel berühren zu können. Wieso fiel es ihr erst jetzt auf?

»Wunderschön, *non*?«

Sie nickte. Hatte Isobel es bemerkt? Sie wollte sich umdrehen, um ihre Schwester auf den Ausblick aufmerksam zu machen, da fügte er hinzu: »So wie du.«

Allegra warf Max einen verblüfften Blick zu. Sie war nicht sicher, ob sie richtig gehört hatte. Er hatte es so leise gesagt, als wolle er nicht, dass es die anderen mitbekamen. Nur sie.

»Was?«, lachte er angesichts ihrer Miene. »Das ist eine Tatsache, oder? Das musst du doch wissen?«

Sie klappte den Mund zu, wusste nicht, was sie sagen sollte, spürte aber, wie ihr die Röte in die Wangen stieg. Aus reiner Verlegenheit nahm sie sich eine Scheibe Brot und begann sie zu zerpflücken.

Max ließ sie nicht aus den Augen.

Die Kellnerin tauchte mit dem Essen auf und stellte ihnen die Teller hin, dann sammelte sie die leeren Gläser ein und wandte sich zum Gehen. »Noch eine Runde?«

Die Burschen schauten fragend auf die Schwestern.

»Was meint ihr? Wir sind euch schließlich eine Runde schuldig«, behauptete Brice und strahlte Isobel an.

»Ach, das ist nicht nö…«, begann Allegra.

»Toll!«, rief Isobel, und alle außer Allegra lachten.

Brice schaute grinsend zur Kellnerin hoch. »Noch eine Runde!«

# 15. Kapitel

Es war bereits dunkel, als sie die Abfahrt in Angriff nahmen. Mithilfe ihrer Handy-Taschenlampen leuchteten sie sich den Weg. Zermatt war um diese Zeit sogar noch hübscher als am Tag: Die Säume der spitzgiebeligen Schieferdächer waren mit Lichterketten geschmückt, was an die zackige Silhouette der Alpen erinnerte. Oder an eine Schweizer Version der Skyline von Manhattan. Die Straßenlaternen warfen goldene Lichtkreise auf den weißen Schnee. Es hatte in der Zeit, die sie oben in den Bergen verbracht hatten, stetig geschneit, und die Schneedecke war um mehrere Zentimeter angewachsen. Die zahlreichen Fußspuren, die die Straßen kreuzten und von Bar zu Club zu Restaurant führten, waren beinahe zugeschneit.

Die Jungs hatten unten am Lift Schließfächer gemietet, um ihre Skier für die Nacht einschließen zu können. Darin brachten sie nun auch die Skier der Schwestern unter. Allegra hatte mitbekommen, dass Isobel mit den Jungs Pläne für den morgigen Tag gemacht hatte, sie wollten irgendwelche neuen Pisten erkunden, aber etwas Genaueres wusste sie nicht. Sie hatte sich zwei Stunden lang angeregt mit Max unterhalten, Kopf an Kopf, Glas an Glas. Wie viele Gläser Wein und Bier hatte sie eigentlich intus? Sie hatte längst den Überblick verloren.

Erschöpft an eine Hauswand gelehnt schaute sie zu, wie die anderen ihre Skistiefel gegen Straßenschuhe eintauschten. »Wir sollten heimgehen, Iz«, verkündete sie müde. Sie waren schließlich seit halb sechs auf den Beinen, und das Bett lockte.

»Was? Nein!«, riefen Fabien, Jacques und Brice erschrocken.

»Ihr müsst mit uns tanzen gehen! Ihr könnt nicht nach Zermatt kommen, ohne in der Broken Bar gewesen zu sein!«

Allegra wollte sagen, dass sie das durchaus konnten. Sie waren schließlich nicht mehr fünfundzwanzig. Eine von ihnen war eine glücklich verheiratete Mutter mit einem zehn Monate alten Sohn, und die andere war es gewohnt, mit Männern mittleren Alters, mit schütterem Haar und in Maßanzügen über Anlagefonds zu diskutieren, aber nicht, sich mit jungen französischen Snowboardern in diversen Clubs rumzutreiben und einen auf Headbanger zu machen. Aber ihr fehlte die Kraft zur Gegenwehr; es war leichter, einfach nur den Kopf an die Wand zu lehnen und sich auszuruhen.

Maxime trat zu ihr und lehnte sich neben sie. Sein Gesicht war nur wenige Zentimeter von dem ihren entfernt, was ihr beinahe zu vertraulich vorkam, obwohl sie beide ja lediglich an einer Wand lehnten und sich nicht einmal berührten. »Du musst mit mir tanzen, Allegra«, flehte er und sah ihr dabei tief in die Augen.

Skeptisch hob sie die Augenbrauen. »Und wie soll das gehen, Max? In Skistiefeln?« Unwillkürlich fragte sie sich, wie es wohl wäre, ihn zu küssen.

»Das brauchst du nicht. Wart's ab«, verkündete er geheimnisvoll.

Allegra runzelte die Stirn. »Aber ich kann in diesen Schuhen nicht mal mehr laufen, geschweige denn tanzen. Ich bin vollkommen erledigt.«

»Überlass das mir.« Er lächelte selbstbewusst.

Die anderen traten zu ihnen. Isobel hatte sich bei Brice eingehakt.

»Und – gehen wir?«, fragte Fabien.

»Hast du ihnen schon gesagt, dass du verheiratet bist?«, nuschelte Allegra. Isobel hatte jetzt immerhin die Handschuhe ausgezogen, aber vielleicht waren sie ja zu betrunken, um den Ring zu sehen. Oder es war ihnen schlicht egal?

Isobel verdrehte die Augen. »Mann, Legs! Muss das sein?«,

zischte sie. »Das ist schließlich kein dunkles Geheimnis! Ich hab nichts falsch gemacht, ich will doch bloß ein bisschen Spaß haben! Weißt du noch, was das ist, Spaß?«

Allegra streckte ihr anstelle einer Antwort die Zunge raus, was zumindest die Jungs zum Lachen brachte.

»Kommt, auf zur Broken Bar!«, verkündete Fabien und wandte sich der Brücke zu, die über den Fluss und zur Hauptstraße führte.

»Sollen wir?«, fragte Max.

Allegra zögerte. Sie schaute Isobel nach, die mit Brice und den anderen wegging. Sie konnte ihre Schwester doch nicht mit diesen Burschen allein lassen, so nett sie auch zu sein schienen. Sie zuckte die Achseln – und kreischte auf, denn ihr wurde unversehens der Boden unter den Füßen weggezogen: Max hatte sie schwungvoll auf die Arme genommen.

»Max!«, protestierte sie halb lachend, halb verärgert, doch er marschierte bereits hinter seinen Freunden her.

»Du wirst mit mir tanzen«, drohte er, »vorher lasse ich dich nicht los.«

Er trug sie tatsächlich den ganzen Weg zur Bar, auch wenn er sie zwischendurch mal abstellte und dann huckepack nahm. Sie stieß mit ihren schweren Skischuhen mehrmals an seine Oberschenkel, wovon er sicherlich Blutergüsse davontrug, aber er beklagte sich kein einziges Mal. Schließlich stieß er die Tür zum Posthotel auf und ließ sie in einem weiträumigen, spärlich beleuchteten Eingangsbereich zu Boden gleiten. Rechts führte eine offene Tür zur Wirtsstube, und weiter hinten ging eine Treppe nach unten. Die Wände besaßen einen schiefergrauen Anstrich. Rissige graue Holzblöcke waren in regelmäßigen Abständen in die Wände eingelassen, und hinter einer Glaswand brannte lautlos flackernd ein Feuer. Aber das war das Einzige, was lautlos war: Aus dem Keller drang das dumpfe Hämmern von Rockmusik.

»Komm.« Max griff nach ihrer Hand und führte sie die Treppe hinunter. Die Lautstärke nahm mit jedem Schritt zu, auch die

Temperatur stieg an. Noch bevor sie um die Ecke bog, blinkten ihr bunte Lichter rhythmisch entgegen.

»Willkommen in der Broken Bar«, verkündete Max mit theatralisch ausgebreiteten Armen. Vor ihr erstreckte sich … ein Moshpit mit eng aneinandergedrängten, rhythmisch wippenden Körpern. Sie kam sich vor, als wäre sie in irgendwelche Katakomben geraten: eine niedrige Gewölbedecke mit dicken Säulen, die nicht nur die Decke selbst stützten, sondern, wie es schien, auch zahlreiche Clubbesucher. Skihäschen, wo sie auch hinschaute, die einen Schnaps nach dem anderen kippten und sich dann auf die Tanzfläche stürzten, wo sie sich, die nackten Arme in die Höhe gereckt, zu den wummernden Rhythmen wiegten. Weiter hinten erblickte sie eine kleine Erhöhung, auf der ein Pärchen ausgelassen herumhüpfte.

Allegra musste gegen ihren Willen lachen. »Ich kann da nicht rein!« Sie musste fast schreien, um sich verständlich zu machen.

Max neigte sich zu ihr. »Wieso nicht?«

»Ich bin zu alt!« Sie entdeckte Jacques, der an der Bar stand und ihnen zuwinkte. Mit zwei Cocktails in der Hand machte er sich auf den Weg zu ihnen.

»Wie alt bist du denn, Allegra?«, wollte Max wissen.

»Zu alt für dich!«, rief sie, dann schlug sie erschrocken die Hand auf den Mund. Das hatte sie nicht laut sagen wollen.

»Ich bin dreiundzwanzig.«

»O Gott!«, kreischte sie. Das war ja noch schlimmer, als sie geglaubt hatte!

»Man ist nur so alt, wie man sich fühlt, die Zahl spielt keine Rolle.« Max drückte tröstend ihren Arm.

»Das kann auch nur ein Franzose sagen, ohne dass es sich wie ein Klischee anhört!«, seufzte sie. Jacques trat zu ihnen und reichte jedem von ihnen einen orangeroten Cocktail.

»Wir sitzen da hinten«, sagte er und deutete auf einen runden Tisch, an dem Isobel und die Jungs die Köpfe zusammensteckten. Isobel hatte ihr Smartphone in der Hand und schien ihnen etwas zu zeigen. Allegra atmete auf. Ihre Schwester mochte zwar betrunken sein, und das war vielleicht der Grund dafür, dass sie ihnen, wie Allegra vermutete, Babyfotos von Ferdy zeigte, aber immerhin war nun die Katze aus dem Sack. Nichts trieb jungen Männern amouröse Anwandlungen schneller aus als der Anblick von quäkenden, in Windeln steckenden Babys.

Sie nippte an ihrem Cocktail. »Was ist das?« Sie nahm noch einen Schluck. Das Getränk schmeckte gut, richtig erfrischend, nach all dem Bier. Bestimmt hatte sie längst eine Bierfahne.

»Aperol, Prosecco und Soda. Kennst du das?«, erkundigte sich Jacques.

»Nö.« Allegra zuckte die Achseln und nahm noch einen Schluck, »aber es schmeckt.«

Sie schlenderten hinüber zu den anderen. Max dirigierte Allegra mit der Hand auf ihrem Rücken. Normalerweise hätte sie sich eine derart vertrauliche Geste verbeten, doch war sie mittlerweile in so guter Stimmung, dass es ihr nichts ausmachte. Wie sich herausstellte, zeigte Isobel den Jungs doch nicht Babyfotos von Ferdy, sondern ihre Werte aus der MyTracks-App, die sie sich vor Antritt der Reise eigens heruntergeladen hatte: Länge der Abfahrt, Durchschnittsgeschwindigkeit, Höhe über dem Meeresspiegel etc. Selbst das war Allegra nun egal. Sie fühlte sich großartig, und das gefiel ihr.

Eine Runde folgte der anderen, und jeder war mal mit dem Bezahlen dran. Schon eine halbe Stunde später störte es Allegra nicht mehr, dass sie in Skiklamotten steckte, ja, sie hatte es vollkommen vergessen. Sie und Isobel versuchten sich auf der Tanzfläche und stellten fest, dass die klobigen Skistiefel sogar Vorteile hatten – jedenfalls, wenn man in sturzbetrunkenem Zustand tanzte. Kichernd bogen sie sich vor und zurück, als steckten ihre Füße in Betonblöcken.

»Mann, diese Stiefel sind der Hammer!«, kreischte Isobel.

»Guck mal!« Und sie beugte sich so weit nach vorne, dass Brice beinahe sein Glas fallen ließ, um sie aufzufangen, was sich aber als unnötig herausstellte – die »Mafiaschuhe« hielten bombenfest.

Aber Allegra wollte richtig tanzen, nicht nur hin und her schwingen. Das Blut rauschte ihr in den Ohren, und sie war voller Energie. Die Cocktails hatten ihre Bierlähmung vertrieben, und sie war in bester Stimmung, obwohl sie selbst merkte, dass sie alles andere als nüchtern war – egal, die Musik war einfach toll, und sie wollte sich mal so richtig austoben.

All der Zorn und Frust, den sie so lange unterdrückt hatte, den sie sich nicht hatte anmerken lassen – vor allem nicht vor ihrer Schwester, die gleichzeitig ihre beste Freundin war –, nun brach er aus ihr heraus, und sie sprang wie eine Verrückte auf der Tanzfläche herum. Wild mit den Armen wedelnd brüllte sie den Songtext aus voller Kehle mit. Wieso hatte sie nie gemerkt, wie verkrampft sie normalerweise war? Wie gut es sich anfühlte, sich mal so richtig gehen zu lassen? Mann, es war einfach toll, die Rüstung abzuwerfen und sie selbst zu sein. Hier kannte sie ja niemand, hier störte sich keiner daran.

Sie bückte sich, um die Schnallen an ihren Stiefeln zu öffnen, aber Maxime war schneller. Er ging vor ihr in die Hocke, ließ die Schnallen aufschnappen, strich dann mit der Hand über ihre Wade und übte sanften Druck auf ihre Kniekehlen aus, damit sie die Beine ein wenig beugte, sodass er ihr die Stiefel abstreifen konnte.

»Aber ich kann doch nicht auf Strümpfen tanzen!«, protestierte sie lachend. »Die zertrampeln mir doch die Zehen!«

»Abwarten«, sagte er und schaute grinsend zu ihr hoch. »Vertrau mir.«

Und sie tat es. Nachdem er ihr die Stiefel ausgezogen hatte, nahm er sie kurzerhand erneut auf die Arme, so wie auf dem Weg zur Bar, diesmal jedoch merklich unsicherer auf den Beinen – auch er hatte ganz schön getankt.

»Max, lass mich runter!«, rief sie lachend, doch er drängte sich bereits mit ihr durch die Menge. »Die starren uns schon alle an!«

Anstelle einer Antwort drehte er sich grinsend mit ihr im Kreis und erntete dafür Applaus und anerkennende Pfiffe. Dann setzte er sie auf einem riesigen Holzfass ab: der kleinen Plattform, die sie vom Eingang aus gesehen hatte. Dass es ein altes Fass war, bemerkte sie erst jetzt. Sie musste sich einen Moment lang am Rand festklammern, weil ihr der Kopf schwirrte.

»Und jetzt steh auf und tanz für mich«, befahl er.

Sie schlug halb entsetzt, halb lachend die Hände an die roten Wangen. »Was? Spinnst du? Bestimmt nicht!«

Er beugte sich vor und legte seine Hände an ihre Wangen, über die ihren. »Nur so wirst du mich los, weißt du nicht mehr?« Seine Augen funkelten schelmisch.

Beide schauten sich einen Moment lang intensiv an – es lag etwas in der Luft zwischen ihnen, und zwar schon seit einer Weile, wie ihr bewusst wurde.

»Und was … wenn ich dich gar nicht loswerden will?«, sagte sie mit einem koketten Lächeln.

Da schob Maxime ihre Beine auseinander und lehnte sich an das Fass. Seine Hände glitten über ihre Oberschenkel. Auf dem Fass sitzend befand sich ihr Kopf auf derselben Höhe wie seiner – sie schauten sich tief in die Augen. Dann begann er sie zu küssen, ein sanfter, zärtlicher Kuss, der einen Kontrapunkt zur hämmernden, harten Musik bildete. Sie schmusten, bis der Song verklang. Allegra hatte ihre Arme auf seine Schultern gelegt und ließ ihre Hände entspannt baumeln. Es war ihr egal, ob jemand zusah oder nicht.

Als ein neuer Song begann – Beyoncé –, wich Max zurück. Der Blick, mit dem er sie ansah, ließ sich nur als »erhitzt« bezeichnen.

»Und jetzt tanz für mich.«

Allegra blinzelte. Dann stemmte sie sich ohne ein weiteres Wort hoch. Das rhythmische Wummern der Musik drang durch das Fass in ihre Fußsohlen. Sie begann sich lasziv zu wiegen, ihre Lider senkten sich. Max hatte Recht: Man war nur so alt, wie man sich fühlte. Sie war einunddreißig und verhielt sich die meiste Zeit so, als ob sie zwanzig Jahre älter wäre. Jetzt aber war sie betrunken, jetzt fühlte sie sich so, wie man sich in ihrem Alter wohl fühlen sollte: begehrenswert, sexy, unverkrampft, hemmungslos, wild, jung, frei …

»Miss Fisher?!«

Allegra riss die Augen auf. Panik durchzuckte ihren Körper wie Blitzschläge. Sie schaute sich erschrocken um. Diese Stimme … die kannte sie doch …? Sie musste nicht lange suchen.

Keine fünf Meter von ihr entfernt stand Zhou Yong mit einem Tablett in der Hand, auf dem zwei Gläser standen.

»Ich hätte nicht erwartet, Sie hier zu sehen.«

Allegra brachte kein Wort heraus. Ausgerechnet er? Wie konnte das passieren? Alles, bloß das nicht!

»Wir waren uns nicht sicher, ob Sie es sind.«

Wir?

Erst jetzt bemerkte sie den größeren Mann, der hinter Zhou aufragte, den Mann, um den ihre Gedanken ohnehin fast ständig kreisten, den sie zu vergessen versuchte und nicht vergessen konnte – und der sie nun mit finsterem Blick anstarrte.

Nun, sie hatte gedacht, es könne nicht schlimmer kommen.

Irrtum.

# 16. Kapitel

## 15. Tag: Gelenk-Teddybär

»Mng.«

Allegras Arm flog abwehrend hoch und versuchte das aufdringliche Geräusch, das sie geweckt hatte, wie eine lästige Fliege zu verscheuchen. Es verstummte, Gott sei Dank. Aber nun war sie wach. Nun ja, so gut wie. Ihr Arm sackte leblos herunter.

Wo war sie?

Gott, wie ihr der Schädel dröhnte! War sie zu Hause? Daheim wachte sie normalerweise immer auf der linken, vom Fenster abgewandten Seite auf. Und sie lag auf ihrer Linken, oder? Ja, aber die Sonne schien ihr trotzdem ins Gesicht. Links war links, oder? Und sie war Rechtshänderin. Das stimmte doch?

Ihr Gehirn versuchte ihr etwas zu funken. Irgendwas fehlte. Sie tastete herum. Wo war die Bettdecke? Wieso war sie nicht zugedeckt? Alles, was sie fühlte, war Matratze. Sie zwang sich, ein Auge zu öffnen.

Schwerer Fehler. Das Tageslicht bohrte sich wie ein Meißel in ihr Hirn. Sie deckte ihr Gesicht schützend mit der Hand zu, zog unwillkürlich die Knie an die Brust, wie eine Knospe, die sich schließt.

Welcher Tag war heute? Hatte sie ein Meeting? Ja, mit Bob, halb sieben, wie immer …

Dieser Gedanke genügte: Die Ereignisse der letzten Nacht stürzten wie ein schäumender Wasserfall auf sie ein, ein tosender Strudel, aus dem einzelne Erinnerungen aufstiegen, wie Treibgut:

Hatte sie wirklich auf diesem Fass getanzt? Vor aller Augen mit Max geschmust? Und dann waren plötzlich Zhou und Sam aufgetaucht … Mein Gott, wie sie sie angeschaut hatten …

Sie riss die Augen auf und fuhr jäh hoch – sie hatte doch nicht etwa … Erschrocken tastete sie sich ab und stellte erleichtert fest, dass sie ihre Skiklamotten anhatte. Das bestätigte nun auch, mit leichter Verspätung, ihr Sehsinn. Sie runzelte die Stirn. Angezogen. Und allein.

Wieso hatte sie in ihren Skiklamotten geschlafen? Ihr Blick fiel auf ihre schicke schwarze Skihose, die ihr bis zu den Waden hochgerutscht war. Und ihren Anorak hatte sie auch noch an, immerhin aufgeknöpft. Kein Wunder, dass ihr die Bettdecke nicht gefehlt hatte.

Sie barg stöhnend das Gesicht in den Händen. Jetzt erst mal bloß nicht übergeben und nicht wieder umkippen, das war momentan das Wichtigste. Tief durchatmen. Mühsam versuchte sie Ordnung in die Ereignisse des vergangenen Abends zu bekommen. Was war aus Max geworden? Wie war sie nach Hause gekommen? War sie auf Skistiefeln hergewackelt? Oder hatte sie sie im Club zurückgelassen? Hatte Max sie wieder getragen? Aber wenn ja, wo war er? Warum war er nicht geblieben? Vielleicht war er ja geblieben, aber schon wieder fort?

Nein, nein, das konnte nicht sein. Wenn er geblieben wäre, hätte sie sicher ihre Skiklamotten nicht mehr an …

Ihr Handy lag auf dem Nachtkästchen. Auf dem Display war Pierres letzte hässliche SMS zu sehen. Sie runzelte die Stirn. Wieso hatte sie die noch mal aufgerufen?

Ihr kam ein entsetzlicher Gedanke. Mit zitternden Fingern scrollte sie durch ihre Outbox. Bitte nicht … bitte nicht … Wenn sie das getan hatte, wenn sie sich so weit vergessen hatte … dann konnte sie die Diskriminierungsklage vergessen …

Aber da war nichts. Sie hatte ihm nicht geantwortet.

Zutiefst erleichtert ließ sie sich in die Kissen zurücksinken.

Wahrscheinlich war sie letzte Nacht gar nicht mehr in der Lage gewesen, noch eine SMS zu tippen.

Sie stöhnte. Gott, wie viel hatte sie eigentlich getrunken?

»Iz?«, krächzte sie und hob ihren Kopf ein wenig an. Aber ihre Zimmertür war geschlossen, und zu rufen überstieg ihre Kraft.

Mit einem Gefühl, als ob sich die ganze Welt gegen sie verschworen hätte, ließ sie den Kopf zurücksinken. Wenig später gab sie sich einen Ruck, schwang vorsichtig ihre Beine aus dem Bett und erhob sich stöhnend. Sie musste sich einen Moment lang am Kopfbrett festhalten, bevor sie einigermaßen stehen konnte. Wankend tastete sie sich zur Tür, trat hinaus in den Flur und visierte verschwommen die andere Zimmertür an – die ebenfalls zu war. Mühsam versuchte sie sich Isobels Beitrag zu den Exzessen der letzten Nacht ins Gedächtnis zu rufen. Brice …?

Sie klopfte einmal kurz an und streckte dann den Kopf ins Zimmer. Isobel lag bäuchlings quer über dem Bett, das Gesicht in den Kissen vergraben, das lange blonde Haar über die Laken ergossen. Auch sie trug noch ihre Skimontur. Sie war allein. Gott sei Dank.

»Iz? Lebst du noch?«, krächzte Allegra. Sie presste ihre Finger an die Schläfen. Gott, sie hatte gar nicht gewusst, wie grässlich ihre Stimme klang.

Vom Bett aus kam ein Grunzen. Nun, immerhin ein Lebenszeichen.

Allegra schloss die Tür wieder und wankte, sich an den Wänden abstützend, zurück in ihr Zimmer. Was sie jetzt brauchte, war eine heiße Dusche – und sie musste diese Klamotten endlich loswerden. Sie stand so lange unter der Brause, bis das heiße Wasser verbraucht war, aber der Wasserdampf tat gut, er öffnete ihre Poren und brachte ihren Kreislauf in Schwung, sodass die Toxine eine Chance hatten, sich zu verflüchtigen.

Es half, ein wenig zumindest. Vor allem brauchte sie jetzt etwas zu essen. Aber sie und Isobel hatten noch keine Zeit zum Einkaufen gehabt.

Ihre Skimontur achtlos auf dem Boden liegen lassend schlüpfte sie in eine schwarze Jeans und einen dicken roten Norwegerpulli. Dann zog sie ihre warmen Winterstiefel an, hinterließ Isobel eine Nachricht auf der Anrichte und zog die Haustür hinter sich zu. Vorsichtig stieg sie die knarrende Holztreppe hinunter und trat hinaus in die eisige Kälte. Die frische Luft war das reinste Aspirin. Sie lehnte sich kurz an die Hauswand und atmete tief durch. Sie war frisch geduscht, und sie hatte sich nicht übergeben. Das war für den Anfang gar nicht schlecht. So betrunken war sie lange nicht mehr gewesen – eigentlich nie, wenn sie sich recht erinnerte. Nicht in ihrem College-Abschlussjahr, nicht auf der Uni und schon gar nicht im Büro. Sie war bekannt dafür, höchstens zwei Martinis zu trinken, wenn sie Klienten ausführte.

Es hatte über Nacht stark geschneit. Der Schnee in ihrer Gasse war noch unberührt, ihre waren die ersten Fußstapfen. Die Fußspuren der vergangenen Nacht waren längst zugeschneit. Noch ein wenig wacklig auf den Beinen ging sie die schmale Gasse entlang. Als sie die Bahnhofstraße erreichte, blieb sie erst mal blinzelnd stehen, um sich zu orientieren. Es war fast zehn Uhr vormittags, da waren die meisten Skifahrer längst oben auf den Pisten (Max und Brice auch?). Dennoch herrschte reger Betrieb. Viele Besucher waren gekommen, um die Winteratmosphäre zu genießen, den malerischen Ort und die guten Einkaufsmöglichkeiten.

Vor einer Bogner-Boutique blieb sie kurz stehen und schaute sich eine Weile die Kurzfilme von waghalsigen Skimanövern an, die in Endlosschleife auf mehreren Bildschirmen im Schaufenster liefen. Nun, Skifahren fiel heute wohl aus. Sie war nicht mal sicher, ob Isobel überhaupt aus dem Bett kam. Sie schlenderte weiter und kam an einer kleinen Crêperie vorbei, wo sie sich eine frische, warme belgische Waffel kaufte, die sie genüsslich verzehrte, während sie sich mit einer Papierserviette den übers Kinn rinnenden Ahornsirup abwischte.

Physisch ging's ihr allmählich besser, psychisch jedoch nicht. Sie konnte den geschockten Ausdruck auf Zhous Gesicht nicht vergessen, und noch schlimmer, Sams verächtliche Miene …

Allegra ließ den Kopf sinken. Was hatte sie bloß angestellt? Ihren guten Ruf ruiniert, das hatte sie. Was sie sich ein Jahrzehnt lang mühsam aufgebaut hatte – zerstört in einer einzigen Nacht. Kemp hatte sie jetzt in der Hand, selbst wenn sie letztendlich keine fatale SMS an Pierre geschickt hatte. Sie hatte Kemp die Munition geliefert, die er brauchte, um zurückzuschießen, falls sie versuchte, der Firma zu schaden – was er sicher vermuten musste. Er mochte gewonnen haben, er mochte sie aus der Firma gedrängt und sich den Yong-Deal unter den Nagel gerissen haben, aber damit war die Gefahr noch nicht vorbei.

Sie blinzelte heftig, um die aufsteigenden Tränen zurückzuhalten. Stolpernd ging sie weiter. Bloß nicht dran denken, das war die Taktik, an die sie sich seit ihrem Abgang hielt. Nicht dran denken. Weihnachtseinkäufe machen. Ski fahren. Sich besaufen. Alles, um sich nicht mit den schrecklichen Tatsachen konfrontieren zu müssen. Aber allmählich lief ihr die Zeit davon. Sie kannte Pierre, wusste, wie er vorging. Schon jetzt hatte er die Nachricht von ihrem Ausscheiden auf seine Weise »gemanagt«. Und wenn Kemp ihm erst das von letzter Nacht berichtete … Sie durfte keine Zeit mehr verlieren, musste die Dinge endlich selbst in die Hand nehmen.

Sie hatte noch immer keine einzige Nachricht abgehört, ihre Mailbox war seit Tagen voll. Widerwillig holte sie ihr Handy hervor und hörte im Weitergehen ihre Voicemail ab. Da waren Kirsty und Bob, natürlich, die sich fast überschlugen vor Sorge, weil sie sie nicht erreichen konnten. Bei den letzten Worten verließ Kirsty die übliche Gelassenheit, zitternd fügte sie hinzu: »Ich hoffe sehr, dass es Ihnen gut geht.« Viele Kollegen hatten sich gemeldet – darunter Kevin Lam –, sprachen ihr Beileid aus und wünschten ihr alles Gute. Sie wollten sich mit ihr gut stellen, falls sie die Absicht hatte, einige von ihnen ins neue Boot zu holen – wo immer das auch sein mochte. Die Stimmung bei PLF war schließlich schon seit einiger Zeit am Tiefpunkt.

Als Kemps Stimme an ihr Ohr drang, blieb sie abrupt stehen. »Fisher? Kemp hier. Wir müssen reden. Melden Sie sich!«

Ihr fiel ein, was er im Selfridges gesagt hatte: dass er unbedingt ihre neu ausgearbeiteten Investitionsvorschläge brauche. Wut schäumte in ihr hoch, noch giftiger als die Toxine von letzter Nacht. Ihr wurde schwindlig, aber sie stand mitten auf der Straße. Suchend schaute sie sich um. Da war die Kirche, zu der eine breite steinerne Eingangstreppe hinaufführte. Sie tastete sich dorthin und ließ sich auf die Stufen sinken. Aufschluchzend barg sie das Gesicht in den Händen. Wie hatte ihr Leben bloß so kollabieren können? Es war so unfair, das hatte sie nicht verdient!

In diesem Moment begannen die Kirchenglocken zu läuten, die Torflügel sprangen auf, und die Kirchgänger ergossen sich über die Stufen. Sie klappten die Mantelkragen hoch und schlüpften zufrieden in ihre Handschuhe, im Bewusstsein, sich für eine weitere Woche den Segen des Allmächtigen gesichert zu haben.

Sie blieb, wo sie war, bis ihr das Hinterteil abfror – eine Jeans ist kein großer Schutz, wenn man im Winter auf kaltem Stein sitzt. Ob Isobel schon wach war?

Mit steifen Gliedern erhob sie sich. Sie fühlte sich alt und verbraucht. Ein Pfarrer in einer langen schwarzen Soutane kam aus der Kirche und schickte sich an, die Türflügel zu schließen. Sie schenkte ihm ein betretenes Lächeln. Aus dem Kirchenschiff drang ein Hauch Weihrauchduft an ihre Nase. Es war achtzehn Jahre her, dass sie zum letzten Mal ein Gotteshaus betreten hatte. Weihnachten vor achtzehn Jahren, um genau zu sein.

Sie wandte sich zum Gehen, aber kaum dass sich die Kirchentore geschlossen hatten, streckte der Pfarrer noch einmal den Kopf heraus.

»Möchten Sie nicht reinkommen?«, fragte er auf Deutsch.

»Wie bitte? Ich verstehe leider nicht«, antwortete sie auf Englisch.

Er wiederholte seine Frage auf Englisch.

Sie schüttelte den Kopf, wich unwillkürlich einen Schritt zurück. »Ach nein. Nein, das … Es geht schon, danke.«

Er trat einen Schritt nach draußen. »Sind Sie sicher? Sie sehen aus, als ob Ihnen kalt ist – und als ob Sie jemanden gebrauchen könnten, der Ihnen zuhört.«

Abermals musste sie blinzeln, um die jäh aufsteigenden Tränen niederzuringen. Was war bloß los mit ihr? Aber in ihrem jetzigen angeschlagenen Zustand fühlte sie sich verwundbarer als sonst, als würde ihr mindestens eine Lage von ihrem Schutzpanzer fehlen. Es wollte ihr nicht gelingen, sich wie sonst von allem abzuschotten, sich nichts anmerken zu lassen. »Aber … ich bin nicht katholisch«, wandte sie lahm ein.

Er zuckte die Achseln. »Nun, das spielt heutzutage eine geringere Rolle als früher.«

Abermals schüttelte sie den Kopf, mied seinen Blick.

»Nun, wie Sie wollen, es ist Ihre Entscheidung. Ich mache mir jetzt jedenfalls erst mal einen schönen heißen Kaffee. Ich würde mich freuen, wenn Sie sich mir anschließen würden.«

Mit einem letzten freundlichen Lächeln schloss er das Tor. Es war ein überraschend schlichtes Holzportal, nicht das, was man gemeinhin mit der katholischen Kirche assoziierte. Ein schmuckloses, solides Steingebäude, mit Spitzdach und einem Säulenvorbau, der Schutz vor den Elementen bot. Aber angesichts der überwältigenden Bergkulisse war das vielleicht gar nicht so verwunderlich. Die hiesigen Gebäude mussten wohl eher stabil als schön sein. Und die Herrlichkeit Gottes fand sich auch dort oben, in den Bergen, jedenfalls für jene, die an so etwas glaubten.

Fast gegen ihren Willen näherte sie sich dem Eingang. Warum tat sie das? Weil er ihr einen Kaffee versprochen hatte und sie sich im Moment nichts Besseres vorstellen konnte? Zögernd ergriff sie die Klinke, drückte sie hinunter und trat ein. Der Innenraum war dann doch beeindruckender, als das schlichte Äußere hätte vermuten lassen: eine hohe Gewölbedecke, mit Fresken in zarten Pastelltönen, die einen angenehmen Kontrast zu den weiß getünchten Wänden bildeten. Der halbrunde Altarraum war umgeben von hohen, schmalen Buntglasfenstern, durch die das Tageslicht hereinströmte und farbige Schatten auf den Tabernakel warf.

Langsam, fast auf Zehenspitzen schritt sie den Mittelgang entlang, wobei sie sich ängstlich umschaute, als könne jemand hinter einer Säule hervorspringen. Aus der Sakristei drangen das Geräusch eines pfeifenden Kessels und das Klappern von Porzellantassen. Sie ließ sich auf einer der vorderen Sitzbänke nieder und betrachtete bewundernd die Buntglasfenster, vor allem das, auf dem die Madonna mit dem Jesuskind abgebildet war.

Ihr Blick glitt über den prächtigen Altar, den goldenen Tabernakel, die aufwändigen Goldkreuze, das goldbestickte Altartuch. Der Pfarrer war schon auf halbem Weg zu ihr, zwei Porzellanbecher in der Hand, als sie ihn bemerkte.

Er wirkte erfreut, sie zu sehen.

»Darf man denn hier drin überhaupt Kaffee trinken?«, erkundigte sie sich ängstlich.

Er reichte ihr eine Tasse, setzte sich neben sie und sagte schmunzelnd: »Nun, da ich hier der Hausherr bin, denke ich, wir können es riskieren.«

Dankbar wärmte sie ihre eisigen Hände an der Tasse. Ja, ein heißer Kaffee war jetzt genau das Richtige.

»Sie sprechen aber sehr gut Englisch«, bemerkte sie.

»Oh, danke. Ich habe sieben Jahre in Cambridge studiert, wissen Sie?«

»Ach so.«

Beide schwiegen einen Moment. Der Pfarrer lehnte sich entspannt zurück und genoss seinen Kaffee, den Blick auf die herrlichen Buntglasfenster gerichtet. Allegra warf ihm einen verstohlenen Seitenblick zu. Er war groß und hager und trug eine schwarz umrandete Nickelbrille. Sie schätzte ihn auf Anfang vierzig.

In ihren Kaffee starrend fragte sie sich, wieso sie hereingekommen war. Reden war nicht ihre Sache. Sie war eine Frau der Tat. Mit Worten richtete man ohnehin nichts aus.

»Ach ja, mein Name ist übrigens Pfarrer Merete.« Er blickte sie auffordernd an.

»Allegra. Allegra Fisher.«

»Sagten Sie Fisher?«

Sein Ton ließ vermuten, dass ihm der Name bekannt war. Neugierig schaute sie ihn an. »Ja, genau.«

Er schien zu zögern. »Sie sind nicht zufällig mit einer gewissen Valentina Fischer verwandt?«

Sie riss verblüfft den Mund auf. »Woher wissen Sie …?«

»Nun, die Sache ging durch alle Lokalblätter. Die Leiche, die man in einer der Hütten gefunden hat.«

»Wirklich?«

Er nickte, sagte aber nichts weiter. Offenbar ging er davon aus, dass sie mehr darüber wissen müsse als er.

»Das war meine Großmutter, wie es scheint«, entgegnete sie fast mürrisch.

»Mein Beileid«, sagte er, aufrichtig, wie ihr schien. Andererseits sagte er so etwas sicher häufig und war geübt darin.

»Danke, das ist nett, aber eigentlich habe ich sie überhaupt nicht gekannt, also …« Ihre Stimme verklang. Sie empfand nichts für diese Frau, diese Fremde, und es war irgendwie seltsam, in ihrem Namen Beileidsbezeugungen entgegenzunehmen.

»Das macht nichts. Es ist dennoch ein tragischer Verlust. Soweit ich es verstehe, war sie als junge Frau bekannt und beliebt in der Gemeinde. Sie war erst einundzwanzig, als sie starb, und es ist lange her, trotzdem scheint man sie nicht vergessen zu haben.«

Allegra musterte ihn forschend. »Wissen Sie denn Näheres über die Umstände?«

»Nur das, was in der Zeitung stand, fürchte ich. Aber einige meiner älteren Gemeindemitglieder haben Kerzen für sie angezündet – sie haben sie noch persönlich gekannt.«

»Könnten mir diese Leute über die Umstände ihres Todes Auskunft geben, was glauben Sie, Herr Pfarrer?«

Der Pfarrer schüttelte den Kopf. »Die wissen auch nicht mehr als die Polizei, scheint mir. Ihr Tod ist ein Rätsel. Warum ist sie in einem Schneesturm hinauf in die Berge gestiegen? Sie musste doch wissen, wie gefährlich das ist.«

»Man hat sie in einer Art Berghütte gefunden, oder?«

Der Pfarrer wirkte ein wenig befremdet über das Ausmaß ihrer Unkenntnis. Schließlich handelte es sich um ihre Familie. »Ja, wissen Sie das denn nicht?«

Allegra schüttelte den Kopf. »Bis vor einer Woche wusste ich nicht einmal, dass ich Verwandtschaft in der Schweiz habe. Ich dachte, wir wären alle eingeborene Londoner.«

Sie hatte es kaum ausgesprochen, als ihr Zweifel kamen. Immerhin waren da die Kuckucksuhr und das Adventskalender-Kästchen, die sie auf dem Dachboden gefunden hatten. Und in einer der ersten Schubladen, die sie geöffnet hatte, hatte sich eine Maria mit Jesuskind befunden. Es war also nicht so, als hätte es keine Hinweise gegeben. Auch die Kuckucksuhr – in Form eines Schweizer Chalets – war schließlich eins der bekanntesten Symbole des Landes. Ein Zufall konnte das nicht sein.

Pfarrer Merete schien ihren inneren Konflikt zu spüren. »Nun, vielleicht ist es nicht an mir, Ihnen darüber Auskunft zu erteilen.«

»Aber ich wüsste nicht, wer das sonst könnte. Meine Verwandten mütterlicherseits sind alle bereits verstorben, meine Mutter war ein Einzelkind. Bitte, Herr Pfarrer, was immer Sie wissen, ich wäre Ihnen sehr dankbar, wenn Sie mir weiterhelfen würden. Wenn es stimmt, was die Polizei behauptet, dann weiß ich weniger über meine Familiengeschichte, als ich gedacht hätte. Irgendwo muss ich anfangen, um das alles begreifen zu können.«

Er nickte. »Also gut. Soweit ich weiß, waren Ihre Verwandten, die Engelbergs, ursprünglich Bauern, so wie damals die meisten hier, wenn sie auch einen der größten Höfe besaßen. Milchwirtschaft.«

»Sie meinen Kühe?«

»Nein, Ziegen. Vor dem Aufkommen des Tourismus war Zermatt eine bäuerliche, von Landwirtschaft geprägte Gegend, und die Engelbergs besaßen einige der größten und fruchtbarsten Weidegründe im Tal. Es war üblich, die Sommermonate in den Bergen, auf den Almen, zu verbringen und das Vieh dort oben frei grasen zu lassen. Im Herbst kehrte man aber immer zurück ins Tal. Niemandem wäre es eingefallen, oben zu überwintern. Das war viel zu gefährlich, die Kälte, die Lawinengefahr, Sie verstehen. Valentina wurde hier geboren, ist hier aufgewachsen, sie muss das gewusst haben.«

Allegra runzelte die Stirn. »Hat man denn nie eine Erklärung gefunden, warum sie sich trotzdem auf den Weg gemacht hat?«

»Ihr Mann behauptet, er habe nach dem gemeinsamen Abendessen noch einmal nach dem Vieh geschaut, und als er zurückkam, sei sie spurlos verschwunden gewesen.«

»Einfach so?«

Pfarrer Merete zuckte mit den Schultern. »Ich weiß nicht, es scheint so.«

»Aber Menschen verschwinden doch nicht einfach«, sagte sie aufgebracht, »damit wird die Polizei sich ja sicher nicht zufriedengegeben haben. Hat man denn nie die Möglichkeit in Betracht gezogen, dass ein Verbrechen geschehen sein könnte?«

Der Pfarrer lächelte müde. »Das waren ganz andere Zeiten damals. Die Polizei verfügte noch nicht über die Mittel und Methoden wie heute. Und Valentina ist unter Umständen umgekommen, die sich als einmalig in der Schweizer Geschichte bezeichnen lassen. Der Januar 1951 war ein Katastrophenmonat, wie er nur einmal in hundert Jahren vorkommt: über tausend Lawinenabgänge innerhalb von drei Tagen. Als man sie auch in der Ortschaft nirgends finden konnte, war die einzig logische Schlussfolgerung, dass sie in die Berge gegangen und in einer Lawine umgekommen sein musste.«

Allegra nickte gedankenversunken. Ihr Blick richtete sich wie von selbst wieder auf das Fenster mit der Madonna und dem Jesuskind.

»War sie katholisch, was meinen Sie?«

Aber sie kannte die Antwort bereits. Da war der Adventskalender. Und die Maria mit dem Kinde.

»Mit ziemlicher Sicherheit. Auch heute noch sind über 80 Prozent der Einheimischen katholisch.«

Sie nickte. Die Kaffeetasse in ihrer Hand war mittlerweile nur noch lauwarm.

Der Pfarrer drehte sich ein wenig auf der Bank, um sie besser ansehen zu können. »Haben Sie sich schon überlegt, wie Sie die Bestattung handhaben wollen?«

Sie schaute ihn an. »Das ist ja das Problem. Es gibt keine … keine Leiche zu bestatten, nur …«

Er beugte sich verständnisvoll vor und nahm ihr die weiteren Worte ab. »Ich verstehe. Das ist hier nicht ungewöhnlich. Die Berge fordern ihren Tribut. Und oft gibt das Eis die sterblichen Überreste erst Jahre später frei.«

Sie schwiegen.

»Wäre eine … eine Einäscherung möglich?«, erkundigte sie sich zögernd. »Das ist in der katholischen Kirche nicht üblich, oder?«

»Nun, abgelehnt wird es nicht. Und ich denke, dass eine Einäscherung in diesem Fall wirklich die beste Lösung wäre.«

Allegra senkte den Blick auf ihren Schoß. »Es fällt mir schwer zu entscheiden, was … was richtig ist. Meine Schwester und ich, wir sind hergekommen, um die sterblichen Überreste nach England zu überführen, aber jetzt, wo ich hier bin und diese Landschaft sehe, die Berge, die Ortschaft, wie die Menschen leben, da …« Sie schluckte. Es fiel ihr schwer, sich auszudrücken. Sie konnte ja nicht mal richtig denken. »Valentina ist hier aufgewachsen und hier gestorben. Mittlerweile scheint es mir falsch, sie nach England zu überführen … fast möchte ich sagen zu *entführen*. Was hat sie in London zu schaffen? Die Berge waren bis vor Kurzem ihre letzte Ruhestätte. Ich habe mehr und mehr das Gefühl, dass es falsch wäre, sie von hier wegzuholen.«

Der Pfarrer schwieg einen Moment. »Sie war die Mutter Ihrer Mutter, sagten Sie?«

»Ja, aber ich vertrete meine Mutter, da sie nicht gesund ist. Ich bin ihr gesetzlicher Vormund.«

»Ihre Mutter ist also in England geblieben?«

»Mhm.«

»Und was hält sie von alldem? Vielleicht wäre es ihr ja ein Trost, das Grab ihrer Mutter in der Nähe zu haben. Vor allem nach dieser langen Zeit, in der man nichts über ihren Verbleib wusste.«

Allegra blickte den Priester an. »Sie weiß es noch gar nicht.«

»Sie weiß nicht, dass man die Leiche ihrer Mutter gefunden hat?«

Allegra holte tief Luft. »Sie müssen wissen, dass meine Mutter unter fortgeschrittener Demenz leidet. Sie ist oft verwirrt und regt sich schnell auf. Nicht selten hält sie sich für ein Kind und glaubt, dass ihre Mutter noch lebt.«

Er schwieg mitfühlend. Dann sagte er: »Das tut mir sehr leid. Unglücklicherweise erlebe ich solche Situationen immer häufiger. Was sagen die Ärzte? Sollte man sie nicht doch informieren?«

»Wenn es nur das wäre«, seufzte Allegra. »Ich meine, wenn es nur an ihrer Krankheit läge, dann könnte man einen lichten Moment abwarten und es ihr dann mitteilen. Aber das ist leider nicht alles. Meine Mutter hat ihre Mutter schon vor dreizehn Jahren begraben, in England, lange bevor sie an Demenz erkrankt ist.«

Pfarrer Merete machte eine verwirrte Miene. »Ich verstehe nicht, was Sie meinen.«

»Das glaube ich gern«, antwortete Allegra. Sie holte tief Luft. Wo beginnen? Sie verstand es ja selbst nicht. »Die polizeilichen Ermittlungen haben ergeben, dass die Frau, die meine Mutter aufgezogen hat, gar nicht ihre Mutter war, sondern ihre Tante Anja. Valentina und Anja waren Schwestern.«

Das Stirnrunzeln des Geistlichen vertiefte sich.

»All das ist nur ans Licht gekommen, weil ich zur Identifizierung der Leiche eine DNA-Probe abgeben musste. Und die beweist, dass Valentina meine Großmutter mütterlicherseits ist. Es scheint, als ob meine Mutter mit einer Lüge groß geworden ist.«

Der Pfarrer schwieg, tief in Gedanken versunken. »Sie sagten, die Verwandten Ihrer Mutter seien alle verstorben, ja? Aber was ist mit Ihrem Großvater? Könnte der Ihnen nicht weiterhelfen?«

Allegra zuckte die Achseln. »Er starb, als meine Mutter noch klein war.« Er sah sie ganz seltsam an. »Was?«, fragte sie.

»Sind Sie da absolut sicher?«

Allegra schluckte. »Ja, na klar … also, ich meine, das hat uns unsere Mutter jedenfalls erzählt, und sie wiederum hat es von Granny. Es gab nie einen Anlass zu Zweifeln …«

Nein, Zweifel hatte es nie gegeben. Wenn es Lügen gab, dann auf der Vaterseite. Ein DNA-Test und ein Telefonat hatten genügt, um das alles auf den Kopf zu stellen, um die sicher geglaubten Fundamente zu erschüttern, um jene, die sie am meisten liebte, als Lügner zu entlarven.

»Er ist also gar nicht tot?«, fragte sie den Pfarrer mit aufkeimender Nervosität.

»Kommen Sie, ich möchte Ihnen etwas zeigen.«

Er stand auf, und sie folgte ihm in die Sakristei. In der Mitte stand ein prächtiger Eichentisch, auf dem ein goldbestickter lila Läufer lag, auf dem wiederum ein massives Goldkreuz stand.

Er trat an ein Regal und zog einen schweren, in rissiges schwarzes Leder gebundenen Band hervor, den er zum Tisch brachte.

»Unser Gemeinderegister«, erklärte er und strich über das rissige Leder. In den Einband war etwas in verblasster Goldschrift eingeprägt, das Allegra aber nicht lesen konnte, da es offenbar auf Deutsch war. »Alle Geburten, Taufen und Vermählungen der letzten zweihundert Jahre sind hier drin verzeichnet.«

»Wirklich?«, fragte Allegra beeindruckt.

Er nickte, dann schlug er das Buch vorsichtig auf. »Also, wir wissen, dass Valentina im Januar 1951 umkam, hm …« Er schlug eine beliebige Seite im hinteren Drittel des Wälzers auf. »1894«, murmelte er und glitt mit dem Finger über die Seite, »und hier … ah ja, 1943.« Er richtete sich auf und strich die Seiten glatt, damit sie besser mitlesen konnte. »Mal sehen …«

Sie sah zu, wie sein Finger über die in altmodischer Schönschrift gemachten Einträge fuhr, dabei wiederholte er leise immer wieder Valentinas Namen.

»Ah, da haben wir's ja. Valentina Engelberg, am 3. Oktober 1946 mit Lars Fischer vermählt.«

»Lars Fischer«, wiederholte Allegra sinnend. Sie hatte den kleinen Unterschied in der Aussprache des Nachnamens sofort herausgehört. Unwillkürlich hielt sie den Atem an. Konnte es so einfach sein? Konnte es sich vielleicht doch um eine Verwechslung handeln? Andere Schreibweise des Nachnamens? Es war das, was sie und Isobel sich erhofften: dass sich das Ganze als Irrtum erwies, dass dies andere »Fischers« waren, mit einem »sch« und nicht einem »sh«. Der DNA-Test bewies zwar das Gegenteil, aber selbst die waren nicht narrensicher, da konnte schon mal ein Fehler vorkommen … Und den Namen Lars hatte sie noch nie gehört, ihre Großmutter hatte ihn jedenfalls nie erwähnt.

»Gut, schauen wir mal hier rein …« Er klappte das Buch zu, stellte es wieder ins Regal und holte ein anderes, ganz ähnliches hervor. »In diesem sind die Begräbnisse und Sterbedaten verzeichnet«, erklärte er. Er brachte es zum Tisch und schlug es auf. »Sie sagten, Ihre Mutter glaubt, ihr Vater sei gestorben, als sie noch ein Kind war?«

»Ja, ähm, sie war drei, glaube ich.«

»Und wann wurde Ihre Mutter geboren?«

»Am 23. Februar 1948.« Sie addierte automatisch, fast unbewusst, die Zahlen. Wenn Annen und der DNA-Test recht hatten, wenn Valentinas Familie hier wirklich Hof und Grund besessen hatte, wenn ihre Großmutter tatsächlich 1951 hier umgekommen war, dann wäre ihre Mutter, die drei Jahre zuvor auf die Welt gekommen war, demnach ebenfalls hier geboren worden? Sollte sie wirklich glauben, dass ihre Mutter ursprünglich Schweizerin gewesen war, es aber nie erwähnt hatte?

»Wenn sie damals drei Jahre alt war, müsste ihr Vater ebenfalls 1951 gestorben sein.« Der Pfarrer suchte und fand die Einträge für das betreffende Jahrzehnt. Er strich die Seiten glatt und trat einen Schritt zurück, damit sie selbst suchen konnte.

Allegra beugte sich vor und suchte die Seiten nach einem »Lars Fischer« ab. Nichts. Sein Name war nicht darunter. »Ich kann ihn nicht finden.« Stirnrunzelnd richtete sie sich wieder auf.

»Nein, ich auch nicht.«

»Vielleicht ist er ja aus Zermatt weggezogen und woanders gestorben?«, spekulierte sie. »Vielleicht wollte er nach dem Tod seiner Frau irgendwo neu anfangen.«

»Möglich wäre es«, sinnierte der Pfarrer. »Aber möglich wäre auch, dass er noch lebt.«

»Aber …« Allegra stand der Mund offen. Ihr fehlten die Worte. Oder genauer gesagt, sie wollte eine solche Möglichkeit nicht in Betracht ziehen, da sie das Andenken an ihre geliebte Großmutter noch mehr ins Wanken gebracht hätte. Ihre Granny, die ihr über die schlimmste Zeit hinweggeholfen hatte, die immer für sie da gewesen war.

»Sie sollten wissen, dass sich unter meinen Schäfchen ein Lars Fischer befindet.«

Allegra blinzelte, schüttelte den Kopf, wie um die implizierte Bedeutung seiner Worte zurückzuweisen.

»Er ist jetzt Ende achtzig. Normalerweise kommt er jeden Sonntag zum Gottesdienst.«

Normalerweise? Sie schaute den Pfarrer an. »Aber in letzter Zeit nicht mehr?«

Pfarrer Merete zog die Brauen hoch. »Nicht mehr, seit das mit Ihrer Großmutter bekannt geworden ist. Nicht mehr, seit man die Leiche fand.«

Allegra schaute ihn an. Sie wollte immer noch nicht glauben, was er ihr zu verstehen gab: dass ihr Großvater möglicherweise noch am Leben war, ja, mehr noch, dass er *hier* in Zermatt lebte. Aber da war immer noch die unterschiedliche Schreibweise ihrer Nachnamen. Allegra hielt sie vor sich wie einen Schutzschild. Man musste ihr erst beweisen, dass es sich um dieselbe Familie handelte, bevor sie alles über den Haufen warf, woran sie bisher geglaubt hatte. Es bestand immer noch die Möglichkeit, dass die Polizei sich irrte. Und nicht nur die Polizei, auch der Pfarrer mit seinem Buch und die Leute aus dem DNA-Labor. »Wenn wir vielleicht noch eine letzte Sache nachschlagen könnten?«, sagte sie, ihre Abwehrhaltung hinter einem Lächeln verbergend. Sie wusste ganz genau, wie sie beweisen konnte, dass es gar nicht ihre Verwandtschaft war. Sie waren die Fishers mit »sh«, und damit basta.

# 17. Kapitel

»Ah, du bist wach!«, rief Allegra erfreut, als sie wenig später durch die Tür stolperte.

*Wach* war nicht ganz richtig. Isobel lag wie ein sterbender Schwan auf dem roten Ledersofa. Ihre Beine ragten auf einer Seite über die Lehne. Sie trug noch immer ihre Skiklamotten.

»Nicht so laut!«, zischte sie. »Musst du so schreien?« Sie musterte Allegra aus trüben, geschwollenen Augen. »Wo bist du gewesen?« Sie versuchte sich aufzusetzen, sank aber wieder zurück. »Mann, ich kann nicht glauben, dass du ohne mich losgezogen bist.«

»Du lagst noch im Koma.«

»Na und?!«

»Ich hab's nur gut gemeint. Ich dachte, du solltest dich mal richtig ausschlafen, dazu kommst du sonst ja kaum noch.«

Isobel schwieg, bevor sie fragte: »Du hast nicht zufällig Milch besorgt?«

Allegra verdrehte die Augen und hievte eine blaue Einkaufstüte auf die Küchenanrichte. »Als ob ich nicht wüsste, was passiert, wenn du länger als zwölf Stunden ohne Tee auskommen musst!« Grinsend nahm sie die eingekauften Schätze aus der Tüte: eine Schachtel mit Teebeuteln, Milch, Vollkornkekse, Brot, Butter und Marmelade. »Wie wär's mit einem Verdauungskeks?« Sie riss die Schachtel auf, holte zwei der flachen Gebäckstücke heraus und bestrich sie rasch mit Butter und Marmelade, bevor sie sie zusammenklebte.

»Mann! So was hab ich seit Jahren nicht mehr gehabt!«, rief

Isobel begeistert aus. Sie raffte ein paar Kissen zusammen und benutzte sie, um sich halb aufzurichten. »Die hat Mum immer für uns gemacht, wenn wir krank waren, weißt du noch?«

Allegra reichte ihr den Teller, sagte aber nichts. Isobel hatte nun eine eigene kleine Familie und kochte regelmäßig gesunde, ausgewogene Mahlzeiten für sie. Sie selbst dagegen aß meistens in irgendwelchen Restaurants, und falls sie doch mal daheim war (allein), waren Vollkornkekse mit Butter und Marmelade immer noch eine ihrer bevorzugten Notlösungen, wenn nichts anderes im Haus war.

»Mm!« Isobel schmatzte anerkennend. Dabei besprühte sie sich mit Bröseln, die sie achtlos auf den Teppich fegte. »Mann, ich hab in meinen Skiklamotten geschlafen«, bemerkte sie mit einem missbilligenden Blick auf sich selbst, »ist Jahre her, dass mir das zum letzten Mal passiert ist.«

Allegra schwieg. Ihr war es noch nie passiert.

»Aber das war ein toller Abend, was?«, grinste Isobel. Ihre Augen funkelten schelmisch. »Du und Max, ihr habt euch ziemlich gut verstanden, was?«

»Geht so.« Allegra suchte zwei große Tassen heraus.

»Kann er gut küssen?«

»Weiß nicht. Kann mich nicht mehr erinnern«, log sie und kramte in der Besteckschublade nach Teelöffeln.

»Ich auch nicht«, sagte Isobel nachdenklich.

Allegra fuhr erschrocken herum. »Was?! Du hast doch nicht … Iz! Du hast doch nicht etwa mit einem von denen rumgeknutscht, oder?«

»Reg dich ab! Also wirklich! Ich hab doch bloß gemeint, dass der gestrige Abend irgendwie verschwommen ist. Kann mich nicht mehr genau an alles erinnern. Ich vertrage wohl nicht mehr so viel wie früher.«

»Ach so.«

Das Wasser kochte, und Allegra goss den Tee auf.

»Wie kommt's überhaupt, dass du schon wieder fit bist?«, maulte Isobel. »Du bist ein richtiger Alien, Allegra, das ist einfach nicht menschlich!« Mürrisch verfolgte sie, wie Allegra die Tassen auf den Sofatisch stellte und sich setzte. »Ich kann mich kaum rühren!«

Allegra warf ihrer Schwester einen mitfühlenden Blick zu. »Ich bin schon seit zwei Stunden auf. Und ich hab was gegessen. Hier, trink das.« Sie schob ihrer Schwester die Tasse hin.

Isobel schwang seufzend die Beine vom Sofa und stemmte sich mit den Händen auf den Oberschenkeln in eine sitzende Position. Ihr Kopf sackte zurück wie eine zu schwere Blüte auf einem dünnen Stängel. »Gott, ich sterbe!«

»Noch nicht, das wird schon wieder.« Allegra zog grinsend die Beine an und lehnte sich zurück. Sie musterte ihre Schwester kritisch. War sie schon aufnahmefähig für Neuigkeiten? Sie hatte ihr ja einiges zu berichten.

Ein paar Minuten vergingen, in denen Isobel ihren Tee schlabberte wie ein Labrador. Sie warf ihrer Schwester einen betretenen Seitenblick zu. »Wir könnten Ski fahren gehen«, schlug sie vor.

»Können wir nicht«, entgegnete Allegra kopfschüttelnd. Auch sie hatte sich müde zurückgelehnt, und ihr Haar rieb raschelnd übers Polster. »Das schaffen unsere Körper nicht. Wir haben ihnen gestern einfach zu viel zugemutet.«

»Legs, aber wir müssen. Ich ... ich hab's versprochen.«

»Wem? Wem hast du so was versprochen?«, wollte Allegra misstrauisch wissen.

»Bri...«

»Moment mal! Stopp!« Allegra hob die Hand und schloss kurz die Augen. »Findest du nicht, dass diese Jungs schon genug Schaden angerichtet haben?« Sie wies mit einer müden Geste auf sie beide, wie sie in den Sitzpolstern lagen. Aber das war noch nicht einmal das Schlimmste. Der eigentliche Schaden war kein äußerlicher, selbst wenn sie einen wirklich brutalen Kater hatte. Am schlimmsten war der Schaden, den sie ihrem Ruf zugefügt hatte, ihrer professionellen Reputation. Der Schmerz, der in ihr aufstieg, brannte wie Zitronensaft auf einer offenen Wunde. Sie presste unwillkürlich Daumen und Zeigefinger an die Nasenwurzel und atmete ein paarmal tief durch. Es war zu viel, einfach zu viel.

»Leider wird uns nichts anderes übrig bleiben. Er hat noch mein Handy«, verkündete Isobel kleinlaut.

Allegra ließ die Hand sinken. »Wie bitte?«

»Ich hab's ihm gestern als Pfand gegeben, dafür, dass wir bestimmt kommen und am Infinity teilnehmen.«

Am *Infinity*? Das Summen in ihrem Hinterkopf verstärkte sich zu einem Dröhnen. Eine dumpfe Erinnerung stieg in ihr auf, an aufgeregte Pläne und Skirennen und …

»Wieso zum Teufel hast du das gemacht?«, fragte Allegra aufgebracht.

»Weil er mich unbedingt wiedersehen wollte und ich zu dem Zeitpunkt schon ein Fass Bier intus hatte.«

»Iz, du bist verheiratet, du hast ein *Kind*! Das weiß er ganz genau. Was soll das?«

Isobel schnalzte missbilligend und verdrehte die Augen. »Legs, ich hab doch nichts verbrochen! Ich werde ja wohl noch mit anderen Männern reden dürfen. Ich bin verheiratet, nicht im Kloster! Und Mutter zu sein heißt nicht, dass ich meine Weiblichkeit aufgeben muss. Ich wollte doch bloß ein bisschen Spaß haben, mehr nicht.«

»Es war schon ein ›bisschen‹ mehr als das, das weißt du genau.« Allegra wies anklagend mit dem Zeigefinger auf ihre Schwester. »Du verwischst absichtlich die Grenzen! Was willst du von diesen Kerlen? Das hast du doch nicht nötig! Wieso musst du's immer drauf anlegen, dass sich jeder in dich verliebt?«

Sie bereute ihre Worte, sobald sie ihr über die Lippen gekommen waren. Den Grund dafür kannte sie nur zu gut. Und Isobel ebenfalls.

»Du warst gestern auch nicht gerade ein Ausbund an Tugend«, sagte Isobel mürrisch.

»*Ich* bin auch nicht verheiratet. Ich kann tun und lassen, was ich will.«

Isobel machte ein finsteres Gesicht, sagte aber nichts weiter.

Eine Minute verging. Isobel trommelte nervös mit den Fingern auf das Sofa. »Tja, aber ich brauche trotzdem mein Handy.«

Über den Wolken herrschte auch heute strahlendes Wetter. Das war sicherlich einer der größten Vorteile, wenn man den Beruf des Flugzeugpiloten ausübte, fand Allegra. Egal, was sich am Boden abspielte, hier oben über den Wolken schien immer die Sonne. Sie schloss die Augen und ließ sich das bleiche Gesicht wärmen.

Die Schlangen an den Gondeln waren heute besonders lang gewesen. Zentimeter um Zentimeter vorrückend hatten sie über eine Stunde gebraucht, bis sie einsteigen konnten, um zum Klein Matterhorn hinaufzufahren, wo das Rennen stattfinden sollte. Und wo sie angeblich bereits ungeduldig von Brice, Max und den anderen erwartet wurden.

Es hätte noch länger dauern können, das war Allegra nur allzu klar. Wenn sie ihre Skistiefel am Ende nicht unterm Bett gefunden hätte (verdeckt von der herabhängenden Bettdecke) und Isobel nicht in letzter Sekunde wieder eingefallen wäre, in welchem Schließfach Brice gestern ihre Skier, Skistöcke und Helme untergebracht hatte – nun, es konnte ja nicht alles schiefgehen.

»Legs, ich bin immer noch am Verhungern!«, jammerte Isobel, die zu ihrem Kummer feststellen musste, dass oben an der Liftstation ein beklagenswerter Mangel an Cafés und Erfrischungsständen herrschte. Sie stützte müde die Hände auf den Oberschenkeln ab.

»Ein Wunder, dass du nicht fett wie ’ne Tonne bist«, scherzte Allegra. Sie kramte in den Taschen ihres Anoraks und brachte schließlich ein einzelnes Toffee zum Vorschein, dessen Verpackung schon ein wenig fusselig war. »Mehr hab ich nicht zu bieten«, sagte sie achselzuckend.

»Toll!«, rief Isobel. Sie kaute mit einem solchen Eifer, dass der Bommel an ihrer Mütze erzitterte. Dabei schaute sie sich nach den Jungs um. Allegra scharrte mit der Spitze ihres Skistiefels im Schnee. Sie hatte keine Lust darauf, Max wiederzusehen, und war sogar so weit gegangen, Isobel anzubieten, ihr ein neues Handy zu kaufen, doch diese hatte sofort auf all die unvergesslichen Fotos von Ferdy verwiesen, die sich auf der SIM-Karte befanden …

»Ah, ich sehe sie, sie sind da hinten«, sagte Isobel. Sie übergab ihrer Schwester kurzerhand ihre Skier und verschwand im Gedränge.

Nun gut, wenn sie alle dort hinten waren, dachte Allegra und drehte sich in die entgegengesetzte Richtung. Eine dichte Menschenmenge bevölkerte den Gipfelbereich. Viele hatten weiße Stoffquadrate mit schwarzen Startnummern um, ein Hinweis darauf, dass sie am Rennen teilnahmen. Dazwischen mühten sich mit Klemmbrettern ausgestattete Organisatoren, Ordnung in die Schar zu bringen. Es gab Teilnehmer aller Altersgruppen: Familien mit Kleinkindern, denen noch die Breireste vom Frühstück an den Pausbacken klebten, Studenten- und Schülergruppen, bis hin zu drahtigen Senioren mit gepflegter Gesichtsbräune.

Allegra beobachtete zwei Geschwister, Mädchen und Junge, beim Fingerhakeln. Mit verbissener Miene fochten sie um die Oberhand. Ein Snowboarder glitt auf einem Bein an ihr vorbei, und sie lächelte zynisch. Er trug eine Art Strampler und hatte eine Wollmütze mit einem roten Hahnenkamm auf dem Kopf. Zwei Tiefschneefahrer sprangen lässig aus der Liftkabine und machten sich wortlos auf den Weg zur anderen Seite, nach Italien hinunter.

»Hallo.«

Sie blickte überrascht auf. Max war unversehens neben ihr aufgetaucht. Er hatte sein Board wie einen Zaunpfahl vor sich in den

Schnee gerammt und stützte sich lässig mit den Unterarmen darauf.

Mist. »Hallo.«

Im hellen Tageslicht sah er sogar noch jünger aus: Dreitagebart, rosa Wangen, lebhaft blitzende Augen. Offenbar hatte er schon den halben Tag auf den Pisten verbracht. Wie war das möglich? Sie und Isobel hatten Mühe gehabt, überhaupt aus dem Bett zu kommen, von Skifahren gar nicht zu reden. Wenn er ihr jünger vorkam als zuvor, dann musste sie sicher noch älter aussehen.

»Wie fühlst du dich?«, erkundigte er sich mit einem unbekümmerten Lächeln – das Allegra sicher erwidert hätte, wenn sie der gestrige Abend nicht so teuer zu stehen gekommen wäre. Und er war dreiundzwanzig. Der Typ war ein Baby.

»Ganz gut«, antwortete sie abweisend. Ungebeten kam ihr in den Sinn, wie sich seine Lippen auf den ihren angefühlt hatten, aber was gestern erregend gewesen war, fand sie heute beschämend.

Er nickte nur. Was sein Mund nicht sagte, das drückten seine Augen aus. Über seine Schulter hinweg konnte sie Isobel erkennen, die sich weiter hinten so angeregt mit dem Rest der Gruppe unterhielt, dass ihr Bommel gar nicht mehr stillhalten wollte. Ähnliche Hemmungen wie ihre Schwester kannte sie offenbar nicht.

»Dieser Kerl gestern Abend …«, begann Max.

»War bloß ein Klient«, antwortete sie rasch.

Max' Lächeln war skeptisch, er schien ihr das mit dem »Klienten« nicht recht abzukaufen. »Tja, eine Schande«, sagte er. »Du warst so happy, bis er auf einmal auftauchte.«

Sie wusste nicht, was sie dazu sagen sollte. »Hm. Na ja, in meinem Job … ist man ziemlich isoliert.«

»Isoliert«, wiederholte er verständnislos.

»Einsam«, verdeutlichte sie.

Nun schien er zu kapieren. »Du bist jünger, als du glaubst,

Legs.« Die Erwähnung ihres Spitznamens ließ sie erröten, was lächerlich war, da er sie gestern schon den halben Abend lang so genannt hatte. An so viel zumindest konnte sie sich noch erinnern. »Und du bist freier, als du dich fühlst. Und so sexy, dass es einen umhaut.«

Er nahm schüchtern ihre Hand, aber sie brachte es nicht fertig, ihm in die Augen zu sehen. Was in der Dunkelheit der Nacht möglich erschienen war, wirkte bei hellem Tageslicht abgeschmackt.

Ein Vater mit Sohn tauchte neben ihnen auf, und der Mann stellte Max eine Frage. Allegra wich einen Schritt zurück und strich sich verlegen das Haar hinter die Ohren.

Als Max sich ihr wieder zuwandte, nahm er sofort die Distanz wahr, die sie, nicht nur physisch, zwischen sich und ihn gebracht hatte. Er öffnete den Mund, wie um etwas zu sagen, doch in diesem Moment ertönte ein scharfer Pfiff, und die Organisatoren scheuchten die Teilnehmer zu den unterschiedlichen Startpunkten.

»Ich muss los. In welcher Gruppe fährst du?«, erkundigte er sich, während er sein Board aus dem Schnee zog und in die Bindung stieg.

»In keiner. Wir nehmen nicht am Rennen teil. Iz wollte sich bloß ihr Handy zurückholen.«

Max richtete sich verwirrt auf.

In diesem Moment kam Isobel strahlend auf sie zugelaufen. Die Kopfschmerzen, die ihr noch vor Sekunden den Schädel zu zerspalten gedroht hatten, hatten sich offenbar wie durch ein Wunder verflüchtigt. Allegra schaute Max an, der sich vorbeugte und ihr, bevor sie es verhindern konnte, einen Kuss auf den Mundwinkel gab.

Ihre Blicke trafen sich. »*Joyeux Noël*, Legs, war schön mit dir.« Er zwinkerte ihr noch einmal zu, dann wandte er sich ab und fuhr halb hüpfend, halb gleitend zwischen den Leuten hindurch zu seinen Kameraden.

»Tschüss«, murmelte Allegra ihm nach und sah zu, wie er sich einer der vordersten Startgruppen anschloss, wo er von seinen Freunden erwartet wurde.

»Na, da funkt's wohl noch immer, was?«, bemerkte Isobel und reichte ihrer Schwester ein weißes Lätzchen mit einer Startnummer.

»Ach, komm, du spinnst ja, der Typ ist dreiundzwanzig!« Allegra blickte auf die Startnummer. »Und was soll das? Du willst doch nicht etwa am Rennen teilnehmen?«

»Klar will ich! Und du auch. Brice hat uns gestern noch mit angemeldet.«

»Du hast wohl den Verstand verloren!«, jaulte Allegra. »Wir wollten doch bloß dein Handy holen, nur deshalb sind wir hier raufgefahren!«

»Das hast du mir doch nicht wirklich abgekauft, oder?« Isobel schob grinsend ihre Stiefel in die Bindung und ließ sie einrasten. »Pass auf, die beste Art, diesen abscheulichen Kater loszuwerden, ist, sich diese zwanzig Kilometer lange Abfahrt runterzustürzen«, grinste Isobel. »Wer weiß, vielleicht ist heute ja dein Glückstag, und du schlägst mich zum ersten Mal.«

»Ha, ha«, antwortete Allegra zynisch. Widerwillig band sie sich die Startnummer um und folgte Isobel zum Startpunkt. Was blieb ihr auch anderes übrig?

»He, warte, müssen wir nicht ganz nach hinten?« Sie hatten eine der vorderen Startgruppen erreicht.

»Nein, ganz hinten fahren nur die, die nur so aus Spaß mitmachen«, erklärte Isobel, während sie den Riemen ihrer Skibrille justierte.

Aus Spaß? Allegra schaute ihre Schwester an. »Und was machen die in der Mitte?«

Isobel überlegte kurz. »Ich glaube, die wollen einfach nur ihre persönliche Bestzeit überbieten.«

»Und hier vorne?«

Ein wölfisches Grinsen breitete sich auf Isobels Gesicht aus. Sie schlüpfte in die Schlaufen ihrer Skistöcke. »Gewinnen, Mädchen. Jeder hier vorne will das Rennen gewinnen.« Ein Pfiff ertönte. Isobel zwinkerte ihrer Schwester zu, dann beugte sie sich vor und wartete auf das Startsignal.

Allegras Blick fiel auf die Franzosen ganz vorne, die in ihren schlabberigen Skiklamotten ein wenig seltsam aussahen, neben all den Möchtegern-Profis in eng anliegenden Renntrikots. Jacques sagte etwas, und alle lachten, jung und unbekümmert. Allegra krümmte sich innerlich, wenn sie an die Dinge dachte, die sie gestern getan hatte, aber diesen Jungs schien das vollkommen gleichgültig zu sein. Gestern war gestern, und heute war heute. Ein neuer Tag, ein neuer Berg, eine neue Bar … ein neues Mädchen.

Der Pfiff ertönte, die Startleine riss, und das Rennen startete. Allegra stieß sich ab und glitt über den Schnee, spürte den zunehmenden Abfahrtswind im Gesicht. Sie ging leicht in die Knie, und schon fand sie ihren Rhythmus, und ihre wirbelnden Gedanken begannen sich zu beruhigen. Während des regen Vormittagsbetriebs hatten sich Eisflächen auf der Piste gebildet, doch Allegra nahm die vereisten Buckelzonen mit Ruhe und Geschmeidigkeit. Ihre Glieder, am Morgen noch steif und unbeweglich, erwärmten sich zusehends. Sie nahm das Gefälle mit kurzen, rhythmischen Schwüngen.

Isobel war schon etwa hundert Meter voraus, dicht hinter den Franzosen. Mit fast tänzerischer Anmut stürzte sie sich die Hänge hinab. Die Franzosen vor ihr wirbelten juchzend und jodelnd große Schneefontänen auf, während sie springend und gleitend den Abhang nahmen.

Allegra war ziemlich schnell, aber in dieser Klasse konnte sie nicht mithalten. Sie fiel mehr und mehr zurück, doch das machte ihr nichts aus. Die Geschehnisse der letzten Woche – der gestrige Abend, Valentina, ihre Mutter, der verlorene Job –, all das verblasste. Sie hatte nur noch die Ziellinie vor Augen, ganz auf die

Abfahrt konzentriert, während der Berggipfel immer weiter hinter ihr zurückblieb.

Ein schwindelerregendes Gefühl von Freiheit durchströmte ihre Adern. Sie war so auf sich selbst, auf den Schnee, auf die Bergkulisse konzentriert, dass sie vollkommen aus dem Konzept geriet, als unversehens ein Skifahrer an ihr vorbeiraste und ihr den Weg abschnitt. Nur wenige Zentimeter hätten gefehlt und er wäre ihr über die Skispitzen gefahren. Allegra geriet aus dem Gleichgewicht, fuhr mit den Skistöcken fuchtelnd ein paar Meter auf einem Bein, bevor sie sich wieder fing.

Aufkeimender Zorn ersetzte die tiefe Ruhe von vorhin. Wo war dieser Rowdy? Sie musterte die vor ihr Fahrenden. Schwer zu sagen. Alle trugen Helm und Skibrille und rasten in geduckter Haltung den Abhang hinunter, Schneefontänen aufwirbelnd, die die Sicht noch mehr behinderten.

Aber einen Hinweis hatte sie. Ein Fahrer trug rot-schwarze Skikleidung – eine Aufmachung, die sie gesehen hatte, als noch die Preisschildchen drangehangen hatten.

Sie ging noch weiter in die Hocke, den Fahrer wie durch ein Fadenkreuz im Blick. In einer nahezu geraden Linie, nur noch wenige Schwünge machend, raste sie abwärts. Sie holte schnell auf, den Mann, der sich wild mit den Skistöcken abstieß, keine Sekunde aus den Augen lassend. Mit einem trotzigen »Ha!« schoss sie an ihm vorbei.

Sie wagte es nicht, sich nach ihm umzudrehen. Die Geschwindigkeit machte ihr keine Angst, aber sie kannte die Abfahrt nicht und so schnell war sie noch nie zuvor gefahren. Sie fühlte sich wie eine zum Zerreißen gespannte Cellosaite: Noch schneller, und sie würde reißen, zu langsam, und sie würde durchhängen. Sie hatte bereits mehr als die Hälfte der Strecke hinter sich, und obwohl sie sich ganz auf die vor ihr liegende Etappe konzentrierte, konnte sie den Gedanken an ihren Verfolger nicht abschütteln. Die Sonne stand in ihrem Rücken, und sein Schatten fiel hin und her zuckend über ihren Pfad. Sie waren wie zwei Duellierende, die alles um sich herum vergaßen.

Die Baumzone tauchte vor ihnen auf, und sie tauchte ein in ein angenehmeres Halbdunkel. All ihre Sinne waren geschärft, jedes Geräusch war hier lauter als zuvor auf der offenen Fläche. Sie hörte das Kratzen seiner Skier, wie es ihr vorkam, nur wenige Zentimeter hinter sich. Schließlich hielt sie es nicht länger aus und nutzte die nächste Gelegenheit – einen Rechtsschwung –, um den Kopf ein wenig zu drehen. Da war er, wenige Meter hinter ihr, den Blick nicht auf die Piste gerichtet, sondern auf sie.

Nur einmal kurz umgedreht, aber es reichte: Sie verlor eine Winzigkeit an Tempo, und das genügte ihm, um mit einem triumphierenden Grinsen an ihr vorbeizuziehen.

Allegra legte sich ins Zeug, fuhr noch waghalsiger, machte weniger Schwünge, aber es reichte nicht. Talent, Entschlossenheit und Ehrgeiz genügten hier nicht, ausschlaggebend war das größere Körpergewicht. Einfache physikalische Tatsachen würden das Rennen entscheiden. Der Abstand zwischen ihnen wuchs, auch dann noch, als sie genau seiner Abfahrtslinie folgte. Ihr erschien auf einmal alles wie im Zeitraffer und gleichzeitig näher, als habe sie eine Linse vor Augen, mit der sie die Geschehnisse heranzoomen konnte. Ihre Oberschenkelmuskeln brannten, und sie keuchte heftiger als beim Boxtraining.

Das Ende der Piste war erreicht, und sie tauchten in eine Senke ein, die zur Ortschaft hinunterführte. Sie war zwar nicht steil, aber schmal, eisig und tief eingeschnitten wie eine Rodelbahn. Vielleicht konnte sie hier ja noch etwas Zeit gutmachen … Sie bückte sich tiefer, bot all ihre Kraft und Geschicklichkeit auf …

Sie befanden sich jetzt auf Dachhöhe der Chalets. Sie konnte es schaffen, sie konnte ihn noch einholen. Nur noch …

Aber die Zielgerade war erreicht. Der Berg war nicht groß genug für sie beide. Die Senke endete in einem weiten flachen Ankunftsbereich, und sie schaffte es gerade noch zu bremsen, wie beim KFZ-Schleuderkurs, wenn man eine Handbremsung hinlegt. Dass sie dabei eine Schneewolke aufwirbelte, die ihm ins Gesicht blies, war nur ein schwacher Trost. Er hatte seine Skibrille hochgeschoben und bereits die Bindung geöffnet, als befände er sich schon wer weiß wie lange hier, was sie als zusätzlichen Affront empfand.

Mit einem Ausdruck kalter Verachtung sah er sie an. Sie blinzelte hinter ihrer Skibrille die aufsteigenden Tränen nieder. Die Brille würde sie jetzt natürlich um keinen Preis abnehmen.

»Hey, Legs!«, ertönte Isobels Stimme. Sie stand etwas abseits und wedelte begeistert mit den Skistöcken. »Ich bin hier!«

Allegra hatte zwar nur eine Sekunde lang die Augen abgewandt, aber es genügte, um den Bann zu brechen. Als sie wieder zu Sam hinsah, hatte er sich bereits abgewandt und stapfte davon.

# 18. Kapitel

»Ach, wie ich meinen kleinen Jungen vermisse!«, jammerte Isobel. Mit sehnsüchtigen Blicken verfolgte sie einen Vater, der seinen Sohn auf einem Schlitten hinter sich herzog. Sie waren auf dem Rückweg in den Ort. Skier und Skistöcke waren in Schließfächern verstaut, und Isobel wollte auf dem Heimweg noch ein paar letzte Weihnachtsgeschenke und Mitbringsel besorgen. Das Rennen hatte Spaß gemacht und den Adrenalinspiegel in die Höhe gepeitscht, doch danach waren sie so erschöpft gewesen, dass sie nur noch ein paar blaue Schnarchpisten runtergefahren waren, bevor sie für heute Schluss machten.

»Das ist doch nur verständlich.« Allegra hakte sich bei ihrer Schwester ein. »Klar vermisst du deinen Sohn. Aber dem geht's gut. Der hat seine Großeltern, die sich liebevoll um ihn kümmern, und abends ist Lloyd ja auch immer da. Wahrscheinlich wird er nach Strich und Faden verwöhnt – Eiscreme und Schokolade zum Frühstück.«

»Um Himmels willen! Bloß das nicht. Du hast ja keine Ahnung, wie er sich anstellt, wenn ich versuche, ihm die Zähne zu putzen! Ich würde mich nicht wundern, wenn er schon mit zwei Jahren Füllungen bräuchte.«

Allegra lachte. War das dieselbe Frau, die ihr vorhin erst gezeigt hatte, dass sie – laut Ski-App – beim Rennen eine Spitzengeschwindigkeit von 103 Stundenkilometern erreicht hatte? »Iz, reg dich ab, dem passiert schon nichts. Außerdem sind das die Milchzähne, die wirft er doch zu gegebener Zeit ab, wie ein Winterfell.«

Eine Kutsche glitt an ihnen vorbei, der Kutscher bis zum Kinn eingemummelt in seinen dicken grauen Mantel. Das Pferdegespann hob tänzelnd die Hufe, um im tiefen Schnee voranzukommen, und das Bimmeln der Glöckchen verbreitete eine heimelige Weihnachtsstimmung.

In der Stadt herrschte reger Betrieb. Der Himmel hatte sich im Verlauf des Nachmittags zugezogen, dicke Wolkenbänke ballten sich zusammen, und der Liftbetrieb war größtenteils eingestellt. Jetzt tummelten sich da oben nur noch die Unbelehrbaren, der Rest war zum Après-Ski in den Ort zurückgekehrt.

»Komm, gehen wir eine heiße Schokolade trinken. Dein Zinken ist schon so rot wie bei Rudolph dem Rentier.«

Isobel fuhr sich erschrocken an die Nase. »Ist sie nicht! Oder?«, rief sie kläglich. Allegra lachte. Ihre Schwester war so eitel.

»Außerdem muss ich dir was sagen.« Sie dirigierte ihre rotnasige Schwester zu einem Café an der Ecke. Isobel würde sie umgehend mit Fragen löchern. Isobel war ungeheuer neugierig und wollte immer alles sofort und auf der Stelle wissen. Mit »Vorfreude ist die schönste Freude« hatte sie noch nie etwas anfangen können.

Aber der erwartete Ansturm blieb aus. Allegra, die schon die Klinke des Cafés in der Hand hielt, drehte sich suchend nach ihrer Schwester um. Die war stehen geblieben und drückte sich nun die Nase am Schaufenster eines kleinen Andenkenladens platt.

»Was ist, kommst du?«, rief sie ihr zu.

»Legs, schau dir doch bloß mal diese Krippe an, die ist einfach unglaublich!«

»Ich will keine Krippe sehen. Ich erfriere.«

»Aber ich möchte unbedingt eine Krippe für Ferds kaufen.«

»Wieso denn das?«

»Was meinst du, wieso? Eine Weihnachtskrippe? Hallo? Das ist schließlich die Weihnachtsgeschichte, Maria und Josef und das Kind in der Krippe.«

»Ja, klar«, höhnte Allegra, »die Weihnachtsgeschichte. Die Geschenke sind zweitrangig. Ich frage mich, wozu du mich dann fünfzehn Jahre lang an jedem Weihnachtsmorgen noch vor Sonnenaufgang aus dem Bett geworfen hast.«

Isobel streckte ihrer Schwester die Zunge raus. »Du bist ein richtiger Weihnachtsmuffel, aber ich nicht. Und jetzt, wo ich ein Kind habe, brauchen wir natürlich auch eine Krippe. Weihnachten ohne Krippe – da könnten wir ja gleich auf den Christbaum verzichten, oder … oder auf die Weihnachtsgans.«

Allegra seufzte. Ihre Schwester hatte mit dem religiösen Aspekt von Weihnachten nichts am Hut, ihr ging's nur um das Drumherum. »Na gut, dann besorge du dir deine Krippe. Ich gehe inzwischen hier rein und lasse mich auftauen, ja?«

Isobel verschwand mit einem entzückten Quieken im Laden, als habe sie die Erlaubnis der großen Schwester erhalten, sich Süßigkeiten zu kaufen.

Allegra bestellte an der Theke zwei große Tassen heiße Schokolade und ein Stück Strudel für sie beide. Am Fenster war noch ein Tisch frei, den sie sogleich ansteuerte. Das kleine Café war um diese Tageszeit brechend voll, wohl so etwas wie eine Happy Hour für Wintersportler und Shopper gleichermaßen, die sich nach den Anstrengungen des Tages mit Kaffee und Kuchen belohnten.

Sie wischte über die beschlagene Scheibe und schaute zerstreut auf die Straße hinaus, wie durch eine Lücke in den Wolken. Der Wettkampf mit Kemp vorhin war ihr ganz schön an die Nieren gegangen, mehr, als sie sich eingestehen wollte. Noch immer konnte sie sich an nichts erinnern, was geschehen war, nachdem er und Zhou plötzlich aufgetaucht waren. Aber seine Feindseligkeit war unübersehbar. Was war sein Problem? *Er* hatte schließlich keinen Grund, sauer zu sein. Er hatte doch alles erreicht, was er wollte! Er hatte gewonnen.

Wenig später tauchte Isobel mit einer riesigen Pappschachtel auf.

»Ach du meine Güte!«, lachte Allegra ungläubig. »Ist das alles? Nur eine *kleine* Krippe? Die Figuren müssen ja fast lebensgroß sein!«

»Einfach fantastisch! Die musst du sehen.« Isobel ließ sich strahlend am Tisch nieder. »Überhaupt, dieser ganze Laden! Handgeschnitzte Holzfiguren und Spielsachen und alles Mögliche. Die junge Frau an der Kasse hat mir erzählt, dass ihr Vater und ihr Großvater alles noch von Hand machen.«

»Und das hast du geglaubt? Das ist doch bloß ein Trick, um den Preis hochzutreiben. Ich wette, wenn du genau hinschaust, findest du irgendwo die Aufschrift ›Made in China‹.«

»Legs, du tust mir leid, echt. Du bist so zynisch!«, meinte Isobel mit einem überlegenen Lächeln.

»Und du hast offensichtlich nicht dran gedacht, was dich der Transport dieses Monstrums kosten wird. Wahrscheinlich so viel wie ein zweites Flugticket.«

Isobels Lächeln erlosch. Ihre Lippen formten ein entsetztes O. »Lloyd bringt mich um«, hauchte sie.

»Ach, entspann dich, ich hab doch bloß Spaß gemacht.« Allegra tätschelte ihrer Schwester die Hand. »Überlass das ruhig mir, ich übernehme die Kosten.«

»Aber das geht doch ni…«

»Klar, geht das, lass nur. Aber sehen will ich das Monstrum schon. Ich hoffe, du hast wenigstens einen Esel gratis dazugekriegt?«

Isobel stellte grinsend den Karton ab und rückte mit ihrem Stuhl an den Tisch. »Ich zeig's dir später, in der Wohnung. Die haben jedes Teil einzeln in Papier gewickelt. Hier ist es mir zu voll. Außerdem möchte ich jetzt unbedingt hören, was du mir so dringend zu erzählen hast.« Sie verschwand fast in ihrer Kakaotasse und tauchte nach einem schlürfenden Schluck mit einem Schokobärtchen auf, das Hercule Poirot zur Ehre gereicht hätte.

»Ah, das hast du also doch gehört«, meinte Allegra, »ich hatte schon meine Zweifel. Na gut … ja, also …«

Isobel runzelte die Stirn. »Das fängt ja gut an. Los, spuck's aus.«

»Also … es sind tatsächlich gute Neuigkeiten.« Allegra räusperte sich, um Zeit zu gewinnen.

Isobels Stirnrunzeln vertiefte sich. »Jetzt komm schon, du machst mir Angst.«

Allegra holte tief Luft. »Ich habe heute rausgefunden, dass Valentinas Mann … also unser Großvater … also … dass er gar nicht tot ist.« Sie räusperte sich erneut.

Isobel brachte kein Wort heraus. »Was hast du gesagt?«, krächzte sie fast eine Minute später.

»Unser Großvater lebt noch. Er ist gar nicht tot.«

Isobel blinzelte verwirrt. »Und woher willst du das wissen?«

»Ich bin heute Vormittag zufällig in der Ortskirche gelandet. Und der Pfarrer wusste über die Sache Bescheid – dass man die sterblichen Überreste von Valentina gefunden hat. Stand in allen Zeitungen. Viele der alten Leute hier haben sie offenbar gekannt und sind extra gekommen, um Kerzen für sie anzuzünden. Er hat mich ins Register schauen lassen, da stand das Datum von ihrer Hochzeit. Und von Mums Geburt.« Als sie das sah, diesen letzten Beweis, hatte sie sich nicht länger sträuben können und die Wahrheit wohl oder übel akzeptiert: Annen hatte Recht. Valentina war ihre Großmutter. Und Anja hatte sie belogen.

Isobels Augen wurden groß. »Mum wurde hier geboren?«

»Ja. Die Engelbergs – so hießen sie – gehörten zu den größten Bauern der Gegend. Sie besaßen ausgedehnte Weideflächen und eine große Anzahl von Ziegen.«

»Ziegenhirten?«, fragte Isobel fassungslos. »Ich kann's kaum glauben. Wir stammen von Ziegenhirten ab. Lloyd wird sich totlachen, wenn er das erst hört.« Sie schlug in gespielter Verzweiflung die Hände vors Gesicht.

Allegra drückte tröstend ihre Hand. »Darum geht's nicht, Iz. Was ich sagen will, ist, dass Granny uns belogen hat. Mums Vater ist nicht gestorben, als sie noch ein Kind war. Er lebt noch, ja mehr noch: Er lebt hier in Zermatt.«

Isobel verschluckte sich fast. »Was sagst du? Hier in Zermatt?«

Allegra nickte. Sie holte den Zettel hervor, auf den der Pfarrer die Adresse für sie notiert hatte. »Hier ist seine Adresse. Er wohnt nur fünf Minuten von hier.«

Isobel lehnte sich kopfschüttelnd zurück. Sie wollte es nicht glauben. Es ging ihr genauso wie zuvor Allegra. »Woher willst du wissen, dass er die Wahrheit sagt? Du kennst den Mann doch gar nicht! Wieso sollte der mehr über unsere Familie wissen als wir selber!«

»Iz, ich habe die Eintragungen im Register mit eigenen Augen gesehen.« Sie beugte sich über den Tisch und nahm ihre Schwester bei den Händen. »He, Schwesterherz, wir haben einen Großvater, das ist doch gut, oder?« Sie versuchte sich selbst ebenso zu überzeugen wie ihre Schwester. »Nein, das ist toll! Ferds ist nach fünf Generationen, in denen nur Mädchen auf die Welt kamen, der erste Junge. Glaubst du nicht, dass er sich über ein wenig männliche Verstärkung freuen würde?«

Das entlockte Isobel ein kleines Lächeln. »Ja, vielleicht hast du Recht«, sagte sie leise. Aber Allegra wusste, dass sie hauptsächlich an Granny dachte und warum sie diese Lügen erfunden hatte. Was konnte passiert sein, das sie dazu bewogen hatte, ihn aus ihrem Leben zu tilgen, ihn zu verleugnen, aus der Familiengeschichte zu streichen? Fast so, als hätte es nicht gereicht, ihn für tot zu erklären. »Und was jetzt?«

»Ich denke, wir sollten ihn mal besuchen. Ich meine, es wäre doch blöd, das nicht zu tun, wo wir schon mal hier sind und … na ja, er ist schließlich Mums Vater! Wir sollten zumindest mal mit ihm reden. Er sollte doch erfahren, dass er noch Verwandte hat, oder?«

»Aber ich begreife nicht, wieso er das nicht längst weiß«, wandte Isobel stirnrunzelnd ein. »Ich meine, wenn Mum seine Tochter ist, was glaubt er denn, was aus ihr geworden ist? Glaubst du, Granny hat *ihm* weisgemacht, dass *Mum* tot ist? Das ist doch

Wahnsinn. Ich kapiere das nicht. Seine Tochter ist verschwunden, und er fragt nicht weiter, was aus ihr geworden ist? Was hat sich Granny bloß dabei gedacht, verdammt noch mal!«

Allegra stieß einen müden Seufzer aus. All diese Fragen schwirrten auch in ihrem Kopf herum. »Keine Ahnung. Aber vielleicht finden wir's ja raus, wenn wir ihn treffen.«

»Wie – jetzt gleich?«

»Nein, nicht gleich. Das müssen wir erst mal verdauen. Außerdem sollten wir vorher bei der Polizei vorbeischauen. Wir müssen das mit der Überführung der sterblichen Überreste regeln und, ähm, das, was sie bei sich hatte, als sie starb, auslösen.« Sie räusperte sich nervös. »Ach ja, und damit wären wir bei der zweiten Sache, die ich dir noch sagen wollte.«

»Was denn noch?«, rief Isobel aufgebracht. »Mein Gott, ich dachte, du hättest heute früh bloß mal kurz Milch besorgt!«

»Na ja, es ist so …« Allegra holte tief Luft. Sie wusste jetzt, dass es gut gewesen war, nichts zu erwähnen, als sie beide noch einen fürchterlichen Brummschädel gehabt hatten. »Ich finde, wir sollten Valentina nicht nach England überführen lassen. Ich finde, wir sollten sie hier bestatten, oder besser gesagt, ihre sterblichen Überreste einäschern lassen.«

Isobel sagte einen Moment lang nichts. »Aber was ist mit Mum? Deshalb sind wir doch überhaupt hierhergekommen, um Valentina zu Mum nach Hause zu bringen, um Zeit zu gewinnen, bis wir entschieden haben, wie wir es ihr am besten beibringen können.«

Allegra schüttelte den Kopf. »Ich weiß, aber … je mehr ich darüber nachdenke … also, ich finde es nicht richtig, Valentina von hier wegzuholen. Das hier ist ihre Heimat, hier ist sie aufgewachsen und gestorben. Die Leute erinnern sich noch an sie. Sie haben extra Kerzen …«

»Ja, ja, sie haben Kerzen angezündet, das hast du bereits erwähnt.« Isobel hatte den Blick auf ihren Schoß gesenkt und musterte ihre Fingernägel.

»Er hat mir die Adresse eines Bestattungsinstituts gegeben. Und er hat mir angeboten, am Donnerstag eine Trauermesse für sie zu lesen. Eher geht's nicht, sagt er. Das wäre an unserem letzten Tag, es wäre zwar knapp, aber es ginge noch.«

Isobel schaute kurz auf.

»Nur, wenn du einverstanden bist, natürlich.«

Isobel seufzte. »Als ob das was ändern würde. Gegen dich komme ich sowieso nicht an.«

»Iz, wir müssen uns einig sein, wir dürfen uns wegen dieser Sache jetzt nicht streiten. Mum würde wollen, dass wir das tun, was am besten ist. Sie wird ihre richtige Mutter jetzt nie mehr kennenlernen, aber glaubst du nicht, dass sie, wenn sie könnte, genauso entscheiden würde? Ihre Mutter dort zur Ruhe zu betten, wo sie geboren und am Ende ums Leben gekommen ist?«

»Ja, mag sein.«

Beide schwiegen, umgeben von der Hektik des belebten Cafés.

»Komm schon, wenn wir jetzt gleich zur Polizei gehen, haben wir's hinter uns. Dann können wir in unsere gemütliche kleine Ferienwohnung zurückgehen und die Füße hochlegen.« Allegra versuchte sich selbst ebenso zu motivieren wie ihre Schwester. Auch sie fühlte sich vollkommen zerschlagen.

Sie rückten ihre Stühle zurück und standen auf, schlüpften in ihre Anoraks.

»Was sollen wir uns zum Abendessen machen?«, fragte Isobel, die nicht merkte, dass sie einen Schokoladenbart hatte.

»Was immer du willst. Ich bin gerne bereit, was für uns zu kochen«, erbot sich Allegra. Sie hielt ihrer Schwester die Tür auf.

»Du? Kochen? Spricht da dieselbe Person, die mal beim Caterer angerufen hat, um sich *Toastbrot* liefern zu lassen?«

Allegra machte ein verlegenes Gesicht. Einmal. Einmal hatte sie das getan. Und das nur, weil sie kein Brot im Haus gehabt hatte. Oder einen Toaster.

»Nein, gehen wir lieber in ein Restaurant, das ist sicherer.«

Da entdeckte Allegra das winzige Grinsen um Isobels Mundwinkel. »He ... du! Na warte!«

Sergeant Annen sah ganz anders aus, als sie ihn sich vorgestellt hatte. Am Telefon hatte er geklungen, als würde er mindestens hundertvierzig Kilo wiegen und Reißnägel zum Frühstück verspeisen. Allegra war daher überrascht, einen schlanken, drahtigen Mann zu sehen, dessen glatte Wangen aussahen, als müsse die erste Rasur noch ein wenig auf sich warten lassen. Er hatte runde, leicht hervorquellende Augen – eine Schilddrüsenüberfunktion? – und feines, glattes Haar, das ihm in die Stirn fiel, sooft er es auch zurückstrich. Er besaß eine nervöse Energie, wie seine ruckartigen Bewegungen und seine Zappeligkeit verrieten.

»Miss Fisher?« Er kam um den Schreibtisch herum, wusste jedoch nicht, wem er nun die Hand geben sollte.

»Sergeant Annen«, antwortete Allegra und drückte ihm die Hand. »Darf ich meine Schwester vorstellen: Isobel Watson.«

»Mrs Watson.« Annen schüttelte auch ihrer Schwester die Hand. »Danke, dass Sie sich extra die Mühe gemacht haben hierherzukommen. Bitte nehmen Sie Platz.«

»Danke.«

Allegra schaute sich in dem kleinen Büro um. An den Wänden hingen die üblichen Poster, die auf die Gefahren des Rauchens und des Drogenkonsums hinwiesen, sowie einige gerahmte Fotografien, auf denen Polizisten Aufstellung genommen hatten, wie auf einem Klassenfoto. Einige davon waren schon verblichen von der Sonne vieler Jahre.

»Ich dachte, wir unterhalten uns am besten hier, in meinem Büro, da sind wir ungestört. Außerdem wollte ich mich noch einmal ausdrücklich für Ihre Kooperationsbereitschaft bedanken. Wir nehmen jeden Tod, der unter mysteriösen Umständen eintrat, gleich wichtig, egal, ob er schon lange zurückliegt oder ...« Er zuckte die Achseln. »In diesem Fall sechzig Jahre, um genau zu sein.«

»Das freut mich zu hören«, bemerkte Allegra und schlug die Beine übereinander. Sie saß kerzengerade auf ihrem Stuhl, die Hände im Schoß gefaltet. Aus den Augenwinkeln sah sie, wie Isobel ihrem Beispiel folgte. »Und konnte man den Tod unserer Großmutter nun aufklären?«

Annen zögerte. »Nein, leider noch nicht.«

Allegra runzelte die Stirn.

»An der Identität der Toten besteht nun, dank Ihrer Mithilfe, zwar kein Zweifel mehr, doch was die Umstände betrifft, bleiben noch Fragen offen.«

»Sie meinen, warum sie sich überhaupt bei einem Schneesturm auf den Weg in die Berge gemacht hat?«

Er nickte. »Sie haben es erfasst. Ich fürchte, wir können ein Verbrechen nicht ausschließen.«

Isobels Kopf zuckte hoch. Sie schaute Allegra an, doch Allegra zwang sich, stillzuhalten.

»Demnach bestehen Zweifel an der Aussage ihres Ehemannes?«

»Nun ja, *widerlegen* konnten wir sie bisher noch nicht. Alles, was er sagt, deckt sich mit den Tatsachen.«

»Gegen wen richtet sich denn dann der Verdacht?«

Annen blinzelte ein paarmal. »Wir untersuchen derzeit die möglichen Motive der Schwester des Opfers.«

»*Granny?!* Das ist doch nicht Ihr Ernst!«, rief Isobel ungläubig. »Granny war der freundlichste, sanftmütigste Mensch, den man sich vorstellen kann. Zu so was wäre sie überhaupt nicht fähig gewesen … ihre eigene Schwester in den Tod zu locken. Sie wissen ja nicht, was Sie da reden.«

Annens Blick huschte zwischen den Schwestern hin und her. »Aber sie hat nie erwähnt, dass sie eine Schwester hatte? Weder Ihrer Mutter noch Ihnen gegenüber?«

Allegra, die nur noch mühsam ihre Gelassenheit wahrte, schüttelte den Kopf. Ihr war schwindlig. »Nein.«

»Und ihr Mann? Hat sie je von ihm erzählt?«

»Bloß, dass er an Tuberkulose gestorben ist, als Mum drei war«, erklärte Isobel energisch.

»Anjas Mann, meinen Sie?«, hakte Annen mit ernster Miene nach.

»Ja, natürlich.«

»Nun, ich muss Ihnen leider sagen, dass das eine Lüge war. Lars Fischer, ihr Mann, lebt noch, hier in dieser Stadt. Er war sogar mal einige Jahre lang Bürgermeister.«

Allegra beugte sich vor. »Moment mal – das muss ein Irrtum sein. Lars Fischer war Valentinas Mann, nicht Grannys. Ich meine Anjas.«

Annen zögerte. »Nach den uns vorliegenden Unterlagen war er mit beiden verheiratet, Miss Fisher.«

Die Zeit schien auf einmal stillzustehen. »Wie bitte?«

Annen nahm abwesend einen Stift zur Hand und ließ ihn mit den Fingern kreisen. »Valentina starb im Januar 1951. Ihr Witwer, Lars, hat Anja Engelberg im März 1952 geheiratet.«

»Aber ...« Die Schwestern brachten kein Wort hervor. Ihre Großmutter hatte den Mann ihrer verstorbenen Schwester geheiratet?

Allegra wandte den Kopf und schaute Isobel an, die ganz blass geworden war und sie mit offenem Mund anstarrte.

»Hinzu kommt«, fuhr Annen in beinahe entschuldigendem Ton fort, »dass Anja ihren Mann 1953 verlassen hat. Sie ist spurlos verschwunden und hat ihre Nichte und Stieftochter – also Ihre Mutter – mitgenommen. Keiner wusste, wohin. Man hat es nie herausgefunden.«

Allegra wandte sich ab. Sie wollte sich die Ohren zuhalten, es reichte, das war zu viel. Sie wollte nur noch raus hier und so tun, als hätte sie all das nie gehört.

»Wollen Sie uns wirklich weismachen, unsere Granny hätte unsere Mutter *entführt* und sie dem einzigen richtigen Elternteil geraubt, den sie noch hatte?« Isobel lachte, wie um die Absurdität einer solchen Vermutung deutlich zu machen, aber es wirkte wenig überzeugend. Ihre Stimme klang, als stünde sie kurz vor einem hysterischen Anfall.

Annen nickte bedauernd. »Lars Fischer hat nie herausgefunden, wohin sie ging.«

Wie sollte er auch? Sie hatte die Schweiz verlassen.

Schweigen senkte sich über den Raum. Das mussten sie erst einmal verdauen.

»Weiß man denn wenigstens, warum sie ihren Mann verlassen haben könnte?«, erkundigte sich Allegra wenig später. Es lag nicht in ihrer Natur, so schnell aufzugeben. »War er … was weiß ich, ein Trinker? Hat er sie vielleicht geschlagen? Das Geld verspielt? Denn wissen Sie, unsere Granny war … Meine Schwester hat ganz recht: Sie war der friedfertigste, sanftmütigste Mensch, den man sich vorstellen kann, und sie hat unsere Mutter sehr geliebt. Das, was Sie da andeuten, passt so gar nicht zu der Frau, die wir kannten.«

»Mag sein, aber verzeihen Sie: Sie waren selbst noch Kinder in der Zeit, als sie noch lebte. Und da war ihr das, was immer sie auch getan haben mag, ja bereits gelungen.« Er hüstelte verlegen. »Hier im Ort erzählte man sich damals, sie sei schon länger in ihren Schwager verliebt gewesen.«

»Das erzählt man sich? Klatsch und Tratsch?«, sagte Allegra empört. »Darauf basieren Ihre Ermittlungen? Ihr Urteil?«

»Ich weiß, dass das keine harten Tatsachen sind, aber wie Sie sich vorstellen können, sind die nach so langer Zeit nur noch schwer zu finden. Wir versuchen bloß, uns ein Bild von einem möglichen Motiv zu machen, und das ist nicht leicht, da zwei der drei Beteiligten ja inzwischen tot sind. Leider lässt es sich jedoch nicht bestreiten, dass Anja Sie ein Leben lang belogen hat.«

Allegra wandte das Gesicht ab. Ihr war übel. Sie wusste nicht mehr, wem sie noch trauen konnte, was sie glauben sollte. Auf ihre

Großmutter hatte sie sich immer verlassen können, wie auf einen Fels in der Brandung, als vor achtzehn Jahren alles zerbrach. Ohne sie hätte Allegra das nicht überstanden, ohne sie hätte sie nicht zur Stütze der Familie werden können.

Mit neuer Entschlossenheit blickte sie den Sergeant an. »Aber warum hat sie ihn dann verlassen, wenn sie ihn angeblich seit Jahren heimlich geliebt hat? Sie war mit ihm verheiratet, sie hatte es geschafft, ihn zu bekommen, verflucht noch mal.«

»Eifersucht kann die beste Ehe zerstören, Miss Fisher. Und Valentinas Schatten muss ziemlich erdrückend gewesen sein.«

Allegra warf einen raschen Seitenblick auf ihre Schwester – auf ihr wächsernes Gesicht, den Kopf in die Hände gestützt – und wünschte, sie wäre allein hergekommen und hätte ihrer Schwester all das erspart. Isobel verdaute Schocknachrichten nicht besonders gut.

»Gibt es sonst noch was, oder können wir jetzt gehen?«, fragte Allegra barsch. Sie hatte die Hand ihrer Schwester ergriffen und drückte sie tröstend.

»Nein, das wäre alles«, sagte Annen, überrascht von diesem abrupten Kurswechsel. »Ich wollte Sie nur über den neuesten Stand unserer Ermittlungen informieren.« Er erhob sich. »Wie lange werden Sie in Zermatt bleiben?«

»Noch ein paar Tage«, antwortete Allegra und erhob sich ebenfalls. Isobel folgte automatisch, willenlos wie ein Kind. »Gleich nach der kleinen privaten Bestattungsfeier für Valentina, die wir organisiert haben.«

Annen nickte. »Und die Papiere zur Herausgabe der sterblichen Überreste haben Sie unterzeichnet?«

»Ja, das war ja der Zweck unseres Kommens«, antwortete Allegra ein wenig befremdet über die amtliche Terminologie.

»Gut.«

Allegra hielt Isobel am Ellbogen fest. Ihre Schwester sah aus, als würde sie jeden Moment umkippen. »Der Polizeibeamte konnte uns aber ihre Wertsachen nicht aushändigen. Er meinte, sie würden woanders aufbewahrt. Wo können wir sie abholen?«

»Ach ja, richtig. Dafür ist der Lawinenschutz verantwortlich, das SLF.« Annen kritzelte rasch eine Adresse auf einen Zettel und reichte ihn Allegra. »Ich werde Connor anrufen und sagen, dass Sie kommen.«

»Der Lawinenschutz?«, fragte Allegra, die nur einen flüchtigen Blick auf den Zettel warf und ihn dann in ihrer Handtasche verstaute.

»Ja, das Institut für Schnee und Lawinenforschung, kurz SLF.«

»Aha.«

Annen bot Allegra seine Hand. »Ich bedaure, dass ich Ihnen solche Nachrichten überbringen musste, das ist sicher nicht leicht für Sie.«

Der Mann hatte ja keine Ahnung. Er hatte ihnen nicht eine Großmutter geschenkt, er hatte ihnen eine weggenommen.

Allegra, die sich vor diesem Mann ihre Gefühle nicht anmerken lassen wollte, drückte ihm besonders energisch die Hand und zuckte abwehrend mit den Achseln. »Mich überrascht so schnell nichts, Sergeant«, sagte sie, »meine Schwester und ich wissen längst, dass wir uns auf niemanden verlassen können, außer auf uns selbst.«

Sie hakte sich bei Isobel ein und bugsierte sie energisch aus dem Gebäude, Annens mitleidigen Blick heiß im Rücken.

# 19. Kapitel

»Der Engel Gabriel gefällt mir am besten, schau mal, diese dicken Backen! Erinnern die dich nicht auch an Barry?« Isobel hielt die Schnitzfigur mit einem beschwipsten Giggeln hoch. »Der Erzengel Barry.«

Allegra musste ebenfalls lachen, als sie das Figürchen in die Hand nahm. Die Krippe, die Isobel direkt aus dem Schaufenster ergattert hatte, lag nun in Einzelteilen ausgebreitet vor ihnen auf dem Sofatisch. Der große Stall war mit traditionellen Schweizer Motiven verziert, die Figuren alle detailreich von Hand geschnitzt. Das Jesuskind lag in einer richtigen Holzkrippe mit einer kleinen Bettdecke aus gewobenen Lederschnüren. Die Heiligen Drei Könige trugen wunderhübsche Samtmäntel, und auch die Schafe hatten echtes Schaffell … Eine herrliche Krippe, deren Qualität und Handwerkskunst unbestreitbar war. Sie betrachtete den Engel genauer, denn sie hatte das Gefühl, ihn schon irgendwo gesehen zu haben.

»Ich nehme alles zurück, Isobel. Du hattest recht, diese Krippe zu kaufen. Sie ist wunderschön, etwas Bleibendes für Ferdy.«

Isobel ließ sich strahlend ins Sofa zurücksinken. »Stimmt. Jetzt muss ich unser Haushaltsbudget nur noch für gut drei Monate auf null setzen und den Kreditkartenauszug vor Lloyd verstecken, dann ist die Sache geritzt.«

Allegra blickte auf. »He, das könnte ich doch Ferds schenken! Was meinst du?«

Isobel schüttelte energisch den Kopf. »Kommt nicht infrage.«

»Wieso nicht? Ich hab schließlich noch kein Weihnachtsgeschenk für ihn, du tätest mir damit echt einen Gefallen, Iz. Nun komm schon!«

»Legs«, sagte Isobel streng, »du kannst mir nichts vormachen.«

»Was denn? Ich brauche ein Geschenk für Ferds, und das hier wäre ideal. Überlass es mir, und kauf ihm was anderes.«

Ein stummer Kampf entbrannte, beide Schwestern starrten einander grimmig an. Iz gab schließlich nach, rappelte sich mühsam vom Sofa hoch und fiel ihrer Schwester um den Hals. »Legs, du bist einfach unschlagbar«, sagte sie leise, das Gesicht an Allegras Haar gedrückt, »ich wüsste nicht, was ich ohne dich täte.«

»Och, ich mache das doch nur, weil ich immer noch zittere wegen des letzten Weihnachtsgeschenks, das ich für Ferdy gekauft habe, weißt du noch? Dieser Steiff-Teddy? Ich wache deswegen noch immer gelegentlich schweißgebadet auf.«

Isobel betrachtete ihre Schwester mit ernster Miene. »Allegra, die Schildchen an den Ohren von diesen Bären sind eine ernsthafte Gefahr! Da kann ein Kleinkind schon mal dran ersticken!«

»Iz, diese Bären sind Sammlerstücke, und die Firma Steiff stellt sie schon seit hundert Jahren her, ohne eine Spur erstickter Kinder hinter sich herzuziehen. Glaub mir, die wissen, was sie tun.«

Isobel ging lachend zum Sofa zurück. »Na ja, vielleicht hast du recht. Aber was meinen kleinen Mann betrifft, gehe ich kein Risiko ein!« Sie ließ sich entspannt zurücksinken und tastete, ohne hinzusehen, nach ihrem Glas Bordeaux, das neben dem Sofa stand.

Beide schwiegen. Im Fernsehen lief irgendeine deutsche Soap, von der sie kein Wort verstanden. Isobel griff zur Fernbedienung und begann durch die Kanäle zu zappen. Allegra vertiefte sich wieder in ihre Wirtschaftszeitung.

Fünf Minuten später verkündete Isobel: »Weißt du, ich glaube kein Wort von diesen fiesen Anschuldigungen!« Sie leerte ihr Glas mit einem letzten großen Schluck.

»Nein, natürlich nicht«, antwortete Allegra und blickte von ihrem iPad auf. Isobel war dabei, die zweite Flasche Wein zu öffnen. »Zu so was wäre Granny nie fähig gewesen. Das wird sich alles schon bald als Irrtum erweisen, wirst sehen!«

»Ja, du hast recht«, meinte Isobel. Aber Allegra wusste, dass ihre Schwester nicht wirklich beruhigt war. Seit ihrer Rückkehr vom Polizeirevier ging diese Leier: Isobel erklärte rundweg, sie halte Granny für unschuldig, Allegra pflichtete ihr bei, beide schwiegen, Isobel trank ihr Glas aus und begann von Neuem …

Jetzt zielte sie mit der Fernbedienung auf den flimmernden Bildschirm und schaltete frustriert von einem Programm zum nächsten. »Mensch, gibt's denn hier gar keinen englischen Sender?«, brummte sie. Sie hielt kurz bei einem Privatsender inne, auf dem gerade eins von diesen Formaten lief, bei denen irgendein armes Opfer mit versteckter Kamera reingelegt wird. »Hm, ich bin sicher, dass ich das schon mal bei uns zu Hause gesehen habe«, murmelte sie.

Allegra blickte auf und konnte gerade noch sehen, wie ein Mann in Badehose mit dem Hintern voraus in einen zugefrorenen Swimmingpool hüpfte. »Ach, diese Videos werden doch weltweit verhökert. Billige Programmmache.«

Sie versenkte sich wieder in ihr Tablet. Isobel schaltete sich durch ein paar weitere Sender, dann ließ sie den Arm mit der Fernbedienung sinken und drehte den Kopf ihrer Schwester zu. »Allein der Gedanke! Die spinnt doch, die Schweizer Polizei! Was die behaupten, das wäre ja so, als würdest du mich um die Ecke bringen, damit du Lloyd heiraten kannst, nur um ein Jahr später mit Ferds zu verschwinden und ihn irgendwo in der Pampa als deinen eigenen Sohn aufzuziehen! Verrückt, oder?«

Allegra hob erneut den Kopf von ihrem iPad, das sie auf den Knien hatte. »Allerdings. Und deshalb glaube ich diesen Unsinn auch gar nicht erst. Das wird sich schon alles aufklären. Die haben irgendwas verdreht.« Die Schreibweise der Nachnamen war es allerdings nicht – das hatte Allegra zu ihrem Kummer mittlerweile einsehen müssen. Nein, die Schweizer Fischers mit *sch* gehörten zur selben Familie wie die englischen ohne das c. Der unwiderlegbare Beweis dafür war der Eintrag von Lars' und Anjas Vermählung ins Heiratsregister, der sich nicht nur in den Annalen der Kirche fand, sondern auch in den Unterlagen des Standesamts. »Aber wir kennen unsere Granny, und wir wissen, dass sie zu so etwas nicht imstande gewesen wäre. Daran müssen wir uns halten.«

»Ja, genau.« Isobel, die ihre Schwester wie hypnotisiert anschaute, nickte heftig.

Allegra konnte nur hoffen, dass sie überzeugend genug war, denn sie selbst machte sich mehr Sorgen, als sie zugeben wollte. Wie eine dunkle Sturmwolke drückten die Ängste auf ihr Gemüt. Anja hatte Lars, den Mann ihrer Schwester, nach deren Tod geheiratet, das war eine Tatsache, die sich nicht leugnen ließ und für die es Beweise gab. Und sie hatte einem Vater das Kind weggenommen, wiederum eine Tatsache, die sich, auf den ersten Blick zumindest, nicht rechtfertigen ließ. Wenn es tatsächlich einen guten Grund dafür gab, warum hatte sie dann nie etwas erwähnt?

Sie schenkte Isobel ein beruhigendes Lächeln, und diese konzentrierte sich – zumindest für die nächsten fünf Minuten – wieder auf den Fernseher. Allegra nahm einen Schluck Wein und blätterte weiter durch die elektronische Ausgabe der Financial Times. Sich in Bilanzen und Zahlen zu versenken empfand sie als entspannend. Hier fühlte sie sich sicher, das war ihr Metier. Sie konnte es förmlich riechen, wenn am Aktienmarkt eine Panik bevorstand, sie erkannte die ersten Anzeichen, die sich meist in übertriebenen Optimismusbekundungen äußerten. Im Auf und Ab der Märkte fand sie die innere Ruhe, die ihr im täglichen Leben oft fehlte. Hier war sie ein Player, hier kannte sie die Spielregeln.

Sie überflog die Schlagzeilen: »US-Arbeitslosenrate weiterhin bei 6,7 %«, »Rücktritt von Tesco-Manager kurz vor Bekanntgabe der Jahresbilanz«, »Fusionsverhandlungen zwischen Pharmariesen dauern an«, »Hedgefonds-Unternehmen erzielt im 4. Quartal einen Gewinn von 6 Milliarden«.

Sie stockte. Schaute noch mal hin. Klickte auf die letzte Schlagzeile. Die Hand auf den Mund gepresst las sie atemlos, was da – neben einem großen Foto von Pierre – stand. PLF lag nun unter den Hedgefonds-Unternehmen an dritter Stelle und hatte überdies, was das Fondskapital betraf, mit der weltgrößten Handelsbank – der Commercial Bank of China – gleichgezogen, deren Volumen sich ebenfalls im 40-Milliarden-Bereich bewegte. Kemps Name wurde in dem Artikel besonders hervorgehoben, aber das interessierte sie in diesem Fall nicht weiter. Die Frage lautete: Warum gerade jetzt?

Eine Quartalsbilanz von 6 Milliarden Pfund war zwar großartig und überstieg ihre Erwartungen, obwohl die anderen drei Quartale ebenfalls über dem Durchschnitt gelegen hatten – aber das Winterquartal schloss erst in zwei Wochen, und selbst danach hatten sie laut internationalem Reglement noch fünfundvierzig Tage Zeit, um ihre F13-Bilanzen vorzulegen. Woher also diese Eile? Was bezweckte Pierre damit?

Sie starrte sein Bild an, jene Augen, die einst so zustimmend, ja bewundernd auf ihr geruht hatten, und ahnte, was in ihm vorging. Er hatte die Zahlen noch vor Besakowitschs Ausstieg veröffentlichen wollen, denn das würde die Bilanz um eine halbe Milliarde drücken, was er nun aber erst im Mai nächsten Jahres offiziell würde bekanntgeben müssen. Er hatte also genug Zeit, um sich den Yong-Pot zu sichern. Tatsächlich war dies ein Lockruf an den Chinesen: Pierre hatte ein neues Dream-Team um sich versammelt – allen voran Kemp, den neuen Stern am Himmel von PLF. Wer wollte da nicht zugreifen? Bei solchen Bilanzen?

Ja, wer nicht? Denn diese Botschaft galt nicht nur dem Chinesen – sie galt auch ihr, sie galt Leo Besakowitsch. Die Botschaft besagte: Seht her, ich brauche euch nicht, geht von mir aus zum Teufel! Pierre hatte ihnen nicht nur die Tür vor der Nase zugeschlagen, er hatte sie auch noch hinter ihnen verriegelt.

»Legs?«

»Hm?« Allegra hob den Kopf. Isobel lag verdreht auf dem Sofa und schaute ihre Schwester verkehrt herum an. »Hast du was?«

»Nö, wieso?«

»Na weil du dir die ganze Zeit schon den Mund zuhältst, als müsstest du einen Aufschrei unterdrücken.«

Tatsächlich? Das hatte sie gar nicht gemerkt. Allegra ließ die Hand sinken. »Nein, es ist nichts. Bloß was Berufliches.«

»Ja, aber ich dachte, du wärst im Moment arbeitslos.«

»Nur vorübergehend. Ich hab bereits sechs neue Jobangebote vorliegen. Hatte bloß noch keine Zeit, mich darum zu kümmern.«

»Und warum nicht? Das ist doch wichtig!«

»Weil ich erst mal eine Verschnaufpause brauche, Iz, deshalb.« Das war nicht mal gelogen. Sie fühlte sich wie eine Löwin, die von ihrem eigenen Stolz attackiert worden war und sich nun zurückgezogen hatte, um ihre Wunden zu lecken. Aber es war mehr als das. Sie war noch nicht mit Pierre, mit PLF fertig. Da war die Diskriminierungsklage, da waren die neuen Jobangebote. Aber was tat sie? Nichts. Das war ganz untypisch für sie.

Bisher war sie immer in Bewegung gewesen, bloß nicht stillstehen, das war ihr Motto, bloß keine Wurzeln schlagen. Wie ein Frosch auf einem Seerosenteich war sie von Blatt zu Blatt, von Projekt zu Projekt, von Team zu Team gehüpft, aus Angst, sich die Füße nass zu machen. Denn wer erst mal nasse Füße hat, der kann ertrinken.

Aber je länger sie wartete, desto weiter entrückte ihr der Job, das alte Leben. Wie ein Ozeandampfer, der seelenruhig davonzog und sie an ihr Treibholz geklammert zurückließ. Es gab nur einen, der ihr eine Rettungsleine zuwerfen konnte, nur einen, der sie aufs Schiff zurückholen konnte – und das würde er, da war sie sich sicher. Sie musste nur noch ein bisschen länger warten.

Denn sie waren ein richtiges Team gewesen, sie und Pierre. Sie kannte ihn besser als jeder andere – sogar besser als seine Ehefrau. Zu wem war er gekommen, spätabends, mit einer Flasche Whisky in der Hand, weil er wusste, er konnte sich darauf verlassen, dass auch sie noch in ihrem Büro sein würde? Wem hatte er seine Sorgen anvertraut, wem sein Herz ausgeschüttet? Denn sie verstand ihn. Sie wusste, dass Pierre neulich nicht er selbst gewesen war. Er hatte ihr diese SMS nur geschickt, weil er so unter Druck stand, angestachelt von Kemp und von Zhous unerwartetem Auftauchen. Das Ausscheiden seines langjährigen Freundes Leo hatte ihn zutiefst verletzt. Das alles wusste Allegra. Sie konnte ihm sogar verzeihen, denn sie wusste auch, dass er sein Verhalten im Grunde bereute. Sie musste ihm nur noch ein bisschen mehr Zeit geben …

Nein, sie gab nicht Pierre die Schuld. Das Ganze war einzig und allein auf Kemps Mist gewachsen …

Allegra runzelte die Stirn. Ihr war gerade etwas eingefallen. Sie erhob sich und ging in die Küche, um nach der Suppe zu sehen, die in einem Topf auf dem Herd vor sich hin köchelte. »Brauchst du was?«, rief sie ihrer Schwester zu.

»Sind noch mehr Kartoffelchips da?«

Allegra schüttete den Rest der Packung in eine Schale und brachte sie ins Wohnzimmer.

»He, da läuft *Notting Hill* im Fernsehen. Das wäre doch was, oder?«, meinte Isobel. »Den Film haben wir zwar schon tausendmal gesehen, aber« – sie zuckte die Achseln – »ansonsten gäbe es nur noch CNN.«

»Ist der Film auf Englisch? Denn ich glaube nicht, dass ich es ertragen könnte, Hugh Grant mit einer fremden deutschen Stimme reden zu hören.«

Bei dieser Vorstellung musste Isobel lachen. »Und warum nicht? Das wäre doch lustig!«

»Na gut, dann mach mal.« Und sie verschwand in ihrem Zimmer, wo sie ihren Koffer aufklappte und den Bericht über Kemps Handhabung des Besakowitsch-Fonds herausnahm, den Bob ihr besorgt hatte. Wie hatte sie den vergessen können? Den Bericht hinter ihrem Rücken versteckt ging sie ins Wohnzimmer zurück und ließ sich in ihren Sessel sinken. Dann baute sie zur Tarnung vor Isobel ein Kissen auf dem Schoß auf und begann zu lesen. Und zu lernen.

# 20. Kapitel

## *16. Tag: Miniaturkrippe mit Bettdeckchen aus geflochtenen Ziegenlederschnüren*

»Bist du sicher, dass wir hier richtig sind?«, erkundigte sich Isobel besorgt. Sie wäre auf dem eisglatten Weg fast ausgerutscht und konnte sich gerade noch an einer Hauswand festhalten. Sie befanden sich im alten Teil von Zermatt, dem sogenannten Hinterdorf, nur zwei Straßen von der Flaniermeile mit ihren schicken Boutiquen und Cafés entfernt. Dennoch war dies eine andere Welt: schmale, von uralten Holzhäusern gesäumte Straßen. Die verwitterten kleinen Häuser oder Schuppen standen auf stabilen Steinsäulen beziehungsweise Stelzen. Über dreihundert Wintern hatten sie standgehalten, und das Holz war entsprechend schwarz und versteinert. Einige der Hütten waren winzig, kaum groß genug für ein Zimmer. Die meisten besaßen hübsch geschnitzte Holzbalkone und dicke Fensterläden, von denen viele geschlossen waren.

Allegra runzelte die Stirn. Ihre Schwester hatte recht, das konnte nicht stimmen. Sie kramte Annens Zettel aus der Tasche und las noch einmal die Adresse: Connor Mayhew. SLF, Schweinestall, Hinterdorfstraße.

Ungläubig schaute sie sich um. Der Lawinenschutz konnte unmöglich hier untergebracht sein, in einem dieser Schuppen, selbst wenn es sich nur um eine Zweigstelle handelte (sie hatte gestern noch ein wenig gegoogelt und ein Bild vom beeindruckenden Hauptquartier in Davos gefunden). Aber die Straße stimmte …

»Doch, es muss hier irgendwo sein, wir sind jedenfalls in der richtigen Straße.« Sie faltete seufzend den Zettel zusammen und steckte ihn wieder ein. »Komm, suchen wir weiter.«

Müde stapften sie vorwärts. Sie hatten schon einige Stunden Skifahren in den Knochen, diesmal auf dem Gornergrat, wo beide versucht hatten, mithilfe ihrer MyTracks-App die Hundertkilometermarke zu knacken. Isobel war es gelungen, Allegra dagegen hatte »nur« 97 Stundenkilometer geschafft. Mit vorsichtigen Schritten navigierten sie auf dem vereisten Weg, der durch die Passage der Raupenfahrzeuge, welche die Schneedecke zusammengedrückt hatten, noch gefährlicher geworden war. An den Hauswänden entlang tasteten sie sich vorwärts, nach Hausnummern oder Hinweisschildern Ausschau haltend.

Doch selbst als Isobel das gesuchte Haus fand, konnten sie es nicht glauben. Vor ihnen ragte ein kleines Holzhaus auf Stelzen auf, zu dessen Eingang so etwas wie eine Hühnerleiter hinaufführte – ein dicker Baumstamm, in den Tritte hineingehauen worden waren. Oben ragte ein kleiner Absatz aus Schiefer gerade mal dreißig Zentimeter heraus, auf dem man stehen konnte, um anzuklopfen.

»*Das* soll es sein?«, fragte Isobel fassungslos, »ich hab in England Heuschober gesehen, die dagegen wie ein Palast wirken.«

Allegra schaute auf ein kleines Holzschildchen, auf dem klar und deutlich *Schweinestall* stand. Kein Zweifel: Dies war die Adresse, die Annen ihnen genannt hatte.

Vorsichtig machte Allegra sich an den Aufstieg. Oben angekommen wankte sie kurz auf dem schmalen Türabsatz und blieb vorgebeugt, mit beiden Händen ans Holz gestützt, stehen. Sie klopfte, erst einmal, dann noch einmal.

»Pass auf!«, rief Isobel ihr von unten zu.

Endlich ging die Tür auf. »Ja, bitte?«, sagte eine mürrische Stimme auf Deutsch.

Allegra nahm erschrocken die Hände herunter und konnte sich

gerade noch davon abhalten, einen Schritt zurückzuweichen – die Hütte befand sich immerhin zwei Meter über der Straße.

»Connor Mayhew? Allegra Fisher.«

Keine Reaktion.

»Sergeant Annen hat uns zu Ihnen geschickt? Er wollte Sie anrufen und von unserem Kommen in Kenntnis setzen.«

Noch immer nichts. Konnte der Mann vielleicht kein Englisch? Aber sein Name war doch nicht deutsch, oder? Mayhew musterte sie mit einem Stirnrunzeln. Er hatte ein schmales, wettergegerbtes Gesicht, aus dem seine hellen Augen hervorleuchteten. Ein Stoppelbart zierte sein Kinn, der allerdings so rausgewachsen war, dass er kurz davor stand, sich zum Vollbart zu entwickeln. Er hatte grau meliertes Haar, was ihm jedoch gut stand. Allegra schätzte ihn auf Anfang, Mitte vierzig. Er gehörte zu jenen Menschen, die ihre Kleidung aus praktischen Gründen wählten und nicht der Mode wegen. Zu seinem orangeroten Daunenanorak trug er eine wasserabweisende gelbe Skihose, die an den Knien Flecken hatte, dazu einen marineblauen Thermorolli. Er war ungewöhnlich groß, selbst für Allegras Verhältnisse. Dies war also der Mann, der ihre Großmutter gefunden hatte.

»Valentina Fischer?«, fügte sie hoffnungsvoll hinzu. Diesmal verriet sein Gesichtsausdruck, dass er wusste, worum es ging. Zu Allegras Erleichterung trat er einen Schritt zurück, um sie einzulassen. »Kommen Sie rein«, sagte er in akzentfreiem Englisch.

»Ich habe meine Schwester mitgebracht, Isobel Watson.« Allegra deutete nach unten. Unwirsch winkte Connor beide herein. Überrascht von einer solchen Gleichgültigkeit (sie war es nicht gewohnt, übersehen zu werden) machte sich Isobel mit einem Achselzucken an den Aufstieg.

Drinnen erwartete sie eine niedrige Holzdecke und weiter hinten eine Wendeltreppe, die zum Dachbereich hinaufführte. Ringsum an den Wänden waren Regale angebracht, in denen sich zahllose Schachteln in allen Größen stapelten. Beide Frauen bewegten sich mit vorsichtigen, misstrauischen Schritten, aus Angst durchzubrechen, aber der Holzboden war dick und solide. Und es war schön warm. Connor war sogleich zu einem kleinen Ofen gegangen, in den er mit dicken Handschuhen ein Holzscheit schob, das das Feuer aufflammen ließ, wie eine Zweigstelle des Hades. Dann wandte er sich den beiden Frauen zu, die er mit einem scharfen Blick musterte. »Können Sie sich ausweisen?«, fragte er barsch.

»Äh, wie bitte?«, entgegnete Isobel überrumpelt.

»Ich muss sichergehen, dass Sie auch die sind, die Sie zu sein behaupten.«

»Ach so, ja natürlich.« Beide Frauen zeigten ihre Pässe vor.

Connor verglich die Fotos mit den Gesichtern, dann gab er sie wieder zurück. »Wir können hier nicht vorsichtig genug sein. Es kommen immer wieder Betrüger, die sich unrechtmäßig in den Besitz der Wertsachen bringen wollen. Andenkenjäger und dergleichen, Sie verstehen.«

Allegra verzog das Gesicht. »Ehrlich?« Sie konnte sich kaum vorstellen, dass es Leute gab, die die Besitztümer von Toten stahlen.

Connor wirkte, nun, da er sich von der Identität der beiden überzeugt hatte, schon ein wenig freundlicher. Er trat an einen kleinen Tisch, nahm ein in Leder gebundenes Buch zur Hand und schlug es auf. »Sie war also Ihre Großmutter?«, sagte er beim Durchblättern. »Ah, da ist es ja. GXC41220«, murmelte er vor sich hin. Sogleich trat er an ein Regal.

»Scheint so«, sagte Isobel mit einem abwehrenden Achselzucken. Ihr Ton war alles andere als begeistert, und Allegra konnte es ihr nicht verdenken. Es war nicht leicht, Sympathie für diese Fremde zu empfinden, die wie aus dem Nichts aufgetaucht war und das Andenken an ihre geliebte Granny zu beschmutzen schien.

Allegra schaute sich um. – Es war, als habe man eine Zeitreise in die Vergangenheit gemacht. Im kleinen gusseisernen Ofen flackerte ein munteres Feuer, darauf stand ein Wasserkessel. Daneben entdeckte sie einen schönen alten Schaukelstuhl, über dessen Lehne eine warme Karodecke hing. In der anderen Ecke, hinter der Wendeltreppe, befanden sich ein kleiner Tisch sowie zwei Stühle. Abgesehen von dem Buch, in dem Mayhew nachgeschlagen hatte, standen darauf ein Rucksack, einige Papiere sowie eine Thermoskanne und ein Päckchen mit Butterbroten, wie sie vermutete. An einem Deckenbalken hing eine altmodische Petroleumlampe.

Sie warf einen verstohlenen Blick die Wendeltreppe hinauf. »Hat man in diesen Hütten früher wirklich mal gewohnt?«, fragte sie gedankenlos.

»Das tun manche von uns noch immer«, antwortete Connor in eisigem Ton.

»Äh, tut mir leid, ich wollte nicht … Ich meine, es ist richtig gemütlich hier. Ich bin bloß überrascht, so etwas hätte ich nicht erwartet«, stammelte Allegra. Von Isobel bekam sie für ihren Fauxpas einen Rippenstoß.

»Unser Hauptquartier befindet sich in Davos. Das hier ist nur eine kleine Außenstelle«, erklärte er. »Die Mannschaft besteht aus mir und noch zwei anderen. Aber diese Hütte, wie Sie sie nennen, genügt vollkommen. Unser Arbeitsplatz, wenn Sie so wollen, ist ohnehin draußen, in den Bergen. Im Übrigen gibt es in Zermatt nicht gerade einen Überschuss an Bürofläche – der Stadtrat legt offenbar mehr Wert auf den Bau von Luxusvillen.«

»Worin besteht denn eigentlich Ihre Arbeit?«, wollte Allegra wissen. »Ich meine, was tun Sie da oben in den Bergen?«

»Wir untersuchen die Schneeverhältnisse und versuchen die Lawinengefahr einzuschätzen. Wir arbeiten an der Entwicklung eines Frühwarnsystems. Dazu gehört die kontrollierte Sprengung von Schneeflächen, um einen eventuellen Lawinenabgang auf die mögliche Richtung und die potentielle Stärke hin zu prüfen.«

»Dann sind Sie also ein Lawinenexperte«, bemerkte Allegra trocken.

»Ja«, antwortete er, ein wenig zögernd. Auch ihm war die Ironie der Situation, die sie zusammenführte, nicht entgangen. »Ah, da ist sie«, sagte er und holte eine Schachtel aus dem Regal.

Nachdem er sicherheitshalber noch einmal die Richtigkeit der Nummer überprüft hatte, verharrte er einen Augenblick regungslos mit dem Rücken zu ihnen. Allegra spürte eine leichte Veränderung in seiner Haltung.

Er wandte sich um. »Das wäre also die Schachtel mit dem, was Ihre Großmutter zum Zeitpunkt ihres Todes bei sich hatte.« Er hielt sie ihnen hin. Allegra und Isobel tauschten verblüffte Blicke. Die Schachtel war winzig, kaum zehn Zentimeter mal zehn Zentimeter groß.

Allegra nahm sie entgegen. Hier war sie also, die Ursache für den Riss, der sich unter ihren Füßen aufgetan hatte, für das seismische Beben, das ihre Familie und alles, woran sie geglaubt hatten, auf den Kopf stellte. Eine harmlose kleine Schachtel, kaum größer als ihre Handfläche.

Isobel nahm sie ihrer Schwester wie im Traum aus der Hand und sagte: »Das soll alles sein?!«

Das hörte sich an, als sei Isobel auch nur scharf auf Geld, so wie diese »Andenkenjäger«, deshalb beeilte sich Allegra, etwas zur Ablenkung zu sagen: »Sind denn in all diesen Schachteln die letzten Besitztümer von Lawinenopfern?«

Er schwieg einen Moment. »Ja, aber die meisten Sachen sind ganz normale Fundstücke, wie Fotoapparate oder Skistiefel, die von Touristen verloren wurden. Wir heben sie trotzdem auf, denn es besteht immer die Möglichkeit, dass sie uns auf die Spur eines Vermissten bringen. Die saisonalen Schneebewegungen, die Schneeschmelze und die Bewegungen des Packeises führen dazu, dass viele Fundstücke nicht am eigentlichen Ort des Unfalls aufgefunden werden, sondern weiter weg.«

»Gibt es denn viele von diesen Vermissten?«

»Offiziell zweihundertachtzig, das heißt im ganzen Bezirksgebiet, seit Beginn der Aufzeichnungen 1926.«

Nun waren es nur noch zweihundertneunundsiebzig. »Und wie oft findet man solche Opfer?«

»Aufgrund des Rückgangs der Gletscher immer häufiger. Das Obergabelhorn, in dessen Tal ihre Großmutter gefunden wurde, ist allein im letzten Jahr um dreihundert Meter geschrumpft.« Er schüttelte den Kopf. »Die Berge hüten ihre Geheimnisse eine lange Zeit, aber früher oder später kommt trotzdem alles ans Licht.«

Allegra nickte. Ihr Blick fiel auf die kleine Schachtel in der Hand ihrer Schwester. Nicht nur die Berge hüteten Geheimnisse, sondern auch, wie es schien, ihre Familie.

Isobel konnte den Blick nicht von der Schachtel abwenden. »Ich weiß nicht, warum ich Größeres erwartet habe«, sagte sie leise, wie zu sich selbst, »aber ich hatte etwas Dramatisches erwartet, etwas, das alles erklären würde, verstehst du?« Sie schaute Allegra an.

»Ja, ich weiß, mir geht's genauso.« Allegra streichelte Isobels Arm.

Connors Blick huschte zwischen den beiden sichtlich enttäuschten Frauen hin und her. »Wenn Sie mir jetzt nur noch den Empfang quittieren würden.«

Er nahm ein Formular aus einer Mappe und trug Valentinas Namen und die Aktennummer ein. Dann bedeutete er Allegra, auf der gestrichelten Linie zu unterzeichnen. Das war alles, damit war die Angelegenheit erledigt: Eine Speichelprobe, eine Unterschrift, und die letzten Besitztümer einer Fremden gehörten ihnen. Eine Frau, von der sie bis vor Kurzem noch nie etwas gehört hatten, war nun ihrer Verantwortung überstellt worden.

»Also gut«, sagte er und schob die Kappe auf den Stift, »das wär's, die Sachen gehören Ihnen.« Er deutete mit einer Handbewegung auf die Schachtel.

Allegra musste an sich halten, um nicht sarkastisch zu sagen: »Ach ja? *Das alles?*« Stattdessen sagte sie: »Dürfte ich Sie etwas fragen?«

Connor schaute sie an.

»Sie selbst haben sie gefunden, oder?«

Er zögerte. »Ja, das ist richtig.«

Sie schluckte. »Wie hat sie denn ausgesehen, diese Hütte?«

Er breitete die Arme aus. »Nicht viel anders als hier. Bloß kleiner. Nur ein Raum und ein Fenster.«

»Noch kleiner«, wiederholte sie und stellte es sich vor: die Decke noch niedriger, die Wände noch dichter beisammen, eine zerbrechliche Hülle, die der anstürmenden Schneemasse nicht standhalten konnte … »Sie ist wahrscheinlich vollkommen zerdrückt worden?«

Er schwieg einen Moment. »Seltsamerweise nein. Nicht so, wie Sie sich das vielleicht vorstellen. Wir haben die Hütte eingeklemmt in einer Spalte gefunden. Eine Seite war vollkommen eingedrückt, und die Hütte war insgesamt verzogen, aber soweit noch intakt. Wir vermuten, dass sie von der Lawine erfasst und ein ganzes Stück mit nach unten getragen wurde.«

»Wie meinen Sie das?«

»Nun, diese Hütte war zum Schutz vor Schnee und Ungeziefer ebenfalls auf Stelzen erbaut worden. Die Lawine muss sie in ihren Ausläufern erfasst haben, als sie bereits an Kraft und Volumen verloren hatte, aber es reichte dennoch, um die Hütte von den Stelzen zu reißen und den Abhang hinab mitzunehmen, wo sie dann in dieser Felsspalte landete.«

Allegra versuchte, sich das vorzustellen. Eine Hütte, die von den Schneemassen fortgeschwemmt wurde, wie von einer Flutwelle, darin eine junge Frau, vollkommen hilflos, starr vor Angst, die nicht sehen konnte, wohin es ging und die jeden Moment mit dem schrecklichen Aufprall rechnen musste … Dann der Absturz, das Knacken und Brechen des alten Holzes, der schreckliche Ruck … und die Stille. Hatte es sich so abgespielt, in den letzten Minuten ihres Lebens?

»Warum … warum hat es so lange gedauert, bis man sie fand?

Hat man denn nicht nach ihr gesucht? Ich meine, man muss doch gemerkt haben, dass da eine ganze Hütte verschwunden war!«

»Ja, natürlich. Aber in dieser Zeitspanne von drei Tagen, in der Ihre Großmutter verschwand, gab es mehr als tausend Lawinen, es war die größte Katastrophe in der jüngeren Geschichte. Hunderte von Menschen sind umgekommen. Außerdem konnte man nicht gleich auf die Suche gehen, weil es aufgrund der Wetterverhältnisse einfach zu gefährlich gewesen wäre. Und später ... Nun, die Verwüstungen waren unglaublich, der Schnee so hoch und so dicht gepackt ...« Er hob die Hände in einer hilflosen Geste. »Selbst als die Schneeschmelze dann einsetzte, hat man die Hütte nicht finden können, obwohl sie gar nicht weit gerutscht war, da sie in diesen Spalt gefallen und mit Schnee zugedeckt worden war. Man hat angenommen, dass die Hütte von der Lawine zerstört worden sei.«

Sie nickte, wandte den Blick ab. Das ganze Ausmaß des Schreckens, den ihre Großmutter erlebt haben musste, wurde ihr erst jetzt klar, die Tragik ihres Todes. »Aber wenn die Hütte noch einigermaßen intakt war, wie ist sie dann umgekommen?«

»Sie muss wohl erstickt sein. Sie hatte zwar einen Schienbeinbruch, aber das war eine vergleichsweise leichte Verletzung. Sie müssen sich mal die Gewalt eine solchen Lawine vorstellen: das Gewicht, mit dem sie auf die Hütte stürzte, wie eine Ladung Beton. Der Schnee war derart kompakt, dass er nicht einmal im Hochsommer geschmolzen ist. Deshalb hat es auch so lange gedauert, bis man sie fand.«

»Ja, aber wie fand man sie, wenn sie doch so tief vergraben war und der Schnee nicht schmolz?«, fragte sie.

Er versuchte einen Seufzer zu unterdrücken. Allegra wurde klar, wie sich das anhören musste: wie ein Verhör, als wolle sie ihm mit ihren scharf abgefeuerten Fragen eine Falle stellen, und das, obwohl ihr seine Antworten genauso wehtaten wie ihm wohl ihre Fragen. »Wie ich schon sagte, die Gletscher schmelzen, und das heißt, dass mehr und mehr Schmelzwasser durch die Spalten abläuft und das Packeis unterhöhlt. Das war der Grund, warum zum ersten Mal das Dach der Hütte sichtbar wurde und mir bei einem meiner Erkundungsgänge auffiel.«

»Und wann war das?«

»Im September, unweit des Obergabelhorns.«

Isobel hatte genug. »Komm, Legs, lass uns gehen.«

Aber Allegra schüttelte den Kopf. Sie musste es wissen, musste verstehen – selbst wenn dadurch ihre Granny als Lügnerin entlarvt wurde, vielleicht sogar als Verbrecherin. Denn die Wahrheit, so schlimm sie auch sein mochte, war immer noch besser als Lügen.

»Eins noch: Was hat man eigentlich in der Hütte gefunden? Ich meine, ihre Leiche …?« Sie schluckte.

Er verstand sofort, was sie meinte. »Man hat ein Skelett gefunden.«

Isobel fuhr zusammen, und Allegra schlang instinktiv den Arm um sie. Ihre Schwester hatte recht, es wurde Zeit zu gehen.

Aber …

»Ein Skelett? Ein *Skelett*, sagen Sie?«, rief Isobel aufgebracht. »Was hat dieser, dieser anonyme … *Knochenhaufen* mit uns zu tun, mit unserer Familie? Wir haben noch nie was von dieser Frau gehört. Allegra musste eine DNA-Probe abgeben, bevor man wusste, um wen es sich handelt! Wieso mussten Sie uns da reinziehen? Wir hatten eine Großmutter – die beste, die man sich wünschen kann!«

Heiße Zornestränen rannen über ihre Wangen, ihre Augen blitzten. Connor senkte betreten den Kopf.

Dann trat er erneut an den Tisch und schlug die Akte auf. »Deswegen«, sagte er und deutete auf ein Foto, auf dem ein kleines Kuhglöckchen abgebildet war, das an einer ausgebleichten roten Lederschnur hing. Auf der Schnur stand *Valentina*. »Das fanden wir an ihrem Handgelenk. Als wir dann in unseren Vermisstenakten nachschlugen, stellten wir fest, dass im Januar 1951 eine Valentina Fischer verschwunden war.«

Es hatte keinen Zweck, Valentina aus ihrem Leben ausradieren zu wollen. Was sie auch sagten, wie sehr sie auch die Unschuld ihrer Granny beteuerten, sämtliche Tatsachen wiesen darauf hin, dass Valentina ebenfalls zur Familie gehörte. Allegra wandte sich ab und führte ihre Schwester, den Arm um ihre Schulter gelegt, zum Ausgang. Die Schachtel schob sie in ihre Anoraktasche, damit sie sie nicht beim Abstieg behinderte.

Zehn Minuten später saßen sie in dem kleinen Café in der Bahnhofstraße und hielten sich jede an einer Tasse heißer Schokolade fest. Die Schachtel lag zwischen ihnen auf dem Tisch. Das Café war diesmal weniger voll als am Vortag, und es war relativ ruhig. Keine von beiden war zum Reden aufgelegt. Die gruseligen Einzelheiten von Valentinas Tod schlug ihnen auf die Stimmung. Dennoch fiel es ihnen schwer, Mitleid mit ihr zu haben, da dies einen Verrat an Anja bedeuten würde. Sie waren hin- und hergerissen, zwischen zwei Frauen, zwei Schwestern: der Großmutter, die sie gekannt und geliebt hatten, und dieser Unbekannten, die unter schrecklichen Umständen umgekommen war. Viel zu jung und vor ihrer Zeit. Und die ein Kind hinterlassen hatte – ihre Mutter?

»Irgendwann müssen wir sie wohl öffnen«, sagte Allegra und stieß die Schachtel widerwillig mit einem Finger an.

»Schon.« Isobel schaute demonstrativ aus dem Fenster. Sie würde es jedenfalls nicht tun.

Allegra griff seufzend zum Buttermesser und schlitzte das Klebeband auf. Dann schlug sie den Deckel zur Seite und spähte hinein. Sie holte einen roten Kerzenstummel heraus, an dem noch Wachstropfen klebten. Mit einem beinahe entschuldigenden Blick auf ihre Schwester, die mit finsterer Miene zusah, legte sie sie auf den Tisch. Daneben legte sie die kleine Kuhglocke mit dem Lederband, das die Polizei erst auf die richtige Spur gebracht hatte. Das Leder war ausgebleicht und rissig und voller Wasserflecken, aber wenn man es ans Licht hielt, konnte man den Namen Valentina noch immer deutlich durch die Stanzlöcher erkennen.

Allegra schaute erneut in die Schachtel. Sie runzelte die Stirn. Zwei Ringe lagen darin. Ein Goldring mit drei kleinen Diamanten und ein schon ganz schwarz angelaufener, schmuckloser Ring aus irgendeinem billigen Metall. Er besaß eine Verdickung, wie ein Siegelring, doch gab es darauf weder ein Wappen noch einen sonstigen Abdruck.

»Das ist alles.« Allegra legte die Ringe neben die Kerze und die Glocke.

Isobel griff sogleich zum Diamantring. »Na, deiner ist aber nichts Besonderes«, bemerkte sie mit einem schelmischen Funkeln in den Augen.

Allegra grinste erleichtert. Ihre Schwester fing sich offenbar wieder. »Nö, der ist echt hässlich, oder?« Sie nahm den billigen Ring und steckte ihn auf den Ringfinger ihrer rechten Hand. Er passte wie angegossen. »Ein Kerzenstummel, eine Kuhglocke und zwei Ringe.«

»Vielleicht ist das andere Zeug ja im Schnee verrottet – die Kleidung und so.«

»Ja, wahrscheinlich.«

»Es war ja nur eine Schäferhütte; wahrscheinlich war sowieso nicht viel drin.«

»Nein, du hast recht«, stimmte Allegra zu. »Wahrscheinlich hat sie diese Ringe am Finger gehabt, als es passierte.« Sie hielt ihre Hand mit dem Ring daran hoch und wies auf den, den Isobel hatte.

»Ja, mag sein. Und hat der Mann nicht gesagt, dass sie das Glöckchen am Handgelenk trug? Funktioniert es noch?«

Sie nahm das Glöckchen und schüttelte es. Nichts. Sie besah es sich näher. »Hm, eingerostet. Da geht nichts mehr.«

»Der Rost lässt sich vielleicht wieder entfernen. Ein hübsches Ding.«

Aber Isobel interessierte sich nicht länger für das Glöckchen. »Diese Ringe, die sind ziemlich unterschiedlich, nicht?«

»Hm?«

Isobel hielt den Goldring ins Licht. »Ich finde, der ist ganz schön protzig. Die waren doch einfache Bauern, hast du gesagt? Wie kann sich ein Bauer so einen Ring leisten?«

Allegra überlegte. »Der Pfarrer hat gesagt, dass sie zu den größten Bauern der Gegend gehörten. Vielleicht hatten sie ja vor allem Grundstücke, Weiden und so.« Sie zuckte die Achseln. »Vielleicht ist das ja ein Familienerbstück, das von Generation zu Generation weitergegeben wurde.«

»Und deiner? Der sieht ja aus, als stamme er aus dem Kaugummiautomaten. Falls es damals schon so was gab.«

Allegra lachte. »Was soll das heißen, ›meiner‹? Du bist wohl schon dabei, die Beute unter uns aufzuteilen, was?«

Isobel machte ein entsetztes Gesicht. »Nein, so hab ich das nicht gemeint …«

»Iz, ich mach doch bloß Witze.« Sie nahm einen Schluck Kakao. »Aber probier ihn doch mal an. Passt er?«

»Der muss erst mal gereinigt werden.« Isobel steckte ihn trotzdem an. »Passt perfekt, wow. Sie muss unsere Größe gehabt haben.«

»Glaube ich kaum. Mum ist nur eins siebenundsechzig.«

»Ja, und Dad war ja auch nicht gerade ein Riese.«

»Na, knapp eins achtzig, das reicht doch«, sagte Allegra, die sich in der unangenehmen Lage befand, ihren Vater ausnahmsweise verteidigen zu müssen. Auch störte sie der Gedanke, dass sie, zumindest was die Größe betraf, ihm nachschlug.

Isobel zuckte die Achseln. »Es könnte eine Generation übersprungen haben.«

»Wir könnten ja fragen.« Allegra schenkte ihrer Schwester einen bedeutsamen Blick. »Wann, glaubst du, sollten wir uns … ihrem Mann vorstellen?«

»Müssen wir das überhaupt?« Isobel lehnte sich mit verschränkten Armen zurück. »Haben wir nicht schon genug gehört? Wer weiß, was als Nächstes rauskommt? Dass Mum sieben Geschwister gehabt hat, die alle an der Pest gestorben sind oder von den Ziegen gefressen wurden? Genügt es nicht zu wissen, dass Granny eine Schwester hatte, die jetzt hier in ihrer Heimat ihre letzte Ruhestätte findet?« Sie breitete fast flehend die Hände aus.

Allegra tätschelte Isobels Hand. »Das geht nicht, Iz. Ich meine, es ginge, wenn Grannys Schwester nicht Mums richtige Mutter wäre. Und jetzt, wo wir wissen, dass ihr Vater noch lebt, haben wir wohl die Pflicht, ihm einen Besuch abzustatten – schon um Mums willen.«

Isobel ließ den Kopf sinken. »Ja, ich weiß, aber … Menschenskind!«

»Je eher wir es machen, desto schneller haben wir's hinter uns. Vergiss eins nicht: Die Wahrheit kann nie schlimmer sein als das, was wir uns in unseren Köpfen ausmalen.«

Isobel schob ihren Stuhl zurück. »Das glaubst du! Aber dir fehlt's an Fantasie, Legs. Ich dagegen … Weißt du, was da drin vorgeht?« Sie klopfte sich an den Schädel. »Ich stelle mir Halloween vor: Freddy Krüger in Lederhosen!«

Allegra musste lachen. »Ach ja? Na danke, jetzt kriege ich das auch nicht mehr aus dem Kopf. Aber du bestätigst nur das, was ich sage.«

Isobel grinste. Sie bot ihrer Schwester den Arm. »Umso besser. Warum ruhig bleiben, wenn man hysterisch werden kann?«

# 21. Kapitel

Seltsam, einen Großvater zu besuchen, den man sein Leben lang für tot gehalten hat. In nervösem Schweigen bogen die Schwestern in die Straße ein, wo, laut den Angaben des Pfarrers, ihr verschollener Verwandter wohnte.

Allegra wurde von Zweifeln und Fragen bestürmt: Wie brachte man einem alten Mann (und er musste inzwischen ziemlich alt sein) bei, dass er zwei Enkeltöchter hatte, die Kinder seiner Tochter, die vor über sechzig Jahren spurlos verschwunden war? Auch galt es zu überlegen, wie viel man ihm über den Zustand ihrer Mutter zumuten konnte. Dass sie unter fortgeschrittener Demenz litt, konnte womöglich ein zu großer Schock für ihn sein …

Zum zweiten Mal an diesem Tag kamen sie an den altertümlichen, auf hohen Stelzen stehenden Holzhäusern vorbei, die ihr nun, da sie eines davon von innen gesehen hatte, schon weniger fremdartig vorkamen. Das waren solide kleine Häuser, den Witterungsverhältnissen hervorragend angepasst und in ihrer Bescheidenheit und schlichten Schönheit wahre Kleinode. Wie hart und entbehrungsreich musste das Leben der Bergbauern damals gewesen sein, in dieser rauen, schwer zugänglichen Alpenregion. Sie würde sich hüten, noch einmal so einen Schnitzer zu machen wie zuvor bei Connor – nein, dieses Leben, das, wie sich nun herausstellte, auch ihre Vorfahren gelebt hatten, nötigte ihr Respekt und Bewunderung ab. Das war der Alltag ihrer Großeltern gewesen, hier war auch ihre Mutter geboren worden. Es gehörte ebenso zu ihnen und ihrem Leben wie das schmucke kleine edwardianische Reihenhaus in dem Vorort von London, in dem sie aufgewachsen waren.

Zumindest wusste sie jetzt, was sie zu erwarten hatte: die Beengtheit und weder Strom noch fließend Wasser (der Lawinenschutzexperte musste sich mit Petroleumlampe und Holzofen behelfen), geschweige denn irgendwelche sanitären Anlagen. Sie hatte zwar nicht sehen können, was sich oben unter dem Dach befand, aber allein die Dimensionen des Häuschens ließen darauf schließen, dass dort kaum Platz für ein Bett war, geschweige denn für ein Badezimmer.

Die Schwestern hatten das Haus ihres Großvaters erreicht. *Chalet Gundersbach* stand dort auf einem Schild neben einem Eingangstor – einem prächtigen Holztor –, das so hoch war, dass selbst sie (und sie waren ja nicht gerade klein) das Anwesen dahinter nicht sehen konnten.

Beide wechselten einen verblüfften Blick. Allegra starrte die moderne Gegensprechanlage an, als hätte sie etwas Derartiges noch nie gesehen.

Es war Isobel, die schließlich klingelte. Eine Weile verstrich, bevor endlich eine weibliche Stimme aus dem Lautsprecher drang.

»Ja, bitte?«, sagte sie auf Deutsch.

»Äh … *hello*?«

Pause. Dann zögernd: »*Yes?*«

»Ist Lars Fischer zu sprechen?«

»Haben Sie einen Termin?«

Isobel schaute ihre Schwester erstaunt an. Einen *Termin*? »Äh, nein, wir haben keinen *Termin*. Sorry.«

»Dann hat Herr Fischer auch keine Zeit für Sie. *Goodb…*«

»Moment! … Äh …« Isobel räusperte sich. »Es ist wichtig. Es geht um … Valentina.«

Diesmal dauerte das Schweigen am anderen Ende so lange, dass Allegra sich schon fragte, ob die Frau überhaupt noch da war.

»*Hello?!*«, wiederholte Isobel unschlüssig.

Da ertönte ein Klicken. Die Tür sprang auf. Wieder tauschten die Schwestern einen Blick, dann drückte Allegra gegen einen der

Torflügel, und beide schlüpften hinein. Erwartet hätte sie einen kleinen Vorgarten, wie bei den anderen mittelgroßen Anwesen im Ort, aber das hier – ein langer gewundener Pfad, der sich in einiger Distanz um eine Ecke verlor, gab auf den ersten Blick keinen Aufschluss über die Größe des Anwesens. Auf der linken Seite wurde der Weg von sauber gestapelten Holzscheiten gesäumt, die einen angenehmen Duft verströmten, rechts, in Abständen von fünf Metern, von Glaslaternen mit dicken, hohen Kerzen, wie man sie in Kirchen findet.

»Was zum …?«, keuchte Isobel. »Das sieht ja hier aus wie ein Anoushka-Hempel-Hotel!«

Stirnrunzelnd gingen sie den Weg entlang, vorbei an um diese Jahreszeit kahlen Spalierobstbäumen. Isobel blieb kurz neben einer der hüfthohen Glasglocken stehen und deutete mit großen Augen auf einen runden silbernen Echtheitsstempel. Der sanft aufsteigende Pfad bog um eine Ecke, und plötzlich standen sie vor einem weiteren Tor, das ebenfalls ein wenig offen stand und das, wie sich herausstellte, zu einem Lift führte.

»Das ist doch reichlich seltsam, findest du nicht?«, sagte Isobel und drückte auf den Knopf mit dem nach oben weisenden Pfeil.

Allegra überlegte. Die Stimme der Frau hatte förmlich geklungen. »Vielleicht ist es ein Pflegeheim«, spekulierte sie.

»Ach, glaubst du? Da würde ich mich auch gern pflegen lassen!«

Allegra schmunzelte, war aber genauso ratlos wie Isobel. Einfache Bergbauern und Ziegenzüchter? Wie ließ sich das mit einem solchen Anwesen vereinbaren?

»Wie sollen wir ihn denn anreden?«, fiel Isobel erschrocken ein. Doch in diesem Moment blieb der Lift stehen, und die Türen öffneten sich geräuschlos. Vor ihnen stand eine ungefähr fünfzigjährige Frau mit kurzen blonden Haaren und einer engen Jeans.

»Wie, sagten Sie, heißen Sie noch gleich?«, fragte sie in eisigem Ton.

Allegra richtete sich unwillkürlich zu ihrer vollen Größe auf – diese Frau reichte ihr nur bis zur Schulter. Sie konnte unhöfliche Menschen nicht ausstehen, einfach, weil sie so erzogen worden war. Ihre Mutter hatte immer den größten Wert auf gutes Benehmen gelegt. »Das haben wir noch nicht erwähnt. Allegra und Isobel.«

Der Blick der Frau huschte, nun merklich verunsichert, zwischen den Schwestern hin und her, hauptsächlich, so schien es, haftete er an Allegra. »Allegra und Isobel …?«

Aber ihren Nachnamen wollte Allegra noch nicht verraten. Erst einmal wollte sie sich ihren Großvater ansehen. »Spielt das eine Rolle?«, wehrte sie ab. »Richten Sie ihm einfach aus, es geht um …«

»Valentina.«

Es war eine männliche Stimme, die früher einmal tief und klangvoll gewesen sein mochte, die nun jedoch vor Alter zittrig war, wie ein ausgefranster Kleidersaum. Dennoch spürte Allegra instinktiv, dass diese Stimme, diese einst volltönende Bassstimme, früher Feinde bezwungen und Frauen erobert hatte. Der weißhaarige alte Mann mit dem buschigen Schnurrbart, der in einem Rollstuhl in die große Eingangshalle gefahren war, wirkte zwar körperlich gebrechlich, schien aber geistig noch vollkommen fit zu sein. Der Blick, mit dem er sie über die Breite der Halle hinweg fixierte, verriet ihr, dass dies kein Pflegeheim sein konnte. Nein, dieser Mann besaß Macht und Reichtum – Rolex Daytona am Handgelenk, maßgeschneiderte Schuhe an den Füßen.

»Ich würde dich überall wiedererkennen«, sagte er mit einer Miene, als habe er eine göttliche Erscheinung vor sich – oder einen Geist aus der Vergangenheit. »Du bist ihr wie aus dem Gesicht geschnitten. Dein Haar, deine Größe … sogar die Nase. Und deine Hände …« Er schnappte nach Luft, als sei ihm der Atem ausgegangen.

Die ältliche Blondine eilte sogleich zu ihm. War sie seine Pflegerin? »Lars?«

Aber er lenkte seinen Rollstuhl, eine Hand am Steuerknüppel, abrupt herum. »Bettina, bring uns bitte einen Kaffee ins Wohnzimmer! Und ihr, junge Damen, folgt mir bitte.«

Die Pflegerin fuhr zurück, als hätte sie eine Ohrfeige bekommen, was die Schwestern nicht ohne eine gewisse Genugtuung zur Kenntnis nahmen. Wie ein Ungewitter rauschte sie an ihnen vorbei. »Sie können Ihre Jacken an die Haken neben der Tür hängen«, brummte sie ungnädig, bevor sie endgültig verschwand.

»Na, die ist ja ein Herzchen«, bemerkte Isobel. Beide hängten ihre Anoraks an die Haken. Isobel schaute sich interessiert um. Die große Diele war in hellen goldbraunen Holztönen gehalten, die mittlerweile zwar etwas aus der Mode waren, aber Gediegenheit und Qualität verrieten. Kostbare Orientteppiche zierten den Fußboden, und an der Wand hingen ein paar antike alte Holzskier sowie Schneeschuhe. Das einzige Möbelstück war eine Anrichte, auf der, eingerahmt von zwei japanischen Lampen, einige Schwarz-Weiß-Fotografien standen. Aber das war es nicht, was die Blicke der Schwestern wie hypnotisch anzog, es war das große Ölgemälde, das darüber hing. Das Porträt einer Frau, die Allegra wie aus dem Gesicht geschnitten war.

»Wahnsinn!«, hauchte Isobel. Ihr Blick huschte zwischen dem Gemälde und ihrer Schwester hin und her. Furchtlose blaue Augen starrten den beiden aus dem Bild entgegen, eingerahmt von langen schwarzen Haaren, die bis über die Schultern reichten und von rosaroten und dunkelroten Blüten zurückgehalten wurden, wie von einem Kranz. Darunter ein kirschroter Mund, leicht geöffnet, als wolle die Frau etwas sagen, oder lachen, oder jemanden ausschelten … »Das ist ja richtig unheimlich! Die sieht aus wie du – bis auf die Augen natürlich. Und das Kleid. So was solltest du auch mal tragen, würde dir gut stehen.«

Allegra fand das gar nicht komisch. Sie selbst war viel zu schockiert über die Ähnlichkeit, als dass sie darüber hätte Witze machen können. Überhaupt kam das alles wie ein Schock: diese

Villa, der alte Mann im Rollstuhl, und dann auch noch das Gemälde … Isobel hatte recht: Bis auf die Augen war Allegra ihrer Großmutter wie aus dem Gesicht geschnitten.

»Komm«, sagte sie mit einem abschließenden nervösen Blick auf das Porträt und folgte Lars, der durch einen offenen Torbogen verschwunden war. Erneut blieben sie im Eingang stehen. Vor ihnen erstreckte sich ein weitläufiges, kostbar eingerichtetes Wohnzimmer. Holzgetäfelte Wände, ein großer offener Kamin, leuchtend rote und grüne Samtsofas und Sessel, Zierkissen aus Brokatstoffen. An der Wand tickte eine Kuckucksuhr leise vor sich hin. Lars ließ sich gerade stöhnend in einen Sessel am Kamin sinken.

Die beiden Frauen verharrten nervös am Eingang. Sollten sie helfen, oder würde der alte Mann das als Demütigung empfinden?

»Ihr seid also meine Enkelinnen«, erklärte er wie selbstverständlich. Er lehnte den Spazierstock, mit dessen Hilfe er sich aus dem Rollstuhl in den Sessel gehievt hatte, an ein Beistelltischchen.

»Ja.«

Er hob den Kopf und blickte ihnen erwartungsvoll entgegen. Als er sah, dass sie noch immer am Eingang verharrten, sagte er ungeduldig: »Kommt rein, kommt näher, ich bin fast taub und so blind, dass ich kaum noch meine Füße sehe.«

Allegra musste lächeln. Das glaubte sie kaum. Seine Augen waren vollkommen in Ordnung, was er vorhin in der Diele bewiesen hatte. Was die ihren betraf, nun … da konnte sie auf den ersten Blick keine Ähnlichkeit entdecken. Er schien an Arthritis zu leiden – seine Fingerknöchel waren geschwollen –, und auch die roten, von einem Netz feiner Äderchen durchzogenen Wangen ließen auf ein gutes Leben und eine Schwäche für guten Wein schließen. Er hatte eine herrische Hakennase, die ebenfalls keiner aus der Familie von ihm geerbt hatte. Nein, auch bei näherer Betrachtung konnte sie keine Ähnlichkeit erkennen – was jedoch unter den Umständen vielleicht nicht allzu verwunderlich war. Möglicherweise sein Haar, bevor es weiß geworden war …?

Mit kleinen, nervösen Schritten näherten sie sich der Sitzgruppe und ließen sich schließlich befangen auf das Sofa zu seiner Linken, gegenüber vom Kamin, sinken.

Er hatte sie keine Sekunde lang aus den Augen gelassen. »Wie heißt ihr?«

»Ich bin Allegra, und das ist Isobel.«

»Du bist die Ältere«, stellte er fest. Allegra nickte.

»Ja, ich bin einunddreißig, und Isobel ist neunundzwanzig. Fast dreißig, um genau zu sein.«

»Du bist die Starke, die Beschützerin.«

Allegra warf einen Blick auf Isobel. »Ähm, nein, so würde ich das nicht sagen. Iz ist selbst sehr stark und unabhängig. Oft bemuttert sie mich, obwohl sie einen kleinen Sohn hat.«

Jetzt schaute Lars zum ersten Mal auch Isobel richtig an. Er schien sich mit den Fingern an die Sessellehnen zu krallen – oder waren sie nur aufgrund der Gicht so gekrümmt? »Du hast Kinder?«

Sie nickte. »Ja, einen Sohn. Er heißt Ferdy. Im Februar wird er ein Jahr alt.«

Lars öffnete den Mund, brachte aber kein Wort heraus. Seine wässrigen, rot geränderten blauen Augen hingen gebannt an Isobel. Die rutschte unbehaglich auf dem Sofa hin und her. Allegra spürte, dass sie am liebsten davongelaufen wäre.

Lars schien es ebenfalls zu spüren, denn er wandte den Blick ab und blickte einen Moment lang blinzelnd ins Feuer. »Entschuldigt, dass ich euch so anstarre. Aber euer plötzliches Erscheinen ist schon ein Schock.«

»Ja, das ist verständlich.«

In diesem Moment kam die blonde Frau herein, lautlos wie eine Katze. Sie trug ein Tablett mit Kaffee und Keksen. Schweigen trat ein, während sie Tassen und Teller verteilte und mit aufreizender Gelassenheit Kaffee einschenkte. Die erste Tasse stellte sie Lars hin, dann reichte sie Allegra die ihre am Henkel. Allegra sah sich gezwungen, die heiße Tasse auf diese Weise entgegenzunehmen. Als sie sich dabei die Fingerspitzen verbrannte, warf sie der Frau einen bösen Blick zu.

Danach machte sich diese unfreundliche Person mit einem Schürhaken am Feuer zu schaffen. Sie legte noch ein Scheit nach. Allegra überlegte, was sie sagen sollte. Lars war in Anwesenheit der Frau in grimmiges Schweigen verfallen.

Es war Isobel, die sie aus der Zwickmühle befreite. »Sie sprechen aber sehr gut Englisch«, sagte sie mit einem unüberhörbar vorwurfsvollen Unterton.

Ein kleines Lächeln umspielte seine dünnen Lippen. »Das muss man hier auch heutzutage. Wir sind ja jetzt international.«

»Sie haben ein wunderschönes Haus«, bemerkte Allegra eilig, bevor Isobel noch etwas hinzufügen konnte.

»Danke. Ich habe es selbst gebaut. 1954. Jetzt schütteln natürlich alle die Köpfe und sind der Meinung, ich sollte in ein Altenheim umziehen, aber mich bringen hier keine zehn Pferde raus.« Er warf der Frau – seiner Pflegerin – einen grimmigen Blick zu. Offenbar gehörte sie zu jenen, die ihn ins Altersheim verfrachten wollten. Sie stellte daraufhin den Schürhaken beiseite und verschwand auf ebenso leisen Sohlen, wie sie gekommen war.

»Das kann man Ihnen kaum vorwerfen«, bemerkte Allegra. »Mir ginge es genauso. Was meinst du, Isobel?«

Isobel zuckte kommentarlos mit den Schultern. Beide mussten an ihre Mutter denken, die sich ebenfalls mit Händen und Füßen gegen den Umzug in ein Pflegeheim gewehrt hatte. Ihr verzweifeltes Flehen, ihre Tränen würden sie wahrscheinlich bis an ihr Lebensende nicht vergessen.

»Du hängst also auch an deinem Zuhause«, bemerkte er.

Allegra nickte der Höflichkeit halber, war aber nicht sicher, ob das stimmte. Was war eigentlich ihr Zuhause? Bestimmt nicht das Apartment in Poplar, diese Studentenbude. Gewiss nicht das Haus in Islington, das nur eine Geldanlage war. Oder die kleine Wohnung ihrer Mutter mit der orangeroten Tür. Am ehesten noch Isobels Haus – wenn Lloyd in der Arbeit war oder mit seinen Kollegen im Pub, wenn nur sie, Iz und Ferdy da waren.

Er musterte sie mit leicht schräg gelegtem Kopf und einer Miene, aus der sie nicht schlau wurde. Ob er sie sah oder Valentina in ihr suchte? »Wie geht es eurer Mutter?«, erkundigte er sich.

Allegra versteifte sich unwillkürlich. Es laut auszusprechen wurde mit der Zeit nicht leichter und auch ihre Schuldgefühle wurden nicht geringer. »Sie war die beste Mutter, die man sich nur wünschen kann. Sie war immer für uns da, hat ihr Bestes für uns getan.«

Lars erstarrte ebenfalls. »Ist sie denn … tot?«, fragte er erschrocken. Sein Verstand war wirklich noch messerscharf, ihm war die Vergangenheitsform sogleich aufgefallen.

»Nein! Nein, entschuldigen Sie, ich wollte nicht …«

»Dann ist sie also hier?«, unterbrach er sie drängend. »Um ihrer Mutter die letzte Ehre zu erweisen?«

Allegra schüttelte den Kopf. »Sie weiß das alles noch gar nicht. Sie … sie leidet unter Alzheimer, verstehen Sie?« Wusste er überhaupt, was sie meinte? Verstand man diesen Begriff hier in der Schweiz? Aber seine Miene verriet, dass er verstand. Sie schwieg betreten. Das hätte sie kaum schlechter anpacken können: Erst machte sie ihm Hoffnung, nur um sie ihm gleich wieder zu nehmen. Das war grausam und unbedacht.

»Was …?«, fragte er mit trauriger Stimme. »Seit wann denn?«

»Es fing schon vor sechs Jahren an. Es ist eine Frühform der Demenz.« Allegra presste die Lippen zusammen. Nur ungern dachte sie daran zurück, wie alles angefangen hatte. Jäh auftretende Wutanfälle, vollkommen untypisch für ihre friedfertige, eher ängstliche Mutter, Wutanfälle wegen Kleinigkeiten (zum Beispiel weil die Marmelade, die sie immer im Kühlschrank aufbewahrte, plötzlich verschwunden war und später dann unerklärlicherweise in der Spülmaschine auftauchte). Koordinationsprobleme:

Sie ließ Sachen fallen, verfehlte Tisch oder Anrichte, auf die sie eine Tasse hatte stellen wollen. Sie glaubte, sie wäre wieder ein junges Mädchen, und begann mit einer hohen Mädchenstimme zu plappern …

»Wir haben versucht, sie so lange zu Hause zu pflegen, wie es nur möglich war. Ich hatte sogar überlegt, wieder zu ihr zu ziehen, aber da ich beruflich ständig unterwegs bin, erwies sich das als unmöglich. Wir mussten sie schließlich in ein Pflegeheim bringen, aber da war sie so unglücklich, dass wir sie da wieder rausnahmen.« Allegra holte tief Luft. Wie schrecklich, als dieser Anruf von der Polizei kam, ihre Mutter sei aus dem Heim ausgerissen und man habe sie auf der Schnellstraße gefunden, wo sie im Morgenmantel auf dem Pannenstreifen herumgeirrt sei. »Sie lebt jetzt in einer betreuten Wohngemeinschaft mit einem Pfleger, der sich rund um die Uhr um sie kümmert.«

Lars blickte schweigend ins Kaminfeuer. »Aber sie ist doch noch so jung …« Seine Hände krampften sich um die Sessellehnen.

»Bitte seien Sie nicht traurig. Ich glaube, sie ist auf ihre Weise dort sehr glücklich. Sie erhält die bestmögliche Pflege, und die meiste Zeit über ist sie ohnehin nicht mehr ganz bei sich. Ich glaube, für mich und Iz ist es vielleicht sogar schlimmer, wir …« Sie räusperte sich. »Wir sind diejenigen, die damit fertigwerden müssen, dass sie uns die meiste Zeit über gar nicht mehr erkennt. Wir müssen uns damit abfinden, dass sie nicht anders kann … dass es zu ihrer Krankheit gehört. Aber ich glaube nicht, dass sie sich deswegen ängstigt. Das wäre wirklich das Schlimmste.«

»Aber ihr seid viel zu jung, um eure Mutter schon auf diese Weise zu verlieren.«

Sie schwieg, den Blick auf ihre im Schoß gefalteten Hände gerichtet. »Ob jung oder nicht, der Verlust eines Elternteils ist immer schlimm, oder?« Auch er hatte Julia viel zu früh verloren, nicht nur sie und Isobel. Hier war etwas, das sie miteinander verband.

»Und was ist mit ihrem Mann? Eurem Vater?«

»*Wie bitte?!*« Diese Frage kam so unerwartet wie eine Gewehrkugel. Allegra warf ihrer Schwester einen Blick zu, und die sah aus, als hätte die Kugel sie mitten ins Herz getroffen. »Ihr Mann«, wiederholte Lars unsicher. »Euer Vater.«

»Der … der hat uns schon vor langer Zeit verlassen.« Allegra krallte die Hände zusammen, sodass die Knöchel weiß hervortraten.

»Als sie krank wurde?«, fragte er entsetzt.

»Nein, noch vorher.« Ein distanziertes Nicken. »Er hat längst eine neue Familie.«

»Und ihr habt keinen Kontakt mehr zu ihm«, erklärte Lars, der die verkrampfte Haltung der Schwestern richtig deutete.

»Genau.« Allegra reckte das Kinn, wie sie es immer tat, wenn sie nicht weinen wollte. Das war ihr »Geheimtrick« aus der Kindheit: Wenn man den Kopf zurücklegt, dann fließen die Tränen auch wieder zurück, wie bei einer Wippe, die sich auf die andere Seite senkt.

Er wandte abermals den Blick ab und starrte ins Feuer, als spürte er, auf welch dünnem Eis er sich bewegte. »Sie hat zu viel gelitten, meine arme Tochter. Zu viel und zu früh.«

»Nein«, warf Allegra rasch ein, »so war das nicht. Uns geht es gut. Uns ist es immer gut gegangen. Wir brauchten ihn nicht. Wir hatten ja uns – Iz, Mum und ich.« Sie tastete nach Isobels Hand. »Stimmt's nicht, Iz?«

Isobels trauriger Blick verriet, wie hohl diese Lüge war. Sicher, sie hatten einander, aber das Verschwinden des Vaters hatte der kleinen Familie eine Wunde zugefügt, die nie ganz geheilt war: wie ein Baum, der allzu brutal zurückgeschnitten worden war und zwar noch lebte, aber nicht mehr so wie früher wachsen und gedeihen konnte.

»Aber wir hatten ja zum Glück noch unsere Granny«, sagte Isobel bestimmt.

Lars erbleichte. »Wen?«

»Granny«, wiederholte sie trotzig.

Allegra beeilte sich zu erklären: »Sie meint Anja. Wir sind in dem Glauben aufgewachsen, dass sie unsere Großmutter sei.«

»Anja hat behauptet, dass … dass sie eure Großmutter ist?« Er schien mit jedem Wort zu schrumpfen.

Allegra musterte ihn eingehend. Hier lag irgendwo die Wahrheit versteckt. »Mum weiß noch gar nicht, dass Valentina ihre richtige Mutter war. Das haben wir selbst erst vor einer Woche erfahren, als die Schweizer Polizei unsere Spur bis nach England zurückverfolgt hatte.«

»England.« Er gab einen seltsamen Laut von sich, tief aus der Brust kommend, und seine Miene hätte an einem jüngeren Mann geradezu gefährlich gewirkt.

»Sie wussten nicht, dass sie nach England emigriert war?«, erkundigte sich Allegra.

Lars schüttelte den Kopf.

»Wir hatten bis zum Anruf der Polizei noch nie etwas von Valentina gehört …«

»Oder von Ihnen«, warf Isobel feindselig ein. So leicht ließ sie sich nicht weismachen, dass ihre geliebte Granny eine Lügnerin und Betrügerin gewesen sein sollte. »Man hat uns gesagt, unser Großvater sei gestorben, als Mum noch ein Kind war.«

Er starrte sie fassungslos an. »Das hat … das hat Anja also gesagt?«

Isobel sah aus, als ob sie ihre feindselige Reaktion schon bereute. Allegra wusste, was in ihr vorging, ihr ging es ähnlich: Das waren alte Geschichten, es war passiert, noch bevor sie geboren worden waren.

Allegra musterte den alten Mann, der förmlich in sich zusammenzusinken schien – verstoßen, verleugnet, verlassen … »Wenn wir gewusst hätten, dass Sie noch am Leben sind …«, begann sie. Ja, was dann? Was hätten sie getan? Ihn besucht? Den Mann, den

Anja verlassen hatte? Der Vater, wieder vereint mit seiner nunmehr erwachsenen Tochter?

Sie sah, wie er unwillkürlich das Kinn reckte, wie sich sein faltiger Hals straffte. Es war dieselbe Bewegung wie ihre vorhin. Versuchte er auch, auf diese Weise die Tränen »runterzuschlucken«? War das etwas, das sie von ihm geerbt hatte, etwas, das sie verband?

»Warum ist sie von hier weggegangen, Anja, meine ich?«, fragte sie. Sie formulierte es absichtlich diplomatisch. Sie hätte auch sagen können: »Warum ist sie Ihnen davongelaufen?« Aber sie wollte jeden Vorwurf, jede Vorverurteilung vermeiden. Sie versuchte ihm auf gewisse Weise die Hand zu reichen, die Distanz der Jahre zu überbrücken. Von seiner Antwort hing es ab, ob eine Annäherung überhaupt noch möglich war. Viel Zeit hatten sie nicht mehr …

Lars blickte mit wässrigen Augen ins Leere, in eine vergangene Zeit, dabei wiegte er den Oberkörper unbewusst vor und zurück. Sein Schweigen hielt so lange an, dass Allegra schon glaubte, er wolle nicht antworten.

»Sie war eifersüchtig«, verkündete er schließlich. »Valentina war und ist die Liebe meines Lebens, das zu leugnen war unmöglich. Ich konnte nicht! Sie war eine Frau, an deren Schönheit und Stärke Männer zerbrachen. Ja, sie war stark und in dieser Hinsicht ihrer Zeit voraus. Und sie hatte weiß Gott etwas Besseres verdient, als einen Bauernhof zu bewirtschaften und Ziegen zu hüten … Alle Männer haben sie begehrt, die reichsten, die stärksten, die schönsten, ja sogar die verheirateten.« Das Kaminfeuer flackerte auf und beschien eine Sekunde lang seine leuchtenden, entrückten Augen. »Dass ausgerechnet ich sie dann bekam, dass sie mich erwählte … Sie war … Sie war atemberaubend. Ein Kleid war erst dann schön, wenn sie es trug, eine Bemerkung wurde erst amüsant, wenn sie darüber lachte.« Sein Blick richtete sich auf Allegra. Ein Ausdruck funkelte in seinen Augen, der den jungen Mann aufleben ließ, der er einst gewesen war. »Wirst du so geliebt?«

Sie schluckte. Es gab wohl nur sehr wenige Menschen, die auf diese Weise geliebt wurden. »Nein.«

»Das überrascht mich. Du bist so schön wie sie. Und intelligent, das sieht ein Blinder.«

Sie lächelte verlegen, wagte es nicht, Isobel anzusehen. Hoffentlich merkte sie, dass er gar nicht sie, Allegra, meinte, sondern eine Wunschgestalt aus einer vergangenen Zeit.

»Frauen wie du wissen ja gar nicht, welche Wirkung sie auf Männer haben, wie viel Macht über sie. Ich war in meiner Jugend ein – wie sagt man? – sehr stattlicher Mann: stark, gutaussehend, ehrgeizig. Aber das allein genügte nicht, um eine Frau wie sie zu erobern, das war mir sofort klar. Ich musste mein Bestes geben, und das tat ich. Ich wollte ihrer würdig sein. Aber als ich sie dann verlor, ist eine Welt für mich eingestürzt. Ich war ein gebrochener Mann.« Er schüttelte den Kopf. Seine geschwollenen Finger, mit denen er sich an die Armlehnen krallte, traten weiß hervor. »Arme kleine Giulia. Ich war kein guter Vater. Wie sollte ich für sie sorgen, wo ich doch kaum für mich selbst sorgen konnte? Ich konnte weder essen noch schlafen … und als Anja mir ihre Hilfe anbot …« Er presste die dünnen, faltigen Lippen zusammen und schwieg einen Moment. »Sie zu heiraten schien die beste Lösung zu sein, vor allem für Giulia. Sie liebte das Kind abgöttisch … und Valentina hat mich immer damit geneckt, dass ihre Schwester in mich verliebt sei … ich konnte sie natürlich nicht so lieben wie Valentina, das war unmöglich, aber ich dachte, mit der Zeit würden wir schon glücklich werden.« Er zuckte hilflos mit den Schultern. »Ich habe mich getäuscht. Sie konnte es nicht ertragen, immer an zweiter Stelle zu stehen.«

»Und *deshalb* ist sie mit Ihrer Tochter abgehauen?«, warf Isobel zornig ein.

Er sah sie an. »Ja«, antwortete er schlicht.

Isobel lehnte sich erstaunt zurück. Sie hatte nicht erwartet, dass er es einfach so zugeben würde. »Und Sie haben nichts dagegen unternommen?«

»Weil es das Beste für Giulia war.«

»Mit einer *Lüge* aufzuwachsen?!« Isobels Stimme erklomm lichte Höhen – immer ein Anzeichen dafür, dass sie kurz davor stand, hysterisch zu werden.

»Bei jemandem aufzuwachsen, der sie wirklich liebte. Als Bauer hat man ein hartes Leben. Ich war die meiste Zeit oben in den Bergen. Was hätte ich machen sollen? Ich konnte mich nicht um sie kümmern. Ich musste meinen Lebensunterhalt verdienen.«

»Und das war wichtiger als Ihr eigenes Kind?!«

Er sagte nichts dazu, griff mit zittrigen Fingern nach seiner Tasse und nahm einen Schluck Kaffee. Allegra legte beschwichtigend die Hand auf Isobels Arm.

Vergeblich.

»Das schwere Leben als Bauer scheint ja nun hinter Ihnen zu liegen.« Isobel wies mit zynischer Miene um sich: das luxuriöse Wohnzimmer, die Villa.

»Das stimmt. Als der Tourismus an Bedeutung zunahm, habe ich Land verkauft und mich auch am Bau von Hotels und Pensionen beteiligt. Ich war sogar ein paar Jahre lang Bürgermeister.« Er räusperte sich. »Ich weiß, was ihr denkt: Ja, ich hatte auf einmal Geld, aber da war es schon zu spät. Selbst wenn ich gewusst hätte, wo Anja und Giulia lebten, wäre ich für das Kind mittlerweile ein Fremder gewesen. Außerdem wusste ich nicht, ob Anja wieder geheiratet hatte, ob sie vielleicht eigene Kinder hatte … Alles, was ich wusste, war, dass Giulia bei ihr in den besten Händen war. Anja hat sie geliebt, als wäre sie ihre richtige Mutter.«

Sie schwiegen. Nur das Knacken und Prasseln des Feuers unterbrach die Stille.

»Sie hat nicht wieder geheiratet«, sagte Allegra leise. Die Ausbrüche ihrer Schwester waren ihr peinlich. Konnte sie nicht sehen, dass dieser alte Mann schon genug gelitten hatte? Dass sie ihm mit dem, was sie zu berichten hatten, nur noch mehr wehtaten? »Und ja, sie hat unsere Mutter wirklich sehr geliebt.«

Im Kamin explodierte knackend ein Funke. Lars starrte ins Feuer, verfolgte den Funkenflug und das Verglühen. Allegra dagegen konnte den Blick nicht von ihm abwenden. Dieser arme Mann: Sein ganzes Geld hatte ihm nichts genützt, er hatte die Liebe seines Lebens verloren und am Ende auch noch sein Kind. Und nun war er ganz allein. Was hatte ihre Großmutter bloß angerichtet?

Mit der Kaffeetasse in beiden Händen beugte sie sich vor. »Ich habe mit dem Pfarrer gesprochen, Pfarrer Merete. Er hat sich bereit erklärt, eine kleine private Gedenkfeier für Valentina abzuhalten.« Isobel schnappte nach Luft, sie ahnte, was jetzt kam. Allegra fuhr unbeirrt fort. »Am Donnerstag. Sie kommen doch auch?«

»Was soll das?«, zischte Isobel.

»Valentina war seine Frau, er hat ein Recht zu kommen«, sagte Allegra, so leise sie konnte.

»Und Granny, oder hast du das schon vergessen? Er war mit beiden verheiratet!«

»Aber du hast ihn doch gehört. Er wollte Mum eine neue Mutter geben.«

Isobel verdrehte die Augen und lehnte sich zornig zurück.

Allegra wandte sich mit einem betretenen Lächeln an Lars. »Bitte kommen Sie.«

Er musterte sie mit seinen wässrigen Augen, ein Ausdruck von Dankbarkeit lag auf seinen faltigen Zügen. »Wie lange habe ich einen richtigen Abschied ersehnt und mich gleichzeitig davor gefürchtet! Ja, danke, ich werde kommen.«

Allegra lächelte zufrieden. Sie war sich jetzt sicher: Es war richtig gewesen herzukommen, auch Isobel würde das einsehen, wenn sie sich wieder abgeregt hatte. »Wir sollten jetzt besser gehen«, sagte sie, stellte ihre Tasse ab und strich ihre Hose glatt.

Isobel schloss sich mit geradezu unhöflicher Hast an.

»Moment!« Er winkte Allegra zu sich, ergriff ihre Hand. Seine Finger fühlten sich kalt an. Dankbar blickte er zu ihr auf. »Du kommst doch wieder? Schon morgen? Wir könnten reden. Es gibt noch so viel zu sagen. Ich bin alt und einsam. Ich möchte meine Familie besser kennenlernen, bevor ich sterbe.«

Allegra lächelte. »Ja, natürlich, wir kommen wieder.« Sie schloss absichtlich ihre Schwester mit ein. »Morgen um die gleiche Zeit?«

Da ließ er ihre Hand mit einem erleichterten Seufzer los und sank in die Kissen zurück, als habe jemand den Faden zerschnitten, an dem er sich aufrecht gehalten hatte.

Nun erschien auch die Pflegerin wieder. Ob sie gelauscht hatte? Der Zeitpunkt ihres Auftauchens war jedenfalls verdächtig.

Allegra und Isobel folgten ihr in die Diele. Dort schlüpften sie in ihre Anoraks. Bettina hielt ihnen währenddessen den Lift auf. Allegra drehte sich noch einmal um, bevor sich die Türen schlossen, und warf einen letzten Blick auf das Porträt ihrer Großmutter. Ein Gefühl von Euphorie durchströmte sie. Sie hatte diese Frau nie gekannt, und doch entdeckte sie mehr und mehr von sich selbst in ihr. Sie hatte sich immer für einen Außenseiter, einen Sonderling gehalten – zu stolz, zu linkisch, zu dickköpfig, nicht so wie ihre Mutter und ihre Schwester, die scheinbar mühelos mit Menschen zurechtkamen, die Charme und Einfühlungsvermögen besaßen, die Leute zum Lachen bringen konnten, die sich nicht scheuten, auch mal im Mittelpunkt zu stehen. Sie dagegen kam zwar gut mit Zahlen zurecht, mit allem, was sich schwarz auf weiß berechnen ließ, aber nicht mit den nebulösen Zwischentönen, die den gesellschaftlichen Umgang der Menschen bestimmten. Für Allegra gab es keine Grauzonen, etwas war entweder richtig oder falsch. Sie war dreizehn gewesen, als sie zufällig auf ihren Vater stieß, der in einem Park mit einer fremden Familie ein Picknick machte, und schon damals hatte sie gewusst, dass das, was er da tat, nicht richtig sein konnte.

Sie hatte sich oft gefragt, wie es gewesen wäre, wenn Isobel an ihrer Stelle an jenem sonnigen Tag im Park auf ihn gestoßen wäre, wenn sie diejenige gewesen wäre, die seinem Doppelleben auf die

Spur kam. Wäre es Isobel gelungen, ihn daran zu hindern, sie zu verlassen? Ja, bestimmt, davon war sie überzeugt. Ihr Vater hatte sich die Falsche als Retterin ausgesucht. Doch jetzt schien es, als habe sie endlich jemanden gefunden, der wie sie dachte. Sie sah nicht nur aus wie ihre Großmutter, sie schien auch ihre Stärke geerbt zu haben. Aber was noch wichtiger war: Lars selbst war wie sie. Auch er war mit Ehrgeiz und Geschick zu Reichtum gelangt, auch er hatte herbe persönliche Schicksalsschläge einstecken müssen. Auch er war allein und auf der Suche nach einer Familie. Isobel hatte jetzt selbst eine Familie gegründet, ihre Mutter lebte in der Vergangenheit, aber sie, Allegra, war genauso einsam wie dieser alte Mann in seinem Chalet, der totgeschwiegen worden war, nur weil er einer Frau das Herz gebrochen hatte.

Sie traten hinaus in den Schnee und betrachteten das herrliche Anwesen mit neuen Augen. Ein Bergbauer? Ein Pflegeheim? Von wegen! Isobel machte ein finsteres Gesicht, aber Allegra musste ein Lächeln unterdrücken. Beide setzten sich in Bewegung. Endlich verstand sie, woher ihr Ehrgeiz kam, ihre Getriebenheit. Zum ersten Mal verstand sie, warum sie so war, wie sie war.

# 22. Kapitel

Wir brauchen jetzt dringend was Alkoholisches«, verkündete Allegra und beeilte sich, ihre Schwester einzuholen, die mit langen, wütenden Schritten die Seitenstraße entlangschritt, in der ihr Großvater wohnte.

»Nö, ich will nach Hause.«

»Ein Grund mehr, erst mal was zu tanken. Jetzt komm schon, schau, da vorne ist ein Wirtshaus.« Allegra deutete auf das Gebäude und dirigierte ihre Schwester kurzerhand dorthin.

Die Dämmerung brach herein. Die beiden »Meetings« hatten den Großteil des Nachmittags in Anspruch genommen. Über ihnen spannte sich ein blaulila Abendhimmel, der dem Schnee einen bläulichen Schimmer verlieh.

Sie betraten das Lokal, und Allegra ging sogleich zur Bar und bestellte zwei *Génépi*. Isobel steuerte derweil auf ein Ledersofa am Fenster zu, das noch frei war.

»Also dann … prost!«, sagte Allegra und hielt ihr Glas hoch.

Isobel zog ein mürrisches Gesicht. »Was gibt's da zu feiern?«

»Nichts. Wir sind nur auf ein Glas eingekehrt, das macht man doch, oder?« Allegra nahm rasch einen Schluck.

»Von wegen!«, sagte Isobel finster. »Du siehst aus, als hättest du was zu feiern.«

Allegra seufzte. »Man lernt ja auch nicht jeden Tag den einzigen Großvater kennen, den man noch hat, oder? Das ist doch was … Das kannst selbst du nicht bestreiten.«

»O doch, das kann ich! Wie kann er es wagen, so über Granny zu reden, wo sie nicht mal mehr da ist, um sich zu verteidigen!«

»Aber er hat doch nicht schlecht von ihr geredet. Ich finde, dass er unter den Umständen sogar noch … moderat war. Es scheint so, als sei er nach Valentinas Tod am Boden zerstört gewesen und habe gedacht, seine Tochter sei bei ihrer Tante am besten aufgehoben, ist doch verständlich, oder? Das heißt doch nicht, dass er sie nicht geliebt hat, Mum, meine ich.«

»Ach, jetzt hör aber auf, Legs! Du hast ihm dieses Gewinsel doch nicht etwa abgekauft? Das sind bloß Ausreden!«

»Wie kommst du denn darauf?«, protestierte Allegra. »Iz, es ist nun mal Tatsache, dass Granny mit Mum auf und davon ist und nie zugegeben hat, dass sie gar nicht ihre richtige Mutter, sondern nur ihre Tante ist. Klar hat sie Mum geliebt, aber komisch ist das schon, oder? Dass sie nie was gesagt hat? Ich finde Lars' Urteil unter diesen Umständen sogar großzügig.«

»Ach, du bläst dich doch nur auf, weil er dir klar den Vorzug gibt. Du siehst aus wie Valentina und ich wie Granny, und wenn du mich fragst, spielt er mit uns dasselbe Spielchen wie damals mit ihnen.«

»Also das ist doch Blödsinn! Ich versuche doch bloß, das Positive an der Sache zu sehen. Was geschehen ist, lässt sich nicht mehr ändern. Wir haben damit nichts zu tun. Aber Iz« – Allegra drehte sich zu ihrer Schwester, sodass ihre Knie fast aneinanderstießen –, »wir haben gerade Mums Vater kennengelernt! Stell dir vor, wenn sie das erst erfährt! Stell dir vor, wenn sie hört, dass er noch lebt!«

»Ja, das kann ich mir gut vorstellen«, meinte Isobel trocken. »Kann mir vorstellen, wie Mum reagiert, wenn sie *das* hört. Und der Leidtragende ist Barry, denn der muss sie wieder beruhigen.«

»Das ist unfair.«

»Klar ist es unfair. Das alles ist unfair. Wir haben heute eine Hiobsbotschaft nach der anderen gekriegt. Ich fühle mich, als wäre ich zusammengeschlagen worden. Ich sag dir, ich bin k. o.« Sie ließ sich ins Sofa sinken. »Ich hab mir gleich gedacht, dass das keine gute Idee war.«

Allegra ließ sich ebenfalls zurücksinken. Ihre Euphorie verebbte. Es war ohnehin zu anstrengend, die Optimistische zu spielen. Und Isobel hatte nicht Unrecht: Es wäre schon schwierig genug, ihrer Mutter das mit Valentina beizubringen, da mussten sie nicht auch noch mit einem von den Toten auferstandenen Großvater daherkommen. Sie warf den Arm übers Gesicht und schloss die Augen. Auch sie wünschte jetzt, sie wären gleich nach Hause gegangen, anstatt hier einzukehren. Alles, wonach sie sich in diesem Moment sehnte, war ein schönes heißes Bad.

Isobel warf ihrer Schwester einen zerknirschten Blick zu. »Mensch, Legs, es tut mir leid! Bitte verzeih, ich bin unmöglich!« Sie legte reuevoll ihren Kopf an Allegras Schulter. »Ich bin nun mal nicht so widerstandsfähig wie du. Ich tue mich schwer mit Veränderungen.«

»Nein, du hast recht«, sagte Allegra, »ich hab mich wirklich ein bisschen zu sehr mitreißen lassen. Ich weiß nicht, wahrscheinlich wünsche ich mir einfach, dass zur Abwechslung mal was gut läuft … Die letzten Wochen waren die reinste Hölle, weißt du?«

Isobel stützte ihr Kinn auf Allegras Schulter und schaute sie schuldbewusst an. »Komm, ich besorg uns noch was zu trinken. Wir sollten uns besaufen.«

Allegra warf ihrer Schwester einen Seitenblick zu. »Das sagst du immer. Es ist deine Patentlösung für alles.«

»Ich weiß … Aber es funktioniert.« Isobel erhob sich mit einem schelmischen Zwinkern und machte sich auf den Weg zur Bar.

Allegra schaute ihr nach. Sie war zu praktisch veranlagt, um sich glaubhaft weismachen zu können, dass man seine Sorgen in Alkohol ertränken könnte, und das auch noch zwei Tage in Folge. Aber sie war einunddreißig und hatte es noch nie ausprobiert, da wurde es höchste Zeit.

In diesem Augenblick drang von der Straße ein fröhlicher Lärm herein. Allegra verdrehte den Kopf und schaute aus dem Fenster. Draußen ging eine Schar Leute vorbei, viele davon Kinder, alle in

Skimontur, angeführt von einem Weihnachtsmann, der ebenfalls ein paar Skier auf den Schultern trug und dazu noch einen wohl gefüllten Sack. Sein athletischer, federnder Gang verriet, dass seine Leibesfülle auf Polster zurückzuführen war und nicht etwa auf zu reichliches Essen.

Sie warf einen Blick auf ihre Uhr. Schon halb acht. Der Liftbetrieb war schon vor drei Stunden eingestellt worden …

Sie riss die Augen auf. »Iz! Halt!«

Isobel drehte sich zerstreut zu ihrer Schwester um. Offenbar hatte sie sie mitten im Flirt mit dem Barmann unterbrochen. Allegra hatte sich bereits ihre Jacken geschnappt und schlängelte sich zwischen den Tischen hindurch zur Bar.

»Iz, heute ist Nachtskifahren auf dem Klein Matterhorn!« Grinsend schlüpfte Allegra in ihren Anorak. »Komm schon, das wollten wir doch schon immer mal machen!« Sie drückte Isobel ihre Jacke in die Hand. »Da ist sogar ein Weihnachtsmann, der die Meute anführt.«

»Aber …« Isobel warf einen Blick auf den Barmann, der mit der Flasche in der Luft verharrte. »So bleiben! Wir kommen später wieder!«

Gackernd wie die Hühner machten sie sich davon, hinaus in die nächtliche Kälte.

Bläulicher Schnee, lila Schatten und ein Himmel wie eine samtschwarze, mit kleinen Löchern durchstanzte Decke, die Einblicke in andere Universen bot … Der Schatten der Gondel huschte über unberührte Schneeflächen, die Lichter der Ortschaft blieben unter ihnen zurück. Eulen auf nächtlicher Jagd schwebten lautlos über weiß gepuderte Tannen, die ihre Zweige unter der Schneelast wie buschige Schnurrbärte herunterhängen ließen. Allegra kam es vor wie im Märchen.

Oben war es nicht ganz so zauberhaft. Es herrschte reger Betrieb. Mindestens hundert Leute drängten sich auf der Bergkuppe, über die Hälfte davon Kinder unter zehn Jahren, die sich unbedingt mit dem Weihnachtsmann fotografieren lassen wollten, während die Eltern sich noch rasch an einem Becher Glühwein aufwärmten, bevor es an die Abfahrt ging. Auch der Bernhardiner mit dem Schnapsfässchen konnte regen Zulauf verzeichnen: Die Kinder wimmelten um ihn herum, lehnten sich an ihn, streichelten ihn oder versuchten an seinem Fässchen zu rütteln, was er sich alles gutmütig gefallen ließ.

Die beiden Schwestern machten einen weiten Bogen um die Kinderschar, Isobel mit der Bemerkung, sie habe »dienstfrei«. Kurz darauf begann sie sofort mit Stretch- und Dehnübungen, um sich warm zu machen.

Die erste Abfahrt gingen sie vorsichtig an, immerhin steckte ihnen der Génépi noch in den Knochen. Mit lässigen Schwüngen setzten sie über den Schnee, die kalte Nachtluft in tiefen Zügen einatmend. Aber bei der zweiten und dritten Abfahrt ging's zur Sache. Isobel brachte Allegra mit ihren Kapriolen zum Lachen, all die alten Tricks aus ihrer Kindheit: in der Hocke Ski laufen oder rückwärts, mit rausgestrecktem Hintern, übertrieben über jeden Buckel springen, als wäre es eine Schanze, und schließlich die Skistöcke an den Helm gelegt, wie die Fühler einer Ameise.

Hier fühlte sich Allegra frei – frei von den Spannungen, die auf ihr und Isobel lasteten, hin- und hergerissen zwischen ihrer Loyalität zur »alten« und der Faszination für die »neue« Familie, die die Schwestern zum ersten Mal zu entzweien drohte; frei von der Angst und dem Kummer, mit denen sie auf ein Lebenszeichen von Pierre wartete.

»Ich glaube, für zwei Abfahrten reicht's noch, bevor die Lifte dichtmachen«, meinte Isobel und gab ihrer Schwester einen scherzhaften Rippenstoß. »Du bist gar nicht mehr so eine lahme Schnecke wie früher.« Beide saßen auf einer Bank in der Gondel und nutzten die Fahrt, um ein wenig zu verschnaufen.

Allegra verdrehte die Augen. »Na, danke! Das ist aus deinem

Mund ein großes Lob.« Der Lift erreichte die Gipfelstation, und die Türen glitten auf. Beide erhoben sich und nahmen Skier und Skistöcke aus dem Ständer. »Ist dir je in den Sinn gekommen, dass ich dich inzwischen vielleicht sogar schlagen könnte? Immerhin hab ich mehr Übung als du. Ich wette, ich habe mehr Abfahrten auf dem Buckel, als du Ferds warme Mahlzeiten zubereitet hast.«

»Das will nicht viel heißen«, lachte Isobel. »Bis vor ein, zwei Monaten hab ich ihn ja noch gestillt. Oder zählt das auch als ›warme Mahlzeit‹?«

Allegra lachte. »Lauwarm, würde ich sagen.« Sie stieg in ihre Skier und schob die Skibrille über ihre Augen.

Der Weihnachtsmann war inzwischen verschwunden, eine Kinderschar hinter sich herziehend, wie der Rattenfänger von Hameln, und im Gipfelbereich war Ruhe eingekehrt. Selbst der Bernhardiner musste inzwischen wieder unten in seinem Zwinger sein. Die Kälte hatte noch zugenommen in dieser sternenklaren Nacht, und die Schneedecke vereiste zusehends.

»Komm, wir machen ein Wettrennen«, schlug Allegra vor.

»Im Ernst?«

»Warum nicht? Es herrscht gute Sicht, und die Pisten sind inzwischen fast leer, besser geht's nicht.«

»Du traust dich ja nur, weil du noch nicht wieder ganz nüchtern bist«, grinste Isobel. »Gut, wie du willst! Brauchst du einen Vorsprung?«

Allegra lachte. »Du Biest! Na, bist du bereit?«

»Allzeit bereit!«

Beide gingen in Position und stießen sich ab. Diesmal hielten sie sich nicht mit gemütlichen Slalomfahrten auf, die zu viel Tempo gekostet hätten, sondern rasten die Strecke in langen, S-förmigen Bögen hinunter. Isobel flitzte geduckt dahin, die Stöcke beinahe waagerecht am Körper, aber Allegra hatte recht: Sie war ihrer Schwester aufgrund der größeren Praxis inzwischen ebenbürtig. Es kam, wie es kommen musste: An einem besonders steilen Hang, der links und rechts von Wald gesäumt wurde, zog Allegra juchzend an ihrer Schwester vorbei. Nun packte sie der Ehrgeiz, die vertraute Euphorie rauschte durch ihre Adern, die sie immer dann empfand, wenn sie kurz davor war zu gewinnen. Auf Skiern hatte sie ihre Schwester noch nie geschlagen, kein einziges Mal, weder als Kind in der Skischule, wenn sich der Kampf um die Goldmedaille unweigerlich zwischen ihnen beiden abspielte, noch auf den von der Uni veranstalteten Skiausflügen, auf denen Isobel sie begleitet und auf denen sie die Jungs mit ihren coolen Heidi-Zöpfen und ihren unwiderstehlichen Kapriolen im Skipark beeindruckt und bezaubert hatte.

Der Abstand vergrößerte sich, schon konnte sie ihre Schwester nicht mehr hinter sich hören. »He, Iz, friss Schnee!«, jubelte sie und wedelte mit einem Skistock.

Keine Antwort.

»Iz?«

Immer noch nichts.

Allegra hielt mit einem scharfen Schwung an und schaute sich um. Ihre Schwester war verschwunden. Über ihr erstreckte sich die weite Schneefläche, auf der nur ihre eigenen Spuren zu sehen waren.

»Iz? Iz!«, rief sie mit aufkeimender Panik. Sie spähte in die Bäume, aber die Beleuchtung reichte nur bis zum Rand der Piste, zwischen den Stämmen herrschte tiefe Dunkelheit.

Bleib ruhig, denk nach, ermahnte sich Allegra. Auf der Piste war ihre Schwester nicht, so viel war klar. Sie musste also eine Abkürzung durch den Wald genommen haben. Kein Grund zur Sorge, sie war eine ausgezeichnete Off-Piste-Fahrerin. Sie konnte wahrscheinlich schneller zwischen den Bäumen hindurchwedeln als sie, Allegra, über eine viel befahrene Piste flitzen. Wahrscheinlich war sie schon unten angekommen, dieses hinterlistige Biest!

Allegra musterte den vor ihr liegenden Abhang. Bis ins Tal waren es vielleicht noch sechs Minuten.

Andererseits …

Wenn ihrer Schwester nun etwas zugestoßen war? Wenn sie irgendwo verletzt im Wald lag? Allegra warf einen Blick auf die Uhr. Der Liftbetrieb würde in knapp fünf Minuten eingestellt werden. Besser, sie schaute sich erst mal hier oben nach ihrer Schwester um. Denn von unten würde es schwer werden, wieder raufzukommen.

Mit Seitschritten begann sie den mühsamen Aufstieg. Der Hang war hier besonders steil – fünfzig Grad Steigung, vermutete sie –, außerdem war der Schnee inzwischen völlig vereist, sodass sie nur mühsam vorwärtskam und immer wieder abrutschte. Für zehn Meter, die sie gewann, rutschte sie fünf wieder ab. Sie musste es bis zu dem Punkt schaffen, an dem die Spur ihrer Schwester von der ihren abzweigte, und dieser dann folgen.

»Iz!«, schrie sie, wieder und wieder. Keine Antwort. Sie keuchte, ihre Wangen waren feuerrot von der Anstrengung. In diesem Moment tauchten oben am Hang zwei Skifahrer auf.

Sofort blieb sie stehen und warf abwehrend die Arme hoch. »Stopp! Anhalten!«, schrie sie. Der Vordere begriff nicht und fuhr bis zu ihr, wo er stehen blieb. »Nein, nicht!«, rief sie, »Nicht runterkommen! Bleiben Sie oben!«

Jetzt begriff er und bedeutete seinem Kameraden weiter oben nun auch mit hektischen Abwehrbewegungen, stehen zu bleiben. Dieser hielt mit einem Schwung an, dass der Schnee nur so aufspritzte.

»Gott sei Dank, er hat angehalten!« Allegra stützte sich keuchend auf ihre Skistöcke. Ihre Oberschenkel brannten. »Danke, dass Sie angehalten haben«, stammelte sie, »meine Schwester ist …«

»*Allegra?* Sind Sie das?« Der Skifahrer schob seine Skibrille hoch, und Allegra blickte in das verblüffte Gesicht von Zhou Yong.

Dieses Mal war sie ausnahmsweise froh, ihn zu sehen. »Ach, Sie sind's, Gott sei Dank!«

Er berührte besorgt ihren Arm. »Was ist los? Was ist passiert?«

»Meine Schwester … ich kann sie nicht finden. Sie muss irgendwo gestürzt sein. Wir haben gewettet, wer schneller ist, und ich bin an ihr vorbeigezogen, aber dann habe ich sie nicht mehr hinter mir gehört, und als ich mich umdrehte … da war sie verschwunden.«

»Hat sie ihr Handy bei sich?«

»Das Handy, ja!« Daran hatte Allegra überhaupt nicht gedacht. Hektisch kramte sie ihr Handy raus und rief ihre Schwester an. Es klingelte. Und klingelte.

Nichts.

»Sie geht nicht ran«, sagte Allegra besorgt.

»Das will noch nichts heißen. Moment, mal überlegen. Sie muss irgendwo zwischen den Bäumen sein, richtig?«

»Ja, das denke ich auch. Sie ist eine fabelhafte Skifahrerin, auch im Tiefschnee und abseits der Piste. Wahrscheinlich dachte sie, das wäre eine Abkürzung und sie könnte mich doch noch überholen. Sie würde alles riskieren, um mich zu schlagen.«

»Aber welche Seite hat sie genommen? Rechts oder links?«

Allegra schüttelte ratlos den Kopf.

»Macht nichts, keine Sorge«, sagte Zhou beschwichtigend. Er schien zu merken, dass sie kurz davor stand, in Panik zu geraten.

»He, was ist los?«, rief der andere Skifahrer zu ihnen hinunter.

Allegra kannte die Stimme, aber man musste ja auch kein Sherlock Holmes sein, um zu erraten, wer Zhous Begleiter war.

Anstatt hinaufzubrüllen, holte Zhou sein Handy raus und rief Sam an, erklärte ihm die Situation. »Allegras Schwester … Ja. Sie glaubt, sie hat eine Abkürzung durch den Wald genommen. Nein, sie geht nicht ran … das haben wir schon versucht. Okay … Bis dann.«

Er ließ das Handy sinken. »Sam wird nach ihr suchen. Er nimmt die linke Seite, weil das Waldstück weiter unten wieder mit der Piste zusammentrifft. Er meint, wir sollen derweil runterfahren und schauen, ob sie nicht vielleicht schon dort angekommen ist.«

»Wenn das der Fall sein sollte, dann bringe ich sie um!«, schimpfte Allegra, allerdings ein bisschen zittrig.

»Falls nicht und falls Sam sie nicht findet, werden wir eben den Rettungsdienst verständigen. Die haben Schneemobile, die können sie im Nu herunterholen. Das wird schon, keine Sorge.«

»Okay.« Allegra nickte. Sie war so froh um seine Hilfe, um seine ruhige Kompetenz, mit der er ihr die Sache aus der Hand nahm. Ihr selbst war ganz schwindlig bei dem Gedanken, dass Isobel etwas zugestoßen sein könnte, und sie konnte nicht richtig denken.

»Kommen Sie, fahren wir runter.«

»Sicher ist sie schon dort, ganz bestimmt erwartet sie mich mit einem diebischen Grinsen«, murmelte Allegra vor sich hin, während sie die Riemen ihrer Skistöcke festzog. »Wahrscheinlich wird sie mich ausschimpfen, weil ich so ein Theater mache, aber normalerweise ist sie immer diejenige, die einen Aufstand macht. Sie haben ja keine Ahnung, wie sie sich anstellt, wenn Ferdy auch nur die geringste Gefahr drohen könnte ...« Sie wusste selbst, dass sie brabbelte, aber sie konnte nicht aufhören, und Zhou versuchte auch nicht, sie zu stoppen. Beide stießen sich ab und fuhren langsam nach unten. Dabei schauten sie ständig nach rechts und links unter die Bäume, konnten aber nichts erkennen. Allegra murmelte vor sich hin, machte sich bittere Vorwürfe. Warum nur hatte sie dieses Rennen vorgeschlagen? Was war in sie gefahren? Ihre Schwester auf dem einzigen Gebiet schlagen zu wollen, in dem sie immer besser gewesen war als sie selbst?

Der Ankunftsbereich war fast völlig verlassen. Am Rand stand ein Bus, nur halb voll, der noch auf ein paar Nachzügler wartete, bevor er die letzte Fahrt ins Dorf antrat. Isobel war nicht unter ihnen – Allegra stieg extra ein und schaute sich genau um. Auch ein weiterer Anruf war vergebens, ihre Schwester ging nicht an ihr Handy.

»Hat Sam sich schon gemeldet?«, fragte sie Zhou bei ihrer Rückkehr.

»Er geht nicht ran … aber das ist wahrscheinlich ein gutes Zeichen«, beeilte er sich zu versichern, als er ihre Miene sah. »Das heißt wahrscheinlich, dass er unterwegs ist und sein Handy nicht hört. Bitte machen Sie sich keine Sorgen, Allegra, wenn Ihre Schwester tatsächlich irgendwo da oben ist, dann wird Sam sie auch finden. Er ist beneidenswert gut.«

»Vielleicht sollten wir trotzdem den Rettungsdienst verständigen. Schauen Sie, der Liftbetrieb wird eingestellt. Bald sind alle weg, und meine Schwester ist ganz allein da oben …« Ihre Stimme brach.

Zhou griff in die Anoraktasche und holte einen Flachmann heraus. »Hier, nehmen Sie einen Schluck. Das ist Whisky, gut gegen den Schock.«

Allegra gehorchte widerspruchslos. Sie nahm einen kleinen Schluck und dann gleich noch einen größeren. Und noch einen.

»Er wird sicher gleich kommen«, meinte Zhou, »und wenn nicht, wird er anrufen.« Er starrte hinauf zu den Bäumen. »Wir müssen nur noch ein bisschen durchhalten, okay?«

»Okay«, murmelte Allegra. Sie stampfte mit den Füßen, um warm zu bleiben. Mit wachsender Angst starrte sie nach oben.

Die Minuten vergingen. Allegra warf Zhou immer häufiger nervöse Blicke zu. »Wo bleibt er? Sollte er inzwischen nicht längst hier sein?«

»Der kommt schon noch.« Aber es sah nicht so aus, und Allegras Sorge wuchs von Minute zu Minute.

»Da, schauen Sie!« Sie keuchte auf und zeigte auf einige schwarze Pünktchen, die weiter oben auftauchten. Aber das konnten sie nicht sein, es waren zu viele – vier oder fünf.

»Das muss das restliche Personal sein«, murmelte Zhou, und selbst er klang nun besorgt.

»Das reicht!«, verkündete Allegra. »Wir rufen jetzt den Rettungsdienst! Die fahren jetzt alle runter und machen Feierabend, und meine Schwester ist ganz allein da oben und …«

In diesem Moment tauchten die Scheinwerfer eines Schneemobils auf und schickten ihren Schein über die weite Fläche bis zu den Abfahrern, deren Vorsprung rasch abnahm.

»Gott sei Dank, das muss sie sein, sie haben sie gefunden!« Allegra drückte beide Hände aufs Herz. »Sie muss sich verletzt haben.«

»Ich kann Sam sehen«, meinte Zhou sichtlich erleichtert.

Auch Allegra konnte nun das schwarz-rote Trikot von denen der anderen Skifahrer unterscheiden.

Als er ankam und seine Skibindung aufschnappen ließ, rannte sie sofort zu ihm. »Wo ist sie? Was ist passiert?«

Sam schob die Skibrille hoch und schaute sie an. »Ihr geht's gut. Hat sich das Knie verdreht, glaube ich. Aber du hast recht, sie ist von der Piste ab- und in den Wald gefahren. Ich habe es geschafft, sie zur Piste zurückzubringen, und dann sind die Verantwortlichen aufgetaucht und haben angehalten. Sie …«

»Mein Gott, Iz!«, rief Allegra und stürzte zum Schneemobil, das mittlerweile eingetroffen war. »Ich hätte deinetwegen fast einen Herzanfall gekriegt!«

»Sorry«, sagte ihre Schwester mit einem zerknirschten Gesichtsausdruck.

»Nein, nein, ich bin ja bloß froh, dass dir nichts Schlimmes passiert ist.« Allegra schlang die Arme um den Hals ihrer Schwester. Dann ließ sie sie los und sagte zu dem Fahrer des Schneemobils: »Danke, dass Sie sie runtergebracht haben.«

Er zuckte die Achseln. Seine Miene verriet, dass er nicht ganz so entzückt war wie Allegra. »Wir hätten sie ja wohl kaum da oben liegen lassen können. Aber ich muss schon sagen, nachts von der Piste abzuweichen, das ist der reinste Wahnsinn.« Und er warf Isobel einen strengen Blick zu.

Allegra vermutete, dass diese schon ihre Standpauke erhalten hatte. »Was bin ich Ihnen schuldig? Wie regeln wir das?«, beeilte sie sich zu sagen.

Der Fahrer machte den Mund auf, aber da trat Zhou dazwischen. »Allegra, Ihre Schwester braucht einen Arzt, und sie muss erst mal ins Warme. Mein Fahrer ist gleich da hinten. Sam wird ihr helfen. Überlassen Sie das hier bitte mir.« Er berührte sanft ihren Arm.

»Aber …«

»Kein Aber. Helfen Sie Sam.«

Allegra nickte dankbar. Zhou war einfach unschlagbar. Ruhig und kompetent. Ohne ein weiteres Wort nahm sie Isobels Skier aus dem Ständer am Schneemobil und eilte Sam und Isobel hinterher. Ihre Schwester hatte einen Arm um Sams Schulter gelegt und hoppelte stöhnend auf Yongs »Limousine« zu – eins der kleinen Raupenfahrzeuge, die in Zermatt als Taxis dienten, nur hatte dieses getönte Scheiben.

Als Isobel es erblickte, drehte sie sich sogleich zu ihrer Schwester um. »Cool!«, grinste sie.

»Home, sweet home.«

Allegra warf Zhou einen ungläubigen Blick zu. Sie waren angekommen, und Zhou bedeutete ihr mit einem zuvorkommenden Wink, als Erste auszusteigen, was Allegra auch tat. Verblüfft schaute sie sich um. Na, der Mann hatte Humor. Das vor ihr aufragende Chalet war alles Mögliche – opulent, überdimensional, zweifellos überteuert –, aber *sweet* war es gewiss nicht. Den Blick auf das Gebäude gerichtet wartete sie, bis auch die anderen ausgestiegen waren. Kleine weiße Lämpchen zierten die steilen Giebel der Villa, eigentlich vollkommen überflüssig, da die gesamte Front aus Glas bestand und einen warmen goldenen Lichtschein hinaus auf den Schnee schickte.

Während die meisten anderen Villen nur von oben zugänglich waren, verfügte diese hier über eine eigene kleine Zahnradbahn, deren Waggon hinter einer extradicken Tür verborgen lag. Den Superreichen war offenbar das Treppensteigen nicht zuzumuten.

Isobel zwinkerte ihr zu, bevor sie sich von Sam in den Lift helfen ließ.

»Wie fühlen Sie sich?«, erkundigte sich Zhou besorgt bei Isobel. Beide Männer halfen ihr fürsorglich auf eine der Holzbänke und verstauten Skier und Stöcke im Ständer.

»Schon besser«, meinte Isobel, die von Minute zu Minute munterer wurde. »Vielen Dank, Sam, dass Sie mir geholfen haben. Ich wüsste nicht, was ich ohne Sie getan hätte!« Sie schaute mit großen Unschuldsaugen zu ihm auf. Den Blick kannte Allegra und hatte ihn schon oft im Einsatz erlebt.

»Das war eigentlich Allegra …«, begann er.

»Ich weiß«, seufzte Isobel, »sie ist einfach toll, wie sie mich immer beschützt.«

Sams und Allegras Blicke begegneten sich, aber beide schauten sofort wieder weg. Allegra fragte sich unwillkürlich, ob ihm wohl auch durch den Kopf ging, wie ihr erstes Aufeinandertreffen in dem Lift ausgegangen war … Das schien jetzt so weit zurückzuliegen, dabei war es erst zwei Wochen her.

Der Lift ging auf, und sie betraten eine weitläufige Eingangshalle mit einer netzartigen Gewölbedecke aus dicken Eichenbalken. Auch die Wände waren in Eiche gehalten, altes, knorriges Holz in unterschiedlichen Tönen von Grau bis Karamell, das die Maserung in Wellen durchzog. Erhellt wurde der Raum von diskret angebrachten Halogenleuchten, die nicht nur die unbezahlbaren Kunstwerke hervorhoben, sondern insgesamt ein angenehmes Licht verbreiteten. Ganz besonders gefiel Allegra ein lebensgroßer Schneeleopard aus geschwärzter Bronze, der in einer Ecke auf einem schwarz glänzenden Marmorsockel stand. Sie konnte nicht anders, als im Vorbeigehen mit den Fingerspitzen darüberzustreichen.

»Allegra, Isobel, darf ich unseren Koch Martin vorstellen und seine Frau Estelle, unsere Haushälterin? Wenn's an irgendwas fehlt, zögern Sie nicht, sich an sie zu wenden.«

»Hallo!«, rief Isobel dem Pärchen zu, das lächelnd im Zugang zum Küchentrakt stand. Beide trugen eine identische »Uniform«, bestehend aus einem schwarzen Hemd und einer schlichten schwarzen Hose. Auf Sams breite Schultern gestützt hoppelte Isobel Zhou hinterher, der sie zum Wohnzimmer führte.

Vor ihnen öffnete sich ein großer Raum mit doppelter Deckenhöhe, dessen Fassade ganz aus Glas bestand – aber nicht nur die Fassade, auch ein Teil des Dachs. Ganz offensichtlich hatte der Architekt die Natur ins Haus holen wollen. Auch die Möblierung unterstrich dieses Motiv: Eine cremeweiße Sofalandschaft mit flauschigen weißen Kissen, dazu ein weitläufiger weißer Schaffellteppich, dessen Flor so dick war, dass man bis zu den Knöcheln darin einsank, erweckte den Eindruck, man sei in eine kuschelige Schneewehe geraten. Im Raum verteilt standen einige wenige Tischchen aus rotem Chinalack – zweifellos sündteure Antiquitäten aus der Kaiserzeit – mit mehr oder weniger persönlichen Fotos. Allegras Blick fiel auf eines, auf dem Mr Yong steif vor einer Bergmine posierte; auf einem anderen standen Mr und Mrs Yong neben dem indischen Stahlmagnaten Lakshmi Mittal und seiner Frau Usha, alle in vornehmer Abendgarderobe; und auf einem dritten war Zhou selbst zu sehen, bei der Harvard-Abschlussfeier, in den Farben seiner Universität. Er stand ebenso steif da wie sein Vater, die Hände an die Hosennähte gelegt, als würde er strammstehen, während sich hinter ihm die Kommilitonen ausgelassen in die Arme fielen.

In einem Kalksteinkamin brannte hinter einer Glasscheibe bereits ein warmes Feuer, und draußen auf der Veranda konnte Allegra im Dunkeln Liegestühle erkennen, die offenbar mit Rentierhäuten gepolstert waren. Wie an einem unsichtbaren Faden gezogen, trat sie an die Panoramafenster. Der Blick war atemberaubend: die bedrohliche Silhouette des Matterhorns, vom spitzen Dachgiebel gleichsam eingerahmt wie ein Bild – was der Architekt sicher so beabsichtigt hatte. Dazwischen erstreckte sich im

Tal Zermatt, dessen Lichter zu ihnen hinaufblinkten, wie ein kleines erdgebundenes Universum. So lebte man also als Millionär.

»Kommen Sie, legen Sie sich hier hin.« Zhou war sogleich zur Sitzgruppe geeilt und rückte ein paar Sofakissen für Isobel zurecht. Mit Sams Hilfe ließ diese sich dankbar darauf nieder. »Geht's? Wie fühlen Sie sich?«

»Prima«, grinste sie. Ihr fielen beinahe die Augen raus, während sie sich umsah.

»Der Doktor ist schon unterwegs«, sagte Zhou und musterte sie besorgt. Offenbar fragte er sich, was er sonst noch für sie tun könnte. »Ich würde Ihnen ja gerne einen Drink anbieten, aber ich denke, damit sollten wir warten, bis der Arzt einen Blick auf Sie geworfen hat.«

»Ja, klar, kein Problem. Wissen Sie was? Also diese Aussicht, die genügt schon, die würde sogar einen Toten auferwecken!«

Zhou lachte verlegen. Allegra betrachtete ihn auf einmal mit ganz anderen Augen. Für sie war er bisher nichts weiter als ein Anhängsel gewesen, der stumme Sohn eines wichtigen Klienten, den sie für die Firma gewinnen und mit dessen Vermögen sie liebend gerne herumspielen wollte, ganz wie es ihren Talenten entsprach. Für sie war er nur eine Gestalt im feinen Zwirn gewesen, äußerst formell, äußerst korrekt (eigentlich so wie sie selbst, wenn man es recht bedachte). Hier jedoch entdeckte sie eine ganz andere Seite an ihm: einen einfühlsamen, rücksichtsvollen und bei allem Reichtum bescheidenen Menschen, der weder durch Kleidung noch durch sein Auftreten verriet, dass er der Erbe eines Milliardenvermögens war. Außerdem schien er Sinn für Humor zu haben. Und er war durchaus attraktiv, mit seinem zwar kantigen Kinn, das aber durch seine feinporige, makellose Haut und die schönen Wangenknochen gemildert wurde, vor allem wenn er lächelte – was er beinahe ständig tat.

Sam hatte inzwischen den Anorak ausgezogen und lief unruhig in seiner schwarzen Skihose und einem Thermopulli, der so eng anlag, dass man jeden einzelnen Muskel erkennen konnte, vor dem Fenster auf und ab.

Isobel fing Allegras Blick auf, hielt den Daumen hoch und formte mit dem Mund die Worte: »Maann! Wow!«

Allegra warf rasch einen Blick auf Zhou. Hoffentlich hatte er das nicht mitgekriegt! Aber das Schmunzeln, das seine Lippen umspielte, verriet das Gegenteil.

Allegra verdrehte demonstrativ die Augen, um ihm zu zeigen, für wie lächerlich sie das hielt. Aber sein Lächeln vertiefte sich nur noch. »Wo sind Sie denn untergebracht?«, wollte er wissen. »In einem Hotel?«

»Nein, in einer kleinen Ferienwohnung, unweit vom Mont-Cervin-Hotel, in einer kleinen Gasse.«

»Es ist ein hübsches Apartment, richtig gemütlich«, warf Isobel ein, »aber natürlich kein Vergleich zu diesem hier …«

Allegra schoss ihrer Schwester einen bösen Blick zu. Sie wünschte, sie würde aufhören, so ein Gewese um die Luxusvilla zu machen, das war ja peinlich.

»Ich war so überrascht, Sie zu sehen«, bemerkte Zhou nun. »Vor allem, wo Sie doch sagten, Sie seien noch nie hier gewesen und …« Zhous Stimme verklang. Der peinliche Vorfall auf der Weihnachtsfeier stand greifbar im Raum.

»Ja, und trotzdem sind wir nun hier.«

»Dürfte ich fragen, was …?«

»Eine persönliche Angelegenheit«, wehrte Allegra ab. Sam war stehen geblieben und hörte ungeniert zu. Ob er wusste, worum es sich handelte? Immerhin war er anwesend gewesen, als Kirsty die Nachricht vom Anruf des Schweizer Inspektors überbracht hatte.

»Ach so, ich verstehe«, sagte Zhou, der viel zu höflich war, um weiter in sie zu dringen. Es ging ihn ja auch weiß Gott nichts an.

»Wir haben rausgefunden, dass unsere Großmutter von hier stammt!«, meldete sich Isobel mit argloser Fröhlichkeit zu Wort. »Leider ist sie schon tot!«

»Iz!«

»Allegra?« Isobel schenkte ihrer Schwester ihren patentierten Unschuldsblick. Sie wusste genau, dass sie die von Allegra gezogenen Grenzen überschritt. »Was? Das ist schließlich kein Geheimnis! Es stand hier doch in allen Zeitungen.«

»Mann!« Allegra warf die Arme hoch und begann nun ihrerseits zornig auf und ab zu gehen. Hatte ihre Schwester denn gar kein Benehmen? Konnte sie nicht die Klappe halten, wenn's um persönliche Dinge ging?

Jetzt mischte sich auch noch Sam ein. Na klar, was hätte man auch anderes erwarten sollen?

Er setzte sich auf die Lehne des Sofas, auf dem Isobel lag. »Was ist passiert?«

»Sie ist spurlos verschwunden, in einem Schneesturm, vor sechzig Jahren. Das ganze Dorf hat um sie getrauert, alle haben sie gekannt. Es hat sich herausgestellt, dass sie von einer Lawine verschüttet wurde, und man hat sie erst in diesem Sommer gefunden, in einer von diesen kleinen Schutzhütten.«

»Ach …« Sam und Zhou schauten Allegra an, doch diese hatte sich abgewandt und tat, als würde sie die Aussicht bewundern.

»Mr Yong, der Doktor wäre jetzt da«, verkündete eine unbekannte Frauenstimme.

»Danke, Estelle«, antwortete Zhou. Allegra fuhr herum und sah, wie er auf einen Mann mittleren Alters zuging, mit grau melierten Haaren und einem warmen grauen Wintermantel. Die beiden begrüßten sich mit einem Händedruck. »Dr. Baden, darf ich Ihnen eine gute Bekannte von mir vorstellen, das ist Isobel.«

Isobel wurde gleich zwei Zentimeter größer, als sie das mit der »guten Bekannten« hörte.

»Sie ist beim Skifahren gestürzt und hat sich das Knie verletzt.«

»Aha, verstehe. Nun, dann wollen wir uns das mal ansehen, ja?«

»Wir lassen Sie allein, damit Sie ungestört sind«, sagte Zhou und bedeutete Sam und Allegra, ihm zu folgen.

»Aber …«, setzte Allegra an.

»Machen Sie sich keine Sorgen«, beruhigte Zhou sie sofort mit seinem liebenswerten Lächeln, »Ihre Schwester ist in den besten Händen. Kommen Sie, gehen wir in der Zwischenzeit etwas trinken. Und Sie täten mir im Übrigen einen persönlichen Gefallen, wenn Sie wenigstens Ihren Anorak ausziehen würden.«

Allegra merkte erst jetzt, dass sie ihre Jacke noch anhatte. Aber sie wollten ja nicht lange bleiben.

»Ich geh duschen«, verkündete Sam missmutig und verschwand. Er fühlte sich hier offenkundig wie zu Hause.

Zhou führte Allegra in einen kleineren Raum, offenbar das Arbeitszimmer. Die Wände waren mit bronzefarbener Chinaseide bespannt, und auch hier flackerte bereits ein munteres Kaminfeuer, als habe man sie erwartet.

»Hier«, sagte er und reichte ihr einen Brandy.

Allegra nahm ihn nur zögernd an. Sie musste an den Génépi im Wirtshaus denken, dann der Glühwein oben auf der Berghütte, der Whisky aus Zhous Flachmann …

»Tut mir leid, das mit Ihrer Großmutter«, sagte er und setzte sich auf die Kante eines enormen Schreibtisches. Allegra begann nervös auf und ab zu laufen.

»Danke«, murmelte sie.

»Wie lange wollen Sie in Zermatt bleiben?«

»Nur noch bis Donnerstag, bis zur Beerdigung.«

»Aha.« Er schwieg. »Und konnten Sie wenigstens ein bisschen Ski fahren?«

»Ja, schon, aber Sie wissen ja, wie das ist, der ganze Behördenkram und so.«

»Ja, kann ich mir vorstellen.«

Stille.

»Hören Sie, ich …«, begann er.

Sie wusste genau, worauf er hinauswollte. »Nein, ehrlich, das ist nicht nötig.«

»Aber ich *möchte* mich entschuldigen«, sagte er drängend. »Wie die Dinge gelaufen sind … Ich glaube, dass ich einen falschen Eindruck bei Ihnen erweckt haben könnte …« Er schwieg betreten. »Ich wollte Ihnen nie das Gefühl geben, ich … nun ja …«

»Nein, wirklich, das macht nichts, das war gar nichts. Mir ist bewusst, dass ich mich als Frau in einer Männerwelt behaupten muss. Glauben Sie mir, ich habe schon Schlimmeres erlebt.«

»Mag sein.« Er schwieg einen Moment. »Ich weiß, wie schwer es ist, sich als Minderheit zu behaupten, besonders in den Kreisen, in denen wir uns bewegen«, gestand er.

Sie warf ihm einen erstaunten Blick zu. Was wusste er schon davon? Verwöhntes Harvard-Bürschchen, Sohn eines Milliardärs? Er hatte ja keine Ahnung von ihren täglichen Kämpfen. Sie war nicht nur eine Frau in einer Männerwelt, sie war eine Frau, die sich an der Spitze einer Männerwelt behaupten musste. Aber er prostete ihr lediglich mit seinem liebenswürdigen kleinen Lächeln zu.

»Wo Sie schon mal hier sind, möchte ich Sie nochmals herzlich zu meiner Party einladen, morgen Abend. Das würde jetzt ja passen, oder?«

Allegra stieß unwillkürlich einen Seufzer aus. Was *wollte* er bloß von ihr? Sie war draußen, raus aus der Firma, es hatte gar keinen Zweck mehr, ihr weiterhin um den Bart zu streichen. Er und sein Vater standen nicht mehr in ihrer Schuld, das hatte sich erledigt. Sie selbst konnte es sich auch nicht mehr zunutze machen, da sie ja nicht mehr bei PLF war, und Pierre hatte den Deal ja wohl so gut wie unter Dach und Fach, oder? Dass Zhous Vater bis zum Achtzehnten warten wollte, war doch sicher nur noch Formsache?

»Mr Yong …«

»Zhou.«

Sie kam sich blöd vor, ihn so formell angeredet zu haben, wo er doch höchstens ein, zwei Jahre älter als sie sein konnte. »Zhou, das ist ja sehr nett von Ihnen, aber für mich ist es wirklich nicht die rechte Zeit, um auf Partys zu gehen. Wir müssen unsere Familienangelegenheiten regeln, die Bestattung organisieren, Sie verstehen …« Es war immerhin eine diplomatischere Abfuhr als auf der Weihnachtsfeier.

»Ja, natürlich, das verstehe ich.« Er blickte gedankenversunken in sein Glas. Dann sagte er plötzlich: »Hören Sie, ich will ehrlich sein, ich wollte Ihnen eigentlich nur noch mal die Chance geben, meinem Vater Ihr letztes Angebot vorzulegen, bevor er seine Entscheidung trifft.«

Sie blinzelte verwirrt. »Wie bitte?«

»Mein Vater wird morgen Nachmittag eintreffen und dann am Achtzehnten seine Entscheidung verkünden. Ich finde wirklich, dass Sie anwesend sein sollten. Sie haben uns mit PLF in Kontakt gebracht, und Sie sollten auch die Würdigung erhalten, sollte mein Vater Ihrer Firma den Zuschlag geben.«

Allegra versteifte sich. »Moment mal: zwei Punkte. Erstens: Ich bin nicht mehr bei PLF, die haben nichts mehr mit mir zu tun und ich nichts mehr mit ihnen. Zweitens hat Ihr Vater mit seiner Meinung ja nicht hinterm Berg gehalten: Er will nicht mit einer Frau zusammenarbeiten. Sam ist jetzt der neue Mann.«

»Sam ist ein viel zu guter Freund, als dass mein Vater ihn objektiv betrachten könnte«, widersprach Zhou überraschenderweise. »Ich weiß nicht, ob PLF sich damit wirklich einen Gefallen tut. Aber vielleicht ist Pierre das ja nicht bewusst?«

Sie kam nicht infrage, weil sie eine Frau war, und Sam nicht, weil er der Familie zu nahe stand? »Es scheint nicht leicht zu sein, es Ihrem Vater recht zu machen«, bemerkte sie spitz.

»Ich weiß, er gehört noch zur alten Garde. Es ist manchmal schwer, ihm neue Gepflogenheiten nahezubringen, vor allem im Umgang mit dem Westen – aber es wäre nicht das erste Mal, dass mir das gelänge, und ich kann es wieder tun. Allegra, Ihre Präsentation war bei Weitem die beste.«

»Aber ich gehe nicht wieder zu PLF zurück.« Ihre Unterlippe zitterte. Warum nur hatte ihr Pierre diese scheußliche SMS geschickt? Wie konnte er sie bloß so behandeln?

»Dann gewinnen Sie den Deal eben für Ihren neuen Arbeitgeber«, meinte er, »Sie haben doch sicher schon Ihre Fühler ausgestreckt?«

Darauf antwortete sie nicht. Red Shore, die Größten in der Branche, hatten bereits sechs Nachrichten hinterlassen, es wäre nur logisch, zu ihnen zu wechseln. Sie wusste selbst nicht, warum sie noch nicht reagiert hatte …

»Und Sam hat erwähnt, dass Sie einen zweiten Vorschlag ausgearbeitet haben, den Sie ihm nicht zeigen wollen.«

»Das stimmt«, antwortete sie trotzig. »Wieso auch? Er hat schon genug von meiner Arbeit profitiert. Ich schulde ihm nichts.«

»Da bin ich ganz Ihrer Meinung. Aber wenn dieser Vorschlag sogar noch besser sein sollte als Ihr vorheriger, dann … ja, dann könnten wir vielleicht sogar nur mit Ihnen *persönlich* ins Reine kommen, verstehen Sie? Mit einem solchen Deal in der Tasche können Sie praktisch überall einen Sitz im Vorstand verlangen. Oder sich selbstständig machen, so wie Ihr Mentor … Sie und ich, wir wissen, dass ein Vermögen von diesem Umfang, mit dem richtigen Management, der Start für eine eigene Karriere sein könnte. Ich denke, mein Vater wäre einer solchen Möglichkeit gegenüber nicht abgeneigt.«

Allegra starrte ihn fassungslos an – er schien ihre geheimsten Träume zu kennen! »Warum tun Sie das? Sam ist Ihr Freund, er vertraut Ihnen.«

»Hier geht's ums Geschäft, Allegra. Wir reden hier von achthunderttausend und neunzig Millionen Pfund. Wir müssen uns für das entscheiden, was für uns am besten ist.«

Sie starrte ihn an. Adrenalin rauschte durch ihre Adern. Es war fast zu viel: Er bot ihr nicht nur den Deal erneut an, sondern obendrein einen vergoldeten Handschlag. Ihre eigene Firma …

»Sie sagten, Ihr Vater wolle morgen kommen?«

»Ja, er kommt extra zur Party.«

Bittend, ja beinahe schmeichelnd fügte Zhou hinzu: »Jetzt kommen Sie schon, Allegra. Sie können doch nicht so einfach aufgeben, das liegt nicht in Ihrer Natur. Sie sind noch nicht draußen, das Rennen ist noch offen.«

Ein Klopfen ertönte, und beide fuhren zusammen. Die Tür ging auf.

»Der Doktor wäre jetzt fertig«, verkündete die Haushälterin.

»Ach ja, danke.« Zhou erhob sich und ließ Allegra mit einem Wink den Vortritt.

»Sie hatten recht«, sagte der Doktor, der sie in der Diele erwartete, »eine ziemlich üble Kniemuskelzerrung. Ob eine Sehne angerissen ist, lässt sich erst sagen, wenn die Schwellung zurückgegangen ist. Sie wird irgendwann zur Tomographie müssen, um es genau feststellen zu können. Inzwischen habe ich das Gelenk fixiert und eine Gelpackung zur Kühlung aufgelegt. Das Knie muss unbedingt die nächsten achtundvierzig Stunden ruhen und das Bein unter allen Umständen hochgelegt werden. Ich habe Ihrer Schwester außerdem ein Rezept für ein starkes Schmerzmittel dagelassen.«

»Vielen Dank, Dr. Baden«, sagte Allegra und drückte ihm die Hand. »Warten Sie, ich gebe Ihnen noch rasch meine Adresse, damit Sie mir Ihre Rechnung schicken können.«

»Nicht doch, Allegra«, sagte Zhou und tätschelte im Vorbeigehen ihre Schulter, »Dr. Baden ist unser Hausarzt, wenn wir hier sind, und er steht uns auf Pauschale zur Verfügung, wenn wir ihn brauchen. Das ist alles bereits erledigt.«

Zhou brachte den Arzt zur Tür. Ein wenig ratlos blickte sie den beiden Männern nach, der Doktor schlüpfte in seinen Wintermantel. Dann wandte sie sich ab und ging rasch ins Wohnzimmer, wo Isobel noch immer wie eine Königin in den Kissen thronte. Sie war soeben dabei, mit dem Handy Bilder vom Chalet zu knipsen.

»Iz! Was zum Teufel machst du da?«, zischte Allegra. Sie riss ihrer Schwester das Handy aus der Hand und begann sofort, die Fotos zu löschen.

»He! Die wollte ich Lloyd schicken! Ich habe gerade mit ihm telefoniert und ihm alles erzählt, und er wollte auch sehen, wie's hier aussieht!«

»Iz, das ist die Privatwohnung der Yongs, die kannst du nicht einfach so im Cyberspace rumschicken.«

Isobel zog eine Schnute. »Das wollte ich doch gar nicht! Bloß an Lloyd.«

»Ich weiß, aber wenn Lloyd die Fotos nun mit einem Kollegen ›teilt‹ und wenn der sie wiederum an andere schickt?« Sie konnte sich gut vorstellen, wie Lloyd damit angab.

Isobel seufzte, sagte aber nichts weiter.

»Und wie geht's dir?« Allegra setzte sich zu ihrer Schwester aufs Sofa.

»Ach, ehrlich gesagt, ich komme mir ein bisschen blöd vor.«

»Du hast mir einen solchen Schrecken eingejagt.«

»Tut mir leid, ehrlich, das wollte ich nicht. Aber als ich sah, wie du an mir vorbeigepfiffen bist, da … ich weiß nicht, irgendwie hat sich bei mir der Verstand ausgeschaltet. Ich konnte nicht fassen, dass du schneller warst als ich …«

Allegra schmunzelte. »Ja, schon, aber nur an dieser Stelle und weil ich Glück hatte. Wir beide wissen, wer als Erste unten angekommen wäre – ich bestimmt nicht!«

Isobels Blick fiel auf jemanden, der hinter Allegra aufgetaucht war. »Ah, mein Retter!«, rief sie und fügte dann, diesmal zum Glück wirklich mit ganz leiser Stimme, hinzu: »Mann, der ist einfach umwerfend! Bist du blind oder was?«

Allegra erhob sich und musterte Sam mit feindseligem Blick. Er hatte sich geduscht und Jeans angezogen, dazu einen beigefarbenen Norwegerpulli. Seine Haare waren noch feucht. Isobel hatte Recht: Er sah verboten gut aus. Aber das war ihr scheißegal.

Ihre Dankbarkeit dafür, dass er Isobel gefunden hatte, war abgeschmolzen, wie Schnee an der Sonne. Nein, sie würde ihm nie verzeihen, was er ihr angetan hatte, wie er Pierre gegen sie aufgehetzt hatte. Und jetzt bekam sie die unerwartete Chance, sich doch noch an ihm zu rächen – dank Zhou.

Und ebenjener betrat nun den Raum. »So, alles klar«, verkündete er.

»Was meinen Sie?«

»Dr. Baden sagt, Isobel ist im Moment nicht transportfähig. Estelle richtet gerade zwei Gästezimmer für Sie her.«

»Was? Nein!«, rief Allegra. Und Isobel rief zur gleichen Zeit: »Wow, toll!«

»Das macht überhaupt keine Umstände, im Gegenteil: Wir brauchen hier ein wenig weibliche Verstärkung. In diesem Haus laufen einfach zu viele Männer rum. Mir steigt das Testosteron schon zu Kopf.« Er schmunzelte.

Allegra verfolgte mit einem Ausdruck von Panik, wie er zum Sofatisch ging und eine Flasche Champagner aus dem Eiskübel nahm, der dort bereitstand.

»Zhou, das geht wirklich nicht, wir haben Ihre Gastfreundschaft schon viel zu sehr strapaziert«, widersprach sie und ging zu ihm. »Unser Apartment ist keine zehn Minuten von hier entfernt. Wir rufen uns ein Taxi, und Isobel kann sich dort genauso gut ausruhen wie hier.«

Zhou blickte mit einem triumphierenden Ausdruck zu ihr auf. »Aber sie muss unbedingt das Bein hochlegen. Das hat Dr. Baden ausdrücklich betont.«

»Ach, das ist doch Unsinn! Diese paar Schritte wird sie doch hoppeln können!«

Zhou schenkte ungerührt Sekt aus. In diesem Moment tauchte eine junge Frau auf und sagte: »Darf ich Ihnen Ihre Jacke abnehmen, Miss Fisher?«

»Legs, jetzt komm schon, warum nicht?«, bettelte nun auch

Isobel. »Der Arzt hat gesagt, ich darf mich erst mal nicht vom Fleck rühren, um die ›akute Heilungsphase‹ nicht zu gefährden, wie er sich ausdrückt. Jetzt stell dich nicht so an, ist doch bloß für ein, zwei Tage.«

Allegra betrachtete ihre Schwester mit finsterer Miene. Sie wollte ja nur hierbleiben, weil sie so begeistert von diesem Märchenschloss war.

»Zhou«, protestierte nun auch Sam, aber Zhou hielt Allegra bereits ein Glas hin. Sie warf Sam einen abweisenden Blick zu, den dieser ebenso feindselig erwiderte. Wenn schon die Berge zu klein für sie beide waren, wie sollten sie dann erst hier miteinander auskommen?

»Ihre Schwester hat ganz recht, Allegra«, sagte Zhou, »es ist ja nur für ein paar Tage.« Mit einem verschwörerischen Blick versuchte er sie daran zu erinnern, dass sein Vater morgen eintreffen würde. »Was kann's schaden?«

Schaden? Sie und Kemp unter ein und demselben Dach? Dazu fiel ihr so einiges ein, was Schaden verursachen könnte – trotzdem händigte sie nun widerstandslos ihren Anorak aus.

# 23. Kapitel

Allegra schaute sich in dem erstaunlich großen Gästezimmer um: himmelblaue, offensichtlich von Hand gestrichene Wände, ein großes Bett mit einem Überwurf aus cremeweißer Kaschmirwolle, dazu zierliche perlmuttweiße Möbel. Isobel war gleich gegenüber, auf der anderen Seite des Gangs, untergebracht. Allegra befürchtete jetzt schon, dass man sie nicht freiwillig aus ihrem Zimmer (pastellblaue Samtpolster mit korallenroten Akzenten) herauskriegen würde.

Mit einem gezwungenen Lächeln ließ sie Zhous Erläuterungen über sich ergehen. Sam und Isobel waren oben im Wohnzimmer geblieben und unterhielten sich, was Allegra in nicht unbeträchtliche Sorge versetzte. Worüber sie wohl redeten? Smalltalk war's bestimmt nicht, dafür kannte sie ihre Schwester zu gut, und Sam auch. Der würde neugierige Fragen über sie stellen, und Iz würde ihn ungeniert über sein Liebesleben ausquetschen.

»Meine Eltern und ich haben unsere Zimmer im obersten Stockwerk, aber Kemp ist gleich neben Ihnen und Massi gegenüber …«

»Ähm, Moment, wer ist Massi?«

Zhou lächelte, was ihn zehn Jahre jünger machte. »Keine Sorge, er hat nichts mit der Arbeit zu tun. Bloß ein alter Freund aus Harvard, so wie Sam. Er wollte sich heute Abend mit einem Geschäftskontakt treffen, müsste aber jeden Moment wieder hier sein. Sie werden ihn mögen. Und schließlich wollen wir uns doch amüsieren, bevor mit meinen Eltern der Ernst des Lebens wieder einkehrt, oder?«

Was sie da hörte, überraschte Allegra. Das war doch reichlich indiskret von Zhou. Noch dazu, wo er sonst so zugeknöpft wirkte. Aber ob nun absichtlich oder versehentlich, er setzte die Tour fort, als wäre nichts geschehen. Was Allegra mehr als alles verwirrte, war die Art, wie er die Grenzen zwischen dem Professionellen und Privaten verwischte. »Und hier drin ist der Hamam und Massageraum.« Er riss eine Tür auf, und sie erhaschte einen Blick auf einen großen gekachelten Raum mit einer Gewölbedecke und Sitzbänken an den Wänden. Wie um einem möglichen Einwand vorzubeugen, sagte er: »Und in dem Schrank da links finden Sie Badesachen, brandneu, noch mit dem Schildchen dran. Heidi Klein, glaube ich, stimmt das?« Sie konnte bloß nicken.

»Und hier«, er trat an eine wuchtige Holztür und riss einen der beiden Flügel auf, »sind der Swimmingpool und der Fitnessraum.« Ihr ungläubiges Auge fiel auf einen großen Pool mit schimmerndem türkisgrünem Wasser, über dem in kaum anderthalb Meter Höhe ein prächtiger Kristalllüster hing. Aber das war noch nicht alles: Eine der Schmalseiten wurde von einem enormen Fernsehbildschirm eingenommen. »Satellitenfernsehen«, murmelte er beinahe beschämt, »Sie kriegen hier praktisch jedes Programm rein.«

»Wie schön«, sagte sie sarkastisch. Als ob sie sich auf einer Schwimmliege aalen und Promi Big Brother anschauen würde! Als habe auch er diesbezüglich Zweifel, machte er die Tür wieder zu.

Dann fuhren sie im Lift nach oben und kehrten zurück ins Wohnzimmer.

»Na, Schwesterherz, ist alles zu meiner Zufriedenheit bereit?«, erkundigte sich Isobel mit gespielt hoheitsvoller Stimme. Zhou musste grinsen.

»Ich denke, das lässt sich ohne Weiteres mit Ja beantworten«, meinte Allegra trocken. Ihr Blick huschte jedoch sogleich zu Kemp. Worüber hatten sie geredet? Aber seine Körpersprache verriet nichts: Er saß auf dem Sofa gegenüber von Isobel, einen Fuß aufs Knie gelegt, den Arm auf der Rücklehne.

Nachdem sich alle gesetzt hatten, trat eine verlegene Stille ein. Allegra fiel auf, dass Isobels und Zhous Blicke zwischen ihr und Sam hin- und herhuschten. Bei Iz wunderte sie das nicht – Sam war ein lebendiges, atmendes männliches Wesen, aber Zhou … Was hatte Sam zu ihm gesagt?

Alle richteten sich abrupt auf, als in diesem Moment ein herzliches Lachen von der Diele hereindrang. Schon kam ein junger Mann lässig hereingeschlendert. Massi, so vermutete Allegra. Als er die beiden Schwestern erblickte, blieb er überrascht stehen. Sie und Isobel trugen immer noch ihre Skisachen, aber Zhou hatte Estelle bereits zu ihrem Quartier geschickt, um ihre Koffer zu packen und hierherzubringen.

»Ah, Massi, da bist du ja«, sagte Zhou, »wir haben schon auf dich gewartet. Darf ich dir Allegra und Isobel Fisher vorstellen? Allegra, Isobel, das ist Massimo Bianchi.«

Allegra erhob sich höflich, um ihm die Hand zu geben – Isobel konnte ja nicht –, aber Massi, der mit drei langen Schritten bei ihr war, fasste sie stattdessen an der Taille und musterte sie mit unübersehbarem Entzücken. »Mein Gott!«, hauchte er mit einem charmanten italienischen Akzent. »*Bella!* Wie schön du bist!«

Zhou stieß einen ergebenen Seufzer aus, offenbar hatte er ähnliche Auftritte seines Freundes schon häufiger erlebt. »Kümmern Sie sich nicht darum«, sagte er zu Allegra, »das ist nur sein heißes südländisches Temperament.«

»Äh … äh … freut mich auch …«, stammelte Allegra und versuchte erneut, ihm die Hand zu geben, doch er war noch nicht fertig. »Oh!«, rief sie, als er sie kurzerhand um ihre eigene Achse drehte.

»Seht sie euch nur an, was für eine Schönheit! Diese Knochenstruktur … die Größe … die Haltung … ja, eine klassische Schönheit!«

»Ich würde ja auch aufstehen«, schmollte Isobel, »aber ich kann ja nicht, der Arzt hat's mir verboten.«

Massi gab Allegra einen vollendeten Handkuss und wandte sich dann – nicht ohne ihr zum Abschied frech zuzuzwinkern – der anderen Schwester zu. Er setzte sich zu Isobel auf die Sofakante. »Ah ja, und hier haben wir Rosenrot! Schneeweißchen und Rosenrot!«, verkündete er entzückt.

Isobel, sogleich beschwichtigt, grinste geschmeichelt. »Freut mich, dich kennenzulernen, Massi. Aber ich heiße nicht Fisher, das hat Zhou verwechselt. Seit ich geheiratet habe, heiße ich Isobel Watson. Aber Allegra ist noch Single.«

»Du bist verheiratet? Ja, das kann ich verstehen, aber Allegra noch Single …« Er schnalzte missbilligend mit der Zunge. »Unbegreiflich!«

»Ja, oder? Die Männer stehen bei ihr Schlange, aber sie will einfach keinen, kapierst du das? Ich nicht! Sie krallt sich ans Regal, will einfach nicht da runter, wie so ein Ladenhüter.«

»Nein!«, hauchte Massi entsetzt. »Krallt sich ans Regal, sagst du?« Er warf Allegra einen fassungslosen Blick zu. »Ja, stimmt das denn?«

Allegra schloss die Augen. Sie war der Verzweiflung nahe. Erst ihre Schwester und jetzt auch noch dieser Typ da – was für ein Paar! Wie hatte Isobel es bloß geschafft, das Gespräch innerhalb von Sekunden auf die Tatsache zu lenken, dass sie noch unbemannt war – und das auch noch vor einem ehemaligen Arbeitskollegen und einem Exklienten!

Sie schlug die Augen auf und schoss ihrer Schwester einen bösen Blick zu. »Es stimmt, ich stehe noch im Regal, wie ihr es ausdrückt. Aber ich will's gar nicht anders. Ich fühle mich wohl auf dem Regal. Ich liebe das Regal!« In Allegras Stimme schwang ein warnender Unterton mit, der für Isobel bestimmt war.

»Kaufst du ihr das ab?«, sagte Isobel unbeeindruckt. »Ich nicht! Was meinen Sie, Sam?«

»Ich will's gern glauben«, bemerkte dieser ohne den Anflug eines Lächelns, von seinem Posten auf dem entferntesten Sofa.

Isobel machte eine interessierte Miene und hätte sicher nachgehakt, wurde aber, zu Allegras Erleichterung, von Massi davon abgehalten.

»Ihr seid also Fotomodelle, *sì*?«, meinte er und grinste erfreut, als Isobel daraufhin ein begeistertes Quietschen ausstieß.

Massi hatte schulterlanges, krauses braunes Haar. Die dicken Locken wippten wie die Ohren eines Cockerspaniels und fielen ihm auch immer wieder in die Stirn. Seine Gesichtszüge waren rundlich und weich und noch eine Spur kindlich. In einem Ohrläppchen blitzte ein kleiner Goldring, und sein Mund schien ununterbrochen zu lächeln, selbst wenn er redete.

Nun legte er eine Hand an den Mund und flüsterte deutlich hörbar in Zhous Richtung: »Sperr ab, verriegle alle Türen, wir dürfen sie nicht entkommen lassen! Schnell, ich lenke sie derweil ab.«

Isobel lachte. »Spinnst du? Mich kriegen hier keine zehn Pferde mehr weg!«

Allegra stöhnte innerlich. Mein Gott, wie peinlich!

»Mann, ist die süß«, bemerkte Massi grinsend. Dann wandte er sich wieder Allegra zu, die prompt erstarrte, wie ein Kaninchen im Scheinwerferlicht, die Champagnerflöte auf halbem Weg zum Mund. »Gott sei Dank, dass ihr hier seid!«, brach es mit einem abgrundtiefen Seufzer aus ihm hervor.

Allegras Blick huschte verwirrt zwischen den drei Männern hin und her. »Wieso?«

»Wieso?«, wiederholte Massi aufgebracht. »Weil *die da*« – er deutete auf Zhou und Sam – »nicht zum Aushalten sind! *Der*« – er deutete auf Sam – »hat seit Tagen eine Laune, dass man davonlaufen möchte, und *er*« – nun zeigte er auf Zhou – »ist total deprimiert, weil morgen seine Eltern kommen und ihm die Flügel stutzen werden.«

Allegra musste lächeln, als sie das hörte. Aber was hatte Sam für einen Grund, schlecht gelaunt zu sein? Hatte er nicht alles erreicht? Er war der neue Goldjunge, hatte ihr alles weggenommen, wofür sie gearbeitet hatte. Reichte das etwa noch nicht?

Sie versuchte sich vorzustellen, wie er erst aus der Wäsche gucken würde, wenn sie ihm übermorgen den Deal vielleicht doch noch direkt vor der Nase wegschnappte!

»Ich werde morgen Abend auf der Party jedenfalls nicht *depri* sein«, meinte Zhou und lehnte sich zufrieden in seinem Sessel zurück. In diesem Moment kam eines der Mädchen, die zum Personal des Chalets gehörten, mit einem Tablett voll Kanapees herein. »Ah, ja, Clarice, würden Sie Martin bitte mitteilen, dass wir unser Abendessen heute auf Tabletts hier im Wohnzimmer einnehmen werden? Um Isobel Gesellschaft zu leisten?«

Allegras Handy schnurrte. Überrascht holte sie es aus ihrer Hosentasche. Als sie die Nummer des Anrufers sah, runzelte sie die Stirn. Sie schaute ihre Schwester an und formte mit den Lippen das Wort »Barry«. »Ah, tut mir leid, aber das ist wichtig. Entschuldigen Sie mich bitte?« Sie erhob sich und eilte davon, Isobels besorgte Blicke im Rücken.

»Barry?«, sagte sie, konnte ihn aber kaum hören, da der Empfang innerhalb der dicken Wände des Chalets gestört war. Rasch sprang sie die Treppe hinunter, eilte in ihr Zimmer und von dort hinaus auf die kleine Veranda. »Hallo, Barry? … Ah, schon besser! Stimmt was nicht? Ist was mit Mum?«

»Hallo, Legs«, dröhnte seine gelassene Bassstimme an ihr Ohr, »nein, alles in Ordnung, keine Sorge. Ich wollte bloß mal schauen, wie es so bei euch läuft.«

Sie seufzte. »Bis vor einer Stunde noch ganz gut, aber jetzt hat sich Isobel beim Skifahren das Knie verdreht und darf sich ein paar Tage nicht rühren.«

»Ach nein!«

»Doch. Aber es ist nichts Ernstes, glaube ich. Ihre Stimmung ist jedenfalls prächtig.« Die Untertreibung des Jahres.

»Na gut. Und wie läuft's mit den Behörden?«

»So lala.«

»Klingt ja nicht gerade ermutigend.«

»Och, es geht schon. Wir finden jeden Tag was Neues raus. Das Problem ist nur, dass wir die meisten Dinge lieber gar nicht wüssten.«

»Ach, Allegra.«

Oben brach plötzlich Gelächter aus. Allegra schaute unwillkürlich hoch und konnte Massis Umrisse erkennen, der mit katzenhafter Anmut vor dem Panoramafenster auf und ab lief. »Wir haben heute Mums Vater kennengelernt.«

Stille. »Aber ich dachte, der sei tot?«, fragte Barry verwirrt.

»Dachten wir auch.«

»Ach! Und wie ist er so?«

»Sehr nett. Furchtbar alt, klar, aber geistig noch total fit. Und er hat's auch zu was gebracht, so wie ich. Er wollte natürlich alles über Mum wissen. Wir wollen ihn morgen noch mal besuchen.«

»Das ist nett. Freut mich, dass es gut lief.«

»Ja, mich auch. Ich wollte ihn erst gar nicht sehen, aber jetzt denke ich, dass es richtig war.« Sie schluckte nervös, bevor sie die Frage stellte, die ihr auf der Zunge brannte. »Was glaubst du, können wir Mum von ihm erzählen?«

Kurze Stille. »Noch vor einer Woche hätte ich gesagt, keine Chance. Aber jetzt fängt sie an, sich hier einzuleben, und ist viel entspannter. Vor allem, seit du diese Weihnachtsfigürchen für sie dagelassen hast.«

»Welche Figürchen?«, fragte Allegra.

»Du weißt schon: diesen Engel, die Maria mit dem Kinde. Ich habe das alles in ihrem Schlafzimmer aufgestellt.«

»Ach ja! Die haben wir in diesem komischen Adventskalender gefunden, der wie eine kleine Kommode mit Schubladen aussieht. Auf dem Dachboden des alten Hauses. Ich dachte, sie könnten Mum vielleicht ein bisschen aufmuntern.«

»Sie liebt diese Figürchen, vor allem die Gottesmutter. Sie küsst sie jede Nacht vor dem Einschlafen.«

»Wirklich?!«, rief Allegra entzückt.

Barry musste lachen. »Allerdings sagt sie, dass der Engel mir ähnlich sieht. Ich weiß nicht, ob ich mich geschmeichelt fühlen oder beleidigt sein soll. Du solltest mal die Backen von dem sehen!«

Nun musste auch Allegra lachen. Hatte Isobel nicht genau dasselbe über den Engel in ihrem Krippen-Set gesagt?

»Wie auch immer, sie sagt, die Figürchen erinnern sie an ihre Kindheit. Ich muss sagen, damit hast du wirklich ein Wunder bewirkt, Allegra. Sie redet seitdem fast ununterbrochen über ihre Kindheit.«

»Was sagt sie denn so?«, fragte Allegra gespannt. Ihr Herz hämmerte. »Kann sie sich auch an hier, an die Schweiz erinnern?«

»Wer weiß? Sie erzählt immer nur Kleinigkeiten, Bruchstücke, ohne jeden Zusammenhang. Einmal hat sie zum Beispiel erwähnt, dass ihre Mutter sich die Haare blond gefärbt hat. Und heute früh hat sie ein Kleid erwähnt, ihr Lieblingskleid. Es war blau und hatte gelbe Gänseblümchen auf der Brust. Sie durfte es immer nur sonntags tragen. Das waren noch Zeiten, was? Als sich die Leute an Sonntagen extra fein gemacht haben? Das gibt's heute nicht mehr.« Er seufzte.

Aber Allegra hörte gar nicht mehr richtig zu. Ihre Mutter war erst vier gewesen, als sie die Schweiz verlassen hatte, da konnte sie sich doch unmöglich an ein Sonntagskleid erinnern, oder? Nein, dachte sie enttäuscht, das musste aus der Zeit sein, als sie schon in England gewesen war.

»Hat sie denn gar nichts gesagt, was sich mit ihrer Zeit in der Schweiz in Verbindung bringen lässt?«

»Was denn zum Beispiel?«

»Ich weiß nicht … hat sie vielleicht eine Berghütte erwähnt?«

Barry lachte. »Wieso denn eine Berghütte?«

»Weil ihre Verwandten Ziegenzüchter waren. Sie hatten offenbar große Weidegrundstücke.«

»Ach! Da fällt mir ein, sie hat neulich Ziegen erwähnt«, sagte Barry erregt.

Allegra hielt den Atem an. »Ja und?«

Barry bemühte sich sichtlich, ihr die Antworten zu geben, die sie sich erhoffte. »Sie haben ihr Essen aufgefressen.«

Allegra musste lächeln. Ihre Anspannung ließ nach. Nein, hier würde sie keine Antworten auf ihre Fragen finden, ihre Mutter war damals noch viel zu jung gewesen.

»Ach, da fällt mir ein, neulich hat sie eine Kuckucksuhr erwähnt. Sie sagt, sie habe immer dagesessen und auf den Kuckuck gewartet. Und jedes Mal, wenn er heraussprang, hat sie angefangen zu heulen. Jedes Mal, obwohl sie wusste, dass er gleich kommen würde.« Er hielt inne. »Allegra? Bist du noch da?«

»Ja, ich …« Allegra brachte kein Wort mehr hervor. Ihr war ein Gedanke gekommen. *Dass ihre Mum sich die Haare blond gefärbt hat.* Das hatte Barry gesagt. Aber Anja hatte rotblonde Haare gehabt, Valentina dagegen dunkle Haare. Es musste also doch eine Erinnerung an ihre früheste Kindheit in der Schweiz gewesen sein! Julia hatte sich an ihre richtige Mutter erinnert!

»Moment«, unterbrach Barry ihre Gedanken. Sie hörte, wie er im Hintergrund etwas zu ihrer Mutter sagte. »Ich muss Schluss machen. Sie will ihre Kekse. Ich habe sie auf ihren Wunsch weggeschlossen, weil sie Angst hat, sie könnte zu dick werden.« Er lachte.

»Ja, klar.« Auch Allegra lachte, halb schniefend, hin- und hergerissen zwischen Lachen und Weinen. »Gib ihr einen Kuss von uns, ja?«

»Klar, mache ich. Tschüss!«

Er legte auf. Allegra lehnte sich ans Terrassengeländer und schaute übers Tal. Sie fühlte sich bedeutend leichter. Für diese Augenblicke lebte sie, diese Momente der Klarheit, in denen ihre

Mutter wieder so war wie früher. Mit neu geweckter Entschlossenheit nahm sie sich vor, so viel wie möglich über Valentina herauszufinden und warum Anja gegangen war.

Ein Windstoß ließ sie vor Kälte erzittern. Von oben drang erneut Gelächter herab. Sie warf einen zynischen Blick hinauf. Wenn sie heute Morgen auch nur eine Ahnung gehabt hätte, dass sie am selben Abend doch noch in Zhous Chalet landen würde …

Ob Pierre es schon wusste? Sam würde ihn doch sicher gleich verständigt haben, oder? Wenn ja, dann müsste er sich doch eigentlich bald bei ihr melden …

Sie richtete sich auf und ging rasch in ihr Zimmer zurück.

»Und wie zum Teufel stellst du dir das vor mit uns beiden?«

Sie hätte beinahe aufgeschrien vor Schreck, als sie plötzlich Sam im Türstock stehen sah. Er musterte sie mit einem erschreckend kalten Ausdruck. Sie versuchte, sich ihre Angst nicht anmerken zu lassen.

»Du kannst ja gehen, wenn's dir nicht passt«, bemerkte sie spitz, wagte aber nicht, ihm näher zu kommen.

Stattdessen trat er nun auf sie zu. »Was soll das? Was hast du vor? Was hast du überhaupt hier zu suchen?« Seine Augen funkelten, sein Kinn sprang zornig vor.

»Das hab ich doch schon gesagt: eine Familienangelegenheit.« Sie machte Anstalten, an ihm vorbeizuschlüpfen, aber er packte sie beim Arm.

»Bullshit!«, stieß er durch zusammengebissene Zähne hervor. »Ich kann mich drehen und wenden, wie ich will, überall tauchst du auf! Du hättest beinahe meine Karriere ruiniert. Deine hast du aufs Spiel gesetzt, und trotzdem bist du jetzt hier und versuchst immer noch, dir diesen Deal unter den Nagel zu reißen. Warum verschwindest du nicht, verdammt noch mal?«

»Ja, was? Was machst du, wenn ich's nicht tue?«, fragte sie herausfordernd. Sie wussten beide, dass er nur leere Drohungen ausstieß. Er hatte kein richtiges Pulver. Sie warf einen scharfen Blick auf seine Hand, mit der er noch immer ihren Arm umklammert hielt. »Sonst noch was?«

Er ließ sie los und wich einen Schritt zurück. Dabei forschte er in ihrer Miene, als könne er so dahinterkommen, was in ihr vorging.

»Du musst unbedingt gewinnen? Ist es das?«, fragte er grimmig. Sie war inzwischen zur Tür gegangen. »Oder mich besiegen?«

Nun, das würde sie ihm nicht verraten. Sollte er sich ruhig weiterhin den Kopf zerbrechen. Sie wandte sich ab und rannte mit wild klopfendem Herzen zurück nach oben.

# 24. Kapitel

## *17. Tag: rote Wachskerze*

Lars erwartete sie am nächsten Tag in demselben Sessel wie gestern. Es war nicht zu übersehen, wie seine Augen bei ihrem Anblick zu leuchten begannen. Sie setzte sich zu ihm, und er ergriff ihre Hand und ließ sie nicht mehr los.

»Du bist das Ebenbild deiner Großmutter«, schwärmte er, »wenn ich dich sehe, fühle ich mich wieder jung!«

Allegra lächelte erfreut. »Entschuldigen Sie die Verspätung, aber Isobel hat sich beim Skifahren das Knie verdreht und muss liegen. Sie hat mich den ganzen Vormittag lang rumgescheucht wie einen Hasen.«

»Es ist doch nichts Ernstes?«

»Nein, das nicht. Aber ich glaube, sie genießt es, sich nach Strich und Faden verwöhnen zu lassen.«

Lars lachte. »Sie hat Temperament.«

»O ja«, konnte Allegra nur zustimmen.

Er sah heute schon viel besser aus, nicht mehr so blass, er musste den gestrigen Schock also gut verdaut haben. Was zählte, war allein das Positive: Seine Tochter war noch am Leben, und nun hatte er auch seine Enkelinnen kennengelernt.

Auf einmal begann die Kuckucksuhr an der Wand die volle Stunde zu schlagen. Allegra drehte sich um und sah, wie das Türchen aufsprang und zwei Figuren herauskamen, die sich im Tanze drehten.

»Ach du meine Güte!«, rief sie entzückt und sprang auf, um

sich das näher anzusehen. Die Püppchen fuhren so lange im Kreis herum, bis die volle Stunde verklang, und kurz bevor sie wieder verschwanden, beugten sie sich vor zum Kuss. »So eine habe ich schon mal gesehen! Wussten Sie, dass Iz und ich so eine Kuckucksuhr auf unserem Dachboden gefunden haben? Iz hat sie jetzt. Sie dachte, Ferdy würde sich darüber freuen. Die Uhr ist gerade in der Reparatur.«

»Ihr habt auch so eine Kuckucksuhr?« Er beugte sich interessiert vor. »Könntest du sie mir beschreiben? Vielleicht kenne ich sie ja.«

Sie kennen? Allegra schaute ihn verblüfft an. »Ja, war das denn Ihre Uhr?«, fragte sie erstaunt.

»Könnte sein, könnte sein. Die hier an der Wand ist nur eine Kopie von der, die ich verloren habe. Aber ich mochte sie nie so wie das Original. Giulia hat stundenlang davorgehockt und auf den Kuckuck gewartet. Und wenn er dann raussprang, hat sie jedes Mal angefangen zu heulen. Unmöglich!« Er lachte, schüttelte traurig den Kopf. »Am Ende hat Valentina darauf bestanden, die Uhr abzunehmen. Schade.«

Allegra setzte sich wieder zu ihm. Dann hatte ihre Granny also auch diese Uhr gestohlen? »Das tut mir leid. Wir hatten ja keine Ahnung …«

»Nein. Nein, natürlich nicht.« Er tätschelte lächelnd ihre Hand. »Außerdem ist es doch bloß eine alte Uhr. Und jetzt haben sie meine Enkelinnen. Das freut mich. So sollte es sein.«

Allegra nickte.

»Hast du vielleicht ein Foto von meinem Urenkel? Ich würde gerne mal sehen, wie er aussieht. Vielleicht hat er ja mein gutes Aussehen geerbt.« Er lachte. Allegra holte ihr Handy hervor und rief ein paar Bilder von Ferdy auf. »Ah ja, ich sehe schon. Er kommt nach seiner Mutter.« Er schaute Allegra an. »Ihr steht euch sehr nahe, nicht?«

»Ja. Wie beste Freundinnen.«

»Und Isobels Mann? Ist er denn gut genug für sie?«

Das war die eine Frage, die er nicht hätte stellen sollen. »Ähm …«

»Also nicht?«

»Das ist es nicht«, wehrte Allegra verlegen ab. »Lloyd ist ein guter Kerl, und er meint es nicht böse … Es ist nur … ich finde, er weiß Isobel nicht richtig zu schätzen. Du hast sie ja gesehen. Sie ist ein echter Fang, man ist einfach gern mit ihr zusammen. Aber Lloyd … er sitzt immer nur auf dem Sofa rum und trinkt Bier, wenn er zu Hause ist, und überlässt ihr den ganzen Haushalt.«

»Du findest also, sie hätte was Besseres verdient«, bemerkte er schmunzelnd.

»Nein, nein«, widersprach Allegra lachend. »Na ja, vielleicht doch.« Sie zuckte die Achseln. Lars hob die Brauen. »Ja … schon. Ja, ich finde, sie hat sich unter Wert verkauft.«

»Aber du wirst das nicht.«

»Ganz bestimmt nicht!«

»Du glaubst also nicht an die große Liebe?«

»Jedenfalls nicht an den Prinzen, der hoch zu Ross erscheint und seine Herzensdame errettet. Ich bin selbst für mein Glück verantwortlich. Ich brauche keinen Ritter in schimmernder Rüstung. Das mache ich schon selbst.«

Er tätschelte schmunzelnd ihre Hand. »Du bist eine moderne Frau. Deine Großmutter wäre stolz auf dich gewesen.«

Sie schwieg. Er hatte natürlich Valentina gemeint, nicht Anja, sie dagegen konnte sich gut erinnern, wie stolz Granny gewesen war, als sie auf einmal nur noch gute Schulnoten nach Hause brachte und schließlich einen fabelhaften Uniabschluss hinlegte, als sie ihren ersten Job bekam … »Glauben Sie?«

»Ich glaube es nicht nur, ich weiß es. Ich höre dir zu, und ich sehe dich an, und es kommt mir vor, als würde sie mit mir sprechen. Als sei sie zu mir zurückgekehrt.«

»Nicht sie, aber wir, meine Schwester und ich.«

Beide verstummten, denn in diesem Moment erschien die Pflegerin mit Kaffee und Kuchen. Allegra schaute auf, als sie hereinkam, doch Lars ignorierte sie vollkommen. Er hatte nur Augen für Allegra. »Aber eins müssen wir noch klären«, meinte er.

Allegra blinzelte. »Was denn?«

»Wie wollt ihr mich anreden?«

Sie riss überrascht den Mund auf. »Ach … ähm, das haben wir uns auch schon gefragt.«

Sein scharfer Blick hatte sie keine Sekunde losgelassen; er schien zu fühlen, dass sich solche Dinge nicht übereilen ließen. »Ich weiß, so was braucht Zeit. Überlegt es euch einfach.«

Sie lächelte scheu. Gut, dass er Verständnis hatte.

»Obwohl man mit achtundachtzig vielleicht doch ein *klein* wenig Eile erwarten könnte«, fügte er schelmisch hinzu.

Allegra musste lachen. »Stimmt!«

»Weißt du, wie man hier sagt? Die Kinder nennen ihre Großväter *Opa*.«

Sie wiederholte das ungewohnte Wort. *»Opa?«* Nun, es war besser als *Grandpa* oder *Granddad*, einfach weil es ihr weniger intim erschien. Es war ein unvertrautes Wort und daher wertfrei. »Ja, das gefällt mir«, meinte sie sinnend. »Aber ich möchte es trotzdem erst mal mit Isobel besprechen, in Ordnung?«

»Ja, natürlich. Komm morgen wieder, und erzähl mir, wie ihr euch entschieden habt.«

»Ja, das mache ich.« Sie strahlte, denn sie hatte ja gleichzeitig die Aufforderung bekommen, ihn noch einmal zu besuchen.

Sie nahm einen Schluck Kaffee und schaute sich neugierig um. Es gab nur wenige persönliche Fotos, die meisten davon offenbar aus den Siebziger- und Achtzigerjahren. Ihr Blick blieb erneut an der Kuckucksuhr haften. »Also diese Uhr ist der, die wir auf dem Dachboden gefunden haben, wirklich ähnlich. Sie hat auch so ein kleines Vorgärtchen und diesen schmucken kleinen Balkon.«

»Ich erinnere mich nicht mehr so genau.«

»Sie hatten Glück, dass Sie jemanden gefunden haben, der Ihnen eine Kopie anfertigen konnte.«

Lars zuckte die Achseln. »Es gibt da einen Kunstschnitzer im Dorf, der solche Uhren gemacht hat und, soviel ich weiß, noch immer macht.«

Eine entspannte Stille trat ein.

»Dürfte ich Sie was fragen?«

Er nickte.

»Hat sich die Polizei bei Ihnen gemeldet, als man Valentina fand?«

»Nein.«

»Wieso denn nicht?«

»Weil ich nicht mehr ihr nächster Verwandter bin. Das ist durch meine zweite Heirat nichtig geworden.«

Allegra runzelte die Stirn. Es erschien ihr nicht richtig, dass man ihn wie einen Fremden behandelte, obwohl es sich bei dem Leichnam um seine erste Frau handelte. »Das ist schrecklich.«

»Ach, ich habe Schlimmeres erlebt.« Er lächelte trocken. »Das ist doch nur Bürokratie. Außerdem ist Zermatt, einmal abgesehen von den Touristen, noch immer ein Dorf. Neuigkeiten verbreiten sich hier sehr schnell; die Polizei hätte es mir auch nicht rascher berichten können.«

»Pfarrer Merete meint, Sie wären seitdem nicht mehr zum Gottesdienst erschienen.«

»Nein …« Seine Miene nahm einen entrückten Ausdruck an, sein Blick war in die Ferne gerichtet. »Die meisten Alteingesessenen haben deine Großmutter noch gekannt. Sie war sehr beliebt im Dorf. Ihr Verschwinden damals war eine der größten Tragödien hier in der Gegend. Man hat sie nie vergessen. Und als man sie dann fand, herrschte auf einmal große Aufregung, ja Freude. Aber ich kann das nicht. Für mich ist es kein Grund zum Feiern, dass man sie endlich gefunden hat.« Er schaute ihr offen ins Gesicht.

Allegra schwieg. Wie sehr er sie geliebt haben musste. All die Jahre, obwohl sie scheinbar grundlos verschwunden war … Er liebte sie heute noch genauso wie damals, als junger Mann. Kein Wunder, dass Granny abgehauen war … Welche Frau konnte mit so etwas leben?

»Wenigstens kann sie jetzt in Frieden ruhen«, sagte sie leise.

»Ja, das ist doch ein Trost, das stimmt.«

Abermals schwiegen sie, aber ihr Schweigen war entspannt, ja beinahe familiär. Er starrte ins Feuer. Sie musterte ihn. Opa.

»Was glauben Sie, warum ist sie damals zu der Hütte hinaufgegangen?«

Lars stieß einen müden Seufzer aus. Seine Miene verriet, wie oft er das schon gefragt worden war. Er schüttelte ratlos den Kopf.

»Waren Sie an dem Abend zusammen?«

Er nickte. »Wir hatten gerade zu Abend gegessen, und ich wollte noch einmal nach der Herde sehen. Es hatte seit zwei Tagen geschneit, und es sah nicht so aus, als würde es so bald aufhören. Wir hatten das Vieh in die Ställe treiben müssen. Als ich etwa eine Dreiviertelstunde später wieder ins Haus kam, war sie nicht mehr da.« Er zuckte die Achseln. »Ich nahm an, dass sie schon ins Bett gegangen sei, denn sie hatte geklagt, dass sie sich in letzter Zeit nicht wohlfühle.«

Er hielt inne. Allegra kannte diesen Blick: So schaute ihre Mutter drein, wenn sie mal wieder in Erinnerungen versank.

»Ich werde nie vergessen, wie es war, als ich nach oben kam und das Bett leer vorfand. Es war, als hätte sich eine eisige Hand um mein Herz gekrallt. Ich ahnte gleich, dass sie fort war. Dass ich sie nie wiedersehen würde.« Er schüttelte den Kopf. »Ich konnte es nicht fassen. Was für einen *Grund* hätte sie haben sollen, einfach so zu verschwinden? Es gab keinen.«

»Wie viel Zeit war vergangen? Bis Sie wieder zurückkamen?«

»Etwa eine Stunde? So genau weiß ich es nicht mehr.«

Sie hatte also seit zwei Stunden fort sein können – ihre Fußspuren wären bei dem starken Schneefall längst zugeschneit gewesen. »Hat sie denn keiner gesehen? Vielleicht aus dem Ort?«

»Nicht an dem Abend. Nicht mal Timo, und ich glaubte ihm, auch wenn viele das nicht taten.«

»Wer ist Timo?«

»Er war ihr Verlobter, bevor sie mich kennenlernte. Es hat für jede Menge Unruhe gesorgt, dass ich so einfach auftauchte und mir das schönste Mädchen im Dorf geschnappt habe. Er vor allem hat mir das nie verziehen.«

»Ach, Sie kommen gar nicht von hier?«, fragte Allegra überrascht.

»Nein, ich stamme aus Bern. Ich bin in der Stadt aufgewachsen. Mein Vater hatte dort eine gut gehende Druckerei.«

Allegras Augen leuchteten, als sie das hörte. Ihre Urgroßeltern waren also Drucker gewesen. Über ihre Familiengeschichte war nie viel gesprochen worden, und wenn, dann auf eine Art, als ob es ein Geheimnis wäre. Zum ersten Mal erfuhr sie mehr über ihre Abstammung. »Was hat Sie nach Zermatt geführt?«

»Du meinst abgesehen von den schönen Mädchen?« Er lachte. »Ich bin mit Freunden zum Skifahren hergekommen, ein kleines Stück Freiheit, bevor ich meine Lehre im väterlichen Betrieb beginnen sollte. Du kannst dir vorstellen, dass mein Vater nicht gerade begeistert war, als er hörte, dass ich hierbleiben und die Tochter eines Bergbauern heiraten wollte.«

»Ja, du meine Güte!«

Er runzelte die Stirn. »Die Leute sind schon komisch. Ihr Vater war gegen die Heirat, obwohl ich ihr mehr bieten konnte als der Bauernbursche, mit dem sie bis dahin verlobt gewesen war. Ich brachte zwar keine Reichtümer in die Ehe, aber doch ein recht hübsches Sümmchen. Aber das genügte ihnen nicht. Für sie war ich ein Fremder, einer ›von draußen‹, und es gab viel böses Blut.« Er schüttelte den Kopf. »Manchmal wünsche ich mir noch heute, Valentinas Vater könnte sehen, was ich erreicht habe, was ich seiner Tochter hätte bieten können. Dass ich gehalten habe, was ich versprach.«

Beide blickten sich um. Allegra wusste aus Erfahrung, dass ein Chalet wie dieses gut und gerne 7 Millionen Schweizer Franken wert sein musste.

»Ja, da verstehe einer die Leute«, stimmte sie ihm zu.

In diesem Moment tauchte die Pflegerin wieder auf, um Tassen und Teller abzuräumen. Abermals sagte sie kein Wort und sammelte mit verkniffenem Mund das Geschirr ein. Allegras Tasse knallte sie so heftig aufs Tablett, dass der Kaffeerest überschwappte.

Allegra schaute ihr verärgert nach. »Haben Sie denn große Probleme mit dem Personal?«, sagte sie so laut, dass es die Pflegerin hören musste. Die erstarrte auch eine Sekunde, bevor sie verschwand.

Lars lachte gackernd. »So könnte man sagen! Ja, so könnte man sagen!«

»Ah, hier seid ihr also.« Allegra zog ihre Handschuhe aus und musterte lächelnd die drei Männer. Zhou, Sam und Massi saßen in identischer Haltung am Tisch, die Stühle an die Wand zurückgekippt, die Gesichter der Sonne zugewandt, die Augen geschlossen. Vor ihnen standen drei Gläser Bier, nur noch halb voll, was darauf schließen ließ, dass sie schon ein Weilchen hier saßen.

Das Wirtshaus »Zum See« war bekannt und beliebt, nicht nur in Zermatt, sondern in der ganzen Alpenregion. Allegra hatte keine Schwierigkeiten gehabt, es zu finden. Es lag malerisch inmitten einer kleinen Ansammlung alter Holzstadel und Ziegenställe, und auch hier herrschte ein geradezu babylonisches Sprachgewirr: Alle europäischen Sprachen schienen vertreten, von Deutsch, Französisch, Italienisch und Spanisch bis zu Portugiesisch. Allegra hörte »Reich mir doch mal den Brotkorb« oder »Mehr Wein?« in mindestens fünf Sprachen.

Die Wolken hatten sich verzogen, die Sonne war endlich rausgekommen, und alles war ausgeschwärmt, um das selten schöne Wetter zu genießen. Sämtliche Tische waren besetzt, ja sogar die Ecken, sodass kaum Platz blieb für den Beilagenteller. Der unebene Boden war mit Stroh bestreut, dazu die malerische Kulisse der verwitterten alten Berghütten – ein ungewöhnlicher Biergarten: Wintersportler in Designerklamotten ließen sich die Viersterneküche schmecken, umgeben von den verfallenen Zeugen eines harten, kargen Bergbauernlebens. Allegra war des Widerspruchs durchaus gewahr, aber sie erkannte auch dessen Anziehungskraft, schließlich war sie doch selbst ein Kind beider Welten.

Sie nahm den Helm ab und hängte ihn zu den anderen an den Strick, der zwischen zwei Stadeln gespannt war.

»Ah, da ist ja unser Täubchen«, grinste Massi, »wusst ich's doch, dass es zu uns zurückfinden würde.«

»Konnten Sie erledigen, was Sie vorhatten?«, erkundigte sich Zhou und winkte sogleich eine Kellnerin herbei.

»Ja, danke«, antwortete sie munter. Der zweite Besuch bei Lars hatte sie in gute Laune versetzt, eine Laune, die ihr nicht einmal Sams abweisende Haltung verderben konnte. »Einen *Vin Chaud*, bitte«, sagte sie zu der Kellnerin. »Haben Sie schon etwas zu essen bestellt?«, fragte sie Zhou.

Der nickte. »Wir wussten ja nicht, ob Sie noch kommen.«

»Das macht nichts.« Sie wandte sich wieder an die Kellnerin. »Irgendwas, was schnell geht … Pasta?«

»Die Limonenravioli?«, schlug diese vor.

»Ja, wunderbar.«

Allegra ließ sich auf der Bank gegenüber nieder. Zhou und Massi hatten sich aufgerichtet und die Ellbogen auf den Tisch gestützt. Sam lehnte noch immer mit geschlossenen Augen an der Wand, was Allegra nicht überraschte. Wie ein Kind schien er zu glauben, sie würde von selber verschwinden, wenn er nur lange genug die Augen geschlossen hielt.

Allegra war nach dem Besuch bei Lars kurz ins Chalet zurückgekehrt, um noch einmal nach Isobel zu sehen und sich zum Skifahren umzuziehen.

»Wie geht's deiner wunderschönen Schwester?«, erkundigte sich Massi. Er griff zu einer Karaffe und schenkte ihr einen Glühwein ein, ohne auf den zu warten, den sie sich selbst bestellt hatte.

»Der Reiz des Neuen ist etwas verblasst, fürchte ich«, antwortete sie, »jedenfalls jetzt, wo sie auf dem Sofa sitzen und das Bein hochlegen muss, während wir Ski fahren gehen. Aber ich bin sicher, sie freut sich schon auf den Rückfall, den sie bei eurer Rückkehr erleiden wird, um in den Genuss euer Fürsorge zu kommen.«

Zhou und Massi lachten.

»Wird sie sich denn bis zur Party wieder einigermaßen erholen?«, fragte Zhou besorgt.

»Erholen? Sie wird es sich nicht nehmen lassen, die Huldbezeugungen der Gäste entgegenzunehmen, wie Kleopatra auf ihrem Thron.«

»Sie ist einfach umwerfend«, gestand Massi.

»Ich weiß«, grinste Allegra. Ihr Blick fiel auf den Brotkorb, und sie nahm sich eine Brezel. »Und wie war's bei euch? Wie ist der Schnee?«

»Unglaublich«, behauptete Massi. »Pulver bis zur Nasenspitze.« Und er machte eine typisch südländische Geste, indem er zur Bekräftigung seiner Worte Daumen und Zeigefinger zusammenlegte.

Zhou verdrehte die Augen. »Er meint natürlich bis zum Knie.«

»Wow. Und wo wart ihr?«

»Jenseits der Grenze, in Italien. Cervinia«, erklärte Zhou, »da ist nicht so viel los. Wenn wir hier sind, versuchen wir der Meute möglichst aus dem Weg zu gehen. Wir bevorzugen die Pisten auf der Nordseite.«

»Ja, das kann ich verstehen. Schade, dass ich's verpasst habe.«

»Wollen Sie uns nach dem Essen begleiten?«

»Ja, gern, wenn's Ihnen nichts ausmacht.«

»Wir wollten nach Trift rüberschauen. Das liegt unterhalb des Obergabelhorn-Gletschers. Da gibt es weder Pisten noch Lifte, meistens sind wir die Einzigen. Habe jedenfalls außer uns noch nie jemanden gesehen.«

War das nicht da, wo der Lawinenschutzexperte die Hütte mit Valentina gefunden hatte?

»Toll.« Sie holte ihren Chanel-Lippenbalsam aus der Anoraktasche. Der war dezent, aber wirksam. Sie hasste es, sich die Lippen mit weißem Zeug zuzukleistern, sodass sie ausschaute wie Roald Amundsen auf Nordpolexpedition. Entschlossen, diesem Klotz von Kemp so richtig auf die Nerven zu gehen, steckte sie den Balsam wieder ein und fragte die beiden Jungs unbekümmert: »Ihr kennt euch also alle aus Harvard? Und was machst du jetzt beruflich, Massi?«

»Cupcakes.«

»Ähm … wie bitte? Du meinst doch nicht das Gebäck, oder?« Allegra war davon überzeugt, dass es eine Metapher sein musste. Wofür allerdings, hatte sie keine Ahnung. Büstenhalter?

Massi lachte. »Ja, genau, das Gebäck.«

»Du hast in Harvard studiert, und jetzt backst du Cupcakes?« Allegra war fassungslos.

Massi lachte noch vergnügter. »Ja, irre, nicht wahr? Genau dasselbe hat mein Vater gesagt, als ich ihm meine Geschäftspläne unterbreitet habe.«

»Was du nicht hättest tun sollen«, warf Zhou ernst ein, »dein Vater ist fast genauso konservativ wie meiner.«

Massi verdrehte die Augen. Dann sagte er mit nahezu erschreckendem Ernst zu Allegra: »*Sì*, Mafia. Blei statt Rosinen.«

Allegra blieb das Lachen im Halse stecken. »Im Ernst?!«

Massi konnte nicht länger an sich halten, er gackerte wie ein Truthahn. »Nein, natürlich nicht! Aber weißt du, ich hab meinem Vater gesagt, das Erste, was sie dir auf der Harvard Business

School beibringen, ist, dass 84 Prozent aller Kaufentscheidungen aus dem Bauch heraus gefällt werden und nur der Rest mit dem Verstand. Und meine Cupcakes sind eine reine Bauchentscheidung, zu hundert Prozent. Ein kleiner Bissen pures Glück. Deshalb besitze ich mittlerweile auch siebzehn Zweigstellen, allein in den Staaten, mit einem Jahresumsatz von 34 Millionen Dollar.«

Allegras Lächeln erlosch. »Was? Wie bitte?«

»Genau das hat mein Vater gesagt, als ich ihm die Zahlen vorgelegt habe!«, lachte Massi.

»Das sind trotzdem bloß Peanuts im Vergleich zu meinem Vermögen«, sagte Zhou gespielt hochmütig.

»Dem Vermögen deines Vaters, meinst du«, widersprach Massi. »Sei froh, dass es in China noch immer die Ein-Kind-Politik gibt, oder er würde die Knete einem anderen Sprössling vermachen.«

Beide lachten, zwei Multimillionäre, die einander aufzogen wie kleine Jungen. Sie waren enger befreundet, als Allegra gedacht hatte, und auf einmal erschien es ihr unwahrscheinlich, dass Zhou seinen Vater wirklich überreden würde, ihr vor Sam den Vorzug zu geben.

»Dann hast du also vor allem in den Staaten zu tun?«, fragte sie Massi und wärmte sich die Hände an ihrem Glühwein.

»Ja, Boston.«

Sie nickte. »Ihr seid ziemlich gut befreundet. Seht ihr euch denn oft?«

»Dieser Mann hier ist wie ein Bruder für mich«, behauptete Massi und riss Sam mit einem kräftigen Schlag auf die Schulter aus seinem Scheinschlaf. »Wir haben uns mindestens einmal pro Woche getroffen, aber das geht seit Sams Transfer nach London natürlich nicht mehr. Wir haben uns immer zum Tennis oder Squash getroffen, ich habe extra das Shuttle von Boston nach New York genommen, stimmt's, Kumpel?« Er tätschelte Sams Arm. »Ich hoffe, dass dieser Wechsel das wert ist, Bruder.«

Da Sam sich zu einem Unterhaltungsbeitrag gezwungen sah,

zuckte er die Achseln und sagte: »Man muss nun mal dahin, wo einen der Job hinführt.«

»Oder wo die Ex *nicht* ist, was? Amy hat neulich angerufen und …«

Sams Stuhl richtete sich mit einem hörbaren Knall aufrecht. »Halt, kein Wort weiter!«

Amy? War das der Name seiner Frau? Allegras Blick huschte interessiert zwischen den beiden hin und her.

»Aber sie wollte doch bloß …«, protestierte Massi.

»Ich habe stopp gesagt. Ich will kein Wort hören.«

Allegra sah zu, wie er sein Bier in einem Zug leerte und sogleich nach Nachschub winkte. Was hatte Amy bloß getan, dass selbst die Erwähnung ihres Namens tabu war?

Sie warf einen Blick auf Zhou und musste zu ihrer Überraschung feststellen, dass er sie bereits ansah. »Wir streiten uns auch wie Brüder«, bemerkte er.

»Na gut, kann ich verstehen. Aber wer ist der Boss?« Denn alle drei waren Alphamännchen, das sah sogar ein Blinder.

Massi, von Sams brüsker Abfuhr erschüttert, fing sich schnell wieder. »Also diese beiden«, sagte er und stützte das Kinn auf die Hand, »sind die Joker. Ich bin … ähm …«

»Der Herzbube?«, meinte Zhou ätzend.

Massi lachte. »Das auch, aber ich bin vor allem eins: das Ass.«

»Ach ja? Ass mit zwei s heißt auf Englisch Esel, wusstest du das?«, spottete Zhou.

Massi ließ sich nicht aus der Ruhe bringen. »Was ich meine, ist: Ich kann alles sein, eine niedrige oder eine hohe Karte. Oben oder unten.«

»Als ob wir das nicht wüssten!«, feixte Zhou.

Massi schoss seinem Freund einen strengen Blick zu. »Ich bin die Brücke, die den Abgrund überspannt. Ich …« Er suchte nach dem richtigen Wort. »Ich bin der Vermittler, wenn ihr euch mal wieder streitet.« Er wies mit dem Daumen erst auf Sam, dann auf Zhou.

Verwirrte Stille.

»Ach ja?«, meinte Allegra, die gar nichts mehr kapierte.

»O ja.« Massi senkte verschwörerisch Stimme und Kinn. »Die zwei sind so was von eifersüchtig aufeinander! Sam ist neidisch auf Zhou, weil er im Geld schwimmt. Und Zhou ist neidisch auf Sam, weil er so gut aussieht.«

»Mann!«, stöhnte Sam gereizt.

»Was? Das ist die Wahrheit!« Massi schaute mit Unschuldsmiene in die Runde. »Warum bist du denn sonst mit ihm befreundet? Ich meine, was ist schon an ihm dran, außer sein Vermögen?«

»Massi!«, kreischte Allegra, hin- und hergerissen zwischen Lachen und Empörung.

»Wie du schon sagtest, es ist ja nicht sein Geld, sondern das seines Vaters«, bemerkte Sam trocken.

»Autsch!« Zhou zuckte gespielt verletzt zusammen. Seine Augen funkelten amüsiert.

»Dann hast du also doch zugehört, Sam«, bemerkte Massi zufrieden. Er lag nun fast auf dem Tisch, den Kopf auf den angewinkelten Arm gelegt. »Du liebst ihn, aber gleichzeitig hasst du ihn, weil er so reich ist«, behauptete er provozierend.

»Ach ja?« Sam trommelte gereizt mit den Fingern auf die Tischplatte.

»Allegra, was glaubst du: Ist an Zhou mehr dran als sein Geld?«

»Aber natürlich!«

»Danke«, grinste Zhou.

»Und was ist mit Sam?«, wollte Massi wissen.

Sie runzelte die Stirn. »Was soll schon mit ihm sein?«

»Ist mehr an ihm dran als eine hübsche Visage?«

Allegra versteifte sich. »Dass er *hübsch* ist, habe ich nie behauptet.«

Massi fiel fast der Unterkiefer herunter. Lachend schlug er Sam auf den Oberschenkel. »Dass ich das noch erleben darf! Eine Frau, die nicht gleich auf dich reinfällt!«, quiekte er.

»Sag, Allegra«, meinte er, »was ist Sam denn sonst, wenn keine hübsche Fassade?«

»Woher soll ich das wissen?«, wehrte sie ab. Ihr wurde allmählich ungemütlich. »Im Übrigen haben wir von euch geredet, nicht von mir.«

»Aber eine Unterhaltung ist immer ein Geben und Nehmen, das weißt du doch. Also sag schon: Was ist Sam? In fünf Worten.«

Massi und Zhou betrachteten sie erwartungsvoll. Sam sagte nichts, aber seine wachsame Haltung verriet, dass er genau zuhörte. »Also, er ist Kanadier, und er ist geschieden.« Sie begnügte sich mit dem Harmlosesten, was ihr einfiel. Und attraktiv, humorvoll, gut im Bett, erfolgreich, er hatte Stil … Aber das sagte sie natürlich nicht laut.

»Das sind zwei«, riss Massi sie aus ihren Gedanken.

Schlimme Scheidung, gebrochenes Herz, aber auf dem Wege der Besserung … »Skrupellos, ehrgeizig.«

»Vier. Fehlt noch eins, Allegra, jetzt komm schon«, neckte nun auch Zhou.

Entschlossen, dickköpfig … »Ein Dieb.«

Das Wort fiel wie Blei in die Runde. Sams Augen blitzten, er riss entsetzt den Mund auf. Massi dagegen hätte nicht entzückter sein können.

»Aber, aber! Das ist eine schwere Anschuldigung, nicht wahr, Sam? Was hast du dazu zu sagen?«

In diesem Moment tauchte die Kellnerin auf und stellte Sam ein frisches Bier hin. Der Ausdruck, mit dem sie ihn anschmachtete, verriet, dass sie Allegras Einschätzung wahrscheinlich nicht beigepflichtet hätte.

»Wie? Dazu habe ich gar nichts zu sagen, das ist unter meiner Würde.«

Massi klatschte in die Hände wie ein Showmaster. »Also gut: Sam. Wie würdest du Allegra beschreiben. Fünf Worte. Und los.«

Er zuckte nicht mit der Wimper. »Attraktiv. Single. Erfolgreich. Einsam. Verbittert.« Es kam wie aus der Pistole geschossen, er musste nicht überlegen, fast als habe er bereits darüber nachgedacht.

Allegra wandte hastig den Blick ab. Sie hätte gerne etwas Ätzendes erwidert, war aber zu verletzt, um etwas sagen zu können. Sie nahm rasch einen Schluck Wein. Ein erdrückendes Schweigen hatte sich auf die Gruppe gesenkt.

»Nein! Nein, nein!«, rief da Massi. »Das kann ich nicht zulassen, das war höchst ungalant!« Er wirkte wie ein Labrador, dessen Herrchen beleidigt worden war.

Zum Glück wurde in diesem Augenblick ihr Essen gebracht. Alle schwiegen und schauten konzentriert zu, wie mit großem Pomp die überdimensionale Pfeffermühle geschwungen wurde, verlangten nach extra Parmesan und einem Krug Wasser, alles bloß, um den peinlichen Moment zu überbrücken. Was als scherzhaftes Geplänkel begonnen hatte, war furchtbar schiefgegangen.

# 25. Kapitel

»Was suchen Sie?«, brüllte Zhou, um sich über dem Dröhnen des Helikopters verständlich zu machen.

»Nichts!«

»Sieht aber nicht so aus!«

Sie warf ihm einen Blick zu. Er sah gefährlich gut aus, wie ein Ninja, in seiner schwarzen, eng anliegenden Skimontur und der Skibrille, deren verspiegelte Flächen wie zwei Ölpfützen in allen Regenbogenfarben schimmerten. Massi, in seinen schlabbrigen, grünen und gelben Klamotten dagegen wirkte eher wie ein Gummibärchen.

»Sie werden ja vielleicht eines Tages ein Bergbauimperium erben, Zhou«, rief sie, »aber sehen Sie das? Das da unten? Das könnte eines Tages alles mir gehören!« Sie lachte.

Zhou lachte ebenfalls. Aber so abwegig war das gar nicht. Dort unten waren sie, all die alten Weidegründe ihrer Familie, und wären sie nicht schon vor sechzig Jahren verkauft worden, dann wäre sie vielleicht irgendwann Inhaberin ihres eigenen Stückchens Berg geworden.

Aber das spielte keine Rolle. Auch ohne einige Hektar Weidegrund zu besitzen, begann sie sich hier heimisch zu fühlen. Etwas verband sie nun mit diesem Landstrich, wie ein Luftballon an einem Faden.

Die Nase an der Scheibe spähte sie nach unten. Die kleine Ansammlung von Hütten war kaum zu erkennen, nur hie und da schaute das schwarze verwitterte Holz aus der tiefen Schneedecke.

»Hier wäre eine gute Stelle, *no*?«, brüllte Massi mit einem breiten Grinsen. Seine weißen Zähne waren alles, was von seinem Gesicht zu sehen war, den Rest bedeckten Skibrille und Helm. Aber seine Locken hatten den Weg nach draußen gefunden und ringelten sich um den Helmrand wie eine Kletterrose. Sam, der weiter hinten saß, zurrte seine Bindungen fest.

Auf dieser Seite des Berges gab es keine präparierten Pisten, nur unberührten Pulverschnee. Der Helikopter senkte sich in immer engeren Kreisen hinab. Schnee wirbelte auf, wie bei einem Sandsturm in der Wüste. Als sie die richtige Höhe erreicht hatten, schob Zhou die Türen auf und machte sich bereit, als Erster hinauszuspringen.

Allegra sah zu, wie er mit ausgebreiteten Armen hinaussprang, die Skistöcke von sich gestreckt wie die Flügelspitzen eines Adlers … Dann war Massi an der Reihe. Ohne groß hinauszuschauen, in richtiger Kamikaze-Manier, warf er sich aus dem Hubschrauber.

Nun war sie an der Reihe. Sie holte tief Luft. Sie hatte das zwar schon ein paarmal gemacht, dennoch war der Sprung aus dem Helikopter für sie nach wie vor der Teil des Tiefschneefahrens, den sie am meisten fürchtete.

»Nach dir!«, hörte sie Sam brüllen und drehte sich um. Wahrscheinlich würde er sie gleich rausschubsen, wenn sie noch länger zögerte – zuzutrauen war's ihm jedenfalls. Als habe sie nur auf einen solchen »Anreiz« gewartet, stieß sie sich ab und sprang hinaus. Sam folgte ihr Sekunden später. Zhou war bereits verschwunden, Massi war ihm dicht auf den Fersen. Beide wollten die Ersten sein, die in dieser unberührten Schneelandschaft ihre Spuren zogen. Diesmal machte sie sich gar nicht erst die Mühe, sich umzudrehen, um zu sehen, ob Sam hinter ihr war, sie wusste auch so, dass er ihr im Nacken saß. Gleich würde er an ihr vorbeizischen, um die anderen einzuholen und um sie zu schlagen. Sie konnte hören, wie Massi weiter unten aufjauchzte, was wohl bedeutete, dass er sich an die Spitze gesetzt hatte.

Inzwischen schwang sich auch der Helikopter mit rhythmisch dröhnenden Rotorblättern wieder in die Lüfte. Die Schneedecke funkelte in der Sonne und blendete die Augen, selbst mit der starken Skibrille. Wie ein Band, an das sie sich halten konnte, wie die Brotkrumen von Hänsel und Gretel, erstreckten sich vor ihr die Spuren von Zhou und Massi. Sam hatte noch immer nicht überholt. Was war los mit ihm? In weiten, gemächlichen Schwüngen machte sie sich an die Abfahrt. Jetzt musste er ja jeden Moment an ihr vorbeiziehen.

Nichts geschah.

Verdammt! Sie wollte allein sein, um sich in aller Ruhe umsehen zu können. Sie brannte vor Neugier. Irgendwo hier befand sich die Felsspalte, in der sich die Hütte mit Valentina verkeilt hatte … Aufmerksam hielt sie nach irgendwelchen Hinweisen Ausschau, Wegweiser oder Schneestangen, die die Stelle kennzeichneten, doch vor ihr erstreckte sich eine weite, unberührte Schneefläche. Stellenweise ragten Felsen daraus hervor, und die Bäume hatten schwer an der Schneelast zu tragen. Weit und breit war keine Menschenseele zu sehen.

Sie fuhr noch langsamer.

»Was soll das?«, rief er von hinten.

Sie wedelte mit einem Stock, bedeutete ihm, an ihr vorbeizufahren, aber zu ihrem Ärger blieb er dicht hinter ihr und genau in ihrer Spur, wie ein Schüler hinter dem Skilehrer.

»Fahr schon! Ich komme nach!«, rief sie und fuhr, so weit möglich, noch langsamer.

»Spinnst du? Die anderen sind längst weg!«, brüllte er.

»Dann fahr ihnen doch hinterher, verdammt noch mal!«, antwortete sie. Wieder musterte sie forschend ihre Umgebung.

Da sauste er an ihr vorbei, machte einen Schwung und kam direkt auf ihrer Abfahrtslinie zu stehen. Sie musste eine Vollbremsung einlegen und konnte einen Zusammenprall gerade noch vermeiden. »Was soll das!«, rief sie empört. Sie schwankte, und er hielt sie am Arm fest, bis sie ihr Gleichgewicht wiedergefunden hatte. »Du Idiot! Ich hätte dich fast umgefahren!« Sie stieß wütend ihre Stöcke in den Schnee.

»Wir dürfen uns hier nicht trennen, das wäre zu gefährlich. Es gibt hier keine Pistenaufsicht und auch keine festen Pisten, nur Tiefschnee. Und die anderen sind schon zu weit weg, die holen wir jetzt nicht mehr ein. Wir müssen wohl oder übel miteinander auskommen.« Er zuckte die Achseln.

»Verdammt noch mal«, murmelte sie erzürnt. War es wirklich zu viel verlangt, dass man sie *ein Mal* in Ruhe ließ? Wieder schaute sie sich um. Connor hatte gesagt, er habe das Dach der Hütte von einem Wanderweg aus entdeckt, aber das war natürlich im Sommer gewesen. Das Problem war, dass der Rand des Tals zu weit entfernt war. Der Hubschrauber hatte sie in der Mitte des Plateaus abgesetzt. Um den Spalt mit der Hütte zu finden, musste sie sich schräg halten, also von ihrem Pfad abweichen und die Ränder absuchen.

»Was suchst du denn, verdammt noch mal?«

»Nichts.«

»Ach ja?« Er hatte seine Skibrille auf – so wie sie –, daher konnte sie den Ausdruck in seinen Augen nicht erkennen, wusste aber auch so, dass er ihr das nicht abkaufte. »Du willst mir also weismachen, dass du nicht versuchst, die Hütte zu finden, in der deine Großmutter umgekommen ist, ja?«

Verblüfft riss sie den Mund auf. »Ich weiß nicht, was du meinst«, murrte sie.

»Ach nein? Dann ist es also bloß Zufall, dass du hier versuchst, den Berg horizontal runterzukommen? In der Gegend, in der man sie gefunden hat?«

Allegra warf ihm einen finsteren Blick zu. Was hatte Isobel ihm bloß erzählt? »Na und? Was geht es dich an?«

Er zuckte die Achseln. »Nichts. Aber du könntest zumindest die Güte haben, mir mitzuteilen, was du vorhast. Dann könnte ich helfen.«

»Du und helfen?«, höhnte sie. »Du machst Witze, oder?«

In diesem Moment klingelte ihr Handy. Erschrocken fischte sie es aus ihrer Tasche. Hoffentlich war es nicht Barry.

Er war es nicht. Dennoch runzelte sie die Stirn, als sie die Nummer sah. Sie machte ein paar Seitschritte abwärts, damit er nicht mithören konnte, und drückte auf die Annahmetaste.

»Bob«, sagte sie leise. »Danke für Ihre Unterstützung. Ich habe Ihre Nachrichten natürlich erhalten und hätte mich selbst bald gemeldet, aber ...« Sie richtete sich auf. »Ach!« Sie runzelte die Stirn. »Ach so, ja. Ja, er ist hier.« Sie hielt Sam ihr Handy hin. »Für dich.«

»Für mich?«, antwortete er verblüfft. Er zog einen Handschuh aus und nahm das Handy entgegen. »Kemp hier.«

Sein Blick blieb während seines Gesprächs mit Bob an ihr haften, trotzdem fuhr sie demonstrativ ein Stück weit weg. Sie wusste schließlich, was sich gehörte; es fiel ihr nicht ein, anderer Leute Gespräche zu belauschen – was, wie sich herausstellte, in diesem Fall aber unvermeidlich war, da seine Stimme vom Wind zu ihr getragen wurde.

»Okay ... und was haben Sie festgestellt? ... Gut, gut. Okay, danke, dass Sie das für mich überprüft haben ... Ja, wenn das ginge ... Übermorgen komme ich zurück.«

Er fuhr zu ihr hinunter und gab ihr das Handy. »Danke. Meinem ist offenbar der Saft ausgegangen, habe ich gar nicht gemerkt. Er wusste nicht, wie er mich sonst hätte kontaktieren können.«

Sie hätte zu gerne gewusst, warum Bob ihn überhaupt »kontaktierte«, aber die Antwort lag auf der Hand: Nach ihrem Abgang wollte er einfach seine Haut retten und hängte sein Fähnchen in den Wind, auch wenn er nun aus einer anderen Richtung wehte. Dennoch, sie war sehr enttäuscht. Ihn hatte sie für einen ihrer wenigen Verbündeten gehalten. Da konnte man mal wieder sehen ...

»Und wie kommt er auf den Gedanken, dass ich mich bei dir befinden könnte?«

Sam machte immerhin ein betretenes Gesicht. Nun, das musste

bedeuten, dass Pierre inzwischen wusste, dass sie hier war. Und noch im Rennen.

Warum hatte er dann noch nicht angerufen?

»Ist ja egal«, sagte sie zornig, »fahren wir weiter.«

Sie war wütend auf sich selbst, weil sie Bob je vertraut hatte. Dabei hatte er Kemp noch vor kaum zwei Wochen einen »aufgeblasenen Angeber« genannt, nachdem er in diese Besprechung geplatzt war und die Muskeln hatte spielen lassen.

»Allegra ...«

Aber sie wollte nichts hören und sauste bereits davon. Jetzt hielt sie sich nicht mehr mit weiten, gemächlichen Schwüngen auf, jetzt wollte sie nur noch so schnell wie möglich nach unten und weg von ihm. Sam ließ sich jedoch nicht abschütteln, wie eine Klette blieb er an ihr kleben.

Den Blick auf das weit unten liegende Zermatt gerichtet, wie der Rocket Man auf sein Ziel, fuhr sie dahin und übersah daher das Hindernis, an dem sie mit einem Ski hängen blieb. Ehe sie sichs versah, machte sie einen Salto und landete mit dem Kopf voraus im Schnee.

»Um Gottes willen, Allegra! Bist du verletzt?« Sam kam mit einem Ruck neben ihr zum Stehen. Er ging in die Hocke und musterte sie besorgt.

Allegra blieb erst mal regungslos liegen und machte Bestandsaufnahme: Sie lebte noch, und es schien, soweit sie das beurteilen konnte, nichts gebrochen zu sein. Dann jedoch wurde ihr bewusst, wie sie aussehen musste: Wahrscheinlich ragte nur noch ihr Hinterteil aus dem Schnee. Spuckend und prustend versuchte sie sich hochzustemmen, sank aber sofort wieder mit dem Gesicht voraus im weichen Schnee ein. Und noch mal. Und noch mal.

»Verdammte Scheiße!«, schrie sie erbost und warf sich mit einem wütenden Ruck auf den Rücken. Schon besser. Ihre Schneebrille war nach hinten gerutscht und baumelte nur noch an dem kleinen Haken am Helm. Ein Ski hatte sich gelöst. Ansonsten schien alles in Ordnung zu sein. »Geht schon, nichts passiert«, keuchte sie und spuckte noch ein bisschen Schnee. Wie viel von dem weißen Zeug hatte sie eigentlich geschluckt? Ihre Zunge war jedenfalls halb gefroren und ihre Worte daher ein wenig verwaschen.

Sam rührte sich nicht von der Stelle. »Bist du sicher? Das war ein ganz schöner Sturz, den du da hingelegt hast. Warte ein bisschen, und ruh dich aus.«

»Mir geht's prima, nichts passiert«, wiederholte sie gereizt. Sie versuchte erneut, sich mit den Armen hochzustemmen, doch auch in dieser Position versank sie bis zu den Schultern im tiefen, lockeren Schnee. Obendrein hatte sich der eine Ski, den sie noch am Fuß hatte, im Schnee verkeilt, und sie bekam ihn einfach nicht raus. Sam verfolgte ihr Gezappel, wie sie befürchtete, mit einem Grinsen, aber immer wenn sie ihm einen bösen Blick zuwarf, setzte er eine ernste Miene auf.

Ihr stank die ganze Situation. Warum musste sie auch so ein Pech haben? Der Platz im Vorstand, zum Greifen nahe, war futsch, sie steckte mit einem Ski im Schnee und zappelte auf dem Rücken wie ein Käfer.

»Das reicht jetzt«, verkündete Sam, als sie sich mit einem frustrierten Aufschrei abermals zurücksinken ließ. Er pflanzte sich neben ihr auf. »Ich werde jetzt erst mal dein Bein mit dem Ski befreien.«

»Wenn's sein muss«, keuchte sie ungnädig. Er kratzte behutsam den Schnee weg und zog dann ihren Ski so vorsichtig heraus, dass sie sich nicht das Bein verdrehte, und legte ihn seitlich auf der Schneedecke ab.

»Und jetzt halt dich hier dran fest.« Er hielt ihr einen Skistock hin. Sie zog sich daran hoch und nahm jetzt immerhin eine sitzende Position ein, was zumindest ein Fortschritt war.

»Danke«, knurrte sie widerwillig und klopfte sich den Schnee von Schultern und Rücken, den Blick nicht auf ihn, sondern bergab gerichtet. Er war ihr auch in den Kragen geraten, und sie schüttelte sich, damit er sich wenigstens gleichmäßig verteilen konnte.

»So weit, so gut«, sagte Sam, »jetzt müssen wir nur noch den anderen Ski finden.« Er schaute sich um. »Wo hast du ihn verloren?«

»Entschuldige, dass ich seine Flugbahn nicht verfolgt habe – ich war zu sehr damit beschäftigt, selbst einen Salto zu machen«, sagte sie ironisch und zog sich ein paar verklumpte Schneebrocken aus den Haarspitzen. »Du musst es doch besser gesehen haben als ich.«

Sam machte ein paar Seitschritte aufwärts, versank aber immer wieder in der lockeren Schneedecke. Die Skier abzuschnallen hätte keinen Zweck gehabt, dann wäre er in derselben Lage gewesen wie sie. Die Augen mit einer Hand beschattet, schaute er sich um. »Ich kann ihn nirgends sehen.«

»Aber er muss da sein!«, sagte sie über die Schulter.

Sam versuchte auf dem Abhang noch ein Stück höher zu klettern, bis zu dem Punkt, an dem ihre Spur abrupt abbrach. »Nein, nichts. Hier oben ist er jedenfalls nicht.«

Allegra drehte sich aufgebracht zu ihm um. »Aber das muss er! Ich meine, wo soll er schon sein?«

Sams Blick glitt über den Abhang, der sich unter ihnen erstreckte. »Wenn er flach gelandet ist, dann …« Er verstummte. Sie schauten einander an. Wenn der Ski von allein talwärts gerutscht war, dann konnten sie sich von ihm verabschieden …

Allegra lachte ungläubig auf, dann brach es entsetzt aus ihr hervor: »Nein, das kann nicht sein! Das glaube ich nicht!«

Er zuckte die Achseln. »Hier oben ist er jedenfalls nicht.«

Das Lachen blieb ihr im Halse stecken. Sie waren noch nicht weit gekommen, hatten nicht einmal ein Viertel der Strecke zurückgelegt. Wie sollte sie auf einem Ski ins Tal kommen?

»Ich rufe am besten erst mal die anderen an, die fragen sich sicher schon, wo wir abgeblieben sind.« Er glitt zu ihr zurück. »Gib mir doch noch mal kurz dein Handy.«

»Mann, das ist doch einfach nicht zu fassen!«, murrte Allegra, überreichte ihm jedoch widerstandslos ihr Handy. Das alles war so peinlich! Was würden Zhou und Massi sagen, wenn sie hörten, dass sie einen Ski verloren hatte – die würden sich vor Lachen nicht mehr einkriegen. Dann noch Isobels Sturz ... Die mussten sie ja für Vollidioten halten.

»Hi, ich bin's«, hörte sie Sam kurz darauf sagen. »Ich weiß, bei meinem ist der Akku leer ... Nichts Schlimmes, aber Allegra hat einen Ski verloren ... Nein, wir haben ihn noch nicht gefunden ... Fahrt ihr einfach weiter, wir sehen euch dann unten. Aber lasst eure Handys an, damit ich euch erreichen kann ... Weiß nicht, mal sehen. Daraus wird wahrscheinlich nichts, schau mal nach oben ... ja, genau ... Wir schaffen das schon ... Okay, tschüss.« Er gab ihr das Handy zurück und schlüpfte aus seinem Rucksack. »Na gut, jetzt gibt's nur eins ...«

»Was meinst du?«, fragte sie misstrauisch.

»Ich muss versuchen, meine Bindungen so einzustellen, dass sie dir passen. Dann kannst du auf meinen Skiern runterfahren, und ich nehme deinen. Ich komme auch auf einem runter.«

»Das kommt nicht infrage.« Sie schüttelte den Kopf. »Ich kann genauso gut auf einem Ski runterfahren.«

»Das glaube ich gern«, sagte er beschwichtigend. Für sie hörte er sich an wie ein Erwachsener, der es mit einem unvernünftigen Kleinkind zu tun hat. »Aber bis nach unten ist es ein langer Weg. Auf einem Bein ist das sehr anstrengend, dir werden schon nach hundert Metern die Oberschenkel brennen. Und wir haben jetzt erst, ich weiß nicht, ein paar hundert Meter hinter uns gebracht ...« Seine Stimme verklang. Das wusste sie selber. Sie hatten beide am Infinity teilgenommen, und die Abfahrt war 2200 Meter lang gewesen. Hier war es kaum weniger, und das im Tiefschnee, nicht auf einer festen Piste.

»Jetzt hilf mir erst mal auf.« Sie streckte ihm ihre Arme entgegen. Sie wurde schon damit fertig – sie war kein hilfloses kleines Mädchen, das einen männlichen Beschützer braucht.

Sam fuhr, den Rucksack in einer Hand, zu ihr hin. »Allegra, komm, lass mich das machen.«

»Nein. Deine Skistiefel sind viel größer als meine, und wenn man dann auch noch den Gewichtsunterschied zwischen uns hinzunimmt ... Außerdem kannst du in dem Schnee die Bindungen sowieso nicht richtig einstellen, selbst wenn du das richtige Werkzeug dafür hast. Hier sinkt man doch überall ein. Ich werde im schlimmsten Fall eben einfach das Bein wechseln und mit dem anderen weiterfahren.«

Er schüttelte frustriert den Kopf, kam aber nicht gegen sie an. Dann reichte er ihr seinen Arm, sie hakte sich bei ihm ein, und er zog sie hoch. Auf einem Bein zu balancieren war schwerer, als sie gedacht hatte, denn der Skistiefel war nicht gerade leicht.

Sie schaute auf die sich endlos vor ihr erstreckende Abfahrt und schluckte.

»Gut, du als Erste, und ich fahre hinterher und passe auf«, sagte Sam, dem ihre besorgte Miene nicht entgangen war.

Sie nickte, setzte die Skibrille wieder auf und zurrte die Riemen ihrer Stöcke fest. Sie war eine gute Skiläuferin, aber einbeinig war sie noch nie gefahren. Sie schloss kurz die Augen und holte dreimal tief Luft.

Dann fuhr sie vorsichtig los. In weiten Bögen nahm sie den Abhang. Kurze Schwünge hätten sie zwar schneller nach unten gebracht, waren aber auch viel anstrengender, außerdem wäre es bei diesem Pulverschnee ohnehin zu schwierig gewesen. Sie musste es wohl oder übel langsam machen.

»Geht's?«, rief Sam hinter ihr. Sie hob kurz einen Stock, um anzudeuten, dass es schon ging, konzentrierte sich aber weiter auf die Abfahrt. Aber er hatte recht: Kaum hundert Meter weiter brannte ihr der Oberschenkel, dass es eine Freude war. Trotz ihrer Triathlon-Fitness musste sie nach sechs, sieben Minuten anhalten.

»Ich muss das Bein wechseln«, keuchte sie. Sie warf einen Blick zurück und bemerkte zu ihrem Kummer, dass sie kaum vorwärtsgekommen waren. »Mann, mir brennen die Muskeln.«

Doch auch der Skiwechsel ging nicht so einfach vonstatten, wie sie gehofft hatte – bei diesem lockeren Schnee war es ein mühsames Unterfangen. Mit Sams Hilfe ließ sie sich erneut aufs Hinterteil fallen und überließ es wohl oder übel ihm, ihren Ski zu wechseln, um sich dann wieder von ihm hochziehen lassen zu müssen.

Sie versuchte, nicht zu jammern, aber es wurde immer schlimmer. In immer kürzeren Distanzen musste sie das Bein wechseln, und trotzdem spürte sie, dass sie bald einen Krampf bekommen würde. Es war schwer, nicht den Mut zu verlieren.

Als sie irgendwann einfach umfiel, weil ihr das Bein wegknickte, rief sie verzweifelt: »Ach Mann, Scheiße! Wir haben nicht mal ein Viertel geschafft und ich … Ich kann einfach nicht mehr!«

Kraftlos versuchte sie ihr Bein zu massieren, der Kopf hing müde nach vorne. Und sie hatte nicht mal eine Notration dabei – Isobel hatte ihr letztes Toffee verbraucht. Sam musterte sie mit besorgt zusammengezogenen Brauen.

»Fahr du einfach weiter«, schlug sie vor. Sie fand sein Mitgefühl unerträglich. »Und wenn du unten bist, besorgst du mir ein neues Paar Skier. Dann nimmst du den Hubschrauber und lässt dich noch mal oben absetzen und fährst zu mir runter. Ich warte derweil hier. Ich rühre mich nicht vom Fleck, versprochen.« Sie rang sich ein klägliches Lächeln ab.

»Das geht nicht. Schau dir den Himmel an, es zieht sich zu.« Er deutete auf den Gipfel des Sunnegga, gegenüber, auf der anderen Talseite, wo sie und Isobel am ersten Tag gefahren waren. Er war in dichte Wolken gehüllt, und dort schneite es bereits. Auch hier war die Sonne verschwunden, wie ihr jetzt erst auffiel. Es würde nicht lange dauern und der Schnee würde in dicken Flocken herabkommen. »Bis ich unten bin und Skier für dich aufgetrieben habe, werden sie den Hubschrauber vielleicht nicht mehr starten lassen.«

»Aber verstehst du denn nicht? Ich kann nicht mehr, ich komme kein Stück weiter. Mir zittern die Beine. Ich kann kaum noch stehen, ehrlich, ich bin nicht wehleidig.«

Er stieß ein belustigtes Schnauben aus. »Als ob ich das nicht wüsste!« Er musterte sie mit einem Ausdruck, den sie nicht deuten konnte. »Nun, dann bleibt uns nur noch eins übrig.«

»Und das wäre?«

»Komm, steh auf.«

»O nein!« Sie schüttelte den Kopf.

»Doch, komm schon, hoch mit dir.« Er hielt ihr seinen Stock hin und zog sie auf die wackligen Beine. Dann schob er sich ein Stück aufwärts und spreizte die Skier. »Und jetzt stell dich hierhin.« Er deutete auf die Stelle, wo er soeben gestanden hatte.

»Was, hier?« Sie stieß sich ab und schob sich mühsam mit den Stöcken an die bezeichnete Stelle, das linke Bein angezogen wie ein Flamingo.

»Gut.« Er schob sich ein Stück vor und nahm sie zwischen die Beine. »Und jetzt fahren wir zusammen runter«, sagte er, seine Stimme dicht an ihrem Ohr.

»O nein, das machen wir nicht!«, protestierte sie. Sie würde sich doch nicht von ihm den Berg runterschaukeln lassen wie ein Kleinkind, das der Skilehrer zwischen die Knie nimmt, weil es nicht mehr weiterkann.

»Wusste ich's doch, dass du mit mir streiten würdest«, sagte er. »Hör zu, es ist die einzige Lösung. Lass mich machen. Ich übernehme die Führung, aber du musst dich mit mir in die Kurven legen, ja? Du brauchst nichts zu machen, folge nur meinen Bewegungen. Dann sparst du Kraft, und wir schaffen es nach unten.« Er hielt inne, die Wange fast an ihrem Helm. »In Ordnung?«

»Das funktioniert bestimmt nicht«, quiekte sie, einer Panik nahe.

»O doch, das wird es. Tu einfach, was ich sage, klar?«

Sie antwortete nicht.

*»Ist das klar?«*, wiederholte er.

»Na gut!«

Er wollte sich in Bewegung setzen, hielt jedoch noch einmal inne und sagte: »Allegra, du musst mir vertrauen. Sonst funktioniert das nicht. Wenn du selbst versuchst zu führen, fährst du mir auf die Ski, und es haut uns beide um. Verstehst du das?«

»Ja«, stieß sie kleinlaut hervor. Ihm vertrauen! Das war das Letzte, was sie wollte. Wie konnte ausgerechnet er Vertrauen von ihr verlangen! Lieber wäre sie allein hier oben zurückgeblieben und hätte sich im Schnee eingegraben, bis der Rettungsdienst kam.

»Und gib mir deine Stöcke. Die kannst du eh nicht benutzen. Du würdest mich bloß ins Stolpern bringen.«

»Und woran soll ich mich festhalten?«, fragte sie kläglich. Es fiel ihr schwer, weiterhin auf einem Bein zu stehen, und sie schwankte ein wenig.

Er hielt alle vier Stöcke horizontal vor ihren Körper, wie die Stange eines Skilifts. »Hier, da kannst du dich dran festhalten.«

»Das wird bestimmt nichts«, flüsterte sie ängstlich.

»Doch, vertrau mir.« Seine Stimme klang so sicher, so fürsorglich.

Und bevor sie weiter protestieren konnte, verlagerte er sein Gewicht auf den rechten Ski und stieß sich ab.

Sie war so überrascht, dass sie im ersten Moment aus dem Gleichgewicht geriet und nach hinten gegen seine Brust kippte. Er kam behutsam zum Stehen. Sie hatten kaum sechs Meter geschafft.

»Sorry«, murmelte sie und versuchte sich von ihm wegzustemmen.

»Macht nichts, du musst nur darauf achten, den Schwerpunkt nach vorne zu verlagern. Streck den Hintern raus«, befahl er.

»Du machst Witze«, brummelte sie. Ungebeten kam ihr eine bestimmte Szene aus ihrer gemeinsamen Nacht in Zürich in den Sinn. Als sie ihn hinter sich leise lachen hörte, biss sie die Zähne zusammen. Aber er hatte recht, in diesem Fall war es eine Notwendigkeit.

Langsam setzten sie sich wieder in Bewegung. Nach wenigen Zentimetern sagte er: »Und jetzt ein Linksbogen. Auf drei. Eins … zwei … drei …«

Sie verlagerten wie auf Kommando ihr Gewicht, und Sam beschrieb einen hübschen Bogen. Allegra, den Ski flach auf der Schneefläche, wurde sanft mitgeführt. Er hatte recht! Sie musste nichts machen als sich auf den Beinen halten und seinen Bewegungen folgen, den Rest erledigte er.

Es musste ganz schön mühsam für ihn sein, aber er ließ sich nichts anmerken. In langen, schwungvollen Bögen fuhren sie nach unten, und nach der dritten Kurve musste er nicht einmal mehr etwas sagen, da hatte sie sich schon seinem Rhythmus angepasst. Sie hielt sich an den Stöcken fest und spürte Sam hinter sich wie eine schützende Mauer.

Kein Geräusch durchbrach die Stille, nur das Kratzen ihrer Skier auf dem Schnee, das vereinzelte Krächzen der Raben im Wald und ihre regelmäßigen kräftigen Atemstöße. Mehrmals wäre sie beinahe weggerutscht, aber Sam fing sie jedes Mal auf und brachte sie wieder ins Gleichgewicht. Sie spürte ihn in ihrem Rücken wie eine schützende Bucht, in der das Boot in Sicherheit war.

Wie lange sie so dahinfuhren, wusste sie nicht – dreißig Minuten, vierzig? Vielleicht sogar eine Stunde. Doch plötzlich tauchten zu ihrer Erleichterung die terrassierten Dächer der Chalets von Zermatt unter ihr auf, und das letzte Stück flutschte nur so.

Und dann, so plötzlich, wie es begonnen hatte, war es vorbei.

Sie war ihm zutiefst dankbar – ein höchst ungewöhnliches Gefühl in ihrer bis dato so belasteten Bekanntschaft. Vor allem jedoch war sie froh, nicht mehr auf einem Bein stehen zu müssen, und freute sich sogar, Zhou und Massi zu sehen, die sie mit erleichterten Mienen erwarteten (auch wenn die Spötteleien wahrscheinlich nicht lange auf sich warten lassen würden). Sie hatte einen Mordshunger. Und sie brauchte ein heißes Bad, um die verkrampften Muskeln zu lockern und den völlig ausgekühlten Körper aufzuwärmen.

Und dennoch, so absurd es auch war, so überraschend, ja erschreckend …

Dennoch wünschte sie, es wäre ewig so weitergegangen.

# 26. Kapitel

Sie beschlossen, für heute Schluss zu machen. Allegra hätte sich ohnehin erst neue Skier besorgen müssen, außerdem hatte sich das Wetter wie vorhergesehen merklich verschlechtert, und keiner hatte Lust auf Skifahren, wenn einem der Schnee um die Ohren pfiff. Ihnen war bewusst, auch wenn es keiner laut aussprach, wie leicht die Sache heute hätte schiefgehen können. Die Frotzeleien waren zwar losgegangen, kaum dass Sam seinen Schützling aus der Oberschenkelumklammerung freigegeben hatte, dennoch lag eine nervöse Anspannung in der Luft, die wahrscheinlich später auf der Party ein Ventil finden würde, wie Allegra vermutete.

Sam und Zhou kehrten sofort ins Chalet zurück, aber Massi begleitete Allegra noch kurz auf einen kleinen Gang in die Stadt. Nachdem sie sich mit ein paar Waffeln gestärkt und die Energiereserven wieder ein wenig aufgefrischt hatten, gingen sie mit wiegenden Schritten in ihren Schneestiefeln die Hauptstraße entlang. Massi unterhielt sie mit kleinen Anekdoten über die mörderischen Verhältnisse im Cupcake-Business.

Allegra fand dies alles zwar witzig, hörte aber nur mit halbem Ohr zu. In Gedanken war sie noch bei Sam und dabei, wie fürsorglich er sie nach unten gebracht hatte. Kaum angekommen hatte er sie jedoch nicht mal mehr angesehen und sich verdrückt, so schnell er konnte. Das hatte sie tiefer erschüttert, als sie sich eingestehen wollte – diese abrupte Wiederaufnahme der Feindseligkeiten.

Massi blieb abrupt stehen. »*Dio mio!* Das ist es, genau das ist es!«, rief er mit typisch italienischem Überschwang. Allegra schaute ihn erstaunt an. Sein Blick hing an einer Schaufensterpuppe in einer kleinen Boutique, die ein Kleid trug, das sich auch auf einem Pariser Laufsteg gut gemacht hätte. Ein goldenes Pailletten-Minikleid mit aufgeschlitzten Raffärmeln und einem tiefen V-Ausschnitt. Es sah aus wie flüssiges Gold: das Gewand einer Göttin.

Ihr schwante, was da kommen sollte. »Nein«, verkündete sie kategorisch.

»Aber wieso denn?«, fragte Massi entsetzt.

»Weil ich kein Golden Girl bin. Ich putze mich doch nicht raus wie ein Phönix.«

»Aber es geht hier nicht um dich. Es geht um Zhou. Diese Party ist sein großer Moment. Er hat's schwerer, als du vielleicht denkst.«

»Ach ja?« Allegra zuckte mitleidlos mit den Schultern. Der Bursche verfügte über Privatflugzeuge und ein Heer an Personal, das ihm jeden Wunsch von den Augen ablas. Wie »schwer« konnte er's schon haben? »Massi, Zhou ist nicht der Einzige mit einer schwierigen Beziehung zu seinen Eltern. Das heißt noch lange nicht, dass ich mich anziehen muss wie ein mythologischer Vogel.«

Massi machte den Mund auf, klappte ihn zu und öffnete ihn erneut, sagte aber nichts. Er packte sie kurzerhand beim Arm und zog sie über die Straße zu der Boutique.

Allegra wehrte sich lachend. Doch plötzlich blieb sie interessiert stehen. Sie waren an einem dieser malerischen kleinen Andenkenläden vorbeigekommen, und Allegra hatte etwas darin entdeckt, das ihre Aufmerksamkeit erregte.

»Moment mal!«, sagte sie. Die Ladenfassade war leuchtend rot gestrichen, das Schaufenster mit dicken grünen Tannenzweigen beklebt, nur in der Mitte blieb eine kreisförmige Öffnung, durch die man, wie durch die Linse einer Kamera, ins Innere schauen konnte. Und in dieser Öffnung stand ein Adventskalender, der

Allegra verdächtig bekannt vorkam. Dieser hier war zwar größer als der ihre, aber die Figürchen, die aus den teilweise geöffneten Schubladen hervorschauten, waren größtenteils dieselben. Da war zum Beispiel dieser Engel Gabriel mit den Barry-Backen, den hätte sie überall wiedererkannt. Es war dasselbe Figürchen wie in Isobels Krippe.

Die Augen mit den Händen abschirmend spähte Allegra ins Innere des Ladens. Darin gab es geschnitzte Matterhorn-Nachbildungen, Schaukelpferdchen und anderes hochwertiges, handgefertigtes Holzspielzeug. Neben der Kasse stand ein Korb voller Engelchen und bunter Zuckerstangen aus Holz. Die gesamte Wand hinter der Theke wurde von Kuckucksuhren eingenommen – mindestens ein Dutzend –, deren Pendel nicht ganz im Gleichklang miteinander hin- und herschlugen.

»O nein, *andiamo*«, befahl Massi und zog sie weiter.

»Was soll das?«, protestierte sie, »ich wollte da kurz reinschauen!«

Er zuckte ungerührt mit den Achseln. »Später. Erst mal probierst du dieses Kleid an.« Und ehe sie wusste, wie ihr geschah, standen sie schon in der kleinen Boutique, deren Türglöckchen ihren Eintritt mit zarten Tönen ankündigte.

»Massi! Ich will dieses Kleid nicht anprobieren!«

»Allegra! Ich musste deiner Schwester versprechen, ihr zu helfen, dich aus dem Regal zu kriegen. Nun komm schon.« Er legte beschwörend die Hand aufs Herz.

»O diese Isobel!«, schimpfte Allegra. Das war ja mal wieder typisch für sie!

»Komm, probier's einfach mal an. Du wirst atemberaubend aussehen, und ich habe meine Pflicht getan, und wir können wieder gehen, *sì*?«

Zwei Verkäuferinnen kamen herbeigeeilt und begutachteten Allegra in ihrem taillierten Moncler-Anorak, der schmal geschnittenen Skilatzhose und den teuren Stiefeln.

»Guten Tag«, sagten sie auf Deutsch.

Sogleich begann Massi, ihr Anliegen in fließendem Deutsch zu erläutern. Allegra stand mürrisch daneben. Sie ärgerte sich immer mehr über Isobel und ihre dreiste Art, sich in ihr Leben einzumischen. Eine der Verkäuferinnen verschwand im Lager.

»Massi«, schmollte sie, »ich werde dieses Kleid *nicht* anprobieren!«

Er seufzte theatralisch. »Allegra, ich bin ein Mann, ich weiß, was einer Frau steht. Du dagegen …« Er warf vielsagend die Hände in die Luft.

»Was? Was soll das heißen?«, fragte Allegra erbost.

»Du bist immer so … so zugeknöpft. Der öde Konferenz-Look, verstehst du? Angela Merkel und Hillary Clinton, bloß in groß und schlank.«

Allegra schnaubte empört.

Er zog seine dichten Augenbrauen zusammen. »Was? Glaubst du wirklich, du weißt besser, was dir steht?«

»Ja!«

Die Verkäuferin kam mit einem Kleidersack über dem Arm zurück und bedeutete Allegra, ihr zur Umkleidekabine zu folgen.

Allegra verschränkte trotzig die Arme. »Ich ziehe das nicht an.«

»Jetzt geh schon.« Massi gab ihr einen sanften Schubs. »Du sollst es nur anprobieren, das schadet doch nichts.«

»Und ob das schadet!« Aber sie gab sich dennoch geschlagen und folgte der Verkäuferin in die Kabine. Diese hatte das Kleid bereits aus der Staubhülle geholt und legte es nun auf einen gepolsterten Hocker.

»*Danke*«, sagte Allegra ungnädig, womit ihr Vorrat an deutschen Vokabeln so gut wie erschöpft war. Die Tür der Kabine fiel hinter der lächelnden Verkäuferin zu, und sie war allein. Misstrauisch musterte Allegra das gute Stück. Schlaff und täuschend harmlos hing es über dem Hocker.

Sie lehnte sich an die Wand und musterte sich in dem großen

Spiegel. Noch immer klebten ein paar Schneebrocken am Anorak, und auch ihre Haarspitzen waren feucht und zerzaust. Sie hatte ganz rote Wangen, und ihre Augen leuchteten ungewöhnlich hell.

Sie erschrak unwillkürlich und hob abwehrend die Hände. Nun, es war nicht weiter verwunderlich, redete sie sich ein: der Schreck auf dem Berg, diese eigenartige Abfahrt mit einem Sam, der sich plötzlich in Dr. Jekyll verwandelt hatte, das Kribbeln, das sie in seinen Armen empfand ... Adrenalin, das war's, ein rein chemischer Prozess. Die Aufregung. Der Schock. Das verging wieder.

Es klopfte und Massis samtige Stimme drang in die Kabine. »Prinzessin Allegra? Seid Ihr fertig?« Bei ihm hörte sich das an, als würde er von einem Partiturblatt heruntersingen.

»Gleich«, antwortete sie. Hektisch zog sie den Anorak aus und schlüpfte aus ihren Sachen. Das durch die Pailletten beschwerte Kleid schmiegte sich wie eine zweite Haut an ihren Körper. Das grob gerippte, netzartige Unterkleid, an dem die Pailletten befestigt waren, schimmerte durch und gab verheißungsvolle Blicke auf nackte Haut frei. Sie betrachtete sich im Spiegel. Genau wie sie befürchtet hatte.

Sie riss die Tür auf und trat kopfschüttelnd hinaus. »Okay, ich hab's anprobiert. Jetzt lass uns gehen.«

Aber Massi stand nicht mehr vor der Kabine, er war bereits bei der Kasse und ließ sich von der strahlenden Verkäuferin die Quittung aushändigen. Er drehte sich zu ihr um und rief: »*Bellissima!* Schon gekauft!«

Zwei Minuten später traten sie auf die Straße hinaus.

»Das war reine Geldverschwendung, Massi. Ich werde dieses Kleid sowieso nicht anziehen.« Sie ging schnellen Schrittes zu dem kleinen Spielzeugladen und drückte gegen die Tür. Nichts. Kein zartes Gebimmel, keine eifrig herbeieilende Verkäuferin. Empört wandte sie sich zu Massi um. »Jetzt ist geschlossen! Da siehst du, was du angerichtet hast!«

Er zuckte verständnislos mit den Achseln. »Dann kommen wir eben morgen wieder.«

Allegra war so frustriert, dass sie am liebsten geschrien hätte. Das musste der Laden sein, den ihr Großvater gemeint hatte, als sie über die Kuckucksuhr sprachen! Und ihr Adventskalender stammte auch von hier, da war sie sicher, wenn er auch sehr viel älter war.

Sie trat einen Schritt zurück und musterte den Laden mit einem sehnsüchtigen Blick. Seine leuchtend rote Fassade erschien ihr wie ein kleines schlagendes Herz inmitten einer weißen Schneelandschaft.

Kondenströpfchen rannen über die Scheiben, und dichte Dampfschwaden verhüllten die Schwestern. Die versenkte Beleuchtung wechselte die Farben wie eine Aurora borealis, von Blau zu Violett zu Magenta zu Pink. Gleich würde Kate Bush zwischen den Schwaden auftauchen und verkünden, sie sei »wieder da«.

Isobel hatte sich auf der Bank gegenüber ausgestreckt und das »schlimme Knie« auf einen Handtuchstapel gebettet.

»Dann dürfen wir die also behalten?«, erkundigte sie sich und deutete auf ihren flachen Bauch, der keinen Hinweis darauf gab, dass sie bereits eine Schwangerschaft hinter sich hatte. Was sie jedoch meinte, war der brandneue Heidi-Klein-Bikini, in dem sie sich auf der Bank rekelte. »Jetzt ist er schließlich benutzt. Oder glaubst du, dass sie ihn wieder verwenden wollen?« Sie kräuselte angeekelt die Nase.

»Bestimmt nicht.«

»Cool. Dann komme ich morgen noch mal her und zieh noch einen an.« Sie zwinkerte ihrer Schwester schelmisch zu.

»Isobel! Du bist unmöglich!«, lachte Allegra.

»Was denn! Das merken die doch gar nicht«, giggelte Isobel. »Und jetzt erzähl – wie war's beim Skifahren? Was hab ich verpasst?«

»Nicht viel. Wir sind abseits der Pisten gefahren; ich habe einen Ski verloren und wäre fast nicht mehr runtergekommen.«

Isobel schnappte nach Luft. »Nein!«

»Doch.«

»Da hast du aber noch mal Glück gehabt, das hätte schiefgehen können. Was hast du gemacht?«

»Na, ich bin auf einem Ski runtergefahren. Sam hat mir geholfen«, fügte sie hinzu.

»Das ist alles?«

Allegra zuckte die Achseln. »Ja.«

»Bei Massi hat sich das aber viel aufregender angehört.«

»Bei Massi hört es sich selbst dann aufregend an, wenn er die Inhaltsstoffe seines Müslis von der Packung abliest«, witzelte sie.

Isobel lachte gackernd. »Stimmt – er ist einmalig.« Doch dann hielt sie inne und warf ihrer Schwester einen unsicheren Blick zu. »Was meinst du, ob er noch mit uns in Kontakt bleiben will, wenn wir erst wieder zu Hause sind?«

»Freut mich zu hören, dass du überhaupt wieder nach Hause willst. Ich hatte schon ernsthafte Zweifel.«

»Och nee, dafür vermisse ich meine zwei Männer viel zu sehr! Obwohl, ich könnte mich schon an ein Leben wie das hier gewöhnen ...« Wie zum Beweis schloss sie genießerisch die Augen und atmete den mit Lotusöl versetzten Dampf in tiefen Zügen ein. »Kannst du dir vorstellen, dass er dann noch was von uns wissen will?«

»Wieso nicht? Wenn ihr in Verbindung bleiben wollt. Das hängt von euch ab.«

»Ja, aber ... er ist schließlich Millionär. Er spielt ganz oben mit, bei den Reichen und Schönen.«

Allegra runzelte die Stirn. »Wir reden hier noch immer von Massi, oder?«

»Klar. Aber er ist nun mal sehr erfolgreich, das kannst du nicht bestreiten, Legs.«

»Will ich ja gar nicht. Aber das heißt noch lange nicht, dass er ein Egomane auf dem Powertrip ist, der sich nur mit Leuten seinesgleichen umgibt. Er mag dich, das sieht ein Blinder – ihr seid euch auf eine Art so ähnlich wie Zwillinge.« Allegra gefiel diese Unsicherheit ihrer Schwester gar nicht. Sah sie denn nicht, wie toll sie war? Wie konnte sie noch immer glauben, dass sie nicht gut genug sei? Alle, die sie kannten, liebten sie.

»Ja«, seufzte Isobel aufgemuntert. In diesem Moment ging die Tür auf, und ein Schwall kalter Luft strömte herein. Allegra bekam eine Gänsehaut.

»Ach!« Es dauerte zwar ein paar Sekunden, bis sich der Dampf weit genug gelichtet hatte, doch selbst dieser kleine Ausruf klang verdächtig kanadisch. »Ähm, sorry, ich …!«

»Tag, Sammy! Komm doch rein!«, rief Isobel fröhlich und machte sofort auf ihrer Bank Platz.

*Sammy?* Allegra warf ihrer Schwester einen mörderischen Blick zu. Sie hätte sie am liebsten mit einem der Handtücher, auf denen ihr Knie ruhte, erwürgt. War »Sammy« jetzt auch schon ihr bester Kumpel?

Sie richtete den Blick wieder zur Tür und musste feststellen, dass Sam sie bereits anstarrte – sie hatten sich nicht mehr gesehen, seit er sie nach der Abfahrt aus seiner schützenden Umarmung entlassen hatte. Und jetzt wusste sie nicht, wie sie sich ihm gegenüber verhalten sollte. Angriffslustig schien ihr noch immer am sichersten.

»Nein, nein, ihr wollt reden, da will ich nicht stören. Ich gehe erst mal eine Runde schwimmen«, sagte er.

»Aber …«

»Ehrlich, kein Problem. Wir sehen uns.« Und damit verschwand er.

Isobel schaute Allegra mit offen stehendem Mund an.

»Ganz schön unhöflich, ich weiß«, sagte Allegra und tat, als würde sie ihre Waden nach eingewachsenen Härchen absuchen.

»Was zum Teufel geht da vor zwischen euch beiden?«, fragte ihre Schwester aufgebracht.

Allegra erstarrte. »Was meinst du?«

»Jetzt komm schon, Legs! Du willst mir doch nicht weismachen, dass sich nichts zwischen euch abspielt! Er hat fast 'nen Herzanfall gekriegt, als er dich im Bikini da sitzen sah. Und du bist rot geworden wie eine Tomate.«

Allegra warf frustriert die Arme hoch. »Mann! Wir sind in einer beschissenen Dampfkabine! Wer läuft da nicht rot an? Jetzt weiß ich wenigstens, wie sich ein gekochter Hummer fühlt!«

Aber Isobel schüttelte den Kopf. »O nein! Raus mit der Sprache, und lass ja keine Einzelheit aus!«

»Da gibt's nichts zu erzählen. Dass er mich aus dem Job gedrängt hat, weißt du ja schon. Und er hat Pierre dazu gebracht, mich so zu provozieren, dass ich hingeschmissen habe.«

Isobel lachte ungläubig. »Pierre? *Dazu gebracht?* Den bringt niemand dazu, etwas zu tun, was er nicht tun will. Außer vielleicht ein Jacuzzi voll nackter Mädel.«

Allegra zog eine Schnute. »Das ist nicht witzig!«

Isobel musterte ihre Schwester ein paar Sekunden lang. »O nein«, murmelte sie dann, »o nein, nein, nein.«

»Was?«

»Du bist in Pierre verliebt.«

»Was?!«, quiekte Allegra. »Du spinnst wohl! Also wirklich, Iz, das ist selbst für dich …«

»Aber das bist du. Es steht dir ins Gesicht geschrieben.«

»Du kannst mein Gesicht gar nicht sehen. Es ist viel zu dampfig.«

»Du hoffst, dass er sich von dem blutjungen Model scheiden lässt, das er geheiratet hat, und mit dir in den Sonnenuntergang segelt – während ihr auf euren iPads Aktiengeschäfte macht.«

»Das will ich nicht, du irrst dich.« Allegra schluckte.

Isobel betrachtete ihre Schwester mit einem mitfühlenden Ausdruck. »Ach, Legs, jetzt verstehe ich. Warum hast du nie was gesagt?«

Aber Allegra antwortete nicht. Sie wandte sich ab und kehrte ihrer Schwester den Rücken zu. Die Beine an die Brust gezogen starrte sie wie betäubt an die Wand. Sie wusste nicht, was sie sagen sollte, außerdem war ihr auf einmal kalt. Sie griff zur Fernbedienung und erhöhte die Temperatur.

»Begreifst du denn nicht, wie abwegig das ist, wie unrealistisch? Du hast sechs Jahre lang bei dem Typen gearbeitet. Du warst sein Star, sein Goldmädchen. Wenn er gewollt hätte, dann wäre längst was passiert.«

Allegra starrte auf ihre Knie. Bobs Anruf auf dem Berg fiel ihr ein und was er bedeutete: dass Pierre wusste, dass sie hier war. Dass dies seine Chance war, sie zurückzubekommen. Zurück auf seine Seite.

Ihr Kopf schoss hoch. *Deshalb* hatte Bob also angerufen! Pierre wollte sichergehen, dass sie hier war. Wahrscheinlich fürchtete er, dass sie nach dem SMS-GAU nicht zurückrufen würde, wenn er sich persönlich meldete. Einen Anruf von ihrem Exdeputy würde sie dagegen zweifellos annehmen. Was, wenn …? Mein Gott, wenn er sich nun davon überzeugen wollte, dass sie auf der Party sein würde – *weil er selbst kommen wollte*? Es wäre die perfekte Gelegenheit, um sich in Ruhe auszusprechen und die Missverständnisse aus dem Weg zu räumen! Auf neutralem Territorium, wenn man so wollte …

Jetzt hatte sie wieder Oberwasser. Mit leuchtenden Augen sah sie Isobel an. »Du irrst dich, Iz. Ich bin nicht in Pierre ›verliebt‹, das hat mit Verliebtheit nichts zu tun.«

»Ach nein? Wie kommt's dann, dass *jeder* sehen kann, was in Old Blue Eyes vorgeht, wenn er dich anschaut, *außer dir*?«

»Wovon redest du?«, fragte Allegra ungehalten. »Ehrlich, was du so von dir gibst, manchmal glaube ich ernsthaft, dass du nicht ganz bei dir bist!«

»Legs, hast du Tomaten auf den Augen? Der arme Kerl kann sich offensichtlich nicht entscheiden, ob er dich übers Knie legen oder sich mit dir ins Bett werfen soll!«

»Iz! Schluss damit! Du kennst nicht die ganze Geschichte, klar? Alles was mich und Kemp verbindet, ist eine herzliche Abneigung, kapiert? Ich kann ihn nicht ausstehen. Ich hasse ihn mehr, als ich je einen Menschen gehasst habe.«

»Wirklich? Mehr, als du je einen Menschen gehasst hast?«

Sie wussten beide, wen sie meinte. Allegra wandte den Kopf ab.

Isobel blinzelte. »Warum sind wir dann noch hier? Mit ihm unter einem Dach?«

»Was glaubst du denn, warum, du Dummerchen?« Allegra deutete auf Isobels Knieschiene.

»O nein!« Isobel schüttelte heftig den Kopf. »O nein, wenn du wirklich hättest gehen wollen, dann wären wir nicht mehr da. Wenn du deinen Kopf durchsetzen willst, steht dir keiner im Weg.«

Allegra holte tief Luft. »Na gut! Es sieht so aus, als ob ich doch noch eine Chance hätte, den Deal zu machen.«

»Was soll das heißen? Du meinst, *in Konkurrenz mit* Sam?«

Allegra nickte.

»Weiß er's?«

Allegra zuckte die Schultern. »Keine Ahnung. Interessiert mich nicht.«

Isobel stieß einen leisen Piff aus und musterte ihre Schwester einige Sekunden lang. Dann sagte sie: »Na ja, so ist es vielleicht eh besser. Ich meine, es knistert zwar zwischen euch, wie in einem Faraday'schen Käfig, aber … es könnte sowieso nie gut gehen.«

Schweigen. »Wieso nicht?«

»Nun, weil er, obwohl teuflisch gutaussehend …«

»Ja?«, hakte Allegra nach.

»Ich meine, also wirklich *wow* …«

»Ja, ja, hab's kapiert, red weiter!«

»Er nicht der Richtige für dich ist. Viel zu lässig, nicht zugeknöpft genug.«

»Ha! Da müsstest du ihn erst mal bei einer Verhandlung erleben. Eiskalt und blutrünstig wie ein Hai!« Sie musste daran denken, wie er sie angesehen hatte, mit diesem mörderischen Ausdruck, nachdem Pierre sie beide in seinem Büro heruntergeputzt und ihnen mit Entlassung gedroht hatte … Und erst seine Miene bei dem Weihnachtsdinner, als Zhou anfing, sich ihr auffällig zu widmen … »Was noch?«

»Na ja, er ist zum Totlachen, wenn er will. Hast du mal seine Ed-Miliband-Imitation erlebt? Zum Schießen!«

Allegra schüttelte gereizt den Kopf. Wann hatte Isobel das gesehen?

»Du dagegen lachst kaum, ja magst nicht mal lächeln.«

»Stimmt.«

»Außerdem ist er erfolgreich und ehrgeizig.«

»Was ist daran so schlimm?«

»Na, weil du's auch bist! Ihr würdet euch doch ständig in den Haaren liegen. Glaub mir, Legs, du brauchst nicht noch einen Gewinner in deinem Leben, ihr würdet ständig miteinander konkurrieren, einer würde den anderen aus dem Feld schlagen wollen. Nein, was du brauchst, ist ein Versager. Dann kannst du ungestört glänzen.«

Allegra lehnte sich stöhnend zurück. Das hatte ja so kommen müssen: Sie war Isobel direkt in die Falle gelaufen. »Du bist der reinste Albtraum!«

Isobel lachte laut auf. »Aber ich hab recht. Du wirst schon sehen.«

»Einen Scheißdreck hast du.«

»Oho! Die gehobene Antwort! Das hat Stil, das hat Klasse!«

»Ach, du kannst mich … Du und deine verrückten Verschwörungstheorien! Ich hab genug, ich muss noch was tun.« Mr und Mrs Yong würden bald eintreffen, und sie musste dem Senior ihren neuen Vorschlag noch vor der Party geben, da er morgen ja seine Ankündigung machen wollte.

Isobel stöhnte. »Nicht zu fassen, dass ich die beste Party meines Lebens verpassen werde!«

Allegra runzelte die Stirn. »Aber wieso denn?«

»Ja, ich kann doch kaum damit dort auftauchen, oder?« Sie deutete auf ihre Knieschiene.

»Klar kannst du! Mach's dir auf dem Sofa gemütlich, und lass die Kindlein zu dir kommen! Wie ich dich und deinen Charme kenne, werden sie das auch.«

»Bestimmt nicht. Das sind doch alles Millionäre und Billionäre. Was hab ich denen schon Interessantes zu bieten?«

»Hör auf damit!«

»Und ich hab sowieso nichts zum Anziehen …«

»Dann wirf mal einen Blick in deinen Schrank, Schwesterherz. Du wirst überrascht sein.«

Isobel richtete sich jäh auf und machte große Augen. »Echt? Sag schon, was ist es?«

»Nein, geh und schau selbst.« Allegra zwinkerte ihrer Schwester zu und verschwand. Ihr war die Rolle der guten Fee tausendmal lieber als die der Ballkönigin.

# 27. Kapitel

Allegra saß allein in ihrem Zimmer auf dem Bett, Bobs Unterlagen um sich verstreut. Es fiel ihr schwer, sich auf seinen Bericht zu konzentrieren, denn Isobels Worte wollten ihr nicht mehr aus dem Kopf gehen. Sie irrte sich, was Pierre und Sam anging. Alles, was sie drei miteinander verband, waren ein gesunder Ehrgeiz und das Talent, Geld zu machen.

Erneut gab sie sich einen Ruck und versuchte, sich auf die Papiere zu konzentrieren. Was wusste Isobel schon? Sie, Allegra, bewegte sich in einer vollkommen anderen Welt, von der ihre Schwester keine Ahnung hatte (höchstens aus Spielfilmen). Wie hätte sie auch verstehen können, dass eine positive Jahresbilanz für sie das beste Happy End war, das sie sich vorstellen konnte?

Mit frischer Energie widmete sie sich den Zahlen. Kemp war Leiter der Abteilung für Konsumgüterhandel in der New Yorker Zweigstelle gewesen. Sie hatte sich das Besakowitsch-Konto genau angeschaut und festgestellt, dass er zu sogenannten »grünen Aktien« neigte: Fair-Trade-Kaffee aus Nicaragua, Bio-Bohnen aus Kenia, keine Spur von den traditionell »sündigen« Produkten, wie Alkohol, Zigaretten oder Glücksspiel-Kasinos, die gewöhnlich höhere Profite einbrachten. Trotzdem hatte Kemp es geschafft, für Besakowitsch eine 13-prozentige Zuwachsrate zu erwirtschaften. Hinzu kam ein zweites Konto, von dem aus Spenden an wohltätige Organisationen getätigt wurden: 500.000 $ hier, 750.000 $ da, an Ärzte ohne Grenzen, Kids Fighting Cancer, PeaceSyria, Water For Children Africa etc. Aber ganz selbstlos war das nicht. Vielmehr handelte es sich um ein raffiniert ausgeklügeltes System, um

Steuern zu sparen. Leo drückte ein paar Spendengelder ab, sparte sich dabei aber eine deutlich höhere Summe bei der Steuer ein.

Abermals überflog sie die größeren Investments. Oberflächlich betrachtet erschien alles … normal. Besakowitsch konnte sich in dem Gefühl sonnen, nur in »sauberen« Aktien zu handeln und ein hübsches Sümmchen an Wohltätigkeitsorganisationen zu geben, während er gleichzeitig seinen Gewinn erhöhte. Welchen Grund sollte er also haben, sein Geld abzuziehen und einer zehnjährigen Partnerschaft und Freundschaft den Rücken zu kehren? Der Grund hierfür musste hier irgendwo in diesen Zahlen zu finden sein.

Von oben drang das rhythmische Dröhnen von Tanzmusik herunter: Der DJ schien rasch noch mal die Anlage zu überprüfen, bevor es losging. Für sie war es das Signal, dass sie sich umziehen musste. Sie traute es Massi zu, dass er sie gewaltsam nach oben schleppte (selbst wenn sie noch in Unterwäsche war), wenn sie sich nicht rechtzeitig blicken ließ.

Sie öffnete ihren Kleiderschrank und seufzte: Die Auswahl war nicht berauschend. Da das Paillettenkleid bereits Isobels Billigung gefunden hatte – ihr Freudenschrei war praktisch im ganzen Haus zu hören gewesen –, hingen nur noch folgende Klamotten im Schrank: ihre schwarze Skilatzhose, eine schwarze Röhrenjeans, eine schmale schwarze Gabardine-Hose. An Oberteilen gab es: einen Thermorolli, einen Norwegerpulli, einen roten Kaschmirpullover und ein schwarzes T-Shirt. »Ach, Cinzia«, seufzte sie, »sei froh, dass du das nicht mit ansehen musst.« Und sie nahm die schwarze Jeans und das schwarze T-Shirt heraus.

Beim Schminken legte sie besonderen Wert auf die Augen, die sie als Ausgleich zu ihrer schlichten Kleidung stärker betonte als sonst. Sie musterte sich im Spiegel. Hm. Immer noch etwas zu schlicht. Das Einzige, womit sie in dieser Aufmachung punkten konnte, war ihre schlanke, durchtrainierte Figur. Sie versuchte ihren Bob etwas zu zerzausen und legte knallroten Lippenstift auf. Immer noch nicht genug. Schmuck hatte sie leider nicht dabei. Sonst nahm sie immer ein paar unterschiedliche Stücke mit, je nach Stimmung, doch diesmal hatte sie das alles absichtlich zu Hause gelassen. Schmuckbeladen auf die Piste – das war doch nur etwas für reiche alte Ladys, à la Zsa Zsa Gabor.

Was ihr fehlte, war etwas … etwas Ausgefallenes, etwas Schräges, was den Rockerbraut-Look unterstrich. Ob Isobel wohl ein paar von diesen geflochtenen Lederarmbändern dabeihatte? Apropos Leder: Da fiel ihr ein – das rote Lederarmband mit dem Glöckchen.

Nein, unmöglich. Es als Party-Accessoire zu missbrauchen wäre respektlos und geschmacklos gewesen.

Die Ringe! Hm, das wäre vielleicht was.

Sie kramte die kleine Schachtel heraus, machte sie auf und betrachtete beide Ringe. Den mit den drei Diamanten konnte sie nicht nehmen, das wäre ebenso respektlos gewesen. Aber der andere … Das Metall war fast schwarz angelaufen, und er besaß keinerlei auffällige Kennzeichen.

Mit einem Achselzucken steckte sie ihn an ihren Ringfinger. Besser als nichts.

Und wen musste sie als Erstes erblicken, als sie auf der Party auftauchte? Genau. Der Mann stach überall heraus, ob im Flugzeug, bei der Vorstandskonferenz, im Nachtclub oder eben auf einer Hausparty. Sie konnte machen, was sie wollte, immer war er es, auf den sie als Erstes aufmerksam wurde. Er unterhielt sich mit einer Frau, die dem Raum den Rücken zukehrte. Ihr langes braunes Haar schwang hin und her, und sie unterstrich ihre Worte mit anmutigen Bewegungen ihrer manikürten Hände. Sie trug ein teefarbenes Minikleid mit einem verboten tiefen Rückenausschnitt. Ob sie Sam schon einen Blick darauf hatte werfen lassen?

Sam selbst trug ein schwarzes Smokingjackett aus Samt, ein weißes Hemd und eine schmal geschnittene schwarze Hose. Aber er hatte sich nicht rasiert, und seine Bartstoppeln bedeckten seine

Wangen wie Metallspäne, was ihm einen harten, männlichen Anstrich gab (noch härter und männlicher als sonst).

Wen sie jedoch trotz intensiven Suchens nicht entdecken konnte, das war Pierre. Sie schaute sich derart konzentriert nach ihm um, dass sie die Dekoration nur am Rande wahrnahm: Überall im Raum verteilt standen bauchige Glasvasen mit weißen Orchideen, deren Stiele fast mannshoch waren. Die äußerst dezent eingestellte Deckenbeleuchtung wurde von Kerzen verstärkt, die ein weiches, festliches Licht verbreiteten. Den Mittelpunkt bildeten der riesige, ganz in Weiß gehaltene Christbaum und der herrliche Ausblick aufs nächtliche Tal, in dem die Lichter von Zermatt funkelten.

Aber auch die Gäste trugen ihren Teil zum Glamour bei: Es war alles vertreten, von Pailletten über Federn bis Samt und Seide. Die Frauen zeigten viel gebräunte Haut und schimmerndes Haar. Auf hochhackigen Designerpumps näherten sie sich der Tanzfläche, die in einer Ecke unter dem Glasdach frei gehalten wurde. Was sich die Bewohner des Orts wohl dachten, wenn sie hochschauten? Die riesige Fensterfront gewährte ihnen Einblicke ins Tun und Treiben der Superreichen: weiße Orchideen, Kerzenlicht, Minikleider und viel nacktes Bein.

Allegra blickte unsicher an sich hinab. Hätte sie das goldene Paillettenkleid vielleicht doch besser selbst anziehen sollen?

In einer Ecke brauste Gelächter auf und verlieh dem von Wodka beflügelten Stimmengewirr einen Oberton. Allegras Blick richtete sich automatisch auf ein Grüppchen an der provisorischen Bar, die in einer Ecke vor dem Panoramafenster aufgebaut worden war. Und dort waren auch Isobel und Massi, umgeben von einem Pulk von Bewunderern. Ihre Schwester sah wirklich aus wie eine Göttin und thronte wie eine solche auf einem hohen Barhocker, das Bein auf einen weiteren Hocker gelegt. Dort hielt sie Hof, in ihrem Goldkleid, Massi wie einen Beschützer an ihrer Seite. Der Italiener trug einen schwarzen Maßanzug und ein hellrosa Hemd, aber keine Socken zu den Schuhen, was zusammen mit seinem ungebändigten Lockenkopf und dem makellos weißen Lächeln einen unwiderstehlichen Kontrast bildete. Die Frauen konnten kaum die Augen von ihm lassen – und die Finger übrigens auch nicht. Immer wieder fassten sie ihn an, als wäre er ein interaktives Kunstwerk. Sie schmunzelte: der Romeo der Cupcake-Industrie, ein Adrenalinjunkie mit der Seele eines Dichters.

Sie wäre am liebsten sofort zu den beiden hinübergegangen, die jetzt schon drauf und dran waren, sich zum Dreh- und Angelpunkt der Party zu machen. So unsicher Isobel auch manchmal war, konnte sie dennoch einen Raum voll Leute unterhalten – wahrscheinlich mit Horrorgeschichten über das Abstillen von Ferds, wie Allegra vermutete. Isobel und Massi gaben ein fabelhaftes Paar ab. Ob es ihnen überhaupt bewusst war? Die zarte Isobel mit ihrem Blondhaar und ihrer milchweißen, von wenigen Sommersprossen gezierten Haut und im Gegensatz dazu der große, muskulöse Massi mit seiner glutäugigen südländischen Attraktivität. Wenn Iz sich doch bloß nicht mit dem erstbesten Burschen, der um ihre Hand angehalten hatte, zufriedengegeben hätte!

Aber erst die Arbeit, dann das Vergnügen – falls Letzteres heute Abend überhaupt für sie möglich war. Denn schließlich war sie nicht zum Spaß hier. Sie schaute sich nach den Yongs um. Sie wollte dem Senior ihren neuen Investmentvorschlag möglichst unterbreitet haben, bevor sie auf Pierre stieß. Aber weder von den einen noch von dem anderen war auch nur eine Spur zu sehen. Wen sie stattdessen entdeckte, war Zhou, der neben dem gigantischen Christbaum Hof hielt.

»Hallo!«, rief sie ihm über das Dröhnen der Musik zu.

»Legs! Da bist du ja!«, rief er entzückt aus und küsste sie einmal auf jede Wange. Legs? Hatte er sie gerade mit ihrem Kosenamen angeredet? Ihre Beziehung hatte zwar seit gestern merklich an Förmlichkeit verloren, was sich kaum vermeiden ließ, aber das hier ging doch sicher etwas zu weit.

Doch dann bemerkte sie das unnatürlich helle Funkeln seiner Augen. Ein hoher Adrenalinspiegel allein war das nicht: Der Mann war high.

Neben ihm stand eine junge Frau mit einer kastanienbraunen Haarmähne, die ihm förmlich unter die Achsel zu kriechen versuchte. Vermutlich war sie nicht die Erste – oder die Letzte –, die auf eine gemeinsame Nacht im Luxuschalet abzielte.

Allegra beugte sich vor und rief ihm ins Ohr: »Sind deine Eltern schon eingetroffen?«

Er richtete sich auf und sagte bedauernd: »Ach Legs, tut mir leid, nein! Sie haben vor einer halben Stunde angerufen und gesagt, dass sie es doch nicht mehr zur Party schaffen. Sie kommen stattdessen morgen Vormittag.« Er drückte tröstend ihren Arm.

»Ach«, sagte sie enttäuscht. Jetzt hatte sie sich extra für dieses Meeting stark gemacht, und nun kamen sie gar nicht.

»Aber hey! Das ist doch prima!«, rief Zhou. »Da haben wir freie Fahrt und können so richtig die Sau rauslassen!«

Deshalb war er also so gut drauf. Sie nickte und rang sich ein gezwungenes Lächeln ab. Wenn seine Eltern da gewesen wären, hätte er es sicher nicht gewagt, sich die Birne zuzudröhnen. Ihre Anwesenheit wäre so oder so ein wenig seltsam gewesen, wie ihr jetzt bewusst wurde: die Oldies auf einer Fete, auf der die Jugend »die Sau rausließ«. Hm.

»Ach übrigens … ist Pierre auch hier?«, erkundigte sie sich so beiläufig wie möglich.

»Pierre?«, höhnte Zhou. »Was sollte der denn hier zu suchen haben?«

Als sie das hörte und auch seinen verächtlichen Ton, sank ihr das Herz. »Ich weiß nicht«, sagte sie so leichthin wie möglich, »ich dachte bloß, dass du ihn vielleicht auch eingeladen haben könntest. Ich meine, mich hast du eingeladen und …« Ihre Stimme verklang. Ihre Brust fühlte sich auf einmal an, als ob ein Gewicht darauf lastete.

Zhou befreite sich von der Brünetten und warf sich stattdessen Allegra an den Hals. »Aber Legs! Ich hab's doch gesagt: Heute wollen wir Spaß haben! Das Geschäft lassen wir mal schön beiseite. Wir machen Party, dass es nur so kracht!« Er flüsterte ihr ins Ohr: »Vor allem du, ja? Ganz besonders du!«

Sie nickte, gegen Tränen ankämpfend. Die Luft war raus, und sie fühlte sich plötzlich leer und ausgebrannt. Kein Pierre? Keine Yongs? Zhou schnappte einen Wodka vom Tablett eines vorbeikommenden Kellners und drückte ihr den Drink in die Hand. Nach dem Geschmack zu urteilen war's ein Doppelter.

»Gut! Also wo ist Sam?«

»Sam? Der … der unterhält sich.«

»Wir sollten ihn suchen gehen.«

»Nein! Ähm, nein … ich glaube nicht, dass er gestört werden will.«

Zhou grinste. »O doch, das will er, glaub mir.«

»Warte! Stell mich … stell mich doch diesen Leuten hier vor, ja?« Und bevor er protestieren konnte, gesellte sie sich zu der kleinen Männergruppe neben ihnen. »Hallo! Allegra Fisher.« Und sie ließ eins ihrer ebenso seltenen wie unwiderstehlichen Zahnlücke-Lächeln aufblitzen.

Zhous Seufzer war nicht gerade diskret. »Allegra, darf ich dir Anatoli Greschnew vorstellen?«

»Ist mir ein Vergnügen.« Allegra drückte ihm die Hand. Sie kannte den Namen: Er saß im Vorstand einer russischen Gasfirma.

»Und das ist Jae Won. Er hat gerade eine von ihm entwickelte App an Google verhökert. Für eine halbe Milliarde.«

»Wow! Glückwunsch!«, brüllte sie. Bildete sie sich das nur ein, oder wurde die Musik immer lauter? »Die Drinks gehen dann wohl auf Sie, was?«

»Und das ist Frank Koptisch.« Auch diesen Namen kannte sie: Das war der exzentrische Architekt, der all die Wahnsinnsvillen für Rockmusiker entwarf. Und nicht nur für sie – wahrscheinlich hatte er auch diese hier entworfen.

Sie gab ihm lächelnd die Hand. Nun, wie es aussah, würde die Party doch keine Zeitverschwendung werden: Allein dieses Grüppchen hier bot ungeahnte Networking-Möglichkeiten. Sie musste an das denken, was Zhou gesagt hatte: dass sie sich selbstständig machen könne. Wenn es ihr gelänge, auch nur zwei oder drei von diesen Kerlen an Land zu ziehen, dann könnte sie ihre eigene Firma aufmachen. Egal was Zhou vorhatte: Der heutige Abend war – zumindest für sie – dem Geschäftlichen vorbehalten, nicht dem Vergnügen.

Sie versuchte zuzuhören, als Anatoli in Lobpreisungen über seine neue Jacht ausbrach, die ihn auf den Azoren erwartete, aber es fiel ihr nicht leicht. Zerstreut schaute sie sich um. Offenbar war sie nicht die Einzige, die heute Abend einen oder mehrere Fische an Land ziehen wollte: Viele dieser Schönheiten schienen ebenfalls »geschäftlich« unterwegs zu sein. Ob die Brünette, die sich an Sam ranschmiss, auch dazugehörte? Ihr Blick huschte unwillkürlich zu den beiden. Besagte Dame warf gerade das schimmernde Haar zurück und lachte schallend über etwas, das Sam sagte. Seine Ed-Miliband-Imitation, vielleicht? Die Brünette trat einen kleinen Schritt beiseite, um einen Kellner vorbeizulassen, und Allegra, die ganz in den Anblick vertieft war, tat automatisch das Gleiche – und trat Frank Koptisch auf die Zehen.

»Oh, entschuldigen Sie!«, rief sie.

Frank nahm sie beim Ellbogen, wie um sie aufzufangen, obwohl sie gar nicht ins Stolpern geraten war. Er hatte schulterlanges, strähniges graues Haar und trug ein schwarzes Hemd und eine Nappalederhose, wie ein Altrocker. Zweifellos war auch er hier, um ein paar nützliche Geschäftsbeziehungen zu knüpfen. Sein Blick folgte einer Blondine in hochhackigen Louboutins und einem etwa geschirrtuchgroßen Kleidchen, die sich mit hochgereckten Armen durch die Menge »zwängte«.

»Haben Sie dieses Chalet auch entworfen, Frank?«, erkundigte Allegra sich. Sie musste sich vorbeugen und ihm fast ins Ohr brüllen.

Er war ganz entzückt darüber, dass sie offenbar wusste, wer er war. »Ja, hab ich! Gefällt's Ihnen?«

»Und ob. Es ist einfach umwerfend. Ich glaube, so einen herrlichen Swimmingpool habe ich noch nie gesehen.«

»Wir haben jede einzelne Fliese von Hand vergolden lassen«, prahlte er.

»Und dieses Glasdach – und das Panoramafenster … einfach unglaublich.« Sie nahm einen Schluck. Pierre war nicht gekommen.

»Wenn Sie wüssten, was die hier für einen Zirkus machen, wegen der Witterung und der potentiellen Schneemasse, die das Glasdach aushalten muss! Ich sage mir jedes Mal: Frank, das ist das letzte Mal, dass du dich auf diesen Behördenkrieg einlässt! Aber dann mache ich's doch wieder – ich kann nicht anders. Meine Arbeit ist mein Leben. Meine Mätresse, wenn Sie so wollen.« Er breitete die Arme aus.

Kein schöner Gedanke. Allegra legte mitfühlend den Kopf zur Seite. »Und woran arbeiten Sie im Moment?«

»An einem Chalet in Winkelmatten. Achtzehn Zimmer, Heimkino, Schneeraum, Konferenzzimmer, privater Nachtclub – alle Schikanen!«

»Für jemand Berühmten?«

Statt einer Antwort begann er Luftgitarre zu spielen und so zu tun, als würde er sich einen Joint anstecken. Als ob sie damit was hätte anfangen können! Da hätte er ja gleich der gesamten Musikindustrie den Spiegel vorhalten können.

»Allegra!«, ertönte es plötzlich aus der Menge. Sie drehte sich um und sah Massi auf sich zukommen.

»Was soll denn *das*?« Er wies mit einer dramatischen Geste auf ihre Aufmachung.

»Was wohl? Ich hab Iz das Kleid gegeben, wie du weißt, da du sie ja in der letzten halben Stunde angeschaut hast!«

»Aber das Kleid war für dich bestimmt«, stieß Massi entsetzt hervor. »Du solltest das Goldmädchen sein, du solltest im Mittelpunkt stehen. Heute ist schließlich ein ganz besonderer Abend.«

Sie versuchte die Situation mit einem Scherz zu entschärfen. »Massi, ich will schließlich keine Rolle in einem James-Bond-Film.«

»Aber du siehst aus wie … wie jemand vom Personal!«, zischte er verzweifelt.

Allegra nahm noch einen Schluck. Sie hatte auf einmal einen Riesendurst. Pierre war nicht gekommen. Die Yongs waren auch nicht da, und jetzt wusste sie nicht, wohin mit der Anspannung, dem hohen Adrenalinspiegel. Aus den Lautsprechern dröhnten Kirsty McColls trotzige Stimme und »Fairytale of New York«.

»Aber du warst so sexy in diesem Kleid!«, klagte er nun fast winselnd. »Ich wollte, dass du was Besonderes bist, dass du im Mittelpunkt stehst. Dass sich sämtliche Männer die Köpfe nach dir verdrehen.«

»Ist dir je in den Sinn gekommen, dass ich gar nicht will, dass sich ›sämtliche Männer die Köpfe nach mir verdrehen‹?« Sie legte beschwörend eine Hand auf seinen Arm. »Im Übrigen laufen hier genügend Frauen rum, die genau darauf aus sind.« Wie auf Kommando drängte sich nun eine klapperdürre Blondine vorbei, mit einem pfirsichgroßen Hintern und verdächtig festen Brüsten, die wie Kokosnusshälften an ihrem Rippengestell klebten. Abermals wurde Franks Blick wie hypnotisch mitgezogen.

»Aber so gehst du hier doch unter«, schmollte Massi.

»Das will ich ja gerade«, entgegnete sie wahrheitsgemäß. Sie wollte sich verstecken, wollte unsichtbar sein, für alle anwesenden Männer außer den beiden, deren Anwesenheit sie sich erhofft hatte. Die einzigen, die in ihrem Leben momentan noch zählten. Aber sie waren nicht gekommen, und was blieb, war sie: eine Krähe unter Schwänen.

»Hey, Allegra!«

Die Stimme kannte sie doch? Allegra drehte sich wie in Zeitlupe um.

Vor ihr stand Max, ein Bier in der Hand, und grinste sie an. Er gab ihr einen Kuss auf den Mundwinkel, so wie schon mal, vor dem Abfahrtsrennen. Eine mehrdeutige Geste, die alles offenließ, ähnlich wie ihre Beziehung, die aufgeflammt war, aber keine Erfüllung gefunden hatte.

Er fiel aus denselben Gründen auf wie sie: Auch er war beklagenswert underdressed. Trotzdem sah er immer noch viel zu gut aus, in seinem karierten Holzfällerhemd und der ausgebeulten Jeans. Wo er wohl das Bier herhatte? Sie hatte angenommen, dass heute nur »weiße« Drinks wie Sekt und Wodka serviert würden, im Einklang mit der Deko.

»Was machst du denn hier?«, entfuhr es ihr. Automatisch schaute sie sich nach den anderen Jungs um.

»Jacques ist mit einem Mädchen hier, das eingeladen war. Sie meinte, wir können ruhig mitkommen.« Er zuckte die Achseln. »Ich dachte, du wärst längst abgereist. Du hast doch gesagt, dass du nur ein paar Tage bleibst.«

Sie räusperte sich. Ihr fehlten noch immer die Worte. »Wir mussten unsere Pläne ändern.«

»Und wieso?«

Sie zuckte die Achseln. Sie hatte nicht die Absicht, ihm das von der Gedenkfeier für ihre Großmutter zu erzählen. »Eine Familienangelegenheit.«

»Unerledigte Geschäfte, was?«, grinste er. Seine sanft funkelnden Augen bohrten sich in die ihren. Sie wusste, was er damit meinte. »Also mich freut es jedenfalls. Wo seid ihr untergebracht? Noch im selben Apartment?«

»Äh, nein … hier, um ehrlich zu sein.«

*»Hier?«* Er schaute sich mit einem fast kindlichen staunenden Ausdruck um. Das war eine Welt, die ihm fremd war. Weiter als

bis hierher würde er wohl nie kommen, aber das wollte er ohnehin nicht, vermutete sie.

Sie nickte. Erst jetzt fiel ihr ein, dass Frank und Massi ja noch da waren. »Ach, Entschuldigung! Wie unhöflich von mir … Darf ich vorstellen: Frank, Massi, das ist Max.«

Die Männer nickten abweisend – der junge Bursche in den Schlabberklamotten war ihnen anscheinend nicht ganz geheuer. Er passte nicht unter all die Armani-Anzüge und den Duft des Erfolgs. Max bemerkte es kaum, er hatte nur Augen für Allegra.

Massi drängte sich zwischen die beiden. »Ich glaube, wir kennen uns«, knurrte er.

»Ach ja?« Max grinste freundlich. Wie er unter dieser Schar von Jetset-Playboys hervorstach, mit seinem rausgewachsenen Haar, dem Studentenbärtchen und der unbekümmerten Haltung. »Und wart ihr heute beim Skifahren?«, erkundigte er sich, das Gespräch auf die ganze Gruppe ausdehnend. Sein Blick kehrte jedoch immer wieder zu Allegra zurück, wie eine Magnetnadel zum Norden.

Frank entschuldigte sich unter dem Vorwand, sich einen frischen Drink besorgen zu wollen, und steuerte eine andere Gruppe an, in der nicht so viele Männer eine einzige Frau umlagerten.

»Willst du's erzählen, oder soll ich?«, fragte Massi, ganz ohne sein sorgloses Lächeln, an das sie sich schon gewöhnt hatte.

Sie stöhnte übertrieben, um der angespannten Stimmung eine leichtere Note zu geben. Warum verhielt sich Massi auf einmal so feindselig? Max war doch ein netter, lieber Kerl. »Wir sind mit dem Heli rauf, und ich habe oben einen Ski verloren.«

Max' Miene verriet, dass er genau wusste, was das bedeutete. »Mann, ehrlich? Aber wieso denn? Du bist doch sonst so gut.«

»Hab mich irgendwo verhakt.« Sie zuckte die Achseln. Schuld daran waren Bobs Anruf und seine scheinbare Desertion, aber daran wollte sie jetzt nicht denken.

»Wie bist du runtergekommen?« Er schaute Massi an. »Du bist bei ihr gewesen, *oui*?«

Allegra begriff: Er wollte wissen, ob Massi und sie was miteinander hatten.

Massi drückte die Brust raus. »Ich war schon vorausgefahren. Aber Sam war bei ihr. Er war mit ihr *zusammen.*«

Allegra starrte Massi an. Wieso betonte er das so?

Max war es ebenfalls nicht entgangen. »Wer ist Sam?«

»Sam, den kennst du doch, erinnerst du dich nicht mehr? Er ist da hinten.« Massi schlang den Arm um Max' Schultern und drehte ihn in Sams Richtung. »Da, siehst du ihn?«

Sam war nicht zu übersehen. Er schaute bereits zu ihnen herüber.

Massi winkte ihn unbekümmert heran. Allegras Magen krampfte sich zusammen. Max warf ihr einen fragenden Blick zu. »Was geht ab?«

Sam tauchte auf, mit einem Glas in der Hand und diesem ominösen Gesichtsausdruck, der nichts verriet, der alles aussperrte, was draußen war, und alles einsperrte, was drinnen war. Sie selbst würdigte er keines Blickes, und sie spürte, wie sich der Rest des warmen Gefühls vom Nachmittag in Rauch auflöste. Der fürsorgliche Sam war verschwunden, und an seine Stelle war der feindselige, furchteinflößende getreten.

»Sam, darf ich dir Allegras Freund Max vorstellen«, sagte Massi betont lässig.

»Ah, ja, jetzt weiß ich wieder, wir haben uns neulich Abend gesehen«, sagte Max und winkte ihm mit seinem Bierglas zu, als würde er nicht merken, dass die Luft auf einmal zum Schneiden war.

»Ja, ich erinnere mich auch.«

»Weißt du, Sam erinnert sich an alles«, sagte Massi, der Max mit einem ungewöhnlich harten Ausdruck anstarrte. »Er erinnert sich noch ganz genau an alles, was in der Broken Bar geschehen ist, nicht Sam?«

»Jep.«

Max' Blick huschte verständnislos zwischen den beiden älteren

Männern hin und her. Er schien ihr feindseliges Verhalten nicht so bedrohlich zu finden wie Allegra.

»Was ist? Was geht hier vor?«, fragte sie barsch.

»Hey, Mann, das war doch bloß Spaß. Ist ja nicht so, als ob's illegal gewesen wäre«, sagte Max mit einem Achselzucken.

»Ach ja? Ohne Einwilligung? Aber das schert euch wohl nicht, was?«, fauchte Sam.

»Ich weiß nicht, was du hast, Mann. Sie hat sich doch amüsiert …«

Er konnte nicht weiterreden. Sam packte ihn am Kragen und drückte ihn an die Wand.

»Mein Gott, Massi, tu doch was!«, rief Allegra erschrocken. Sam holte mit der Faust aus und war drauf und dran zuzuschlagen. Die Umstehenden wichen erschrocken zurück und verfolgten das Ganze halb ängstlich, halb neugierig, aber die Musik war viel zu laut, als dass der Vorfall weiteres Aufsehen erregt hätte. Max stand jedenfalls nur noch auf Zehenspitzen, während Sam ihn am Kragen hochhielt.

Nun drängte sich Massi dazwischen. »Na, na, nur die Ruhe, mein Freund. Überlass ihn mir, ich kann diesen kleinen Scheißkerl weiter werfen als du, und zwar raus in den Schnee. Überlass ihn mir.«

Massi drückte Sams Arm runter und tätschelte ihm die Schulter. Der ließ Max nun widerwillig los.

»He, was hast du für ein Problem, Mann?«, hustete Max. Auch ihm fiel nun auf, wie alle zu ihnen hinstarrten.

»Das weißt du ganz genau«, fauchte Sam und seine Kiefermuskeln traten hervor.

»Du bist doch bloß eifersüchtig, weil ich als Erster bei ihr gelan…«

Sam warf sich erneut auf ihn, aber diesmal war Massi schneller und blockte ihn ab. Dann packte er Max am Kragen und schleppte ihn weg, wie einen ungehorsamen kleinen Jungen.

Allegra starrte ihnen mit entsetzt aufgerissenem Mund hinterher.

Dann drehte sie sich zu Sam um. »Was zum Teufel ist bloß los mit dir?! Wie kommst du dazu, ihn so zu behandeln? Was hat er dir getan, dass du ihn so demütigen musst?«

»Mir nichts, aber dir hat er was getan.«

Allegra hob eine Augenbraue. »Ach, darum geht's also? Du führst dich auf wie ein unreifer Junge, bloß weil er mich geküsst hat? Herrgott noch mal, werd endlich erwachsen!«

»Allegra …«

»Nein! Geh zum Teufel!« Sie rannte davon, zwischen den Leuten hindurch, vorbei an Zhou und an Jae Won, vorbei an den russischen Edelnutten, die sich auf der Tanzfläche zur Schau stellten, vorbei an den Kellnern, die zwischen Küche und Wohnzimmer hin und her eilten und Silbertabletts voller Drinks auf der flachen Hand balancierten. Sie lief zum Lift und sprang hinein. Bevor die Tür sich schloss, hörte sie, wie er ihren Namen rief.

Mit wild klopfendem Herzen fuhr sie nach unten, aber auf so kurze Distanz war man zu Fuß schneller. Warum bloß hatte sie nicht die Treppe genommen?

Sekunden später öffnete sich der Lift, und sie schoss hinaus, aber Sam war schneller: Mit fliegenden Frackschößen sprang er die letzten Treppenstufen herunter.

»Warte!«, befahl er und vertrat ihr den Weg.

»Nein!« Sie versuchte ihn wegzustoßen.

Er packte sie bei den Oberarmen und hielt sie fest. »Du weißt ja nicht, was hier gespielt wird!«

»O, das weiß ich sehr wohl«, höhnte sie und versuchte sich von ihm loszureißen. Sie hatte genug! Genug von ihm und seinen Spielchen. Sie konnte ihn nicht mehr ertragen. Ihn nur zu sehen ließ ihr Herz höher schlagen, der Puls hämmerte ihr in den Ohren, und ihre Handflächen wurden feucht. Er stellte alles auf den Kopf, brachte alles ins Wanken: Seine Freundlichkeit erschien ihr wie ein böser Streich, seine Intimität wie ein grausamer Witz. Aggressivität und Feindseligkeit waren die einzige Art, wie sie noch mit ihm umgehen konnte, das Einzige, was sie verstand: Das logische Resultat einer schiefgegangenen Affäre, das konnte sie nachvollziehen, aber alles andere …

»Er hat dir Drogen gegeben, Allegra.«

Sie erschlaffte. Er ließ sie los und trat einen Schritt zurück.

»Was sagst du da?«, flüsterte sie, den Blick flehend auf sein Gesicht gerichtet.

»Das Zeug heißt Sparkle, eine von diesen legalen Partydrogen. Man mischt es in den Drink und es … enthemmt, euphorisiert.«

Seine Lippen bewegten sich, aber sie hörte kaum noch, was er sagte. Dieser schreckliche Brummschädel am nächsten Morgen … und der Blackout. Noch immer waren Teile des Abends wie weggefegt.

»Einer von seinen Jungs hat dir das Zeug in den Drink gemischt, Massi hat's mit eigenen Augen gesehen. Er hat sofort den Wirt alarmiert und auch uns. Diese Burschen haben offenbar schon in der Hälfte der Clubs Hausverbot.«

Ein plötzlicher Gedanke ließ sie neuerlich erstarren. »Hab ich …? Wie sind wir nach Hause gekommen? Was hab ich …?«

»Wir haben euch heimgebracht.«

»*Ihr?*« Sie starrte ihn fassungslos an. Daran konnte sie sich überhaupt nicht erinnern. *Überhaupt nicht.* Er, Zhou und Massi hatten Isobel und sie in ihr Quartier zurückgebracht? Sie schlug die Hände vors Gesicht. O nein! Sie hatte sich also nicht nur in besoffenem Zustand vor Zhou gezeigt, sie war auch noch high gewesen!

Er legte ihr tröstend die Hand auf die Schulter. »Komm, halb so schlimm. Ist ja noch mal gut gegangen. Die Kerle haben euch nicht angefasst.«

Sie blickte kopfschüttelnd zu ihm auf. »Ich hatte ja keine Ahnung …«

»Ich weiß. Ich wollte es dir eigentlich sagen, aber dann dachte ich, du würdest mir sowieso nicht glauben und meine ›Einmischung‹ in den falschen Hals kriegen.« Er zuckte die Achseln. Und wie recht er hat, dachte sie. »Und da die Wahrscheinlichkeit gering war, dass du diesen Typen noch mal begegnest, habe ich lieber den Mund gehalten. Aber dann ist dieser Mistkerl am nächsten Tag bei dem Rennen aufgetaucht …«

Sie schaute entsetzt zu ihm auf.

»Als er dich auch noch geküsst hat, da hab ich rotgesehen …« Er blickte zu Boden. »Ich hatte Angst, er würde es noch mal versuchen. Ich bin ihm hinterher, den ganzen verdammten Berg runter. Dass ich dich dabei fast umgefahren hätte, wurde mir erst klar, als du anfingst, *mir* nachzujagen!« Er zuckte hilflos die Achseln.

Sie blinzelte wie ein Kalb. Es war also gar keine Absicht gewesen?

»Als ich ihn dann unten schließlich einholte, hatte sich Massi die Burschen bereits vorgeknöpft. Er hat ihnen nicht gerade sanft geraten, zu verschwinden und sich nie wieder in Zermatt blicken zu lassen. Und da haben die auch noch die Frechheit, sich hier in die Party einzuschmuggeln …«

Sie wusste nicht, was sie sagen sollte. Wie hatte sie das alles nur so falsch verstehen können? »Kann die Polizei denn nichts unternehmen?«

»Noch nicht, weil keine konkrete Anzeige vorliegt und das Zeug ja legal zu haben ist. Sie können nichts anderes tun, als die Burschen im Auge zu behalten, und das tun sie. Aber die kriegen sie schon noch dran, keine Sorge.«

Sie schaute ihn an, wandte den Blick ab, schaute ihn erneut an und schaute wieder weg. »Ich weiß nicht, was ich sagen soll«, stieß sie ratlos hervor.

»Es war ja nicht deine Schuld. Du wolltest bloß ein bisschen Dampf ablassen, und das kann dir weiß Gott keiner vorwerfen.« Er senkte den Kopf und trat verlegen von einem Fuß auf den anderen. Der Kreis hatte sich geschlossen: Sie waren wieder bei sich selbst angelangt und ihren Problemen.

»Ich gehe jetzt besser«, sagte sie leise und wandte sich ab.

Er machte einen Schritt auf sie zu. »Warte. Bitte. Können wir nicht einfach … reden?«

»Es gibt nichts zu reden, Sam.«

»Du irrst dich, es gibt sogar sehr viel zu reden.«

Sie blickte zu ihm auf. »Wird denn Reden ändern, was du getan hast? Was du an dem Abend zu Pierre gesagt hast? Wie du ihn gegen mich aufgehetzt hast?«

Sam riss entsetzt den Mund auf. »Allegra, das …«

Sie starrte ihn an, wartete auf eine Erklärung, eine Rechtfertigung, die er, wie sie wusste, nicht geben konnte. Obwohl seine Augen eine ganz andere Sprache sprachen.

»Ich hatte keine Wahl.«

»Ach ja?« Sie lachte bitter. »Du hattest keine Wahl?!« Was immer auch zwischen ihnen in Zürich aufgeflammt war, es war seinem rücksichtslosen Ehrgeiz zum Opfer gefallen. »Der Deal ist wichtiger, was?«

Widersprüchliche Emotionen huschten über sein Gesicht. Unmöglich zu sagen, was in ihm vorging. »Ich wusste, du würdest das verstehen«, stieß er schließlich hervor. »Du bist genau wie ich.«

»Bin ich nicht! Ich hätte es nie fertiggebracht, jemanden derart rücksichtslos rauszudrängen!«

»Ach nein? Dann sag mir eins: Was wäre aus uns geworden, wenn ich nicht in London aufgetaucht wäre? Wenn ich wieder nach New York zurückgegangen wäre und dir das Feld überlassen hätte? Hätten wir dann vielleicht eine Zukunft gehabt? Wenn ich dir bei diesem Geschäft nicht in die Quere gekommen wäre?«

Sie wandte den Blick ab. Auf so eine Diskussion wollte sie sich gar nicht erst einlassen. Was hätte sie auch sagen sollen? Was erwartete er von ihr? Wo er doch gerade zugegeben hatte, dass er sie geopfert hatte, um den eigenen Hals zu retten?

»Sag schon.« Er trat einen Schritt näher. »Hätten wir eine Zukunft gehabt?«

»Natürlich nicht! Darum ging's doch! Ich wäre nie mit dir ins Bett gegangen, wenn ich gewusst hätte, dass ich dich danach wiedersehen würde! Es war eine Nacht! Es sollte immer nur eine Nacht bleiben! Das hatte nichts zu bedeuten.«

»Ach ja? Gar nichts? Das glaubst du doch wohl selbst nicht! Willst du wirklich weiter so tun, als wäre nichts zwischen uns?«

»Wer tut hier, als ob da etwas wäre?«

Er fuhr sich mit einer Hand durch die Haare und musterte sie beinahe mitleidig. »Allegra, dein ganzes Leben ist ein einziges ›So tun, als ob‹! Du tust so, als ob du nicht einsam wärst, als ob du nichts für mich empfindest außer Hass. Aber du machst dir etwas vor. Diese Nacht in Zürich – ich weiß genau, dass das mehr als ›nichts‹ war.« Er beugte sich vor und schaute ihr tief in die Augen. Ihr Herz begann unwillkürlich zu hämmern, ihr Körper machte sich zur Flucht bereit. »Warum quälen wir uns so? Du bist die tollste, unglaublichste Frau, die ich je getroffen habe.«

»Das interessiert mich nicht«, wehrte sie ab und trat einen Schritt zurück. Er setzte nach. Sie schluckte. Es ärgerte sie, dass sie sich von ihm zurückdrängen ließ, aber seine Nähe konnte sie noch weniger ertragen. Sie musste all ihre Willenskraft aufbieten, um nicht abwehrend die Hände zu heben.

»Das glaube ich dir nicht.«

»Glaub, was du willst.«

Sie wollte sich an ihm vorbeidrücken, aber er schlang den Arm um ihre Taille und riss sie an sich. Dann küsste er sie mit einer Leidenschaft, dass ihr die Sinne schwanden. Sie konnte nicht mehr denken, alles, was blieb, war blinder Instinkt. Und dieser Instinkt befahl ihr, seine Küsse zu erwidern.

Atemlos richtete er sich auf und schaute sie mit flammenden Augen an. Ihr Herz hämmerte nun so laut, dass es ihr in den Ohren dröhnte. »Ich mache mir also was vor, ja?«

Sie wusste nicht, ob sie lachen oder weinen sollte, aber sein Blick war so zwingend, dass sie weder das eine noch das andere tat, geschweige denn sich rühren konnte. Ihr waren ganz einfach die Ausreden ausgegangen, und sie war es leid, gegen ihn *und* gegen ihre Gefühle für ihn anzukämpfen. Also tat sie, was sie noch nie getan hatte: Sie gab nach und ließ sich fallen.

# 28. Kapitel

## *18. Tag: Kuhglöckchen*

Sie lag in seinen Armen und lauschte dem Schlag seines Herzens. Der Rhythmus war ihr nun so vertraut, dass sie ihn auf einer Trommel hätte nachspielen können. Sanft pochte es unter ihrer Wange, fast wie ein Kind im Mutterleib. Sie hätte ewig so liegen können. Sein Arm lag schwer auf ihr, seine gebräunte Haut fühlte sich warm an.

Aber das wäre unrealistisch gewesen, ein Wunschtraum. Es war fast vorbei zwischen ihnen, das waren ihre letzten kostbaren Momente. Sie blickte hinaus aufs Matterhorn, dessen beindruckende Silhouette sich vor einem langsam dämmernden Morgenhimmel abzeichnete. Sie würde noch warten, bis die ersten Strahlen der Sonne seine Nordflanke berührten, und dann still und leise gehen. Es musste sein, und Jammern nützte nichts. Tränen hatten noch nie etwas geändert. Was war, das war. Auch das hier würde vorübergehen.

Eine Haarsträhne fiel ihr in die Stirn, und sie hob die Hand, um sie zurückzustreichen. Dabei fiel ihr Blick auf den Ring, den sie noch immer am Finger trug – ihr einziger »Partyschmuck«. Sie hatte in der Nacht natürlich nicht mehr daran gedacht, ihn abzunehmen. Woraus war er eigentlich? Aus Zinn? Er wirkte so billig und armselig. Was für ein Kontrast zu dem anderen, dem Goldring, der nicht nur einen, nicht nur zwei, sondern gleich drei Diamanten hatte.

Sie drehte ihn ein wenig. Da sah sie, dass sich auf ihrem Finger der Abdruck eines perfekten kleinen Herzens befand. Überrascht nahm sie den Ring ab und betrachtete ihn genauer. An der

Verdickung, wo man normalerweise außen eine Siegelstanzung erwartet hätte, war nur eine glatte Fläche. Das eigentliche Geheimnis lag innen, wie sie erst jetzt bemerkte: eine herzförmige Wölbung, die einen Abdruck auf der Haut hinterließ. Ein kleines geheimes Herz. Was hatte das zu bedeuten?

In diesem Moment regte sich Sam und gab ein zufriedenes Grunzen von sich, das sie mit dem Ohr an seiner Brust tief in seinem Brustkorb vibrieren hörte. Schmunzelnd schob sie den Ring zurück auf den Finger und schloss die Augen.

Und sie blieben geschlossen.

»Guten Morgen.«

Sie riss die Augen auf. Sam saß mit feuchten Haaren und einem Handtuch um die Hüften auf dem Bettrand, in der Hand eine dampfende Tasse.

»Tee, oder? Habe ich doch richtig geraten?«

Sie nickte verblüfft. Wie konnte das sein? Wieso war sie noch immer hier? Sie hatte doch längst gehen wollen.

Sie warf einen Blick aus dem Fenster aufs Matterhorn, das nun in der Sonne funkelte, als wolle es sie verspotten. Er stellte ihren Tee aufs Nachtkästchen und beugte sich vor, küsste sie auf den Mund und drückte sie zurück in die warmen Kissen. »Hast du gut geschlafen?«

Das musste sie ja wohl. Sie nickte verwirrt. Wie hatte sie einfach wieder einschlafen können? Panik keimte in ihr auf. Sie musste in seinen Armen wieder eingeschlafen sein. Und nun war sie vorbei, ihre Chance auf einen diskreten Rückzug, mit dem sie ihm ohne viele Worte vermittelt hätte, dass das mit ihnen nicht sein durfte.

Er streichelte sie mit seinen Augen, ganz langsam, als ob er alle Zeit der Welt hätte. »Ich wollte dich nicht wecken«, sagte er, »aber die Yongs werden bald da sein, und ich nehme nicht an, dass du ihnen im Pyjama gegenübertreten willst. Oder schlimmer noch: in meinem Pyjama.«

Er grinste sie an, ein unwiderstehlich schiefes Grinsen. Wie war es möglich, jemanden gleichzeitig zu hassen und zu lieben?

»Danke«, flüsterte sie. Doch er beugte sich bereits wieder hinunter und küsste sie. Ihre Gedanken verschwammen …

Nein, das durfte nicht sein! Sie schob ihn zurück. Er rollte sich auf die Seite und stützte den Kopf auf den angewinkelten Unterarm. Mit demselben schiefen Lächeln im Gesicht, als wäre es ihm dorthin tätowiert worden, betrachtete er sie.

»Ich sollte jetzt besser aufstehen«, verkündete sie streng.

Er lachte. »Versuchen kannst du's ja.« Er beugte sich vor und begann sie zu küssen und sie merkte – und er ebenfalls –, wie sie sogleich abzudriften begann …

O Gott, bloß nicht! Sie musste unbedingt wieder Distanz zwischen ihnen schaffen, aber wie soll das gehen, wenn das Herz wie ein Presslufthammer klopft und der eigene Körper zum Verräter wird? Sie war vollkommen durcheinander, fühlte sich gefährlich verwundbar, all ihre Abwehrmechanismen schienen zu versagen. Wie war es möglich, dass sie einfach wieder eingeschlafen war? Jede weitere Minute, die sie mit ihm verbrachte, war Gift, unterhöhlte ihre Willenskraft, machte es ihr schwerer zu gehen.

»Das war eine tolle Party«, murmelte sie, als er ihr das Haar zärtlich aus dem Gesicht strich. Reden. Ja, Reden war das Beste. Das führte früher oder später immer zu einem Streit.

»Nein, war's nicht. Es war eine grässliche Party. Viel zu protzig. Außerdem bist du vierzig Minuten zu spät gekommen, und dann ist auch noch dieser Mistkerl aufgetaucht. Das war so ungefähr die schlimmste Party meines Lebens.«

»Vierzig Minuten?« Sie blinzelte. »Woher weißt du das?«

Er lachte. »Was glaubst du, warum ich gerade an dieser Stelle Posten bezogen hatte? Wegen des Überblicks. Ich hab dich gleich reinkommen sehen. Und wie du sofort versucht hast, mir aus dem Weg zu gehen – was ich natürlich nicht zulassen konnte.«

Sie entwand sich seinen Armen und sprang aus dem Bett. Da

die Bettdecke unter ihm eingeklemmt war, konnte sie die nicht benutzen, um ihre Blöße zu verhüllen. Sie hob das Nächstbeste auf, was ihr unter die Finger kam, sein … sein Hemd, ja.

»Findest du nicht, dass es dafür ein bisschen zu spät ist? Ich hab schon alles gesehen. Zweimal«, sagte er grinsend. Sie kehrte ihm den Rücken zu und knöpfte das Hemd mit zittrigen Fingern zu. Bloß nicht mehr in diese Augen schauen, dieses Lächeln sehen müssen … Sie war nicht hergekommen, um mit ihm zu schlafen. Sie war aus rein geschäftlichen Gründen hier, das durfte sie nie vergessen. Natürlich knisterte es zwischen ihnen, und zwar gewaltig, aber darum ging es nicht. Sie war nur im Chalet geblieben, um sich den Yong-Deal vielleicht doch noch unter den Nagel zu reißen. Das und diese Schlagzeile in der Sonntagsausgabe und Bobs Bericht in ihrem Zimmer …

Sie musste einen klaren Kopf behalten, durfte sich jetzt nicht von Emotionen ablenken lassen (oder von dem, was er sagte, so gerne sie es auch hörte). Sie bückte sich, um ihren BH und den Slip aufzuheben. Ihre Jeans lag in der Nähe der Tür. Je eher sie hier rauskam, desto besser.

Aber er war offenbar anderer Meinung. Als sie am Bett vorbei zur Tür gehen wollte, warf er sich über die Breite der Matratze und fing sie mit einem Arm ein. Er kitzelte sie an der Taille und zog sie zurück ins Bett. Allegra musste gegen ihren Willen lachen und zappelte ein bisschen, bevor sie stillhielt.

»Kein schlechter Versuch«, sagte er grinsend, »aber ein Sternchen kriegst du dafür nicht.«

Sie beschlossen, zeitversetzt zum Frühstück zu gehen. Sam würde ihr fünf Minuten Vorsprung lassen, bevor er selbst auftauchte. Trotzdem huschten bei seinem Erscheinen Zhous und Massis Blicke interessiert zwischen ihnen hin und her. Oder bildete sie sich das nur ein? Vielleicht wurde sie ja schon paranoid.

»Gut geschlafen?«, fragte Massi mit einem frechen Grinsen.

Sam nahm sich ungerührt ein paar Trauben. »Klar, und du?« Sein Fuß hatte unter dem Tisch irgendwie den ihren gefunden und sich um ihr Fußgelenk gehakt. Isobel frühstückte wegen ihres Knies im Bett, obwohl Allegra vermutete, dass ihr das heute Morgen sicher nicht mehr so viel Spaß machte wie gestern, da es ja die Party durchzuhecheln galt.

»Du kennst mich ja – ich schlafe wie ein Toter«, behauptete Massi, riss ein Brötchen auf und bestrich es großzügig mit Butter.

»Von wegen! Tote sind leise«, meinte Zhou vergnügt, »du dagegen schnarchst wie ein Gorilla. Ich konnte dich bis in mein Zimmer hören!«

Massi warf lachend den Kopf zurück und drohte Zhou mit seinem Brötchen. Der duckte sich sicherheitshalber weg und lachte ebenfalls.

»Das war eine gelungene Party«, bemerkte Allegra höflich. Sie nippte an ihrem Tee und musterte Zhou verstohlen. Eigentlich hatte sie bei ihm den großen Katzenjammer erwartet, aber er wirkte weder deprimiert noch verkatert. »Und wie viele Leute da waren. Du hast wirklich viele Freunde.«

»Ach, *Freunde* ist ein dehnbarer Begriff. Bekannte trifft's schon eher, du kennst das ja«, meinte Zhou mit einem wissenden Lächeln, »aber ich bin ganz deiner Meinung: Die Party war gelungen.« Und er hörte gar nicht mehr auf zu nicken, als ob er ein kleines Geheimnis habe, von dem sie nichts wusste. Was war gestern noch los gewesen, nachdem sie und Sam sich zurückgezogen hatten? Ohnehin spielte Zhou ein riskantes Spiel, eine solche Party zu veranstalten, kurz bevor seine Eltern eintrafen.

Sie schaute sich unauffällig um, konnte aber keinerlei Schäden entdecken: weder Rotweinflecken auf der makellos weißen Couchlandschaft noch halb heruntergerissene Gardinen oder zerbrochene Stuhlbeine. Sicher war das nur der Effizienz des Personals zu verdanken – Estelle & Co. mussten noch vor dem Morgengrauen aufgestanden sein, um die Spuren zu beseitigen. Viel Zeit hatten sie nicht gehabt: Sie und Sam waren selbst bis drei Uhr wach gewesen, und da hatte oben noch immer die Musik gewummert.

»Kann mich nicht erinnern, dich noch mal gesehen zu haben, nachdem ich diesen kleinen französischen Scheißkerl in den Schnee geschickt habe«, sagte Massi und bestrich sein Brötchen mit einem Riesenklecks Marmelade.

Bei der Erwähnung von Max zuckte sie zusammen. Sie warf Massi einen dankbaren Blick zu. Ihr heimlicher Schutzengel. »Nicht? Ich muss mich wohl unter die Leute gemischt haben. Networking, du weißt ja.«

»Ach, nennt man das jetzt so?«, fragte Massi mit einem anzüglichen Grinsen.

»Ja, das nennt man jetzt so«, bekräftigte Sam seelenruhig und wechselte dann geschickt das Thema: »Wann werden deine Eltern eintreffen?«, fragte er den Chinesen.

Zhou holte tief Luft und richtete sich auf. »Ihr Flugzeug soll in einer Stunde in Genf landen. Von dort ist es dann noch eine Dreiviertelstunde mit dem Hubschrauber.«

»Willst du uns als Begrüßungskomitee hierhaben, oder sollen wir uns verdrücken?«

»Besser, ihr seid nicht da, wenn sie kommen. Sie wollen sich sicher erst ausruhen, und ich muss ja auch noch was mit ihnen besprechen.« Er räusperte sich und warf Allegra einen Blick zu.

»Gut, wie du willst.« Sam zog die Augenbraue hoch, und Allegra krampfte sich unwillkürlich der Magen zusammen. Genau das war der Grund, warum sie sich heute Morgen in aller Stille hätte davonstehlen sollen. Wie sollte sie funktionieren, wenn ihre Gefühle derart durcheinander waren?

Sie hakte ihren Fuß los und versteckte ihn unter ihrem Stuhl.

»Na, dann haben wir wenigstens noch ein bisschen Zeit zum Skifahren.« Sam tastete nach ihrem Fuß, fand ihn aber nicht. »Welchen Berg sollen wir heute in Angriff nehmen?«

»Den Gornergrat?«, schlug Massi mit vollen Backen vor. »Wir

könnten im Snow Park vorbeischauen und ein paar Sprünge probieren.«

»Was meinst du, Allegra?«, sprach Sam sie nun direkt an. Er versuchte beiläufig zu klingen, aber das allein war schon verdächtig. Bisher hatte Sam es ja vermieden, überhaupt mit ihr zu reden.

»Ich habe noch was im Ort zu erledigen«, sagte Allegra, »wir könnten uns ja wieder oben auf dem Berg treffen?« Auch sie versuchte unbefangen zu klingen und unterstrich dies, indem sie an ihrem Tee nippte, die Ellbogen auf den Tisch gestützt.

»Wie du willst.« Sam musterte sie einen Augenblick, dann erst biss er in sein Brötchen. Aber sein fragender Ausdruck war ihr nicht entgangen.

»Hoffentlich nicht wieder einer von deinen Verehrern, Allegra«, bemerkte Massi mit schelmisch funkelnden Augen.

»Ich kann dir versichern, es ist nicht nötig, dass du meinetwegen noch mal jemandem die Nase einschlägst«, verkündete sie schmunzelnd, womit sie gleichzeitig seinen Bemühungen Anerkennung zollen wollte.

Massi zwinkerte ihr zu. »Umso besser. Obwohl – unverschämter als dieser Franzose kann ja wohl keiner sein.«

Allegra lachte. »Allerdings nicht.«

Zhou lachte ebenfalls, nur Sam verzog keine Miene. Als sie zehn Minuten später zu ihrem Zimmer runterlief, folgte er ihr.

Er fing sie noch vor ihrer Tür ab. »Was sollte das?«, flüsterte er.

»Was meinst du?«

»Warum weichst du mir aus? Du hast mich kaum angesehen …« Er packte sie bei den Hüften und zog sie an sich. Bevor sie etwas sagen konnte – er schien zu wissen, dass Worte ihre beste Verteidigung waren –, presste er seine Lippen auf die ihren, und sie wurde vom altbekannten Schwindel ergriffen …

Als er sich wieder aufrichtete, um Luft zu holen, sagte sie: »Ich will bloß nicht, dass sie das mit uns merken.« Wieder wich sie seinem Blick aus.

Er hob ihr Kinn an und zwang sie, ihn anzusehen. »Wieso müssen wir so ein Geheimnis draus machen? Wieso in fünfminütigem Abstand zum Frühstück erscheinen? Das sind meine ältesten und besten Freunde, denen macht man so schnell nichts vor. Hast du nicht gemerkt, wie sie versucht haben, uns zusammenzubringen?«

Allegra runzelte die Stirn. »Nein, das ist mir neu.«

»Legs! Was glaubst du, wieso Zhou dich unbedingt einladen wollte?« Ihr Herz krampfte sich zusammen, als sie das hörte. Sam war so was von auf dem falschen Dampfer. »Er ist uns schon bei dem Meeting in Paris auf die Schliche gekommen, er hat mir hinterher selbst gesagt, dass da was zwischen uns ist.«

»Was? Wie konnte er das wissen?«

»Er hat gesagt, niemand, der sich so hasst wie wir beide, hasst sich wirklich.«

Sie schwieg. Dies war der Moment, ihm zu gestehen, warum sie wirklich im Chalet geblieben war. Aber das Geschäftliche musste doch das Private nicht notwendigerweise ausschließen, oder? Wer sagte, dass sie nicht miteinander schlafen konnten, auch wenn sie berufliche Rivalen waren? Aber das glaubte sie selbst nicht. Nein, in wenigen Stunden würde ihre Karriere der Beziehung den Todesstoß versetzen.

»Wo willst du eigentlich hin? Was hast du so Wichtiges zu erledigen, dass du nicht mit uns Ski fahren kannst?« Er trat einen Schritt näher, fasste sie im Nacken und zwang sie, erneut zu ihm aufzuschauen. »Das gefällt mir nicht. Es ist mir schon schwergefallen, dich aus dem Bett zu lassen, aus den Augen lassen will ich dich noch viel weniger.«

Abermals spürte sie diese mächtige Anziehungskraft, der sie trotz allem kaum widerstehen konnte. War es so zwischen Lars und Valentina gewesen? Die ganz große Liebe, die sein Leben zerstört hatte, als sie nicht mehr war? Würde es ihr ebenso ergehen? Sie hatten sich geküsst und sich geschlagen, einander durch halb Europa gejagt: Zürich, Paris, London und jetzt Zermatt. Und wenn sie eins gelernt hatte, dann dass sie weder ihm noch ihren Gefühlen entkommen konnte, dass Weglaufen keinen Zweck hatte.

Jemand kam die Treppe herunter, und sie fuhren erschrocken auseinander. Aber nicht schnell genug: Massi hatte es noch gesehen.

Er grinste entzückt. »Mann, ihr schaut vielleicht schuldbewusst aus der Wäsche.«

»Wir haben gerade überlegt, wo wir uns zum Lunch treffen sollen«, lenkte Sam ab und lehnte sich sicherheitshalber auch noch lässig an die Wand, »wie wär's mit dem Findlerhof?«

»Geht nicht, Kumpel«, sagte Massi, und sein Grinsen erlosch. »Zum Lunch werden wir wieder hier erwartet. Wir müssen Zhous Eltern die Ehre erweisen, das weißt du ja.«

»Alles klar«, meinte Sam und stieß sich wieder von der Wand ab.

»Gut, dann setzen wir uns besser in Bewegung und machen das Beste aus der Zeit, die wir haben«, sagte Allegra forsch. »Bis dann, Jungs.«

»Wir sehen uns oben, Mann, in zehn Minuten, ja?«, sagte Massi, bevor er in seinem Zimmer verschwand.

»Klar«, murmelte Sam. Sein Blick war auf Allegra gerichtet. »Zehn Minuten, hm? Das reicht uns …« Und schon hatte er sie gepackt.

Allegra gelang es gerade noch, die Tür zuzutreten, bevor sie alles um sich vergaß, denn Sam knabberte bereits an einer besonders empfindsamen Stelle, an dem Übergang zwischen Hals und Schulter. Ihr Verstand sagte ihr, dass sie einen Fehler machte, dass sie Reißaus nehmen musste. Dass dies nicht mehr werden durfte als eine kurze, stürmische Affäre. Aber wie konnte sie? Zwei Nächte hatte sie mit ihm verbracht, und schon hatte er ihre Welt aus den Angeln gehoben. Zwei Nächte, und sie begann zu glauben, dass sie endlich einen Mann gefunden hatte, dem sie vertrauen konnte. Zwei Nächte, und ihr Herz begann ihr einzureden, dass er vielleicht doch wichtiger war als ein Geschäftsabschluss.

# 29. Kapitel

Über Nacht war erneut Schnee gefallen, und er lag nun so hoch, dass er Allegra bis über die knöchelhohen Stiefel reichte. Sie konnte sich darauf freuen, nasse Socken zu bekommen, wenn er schmolz. Aber sie merkte es kaum, denn sie war zu sehr damit beschäftigt, Massi und Sam nachzuwinken, die mit an die Scheibe gepressten Nasen zu ihr herausschauten, während sich die Zahnradbahn in Bewegung setzte, um den mittleren der drei Hausberge zu erklimmen.

Massi schnitt Grimassen, über die sie zwar lachen musste, aber ihr Hauptaugenmerk galt Sam, dessen Blick ebenfalls keine Sekunde von ihr wich. Sie starrte dem Zug noch nach, nachdem er längst im Wald verschwunden war, den Kopf voller Erinnerungen, die ihren Puls höher schlagen ließen.

Sam hatte recht. Lange würden sie es nicht mehr geheim halten können. Sie befand sich jetzt schon im Liebesrausch und konnte sich kaum an den Grund erinnern, warum sie eigentlich hierblieb und die beiden nicht zum Skifahren begleitete. Sie sehnte sich danach, sich die Pisten hinabzustürzen und Körper und Seele Flügel wachsen zu lassen, denn ihr Herz flatterte ja bereits. Mit einem kleinen Lächeln auf den Lippen, das sich hartnäckig dort zu halten schien, spazierte sie dahin, vorbei am Gewimmel der Wintersportler, zurück in die Ortschaft.

Sie fühlte sich mittlerweile fast heimisch, und ihre Füße fanden wie selbstverständlich zur Hauptstraße zurück, auch schenkte sie der Weihnachtsdekoration und der herrlichen Bergkulisse kaum Beachtung, ganz wie eine Einheimische. Als sie an dem schmucken roten Spielzeugladen vorbeikam, blieb sie automatisch stehen. Der Adventskalender stand noch immer im Schaufenster, nur war nun auch die Schublade mit der Nummer 18 geöffnet worden. Ein mit weißen und roten Kunstperlen besetzter Drahtstern spitzte heraus, doch sie interessierte sich vor allem für Schublade Nummer 5, mit dem Engel Barry darin.

Allegra stieß die Tür auf und betrat den kleinen Laden. Es war warm, und ein roter Teppich warf einen rosa Schimmer auf die Regale mit dem wunderhübschen Holzspielzeug: Spieluhren, Tiere und Puppenhäuser. Marionetten hingen an ihren Schnüren von der Decke, und hinter der langen rot lackierten Verkaufstheke, die an einen Schlitten erinnerte, prangten die Kuckucksuhren, deren Zeiger alle unterschiedliche Zeiten anzeigten.

Ein junges, vielleicht achtzehn oder neunzehn Jahre altes Mädchen begrüßte sie mit einem scheuen Lächeln. Ihr langes Haar hing ihr in einem dicken Flechtzopf über den Rücken. Dazu trug sie eine Tracht, bestehend aus einem roten Mieder und bauschigen Röcken – sicher den Touristen zuliebe.

»Grüß Gott!«, sagte sie fröhlich.

Allegra kramte ihre Deutschkenntnisse heraus: »*Guten Tag!*« Sie bemerkte einen flachen Korb voller Barry-Engel und nahm einen davon heraus.

»Englisch?«, erkundigte sich die Angestellte.

Allegra nickte.

»Kann ich helfen, oder möchten Sie sich nur umsehen?«, sagte das Mädchen in passablem Englisch.

»Ich nehme den hier«, sagte Allegra mit einem Lächeln. Sie reichte dem Mädchen den Engel, den diese erfreut entgegennahm und gleich einpackte.

»Sechzehn Franken, bitte.«

Allegra reichte ihr einen Zwanziger. Ihr Blick wurde unweigerlich von den Kuckucksuhren an der Wand hinter der Theke angezogen. Schließlich war sie ja hauptsächlich deswegen hergekommen. »Könnten Sie mir vielleicht ein bisschen mehr über diese Uhren erzählen?«

Das Mädchen zählte Allegras Wechselgeld ab und warf einen Blick über ihre Schulter. »Ja, die sind wirklich was ganz Besonderes«, meinte sie. »Handgeschnitzt von meinem Vater und von meinem Großvater. Schauen Sie, die Dächer sind aus einem Stück, da gibt es keine Schrauben oder Gelenke, und die kleinen Felsbrocken in den Vorgärten stammen aus den Bergen hier. Jede dieser Uhren besteht aus mindestens sechshundertfünfzig Einzelteilen.«

»Wow.«

Das Mädchen freute sich sichtlich über Allegras Staunen. »Ja.«

»Und Ihr Großvater macht die noch immer?«

Das Mädchen zuckte mit den Schultern. »Ja, jetzt allerdings nur noch ganz langsam – seine Augen sind nicht mehr so gut wie früher.«

»Ach so.«

Das Mädchen händigte Allegra ihr Wechselgeld aus und den Engel, der nun in einer kleinen braunen Papiertüte steckte.

Allegra zögerte, sie wollte noch nicht gehen. Sie hatte noch so viele Fragen, wusste aber nicht, wie anfangen …

»Das ist hier also ein Familienbetrieb?«

»O ja, seit fünf Generationen. Wir sind sehr stolz darauf.«

Allegra nickte. »Meine Familie waren ursprünglich Bergbauern. Sie haben Vieh gehalten, hauptsächlich Ziegen«, gestand sie schüchtern. Wie seltsam, sich zum ersten Mal öffentlich zu einer Vergangenheit zu bekennen, von der sie bis vor Kurzem keine Ahnung gehabt hatte.

»Ach.« Das Mädchen nickte höflich. »Hier in Zermatt?«, fragte sie zögernd.

»Ja.« Allegra zuckte mit den Schultern. »Früher jedenfalls, jetzt nicht mehr. Mit einer so langen Tradition wie bei Ihnen können wir uns leider nicht brüsten.« Fünf Generationen rein weiblicher Nachkommen, das vielleicht schon – *eine lange Reihe von Müt-*

*tern*, wie es scherzhaft bei ihnen hieß, damit konnte man keinen großen Staat machen.

Das Mädchen zuckte ratlos mit den Schultern. Eine verlegene Stille trat ein.

»Mir ist dieser außergewöhnliche Adventskalender im Schaufenster aufgefallen«, versuchte Allegra das ins Stocken geratene Gespräch wieder in Gang zu bringen.

»Ah ja. Er ist eigentlich viel zu klein fürs Schaufenster, aber wir hatten nichts anderes, nachdem wir unsere letzte Krippe verkauft haben. Deshalb habe ich das mit den Tannenzweigen gemacht.« Das Mädchen betrachtete die Auslage mit einem kritischen Stirnrunzeln. Von hier drinnen betrachtet wirkte die Adventskommode wirklich ein bisschen verloren.

»Ach, das haben Sie wunderbar hinbekommen«, versuchte Allegra das Mädchen zu ermuntern. »Er ist mir sofort ins Auge gefallen. Ist das … ich meine, ist es hier so üblich, diese Art von Adventskalendern zu benutzen? So was habe ich sonst noch nirgendwo gesehen.«

»Ja«, nickte das Mädchen. »Und sie werden immer beliebter. Die Leute kommen jedes Jahr, um ein paar neue Sachen für den Kalender zu kaufen. Kein Exemplar ist so wie das andere. Jedes hat seine persönliche Note.«

»Ja, das stimmt. Und man kann ihn immer wieder verwenden. Ich finde das eine großartige Idee.«

»Unser Engel Gabriel ist besonders beliebt.« Das Mädchen deutete mit dem Kopf auf Allegras Tütchen.

»Ja, das kann ich mir vorstellen! Der ist wirklich süß. Diese dicken Bäckchen …«

Das Mädchen lächelte höflich. Abermals trat eine Gesprächspause ein. Allegra wusste, dass sie jetzt eigentlich gehen sollte, aber etwas hielt sie zurück. Sie gab sich einen Ruck und stützte sich mit einer Hand auf die Theke. »Ehrlich gesagt, ich habe bereits einen solchen Kalender. Und ich glaube, er stammt von hier.«

»Von uns, meinen Sie?«

»Ja. Er ist sehr alt und viel kleiner als der im Schaufenster, aber ich fand darin auch so einen Engel Gabriel, genau wie dieser hier. Wir haben den Kalender oben auf unserem Speicher entdeckt.«

»In England?«

»Ja, aber meine Mutter kommt aus Zermatt …« Ihre Stimme verklang. Sie wollte dieses Mädchen nicht mit ihrer komplizierten Familiengeschichte langweilen. »Die Uhr und der Kalender, ich glaube, der Gedanke liegt nahe, dass beides von hier stammt.«

Das Mädchen wirkte jetzt noch überraschter. »Sie meinen, Sie haben auch so eine Kuckucksuhr?«

»Ja, aber nicht hier. Die Uhr ist zu Hause in England, sie wird gerade repariert. Aber den Adventskalender habe ich mitgebracht, weil er in den Koffer passte.« Sie zuckte die Achseln. »Ich hab's sonst nicht so mit Weihnachten und dem ganzen Rummel, aber seit ich diesen Kalender habe, freue ich mich jeden Tag darauf, ein neues Schublädchen öffnen zu können.« Obwohl sie das von heute noch gar nicht geöffnet hatte, wie ihr jetzt erst bewusst wurde. Sam hatte sie zu sehr in Anspruch genommen.

»Könnten Sie ihn vielleicht vorbeibringen? Mein Vater würde ihn sicher gerne mal anschauen.«

»Ähm, wie? Sie meinen den Kalender?« (Allegra war in Gedanken noch bei Sam gewesen.) Das Mädchen nickte eifrig.

»Ja, gut, wenn Sie meinen, dann bringe ich ihn mal vorbei. Wann wäre es denn am günstigsten?«

»Vater hat heute mit Lieferanten zu tun, aber morgen ist er den ganzen Tag in der Werkstatt. Ich werde ihm sagen, dass Sie kommen.«

»Wunderbar.« Allegra strahlte. »Dann sehen wir uns morgen.«

»Also bis morgen«, wiederholte das Mädchen erfreut.

Allegra trat in dem Gefühl wieder auf die Straße hinaus, ein weiteres Rätsel gelöst zu haben – oder so gut wie. Falls die Kuckucksuhr wirklich hier angefertigt worden war, dann hatten die

Großeltern des Mädchens Valentina ja möglicherweise persönlich gekannt. Valentina selber konnte sie ihrer Mutter zwar nicht zurückgeben, aber doch vielleicht ein paar Geschichten über sie.

Die Tür des benachbarten Cafés ging auf, und der Duft von frischen Waffeln drang heraus, zusammen mit einer kleinen Schar Snowboarder-Mädchen in schlabberigen, neongelben Skihosen und weiten beigefarbenen Anoraks, die bis zur Mitte der Oberschenkel reichten. Sie trugen außerdem wollene Stirnbänder im Stil der Siebziger, um die Ohren zu schützen.

Allegra entschloss sich spontan, reinzugehen und Isobel ein Törtchen zu kaufen, eine örtliche Spezialität. Ihre Schwester hatte dringend Aufmunterung nötig. Der Zwangsaufenthalt im Chalet, so schön es dort auch war, drückte ihr zunehmend auf die Stimmung, vor allem wenn die anderen loszogen, um die Pisten unsicher zu machen. Außerdem hatte sie gestern Abend auf der Party trotz des Schmerzmittels ordentlich gebechert und musste es nun mit einem entsprechenden Katzenjammer büßen. Und drittens war sie nun schon seit fünf Tagen von Ferds und Lloyd getrennt und bekam allmählich Entzugserscheinungen. Selbst Massi hatte sich heute früh anstrengen müssen, um ihr ein Lächeln zu entlocken. Das einzig Gute an der Sache war, dass Isobel aufgrund ihres Jammers den postkoitalen Schimmer übersehen hatte, der Allegra ins Gesicht geschrieben stand.

Eine lange Schlange hatte sich vor der Kuchentheke gebildet, und Allegra stellte sich gehorsam hinten an. Während sie millimeterweise vorrückte, beschloss sie, Lloyd einen Hilferuf zu simsen. Sie holte ihr Handy hervor und bat ihn, Isobel doch unbedingt ein paar aktuelle Fotos von Ferdy zu schicken. Was sie selbst betraf, so hatte sie keine neuen Nachrichten. Die Flut von Beileidsbezeugungen war versickert, nachdem sie tagelang den Kopf in den Sand gesteckt und nicht reagiert hatte. Aus den Augen, aus dem Sinn, fürchtete Allegra. Außerdem fielen ihr mittlerweile beim besten Willen keine Rechtfertigungsgründe für Pierres anhaltendes Schweigen mehr ein. Er musste doch wissen, dass sie hier war, dass sie noch im Rennen war …

Ihre Euphorie ließ etwas nach, wie bei einem Luftballon, aus dem langsam die Luft entweicht. Erst jetzt wurde ihr wirklich bewusst, wie sehr diese zweite Nacht mit Sam die Dinge komplizierte. Sie musste sich regelrecht ermahnen, nicht zu vergessen, was er ihr angetan hatte – dass er Pierre an dem Abend gegen sie aufgehetzt hatte, hatte er ja nicht mal bestritten.

Sie schloss die Augen und holte ein paarmal tief Luft. *Sie* war schließlich nicht der Bösewicht in diesem Spiel, das war er. Eine leidenschaftliche Nacht war eine Sache, ihre Rache aber deswegen gleich aufzugeben eine ganz andere. Um sich Pierres Achtung zurückzuerobern und in Gnaden wieder aufgenommen zu werden, musste sie Sam aus dem Feld schlagen. Eine andere Möglichkeit gab es nicht.

Er würde umgekehrt ja dasselbe mit ihr machen.

»Miss Fisher?«

Sie riss die Augen auf. Vor ihr stand Pfarrer Merete, in jeder Hand einen dampfenden Coffee to go. »Entschuldigen Sie, ich wollte Sie nicht aus Ihren Gebeten reißen.«

»Ach … äh, ich hab nicht …«, stotterte Allegra, doch dann bemerkte sie das schelmische Funkeln in den Augen des Pfarrers. »Ach so.«

Er grinste. »Sind Sie bereit für die Gedenkfeier morgen?«

Sie nickte. »Sie hatten recht, die Leute von diesem Beerdigungsinstitut sind wirklich tüchtig. Ich musste nur die nötigen Papiere unterschreiben und den Rest denen überlassen. Fast habe ich ein schlechtes Gewissen, weil ich so wenig machen muss.«

»Aber Sie sind doch extra aus England angereist! Als ob das nicht genügte.«

Sie zuckte mit den Achseln. Eine so große Leistung war das auch wieder nicht. Das war schließlich ihre Pflicht – auch wenn das mittlerweile ein wenig anders aussah. »Ach, übrigens, wir haben inzwischen unseren Großvater kennengelernt. Meine Schwester und ich haben ihn noch am selben Tag nach meinem Gespräch mit Ihnen besucht.«

»Und?«, fragte der Pfarrer, sichtlich erfreut.

»Ach, er ist ein reizender alter Knabe. Ich habe ihn gestern noch mal besucht, und ich hoffe, dass ich heute Nachmittag wieder Zeit finde. Es ist einfach toll, mit ihm über die alten Zeiten zu reden. Er hat uns so viel erzählt, und das ist erst der Anfang.«

»Freut mich sehr, das zu hören. Ich hoffe, Ihr Besuch und die Entdeckung, dass er zwei Enkelinnen hat, haben ihn aufgemuntert, er wirkte so niedergeschlagen. Wird er denn an der Gedenkfeier teilnehmen?«

»O ja, er hat versprochen zu kommen.«

»Sehr schön. Ich habe mir Sorgen um ihn gemacht. Ich habe mehrmals versucht, ihn zu besuchen, wurde aber jedes Mal von Bettina abgewiesen. Sie meinte, es ginge ihm nicht gut und er müsse sich ausruhen.« Er runzelte die Stirn.

»Ja, uns gegenüber war sie auch ziemlich abweisend. Sie ist ein richtiger Hausdrache, scheint mir.« Die Schlange bewegte sich vorwärts, und Allegra schloss auf.

Er lachte. »Ja, mag sein. Ich sage mir immer, es kann nicht leicht für sie sein, im Schatten der legendären ersten Frau von Lars zu stehen. Keine Frau freut es, immer die zweite Geige spielen zu müssen.«

Genau das hatte Lars auch als Grund angegeben, warum Anja ihn so plötzlich verlassen hatte. »Ja, schon, aber was hat das mit dieser Frau zu tun? Sie ist schließlich bloß seine Pflegerin. Was hat sie …« Allegra stockte, als sie die Miene des Pfarrers sah. »Etwa nicht?«

»Nein, Bettina ist Lars' dritte Frau, nicht seine Pflegerin. Das heißt, irgendwie natürlich auch das, aber nicht offiziell.«

Allegra bekam eine Gänsehaut. »Ach!«

»Das wussten Sie nicht?«

»Nein … ich … Nein, das wusste ich nicht.« Ihr fiel ein, wie abfällig sie sich über Bettina geäußert und wie Lars darüber gelacht hatte.

Sie war jetzt gleich an der Reihe. Die Obsttörtchen lachten sie bereits unter ihren Glashauben an.

Pfarrer Merete hielt die beiden Kaffeebecher hoch. »Ich gehe jetzt besser, oder mein Kaplan springt mir noch ab. Er droht mir immer, zu den Protestanten überzulaufen, bei denen gibt's offenbar besseren Kaffee.«

Allegra rang sich ein Lächeln ab. Sie war ziemlich verstört. Warum hatte Lars nie erwähnt, dass Bettina seine Frau war? Eigentlich hätte er sie ihnen doch gleich vorstellen müssen. Vielleicht war es ihm peinlich, weil sie so viel jünger war als er? An die dreißig Jahre, schätzungsweise. Andererseits, warum hätte er nicht wieder heiraten sollen? Warum den Lebensabend allein verbringen? Noch dazu, wo Granny ihn so schnöde im Stich gelassen hatte. Apropos Granny …

Allegra riss den Kopf hoch. Der Pfarrer war schon im Begriff, zu gehen. »Pfarrer Merete«, rief sie ihm nach, »dürfte ich Sie noch was fragen?«

Er wandte sich um. »Ja, natürlich.«

»Valentina wurde doch vermisst, und man hat ihre Leiche erst jetzt gefunden. Das heißt doch, dass es bis jetzt keinen offiziellen Totenschein gab, oder?«

»Richtig. Aber nach sieben Jahren kann man jemanden legal für tot erklären lassen, auch ohne Leiche.«

»Aber wie konnte mein Großvater dann schon ein Jahr später Anja heiraten? Ich meine, vor dem Gesetz war er doch noch mit Valentina verheiratet?«

Der Pfarrer blickte zu Boden, er schien sich seine folgenden Worte gut zu überlegen. Als er den Kopf hob, schaute er kurz nach rechts und links, wie um sich zu vergewissern, dass sie nicht belauscht wurden, und sagte: »Wissen Sie, damals lagen die Verhältnisse noch ganz anders. In den Fünfzigerjahren war das hier noch ein Dorf. Jeder kannte jeden. Als Ihre Großmutter in jenen Schicksalstagen verschwand, war man davon überzeugt, dass sie tot sein musste – wie hätte sie diese Stürme auch überleben können? Das wussten alle, selbst der Pfarrer.« Er hielt inne. »Wir haben heute viel mehr Gesetze und Vorschriften, aber damals war das Leben noch einfacher. Damals war ein Totenschein bloß ein Stück Papier, und der Pfarrer betrachtete es als seine Aufgabe, den Lebenden zu helfen. Die Toten waren schließlich tot … Sie verstehen, was ich damit sagen will?«

Sie verstand sogar sehr gut. Die Heirat von Lars und Anja war nicht rechtsgültig.

»Ja, bitte?«, sagte die Verkäuferin hinter der Theke gereizt und riss Allegra aus ihren Gedanken. Sie hatte gar nicht gemerkt, dass sie an der Reihe war.

Der Pfarrer wandte sich zum Gehen. Die Kaffeebecher in seiner Hand hatten aufgehört zu dampfen. »Nun, dann bis morgen«, sagte er.

Allegra blickte ihm unbehaglich hinterher. Was er sagte, machte Sinn. Aber verstehen konnte sie es trotzdem nicht.

# 30. Kapitel

»Hey, na so was!«, rief Allegra überrascht, als sie aus dem Lift trat. Sie hatte gehofft, sich unbemerkt auf ihr Zimmer verdrücken zu können, um in Ruhe über alles nachzudenken, aber ihre Schwester stand in der unteren Diele und schleppte sich auf Krücken hin und her.

»Toll, oder? Ich marschiere hier schon seit einer Stunde rum.«

»Aber darfst du denn das? Was sagt der Doktor dazu?«

»Was glaubst du wohl, von wem ich die Krücken habe, du Dummerchen? Er sagt, er sei sehr zufrieden mit meinen Fortschritten.« Sie plusterte sich stolz auf.

»Hätte er das auch gesagt, wenn er dich gestern an der Bar gesehen hätte?«

»Von wegen! Ich hab mich bis in die Morgenstunden aufrecht gehalten – im Gegensatz zu den meisten anderen.«

Allegra musste lachen. Isobel hatte auf alles eine Antwort.

Sie ging zu ihrem Zimmer, und Isobel hoppelte hinter ihr her.

»Ach ja, ich werde das Kleid natürlich zur Reinigung bringen, dann kriegst du's zurück, versprochen.« Sie ließ sich erleichtert auf Allegras Bett fallen. Zum Glück hatte das Personal inzwischen die Betten gemacht, sodass es nicht weiter auffiel, dass Allegras unberührt war.

Allegra hängte ihre Jacke in den Schrank und drehte sich zu ihrer Schwester um. »Iz, du spinnst wohl, du kannst das Kleid natürlich behalten.«

»Aber das hat sicher ein Vermögen gekostet! So was kannst du mir doch nicht einfach schenken.«

Allegra lächelte trocken. »Ich hab's ja nicht bezahlt, Massi hat dafür geblecht. Außerdem steht's dir viel besser als mir.«

Isobel beugte sich besorgt vor. »Bist du wirklich sicher, dass du's mir schenken willst?«

Allegra seufzte. »Klar doch.«

»Cool.« Isobel ließ sich grinsend in die Kissen zurückfallen. »Aber falls du's dir mal ausborgen willst, du weißt ja: jederzeit.«

»Weiß ich, danke.« Allegra setzte sich an die Frisierkommode und massierte ein wenig Feuchtigkeitscreme in ihre Gesichtshaut. Sie war heute früh gar nicht dazu gekommen, weil sie ja ständig von Sam gekidnappt worden war.

»Ach ja, übrigens: Was war im heutigen Schublädchen?«, erkundigte sich Isobel und nahm den Adventskalender vom Nachtkästchen.

Allegra drehte sich auf dem Hocker um. »Ach, das hab ich ganz vergessen. Hab's noch nicht aufgemacht.«

Isobel hob den Kopf. Ihr war der nervöse Unterton nicht entgangen.

»Na, dann mach es jetzt.« Sie hielt Allegra das Kästchen hin.

»Ach, nein, mach du das.«

»Legs.«

»Na los! Ehrlich, ist doch unwichtig.«

»Legs, beweg deinen Hintern hierher, oder ich mach's wirklich selber auf.«

»Also gut, wenn du darauf bestehst.« Allegra setzte sich zu ihrer Schwester aufs Bett, dann zog sie vorsichtig die Schublade mit der Nummer 18 auf. Beide Frauen spähten neugierig hinein. Darin lag ein Kuhglöckchen an einem roten Lederband, genau wie das von Valentina, bloß viel kleiner.

»Wie kann so etwas nur so winzig sein?«, rief Isobel entzückt aus. Sie hob es hoch und hielt es ans Licht. Ein zartes Bimmeln ertönte. »Und es funktioniert noch!«

»Darf ich mal?«, sagte Allegra.

Isobel schaute genauer hin, bevor sie es ihrer Schwester reichte. »Ist das ein ›G‹?«

»Wo?«

Allegra hielt das Lederband ans Fenster und tatsächlich fiel der Schatten eines winzigen G auf die Bettdecke neben Isobels Knie.

»Ein G«, sagte Isobel verblüfft, »wofür steht das, was meinst du?«

Allegra legte sich die kleine Glocke auf die Handfläche. Zusammen mit dem Bändchen füllte sie sie kaum aus. Das war bestimmt nur für dekorative Zwecke gedacht und nicht als Armband, so wie Valentinas.

»Es ist wunderhübsch«, seufzte Isobel, »jetzt bereue ich es, dass ich die Uhr genommen und dir das Kästchen überlassen habe. Die tickt ja nicht richtig.«

»Ja, aber denk doch mal an alle diese Kleinigkeiten, an denen Ferds ersticken könnte – er wäre ja den ganzen Advent über in Lebensgefahr.«

»Ja, stimmt«, überlegte Isobel stirnrunzelnd. Dann fing sie das schelmische Funkeln in Allegras Augen auf. »Ha, ha, sehr witzig!«

Allegra lachte. »Außerdem wird die Uhr bald wieder richtig ticken. Ihr habt sie ja zur Reparatur gegeben.«

»Und sie ist bereits fertig. Wird morgen geliefert, sagt Lloyd.«

»Cool. Ach, habe ich dir übrigens schon erzählt, dass ich herausgefunden habe, woher die Sachen stammen?«

»Was meinst du? Welche Sachen?«

»Das Kästchen und die Uhr.«

»Ach! Echt?!«

»Ja, ich glaube, sie kommen aus demselben Laden, in dem du diese teuerste Krippe der Welt gekauft hast. Da steht jetzt genau so ein Adventskalender-Kästchen im Schaufenster, bloß größer, und hinten an der Wand im Laden hängen all diese Kuckucksuhren. Ist dir das denn nicht aufgefallen, als du drin warst?«

Isobel kräuselte die Nase. »Nö. Ich hab nur diese Krippe gesehen. War wohl ein bisschen … ähm, überreizt.«

»Wie untypisch für dich«, spottete Allegra. »Na jedenfalls habe ich dem Mädchen im Laden versprochen, das Kästchen morgen mal vorbeizubringen. Lars besitzt eine ähnliche Kuckucksuhr, er sagt, er habe sich eine Kopie anfertigen lassen, als Erinnerung an die, die er verloren hat – und das muss ja wohl deine sein, oder? … Was ist?«

»Du hast ihn Lars genannt. Ich dachte, wir müssen ihn jetzt Opa nennen.«

»*Müssen* nicht. Bloß wenn wir wollen.«

Isobel betrachtete ihre Schwester mit einem wissenden Blick. »Los, raus mit der Sprache. Mir machst du nichts vor.«

»Du irrst dich …«

»Legs!«

Allegra seufzte. »Na gut. Ich habe erfahren, dass dieser Rottweiler von einer Pflegerin in Wahrheit seine angetraute Gattin ist.«

»Was?!«, kreischte Isobel. »Wer sagt das?«

»Na, der Pfarrer.«

»Ach.« Das verschlug Isobel momentan die Sprache. Dann: »Na der muss es ja wissen.«

»Allerdings.«

Beide schwiegen betreten.

»Also, das ist nicht gut. Gar nicht gut«, murmelte Isobel. »Da tauchen wir hier auf und finden raus, dass wir noch einen netten alten Großvater haben, und dann stellt sich heraus, dass er ein perverser alter Lüstling ist.«

»Er hat eine jüngere Frau geheiratet, Iz. Deshalb muss er doch noch lange kein Lüstling sein.«

»Aber sie ist kaum zwanzig Jahre älter als wir«, meinte Isobel, unbeeindruckt von Allegras Argument.

»Na ja, vielleicht …«, Allegra suchte nach Worten, »vielleicht hat er ja eine Pflegerin gebraucht und sich gleichzeitig nach einer neuen Frau gesehnt. Und sozusagen das Angenehme mit dem Nützlichen verbunden. Äh.«

Isobel zog die Nase kraus. »Also kein Lüstling, aber ein berechnender alter Bastard und Geizkragen obendrein?«

Allegra gab auf. »Ach Gott, was weiß ich!«, rief sie und warf die Arme hoch. »Aber eins weiß ich: Wir müssen uns zum Empfang fertig machen. Yongs Eltern? Sie erwarten uns in einer Dreiviertelstunde im ›Salon‹.«

»Ach du Scheiße!«, rief Isobel entsetzt aus. »Muss ich da etwa auch hin?«

»Iz, du kannst dich ja wohl schlecht hier unten verstecken, wie das Phantom der Oper. Das ist schließlich ihr Haus. Du musst dich wenigstens kurz vorstellen!«

»Aber … aber das sind seine *Eltern*«, jammerte Isobel, »und so wie Zhou reagiert, wenn man ihn auf sie anspricht, müssen sie furchteinflößend sein.«

»Reich, ja. Furchteinflößend, ich weiß nicht. Zhous Vater habe ich bereits kennengelernt, und er ist ganz nett. Du wirst ihn mögen.«

»Im Ernst?« Isobels panischer Gesichtsausdruck verriet starke Zweifel an dieser Behauptung.

»Ganz bestimmt. Und jetzt hau ab, ich muss mich duschen.«

»Na gut.« Isobel hoppelte davon, allerdings merklich weniger fröhlich als zuvor.

Allegra machte die Tür hinter ihr zu und drehte sich seufzend um. Entsetzt fuhr sie zurück: Wer stand lässig in Boxershorts in der Tür zum Bad und grinste sie auf diese unwiderstehliche Weise an?

»Sam! Mein Gott, hast du mich erschreckt! Was machst du denn hier?«, zischte sie wütend und stieß sich von der Tür ab, gegen die sie getaumelt war. Auf wackligen Knien kam sie ein paar Schritte näher. »Wie lange bist du denn schon hier?«

»Entschuldige!«, lachte er. »Ich hab dich im Lift runterkommen hören und dachte, ich könnte dich überraschen. Aber dann kam Isobel mit dir rein. Was hätte ich tun sollen? Mir ist beim besten

Willen keine harmlose Erklärung dafür eingefallen, dass ich mich in Boxershorts in deiner Dusche rumdrücke.«

»Du hast dich versteckt?« Jetzt musste Allegra grinsen. »Wie erniedrigend!«

»Das kannst du laut sagen.« Das Lächeln, mit dem er sie betrachtete, war so liebevoll, als stünde ihm »Sam liebt Allegra« auf der Stirn geschrieben.

»Aber wie bist du überhaupt hier reingekommen? Wo Iz sich draußen im Gang mit den Krücken geübt hat?«

Er wies mit einer lässigen Kopfbewegung zur Balkontür.

»Du bist über den *Balkon* geklettert?«, stieß sie ungläubig hervor.

»Ach, das hört sich heldenhafter an, als es ist. Obwohl – wenn du mich unbedingt für Superman halten willst … Ich hab nichts dagegen.« Er grinste.

»Na, Superman nun auch wieder nicht …«, begann Allegra, stockte aber, denn sie kannte den Ausdruck, mit dem er nun auf sie zukam. Ihr Herz flatterte wie eine nervöse Taube. »Ich weiß wirklich nicht, warum wir uns überhaupt so anstellen«, fuhr er fort, »Isobel braucht uns doch nur ansehen, die ist nicht dumm. Und falls sie's nicht gleich selbst merkt, dann wird Massi es ihr verraten. Er hat in der Bahn gesagt, wie erbärmlich wir uns anstellen: wie Kinder, die versuchen, Süßigkeiten unterm Kopfkissen zu verstecken.«

»O nein!«

Aber sie verstand, was er in Wahrheit sagen wollte: dass er ihre Beziehung nicht länger verstecken wollte, dass es ruhig die ganze Welt wissen könne. Dass es mehr war als zwei leidenschaftliche Nächte und ein Morgen, an dem sie sich so unvorsichtig verhalten hatten, dass es sie ihre Karriere hätte kosten können.

»Ich habe den Yongs einen neuen Vorschlag unterbreitet«, platzte es aus ihr heraus, »um vielleicht doch noch den Zuschlag zu kriegen. Aber nicht für die Firma. Für mich.«

Stille. Rasch sagte sie: »Du weißt doch, der neue Vorschlag, den ich ausgearbeitet habe?«

Keine Antwort.

»Als ich die Vorstandssitzung verpasst habe? Und du so wütend warst?«

»Alles, was ich noch weiß, ist, dass du dieses Kleid anhattest, das im Rücken offen stand und dir jeden Moment runterzurutschen drohte.« Ein nostalgischer Ausdruck trat in seine Augen.

Machte er Witze?! Sie wusste nicht, was sie sagen sollte. Sie hatte erwartet, dass er ausflippte, dass er rumbrüllte. Das Übliche eben.

»Du … du bist so ruhig. Ärgert dich das nicht?«

Er zuckte die Achseln. »Wieso sollte ich mich ärgern?«

»Weil ich den Zuschlag kriegen werde, Sam. Mein Vorschlag ist das Beste, was ich je erarbeitet habe. Den kann Yong senior gar nicht ablehnen.«

Ein Lächeln umspielte seine Lippen. »Dich kann keiner ablehnen, Legs, nicht wenn er noch bei Verstand ist.«

Fassungslos starrte sie ihn an. Er nannte sie Legs. Machte er sich etwa über sie lustig? »Ich begreife einfach nicht, wie du so ruhig bleiben kannst.«

Er lächelte sie liebevoll an. »Allegra, glaubst du etwa, ich weiß nicht, dass Zhou dich mit irgendwas den Deal betreffend geködert hat? Dass du nicht deshalb im Chalet geblieben bist, weil du noch mal mit mir ins Bett wolltest? So eingebildet bin ich nicht.«

Sie blinzelte wie ein Schaf. »Dann bist du also nicht …? Dann macht es dir nichts aus?«

Er lachte auf und war mit zwei Schritten bei ihr, zog sie an sich. »Legs, Legs, ich werde doch nicht jedes Mal, wenn du mich auf dem Börsenparkett schlägst, gleich meine Spielsachen aus dem Kinderwagen werfen. Dein Ehrgeiz, dein Talent und dein unbeugsamer Siegeswille … deshalb lie… Deshalb bewundere ich dich ja so.«

Abermals blinzelte sie. Ihr war sein Stocken ebenso wenig entgangen wie ihm. Sie wussten beide, was ihm da beinahe rausgerutscht wäre. Doch ehe sie etwas sagen konnte, senkten sich seine Lippen auf die ihren, und sie merkte, wie es sie fortriss …

Mrs Yongs perlendes Lachen klang ihr entgegen, als sie eine knappe Stunde später nach oben ging, ein femininer Laut, der das Chalet durchwehte wie eine Frühlingsbrise. Sie stand bei Massi und Sam am Kamin, in dem ein munteres Feuer prasselte. Die beiden hatten Sektgläser in den Händen und ein höfliches Lächeln auf den Lippen.

Sam trug einen dunkelblauen Anzug, aber keine Krawatte. Er hatte sich frisch rasiert und geduscht. Gott, diese Dusche! Sie wurde rot, wenn sie daran dachte, was sie in ihrem Badezimmer angestellt hatten …

Sie konnte weder Mr Yong noch Zhou entdecken, aber Massi warf ihr einen dankbaren Blick zu, wie ein Kind, das gezwungen ist, sich vor den erwachsenen Gästen von seiner besten Seite zu zeigen und das die Sonntagskleidung jetzt schon zwickt. Sam betrachtete sie im Gegensatz dazu mit einem fast hingerissenen Ausdruck, als könne er nicht anders, trotz ihrer Bitten, noch ein Weilchen Diskretion zu wahren, zumindest bis sich Mr Yong entschieden hatte, so oder so.

Nein, sie durfte sich jetzt nicht ablenken lassen. Sie straffte die Schultern und ging mit selbstbewussten Schritten und wachen Sinnen auf Mrs Yong zu. Die Frau des Bergbaumagnaten war größer, als sie es sich vorgestellt hatte, schätzungsweise etwas über eins fünfundsiebzig. Sie trug das jetschwarze Haar in einem modernen Kurzhaarschnitt. Dezente Perlenohrringe zierten ihre Ohrläppchen, und eine einzelne dicke Perle schmiegte sich an einer dünnen Kette in ihre Halsgrube. Sie trug ein dezentes marineblaues Wollkostüm von Valentino mit einer Satinschleife am Ausschnitt. Ihr Gesicht war exquisit und so feinknochig wie chinesisches Porzellan. Und dieses umwerfende Lächeln hatte Zhou also von ihr geerbt, wie Allegra feststellte, als sie vor der Frau stehen blieb.

»Miss Fisher! Ich habe schon so viel von Ihnen gehört«, bemerkte sie in dem gepflegtesten British English, das man sich nur vorstellen konnte.

»Das Vergnügen ist ganz meinerseits, Mrs Yong. Ich fühle mich sehr geehrt, dass Ihr Sohn mich in Ihr wunderschönes Heim eingeladen hat – vor allem in dieser besonderen Zeit, kurz vor Weihnachten. Ich könnte mir denken, dass Sie froh sind, endlich hier zu sein.« Aus den Augenwinkeln bemerkte sie Sams Miene, dessen Verliebtheit sich in Verblüffung wandelte, als er bemerkte, dass sie zur schwarzen Hose doch tatsächlich sein hellrosa Hemd anhatte. Allegra war rasch in sein Zimmer gehuscht, als er schon oben war, und hatte es aus reiner Verzweiflung stibitzt, weil ihre beschränkte Garderobe einfach nichts Passendes mehr abwarf.

»Ja, Sie haben ganz recht. Dauernd in Hotels übernachten zu müssen ist ermüdend, da freut man sich umso mehr aufs eigene Heim. Und dieses hier lieben wir ganz besonders. Estelle ist einfach wunderbar, sie macht es uns hier immer so behaglich. Und finden Sie nicht auch, dass Zermatt um diese Jahreszeit am schönsten ist?«

»Wie im Märchen«, bestätigte Allegra. »Ich bin zum ersten Mal hier und komme aus dem Staunen nicht mehr heraus.«

»Sam und Massi haben erzählt, dass das Skifahren in diesem Jahr wegen der ausgezeichneten Schneeverhältnisse besonders gut ist.«

»Ja, das stimmt, ich habe selten einen so herrlichen Winter erlebt, und das schon so relativ früh.«

»Sie wollen dieser Tage möglicherweise die *Haute Route* in Angriff nehmen. Haben Sie die schon mal gemacht?«

»Von Chamonix nach Zermatt? Nein, ich selbst noch nicht, aber ich habe davon gehört«, meinte Allegra. »Sie fahren also auch gerne Ski?«

Mrs Yong ließ erneut ihr perlendes Lachen ertönen. »Gern

schon, aber nicht gut – jedenfalls, wenn man meinem Sohn Glauben schenkt. Ich halte nichts von Raserei, wissen Sie? Ich bin eher eine vorsichtige und …«, sie suchte nach dem passenden Wort, »eine adrette Skifahrerin, wenn Sie so wollen.«

»Adrett. Das gefällt mir.« Allegra schmunzelte. »Das sollte ich mir mal zu Herzen nehmen. Ich selbst bin mit einer Schwester aufgewachsen, die man mit Fug und Recht als Raserin bezeichnen kann, und nur um mit ihr Schritt zu halten, habe ich gelernt, jeden Berg herunterzubrettern, ohne Rücksicht auf Haltung oder Stil.«

»Ach ja, Ihre Schwester Isobel, nicht wahr? Wie geht es ihr?«

»Danke, schon viel besser. Sie wird jeden Moment hier sein. Sie hat sich noch umgezogen, als ich vorhin bei ihr reingeschaut habe. Sie ist ja momentan etwas gehandicapt wegen ihres Knies. Immerhin darf sie sich jetzt schon auf Krücken fortbewegen.«

»Ach Gott, ja, die Arme! Was für ein Pech, dieser Sturz!«

»Ah, wenn man vom Teufel spricht.«

Estelle kam ins Zimmer gesaust, um Kissen, Hocker und Läufer aus dem Weg zu räumen, auf denen Isobel, die dicht hinter ihr war, möglicherweise hätte ausrutschen können. Isobel hievte sich keuchend und mit rotem Gesicht ins Wohnzimmer, das verletzte Bein vorgestreckt, zwischen den Krücken schwingend. Allegra gefror das Lächeln im Gesicht.

Ihre Schwester hatte das goldene Pailletten-Minikleid von der Party an. Was glaubte sie denn, wem sie hier vorgestellt wurde? Den Kardashians?

Isobel selbst blieb wie vom Donner gerührt stehen, als ihr Blick auf die Anwesenden fiel – die allesamt in lässig-klassischer Hauskleidung erschienen waren: offen stehender Hemdkragen, dezente Couture-Kleidung. Über ihr Gesicht huschte ein derart entsetzter, betretener Ausdruck, dass nicht nur Allegra und Massi Anstalten machten, auf sie zuzueilen, sondern auch Mrs Yong.

Die anmutige Chinesin war am schnellsten.

»Sie müssen Isobel sein«, sagte sie lächelnd und legte fürsorglich einen Arm um die Patientin. »Ich bin Lucy Yong. Kommen Sie, setzen Sie sich aufs Sofa.« Sie führte Isobel sanft dorthin.

»Machen Sie sich bloß keine Umstände, m… mir geht's gut«, stammelte Isobel. Ihr Kinn zitterte, als würde sie jeden Moment in Tränen ausbrechen.

»Aber das ist doch anstrengend, mit diesen Krücken«, redete Mrs Yong weiter beruhigend auf sie ein. »Und um ehrlich zu sein, würde ich mich selbst gern setzen, mir tun schon die Füße weh.« Sie drückte Isobel mit einem freundlichen Lächeln aufs Sofa und nahm neben ihr Platz. Sogleich bedeutete sie Estelle, einen Polsterhocker herzuschieben, auf den Isobel ihr Bein legen konnte. »Sie müssen doch frieren, Sie Arme. Es ist viel zu kühl hier.«

Isobel starrte sie einen Moment lang an wie ein Mondkalb. Dann dämmerte ihr, dass man ihr hier eine Rettungsleine zuwarf. Sie nickte wie betäubt.

»Estelle, würden Sie bitte meinen cremeweißen Cardigan aus meinem Zimmer holen? Den Loro Piana, Sie wissen schon.«

»Sehr wohl, Mrs Yong.« Und Estelle flitzte davon, dass es eine Freude war.

Allegra war wieder zum Kamin zurückgekehrt und stand nun neben Sam. Sie hätte die Frau umarmen können. Auch darin ähnelte ihr Zhou, er war ebenso einfühlsam und fürsorglich, wenn Not am Mann war. Mit der Wolljacke würde es sicher gehen, aber …

Aber es war bereits zu spät. Draußen im Gang waren Stimmen zu hören, die sich dem Wohnzimmer näherten. Yong senior und Zhou waren offenbar im Arbeitszimmer gewesen und hatten, so hoffte sie zumindest, ihren neuen Vorschlag durchgesehen.

Ihr Mund war auf einmal staubtrocken. Sie schluckte und warf Sam einen ängstlichen Blick zu. Da spürte sie, wie etwas ihr Handgelenk streifte. Als sie den Kopf senkte, sah sie, dass er sie mit einem Finger streichelte. Sie schaute auf und bemerkte, wie er ihr verstohlen zuzwinkerte.

»Ach …« Mrs Yong warf einen besorgten Blick auf Isobel. Die

sah aus, als wolle sie sich ins Sofa eingraben und mindestens bis Australien tunneln. »Keine Sorge, meine Liebe, er ist im Moment wirklich mit anderen Dingen beschäftigt.«

Und schon betrat Mr Yong das Zimmer.

»Ah, Ehemann, da bist du ja.« Mrs Yong erhob sich mit einem Lächeln und ging sogleich auf ihn zu. »Es ist kühl, komm, lass uns zum Kamin gehen.«

Er durchquerte das Zimmer beinahe im Stechschritt, den Blick geradewegs auf Allegra gerichtet. Sein leicht schräg geneigter Kopf verriet ihr, dass er ihren neuen Vorschlag gesehen hatte. Doch ließ er sich durch nichts anmerken, wie seine Entscheidung ausfallen würde.

»Miss Fisher, es ist mir eine Ehre, Sie wiederzusehen«, verkündete er steif und machte eine förmliche Verbeugung.

Sie verbeugte sich exakt ebenso tief. »Die Ehre ist ganz meinerseits.« Ihr Ton war geschäftsmäßig, ihre Bewegungen beherrscht. Beide fielen automatisch in die Rollen zurück, die sie bei ihrer ersten Begegnung in Zürich angenommen hatten, obwohl sie sich hier in seinem eigenen Heim befanden. »Es ist mir eine besondere Ehre, ausgerechnet zu einer so bedeutsamen Zeit, wie es der Advent für uns Europäer ist, hier bei Ihnen Aufnahme zu finden. Ihr Sohn ist ein wahrhaft großzügiger, fürsorglicher Gastgeber.«

»Er macht mir alle Ehre«, erwiderte der Vater stolz. Und damit war den Förmlichkeiten Genüge getan.

Allegra antwortete darauf mit einem weiteren huldvollen Nicken. Sie wagte es nicht, zu Isobel hinzusehen. Ihr Gesicht konnte sie sich nur zu gut vorstellen.

Nun wandte Yong seine Aufmerksamkeit Sam zu, der, das Glas in der einen Hand, die andere lässig in die Hosentasche geschoben, neben ihr stand. »Sam.«

»Mr Yong. Frohe Weihnachten.« Sie gaben sich die Hand.

»Ich hoffe, Sie und mein Sohn haben die armen Einheimischen nicht wieder terrorisiert?«

Sam verzog die Lippen, die sie noch vor zwanzig Minuten leidenschaftlich geküsst hatten, zu einem amüsierten Halblächeln. »Ganz bestimmt nicht, Mr Yong. Für solche Streiche sind wir inzwischen wirklich zu alt.«

Yong lächelte und wirkte gleich viel sanfter. »Gut. Ich kann schließlich nicht jedes Mal den Bürgermeister bestechen.«

Allegra senkte den Blick auf ihr Glas. Wie ungezwungen die beiden miteinander umgingen ... Sie dagegen ... Wenn Zhou sich nun irrte? Yong trat einen Schritt zurück, und sie ahnte, dass die große Ankündigung nun unmittelbar bevorstand. Nach all der quälenden Warterei war es also so weit, und das so abrupt wie eine Ohrfeige.

Er öffnete schon den Mund, doch da kam Estelle hereingeschossen und eilte stracks zu Isobel. Sie zog ihr den Cardigan mit einer Geschwindigkeit und einem Geschick an, die der besten Laufstegassistentin zur Ehre gereicht hätten.

Mr Yong hielt verblüfft inne. Zum ersten Mal fiel sein Blick auf die blonde Schönheit im golden funkelnden Paillettenkleid, die zusammengesunken, unter dicken Kissen vergraben, auf dem Sofa saß. Eins hatte sie sich auf den Schoß gelegt, um ihre nackten Beine zu verdecken.

Aber auch hier wusste Mrs Yong Rat. »Ehemann, du weißt doch, dass ich Miss Fishers Schwester Isobel erwähnt habe? Sie ist eine gute Freundin von Zhou. Sie hatte unglücklicherweise einen Skiunfall und darf sich nicht bewegen, bis ihr Knie ausgeheilt ist.«

Mr Yong hörte es zwar mit einiger Überraschung, kam aber nicht auf die Idee, die Erklärungen seiner Frau infrage zu stellen. »Ja, selbstverständlich«, sagte er und verneigte sich nach einigem Zögern in Richtung Isobel. Diese hielt die Strickjacke vor ihrem tiefen Ausschnitt zusammen, als wolle sie sie nie wieder loslassen. »Ihr Bein – es heilt gut, hoffe ich?«

»O ja, danke.«

»Gut, gut.«

»Ihr Hausarzt, Dr. Baden, ist ein richtiger Schatz«, plapperte Isobel weiter, »er war so nett zu mir. Überhaupt alle, das ganze Personal hat sich rührend um mich gekümmert.«

»Freut mich zu hören.«

Sie zögerte eine Winzigkeit, dann sagte sie leise: »Danke, dass wir hierbleiben durften.«

»Nicht der Rede wert.«

»Sie haben so ein tolles Haus.«

»Danke.«

»Also, die Tapete in meinem Zimmer ist einfach ...«

Großer Gott. Allegra schwante Schlimmes. Wenn Isobel erst mal ins Reden kam ... Sie hatte ihre Ehrfurcht vor dem großen Milliardär viel zu schnell abgestreift und war nun drauf und dran, mit ihm zu plaudern wie mit einem alten Bekannten. Allegra tat, als hätte sie sich an ihrem Sekt verschluckt, und stieß ein vernehmliches Hüsteln aus. Wenn sie nicht aufpasste, würde ihre Schwester ihr noch diesen unsagbar wichtigen Moment verderben.

»Geht's?«, erkundigte sich Sam launig und klopfte ihr fürsorglich auf den Rücken.

Sie nickte und versuchte sich nicht anmerken zu lassen, dass er den Moment ausgenutzt hatte, um heimlich ihren BH schnalzen zu lassen.

Mr Yong ergriff jedoch tapfer die Gelegenheit, sich von Isobels gewöhnungsbedürftigem Charme loszureißen, und pflanzte sich in der Mitte des Raums auf.

Isobel fing Allegras Blick auf – ein Fehler, wie sich gleich herausstellte. Bevor Allegra wegsehen konnte, begann Isobel zu schielen, was immer die sicherste Methode war, um die Ältere zum Lachen zu bringen. Wie oft waren sie deswegen schon in Schwierigkeiten geraten, wenn ihr Vater ihnen befohlen hatte, sich gefälligst anständig zu benehmen. Doch diesmal blieb die Provokation ohne Wirkung. Yong würde gleich verkünden, wer den Zuschlag bekam, und sie war viel zu nervös für kindische Scherze.

Mr Yong blickte zu Boden, um sich zu sammeln. Allegra schlug das Herz bis zum Hals.

»Zunächst einmal möchte ich meiner Freude darüber Ausdruck verleihen, dass Sie alle hier versammelt sind, um diesen wichtigen Moment mit uns zu teilen – einen Moment, den ich länger herbeigesehnt habe, als mir bewusst war.« Sein Blick streifte Sam und Allegra, doch seine Miene verriet nichts. Ob es Sam wohl ebenso ging wie ihr? Ihr kribbelten die Finger, mit denen sie ihr Glas umklammerte, und sie hatte Schmetterlinge im Bauch.

»Sie halten es wahrscheinlich für Aberglauben, die Sterne zu konsultieren, um ein Datum festzulegen, aber in meiner Heimat legt man viel Wert auf Tradition und auf die Weisheit der ehrwürdigen Vorfahren. Ich bin nun einmal ein Mann meiner Zeit und meines Landes, und dies ist unsere Art, solche Unternehmungen zu beginnen.«

Er hielt inne. Allegras Mund war wie ausgetrocknet.

»Dennoch bin ich froh, dass Zhou seine Freunde um sich versammelt hat, um diesen wichtigen Augenblick mit ihm zu teilen. Das ist die moderne Art – und ganz abgeneigt bin ich ihr nicht, was immer Sie auch glauben mögen.«

Das war seine Art, einen kleinen Scherz einzuflechten, wie Allegra bemerkte, und sie zwang sich zu einem höflichen Lachen. Nun betrat auch Zhou langsam, ja zögernd den Raum. An seiner Seite ging eine zierliche junge Chinesin mit glattem schwarzem Haar und Stirnfransen, die ihr bis in die Augen fielen. Sie hatte ausgeprägte Wangenknochen, ein spitzes, herzförmiges Kinn und einen niedlichen kleinen Kirschmund, der momentan allerdings ein wenig angespannt wirkte. Allegra schätzte sie auf achtzehn oder neunzehn.

War das etwa seine Schwester? Unmöglich war es nicht. Allegra hatte gehört, dass viele wohlhabende Chinesen mittlerweile auch zwei Kinder hatten – vorausgesetzt, sie bezahlten die anfallende Strafgebühr. Aber Geld war für die Yongs ja kein Problem. Warum sollten sie sich also nicht den Wunsch nach einem zweiten Kind erfüllen?

Ihr Blick fiel auf Zhou, der sich neben seinen Vater stellte. Wie ausgelassen er gestern gefeiert hatte! Wie albern er noch heute früh beim Frühstück gewesen war! Doch nun stand er in Habachtstellung da, die Hände präzise an die Hosennähte gelegt, den Blick auf einen Punkt etwas oberhalb der Schulter seiner Mutter gerichtet. Seine Miene war ausdruckslos, der Glanz in seinen Augen erloschen.

Sie zwang sich, wieder den Senior anzusehen und sich auf das zu konzentrieren, was er sagte. Immerhin hatte sie wochenlang auf diesen Augenblick hingearbeitet, all die Mühen, all der Kummer kulminierten nun an diesem Punkt. Alles oder nichts. Gewinnen oder verlieren. Ihr Herz pochte heftig.

»… diese Entscheidung nicht leichtfertig getroffen, sondern vielmehr mit der größten Sorgfalt und Gewissenhaftigkeit. Es gilt nicht nur dem Andenken der ehrwürdigen Ahnen gerecht zu werden, sondern auch die Zukunft der ehrenwerten Yong-Dynastie zu sichern. Wir haben uns viele Monate Zeit genommen, und ich kann nun zu meiner großen Freude verkünden, dass unsere Berater heute, in einem letzten Schritt, unsere größten Hoffnungen bestätigt haben. Ich freue mich daher, ankündigen zu dürfen, dass …« Yongs Augen schwenkten über die Anwesenden wie ein Schatten übers Gras.

Sie hielt den Atem an. Unwillkürlich kam ihr in den Sinn, was Massi neulich gesagt hatte. *Sei froh, dass in China die Ein-Kind-Politik gilt …*

»… unser einziger Sohn und Erbe, Zhou Yong, nunmehr offiziell mit Min-Wae Hijan verlobt ist.«

Eine verblüffte Stille trat ein. Das Mädchen zeigte keinerlei Reaktion. Allegra blickte zu Sam hinüber, doch der starrte Zhou an, als könne er seinen Ohren nicht trauen. Keiner rührte sich. Weder Zhou noch Massi noch sie selbst.

Zhou war *verlobt*? War das etwa die große Ankündigung? Hatte Sam davon gewusst? Aber seine Miene verriet nichts. Noch immer starrte er Zhou an.

Sie verstand das alles nicht. Zhou hatte sie extra gebeten, bei diesem Anlass anwesend zu sein. Er hatte gesagt, dass sein Vater dann seine Entscheidung bekannt geben würde. Hatte sie das alles wirklich nur wegen einer *Verlobungsfeier* auf sich genommen?

Zhou weigerte sich immer noch, irgendeinen der Anwesenden anzusehen. Sein Blick war starr auf die Wand gerichtet. Doch jetzt sah sie, wie unglücklich er wirkte. Der Vergleich zu gestern war erschütternd. Wie entspannt und fröhlich er im Kreise seiner Freunde war, voller Energie und Lebensfreude. Kam dies für ihn möglicherweise ebenso unerwartet wie für sie alle? Weder er selbst noch einer seiner Freunde hatte je ein Wort über eine bevorstehende Verlobung verloren.

Sie warf einen Blick auf das glückliche Paar – das alles andere als glücklich wirkte. Ihre Körpersprache, die Distanz zwischen ihnen verrieten, dass es sich hier um eine arrangierte Ehe handeln musste. Sie warf Massi einen fragenden Blick zu, als könne er es ihr erklären, doch der wirkte ebenso fassungslos wie alle anderen – mehr noch: keine Spur von seinem italienischen Temperament, dem sonstigen Überschwang. Verschluckt von der strengen Förmlichkeit der Chinesen. Aus irgendeinem Grund begannen bei ihr die Alarmglocken zu klingeln … Da stimmte was nicht. Erst jetzt wurden ihr einige zuvor beobachtete, aber nicht weiter beachtete Kleinigkeiten bewusst …

Mr Yong hatte Massi nicht begrüßt. Er hatte sie und Sam begrüßt und auch Isobel, die er zuvor übersehen hatte. Massi jedoch war ignoriert worden, als wäre er überhaupt nicht vorhanden. Dabei war er ein ebenso guter Studienfreund von Zhou wie Sam. Und Massi war kein Schmarotzer: Er hatte ein eigenes Unternehmen gegründet, ein eigenes Vermögen gemacht. Warum also wurde er von Zhous Vater, der solchen Wert auf Höflichkeit und Etikette legte, derart links liegen gelassen?

Massi hob den Kopf und schaute sie an. Da begriff sie.

*Du schnarchst wie ein Gorilla.*

Das waren nicht Frotzeleien unter Freunden. Es war die ironische Bemerkung eines Liebhabers.

# 31. Kapitel

Es war so still in der Villa, als ob jemand gestorben wäre. Das Mittagessen war eine Qual, kaum einer rührte sein Essen an, die Unterhaltung war gezwungen und schleppend, die Blicke nervös und unstet. Mienen verrieten mehr als Worte, und dass es sich um eine Feier handelte, war der reinste Hohn. Massi schaute Zhou nicht an, Zhou nicht seinen Vater; der Vater nicht Min-Wae.

Die Verlobten sagten kein einziges Wort. Sam, Allegra und die Yongs sahen sich gezwungen, die Unterhaltung zu bestreiten, die Pausen zu füllen, die sich wie Fallgruben öffneten und sie zu verschlingen drohten. Aber sie wussten es, da war sich Allegra sicher. Sie erkannte es an der Art, wie Mrs Yong von der bevorstehenden Couture-Saison plauderte und Pläne machte, die Schauen mit ihrer künftigen Schwiegertochter zu besuchen – Paris, London, Valentino und Lagerfeld –, ohne das Mädchen, das in eine sterile Ehe gezwungen wurde, auch nur ein einziges Mal anschauen zu können. Und sie erkannte es an der Art, wie Mr Yong krampfhaft abzulenken versuchte, indem er mit Sam über die Eisenerzüberschüsse in Australien redete. Sie wussten es. Aber diese Hochzeit würde dennoch stattfinden. Um den guten Namen der Familie zu wahren und den Fortbestand der Firma zu sichern.

Massi war der Erste, der es nicht mehr aushielt. Nach dem Kaffee erhob er sich unter dem Vorwand, er habe Migräne, und schleppte sich mit schweren Schritten und hängenden Schultern davon. Allegra blickte ihm mitfühlend nach. Wie aufs Stichwort brach die Runde daraufhin auseinander, und alle verdrückten sich, so schnell sie konnten. Gegen Abend wollte man wieder zusammenkommen, auf einen Aperitif vor dem Dinner, das auswärts stattfinden würde. Mr Yong hatte ein Raupenfahrzeug gemietet, das alle hinauf zu einer privaten Jurte bringen würde, wo der Starkoch Michaele Lambretto eigens ein Diner für sie zubereiten würde.

Allegra lag auf dem Bett, den Kopf voller Sorgen um andere, als die Tür aufging und Sam die Nase reinsteckte. Sie hatten zuvor nicht mehr als einen Blick wechseln können, als sich die Tischgesellschaft auflöste, denn er war sogleich Massi nachgeeilt. Sie war auf dem Weg zu ihrem Zimmer an Massis Tür vorbeigekommen und hatte darin ihre Stimmen gehört.

Allein bei seinem Anblick schlug ihr das Herz höher. Auf einen Ellbogen gestützt richtete sie sich auf und schaute ihm erwartungsvoll entgegen.

»Hey.« Er lächelte, doch seine Miene war angespannt. »Massi will raus, Dampf ablassen. Ich hab versprochen, ihn zu begleiten«, verkündete er.

»Ja, natürlich.« Sie musterte ihn mit großen, mitfühlenden Augen. Sie hätte gern geholfen, wusste aber nicht, wie. Dies war eine Sache zwischen alten Freunden und der Familie, und sie gehörte weder ins eine noch ins andere Lager. »Und Zhou? Was macht Zhou?«

»Der ist mit seinen Eltern und Min-Wae zum Juwelier gegangen. Sein Vater hat einen Privattermin arrangiert.«

»Ach du meine Güte. Der arme Zhou. Er wird das doch nicht wirklich durchziehen, oder? Er muss was sagen.«

Sam hob skeptisch die Braue. »Glaubst du?«

»Aber sicher! Er kann sich doch nicht so einfach verheiraten lassen. Was wäre das denn für ein Leben, für ihn und für das arme Mädchen! Das muss seinen Eltern doch klar sein!«

»Das ist es wohl auch, aber so einfach ist das nicht. Zhou ist nun mal der einzige Sohn und Erbe einer der größten Firmen in China – und er hat einen Vater, der so traditionell eingestellt ist, dass er Astrologen befragt, bevor er einen Verlobungstermin ansetzt.«

»Aber er ist ihr einziger Sohn. Sein persönliches Glück muss bei ihnen doch an erster Stelle stehen?«

Sam seufzte. »In China ist das anders. *Persönliches Glück* ist dort kein so heiliges Kalb wie bei uns. Und Homosexualität hat man bis vor wenigen Jahren noch als Geisteskrankheit betrachtet.« Als er ihre Miene sah, sagte er: »Ja, ich weiß. Der arme Kerl muss sich also faktisch zwischen Massi und seiner Familie entscheiden.«

»Kann ich irgendwie helfen?«, fragte Allegra bekümmert.

Sein Blick huschte zärtlich über sie hinweg, dann kam er mit einem Ruck ins Zimmer, als könne er es keine Sekunde länger ertragen, sie nicht zu berühren. Er setzte sich zu ihr aufs Bett. »Sei einfach da, wenn ich wiederkomme«, flüsterte er und küsste sie. Als Allegra wieder zu Atem kam, ließ sie sich mit einem glücklichen Seufzer zurücksinken. Seine Finger huschten zärtlich über ihren Körper. Sie machte genießerisch die Augen zu. »Du bringst mich noch um«, murmelte er und nahm mit sichtlicher Anstrengung seine Hand weg.

Sie blickte ihm nach, als er sich erhob und zur Tür ging. Beinahe hatte sie ein schlechtes Gewissen, weil sie so glücklich war, während wenige Meter entfernt für andere eine Welt zusammenbrach.

Die Tür fiel mit einem Klicken ins Schloss. Die Stimmen der beiden Männer entfernten sich, Massis ungewöhnlich ernst und zornig, ganz ohne seine sonstige Fröhlichkeit.

Kurz darauf streckte Allegra ihrerseits den Kopf ins Zimmer ihrer Schwester. Isobel lag bäuchlings auf dem Bett. Mit tränenüberströmtem Gesicht blickte sie auf, als sie von Allegra angesprochen wurde. »Ach, Legs, ist das nicht schrecklich?«, schluchzte sie und vergrub gleich wieder das Gesicht in den Kissen.

»Aber Iz! So schlimm war das doch gar nicht! Dieses Kleid steht dir wunderbar, und ich finde, du hast das ganz gut …«

»Doch nicht das Kleid«, jaulte sie auf. »Massi! Wie können sie ihm das bloß antun!«

»Ach so.« Allegra ließ sich auf die Bettkante sinken. »Ja, ich weiß.«

»Begreifen sie denn nicht, dass Massi das Beste ist, was ihrem Sohn passieren konnte? Das müssen sie doch gemerkt haben – schließlich sind die beiden seit acht Jahren zusammen.«

Seit acht Jahren? »Du hast es gewusst?«, fragte Allegra verblüfft.

»Na, das mit der Verlobung natürlich nicht.«

»Nein, aber … ich meine, dass die zwei zusammen sind? Dass sie schwul sind?«

Isobel blinzelte verblüfft. »Na klar! Du etwa nicht?«

Allegra wandte kopfschüttelnd den Blick ab. Kirsty nicht nur verheiratet, sondern schon wieder geschieden? Zhou und Massi ein Liebespaar? Zwischenmenschliche Beziehungen – für sie war das ein Buch mit sieben Siegeln. Sie hatte kein Ohr für Klatsch und keine Lust auf »intime Gespräche«.

»Du hast das wirklich nicht mitgekriegt?«, Isobel lachte ungläubig. »Mann, Legs, wo wohnst du denn, auf dem Mond?«

»Ich bin nicht so wie du«, knurrte Allegra, »mir erzählen die Leute nicht immer gleich alles. Oder lassen es sich aus der Nase ziehen.« Sie zupfte eine nicht vorhandene Fussel von ihrer Hose.

»Ach, nee, was du nicht sagst.«

Allegra warf sich neben ihrer nervtötenden Schwester aufs Bett.

Isobel zog die Nase hoch und warf Allegra einen Seitenblick zu. »Loverboy ist wohl ausgegangen, was?«

»Ja. – Was? Nein! Ich meine … wen meinst du?«

Isobel gackerte wie ein Huhn. »Du bist einfach einmalig! Vor allem, wenn du zu lügen versuchst. Du solltest mal dein Gesicht sehen!«

Allegra warf stöhnend einen Arm über die Augen. »Ach, lass mich in Ruhe. Ich hab einen anstrengenden Tag hinter mir.«

»Die Nacht war sicher noch anstrengender«, meinte Isobel mit einem anzüglichen Grinsen.

»Agh!«

»Jetzt komm schon, raus damit! Ich will alles hören. Oder muss ich's dir wirklich erst aus der Nase ziehen? Du hast ja gerade zugegeben, dass ich eine Expertin darin bin!«

»Nein, vergiss es.«

»Legs!«

Allegra überlegte einen Moment, dann warf sie ihrer Schwester unter der Armbeuge hervor einen verschmitzten Blick zu. Sie wusste ganz genau, wie man sie zum Schweigen brachte. »Wie wär's mit einem neuen Bikini?«

»Au ja!«

Allegra stieß einen Flügel der schweren Tür auf, und ein Schwall warmer Luft drang ihnen entgegen, als sie den Poolraum betraten. Die Goldfliesen des Beckens funkelten mit den Kristallen des Kronleuchters um die Wette. Allegra musste Isobel einen Schubs geben, denn diese war wie vom Donner gerührt stehen geblieben, den Mund aufgerissen.

»Heiliger Strohsack!«, hauchte Isobel mit Augen, so groß wie Untertassen. Dann hoppelte sie auf eine der in die Wand eingelassenen Bänke mit tiffanyblauen Polstern zu.

»Bist du sicher, dass es dir nicht schadet, ins Wasser zu gehen?«, fragte Allegra besorgt. Sie schlüpfte aus ihrem Frotteemantel und trat an den Beckenrand.

»Im Gegenteil, Dr. Baden hat gesagt, Hydrotherapie sei das beste Training für mein Bein. Schubs doch mal die Liege rüber, ja?«

Allegra, die bereits bis zur Hüfte im Wasser stand, tat, wie ihr geheißen – auch wenn sie bezweifelte, dass Dr. Baden das Rumlümmeln auf einer Wasserliege als »Hydrotherapie« bezeichnen würde. Sie half Isobel, die sich mit einer Hand am Geländer festhielt, ins Becken. Es wurde leichter, sobald sie bis zu den Hüften im Wasser stand. Dann hievte sich Isobel nicht ungeschickt auf die Wasserliege und streckte sich mit einem genießerischen Seufzer aus – dem sich ein Freudenschrei anschloss, als sie in einer

Seitentasche der Liege eine wasserdichte TV-Fernbedienung fand. »Mann, Legs, besser geht's nicht, was?«

Allegra legte sich auf den Rücken und ließ sich mit halb geschlossenen Lidern durchs wunderbar warme Wasser gleiten, unter dem Lüster hindurch zum anderen Ende, wo Isobel dümpelte, bis ihre Zehen den Beckenrand berührten und sie sich wieder abstieß. Wie ereignisreich dieser Tag gewesen war ... Herrliche Dinge, wundervolle Dinge waren geschehen, aber auf ihre Art ebenso beunruhigend wie die schlechten Nachrichten. Allegra war seltsam aufgewühlt, fühlte sich verwundbar und unsicher.

Ihre Schwester hatte es mittlerweile geschafft, den großen Flachbildschirm anzuschalten, allerdings ohne Ton reinzubekommen. Allegra konnte zehn Bahnen in Frieden hinter sich bringen, bevor es Isobel gelang, die Stummschaltung aufzuheben. Sie fuhr erschrocken hoch, als plötzlich so laute Musik aus den Lautsprechern schallte, dass sich im Wasser kleine Wellen bildeten, wie in Jurassic Park, kurz vor der Annäherung des Tyrannosaurus. (In diesem Fall handelte es sich jedoch um einen Song von Miley Cyrus.)

»Nicht so laut!«, brüllte Allegra.

Isobel, die im Takt der Musik mit den Schultern wippte, legte eine Hand ans Ohr. »Was?«

Allegra machte hektische Gesten. »Leiser!«

»Ach so.« Isobel gehorchte.

Nun, da Allegra nicht mehr die Trommelfelle zu platzen drohten, fiel ihr beim Anblick der hingebungsvoll twerkenden Miley Cyrus ein (oder vielmehr angesichts des laufenden Fernsehers), dass sie ja schon seit Tagen keine Nachrichten mehr geschaut hatte. Das war ihr noch nie passiert. Die Ereignisse der letzten Tage hatten sie derart in Anspruch genommen, dass die weite Welt jenseits dieses Gebirgstals vollkommen in den Hintergrund getreten war.

»Könntest du kurz auf einen Nachrichtensender umschalten? Dauert nicht lang.«

Isobel zog zwar die Nase kraus, schaltete aber gehorsam um. »Ehrlich, Legs, du bist manchmal so was von spießig! Das ist der coolste Swimmingpool, den ich je gesehen habe, und du willst *Nachrichten schauen*! Also echt!«

Aber Allegra hörte nicht mehr hin. Ihre Aufmerksamkeit galt einem behelmten Reporter, der vor Ort von den neuesten Entwicklungen im syrischen Bürgerkrieg berichtete. Darunter lief das Band mit den aktuellen Börsenkursen, das Allegra gleichzeitig im Auge behielt. Der Auslandskorrespondent zuckte immer wieder dramatisch zusammen, während hinter ihm Bomben auf die Stadt regneten und Staubwolken wie Atompilze aufwallten. Unweit von ihm stand ein weißer Laster mit einem Logo, das Allegra bekannt vorkam.

»Ein bisschen lauter«, bat sie zerstreut.

»Lauter, leiser, du weißt auch nicht, was du willst«, murrte Isobel, während sie die Lautstärke ein wenig aufdrehte.

»… vor sechs Monaten erste Gerüchte aufkamen, Extremisten könnten sich unter dem Deckmantel einer Wohltätigkeitsorganisation ins Land eingeschmuggelt haben. Inzwischen hat sich die *Charities Commission* eingeschaltet, um diese Vorwürfe zu untersuchen. Es besteht weiterhin der Verdacht, dass der amerikanische Selbstmordattentäter als Mitglied eines im August 2014 von *PeaceSyria* organisierten Hilfskonvois ins Land geschleust worden sei …«

PeaceSyria. PeaceSyria. Allegra stockte der Atem.

»Legs, was ist denn? Was ist los?«

Allegra schaute ihre Schwester an. »Was hat der Reporter noch mal gesagt, wann soll dieser Attentäter ins Land eingeschleust worden sein?«

»August, oder?«

»Vor vier Monaten …«, überlegte Allegra. »Und die Kündigungsfrist zum Abzug von Anlagegeldern beträgt zwölf Wochen. Besakowitsch steigt *heute* aus.« Abermals schaute sie ihre Schwester an. »Er muss es gewusst haben. Er muss es irgendwie erfahren haben. *Deshalb* zieht er also sein Geld ab.«

»Wer? Was?«

»Sam hat Quartalsgewinne von bis zu 750.000 $ für ihn erzielt und einen Teil davon als Spenden an PeaceSyria überwiesen, um Steuern zu sparen. Nur so konnte er Besakowitsch diese hohe Gewinnspanne sichern.«

»Besa… Besakowitsch? Wer ist das?«

»Einer unserer Gründungsinvestoren, von PLF, meine ich. Besser gesagt, *der* Gründungsinvestor. Dank uns hat er zehn Jahre lang Superprofite eingefahren, und jetzt steigt er aus, einfach so, keiner weiß, warum. Aber das muss der Grund sein.« Sie deutete auf den Bildschirm. »Anders kann ich's mir nicht erklären. Es passt alles.«

»Aber könnte es nicht einfach Zufall sein? Die Leute ziehen doch sicher andauernd Geld ab, oder nicht?«

Aber Allegra schüttelte den Kopf. Sie wusste, dass sie auf der richtigen Spur war. Sie erkannte Verbindungen, für die andere blind waren, sah sie wie einen roten Faden in einem Gewebe. Das Timing stimmte. Nun begriff sie auch, warum er plötzlich kalte Füße bekommen hatte: Spendengelder an eine Wohltätigkeitsorganisation, die sich als Schleuser für Extremisten herausstellte? Da würde jeder die Flucht ergreifen!

»Aber nicht gleich alles auf einmal. Und nicht nach zehn guten Jahren. Leo und Pierre haben einander viel zu verdanken.«

Pierre …

»Legs?«, fragte Isobel beinahe ängstlich. Sie hatte Allegra nicht aus den Augen gelassen, wie ein Kind, das mit ansehen muss, wie der Vater plötzlich zu heulen anfängt.

Allegras Gedanken rasten. Auf einmal ergab alles einen Sinn! »Mein Gott, ich muss Pierre warnen! Das … das könnte sein Untergang sein …«, flüsterte sie und schlug erschrocken die Hand auf den Mund. »Auch nur der kleinste Verdacht, er könne eine

Terrororganisation unterstützt haben … Die werden PLF auf den Kopf stellen, die CIA wird sich einschalten.«

»Aber du kannst denen doch sicher erklären, dass du nichts davon gewusst hast«, bemerkte Isobel naiv.

»Du verstehst nicht – die Aktienmärkte stehen und fallen mit dem Vertrauen der Anleger. Und das gilt auch für eine Hedgefonds-Firma wie unsere. Der kleinste Verdacht genügt, und die Anleger werden ihr Geld abziehen. Jeder wird sich schleunigst von PLF distanzieren wollen, und Pierre ist erledigt.«

Da kam ihr ein Gedanke. Sie schaute ihre Schwester mit großen Augen an. »Wann wird Zhou wieder hier sein? Sein Vater muss unbedingt noch heute bei PLF unterzeichnen. Einen besseren Vertrauensbeweis gibt es nicht. Damit gewinnt Pierre kostbare Zeit.«

Isobel wirkte nun richtiggehend eingeschüchtert. »Ähm, Legs, das wird leider nichts. Das mit dem Vertrag.«

»Woher willst *du* das wissen?«, spottete Allegra.

»Aber ich weiß es. Massi hat's mir gestern Abend selbst gesagt, er war betrunken.«

»Wovon redest du?«

»Zhous Vater ist wegen irgendwelcher Fusionsverhandlungen in die Schweiz gekommen.«

Allegra starrte ihre Schwester wutentbrannt an. »Du spinnst doch! Was redest du da? Die Yongs wollen *investieren*, nicht *fusionieren*.« Mann! Kannte ihre Schwester überhaupt den Unterschied? »Es gab *Meetings*, ich habe mich extra in Paris mit ihnen getroffen, und in Zürich, und Zhou hat mich dringend hierher eingeladen.«

»Mit Glen … Glen irgendwas«, stammelte Isobel, »Gleneagles? Nein …«

»Glencore?«, stieß Allegra flüsternd hervor. Den Namen konnte ihre Schwester nicht kennen, außer es war doch was dran an ihrer absurden Geschichte. Woher sollte sie den Namen der größten

Bergbaufirma der Welt kennen, deren Sitz sich ausgerechnet hier in der Schweiz, in Baar, befand?

»Massi sagt, Zhou hätte dich nur deshalb hergelockt, weil er den Schaden, den er Sam zugefügt hat, wiedergutmachen wollte.«

Allegra konnte nicht fragen, worin dieser Schaden bestand, sie brachte kein Wort hervor.

»Sam wollte die Hochzeit mit Amy abblasen, und Zhou war sein Trauzeuge. Er hat ihn missverstanden, er hat gedacht, Sam hätte bloß kalte Füße bekommen, und er hat ihn überredet, es durchzuziehen. Die Ehe hat offenbar nur vier Monate gehalten. Und jetzt bewirft sie ihn mit Schmutz und versucht aus der Scheidung rauszuholen, was geht. Das hat Massi mir erzählt.« Sie zuckte entschuldigend die Achseln. »Und als Zhou dann gesehen hat, wie Sam auf dich reagiert, hat er versucht … na ja, ein bisschen nachzuhelfen.«

»Aber … aber das ist doch Blödsinn. Zhou würde doch nicht seinen Vater zu all diesen Meetings überreden, zu all diesen *stinklangweiligen* Meetings mit mir, bloß um für Sam den Amor spielen zu können!« Allegra brüllte beinahe. Isobel schaute drein wie ein ängstliches Kaninchen: Friss mich nicht, ich überbringe ja nur die Nachricht …

Allegra schwirrte der Kopf. Nein, das konnte nicht stimmen. Die Yongs *mussten* an einer Geldanlage interessiert sein. »Massi irrt sich, und ich sag dir auch, warum«, begann sie und stach dabei mit ihrem Zeigefinger auf ihre Schwester ein. Ihr Verstand lief auf Hochtouren, jetzt war sie wieder in ihrem Element. »Es kann deshalb nicht sein, weil ich bereits Kontakt zu den Yongs aufgenommen hatte, *bevor* Sam ins Spiel kam. Ich kann mir ihr Interesse an einer Investition also gar nicht eingebildet haben.«

Isobel zuckte hilflos mit den Schultern. »Ich weiß doch auch nicht, Legs. Ich kann dir nur sagen, was Massi mir erzählt hat. Und der hat es von Zhou.«

Die beiden Schwestern schauten einander stumm an, über

sich den funkelnden Kronleuchter, der so tief hing, dass sie ihn beinahe hätten berühren können. Allegra hatte so viele Informationen zu verdauen, sie hatte das Gefühl, als ob man ein Maschinengewehr auf sie gerichtet und losgeballert hätte. Sie wusste nicht mehr, was Zhous wahre Absichten waren und wie das Ganze mit Sam zusammenhing. Das würde sie erst erfahren, wenn sie wieder zurückkamen und sie sie zur Rede stellen konnte. Bis dahin musste sie einen klaren Kopf behalten. Den Schaden begrenzen, so weit es überhaupt noch möglich war …

»Ich muss es Pierre sagen«, verkündete Allegra plötzlich, und schon watete sie mit großen Schritten zum Beckenrand. Sie schwang sich aus dem Wasser und lief davon, ohne sich auch nur ein Handtuch umzubinden.

»He! Und was ist mit mir?«, rief Isobel und begann hektisch zum Beckenrand zu paddeln. Aber Allegra konnte sich jetzt nicht um sie kümmern, es gab Dringenderes. Lautlos wie eine Eule auf nächtlicher Jagd rannte sie die Treppe hinauf, ohne auf die Nässespur zu achten, die sie hinter sich herzog.

Kaum in ihrem Zimmer, griff sie zum Handy und wählte Pierres Nummer. Die Demütigung, die er ihr zugefügt hatte, war vergessen, auch ihre sehnsüchtige Hoffnung, er möge den ersten Schritt tun und sich melden. Jetzt galt es nur noch, ihn zu warnen.

Er nahm schon nach dem ersten Klingeln ab. »Fisher.«

Das war sie, seine Stimme, so selbstsicher, so vertraut. *Er* hatte nie daran gezweifelt, dass sie zu ihm zurückkehren würde. »Pierre! Haben Sie die Nachrichten gesehen?«

»Das tue ich täglich. Sogar mehrmals.« Er schien zu schmunzeln – was typisch für ihn war, denn er liebte es, Katz und Maus zu spielen.

»Ich meine das mit PeaceSyria. Haben Sie das schon gehört?«

Schweigen. »Erzählen Sie's mir.«

»Die stehen unter Verdacht, unter dem Deckmantel einer Wohltätigkeitsorganisation Terroristen eingeschleust zu haben.

Besakowitsch hat allein im letzten Jahr zwei Millionen an Spendengelder an die gezahlt.«

Stille.

»Pierre, verstehen Sie, was das heißt? Das sieht doch aus, als habe er diese Leute finanziell unterstützt! Und die CIA wird die Gelder früher oder später zu Ihnen zurückverfolgen. Die Firma wird in Verdacht geraten, und ob unschuldig oder nicht, so was wird man nicht so leicht wieder los, das bleibt kleben. Die Investoren werden schneller abhauen, als Sie gucken können.«

»Nicht, wenn es uns gelingt, Yong an Bord zu holen, Allegra«, klang seine Stimme gelassen an ihr Ohr. Sie konnte sich vorstellen, wie er, mit einem Brandy in der Hand, auf das unter ihm ausgebreitete London hinabschaute. »Yong ist ein größerer Fisch als Leo. Das ist der Honig, der die Bienen wieder anlocken wird.«

»Das ist es ja gerade …« Ihre Stimme brach. Wie sollte sie ihm das bloß beibringen? »Das ist alles ein großer Schwindel, Pierre. Yong wollte nie investieren. Er will *fusionieren*. Mit Glencore.«

Abermals trat Stille ein, doch diesmal vibrierte sie wie ein zwischen zwei Fäusten gespannter Würgedraht.

»Pierre?«

»Was *zum Teufel* haben wir dann die letzten Wochen über gemacht? Was sollte das?«, brach es aus ihm hervor.

Sie konnte nur den Kopf schütteln. Die Finger an die Stirn gepresst ließ sie sich in ihrem tropfnassen Bikini auf den Bettrand sinken. »Was weiß ich? Ein Täuschungsmanöver? Um von der bevorstehenden Fusion abzulenken? Ich hatte noch keine Zeit, mit Sam zu reden, ich kann nur sagen, was ich weiß.«

Er begann zu schnaufen, wie ein wütender Stier, und sie hörte auch, wie zornig seine Schritte auf einmal klangen.

»Dieser gottverdammte Bastard! Nach allem, was ich für ihn getan hab … nach alldem hat er die *Frechheit*, mich trotzdem reinzulegen!« Er war kaum zu verstehen, so wütend war er. Allegra runzelte die Stirn. Was meinte er? Meinte er Yong? »Was hab ich alles getan, um es ihm recht zu machen! Und er hat mir versprochen, er hat mir *geschworen*, dass nichts rauskommt! So war's abgemacht. Wir hatten eine Abmachung!«

»Was meinen Sie? Mit wem hatten Sie eine Abmachung?«, fragte sie schwach.

»Na, mit wem wohl? Mit dem gottverdammten Kemp! Der hat doch diese ganze Scheiße erst ins Rollen gebracht! Er hat diese Spendengelder überwiesen! Und jetzt muss ich seine Scheiße wegräumen!«, brüllte Pierre, außer sich vor Wut.

»Pierre, das verstehe ich nicht. Was geht hier vor? Bitte, Sie müssen es mir sagen!«

Stille. Ein schwerer Seufzer. Pierres Stimme klang nun fast ausdruckslos. »Sam ist im Oktober zu mir gekommen und hat mir von dem Desaster mit Besakowitschs Geld erzählt. Irgendwie ist das mit PeaceSyria zu uns durchgesickert – wir haben gute Kontakte zu einigen Journalisten … Ich hab Kemp gesagt, wir müssen sofort an die Öffentlichkeit treten und dementieren. Wenn wir uns sofort distanzieren, können wir den Schaden vielleicht noch begrenzen. Er hat abgeraten. Er hat dasselbe gesagt wie Sie: Ein Verdacht genügt schon, und die Firma wäre erledigt. Er hat gesagt, er hätte eine bessere Idee.«

Allegra hatte sich unwillkürlich die Hand vor den Mund geschlagen. Ihre Gedanken rasten. Sie ahnte, was nun kam …

»Er hat gesagt, er könne Leo zwar nicht davon abhalten auszusteigen, aber zumindest dafür sorgen, dass er den Mund hält. Der fette Bastard hat mehr Angst um seinen guten Ruf als wir, Geld einzubüßen. Dann hat Sam Yong ins Spiel gebracht. Er meinte, er könne dafür sorgen, dass Yong sein Geld bei uns anlegt. Er hat mich überredet, so lange Stillschweigen zu bewahren, bis wir ihn als Anleger sicher haben.« Er klang nun beinahe entschuldigend. »Was sollte ich machen, Allegra? Ich hatte keine Wahl. Ich konnte Ihnen unmöglich sagen, was wirklich gespielt wird, denn damit hätte ich Sie zur Mitwisserin gemacht.« Er hielt inne. »Aber Sam durfte ich erst recht nicht über Bord werfen. Verstehen Sie jetzt?«

Allerdings. Jetzt war alles klar. Sam hatte Pierre in der Hand. Wenn er seinen Forderungen nicht nachgab, brauchte er mit seinen brisanten Informationen bloß an die Öffentlichkeit zu gehen. Schuld oder Unschuld spielte keine Rolle: Mitgefangen, mitgegangen – und PLF war der Goliath, den es mit in den Untergang reißen würde.

Sie wagte kaum noch weiterzubohren, aus Angst, auf wer weiß was zu stoßen. All diese Lügen, die sich wie Efeuranken um die Wahrheit schlangen und sie zu ersticken drohten. Dabei war alles so einfach: »Er hat Sie erpresst.«

Sam hatte das Spiel von Anfang an kontrolliert, er besaß das unschlagbare Blatt, gegen das keiner ankam. Pierre war *seine* Marionette gewesen, nicht umgekehrt. Aber was war mit ihr? Sie hatte ihn vom ersten Augenblick an bekämpft, hatte keinen Fußbreit nachgegeben. Niemals aufgeben, das war ihre Devise. Hatte er ihren Siegeswillen unterschätzt? Hatte er geglaubt, sie würde ihm einfach Platz machen und sich geschlagen geben?

Oder hatte er mit ihr etwa auch nur sein Spiel getrieben? Hatte er erkannt, dass er keine Chance hatte, mit rationalen Argumenten an sie ranzukommen, und sie deshalb becirct, deshalb mit ihr geschlafen? Weil er ahnte, dass da ihr Schwachpunkt lag?

Sie dachte an den Anfang … dieser Platz im Flugzeug, nur eine Reihe von ihr entfernt … sein Charme, sein Lächeln … der späte Besuch auf ihrem Zimmer. Er musste gewusst haben, dass sie sich mit den Yongs treffen wollte, ja, mehr als das, er hatte den Kontakt wahrscheinlich im Hintergrund eingefädelt. Sicher hatte er Nachforschungen über sie angestellt und wusste, wo ihre Stärken und Schwächen lagen, wie sie tickte. Wie hatte sie nur so blind sein können? Wie hatte sie nicht erkennen können, dass das alles eine riesige Täuschung war? Er war so plötzlich in ihrem Leben aufgetaucht. Und dann auch noch ein alter Studienfreund von Yong junior … Das war doch alles viel zu gut, um wahr zu sein.

Und selbst heute Nachmittag … Sam war überhaupt nicht aufgeregt gewesen. Er musste gewusst haben, dass Yong seniors »große Ankündigung« nicht das war, was sie erwartet hatte. Dass es mit ihm selbst nichts zu tun hatte. Und als sie ihm anvertraute, dass sie sich noch immer erhoffte, Yong als Anleger zu gewinnen, hatte er bloß gelächelt und ihr beinahe eine Liebeserklärung gemacht.

Das war das Schlimmste. Das machte ihn so überaus gefährlich. Nicht nur das, was er getan hatte, sondern das, was er sie beinahe hatte glauben lassen.

# 32. Kapitel

## *19. Tag: unbeschriebenes Blatt*

Die Nacht erschien endlos, doch als der Tag dann anbrach, als die Sonne sich über das nachtschwarze Tal ergoss, wie der Dotter eines aufgeschlagenen Eis, da war Allegra einfach nur froh, es überstanden zu haben. Sie hatte kein Auge zugetan und die ganze Nacht lang aus dem Fenster gestarrt. Dabei hatte sie sich gefühlt wie der einzige Mensch auf Erden. Doch nun regte sich Leben auf den Straßen, Lieferantenfahrzeuge bogen in Hinterhöfe, beim Juwelier gingen die Rollläden hoch, Pferdekutschen fuhren auf dem Weg zum Bahnhof mit bimmelnden Glöckchen vorbei. Mit aschfahlem Gesicht beobachtete sie dies alles vom Balkon aus.

Sie zitterte vor Kälte. Ein Frottee-Bademantel reichte bei diesen Temperaturen einfach nicht, auch wenn sie ihre Winterstiefel angezogen hatte. Sie rieb sich die Oberarme, kehrte dem erwachenden Treiben unter ihr den Rücken zu und ging ins Hotelzimmer zurück, um Frühstück zu bestellen, das sie sowieso nicht runterkriegen würde.

Tatsächlich war es kein einfaches Zimmer, sondern eine Suite. Das war das Einzige, was im Mont Cervin noch frei gewesen war, jetzt, wo die Hochsaison endgültig begonnen hatte. Nach ihrer überstürzten Flucht aus dem Chalet hatte Allegra keine Lust verspürt, sich ihr Luxusdomizil näher anzusehen – ganz im Gegensatz zu Isobel: Die hatte die Räume der Suite sogleich entzückt in Augenschein genommen, sich aber angesichts von Allegras Zustand mit lauten Freudenausbrüchen zurückgehalten. Das Gespräch im Poolraum, Allegras stille Tränen beim hastigen Kofferpacken, all dies verriet Isobel genug, um die überstürzte Art ihres Aufbruchs – ohne sich von ihren großzügigen Gastgebern zu verabschieden – nicht zu kritisieren und ihre Schwester erst mal in Ruhe zu lassen. Dass sie für ihre letzte Übernachtung in Zermatt nicht in das gebuchte Apartment zurückkehren konnten, sah sie ebenfalls ein, da Sam, Massi und Zhou dort zuerst nachsehen würden, sobald ihre Abwesenheit bemerkt worden war. Sie hatte Allegra hoch und heilig schwören müssen (bei Ferdys Leben), Massi nicht anzurufen und zu verraten, wo sie sich aufhielten.

Isobel lag noch im Doppelbett und schlief, als Allegra wieder hereinkam. Sie schüttelte auf ihrer Seite die Kissen auf, schob die kalten Füße unter die Bettdecke und setzte sich ans Kopfbrett gelehnt aufs Bett. Ihre Füße waren nicht das Einzige, was sich taub anfühlte – sie fühlte gar nichts mehr.

Isobel, aufgestört von Allegras Bewegungen, regte sich und fuhr dann mit einem Schnarcher aus dem Schlaf hoch. Sie hob den Kopf und schaute sich blinzelnd um. Als sie ihre Schwester so reglos neben sich sitzen sah, den Blick starr auf die gegenüberliegende Wand gerichtet, wirkte dies wie ein Schwall kaltes Wasser.

»Morgen!«, krächzte sie und stemmte sich auf die Ellbogen. »Gut geschlafen?« Ein Blick in Allegras bleiches Gesicht und auf die tiefen Schatten unter ihren Augen verriet Isobel alles, was sie wissen musste.

Ein paar Sekunden vergingen, bevor Allegra reagierte.

»Was? Wie bitte?« Sie schaute ihre Schwester blinzelnd an, als würde sie aus einer Trance erwachen.

»Ach, nichts.« Auch Isobel schüttelte nun ihre Kissen auf und setzte sich ans Kopfbrett gelehnt hin.

Aber Allegra war schon wieder abgedriftet. Schweigend saßen sie ein paar Minuten so da.

»Hast du keinen Hunger? Ich schon.«

Wieder fuhr Allegra blinzelnd aus ihrer Abwesenheit. »Was?«

»Hast du keinen Hunger? Du bist ganz blass, und gestern Abend hast du auch nichts mehr gegessen. Soll ich uns Frühstück bestellen?«

»Ach … hab ich schon«, antwortete Allegra abwesend.

»Ah, gut. Cool.«

Isobel verwob ihre Finger und fragte sich, was sie tun sollte. So hatte sie Allegra erst einmal erlebt, vor langer Zeit. Danach war sie nicht mehr dieselbe gewesen, danach war aus ihr die Allegra geworden, die sie heute war: Allegra redux.

»Hast du das Schublädchen für heute schon aufgemacht?« Diesmal war sie auf Allegras verständnislose Miene vorbereitet und deutete auf die kleine Kommode.

»Was? Äh … nein, noch nicht.« Allegra nahm die Kommode und reichte sie Isobel.

Das war nicht die Reaktion, die sich Isobel erhofft hatte. »Willst du sie denn nicht selbst aufmachen?« Aber Allegra schüttelte bloß den Kopf und starrte wieder zur Wand.

Isobel seufzte und schaute wohl oder übel selbst nach. In der Schublade lag ein zusammengefalteter Zettel, der mit einer roten Schleife zugebunden war. Isobel hatte Probleme, den Knoten aufzukriegen, schaffte es aber nach einigem Gefummel. Neugierig faltete sie den Zettel auseinander.

»Hä?« Sie runzelte die Stirn.

Diesmal wurde Allegra von selbst auf ihre eigenartige Reaktion aufmerksam. »Was ist?«

»Da steht ja gar nichts drauf, schau! Wieso ist da ein leerer Zettel drin?«

Sie wollte Allegra das Papier reichen, doch da fiel zufällig ein Sonnenstrahl auf das Blatt. Sie stutzte. »Moment mal …« Sie richtete sich überrascht auf und hielt das Papier ins Licht. »He, da steht ja doch was!«, rief sie entzückt aus. »Schau!«

Allegras Miene blieb ausdruckslos, alles andere wäre zu viel Mühe gewesen. Alles, was sie sah, war ein unbeschriebenes Blatt.

»Da steht was in unsichtbarer Tinte drauf!«, verkündete Isobel strahlend. »Wahrscheinlich eine Geheimbotschaft!«

Allegra schnaubte spöttisch.

»Nein, im Ernst! Hier, du musst den Zettel ans Licht halten.«

»Unsichtbare Tinte! Du spinnst, wo …« Aber Isobel hielt ihr den Zettel direkt vor die Nase, und jetzt konnte sie es auch sehen: Da stand etwas in einer fast unsichtbaren Handschrift, wie ein Wasserzeichen. »Aber … wie ist das möglich? Gab's damals schon so was wie unsichtbare Tinte? Das muss über sechzig Jahre her sein, wenn Mum wirklich noch ein Kind war.«

»Legs, das ist doch ganz einfach, das kann sogar ich dir beantworten: Weißt du denn nicht mehr, wie wir uns als Kinder immer geheime Botschaften geschrieben haben, wenn wir mal wieder heimlich ein Mitternachtspicknick veranstaltet haben?«

Allegra blinzelte wie ein Mondkalb. Nein, daran konnte sie sich beim besten Willen nicht erinnern. Aber sie versuchte ja auch, so selten wie möglich an ihre Kindheit zu denken.

»Wir haben die Botschaften immer mit der Taschenlampe gelesen, weißt du nicht mehr? Die haben wir natürlich mit Zitronensaft geschrieben! Aber daran musst du dich doch erinnern«, sagte Isobel enttäuscht. »Die Frage ist: Warum ist das mit unsichtbarer Tinte geschrieben worden?« Da kam ihr ein Gedanke. »He, das könnte Mum gewesen sein! Vielleicht eine Geheimbotschaft an Santa Claus!«

»Den gibt's hier nicht. Hier gibt's bloß den Nikolaus, einen alten Bischof, der mit Papsthut und dieser gebogenen Stange rumläuft.«

Isobel seufzte. Heute war mit Allegra einfach nichts anzufangen. Sie widmete sich stattdessen der »Geheimbotschaft«. »Hm … mal sehen …« Sie nahm Stift und Block zur Hand (Hotelpapier) und schrieb auf, was sie entziffern konnte. »Das ist ja deutsch«, klagte sie und radebrechte: *»In einem Meer von Menschen suchen meine Augen immer nur Dich«*. Sie zog verwirrt die Nase kraus. »Was soll das heißen? Verstehst du das?«

»*Ich* hab doch nie Deutsch gelernt. Du hast doch einen A-Level-Abschluss.«

»Hab ich nicht.«

»Na, dann zumindest einen GCSE, den Mittelschulabschluss.«

Isobel wirkte betreten. »Ich habe die Prüfungsvorbereitungen geschwänzt und bin gar nicht erst angetreten. Hab stattdessen Sachkunde genommen ...«

Allegra runzelte die Stirn. »Daran erinnere ich mich gar nicht.«

»Nein, denn da warst du ja schon zum Streber mutiert und hattest immer ein Buch vor der Nase kleben.«

Beide schwiegen. Ja, damals hatten sich ihre Wege getrennt: Sie hatte sich zur ehrgeizigen Musterschülerin entwickelt, Isobel zur Schulschwänzerin, die nur Jungs und Partys im Kopf hatte ...

Aber daran wollte sie jetzt nicht denken, es war ohnehin schwer genug, den Tag durchzustehen. »Lass mal das Übersetzungsprogramm drüberlaufen«, schlug sie vor. »Nimm das iPad.«

Isobel tat es. »Hm«, murmelte sie kurz darauf, »*In a sea of people my eyes will always look for you.* Ooh, ist das nicht romantisch?«

»Für Santa ist das jedenfalls nicht gedacht«, spekulierte Allegra. Sie musste unwillkürlich an Valentina denken. Und an Lars – *Opa* – irgendwie wollte es ihr noch immer nicht so recht über die Lippen – und an dieses Gemälde, das er in seiner Diele hängen hatte, als Memento an seine große Liebe. Jeder, der sein Haus betrat, musste es sehen. Noch immer dominierte sie sein Leben.

Das war das Problem mit der Liebe, der wahren Liebe. Sie verstand jetzt besser, warum ihre Mutter derart zusammengebrochen war, als ihr Vater die Familie verlassen hatte. Sie verstand, warum ihrem Großvater bei ihrem Anblick – die Wiedergeburt ihrer Großmutter – die Tränen kamen, selbst nach all dieser Zeit. Wahre Liebe währt ewig, sie begleitet einen bis in den Tod, lässt sich nicht ablegen wie ein Mantel. Einmal erfahren gab es kein Zurück mehr.

Sie merkte selbst erst, dass sie weinte, als Isobel sie plötzlich umarmte und an sich drückte.

»Okay, also es dauert nicht lange. Bist du sicher, dass ich dir nichts mitbringen kann? Du hast alles?«

»Wunschlos glücklich!«, behauptete Isobel, die in dicke Decken eingemummelt auf dem Balkon saß und frühstückte. Sie hielt mit einem schelmischen Grinsen ihr Sektglas hoch.

»Gut, aber vergiss nicht, wir müssen in einer Stunde zum Gedenkgottesdienst, du solltest also angezogen sein, wenn ich wiederkomme.«

»Klaro, kein Problem.«

Allegra machte sich also auf den Weg. Mit forschen Schritten ging sie durch den Hotelflur zum Lift. Dort stand bereits ein junges Paar – jünger als sie – und hielt den Lift höflich auf, damit sie noch zusteigen konnte. Allegra starrte zur Decke, während sich die beiden in eine Ecke drückten und verliebt miteinander tuschelten und kicherten.

Der Lift hielt an, und sie betrat die prächtige Empfangslobby, die in warmen Grün- und Rosétönen gehalten war, mit heller Holztäfelung und Möblierung. Allegra ging sofort zur Rezeption. »Könnten Sie einen späten Check-out für mich arrangieren?«, bat sie die Dame am Empfang. »Ich werde nicht vor dem Nachmittag abreisen.«

»Selbstverständlich, Miss Fisher.« Die Rezeptionistin gab den Wunsch flink in den Computer ein, und kurz darauf spuckte der Drucker die schriftliche Bestätigung aus, die sie Allegra reichte. Dann beugte sie sich vor und sagte diskret: »Übrigens, Miss Fisher, da waren gestern Abend noch ein paar Herren, die sich nach Ihnen erkundigt haben. Wie gewünscht haben wir nicht verraten, dass Sie hier bei uns abgestiegen sind.«

Allegra erstarrte zunächst, dann nickte sie gleichgültig. »Danke.«

»Können wir sonst noch was für Sie tun?«

»Nein, danke, das wäre alles. Und nochmals vielen Dank für Ihre Hilfe.«

»Jederzeit, Miss Fisher.«

Allegra setzte eine dunkle Sonnenbrille auf und trat hinaus ins grelle Weiß des verschneiten Ortes. Das Herz klopfte ihr im Brustkorb wie ein nervös flatternder Vogel in einem Käfig. Die Winterkälte traf sie mit einer Wucht, die sie überraschte. Sie fühlte sich verwundbar und aufgerieben, aber wenigstens war jetzt alles wieder so, wie es sein sollte: Ihre Welt hatte wieder die alte Ordnung. Schwarz war schwarz, Weiß war weiß. Keine bunten Regenbögen mehr und auch die rosa Brille war ihr endgültig von den Augen gefallen. Mit forschen Schritten und steif schwingenden Armen ging sie die Bahnhofstraße entlang, und die Leute wichen ihr automatisch aus, wie sie das auch aus den Korridoren der Macht gewohnt war. Ihre Miene war hart und entschlossen, ohne jede Wärme. Sie hatte gewonnen, auch wenn sie nun keinen Deal mit nach Hause bringen konnte. Pierre würde auf sie warten, er würde da sein, wie immer, wenn sie heute Abend zurückkehrte und im Büro vorbeischaute. Denn er wusste jetzt, dass sie die Einzige war, der er vertrauen konnte. Sie würden gemeinsam gegen Sam vorgehen. Zusammen würden sie sich dem stellen, was da kommen mochte. Mehr hatte sie sich ohnehin nie gewünscht.

Oder?

Am Rand der Ortschaft schwang sich ein Hubschrauber in den blauen Himmel. Ob er die Yongs an Bord hatte oder irgendeinen anderen Milliardär? Doch sie hatte den kleinen Laden erreicht und stieß die Tür auf, die ihr Eintreten mit einem zarten Bimmeln ankündigte. Das dunkelhaarige Mädchen empfing sie mit einem strahlenden Lächeln. Allegra drückte die Tür zu und schloss den Straßenlärm aus. Nur das Ticken der Kuckucksuhren erfüllte die wohltuende Stille.

»Ah! Ich habe Sie gar nicht so früh erwartet«, rief das Mädchen überrascht aus. Ihr Blick war auf die Tüte in Allegras Hand gerichtet. Der Laden hatte seit kaum zehn Minuten geöffnet, wie Allegra dem Schild mit den Öffnungszeiten entnehmen konnte.

»Ich muss heute wieder abreisen, und später habe ich keine Zeit mehr«, verkündete Allegra in herrischem Ton. Sie merkte selbst, wie unhöflich und arrogant sie klang, konnte sich aber nicht helfen. Welch ein Kontrast zu ihrer fast scheuen Begeisterung gestern! Aber sie war heute nicht mehr derselbe Mensch wie gestern, und das ließ sich nun mal nicht ändern. »Ist Ihr Vater zu sprechen?«

Das Mädchen zögerte. »Er ist hinten in der Werkstatt. Ich kann ihn holen …?«

»Oder Sie bringen mich gleich zu ihm, was immer am schnellsten geht. Ich habe nicht viel Zeit.« Allegra zuckte ungeduldig mit den Schultern.

»Ach … äh, wie Sie wollen.« Das Mädchen hob eine Thekenklappe und bedeutete Allegra, ihr zu folgen. Sie betraten einen schmalen Gang, an dessen Ende eine Treppe nach oben führte. An der Wand lehnte eine zusammengeklappte Trittleiter, und auf einer Tür stand die Aufschrift WC.

Das Mädchen blieb unversehens stehen, und Allegra war so dicht hinter ihr, dass sie ihr beinahe in die Hacken getreten wäre. »Opa!«, rief sie nach oben.

Dann führte sie Allegra zu einem Raum ganz hinten, dessen Türsturz so niedrig war, dass sie beim Betreten die Köpfe einziehen mussten. Über ein paar Stufen betraten sie die Werkstatt. Es war kein sonderlich großer Raum, mit nur einem hohen Fenster an der Schmalseite. Überall standen Werkbänke herum und Holzspäne bedeckten den Fußboden. An den Wänden hingen diverse Schnitzwerkzeuge, und unbearbeitete Lindenholzblöcke lagen herum. Ein Mann stand an einer der Bänke und schleifte an einem Holzstück, das er auf der Werkbank festgeklemmt hatte. An der Wand über ihm hingen zahlreiche Schwarz-Weiß-Fotos, auf einem davon konnte Allegra die unverwechselbare Silhouette des Matterhorns erkennen.

»Papa«, sprach ihn das Mädchen an. Da wandte er sich um und schaute der Besucherin entgegen. Er trug eine lange Lederschürze und hatte dichtes, zum Teil schon ergrautes Haar. Allegra schätzte ihn auf Mitte fünfzig. Er hatte dunkle Augen und einen leichten Unterbiss, den seine Tochter von ihm geerbt hatte.

Während er sich die Hände an der Schürze abwischte, trat er auf Allegra zu. Er streckte ihr die Hand entgegen: »Ich bin Nikolai«, stellte er sich vor, »meine Tochter sagt, Sie haben einen alten Adventskalender von uns?«

»Ja, so scheint es«, nickte Allegra. »Darf ich?« Sie deutete auf eine Werkbank. Nikolai fegte mit einer Handbewegung die Holzspäne herunter, und Allegra stellte ihre Tüte auf die verwitterte Oberfläche. Das Mädchen verschwand und tauchte mit einem Besen wieder auf, mit dem sie die Späne zusammenkehrte.

Allegra hob beinahe feierlich den ungewöhnlichen kleinen Adventskalender heraus. Nikolai nahm ihn interessiert in die Hand und begutachtete ihn. Er achtete weniger auf den Anstrich und die Bemalung als auf die Art, wie er verarbeitet war, auf die Knöpfe an den Schubladen und musterte als Letztes auch die Rückwand.

Er hob den Kopf. »Das scheint wirklich einer von unseren zu sein. Sehen Sie hier die Verbindungen und die Schubladengriffe – aber ich kann mich nicht erinnern, dass wir je einen so kleinen angefertigt haben. Unsere Kalender sind normalerweise mindestens doppelt so groß.«

»Ja, das ist mir schon aufgefallen, als ich den in Ihrem Schaufenster sah. Aber auch das, was in den Schubladen steckt, scheinen Sie teilweise noch herzustellen. Außerdem haben wir zu Hause eine Kuckucksuhr, die auch von Ihnen stammen könnte.« Sein Blick fiel auf die offensichtlich leere Plastiktüte. »Sie ist gerade bei einem Fachmann zur Reparatur. In England«, fügte sie hinzu.

»Das ist schade«, meinte er. »Aber wieso glauben Sie, dass diese Uhr auch von uns angefertigt worden ist? Ich meine, es stimmt, wir sind mittlerweile die einzigen Kunstschnitzer, die es noch in Zermatt gibt, aber wenn die Uhr genauso alt sein sollte wie das Kästchen – also mindestens zwanzig, dreißig Jahre –, dann könnte sie auch von jemand anders stammen, denn damals gab es noch mehrere Familienbetriebe wie unseren.«

»Mein Großvater hier besitzt eine ganz ähnliche Uhr. Er sagt, es sei eine Kopie der Uhr, die er verloren hat.«

»Ihr Großvater? Wie heißt er?«

»Lars Fischer.«

Die Miene des Mannes nahm sogleich einen abweisenden Ausdruck an. »Dann stammt diese Uhr mit Sicherheit nicht von uns«, sagte er, »und der Kalender wohl auch nicht.« Er stellte das Kästchen mit einer abrupten Bewegung ab.

»Aber …« Allegra musterte ihn verwirrt. Was hatte er auf einmal? Sie zog die fünfte Schublade auf und holte den Engel Barry raus. »Aber ich habe daheim genau denselben Engel.«

Nikolai musterte das Figürchen stirnrunzelnd. Er konnte sich genauso wenig einen Reim darauf machen wie sie. »Dann muss es ein Zufall sein. Bloß ein Engel.«

»Ich glaube nicht an Zufälle«, erklärte Allegra und legte den Engel wieder zurück in die Schublade. Wenn dieser Mann etwas gegen ihren Großvater hatte, dann war die Sache für sie erledigt, dann hatte sie hier nichts mehr verloren. Es war sowieso egal, woher die Sachen stammten, bloß eine Anekdote, die sie ihrer Mutter hatte erzählen wollen, die aber nicht weiter wichtig war.

»Papa.« Nikolai schaute mit einem besorgten Ausdruck zur Tür.

Allegra wandte sich um und erblickte einen weißhaarigen alten Herrn, der sich mit zitternder Hand auf einen Stock stützte. Er starrte wie hypnotisiert auf den Adventskalender und kam mit langsamen Schritten näher. Dann, als könne er nicht an sich halten, streichelte er ihn beinahe ehrfürchtig.

Allegra warf Nikolai einen fragenden Blick zu.

Aber Nikolai betrachtete seinen Vater, als fürchte er, es könne ihm etwas zustoßen. Er fing Allegras Blick auf und erklärte: »Das ist Timo, mein Vater.«

»Timo?« Den Namen hatte sie doch schon mal gehört.

Der Klang ihrer Stimme schien den alten Mann aus seiner Versunkenheit zu reißen. Zum ersten Mal schaute er Allegra an. Er erschrak bei ihrem Anblick ebenso sehr wie zuvor Lars.

»Sie haben meine Großmutter gekannt«, bemerkte sie überflüssigerweise.

Er konnte nur nicken – was ihr zumindest verriet, dass er Englisch verstand. Es war klar, dass er nicht sie sah, sondern Valentina, die Frau, mit der er verlobt gewesen war, bevor Lars auftauchte.

Auch sie legte nun ihre Hand auf die Kommode. »Haben Sie die gemacht?«

Sein Blick fiel auf ihre Hand. »Ja, das habe ich.«

Sie schluckte. Wie er das sagte … Es klang, als würde er vor Gericht stehen und ein Geständnis ablegen …

Sie folgte seinem Blick, der auf den Zinnring gerichtet war, den sie noch immer am Finger hatte – Valentinas Ring, der so schäbig wirkte, im Vergleich zu dem protzigen Goldring mit den drei Diamanten. Ohne zu überlegen, drehte sie den Ring und enthüllte den perfekten Abdruck des kleinen Herzchens in ihrer Haut. Das Herzchen, erst kürzlich an einem Morgengrauen entdeckt, hatte sie vorübergehend vollkommen vergessen.

Doch jetzt wusste sie auf einmal, was es zu bedeuten hatte. Die Rädchen in ihrem Gehirn begannen zu schnurren, und die vielen Hinweise, die sie zuvor nicht beachtet hatte, ergaben nun ein Bild – auch die von Isobel entdeckte »Geheimbotschaft« passte dazu.

Eine heimliche Liebe.

Sie sah, wie er die zwölfte Schublade aufzog und den kleinen Zinnreifen herausholte, in den ebenfalls Herzchen eingestanzt waren. Erst jetzt wurde ihr klar, was er bedeutete – und auch, dass sich die Wahrheit nicht hätte verbergen lassen. Denn als Timo ihr den Babyreif hinhielt und zu ihr aufschaute, da sah sie, dass sie ihre Augen von ihm geerbt hatte.

# 33. Kapitel

Ein Raunen ging durch die Menge, als Allegra den Mittelgang entlangschritt: das Ebenbild Valentinas. Lars saß bereits in der ersten Reihe – von Bettina keine Spur. Sein Rollstuhl stand zusammengefaltet an einer Säule. Er drehte sich um und schaute ihr mit einem leuchtenden Ausdruck in den wässrigen blauen Augen entgegen, als würde seine Braut auf ihn zukommen.

»Ich hatte schon Angst, dass etwas passiert sein könnte«, meinte er mit sichtlicher Erleichterung. Allegra half ihrer Schwester, sich hinzusetzen, und nahm dann neben ihr Platz. Er bezog sich auf ihr gestriges Ausbleiben, aber auch auf die kleine Verspätung, mit der sie eingetroffen waren. Es war ein Wunder, dass es nur zehn Minuten waren: Allegra hatte sich kaum losreißen können von Timo und all dem, was er ihr in der gemütlichen kleinen Dachwohnung erzählt hatte.

»Isobel konnte nicht schneller« war die einzige Erklärung, die sie Lars gab. Sie schaute ihn dabei nicht an, sondern suchte geschäftig nach einem Platz für Isobels Krücken.

Lars musterte sie fragend – sie hatten angefangen, sich mit einem herzlichen Händedruck und zwei Wangenküssen zu begrüßen –, aber in diesem Moment setzte die Orgel ein, und die Messe begann, nun, da die Schwestern eingetroffen waren. Alle erhoben sich und begannen zu singen.

Da die Messe auf Deutsch abgehalten und auch die Lieder in dieser Sprache gesungen wurden, konnten Allegra und Isobel natürlich nicht mitsingen. Allegra schaute sich stattdessen verstohlen um. Sie konnte kaum fassen, wie viele gekommen waren. Sie hatte erwartet, mit Lars und Isobel allein dazusitzen, stattdessen waren alle Bänke gerammelt voll, und der Kaplan hatte sogar noch ein paar Stühle aus benachbarten Cafés organisieren müssen, um dem Andrang gerecht zu werden.

Ganz hinten saß ein ihr spontan ans Herz gewachsenes Grüppchen: Timo, Nikolai, Leysa und Noemie. Sie hatten es abgelehnt, sich ganz nach vorne zu den Schwestern zu setzen, zum offiziellen Platz der Familie der Verstorbenen.

Allegra warf einen Blick auf Lars. Der sang auch nicht mit, sondern blickte starr auf das Gemälde ihrer Großmutter, das er eigens mitgebracht hatte und das nun auf einer Staffelei neben dem Pfarrer stand, wo alle es sehen konnten.

Allegra schaute es ebenfalls an: das schmale Gesicht mit der hohen Stirn, dem kantigen Kinn und den kräftigen Augenbrauen, die derzeit mal wieder einen Fashion-Moment erlebten (Allegra war auf Partys mehrmals angesprochen und neidisch gefragt worden, wie sie sie pflegte). Das lange Haar war mit leuchtenden Blüten zurückgesteckt, die Lippen rot und sinnlich, als ob sie soeben geküsst worden wären. Dies war die Frau, die sich geweigert hatte, sang- und klanglos zu verschwinden, ein bloßer Name an einem Stammbaum, der nur weibliche Früchte hervorgebracht hatte. Selbst jetzt, nach sechzig Jahren, war sie nicht vergessen, selbst nach all dieser Zeit waren die Leute in Scharen gekommen, um von ihr Abschied zu nehmen.

Das Lied war zu Ende, man setzte sich, und Pfarrer Merete begann mit seiner Ansprache. Allegras Gedanken schweiften ab. Sie musste daran denken, wie Lars sofort versucht hatte, den Verdacht auf Timo zu lenken, als sie ihn fragte, warum Valentina in jener Nacht einfach so verschwunden war. Es war ein Test gewesen, wie sie jetzt erkannte, er hatte rauskriegen wollen, ob sie schon mal von Timo gehört hatte und wie viel sie über die Vergangenheit ihrer Großmutter wusste. Sie schaute ihn an: die unsteten, wässrigen Augen, die zitternden Lippen. Aber diesmal fasste sie es nicht mehr als Schmerz über den Verlust der geliebten Gattin auf. Jetzt sah sie, dass er schlicht und einfach die Hosen voll hatte. Sie erkannte Angst, wenn sie sie vor sich hatte.

In Lars' Chalet herrschte Hochbetrieb. Gelächter schallte durch die Räume, die dicken Wände sogen die angeregten Stimmen auf. Die Leute standen in Grüppchen beieinander und unterhielten sich oder drängten sich mit einem Glas in der Hand durchs Gewühl, um diesen und jenen zu begrüßen. Jeder hatte etwas über Valentina zu erzählen, und alte Erinnerungen wurden ausgetauscht. Schnittblumenarrangements, Kunstwerke, antike Teppiche und Gemälde verblassten zur Kulisse, während die Leute von Valentinas Schönheit, ihrer Willensstärke und ihrem Temperament schwärmten. Lars saß auf seinem Stammplatz am Kamin und nahm die Lobpreisungen mit sichtlichem Stolz entgegen. Er hatte eigens ein Hochzeitsfoto auf einem kleinen Tischchen neben seinem Ellbogen aufgestellt. Das glückliche Paar schaute den Betrachter, wie damals üblich, in ernster und würdevoller Haltung an, Valentina im cremeweißen, mit Spitze besetzten Hochzeitskleid, Lars schlank und rank in einem schmal geschnittenen schwarzen Anzug samt Krawatte und Hut.

Isobel saß ihm zur Linken auf dem Sofa. Sie hatte erst dort Platz genommen, als sie sich nicht länger auf den Beinen halten konnte. Eigentlich hatte sie bei Allegra bleiben wollen, die in der Diele die Gäste in Empfang nahm, aber nach vierzig Minuten hatte ihr Knie derart zu pochen angefangen, dass ihr nichts anderes übrig blieb, als sich ebenfalls ins Wohnzimmer zu setzen. Mit einem starren Lächeln saß sie neben Lars, der sie den Gästen voller Stolz vorführte, wie ein Showpony. Viele gaben ihrem Erstaunen Ausdruck, wie ähnlich sie Anja wäre, doch konnte sie nicht umhin zu hören, mit welcher Missbilligung der Name ihrer geliebten Granny genannt wurde, die ihren Mann ohne Erklärung verlassen hatte. Allegra hatte leider keine Zeit mehr gehabt, Isobel über die neuesten Ereignisse zu informieren, sie war ohnehin schon zu spät dran gewesen, als sie ins Hotel zurückkehrte. Isobel hatte bereits in der Lobby auf sie gewartet, und sie waren sofort aufgebrochen, um die Messe nicht noch länger hinauszuzögern. Außerdem ließ sich das, was sie ihrer Schwester zu sagen hatte, ohnehin nicht in ein paar Worte fassen.

Allegra begrüßte jeden Besucher und schickte die Leute weiter zu Lars ins Wohnzimmer, aber nicht ohne ihnen zuvor ihre kleine Bitte vorzutragen. Stolz betrachtete sie das Gästebuch, das die Concierge des Mont-Cervin-Hotels auf ihre Bitte hin rasch noch besorgt und zum Chalet hatte liefern lassen, bevor die Gedenkfeier ganz zu Ende war. Es war jetzt schon zu zwei Dritteln voll. Allegra hatte alle gebeten, die Valentina noch gekannt hatten, ihre Erinnerungen und Anekdoten ins Buch zu schreiben, damit sie sie später Julia zeigen konnte, die ja noch ein Kind gewesen war, als ihre Mutter starb. Einige hatten sogar alte Schwarz-Weiß-Fotografien hineingelegt, die später eingeklebt werden konnten. Allegra lächelte, als sie sah, wie die Einheimischen den Namen ihrer Mutter schrieben – Giulia. Deshalb also das eingestanzte »G« im Riemen des Kuhglöckchenarmbands. Jetzt wusste sie, was es bedeutete: Das Armband war das heimliche Geschenk eines Vaters an seine Tochter.

Jemand tippte ihr auf die Schulter, und sie drehte sich um. Vor ihr stand die hochgewachsene, hagere Gestalt von Connor Mayhew, dem Experten vom Lawinenschutz.

»Mr Mayhew«, sagte sie erfreut und überrascht. »Ach du meine Güte – vielen lieben Dank, dass Sie extra gekommen sind!«

Er nickte betreten. »Ich denke, das bin ich Ihrer Großmutter schuldig. Es gehört sich so.«

Allegra starrte hinauf in das schmale, wettergegerbte, stoppelige Gesicht des Mannes, der ihre Großmutter nach all den Jahren gefunden und die Ereignisse dadurch erst ins Rollen gebracht hatte. Auf jeden Fall hatte er das Recht herzukommen, das fand sie auch.

»Was möchten Sie trinken?«

»Ach, ähm, nichts, danke …« Er schaute sich unbehaglich in der Luxusvilla um, fast als wolle er jemandem aus dem Weg gehen. »Ich wollte nur kurz meine Aufwartung machen, ich gehe gleich wieder.«

»Ach, wie schade! Aber ich werde meinem Großvater ausrichten, dass Sie hier waren.«

»Bitte nicht …«, entfuhr es ihm, ehe er sich bremsen konnte. Er lächelte verkniffen. »Es wäre mir lieber, wenn Sie mein Kommen ihm gegenüber nicht erwähnen würden.«

Sie musterte ihn erstaunt. »Wieso denn nicht? Er freut sich sicher, dass Sie sich extra die Zeit genommen haben, zu kommen und …« Sie stockte. Mayhew schaute sie an, als wolle sie ihn veräppeln.

»Sie müssen doch wissen, dass das SLF und Ihr Großvater nicht gerade auf gutem Fuße stehen.«

»Nein, das höre ich zum ersten Mal. Aber wieso denn? Was für Querelen könnte es zwischen Ihnen und meinem Großvater geben?« Sie musterte ihn forschend.

»Miss Fisher, das ist nicht der richtige Zeitpunkt, um …«

»Im Gegenteil, einen besseren Zeitpunkt gibt es nicht, Mr Mayhew.« Sie nahm ihn beim Ellbogen und zog ihn beiseite, dabei warf sie einen Blick ins Wohnzimmer, wo Lars nach wie vor Hof hielt. Mit gesenkter Stimme gestand sie: »Er ist gar nicht mein Großvater.« Mayhew riss erstaunt den Mund auf, um etwas zu sagen, doch sie hielt ihn mit einem Kopfschütteln davon ab. »Ich habe es selbst erst heute erfahren«, erklärte sie.

»Ja, und das alles hier?« Er wies mit einer ausholenden Handbewegung auf das Gewusel und meinte natürlich auch ihre Rolle als pflichtbewusste Gastgeberin und Enkelin.

»Was soll ich machen? Wie gesagt, ich habe es selbst erst heute erfahren. Ich kann die Gäste ja nicht vor den Kopf stoßen.« Sie holte tief Luft. »Alle, die sie kannten, sind gekommen, und ich versuche so viel wie möglich über meine Großmutter zu erfahren, solang ich noch hier bin. Was ich bis jetzt gehört habe, gibt Grund zur Vermutung, dass Lars etwas mit dem Verschwinden von Valentina zu tun gehabt haben könnte. Falls Sie mir also irgendetwas zu sagen haben, was Licht in die Sache bringen könnte, dann bitte ich Sie, nicht weiter zu schweigen.«

Connors klare blaue Augen musterten sie prüfend. Er war ein ehrlicher Mann und würde ihr nichts vormachen.

»Nun, es besteht Grund zum Verdacht – aber wir können es nicht beweisen –, dass Ihr Großvater sich damals mit anderen örtlichen Grundbesitzern und Bauern zusammengetan und absichtlich Grundstücke in Gefahrenzonen verkauft hat, bevor die Zonenkennzeichnung in Kraft treten konnte. Aber wie gesagt, wir haben keine Beweise.«

Sie schüttelte verwirrt den Kopf. »Zonenkennzeichnung? Was ist das?«

»Damit ist eine Einteilung in Gefahrenzonen gemeint. Gelb bedeutet eine geringe Lawinengefahr, Blau eine durchschnittliche und Rot eine sehr hohe. Zermatt liegt zu einem großen Teil in einer roten Zone. Diese Grundstücke hätten also gar nicht bebaut werden dürfen. Wir glauben, dass Fischer das sehr wohl gewusst hat und dass er und seine Geschäftsfreunde es deshalb so eilig hatten, ihr Land an Bauunternehmer und Spekulanten zu verkaufen, bevor die Klassifizierung in Kraft treten konnte.«

»Weil das Bauland in einer roten Zone lag und damit wertlos war?«, vergewisserte sie sich.

Mayhew nickte. »Fischer behauptet, er habe sich nur wie jeder andere gute Geschäftsmann verhalten. Leider haben die Schweizer Regierung und das SLF viel zu lange mit einem solchen Gesetz gezögert. Erst der katastrophale Winter von 1951 hat die Dinge ins Rollen gebracht, das Gesetz wurde im Eilverfahren durchgeschleust, aber für Zermatt kam es zu spät.«

»Sie wollen also sagen, dass Zermatt in einer roten Zone liegt, dass Lars das gewusst hat, aber das Land aus reiner Gewinnsucht trotzdem verkauft und damit das Leben von Hunderten, ja Tausenden Menschen in Gefahr gebracht hat?«

Der Lawinenexperte nickte. »Es war ein kalkuliertes Risiko, das wusste er. Ihm war klar, dass, was nicht verhindert werden kann, geschützt werden muss. Und das haben wir. Wir haben Millionen in den Lawinenschutz investiert, Dämme, Reservoire und anderes. Außerdem hat die Lawinenforschung seit den Fünfzigerjahren des letzten Jahrhunderts Riesenfortschritte gemacht: Wir können jetzt Lawinen nicht nur ziemlich präzise vorhersagen, sondern meist auch kontrolliert absprengen, bevor sie größeren Schaden anrichten. Zermatt ist inzwischen nicht länger gefährdet. Aber die Zeche bezahlen musste natürlich der Steuerzahler.«

Lars hatte also aus Gewinnsucht Menschenleben aufs Spiel gesetzt? Allegra wandte den Blick ab. Jetzt schämte sie sich dafür, dass sie je geglaubt hatte, so zu sein wie er, dass sie ihm auch nur das kleinste bisschen Zuneigung gezeigt hatte. »Und wer weiß davon?«

»Nur wenige. Ein paar Einheimische haben natürlich ihre Vermutungen, aber keiner sagt es laut. Es wäre unklug gewesen, es an die große Glocke zu hängen, das wollte selbst die Regierung nicht. Schließlich steckt viel Geld im Tourismus, und auch viele Arbeitsplätze hängen davon ab. Was glauben Sie, was passieren würde, wenn rauskäme, dass einige der lukrativsten Skigebiete und Hotelanlagen wissentlich und unter Missachtung der Gesetze in roten Zonen errichtet wurden? Der Schaden für die Schweizer Wirtschaft wäre verheerend.« Er bemerkte ihren unsteten Blick, die betretene Miene, mit der sie all dies aufnahm. »Ich kann mich doch hoffentlich auf Ihre Diskretion verlassen?«, fragte er.

Sie nickte. »Selbstverständlich.«

»Gut. Ich weiß nicht, ob ich Ihnen damit helfen konnte …«

Sie zuckte die Achseln. »Es verrät mir zumindest etwas über seinen wahren Charakter.«

Er trat einen Schritt zurück und bot ihr seine Hand – das Signal zum Aufbruch. »Nun, es hat mich gefreut, Sie kennenzulernen, Miss Fisher«, sagte er, nun wieder in normaler Lautstärke. »Falls ich irgendwann noch etwas für Sie tun kann …«

Sie rang sich ein gezwungenes Lächeln ab und brachte ihn zum Lift. Als er eingetreten war und sich noch ein letztes Mal zu ihr umdrehte, sah sie, wie sein Blick interessiert zwischen dem Gemälde von Valentina, das nun wieder an seinem alten Platz hing und ihr hin- und herhuschte. Dann war er verschwunden.

Allegra wandte sich um und schaute nun selbst das Porträt an. Da war sie, ihre schöne Großmutter: stolz, eigenwillig, jung, leidenschaftlich. Mit einundzwanzig Jahren bereits Mutter. Was hatte eine Frau wie sie dazu veranlasst, in einem Jahrhundertsturm hinauf in die Berge zu steigen? Was hatte ihre jüngere Schwester veranlasst, keine zwei Jahre später die Flucht zu ergreifen und das Kind, das nicht ihres war, mitzunehmen? Erst die Antwort auf diese Fragen würde endgültige Klarheit bringen.

Der Leichenschmaus war so gut wie vorbei. Auch die letzten Gäste betraten nun, die Mäntel über dem Arm, als könnten sie sich noch immer kaum losreißen, den Lift und fuhren mit vom Lachen überanstrengten Gesichtsmuskeln ins Erdgeschoss, zurück in ihre eigenen, bescheideneren Behausungen.

Aber einen gab es, der seine Aufwartung noch nicht gemacht hatte. Allegra gab das vereinbarte Zeichen und durchquerte die verlassene Diele. Nur ein paar leere Weingläser, die einsam auf Fensterbrettern herumstanden, erinnerten noch an das frohe Gedränge, das die Villa wahrscheinlich schon länger nicht mehr erlebt hatte. Aus dem Wohnzimmer drangen Stimmen. Allegra blieb unwillkürlich im Türrahmen stehen, als sie sah, wie Isobel, das Bein hochgelegt, sich lachend und lebhaft mit Lars unterhielt.

Allegras Magen krampfte sich unwillkürlich zusammen. Sie hatte die beiden zu lange allein gelassen. Sie hätte Isobel zumindest warnen sollen, bevor Lars sie in seine Klauen bekam. Nun würde sie das, was kam, umso härter treffen.

Isobel erreichte soeben die Pointe ihrer Geschichte, und Allegra verfolgte mit angeekelter Miene, wie Lars begeistert in die Hände klatschte. Ob ihm bewusst war, dass sich der Wind gedreht hatte? Hatte etwas in ihrer Miene ihm verraten, wie die Dinge standen? Immerhin kannte er dieses Gesicht, das sie von Valentina geerbt hatte, ja in- und auswendig. Die Tatsache, dass er begonnen hatte, aufs andere Pferd beziehungsweise die andere Schwester zu setzen, schien ihren Verdacht zu bestätigen.

Jetzt sah Isobel ihre Schwester in der Tür stehen. »Legs!«, rief sie begeistert. »Komm, setz dich zu uns, du hast dir ja die Beine in den Bauch gestanden. Tun dir auch schon die Gesichtsmuskeln weh?«

Allegra ging mit einem Lächeln, das nichts verriet, auf die beiden zu und setzte sich beschützend neben ihre Schwester. Sie reichte ihr das in cremeweiß gefärbtes Kalbsleder gebundene Gästebuch. »Da, für Mums gute Tage. Ist fast voll.«

Isobel schlug es überrascht auf und blätterte darin herum, doch dann zog sie die Nase kraus. »Äh, Legs, das ist ja alles auf Deutsch. Ich weiß nicht, wie es um Barrys Deutschkenntnisse bestellt ist – ich kann das jedenfalls nicht übersetzen.«

»Das macht nichts, das kann Timo für uns machen.«

»Timo?«, fragte Isobel, ohne aufzusehen. »Wer ist das?« Sie war gerade auf ein Foto gestoßen und studierte es mit verengten Augen.

»Unser richtiger Großvater.«

Isobels Kopf zuckte hoch. Allegra konnte nicht mehr tun, als ihr durch den Ausdruck ihrer Augen mitzuteilen, dass dies die Wahrheit war. Sie hätte es Isobel gerne auf andere Weise beigebracht, wusste aber, dass die direkte, unverblümte Art am besten war. Lars durfte keine Gelegenheit erhalten, sich aus der Sache rauszuwinden.

Das Tappen eines Spazierstocks verriet ihr, dass Timo nicht weit war. Mit Nikolai an seiner Seite betrat er das Wohnzimmer. Lars' Miene verhärtete sich schlagartig.

»Legs? Was geht hier vor?«, fragte Isobel erschrocken. Beinahe ängstlich blickte sie den beiden Männern entgegen, dem jüngeren, der seinem Vater fürsorglich half, auf dem Sessel gegenüber von Lars Platz zu nehmen und der dann hinter der Lehne wie eine Art Leibwächter Stellung bezog. Die beiden Alten starrten einander feindselig an. Für eine physische Auseinandersetzung mochten sie zu gebrechlich sein, aber ihre Mienen waren die reinste Kriegserklärung.

Dann richtete Timo zum ersten Mal seinen Blick auf Isobel, und seine Züge verklärten sich, wurden sanft und liebevoll.

Isobel warf ihrer Schwester einen hilfesuchenden Blick zu. »Allegra, du erklärst mir jetzt *sofort*, was hier los ist!«

»Lars war zwar mit Valentina verheiratet, aber er ist nicht Mums richtiger Vater.«

»Willst du damit sagen, dass sie … dass Valentina was mit einem anderen hatte?« Isobel schaute drein, als könne sie kaum fassen, dass die Leute damals schon so etwas gemacht hatten.

Sie warf Lars einen mitleidigen Blick zu. »Haben Sie das gewusst?«

»Nein«, kam es automatisch und wie aus der Pistole geschossen, aber Lars' Blick war hasserfüllt auf Timo gerichtet, die dünnen Lippen zu einem höhnischen Grinsen verzogen. »Ich wusste natürlich, dass er in sie vernarrt war, so wie jeder Mann im Dorf. Aber mehr war das nicht. Er wollte haben, was er nicht haben konnte.«

»So wie du, alter Mann«, bemerkte Timo gelassen.

»*Mich* hat sie geheiratet.«

»Das habe ich nicht gemeint. Ich habe nicht von Valentina geredet.«

Stille senkte sich über die beiden. Sie kamen Allegra vor wie zwei Boxer, die einander mit erhobenen Fäusten wachsam umkreisten: Jeder wartete darauf, dass der andere den ersten Schlag tat.

»War das nicht eine schöne Feier?«, fragte Timo, diesmal an Isobel gewandt. »Es kann kein Zweifel an seiner großen, seiner unsterblichen Liebe für seine erste Frau bestehen.«

Isobel schüttelte unsicher den Kopf.

»Nein, natürlich nicht. Wie auch? Diese Liebe ist berühmt. Jeder weiß, wie schwer es Anja gehabt haben muss, immer im Schatten dieser großen Liebe. Und die arme Bettina, kein Wunder, dass sie immer rumläuft mit einem Gesicht wie drei Tage Regenwetter.« Er zuckte die Achseln.

»Was hast du hier in meinem Haus zu suchen?«, fragte Lars in bedrohlichem Ton. »Los, verschwinde, du hast hier nichts verloren.«

Timo wirkte beinahe erfreut über Lars' Reaktion. »Ja, das kann ich mir denken. So wie du Valentina an dem Abend auch loswerden wolltest, nicht? Du hast genau gewusst, was du tust, als du ihr weisgemacht hast, ich würde oben in der Berghütte auf sie warten. Du hast gewusst, dass du sie in den Tod schickst.«

»Das ist eine dreckige Lüge!«

»Nein, es ist die Wahrheit. Du weißt es, und ich weiß es. Aber was spielt es für eine Rolle, wo es sich doch nicht beweisen lässt?« Abermals zuckte er mit den Schultern. »Das war immer unser Problem, nicht Fischer, das mit den Beweisen? Denn als Valentina tot war, hatte ich keinen Beweis mehr dafür, dass Giulia mein Kind ist. Vor dem Gesetz war sie deins. Obwohl die Wahrheit immer offensichtlicher wurde: Man brauchte das Kind nur anzusehen. Es hatte meine Augen. Alle konnten es sehen, nicht bloß du. Aber beweisen konnte ich es nicht.«

Lars sagte nichts, krallte sich aber an die Sessellehnen, dass seine Knöchel weiß hervortraten, und auch die Röte in seinem Gesicht nahm zu.

»Du bist ein *Narr*«, zischte er.

»Ein Narr, der sechzig Jahre Zeit zum Nachdenken hatte. Ich bin mir sicher, dass du sie auf diese Weise dazu gebracht hast, das Haus zu verlassen. Du hast ihr weisgemacht, ich würde oben in der Hütte auf sie warten.« Timo starrte seinen Gegner durchdringend an. »Nur so kann ich mir erklären, wieso sie bei diesem Wetter in die Berge ging.«

»Aber wieso sollte ich so etwas tun? Ich habe sie geliebt.«

»Aber sie dich nicht. Sie hat dich gehasst. Du hast sie mit Lügen und falschen Versprechungen dazu gebracht, dich zu heiraten, hast ihr weisgemacht, dass du ihr die weite Welt zeigen wirst, dass sie leben wird wie eine feine Dame. Aber es hat nicht lange gedauert, bis sie erkennen musste, dass du nicht halb so viel Geld hattest, wie du behauptet hast. Und als du dann anfingst, sie unter Druck zu setzen, den Hof und das Land zu verkaufen, da wusste sie auch, warum du sie wirklich geheiratet hast.« Ein Schatten huschte über Timos Gesicht. »Drei Tage war sie mit dir eingesperrt, als der Schneesturm wütete, drei lange Tage, in denen sie den Hof nicht verlassen konnte. Wahrscheinlich hast selbst du gemerkt, was los war: Sie konnte ihre Morgenübelkeit nicht länger vor dir verbergen. Da muss dir klar geworden sein, dass dir die Zeit davonläuft. *Ein* Kind, das aussieht wie ich? Das lässt sich noch irgendwie erklären. Aber noch ein zweites?« Er zuckte die Achseln. »Nein, alle würden es sehen, und man würde sich das Maul über dich zerreißen. Du wusstest, dass sie dich verlassen würde – und dass dir nichts bliebe, außer leeren Hosentaschen. Denn der Hof gehörte ihr.«

»Das ist eine Lüge!«, brüllte Lars nun außer sich vor Wut. Er hatte buchstäblich Schaum vor dem Mund. Isobel zuckte erschrocken vor ihm zurück.

»Oh, keine Sorge, ich wusste, wie stur sie sein konnte. Glaub mir. Ich habe sie *jahrelang* angefleht, mit mir und dem Kind fortzugehen und irgendwo ein neues Leben anzufangen, aber sie wollte nicht. Sie hatte ihrem Vater auf dem Sterbebett versprochen, für den Hof zu sorgen.« Er schüttelte bekümmert den Kopf. »Und sie hat sich nie verziehen, dass sie gegen den Wunsch ihres Vaters ihren Willen durchgesetzt und dich geheiratet hat. Sie glaubte, sie sei es ihm schuldig, nicht aufzugeben, egal wie oft du sie unter Druck gesetzt und verprügelt hast, um sie zum Verkauf des Hofes zu zwingen. Nicht mal um meinetwillen, des Mannes, den sie liebte, wollte sie den Hof aufgeben, und verkaufen wollte sie ihn schon gar nicht – für den Mann, den sie hasste. Nicht mal, als nicht mehr zu übersehen war, wer Giulias richtiger Vater ist, nicht einmal dann.« Timos Stimme zitterte bei der Erwähnung seiner Tochter, aber sein Blick wich keine Sekunde von Lars ab. »Valentina hatte ihrem Vater ein Versprechen gemacht. Lieber wollte sie sterben, als es zu brechen. Und das ist sie ja dann auch. Gestorben.«

Allegra konnte kaum atmen. Timos Worte erfüllten den Raum wie Totengeläut. Ihr war klar, was er beabsichtigte: Er wollte Lars mit allen Mitteln zu einem Geständnis bringen. Da er keine Beweise hatte, war dies seine einzige Möglichkeit.

»Ich habe sie nie geschlagen«, fauchte Lars, der sich wieder ein wenig beruhigte.

»Von wegen«, spottete Timo, »so hat es ja überhaupt wieder zwischen mir und ihr angefangen. Sie hat sich auf die Bergweiden geflüchtet und sich in den Hütten versteckt, bis ihre Blutergüsse abgeklungen waren. Als Erklärung gab sie an, sie müsse auf die Tiere aufpassen … Und das hat ihr jeder abgekauft, denn alle wussten, was für ein miserabler Bauer du warst. ›Lars kann eine Kuh nicht von einer Ziege unterscheiden‹, das haben sie gesagt. Und sie hatten recht. Ein halbes Jahr nach dem Tod ihres Vaters hattest du den Hof beinahe in den Ruin getrieben: überweidete Felder und dann diese Bandwurmepidemie, weil du das Vieh zu eng zusammengepfercht hast. Wir hätten dich ausgelacht, wenn das Ganze nicht so tragisch gewesen wäre.«

Er schwieg einen Moment. »Und es war schrecklich tragisch. Mit ansehen zu müssen, wie sie litt, wie sie sich anstrengte, den Hof am Laufen zu halten, während du eine dumme Entscheidung nach der anderen trafst. Ich hab mich oft gefragt, ob du wirklich so blöd warst? Oder ob du es nicht vielleicht absichtlich getan hast, um sie zum Verkauf zu zwingen?« Er nickte in sich hinein. »Ja, vielleicht. Vielleicht war es so. Wahrscheinlich wusstest du dir keinen anderen Rat mehr, hattest schon alles versucht. Aber dann kam die Bedrohung durch das neue Lawinenschutzgesetz hinzu, das bald in Kraft treten würde, und sie war obendrein wieder schwanger – und nicht von dir. Du hattest keine Zeit mehr. Sie weigerte sich zu verkaufen, und zwingen ließ sie sich nicht. Da hast du die Gelegenheit ergriffen, bevor sie dir entgleiten konnte wie ein glitschiger Fisch.«

»Ich muss mir das nicht länger anhören. Wenn du dir so sicher bist, dass ich ein solches Ungeheuer bin, warum gehst du dann nicht zur Polizei mit deiner Geschichte? Ich sag dir, warum: weil selbst die merken würden, dass es sich bloß um das Geschwätz eines verbitterten, verarmten Mannes handelt, der die Frau, die er liebte, an den reichsten und mächtigsten Mann im Ort verloren hat.«

Timos Augen funkelten. »Wenn ich doch bloß die Besitzurkunden hätte, alter Mann, dann würde ich's tun.«

Lars' Gesicht fiel in sich zusammen.

»Die hättest du auch gern, was? Das war alles, was du noch brauchtest, das hat mir Anja selbst erzählt.«

»Anja? Was hat die damit zu tun?«

»Alles. Deshalb hast du sie ja geheiratet. Alle wussten, dass sie für dich schwärmte, und du hast überzeugend den trauernden Witwer gespielt. Keiner hatte etwas dagegen, als du ihre Schwester geheiratet hast – obwohl es unanständig schnell passierte. Aber du hattest keine Zeit zu verlieren, nicht wahr? Sie hatte schließlich den Hof geerbt, nicht du.«

Allegra runzelte die Stirn. »Moment, geht das Erbe nicht an den nächsten Angehörigen? Und das wäre laut Gesetz der Ehemann?«

»Normalerweise schon. Aber weil es in eurer Familie seit Generationen nur weibliche Nachkommen gegeben hatte, wurde eine Klausel eingefügt, die besagte, dass das Erbe in der Blutlinie verbleiben muss. Um zu verhindern, dass der Hof durch eine Heirat in fremde Hände gerät.«

»Ihr entstammt einer langen Linie von Müttern«, zitierte Isobel, die Hand auf Allegras Arm.

Timo ließ Lars nicht aus den Augen. »Du hast Anja geheiratet, weil du glaubtest, dass du sie nur allzu leicht zum Verkauf überreden könntest. Sie war viel sanftmütiger als Valentina, sie würde sich deinem Willen schon beugen.« Seine Stimme schlug von einer Sekunde zur anderen um, wie ein Windstoß, der plötzlich aus einer anderen Richtung kommt. »Aber da hast du sie unterschätzt!«, donnerte er. »Sie war mehr wie ihre Schwester, als du gedacht hast!« Er wies mit dem Finger auf Lars. »Und da hast du angefangen, auch sie zu verprügeln, und sie begann zu fürchten, dass Valentinas Tod vielleicht doch nicht nur ein tragischer Unfall gewesen war.«

Abermals mischte sich Allegra ein. »Hätte Lars selbst denn den Hof überhaupt erben können?«

»Nur wenn die Blutlinie ausstarb«, bekannte Timo grimmig.

»Du meinst«, sie blickte ihn forschend an, »wenn Anja und Julia starben?«

Er nickte. »Nur wenn die Familie ausstarb, wäre das Erbe an den Ehemann gefallen. Beziehungsweise an den Witwer.«

Die beiden Schwestern starrten Lars entsetzt an. Kein Wunder, dass Anja die Flucht ergriffen hatte. Und Julia mitgenommen hatte. Denn juristisch hatte Timo keine Möglichkeit gehabt, seine kleine Tochter zu beschützen.

»Moment mal, das verstehe ich nicht ganz.« Isobel hob die Hand, als wäre sie in der Schule. »Granny ist erst 2001 gestorben, und Mum ist noch am Leben.«

»Ja«, nickte Timo.

»Wie hat er Hof und Grund dann verkaufen können, wo sie ihm doch gar nicht gehörten, sondern Mum?«

»Anja war spurlos verschwunden und dadurch so gut wie tot. Es fand sich niemand, der Lars davon abhielt, alles zu verkaufen. Und wer von der Klausel wusste, nun … Lars hatte genug Geld, er konnte es sich leisten, großzügig zu sein. Mit dem Verkauf hat er nicht nur ein Vermögen gemacht, sondern gleich sechs, sieben, acht, schätze ich.«

Allegra starrte Timo an. Ihre Gedanken rasten. »Und wo ist diese Besitzurkunde?«, erkundigte sie sich drängend.

Timo beäugte Lars mit verengten Augen. »Ja, das wüsste ich auch gern. Ich habe sie nie gesehen.«

»Hat Anja dir denn nicht gesagt, wo sie ist?«

»Sie wusste es ja auch nicht. Valentina hatte sie vor Lars versteckt. Sie muss gewusst haben, was ihr drohte, wenn er sie in die Hände kriegte: Dann wäre sie, wie sagt man, *entbehrlich* gewesen.«

Alle schwiegen. Allegra konnte es nicht mehr ertragen, Lars auch nur anzuschauen. Wozu das alles? Diese Familienfehde, die sich nun schon über Jahrzehnte hinzog? All die Lügen, die Vertuschungen, unter denen mehrere Generationen von Frauen gelitten hatten? Sie hatte jetzt schon mehr erfahren, als ihr lieb war. Und kaum glaubte sie, dass das alles war, kam von irgendwo ein Windstoß und wirbelte alles noch einmal auf.

Sie hatten nichts erreicht. Nichts würde sich ändern. Ihnen fehlte noch immer ein greifbarer Beweis. Aber sie hatte trotzdem genug, sie wollte nur noch ihr Flugzeug erwischen und wieder nach Hause. Ihr war übel von all diesem Lug und Betrug. Sie erhob sich und half ihrer Schwester fürsorglich auf. Auch Nikolai trat mit helfender Hand vor, um seinem Vater aus dem Sessel zu helfen.

»Sollten wir nicht …?«, begann Isobel hilflos, aber Allegra schüttelte den Kopf.

»Komm, lass uns gehen«, sagte sie leise. Wenn sie schon sonst nichts erreicht hatten – immerhin kannten sie jetzt die Wahrheit, auch wenn sie sich nicht beweisen ließ. Das musste genügen.

»Die Wahrheit kommt am Ende immer ans Licht, alter Mann«, sagte Timo hörbar erschöpft. Sein Kampf mit Lars hatte ihn ausgelaugt. Das Grüppchen verließ hoppelnd und schlurfend das Wohnzimmer; Lars schaute ihnen stumm nach. Dies war seine einzige Strafe: die Familie zu verlieren, die gar nicht seine war. Ob es ihn überhaupt kümmerte?

Wie Timo schon anfangs gesagt hatte: Der Beweis war das Problem. Ohne die Besitzurkunde konnten sie weder nachweisen, dass Lars ein Motiv gehabt hatte, seine Frau umzubringen, noch, dass er den Hof gar nicht hätte verkaufen dürfen.

Die Berge ließen sich ihre Geheimnisse nicht so leicht entlocken.

So wie es aussah, war Lars noch einmal davongekommen.

# 34. Kapitel

Es war schon nach zweiundzwanzig Uhr, als sie endlich die Ankunftshalle des Flughafens von Heathrow verließen. Isobel freute sich über die neidischen Blicke, die sie einheimsten, als sie auf dem Sonderfahrzeug durch die Halle flitzten. Allegra saß ebenfalls auf dem Buggy und hütete Isobels Krücken.

Sie konnte sich selbst kaum noch auf den Beinen halten, hatte sie doch seit fast sechsunddreißig Stunden kein Auge zugetan. Die aufregenden Ereignisse des Tages hatten ein Nickerchen auf dem Heimflug verhindert. Aber noch durfte sie nicht ruhen: Pierre wartete im Büro auf sie. »So lange wie nötig«, hatte er gesagt, was ihr seltsam vorkam.

Ihr Magen krampfte sich beim Gedanken an ihn nervös zusammen. Sie wünschte, sie hätte Zeit, nach Hause zu gehen, zu duschen und sich umzuziehen. Sie hatte viel zu wenig eingepackt, und alles, was sie mitgenommen hatte, war bereits mehrmals getragen. Andererseits, wenn sie gewusst hätte, was sie in Zermatt erwartete, wäre sie wahrscheinlich gar nicht erst abgeflogen: halsbrecherische Skifahrten, Tänze auf Bierfässern, Besäufnisse mit nur scheinbar harmlosen jungen Männern. Und das war noch der leichte Teil gewesen. Sie hatte vor der dramatischen Kulisse der Berge Engel gefunden, aber auch Teufel, hatte aus einem Netz von Lügen die Wahrheit herausgefiltert und stand nun wieder auf heimatlichem Boden, eine neue Vergangenheit im Rücken und eine weniger trübe Zukunft vor sich. In einer Stunde würde sie ihn wiedersehen.

»Bei dir alles klar?«, erkundigte sich Isobel und drückte Allegras Knie.

»Alles klar«, lächelte Allegra und verbannte entschlossen jeden Gedanken an Sam Kemp.

»Du warst einfach unglaublich.«

»Bestimmt nicht.«

»Doch. Mum wäre stolz auf dich gewesen.«

Allegra zögerte. »Schade, dass wir nicht mehr erreichen konnten.«

»Es nützt nichts, sich an was aufzuhängen, was sich eh nicht ändern lässt, Legs. Du hast getan, was du konntest. Außerdem haben wir ja jetzt das hier.« Sie tätschelte das lederne Gästebuch, das aus ihrer voluminösen Handtasche hervorschaute. »Für Mums gute Tage, wie du gesagt hast. Das ist mehr wert als Rache.«

Mit orange blinkenden Warnlichtern und einem aufdringlichen Piepen, das die Menschen aus dem Weg scheuchte, bog das Fahrzeug um die Ecke und erreichte die Ankunftshalle, wo trotz der späten Stunde viele Leute versammelt waren – sicher mehrere hundert –, darunter Verliebte, die sehnsüchtig auf die Ankunft der besseren Hälfte warteten, aber auch viele Chauffeure, die mit gelangweilten Mienen Namensschilder hochhielten.

Isobel schlug die Hände vor den Mund. »Mein Gott!«, quiekte sie. Sie hatte Lloyd hinter der Absperrung entdeckt, in seiner unverkennbaren Trappermütze. Er hatte Ferdy auf dem Arm und hielt ein Plakat mit der Aufschrift: »Willkommen zu Hause, Mummy« hoch, das mit bunten Regenbögen und Herzchen verziert war. Ferdy hatte seinen hellblauen Strampler an und wippte aufgeregt: Offenbar ahnte er, dass gleich etwas geschehen würde. Als Lloyd sie auf dem Buggy um die Ecke biegen sah, wie VIPs, tauchte er in der Menge unter, lief hintenherum und sprang dem Fahrer dann so unversehens vors Fahrzeug, dass dieser eine Notbremsung einlegen musste und böse vor sich hin grummelte.

»Ach, Iz«, seufzte er. Er beugte sich vor, um seine Frau zu küssen, aber Ferdy war schneller und hatte Isobel bereits an den Haaren gepackt. Allegra konnte sich nur wundern, dass ihre Schwester nicht vor Schmerzen aufschrie, sondern lediglich ihren Zeigefinger in Ferdys Fäustchen wand, um ihm etwas anderes zu packen zu geben, bevor sie sich vorbeugte und ihm das Näschen küsste.

»Tut's sehr weh?«, erkundigte sich Lloyd mit einem mitfühlenden Blick auf ihr Knie.

»Ach, nö. Ein Gläschen Sekt ist die beste Medizin.«

Er lachte. Dann fiel sein Blick auf Allegra. »Hallo, Legs, alles klar bei dir?« Er beugte sich vor und gab Allegra ein Bussi auf die Wange, während Isobel Ferdy herzte und küsste.

»Das ist ja ein richtiges Kunstwerk«, bemerkte Allegra ironisch und deutete auf das Plakat, »hast dir ganz schön Mühe gegeben.«

Er lachte. »Och, Ferdy hat mir geholfen ...«

»Dass du ihn so lange aufbleiben lässt ...«, schmollte Isobel, aber sie meinte es natürlich nicht ernst. Sie war entzückt, dass er ihn mitgebracht hatte.

»Schlaf wäre ohnehin nicht möglich gewesen; wir konnten es kaum mehr aushalten ohne dich.«

Isobel betrachtete ihren Mann mit einem zärtlichen Ausdruck. Es stimmte wohl, überlegte Allegra: Eine Trennung frischt die Liebe auf.

Der Flughafenangestellte, der sie auf dem Versehrten-Fahrzeug hergebracht hatte, sah sich an diesem Punkt genötigt, sich bemerkbar zu machen. »Jetzt haben Sie ja jemanden, der Sie schieben kann«, sagte er, immer noch ein wenig verstimmt. Er deutete auf den an der Seite befestigten Rollstuhl. »Dann nehmen Sie jetzt am besten den Rollstuhl, aber vergessen Sie nicht, ihn am Serviceschalter dort drüben abzuliefern, bevor Sie wegfahren.«

»Machen wir«, versprach Allegra, griff sich Isobels Krücken und hopste vom Fahrzeug herunter.

»Ist er gewachsen?«, fragte sich Isobel. »Ja, seht mal, ich bin mir sicher, dass er mindestens ein paar Zentimeter gewachsen ist!« Sie nahm auf dem Rollstuhl Platz, den Lloyd inzwischen fürsorglich für sie ausgeklappt hatte, und setzte sich Ferdy auf den Schoß.

»Meinst du? Ist mir gar nicht aufgefallen«, bemerkte ihr Gatte.

Er schob seine Frau durch die Halle, und Allegra zog die Rollkoffer hinter sich her. Sie nahmen den Lift zum Parkhaus, und wenig später saßen sie im Auto – nachdem Allegra den Rollstuhl brav zurückgebracht hatte. Es schneite, für Londoner Verhältnisse ziemlich heftig, außerdem wehte ein scharfer Wind. Zahlreiche Gepäckwagen waren mit Lametta behängt – ein Hinweis darauf, dass Weihnachten vor der Tür stand. Eine Viertelstunde später brausten sie in Lloyds verlässlichem schwarzen Golf auf der M4 Richtung Innenstadt. Allegra saß auf dem Rücksitz und studierte die aktuelle *Times*; Ferdy lag neben ihr in seinem Kindersitz und schlief den Schlaf der Gerechten. Lloyd hatte das Gebläse voll aufgedreht, damit es möglichst schnell warm wurde. Isobels langes Blondhaar flatterte, als befände sie sich in einem Windtunnel. Kaum hatte ihr Hinterteil den Beifahrersitz berührt und ihr Gatte neben ihr Platz genommen, begann sie ohne Punkt und Komma zu reden. Es gab einiges aufzuholen: Er wusste ja noch gar nichts von den neuesten Entwicklungen in ihrer Familiengeschichte. Lloyd hörte aufmerksam zu, drückte gelegentlich das heile Knie seiner Frau und warf ihr überdies geradezu hingerissene Blicke zu.

Wart's ab, bis du sie erst in dem goldenen Paillettenkleid siehst, dachte Allegra bei sich, bevor sie die Nase in die *Times* steckte. Wenn sie von Isobels Haus aus ein Taxi zum Büro nähme, könnte sie sich vorher wenigstens rasch duschen. Und Iz musste doch irgendwas zum Anziehen haben, was sie sich ausborgen konnte – ein schwarzes Kostüm, das sie normalerweise für Beerdigungen reservierte?

Beim Gedanken an Beerdigungen fiel ihr Blick auf den Zinnring, den sie noch immer am Finger trug. Sie hatte es nicht eilig, ihn abzunehmen.

»… war gar kein Adventskalender«, erklärte Isobel gerade, »sondern so eine Art Erinnerungsschatulle. Da ist zum Beispiel dieses kleine Armband mit roten Stechpalmenbeeren, die er am Tag von Mums Geburt gepflückt hat.«

Lloyd runzelte die Stirn. »Stechpalmenbeeren? Aber sind die nicht giftig?«

»Irre, was?«, pflichtete ihm Isobel munter bei. »Einem Kleinkind so was zu geben, das käme heutzutage nicht mehr infrage.«

»Allerdings nicht. Da würde einem ja das Jugendamt aufs Dach steigen«, meinte Lloyd.

Allegra verdrehte die Augen und blätterte weiter.

»Und dann gibt's da dieses Herzchen aus Drahtgeflecht, das er mit Edelweiß verziert hat, das er und Valentina im Sommer vor Mums Geburt zusammen in den Bergen gepflückt haben; Valentina hat die Blümchen eigenhändig über Mums Krippe zum Trocknen aufgehängt … und, äh … was war noch, Legs?«, rief Isobel nach hinten.

»Das Glücksblatt«, antwortete Allegra, ohne von der Zeitung aufzuschauen.

»Ach, ja! Das Glücksblatt!«, rief Isobel begeistert. »Stell dir vor, Lloyd, er hat auch Glücksblätter gesammelt! Er hatte sogar eins in seinem Portemonnaie! Er sagt, Glück kann man gar nicht genug haben. Da siehst du mal« – sie stupste ihrem Gatten den Ellbogen in die Seite – »und du hast immer gedacht, ich spinne! Aber da kommt's her, das hab ich von ihm geerbt!«

Lloyd streichelte liebevoll Isobels Oberschenkel. »Ich werde nie wieder an dir zweifeln«, versprach er.

»Warte, bis du ihn erst mal gesehen hast, Lloyd. Er sieht aus wie …« Sie schnippte mit den Fingern. »Wie heißt noch mal Pinocchios Vater?«

»Geppetto.«

»Genau. Er sieht aus wie Geppetto mit seinem kleinen weißen Schnurrbart und den schelmisch funkelnden Augen. Er hat übrigens auch unsere Kuckucksuhr gemacht. Deshalb hat Granny sie auch mitgenommen: als Erinnerung für Mum an ihren richtigen

Dad. Ist das nicht süß? Und stell dir vor, er lebt noch immer in dem Haus, in dem er geboren wurde. Ist nie vom Fleck gekommen, komisch, nicht?« Sie hatten nach der Feier und der Konfrontation mit Lars gerade noch Zeit für einen Tee gehabt, in der kleinen Mansardenwohnung, in der Timo mit seinem Sohn Nikolai und dessen Frau und Tochter lebte.

»Kaum vorstellbar«, fand auch Lloyd.

»Das Häuschen ist *winzig*. Unten der Laden und oben ein paar Zimmerchen. Aber es ist unheimlich gemütlich. Und er hat alle Möbel selbstgemacht, stell dir vor! Ha, da kann mir Ikea gestohlen bleiben!«

Allegra fragte sich allmählich, ob Isobel irgendwann auch mal Luft holen würde.

»Er hat also nie geheiratet?«, fragte Lloyd und nahm die Abzweigung nach Fulham.

»Erst zwölf Jahre später. Er hat erzählt, wie er jahrelang jeden Sommer in die Berge gegangen ist und nach Valentina gesucht hat, aber irgendwann … na ja, irgendwann geht das Leben halt weiter.« Sie zuckte die Achseln. »Es ist echt traurig. Seine Frau ist vor vier Jahren gestorben, und jetzt lebt er bei seinem Sohn Nikolai, Niks Frau Leysa und deren Tochter Noemie. Sie ist siebzehn. Stimmt's, Legs? Noemie ist siebzehn?« Isobel drehte sich abermals zu ihrer Schwester um. »Legs? Was ist los?«

Allegra saß wie erstarrt, die Zeitung vergessen auf dem Schoß. Sie blinzelte, als würde sie aus einer Trance erwachen. »Glencore ist heute um neununddreißig Punkte raufgegangen«, verkündete sie tonlos.

»Glencore?« Isobel runzelte die Stirn. »Ist das nicht diese Firma, von der ich dir erzählt habe?«

»Und ich hab's Pierre erzählt.«

Lloyd, der sofort kapierte, warf ihr einen Blick im Rückspiegel zu. Auch Isobel klappte nun der Unterkiefer runter. Selbst sie erkannte, was das heißen musste.

# 35. Kapitel

*20. Tag: leere Schublade.*
*Schwacher ringförmiger Abdruck*

Bacon-Sandwich? Legs?«, rief Isobel, die in der Küche stand.

»Wie? Ach, nein danke.« Allegra saß am Küchentisch, den Blick wie hypnotisiert auf den kleinen Fernseher gerichtet. Zum zwanzigsten Mal in dieser Stunde sah sie, wie Pierre in Handschellen abgeführt wurde.

Ein Sandwich tauchte unter ihrer Nase auf und wurde entschlossen auf den Tisch geknallt. »Iss!«, befahl Isobel. »Verhungern hilft auch nicht.«

»Ach …« Allegra griff gehorsam zum Sandwich. Biss einmal ab. Begann zu kauen.

Sobald Isobel ihr den Rücken zugekehrt hatte, legte sie es auf den Teller zurück und schob ihn weg.

»Legs!«, warnte Isobel, ohne sich umzudrehen. Sie nahm eine Flasche Ketchup aus einem Oberschränkchen.

»Sorry.« Allegra biss noch einmal ab. Aber sie merkte kaum, was sie aß, es hätte ebenso gut ein Sägemehl-Sandwich sein können.

Der eingespielte Filmbericht war zu Ende, und der Sprecher tauchte wieder auf. Er hatte ein paar Gäste im Studio, mit denen er mit Grabesstimme über die Auswirkungen des Finanzskandals debattierte und über die Nachlässigkeit der Kontrollbehörden, die so etwas überhaupt zugelassen hatten. Allegra kannte die Schlagwörter inzwischen im Schlaf, egal in welcher Reihenfolge oder Mischung sie auftauchten: verhaftet … Milliarden … Liquiditätsengpass … Whistleblower – all das lief nur auf eins hinaus: Insiderhandel.

Allegra klebte geradezu an den Nachrichten, seit der Skandal aufgeflogen war, schaltete von einem Nachrichtensender zum anderen, verfolgte die Berichte mit einer fast morbiden Faszination.

»Die Arroganz von dem Kerl ist kaum zu fassen«, bemerkte Isobel, die gerade ihr eigenes Bacon-Sandwich in zwei Hälften schnitt, »hat er wirklich geglaubt, dass er damit durchkommt?«

»Reine Verzweiflung«, murmelte Allegra, das Sandwich in ihrer Hand schon wieder vergessen.

»Ach was, Geldgier, meinst du wohl. Er dachte wirklich, sie würden ihm nicht auf die Schliche kommen, er hätte alle Spuren verwischt, aber allein das Timing, das war viel zu knapp – sieht doch ein Blinder, dass das verdächtig ist.« Isobel biss in ihr Sandwich, lehnte sich kauend an die Anrichte und begann ihre SMS durchzusehen.

»Mmm …« Allegra riss sich von einer Aufnahme ihres Bürogebäudes los und fuhr erneut aus ihrer Trance. »Was … Moment, was hast du gesagt? Timing? Was meinst du?«

»Hm?«

»Du hast gesagt, das Timing wäre verdächtig knapp.«

»Klar – eine Sekunde zwischen den Transaktionen, ich bitte dich! Selbst ich weiß, dass sich so was nicht so schnell abwickeln lässt.« Isobel verdrehte die Augen. Sie hielt sich die Hand vor den Mund, während sie mit vollem Mund redete.

Allegra starrte sie an. »Was meinst du mit Timing?«, wiederholte sie.

Isobel schluckte und wies auf den Fernseher. »Na, das Timing … haben sie das nicht erwähnt?«

»Nein, haben sie nicht. Noch kein Wort über das Wie, zu solchen Informationen hat die Presse keinen Zugang.« Allegras Augen wurden ganz schmal. Sie erhob sich. »Was hast du gehört?«

»Nichts.« Aber Isobel versteckte hastig ihr Handy hinter dem Rücken.

»Iz«, sagte Allegra warnend und ging mit ausgestreckter Hand auf ihre Schwester zu. »Los, gib schon her.«

»Da gibt's nichts zu sehen …«

»Sofort!«

Isobel schüttelte den Kopf, aber Allegra hatte ihr das Handy bereits entwunden. Massi. Tausend Küsse und ein Smiley.

»Du hast geschworen, dass du ihn nicht anrufst!«, rief Allegra aufgebracht.

»Nein, ich hab dir bloß versprochen, ihm nicht zu verraten, wo wir abgestiegen waren. Aber jetzt sind wir ja nicht mehr in Zermatt, jetzt sind wir wieder zu Hause.« Sie zuckte eingeschüchtert mit den Achseln. »Und genau genommen hab ich ihn auch nicht *angerufen.*«

»Simsen zählt auch, das weißt du genau!« Allegra scrollte grimmig die ausführliche Korrespondenz der beiden durch. Die Hälfte davon beschäftigte sich mit Überlegungen, was man tun könne, um diese schreckliche Hochzeit mit der gekauften Braut doch noch zu verhindern. Die andere Hälfte jedoch …

Sie warf Isobel einen wütenden Blick zu.

»Legs, ich musste ihm doch eine Erklärung für unser plötzliches Verschwinden geben! Sam ist ausgeflippt, als er merkte, dass du weg warst! Und weil *du* ja nicht an dein Handy gegangen bist, ist Massi nichts anderes übrig geblieben, als mir zu texten. Er wollte doch bloß wissen, was passiert war und ob uns was zugestoßen sei. Ich hab ihm das von Syrien erzählt, als wir schwimmen waren, und dass ich dir deshalb natürlich das mit Gleneagles verraten musste und dass du daraufhin Pierre angerufen hast, um ihn zu warnen. Aber ich hab ihm nicht verraten, in welchem Hotel wir waren, ich schwör's.«

Allegra legte den Kopf schief und fragte scharf: »Sam weiß, dass ich Pierre von der Fusion erzählt habe?«

»Ich schätze schon. Wieso?«

Allegra schaute zum Fernseher. Whistleblower.

»Legs, hör zu, ich weiß, wie sauer du auf ihn bist, aber du solltest wirklich mal mit ihm reden. Massi sagt, du weißt ja nur die Hälfte. Sam ist Pierre offenbar schon vor Wochen auf die Schliche gekommen.«

»Wie denn?«, fragte Allegra empört. Was hatte *er* bemerkt, das sie übersehen hatte?

»Du hast recht, es hat was mit diesem Russen und dieser Wohltätigkeitsorganisation zu tun.«

»PeaceSyria und Leo Besakowitsch?«

»Ja, genau der. Er hat Wind davon gekriegt, dass was faul ist, und wollte wissen, ob da noch mehr Schindluder mit seinem Geld getrieben wurde. Sam ist die Transaktionen durchgegangen und hat festgestellt, dass regelmäßig Gelder abgezweigt wurden, die auf dem … na, auf eurem Konto gelandet sind.«

»Du meinst das Firmenkonto?«

»Genau. Aber das Komische war, dass die Überweisungen zu ganz seltsamen Zeiten stattfanden. Sam hatte sie jedenfalls nicht in Auftrag gegeben. Und sie hatten deine Initialen, die Transaktionen.«

»*Meine?*« Allegra wurde ganz übel. O nein …

»Das war der Grund, warum er überhaupt hier aufgetaucht ist. Zhous Dad war zufälligerweise auch gerade in der Schweiz, wegen der Fusionsverhandlungen mit Gleneagles, das hat gepasst, und er hat sich bereit erklärt, euch ein bisschen an der Nase herumzuführen, indem er vorgab, einen Anlagenmanager zu suchen. Ihm hat das gut gepasst, weil das jeden Verdacht von den Fusionsverhandlungen abgelenkt hat, und Sam bekam dadurch einen Fuß in eure Tür, um selbst vor Ort rauszufinden, was los war.«

»Deshalb hat Yong also gesagt, dass er nicht mit einer Frau zusammenarbeiten kann«, überlegte Allegra. Jetzt war ihr alles klar.

Isobel zuckte die Achseln. »Weiß nicht. Ich weiß nur, was Massi mir erzählt hat. Er sagt, Sam ist ziemlich schnell klar gewesen, dass du nicht dahinterstecken konntest, weil … wie war das noch? Ja, weil eine Überweisung in der Nacht gemacht wurde, die er mit dir in Zürich verbracht hat.« Sie hob bedeutungsvoll eine Braue, war aber klug genug, in Allegras derzeitigem Zustand nicht weiter nachzuhaken. Allegra machte sich jedoch keine Illusionen: Sobald sich die Wogen geglättet hatten, würde ihre Schwester nicht lockerlassen, bis sie alles aus ihr rausgequetscht hatte.

»Wie auch immer, das bedeutete jedenfalls, dass du aus dem Schneider warst. Und wenn du's nicht warst, dann musste es jemand sein, der dein Passwort kannte und sich bei dir einloggen konnte. Also hat er einen deiner Analytiker um Hilfe gebeten.«

Allegra schnappte nach Luft. Bob? Deshalb hatte er sich also mit ihm zusammengetan?

»Und sie haben die Spur … wie nennt man das noch …«

»Die IP-Adresse?«

»Genau! Sie haben sie zu – na rate mal! – zu Pierres Computer zurückverfolgt. Massi sagt, deshalb hat Sam Pierre bei der Firmen-Weihnachtsfeier aufgestachelt. Er sagt, du warst einfach nicht abzuschütteln; du wolltest diesen Deal unbedingt machen, also blieb ihm nichts anderes übrig, als dich so zu provozieren, dass du das Handtuch wirfst und von selbst kündigst. Denn wenn du raus bist und diese Transaktionen weitergehen …« Sie hob vielsagend die Augenbrauen.

Allegra wusste nicht, was schrecklicher war: das Ausmaß von Pierres Verrat, seine Entschlossenheit, sie zu zerstören, oder das Ausmaß dessen, was Sam zu tun bereit gewesen war, um sie zu retten.

Sie wandte den Blick ab. Sie hatte das Gefühl, auf einem schwankenden Schiffsdeck zu stehen, das im Sturm umhergeschleudert wurde. Endlich war es raus, endlich kannte sie die ganze Wahrheit. Pierre hatte kaltblütig versucht, die Schuld auf sie abzuwälzen. Und Sam hatte ihre Karriere nur retten können, indem er sie zerstörte. Jetzt begriff sie, warum Sam so wütend gewesen war, als sie in Zermatt auftauchte, wütend auch auf Zhous Einmischung. Zhou, der sie wieder ins Boot geholt hatte, weil er ein schlechtes Gewissen wegen der Sache mit Amy hatte und es bei Sam hatte wiedergutmachen wollen.

Auch all die anderen Kleinigkeiten, die ihr damals seltsam vorgekommen waren und die sie sich nicht hatte erklären können, ergaben plötzlich einen Sinn: Sams Ausrutscher in Bezug auf Lindover, der ihr verriet, dass er Nachforschungen über sie angestellt hatte, die Sache mit ihrem Handy, als sie am Montagmorgen mit diesem schrecklichen Kater aufgewacht war und gesehen hatte, dass Pierres SMS auf ihrem Display war. Jetzt wusste sie, dass Sam spioniert haben musste, nachdem er sie und Isobel zu ihrem Apartment zurückgebracht hatte. Und auch als er in ihr Büro geplatzt kam und sie mit halb offenem Kleid dastand – er hatte weniger auf ihren bloßen Rücken geachtet als vielmehr auf ihr Passwort, das sie eintippte, um ihren Terminkalender aufzurufen. Dann dieser Anruf von Bob auf dem Berg …

»Ruf ihn an, Legs«, wiederholte Isobel. Sie hatte ihre Hand auf Allegras Arm gelegt und musterte sie besorgt. »Lass ihn das erklären. Ich hab da sicher irgendetwas durcheinandergebracht.«

Allegra schaute ihre Schwester düster an. In Gedanken war sie bei ihrer ersten Begegnung mit Sam, im Flugzeug. Wenn sie damals geahnt hätte, was kommen würde, die Verwicklungen, die ihnen bevorstanden – Liebende, Feinde, Kollegen, Verbündete … Wenn sie die Zeit zurückdrehen, noch einmal zu dieser Nacht zurückkehren könnte, würde sie dann alles anders machen? Oder nur einiges? Oder gar nichts?

*In einem Meer von Menschen suchen meine Augen immer nur Dich*. Der Satz wog deshalb so schwer, weil sie ihn genau nachempfinden konnte – ihr ging es genauso. Wo immer sie war, ihre Augen suchten immer zuerst nach *ihm*. Nach Sam. Vom ersten Augenblick an, im Flugzeug. Aber hatten die Ereignisse in Zermatt ihr nicht gezeigt, wie irreparabel die Schäden waren, wenn man ernsthaft liebte?

Sie schüttelte den Kopf. Nein, manche Risiken waren einfach zu groß.

»Menschenskind, Legs, *er ist nicht Dad*!«

Allegra starrte ihre Schwester baff an. »Dad? Was hat der damit zu tun?«

»Ach, das sieht doch ein Blinder, wie verrückt Sam nach dir ist. Der hätte das alles doch nicht getan, wenn er vorhaben würde, dich zu verlassen.«

»Iz, du verstehst nicht …!«

»Doch, ich verstehe sogar sehr gut. Ich weiß ganz genau, was unser Vater dir damals angetan hat. Du warst einfach fantastisch an diesem Abend in der Kirche, beim Krippenspiel. Die ganze Schule hat den Atem angehalten, als du gesungen hast. Ich sehe Mums Gesicht noch heute vor mir. Ich glaube nicht, dass sie auch nur einmal Luft geholt hat, während der ganzen Strophe.«

»Iz …«, krächzte Allegra. Sie wusste es selbst noch ganz genau – ihre Mutter war extra eine Stunde früher gekommen, um einen Platz in der ersten Reihe zu ergattern, und hatte eine Fernsehzeitschrift dabeigehabt, damit sie was zu lesen hatte, bis es anfing. Ihre leuchtenden Augen, ihr strahlendes Gesicht. Vollkommen ahnungslos, dass der Mann im langen grauen Wintermantel und im braunen Seidenschal, der stumm im Hintergrund stand, dabei war, in Kürze ihr Leben zu zerstören.

»Du warst einfach perfekt.«

»War ich nicht.«

»Doch. Aber es spielte keine Rolle, Legs, er wäre so oder so gegangen, egal wie gut du warst. Was er dir angetan hat, war unverzeihlich: Er hat dich glauben lassen, du könntest etwas ändern, was längst beschlossene Sache war.« Isobel legte einen Arm um ihre Schwester. »Das war grausam und unfair. Er hatte nie die Absicht, bei uns zu bleiben, er wollte bloß Zeit gewinnen. Er hat diese andere Frau und seine anderen Kinder immer mehr geliebt als uns.«

Allegra wandte den Blick ab. Wie hatte sie sich angestrengt! All die Abende, die sie über Schulbüchern verbrachte, während ihre Schwester sich auf irgendwelchen Partys austobte. Noch im selben Jahr hatte sie es geschafft, ihre Leistungen so weit zu verbessern, dass sie für ein Stipendium infrage kam, hatte die Hauptrolle im Theaterstück bekommen, den Leichtathletik-Schulrekord im Wettlauf über die lange Distanz eingestellt und die Solostimme im Schulchor übernommen …

Als er sie dann trotzdem verließ – sie *trotz alledem* verließ –, da wäre jeder andere wahrscheinlich zusammengebrochen und hätte aufgegeben. Aber nicht Allegra. Sie hatte einen ausgezeichneten Schulabschluss gemacht, war zur Uni gegangen, hatte sich das Studium nicht nur mit einem, sondern gleich mit zwei Jobs finanziert, während die Kommilitonen sich in Pubs herumtrieben. Und danach hatte sie sofort einen fabelhaften Job in der Londoner City ergattert, hatte Abende in Stripclubs ertragen, wo sie die einzige Frau war, die mehr als einen Tanga trug, um reiche männliche Klienten für die Firma zu gewinnen. Weil das Geld einbrachte, und Geld war gleichbedeutend mit Sicherheit und Unabhängigkeit, es war der Stinkefinger für den Vater, der sie eiskalt im Stich gelassen hatte.

Ihre Mutter war nach seinem Abgang zusammengebrochen, vor allem als sich die Rechnungen zu häufen begannen und sie keine Ahnung hatte, wie sie sie bezahlen sollte. Isobel hatte in einem wilden, ungezügelten Teenagerleben Vergessen gesucht, um sich nicht der Wahrheit stellen zu müssen, dass er seine anderen Kinder mehr liebte als sie. Aber sie, Allegra, hatte die Zügel in die Hand genommen, hatte die Lücke gefüllt, die er hinterlassen hatte, hatte ihre Verzweiflung in Ehrgeiz umgewandelt und ihn benutzt, um die Familie über Wasser zu halten. Nie wieder durfte jemand die Macht haben, ihre bloße Existenz so in Gefahr zu bringen. Nie wieder sollte ihr Schicksal, ihr materielles Überleben, von der trügerischen Liebe eines Mannes abhängen.

»Ich habe sie mal gesehen«, gestand Isobel zögernd.

Allegra schaute sie erstaunt an. »Du auch? Wann denn?«

»Etwa drei Jahre später, in einem Restaurant in Kew. Sie saßen da an einem Tisch, haben gar nicht viel miteinander geredet. Der Junge hatte einen Nintendo dabei, mit dem er sich beschäftigte. Er muss in deinem Alter gewesen sein.«

»Ja, das dachte ich auch.« Allegra ließ die Erinnerung aufsteigen, die alles geändert hatte. »Komisch, ich kann mich kaum an das erinnern, was davor war, aber diesen einen Tag habe ich noch glasklar vor Augen: Es war an einem Sommertag im Park, vier Tage nach meinem dreizehnten Geburtstag. Ich konnte nicht verstehen, warum Dad mit diesen fremden Kindern gespielt hat, wo er mit uns doch kaum redete.« Noch vor Jahresende war er dann gegangen.

»Du hättest mir sagen sollen, was er mit dir gemacht hat«, sagte Isobel. »Dann hätte ich mir bestimmt nicht gewünscht, er würde wieder zu uns zurückkommen. Wenn ich gewusst hätte, wie er dich reingelegt hat, dir vorzumachen, er würde bleiben, wenn du dich nur genug anstrengst! Glaub mir, wenn ich das gewusst hätte, ich hätte auch seinen Namen abgelegt!«

Allegra musterte ihre Schwester. »Wie hast du's überhaupt herausgefunden?« Sie hatte diesen »Pakt« aus Scham immer geheim gehalten, selbst ihrer Mutter hatte sie nie davon erzählt, obwohl diese sich selbst die ganze Schuld an seinem Auszug gab.

»Lloyd hat mich drauf gebracht. Er hat sich gewundert, was dich derart antreibt, und ich hab ihm erzählt, dass du früher nicht so warst. Dass du dich erst, als Dad anfing, uns zu vernachlässigen, in diese Superstreberin verwandelt hast. Wollte uns weismachen, dass er länger auf der Ölplattform arbeiten muss!« Sie schnaubte verächtlich. »Als ob wir nicht wüssten, dass es vierzig Tage Schicht und vierzig Tage frei sind. Als ob wir nicht zählen könnten.« Sie seufzte. »Lloyd kam auf den Gedanken, dass du vielleicht versucht hast, ihn zu halten, indem du dich in eine Mustertochter verwandelst.« Sie zuckte die Achseln. »Sobald er das gesagt hat, wusste ich, dass es genau so gewesen sein muss. Mir fiel ein, was du gesagt hast, als er schon in der Tür stand. Und da verstand ich es plötzlich.«

Allegra wandte blinzelnd die Augen ab. Daran konnte sie sich noch erinnern, als ob es gestern gewesen wäre – wie sie heulend im Gang stand, während er in seinen Wintermantel schlüpfte, um den ersten Weihnachtstag mit seiner anderen Familie zu feiern. Die Geschenke lagen unberührt, vergessen unter dem Weihnachtsbaum im Wohnzimmer. Wie sie ihn angebrüllt hatte: »Aber du hast es *versprochen*! Wir hatten eine *Abmachung*!«

»Lloyd glaubt, dass du danach keinem Mann je wieder richtig vertraut hast, besonders nicht ihm, dem symbolischen ›Mann im Haus‹. Er hat das Gefühl, du denkst, er sei nicht gut genug für mich und Ferds, dass du ihn ständig auf dem Kieker hast und nur darauf wartest, dass er einen Fehler macht.« Isobels Stimme zitterte. »Das stimmt doch nicht, oder?«

Allegra zögerte. Sie konnte jetzt sehen, wie er es empfunden haben musste: ihre kaum verhohlene Verachtung. »Falls es so sein sollte, dann bestimmt nicht absichtlich«, gestand sie. »Ich will nur nicht, dass dir noch mal jemand wehtut, Iz. Ich bin die Ältere; es ist meine Aufgabe, meine kleine Schwester zu beschützen.«

Isobel lehnte sich lächelnd an die Tischkante. »Legs, das ist jetzt *seine* Aufgabe. *Er* muss mich jetzt auffangen. Und das tut er immer, selbst wenn ich mal über die Stränge schlage.« Allegra wusste, was Isobel damit meinte: ihren Beinahe-Ausrutscher mit Brice. »Er liebt mich – selbst dann, wenn ich mich selbst kaum ausstehen kann.« Sie biss in ihre Unterlippe. »Aber wer ist schon perfekt, oder? Wir können nicht mehr tun, als uns zu bemühen, nicht?«

Allegra lächelte. »Ja, du hast wohl recht.«

»Also vertrau mir, ja? Wenn's eins gibt, wovon ich mehr verstehe als du, dann sind es Männer. Sam ist ein guter Kerl. Gib ihm 'ne Chance, Legs.«

Allegras Blick richtete sich wieder auf den Fernseher. Soeben versuchte eine andere Expertengruppe, sich einen Reim auf den Skandal zu machen, und es war nur eine Frage der Zeit, wann ihr Name ins Spiel kommen würde.

Sie war gerade noch einmal um Haaresbreite davongekommen. Dank Sam. Aber er hatte sie dabei nach Strich und Faden belogen. Was Isobel nicht zu begreifen schien, war, dass sie keinen Retter in schimmernder Rüstung brauchte.

Sie brauchte einfach einen Mann, einen Partner, dem sie vertrauen konnte.

# 36. Kapitel

## 24. Tag: Schattenriss

»Ausgerechnet an Weihnachten«, stöhnte Allegra, »ist ja mal wieder typisch!« Ächzend schob sie einen Einkaufswagen, der angesichts seiner Größe auch als Tieflader gute Dienste geleistet hätte, durch die Gänge von Ikea. Soeben hatte sie einen in einem Flachkarton verpackten Esstisch draufgepackt, samt dazugehörigen Stühlen, ebenfalls alle in flachen Kartons verpackt. Hinzu kamen diverse Stehleuchten und ineinander stapelbare Tischchen, die sich je nach Bedarf als Beistelltischchen oder auch als Nachtkästchen nutzen ließen. Und sie hatte geglaubt, dass es neulich im Selfridges schon unerträglich gewesen wäre …

Hm. Sie hielt neben einem Stapel kuscheliger Schafwollteppiche an. Wären die was, oder würde Isobel Protest anmelden, weil Ferdy sich eine Wollmaus-Allergie oder etwas Derartiges zuziehen könnte? Egal, sie nahm einfach mal drei.

Lloyd war in ihrem Apartment in Poplar geblieben und schraubte ihr Sofa auseinander, um es transportfähig zu machen, Isobel stand daheim in der Küche und packte das nötige Besteck und Geschirr zusammen, sowie die Lebensmittel für Weihnachten. Vierzig Minuten bevor die Wohnzimmerdecke runterkam, war nämlich eine große Lebensmittellieferung von *Waitrose* eingetroffen, die Isobel für die bevorstehenden Festtage vorgesehen hatte. Dem hatte der Wasserrohrbruch dann ein jähes Ende bereitet. Man konnte jetzt stellenweise die nackten Balken sehen. Weder Allegra noch Lloyd hatten sich auch nur eine Sekunde lang der Illusion hingegeben, dass Isobel Klein Ferdy der Gefahr aussetzen würde, sein erstes Weihnachtsfest unter einem permanenten Putzhagel zu verbringen.

Allegra warf einen Blick auf die Uhr: 11:36 Uhr. Sie hatte noch Zeit. Die beiden Betten – die teuersten Betten der neueren britischen Geschichte – würden nicht vor dreizehn Uhr eintreffen. Es hatte sie eine Expresslieferungsgebühr von satten 200 Pfund gekostet, um sie noch am selben Tag zu bekommen. Aber ihre Mutter und Timo brauchten nun mal anständige Betten – selbst wenn der Rest der Sippe auf dem Boden schlief. Ihr wurden die Knie weich beim Gedanken an das unmittelbar bevorstehende Wiedersehen zwischen den beiden nach so langer Zeit. Sie kniff die Augen zu und zählte bis fünf, dann ging's wieder.

Was noch? Handtücher? Wie viele? Fünf Sets? Sie nahm zur Sicherheit acht. Und Bettwäsche, ach ja.

Sie riss das Benötigte im Vorbeigehen aus den Regalen und schob ächzend den Wagen weiter. Allmählich kam sie sich vor wie Arnold Schwarzenegger.

Die Schlangen an der Kasse erstreckten sich bis fast nach draußen in die umliegende Grafschaft, aber der Golf war weniger flexibel. Sie musste beim Einladen auf dem Parkplatz erst alles aus den Schachteln rausnehmen, sonst hätte sie es nicht in den Kofferraum gekriegt. Nachdem sie die Kartons durch herzhafte Sprünge klein gekriegt und im Papiermüll entsorgt hatte, machte sie sich mit nach rechts verrenktem Kopf auf den Weg nach Islington.

Dort angekommen fuhr sie im Schneckentempo die Straße entlang und suchte nach der richtigen Hausnummer. Lloyd war bereits eingetroffen und hatte den weißen Lieferwagen, den er sich von einem ehemaligen Arbeitskollegen, der auf Klempner umgesattelt hatte, ausgeborgt hatte, am Straßenrand geparkt. Der ehemalige Broker war, nicht zu Unrecht, der Meinung, dass in der wohlhabenden Londoner Mittelschicht Bedarf an einem »studierten« Klempner bestehe.

In dieser Gegend wohnten hauptsächlich Familien, und die Häuser wurden tatsächlich noch als solche bewohnt und waren nicht in viele kleine Apartments aufgeteilt worden. Allegra konnte prächtig geschmückte Christbäume in Erkerfenstern erkennen, und an den Haustüren hingen buschige Weihnachtskränze.

Lloyd stand bereits vor dem Haus und schaute andächtig an der Fassade hoch, als Allegra sich zu ihm gesellte.

»Menschenskind, Legs«, murmelte er.

Sie hatte das Haus zwar schon vor fünf Wochen gekauft, doch nun sah sie es zum ersten Mal mit eigenen Augen. Das bekam man also für 3,7 Millionen. Nicht schlecht. Jedenfalls viel größer, als sie es sich vorgestellt hatte. Die beiden unteren Stockwerke – Erdgeschoss und Halbparterre – waren mit weißem Stuck besetzt, alle darüberliegenden Stockwerke – drei insgesamt – bestanden aus honigfarbenen Ziegeln mit hohen, schmalen Fenstern, vor denen sich bauchige, kunstvoll verschnörkelte gusseiserne Balkönchen wölbten: Noch georgianischer ging's nicht mehr. Ein hervorstehender Halbmond zierte die weiß glasierte Eingangstür – aber das Schloss klemmte, wie Allegra feststellte, als sie aufzusperren versuchte. Wahrscheinlich war ihr das Haus böse, weil sie es derart schnöde vernachlässigt hatte.

»Ist wahrscheinlich eingefroren«, vermutete Lloyd, »lass mich mal.« Er schubste sie sanft beiseite und begann aufs Schloss zu hauchen und die Kupferplatte zu reiben.

Danach lief es wie geschmiert. Beide schauten sich beim Eintreten mit großen Augen um, selbst Allegra wurde nun erstmals von Neugier auf ihre »Kapitalanlage« erfasst. Ein langer, schnurgerader Gang führte, wie eine Stange an einem Ballon, zu einer Küche. Überall Holzböden – für Allegras Geschmack allerdings ein wenig zu karamellfarben. Auch die Wände waren in eher trüben Pflaumen- und Erdtönen gehalten. Überall gab es fettige Fingerabdrücke, und gelegentlich schaute der Putz raus, kleine Narben, die der Auszug der Vorbewohner hinterlassen hatte.

Wachsflecken zierten die marmornen Einfassungen der Kamine und auf einem Fensterbrett lag noch eine Schachtel Streichhölzer. Die Kronleuchter waren entfernt worden – sie fand sie ohnehin zu protzig und kitschig –, und an ihrer Stelle ragten nackte Kabel aus der Decke. Die Wachsflecken hätten eigentlich entfernt und die Kabel mit Isolierband umwickelt werden müssen, aber oft waren es gerade die Reichen, die sich in diesen Dingen am nachlässigsten (oder geizigsten) zeigten.

Auch die Einbauküche war billiger, als es den Anschein hatte: Nur die Fronten bestanden aus Echtholz, alles andere aus billigen Sperrholzplatten. Und die Arbeitsplatte aus Granit war unterste Qualität. Der Garten dagegen war für Londoner Verhältnisse ziemlich großzügig. Verwilderte Büsche auf beiden Seiten bildeten beinahe einen Tunnel, der die lange und schmale Form noch unterstrich, während auf der vernachlässigten Rasenfläche dazwischen stachelige Löwenzahngewächse wucherten, darunter deutliche Krallenspuren von den Nachbarskatzen.

Stumm wanderte sie durchs Haus, Lloyd in höflichem Abstand hinter ihr her. Sie trug – in Ermangelung einer Alternative – wieder ihre schwarze Thermo-Joggingkleidung und ihre bunten Nike Flyknits, die fast bis zur Oberkante der Sohlen im weichen Teppichboden einsanken. Sie war seit dem Morgen, an dem sie nach dem Joggen bei ihrer Schwester reingeplatzt war, nicht mehr in ihrem Apartment gewesen und wirkte nun in ihrer Ninja-Aufmachung ein wenig fehl am Platz unter diesen konservativen Blau- und Taupetönen. Aber die Treppe war wunderschön: In einer anmutigen Spirale zog sie sich nach oben. Das glatte Mahagonigeländer schmeichelte der Hand und lud geradezu dazu ein, ein Bein über die Balustrade zu schwingen und wie Peter Pan bis ins Erdgeschoss hinunterzusausen.

Sie warf nur einen kurzen Blick in die Schlafzimmer: ein großer Master-Bedroom (viel zu groß für eine Person), Kinderzimmer (Kinder hatte sie ja nicht) und mehrere En-suite-Gästezimmer für Freunde, die sie ja eigentlich auch nicht mehr hatte. Noch vor einer Woche wäre das alles wie eine Ohrfeige für sie gewesen, doch heute, in diesem Moment und unter diesen Umständen, hätte es perfekter nicht sein können. Das große Haus schien sie in seine ehrwürdigen Arme zu schließen und ihr eine warme Zuflucht zu bieten.

Sie tätschelte Lloyds Schulter. »Na dann komm, machen wir uns an die Arbeit, bevor Isobel auftaucht und anfängt, Gefahrenzonen abzustecken.«

Drei Stunden später brach die Dunkelheit herein. Die Straßenlaternen gingen an, und aus den Häusern gegenüber fiel warmes Licht auf die Gehsteige. Allegra, die gerade als krönenden Abschluss ihrer Anstrengungen einen Weihnachtskranz draußen an der Haustür befestigte, kam es wie eine Filmkulisse vor: Sie konnte sehen, wie hinter den Fenstern Kinder aufgeregt hin und her liefen, Eltern Geschenke einpackten und Bilder aufhängten oder mit einem Glas Wein in der Hand in Grüppchen zusammenstanden und lachten und schwatzten oder auch tanzten.

Was wohl in ihrem eigenen Haus zu sehen war? Wie wirkte es auf einen Betrachter? Sie rannte rasch die Eingangsstufen hinunter und schaute vom Gehsteig zur Fassade hoch.

Nun, was die Einrichtung betraf, fehlten ihm ganz sicher noch die Eleganz und der Stil der Nachbarhäuser. Die gelben und orangeroten Plastikstühle wollten nicht so recht zur lackierten Kiefernholztischplatte passen, und die Stehlampen sahen aus, als gehörten sie in eine Studentenbude und nicht in ein Regency-Haus. Und dennoch … im Kamin brannte ein munteres Feuerchen (Lloyd hatte in einer heroischen Last-Minute-Aktion noch einen Sack rauchfreie Kohle bei der Tankstelle besorgt), Noemie saß auf einem der Schaffellläufer und spielte Ball mit Ferdy, und Barry hievte soeben den drei Meter hohen prächtigen Christbaum eigenhändig auf einen Platz in einem der Erkerfenster. Es war jedoch das Pärchen auf dem klapprigen Sofa, von dem Allegra kaum den Blick abwenden konnte: Timo und Mum. Timo hielt seine lang vermisste Tochter bei der Hand, und beide schauten einander an: ein Blick, der mehr sagte, als Worte ausdrücken konnten.

Zu ihren Füßen saß Isobel mit einer schönen Holzschatulle auf dem Schoß, die Timo selbst angefertigt hatte: kunstvolle Intarsienarbeiten aus hellem und dunklem Holz zierten den Deckel. Darin befanden sich Fotos, die er Allegra bereits in Zermatt gezeigt hatte und die der Hauptgrund dafür waren, dass sie sich zur Gedenkfeier verspätet hatte. Anja hatte offenbar nicht nur ihr Geheimnis bewahrt, sondern auch das Versprechen gehalten, das sie Timo vor ihrer Flucht gegeben hatte: zu schreiben und ihn wissen zu lassen, wie es seiner Tochter ging. Das Kästchen enthielt Hunderte von Briefen und Postkarten, dazu Schwarz-Weiß-Fotos und später dann auch Farbaufnahmen. Die Briefumschläge hatte er ebenfalls sorgfältig aufgehoben, sämtlich mit englischen Briefmarken und dem Poststempel Hampshire. Auch hatte sie ihm Zeichnungen von Julia geschickt: Strichmännchen oder Pferde, verziert mit Blümchen und bunten Regenbögen.

Ein Foto gefiel Allegra besonders gut: Ihre Mutter (etwa acht Jahre alt) stand vor einer bemoosten Trockensteinmauer und grinste mit sommersprossigem Gesicht und Topfschnittfrisur in die Kamera, dazu trug sie eine bis zum Hals zugeknöpfte Strickjacke, die Anja für sie gestrickt haben musste. Allegra hatte die große, schwungvolle Schrift ihrer Granny sofort wiedererkannt. Postkarten von Ferienaufenthalten in Devon, im Hintergrund rote Klippen und weißer Strand; Julia und Anja vor einem Wohnwagen, der Wind zauste ihre Haare, sodass man lediglich ihre grinsenden Münder sehen konnte. Ein verblasstes Foto vom Ben Nevis, dem höchsten Berg Schottlands, darunter die freche Anmerkung: »Schön hoch – aber nicht hoch genug!« Nein, das Matterhorn war's gewiss nicht.

Und dann später die Fotos neueren Datums, mit höherer Auflösung und leuchtenden Farben: zwei Mädchen, eines davon mit einer Lücke zwischen den Vorderzähnen, jede mit einem Eis in der Hand auf ein paar Stufen sitzend, in geflickten Röcken, unter deren Saum schmutzige Knie hervorschauten …

»Legs!«

Eine Stimme, die dazu angelegt war, sich über weite, sturmgepeitschte Waliser Hügel Gehör zu verschaffen, drang mühelos bis zur ihr hinaus. Sie lief zum Eingang hinauf und schlüpfte wieder ins Haus. Barry stand am Fuß der Treppe, ein Glas Wein in der Hand.

»Hinter dir«, schmunzelte sie und zog die Haustür ins Schloss.

»Ah, da bist du ja. Komm, es ist so weit.« Er drückte ihr das Glas in die Hand und scheuchte sie ins Wohnzimmer.

Leysa kam nun auch aus der Küche. In ihrer ruhigen, kompetenten Art hatte sie nicht lange gebraucht, um sich mit dem Herd vertraut zu machen, der, laut Allegra, »einfach nicht funktionierte«. Und nun brutzelte dort ein goldgelber Gänsebraten vor sich hin.

Nikolai, Noemie und Timo hatten sich bereits vor dem Weihnachtsbaum postiert – der für englische Verhältnisse beinahe kahl war. Kein Lametta, keine Glittergirlanden, keine Sternchen, ja nicht mal Lichterketten zierten die grünen Zweige. Lediglich eine Vielzahl kleiner roter Wachskerzen war an die Äste geklemmt worden, vom Wipfel bis nach unten.

Nackte Kerzenflammen in Ferdys Reichweite! Isobel sah aus, als würde sie gleich anfangen zu hyperventilieren. Ihren Sohn an sich gedrückt, als könne er jeden Moment in Flammen aufgehen, wie das Baby in *Die Unglaublichen – The Incredibles*, stammelte sie: »Also ganz ehrlich, Leute, ich bin ein *bisschen* nervös. Lichterketten wären sicherer.«

Leysa lachte gutmütig auf. Die Fünfzigjährige sah für ihr Alter einfach fabelhaft aus: große, sanfte dunkle Rehaugen, makelloser olivbrauner Teint. Sie streckte die Arme nach Ferdy aus, um ihn kurz an sich zu nehmen.

»Vielleicht könnten wir zusätzlich Lichterketten dranmachen und die brennen lassen, und die Wachskerzen nur als Deko nutzen?«, schlug Isobel vor. »Die könnte Ferds anfassen, ohne sich die Finger zu verbrennen. Und wir müssten nicht fürchten, dass uns das Haus abfackelt, während wir in unseren Betten liegen und schlafen.«

Lloyd legte seiner Frau einen Arm um die Schultern und gab ihr einen Schmatz auf die Stirn. Allegra sah, wie sich ihre Schwester unwillkürlich entspannte. »Iz, wir haben die Äste natürlich etwas gelichtet, damit die Kerzen nicht zu dicht stehen. Entspann dich, Schatz, die kennen sich aus, die Schweizer, die machen das schon seit Jahren.«

»Sind alle bereit?«, fragte Noemie, die zum Lichtschalter getreten war. Barry hatte sich sicherheitshalber neben Julia aufgepflanzt, doch deren Blick hing hingerissen am Weihnachtsbaum.

Nik, der einen iPod bereithielt, nickte. Das Licht ging aus, und gleichzeitig erfüllten die ersten Noten des »Ave Maria« den großen Raum. Allegra hielt den Atem an. Wie schön der Baum im schmucklosen Glanz der roten Kerzen wirkte. Sie sah, wie ihre Mutter die Hände vor den Mund schlug und mit beinahe kindlichem Staunen den Baum anstarrte – ob sie sich an ihre frühe Kindheit erinnerte?

Auch Allegra schaute sich nun staunend um. Überall flackerten Kerzen, nicht nur am Christbaum. Isobel hatte ihre Duftkerzensammlung großzügig im Raum verteilt. Der kleine alte Adventskalender nahm einen Ehrenplatz auf dem Kaminsims ein, und Isobels Krippe war in einem der anderen Erkerfenster aufgebaut worden, als Adventsfenster, ganz wie es in der Schweiz der Brauch war.

Isobel beugte sich zur Seite und flüsterte Allegra ins Ohr: »Für jemanden, der sich nichts aus Weihnachten macht, bist du aber ganz schön hin und weg.«

»Ha, ha«, antwortete Allegra, bemüht leichtfertig. Aber sie kam sich vor wie der Knabe, der den Daumen in den Deich gesteckt hat, um einen Dammbruch zu verhindern: Etwas viel Größeres drohte sich Bahn zu brechen. Hier war sie, und dieses Haus war ihr schon jetzt zu einem neuen Zuhause geworden, zusammen mit Menschen, die noch bis vor Kurzem Fremde für sie gewesen waren, nun jedoch wie selbstverständlich zur Familie gehörten. Aber wie immer fehlte noch jemand.

Nicht der, den sie seit achtzehn Jahren vermisste. Sondern der, den sie seit vier Tagen nicht mehr gesehen hatte.

»Was war im letzten Schublädchen?«, riss Isobels Stimme sie aus ihrer Versunkenheit.

»Was?«

»In der Kommode«, Isobel wies mit dem Kopf auf das Holzkästchen auf dem Kaminsims.

Allegra machte ein ratloses Gesicht. »Woher soll ich das wissen? Ich bin schließlich schon im Morgengrauen zu Ikea rausgefahren, um die Notmöblierung zu besorgen! Und dann haben Lloyd und ich hier den ganzen Tag geputzt und geackert! Du bist doch für den Weihnachtskram zuständig.«

»Also wirklich!« Isobel verdrehte die Augen. »Als ob das eine Entschuldigung wäre! Heute ist Weihnachten. Das letzte Fensterchen. Der Höhepunkt, auf den man vier Wochen lang zusteuert!«

»Warum schaust du dann nicht selbst nach?«

»Mann! Weil's dein Kalender ist!«

»Unserer.«

»Deiner!« Isobel tätschelte Allegras Schulter. »Es ist deiner. Ich hab ja die Kuckucksuhr. Also los.« Sie nahm Allegra das Glas aus der Hand und gab ihr einen kleinen Schubs in Richtung Kamin. Allegra ging mit dem Kästchen zu einem der Sitzplätze in den Erkerfenstern und zog die letzte Schublade, die Nummer 24, auf.

Als sie sah, was darin lag, machte sie große Augen. Es war ihr Profil – ihres, nicht Valentinas –, es war der Scherenschnitt von der PLF-Party. Wie kam der bloß hierher? Sie versuchte sich zu erinnern. Hatte sie ihn nicht einem Kellner zum Wegwerfen gegeben? Mit vor Verblüffung halb geöffnetem Mund hob sie den Schattenriss heraus.

Er hing schlaff in ihren Fingern, während sie die perfekten Umrisse ihrer Gestalt studierte. Ohne zu wissen, warum, drehte sie das Bild auf die Rückseite. Dort stand etwas.

*Lass mich rein.*

Wie …?

Sie riss den Kopf hoch und schaute aus dem Fenster, auf dessen Sims sich sanft der Schnee anhäufte. Wenn das elektrische Licht gebrannt hätte, dann hätte sie jetzt nur ihr eigenes Spiegelbild sehen können, aber im sanften Kerzenschein erkannte sie die Gestalt, die am Fuß der Eingangstreppe stand und zu ihr herschaute.

Ihr Herz geriet ins Stolpern, als sie Sam erblickte. Er hatte Schnee im Haar und trug einen roten Wollschal mehrmals um den Hals geschlungen. Die Hände unter die Achseln geschoben stampfte er mit den Füßen, um sich warm zu halten.

Sie schaute sich um. Niemand schien auf sie zu achten, alle waren mit irgendetwas beschäftigt: Nikolai und Barry krochen unter dem Christbaum herum und suchten die Geschenke heraus, die mit einer roten Schleife verziert waren, denn das waren die, die es schon heute Abend geben würde und nicht erst, wie es die englische Tradition verlangte, am Weihnachtsmorgen. Sie und Isobel waren bereits übereingekommen, es künftig immer so zu machen. Timo, Julia und Barry saßen zusammengedrängt auf ihrem alten Sofa, und Isobel war nirgends zu sehen. Allegra nahm an, dass sie mit Ferds und Leysa in die Küche verschwunden war, um nach dem Braten zu sehen.

Sollte sie ihn reinlassen?

Sie erhob sich still und verdrückte sich unbemerkt. Vor der

Haustür blieb sie kurz stehen, eine Handfläche ans Holz gedrückt, bevor sie sich einen Ruck gab und öffnete.

Sam stand auf dem obersten Treppenabsatz und schaute sie an. »Hallo.«

Sie senkte den Blick, wich jenen Augen aus, deren intensiven Ausdruck sie kaum ertragen konnte. *Sei einfach da, wenn ich wiederkomme*, war seine letzte Bitte gewesen. Eine unmögliche Bitte, wie sich herausstellte.

»Allegra, ich hätte es dir schon früher gesagt, wenn ich nur gekonnt hätte.« Ah, direkt zum Thema.

»Und warum hast du's dann nicht?«

Er zögerte. »Weil ich mir nicht sicher war, zu wem du gehalten hättest. Ich wollte es dir sagen, nachdem du gekündigt hattest. Ich dachte, jetzt hast du ja selbst erlebt, wie rücksichtslos er ist und wie wenig ihm in Wahrheit an dir liegt. Aber dann, als du in Zermatt aufgetaucht bist und plötzlich wieder im Spiel um diesen Deal warst, da hatte ich das Gefühl, dass du ihn noch immer für Pierre gewinnen wolltest. Ich wusste nicht, wem du glauben würdest, ihm oder mir.«

Sie schluckte. Jetzt schämte sie sich für die Blindheit, mit der sie zu diesem skrupellosen Mann gehalten hatte, der ihre Loyalität nie verdient hatte. Der ihr aber mehr zur Vaterfigur geworden war, als es ihr leiblicher Vater je hatte sein können.

»Du weißt, dass Pierre es so hingedreht hat, dass der Verdacht auf dich fällt, wenn es zu einer Untersuchung kommt?«

Allegra nickte. Isobel hatte es schon richtig verstanden. »Und woher hast *du* gewusst, dass ich nicht dahintersteckte?«

Er musste fast lachen. »Wie hätte ich es nicht merken können? Du hättest dich mal sehen sollen, als ich dir diesen Tipp mit Garrard gab! Du wärst mir fast ins Gesicht gesprungen! Ehrlicher geht's ja wohl nicht.«

»Aber zuerst hattest du mich schon im Verdacht.«

Er zuckte die Achseln. »Ich musste ganz sichergehen. Also hab ich dir Garrard gegeben und Pierre Demontignac. Er hat zugegriffen, du nicht.« Seine Miene veränderte sich, sein Blick hing nun an ihrem Mund. »Aber wenn du's genau wissen willst: Ich wusste es schon, bevor wir zu Crivelli ins Auto gestiegen sind.«

»Unmöglich!«

»Ich hatte mich bereits in New York über dich informiert, lange bevor wir uns begegnet sind. Schließlich stand dein Kürzel hinter diesen Transaktionen. Mann, ich war mir so sicher, dass ich dich am Haken hatte! Ich war so sicher, wie es laufen würde. Und dann … dann kam's ganz anders. Als wir uns das erste Mal sahen …« Sams Stimme erstarb. Allegra wurden die Knie weich, als sie den Ausdruck in seinen Augen sah. »Niemand, der in kriminelle Machenschaften verwickelt ist, wird so rot wie du. Ich meine, vom Kopf bis zu den Fingerspitzen. Unmöglich.«

»Ich werde nicht rot!«, protestierte sie schwach. (Sie wusste natürlich, dass das nicht der Punkt war.)

Er trat einen Schritt näher. »O doch, das wirst du. Das ist es ja, was ich so an dir liebe. Eine der Sachen, die ich so an dir liebe.«

»Du liebst mich …?«

Er nickte. Seine Schuhspitzen berührten nun fast die ihren. Ein Arm schlängelte sich um ihre Taille, mit der anderen Hand berührte er ihre Nasenspitze, strich mit einem Finger nach unten und tippte dann auf ihre Lippen. »Aber hauptsächlich ist es die Lücke. Diese Zahnlücke ist einfach unwiderstehlich.«

Ihre Hand flog an ihren Mund. »Du magst meine Zahnlücke?«

»Ich *liebe* deine Zahnlücke«, präzisierte er, »diese Lücke bringt mich noch um.« Er grinste. »Solange du diese Lücke da hast, so lange hast du auch mich.«

»Wenn du meinst …«, stammelte sie, »ich glaube, damit kann ich leben.« Er zog sie fest an sich. Wie sicher sie sich in diesen Armen gefühlt hatte, als er sie behutsam den Berg runterbrachte. Als er sie packte und festhielt, weil sie ihm mal wieder davonlaufen wollte, auf Zhous Party. Und wie diese Arme sich schließlich um sie schlossen, die Hände überallhin wanderten, nachdem sie den Kampf aufgegeben hatte und das Unvermeidliche passiert und sie im Bett gelandet waren.

Während er sie küsste, drehte sie verstohlen den Zinnring an ihrem Finger und entblößte das geheime Herz, das sie bis jetzt versteckt hatte.

Als sie wenig später zusammen das Haus betraten, löste das keineswegs Überraschung aus. Tatsächlich schien Lloyd bereits ein Bier für Sam eingeschenkt zu haben, das er ihm prompt in die Hand drückte, und Isobel hoppelte mit einer Platte Kanapees herum, die sie mit hoher, aufgeregter Stimme anbot.

»Na, bereit für die nächste Überraschung?«, trillerte sie und hielt Sam ein Kanapee hin, ohne ihn jedoch anzusehen. Ihre Augen hafteten an ihrer Schwester.

»Allerdings«, sagte Allegra, »wurde ja auch Zeit, was?« Und sie fiel ihrer Schwester spontan um den Hals. Natürlich hatte *die* das geplant und ausgeheckt. Allegra wäre nicht überrascht gewesen, wenn in diesem Augenblick auch noch Zhou und Massi als Sternsinger verkleidet unter dem Erkerfenster aufgetaucht wären und »Stille Nacht, heilige Nacht« geflötet hätten.

»Na, dann ist's ja gut«, schniefte Isobel. Sie musste sich die Augen abtupfen und fiel Sam spontan um den Hals. »Aber jetzt wird's echt Zeit, die Geschenke aufzumachen, Ferds braucht sein Schläfchen. Wenn er sich jetzt zu sehr aufregt, kriege ich ihn nie ins Bett.«

»Ein Albtraum, ich weiß«, lachte Allegra und gab ihrer Schwester einen spielerischen Klaps auf den Arm.

Dann nahm sie Sam bei der Hand und führte ihn zum Sofa, wo ihre Mutter noch immer eingeklemmt zwischen Timo und Barry saß. Sie vergewisserte sich mit einem kurzen Blick zu Barry – der nickte –, dass dies ein guter Augenblick war, dann sagte sie: »Opa, Barry, Mum, ich möchte euch Sam vorstellen.«

Julia beugte sich mit leuchtenden Augen vor. »Bist du der Mann, der sich um mein Mädchen kümmern will?«, sagte sie eifrig und legte ihre Hand auf die seine.

Sam war vor ihrer Mutter in die Hocke gegangen. Allegra schaute ihn an: Das hatte er bereits. Mehr, als ihre Mutter sich vorstellen konnte.

»Ja, genau der bin ich«, lächelte er.

Julia schaute entzückt zu Allegra auf. »Ein Amerikaner«, flüsterte sie ihr zu.

»Kanadier«, korrigierte Allegra und entblößte grinsend ihre Zahnlücke. Woraufhin Sam nicht anders konnte, als wieder aufzustehen, den Arm um ihre Taille zu schlingen und sie an sich zu ziehen.

»Das ist für euch.«

Sie wandten sich um. Isobel hielt zwei mit roten Schleifen verschnürte Umschläge in der Hand. Allegra nahm sie mit einem süffisanten Lächeln entgegen. »Ein Geschenk für Sam? Woher konntest du wissen, dass ich ihn reinlassen würde?« Isobels Antwort bestand aus einem Zwinkern. Allegra reichte Sam den Umschlag mit seinem Namen darauf, und dieser nahm ihn mit einem Kuss und einem Lächeln entgegen.

Lloyd überreichte derweilen Julia das in Geschenkpapier eingepackte Gästebuch und Timo ein gerahmtes Foto von seiner »englischen Familie«: Granny, Julia, sie und Isobel.

»Erwarte bloß nicht zu viel«, warnte Allegra Sam scherzend, »ist wahrscheinlich bloß ein iTunes-Gutschein.« Ihr Grinsen erlosch jedoch, als sie das dicke cremeweiße, mehrmals gefaltete Papier aus dem Umschlag zog. »Was …?« Sie keuchte auf und schlug die Hand vor den Mund. »Woher … woher habt ihr das?« Sie starrte fassungslos auf Timo, Nik, Leysa und Noemie, aber die schauten sie nur verständnislos an. Auch Isobel schien nicht mehr zu wissen.

»Was ist es?«, fragte sie und streckte neugierig den Hals über

Allegras Schulter. Sie runzelte die Stirn, als ihr Blick auf die verschnörkelte, altmodische Handschrift fiel. »Legs, das ist auf Deutsch! Was …« Da schlug auch sie die Hand auf den Mund. »Mein Gott! Das ist doch nicht etwa …«, kreischte sie. »Die *Besitzurkunde*?«

Nik kam sofort herbeigestürzt. »Die Besitzurkunde? Du meinst – für den Hof?« Er las rasch das, was zu erkennen war, dann nickte er Timo zu.

Dem alten Mann kamen die Tränen. Er ergriff Julia bei beiden Händen und nickte ihr zu.

»Wer hat die gefunden?«, wollte nun auch Nik wissen.

»Ich!«, meldete sich Lloyd strahlend vor Stolz. »Das heißt, genau genommen hat sie der Uhrmacher gefunden. Sie steckte im hinteren Fach der Kuckucksuhr.«

»Da hat Valentina sie also versteckt!«, rief Allegra verblüfft aus.

»Wir hatten sie die ganze Zeit!«, meinte Isobel lachend. »Und die arme Granny hat es nie gewusst! Sie hat sie bestimmt nie aufgehängt, wo sie doch wusste, dass sie Mum zum Weinen bringt. Wahrscheinlich hat sie sie einfach irgendwo im Speicher verstaut und vergessen.«

Allegra starrte fassungslos auf die verlorenen Dokumente. Hier war er, der Beweis, der ihnen noch gefehlt hatte. Den Hof würden sie nun zwar nicht wiederbekommen – diese Zeiten waren lange vorbei, Zermatt und seine Bewohner hatten sich verändert –, aber Lars würde nun alles verlieren. Und Timo eine späte Genugtuung widerfahren. Der tragische Tod von Valentina hatte ihre Familie auseinandergesprengt und ihr eine ganz neue Richtung gegeben, aber sie war damals geliebt worden und wurde es noch heute. Familien können eine Menge aushalten, und ihre war nicht in dieser Lawinennacht begraben worden.

»Tja, damit muss mein Geschenk jetzt erst mal mithalten«, flüsterte Sam ihr ins Ohr.

Er öffnete den Umschlag – und holte ein vertrocknetes braunes Kastanienblatt heraus. Ratlos ließ er es am Stängel kreiseln. »Ähm … so was hab ich mir schon immer gewünscht.« Er grinste.

Allegra lachte. »Das bringt Glück!« Und sie schmiegte ihre Wange an seine Brust. Wie gut sich das anfühlte – sie hätte ewig so bleiben können. »Iz ist unsere Expertin in Sachen Glücksblätter. Aber das ist nicht ihre Schuld, sie hat rausgefunden, dass es eine Erbkrankheit ist: Auch Opa leidet daran.« Sie schaute beinahe bedauernd auf das Blatt in seiner Hand. »Zu schade, dass ich bloß diese Urkunden gekriegt habe. Wir hätten zusammen Glück haben können.«

Er lachte leise, legte ihr den Finger unters Kinn und zwang sie, ihn anzusehen. »Ach, Baby«, grinste er, »das haben wir doch längst.«

# DANKSAGUNG

Ich habe beschlossen, diese Geschichte teilweise in Zermatt anzusiedeln, nachdem wir dort im letzten Jahr einen schönen Winterurlaub mit der Familie verbracht hatten. Das ehrwürdige alte Matterhorn ist wirklich beeindruckend, und es ist kein Wunder, dass es Besucher aus nah und fern anlockt. Ich begann mich für die Geschichte dieses Ortes zu interessieren, der sich innerhalb von ein, zwei Generationen vom armen Bergbauerndorf in eins der nobelsten und attraktivsten Skigebiete der Alpen verwandelt hat. Dabei stieß ich auch auf das Katastrophenjahr 1951 und beschloss, dies als Aufhänger zu benutzen. Vieles von dem, was Sie gelesen haben, entspricht der Wahrheit – die herrlichen Pistenrestaurants gibt es wirklich: Zum See, Findlerhof und Chez Vroni (um nur einige zu nennen). Und auch die Broken Bar ist ein beliebter Treffpunkt für Nachtschwärmer. Andererseits habe ich mir ein paar dichterische Freiheiten erlaubt: Es gibt zwar die Zonenmarkierung und den Schweizer Lawinenschutz – aber Zermatt lag meines Wissens nie in einer roten Zone. Ich werde nun mal dafür bezahlt, dass ich meine Fantasie mit mir durchgehen lasse – und das nütze ich weidlich aus.

Ein ganz dickes Dankeschön geht an meine guten Freunde, die Becks – Johny, Carina, Coco, Codi und Ditta –, die praktisch den ganzen Winter dort verbringen und mir jede erdenkliche Ecke dieses schönen Ortes gezeigt haben (selbst die, wo Touristen normalerweise nicht hinkommen). Küsschen und noch mal danke!

Mein Dank gilt diesmal ganz besonders meiner Lektorin Caroline Hogg, die mir in den schwierigen Phasen der Entstehung dieses Buches mit ihrer unermüdlichen Geduld und ihrem Verständnis zur Seite stand (ich war zeitweise durch eine Skiverletzung gehandicapt, was nicht nur aufs Knie, sondern auch aufs Gemüt gedrückt hat. Aber immerhin konnte ich dadurch, so hoffe ich, Isobels Elend überzeugend beschreiben!).

Meinen tief empfundenenen Dank auch an meine unschätzbare Agentin, Amanda Preston, die sich nicht von meinen »Ich schaff das schon«-Tweets hat beeindrucken lassen und wann immer es nötig war, die Zügel übernommen hat. Amanda, du bist mir wie immer in diesem verrückten, schönen, irren Geschäft ein paar Schritte voraus – ich kann dir gar nicht sagen, wie froh ich bin, jemanden wie dich im Rücken zu haben!

Und schließlich meine Familie: Ihr seid nicht der Grund, warum ich schreibe, ich seid der Grund, warum ich lebe. Ich liebe euch über alles.

Karen Swan

arbeitete lange als Modejournalistin für renommierte Hochglanzmagazine. Sie lebt heute mit ihrem Mann, ihren drei Kindern und dem Familienhund im englischen Sussex. Wenn die Kinder sie lassen, schreibt sie im Baumhaus ihre Romane. Mehr zur Autorin und zu ihren Büchern finden Sie unter: www.karenswan.com

Mehr von Karen Swan:

Ein Geschenk von Tiffany. Roman
Ein Geschenk zum Verlieben. Roman
Ein Weihnachtskuss für Clementine. Roman

(Alle Romane sind auch als E-Book erhältlich)